# COSMOS

Michel Onfray

# COSMOS
uma ontologia materialista

Tradução
*Dorothée de Bruchard*

martins fontes
selo martins

©2018 Martins Editora Livraria Ltda., São Paulo, para a presente edição.
©2015 Michel Onfray e Flammarion
Esta obra foi originalmente publicada em francês sob o título
*Cosmos: une ontologie matérialiste* por Flammarion.

**Publisher** Evandro Mendonça Martins Fontes
**Coordenação editorial** Vanessa Faleck
**Produção editorial** Carolina Cordeiro Lopes
**Preparação** Luciana Lima
**Revisão** Renata Sangeon
Lucas Torrisi
Ubiratan Bueno
**Capa** Renata Milan
**Diagramação** Douglas Yoshida

---

Dados Internacionais de Catalogação na Publicação (CIP)
Andreia de Almeida CRB-8/7889

Onfray, Michel
Cosmos : uma ontologia materialista / Michel Onfray ; tradução Dorothée de Bruchard. – São Paulo : Martins Fontes – selo Martins, 2018.

Bibliografia
ISBN 978-85-8063-320-7
Título original: Cosmos : une ontologie matérialiste

1. Filosofia da natureza 2. Cosmologia I. Título II. Bruchard, Dorothée de

18-0257                                                                 CDD-113

Índice para catálogo sistemático:
1. Filosofia da natureza

---

Todos os direitos desta edição reservados à
**Martins Editora Livraria Ltda.**
Av. Dr. Arnaldo, 2076
01255-000 São Paulo SP Brasil
Tel.: (11) 3116 0000
info@emartinsfontes.com.br
www.emartinsfontes.com.br

*Cosmos* é o primeiro volume de uma trilogia intitulada *Breve enciclopédia do mundo*. Apresenta uma *filosofia da natureza*.

O segundo volume irá se intitular *Decadência* e proporá uma *filosofia da história*.

O terceiro terá por título *Sabedoria* e terá a forma de uma *filosofia prática*.

> Ir além de "mim mesmo" e de "ti mesmo",
> sentir de maneira cósmica.
>
> **Nietzsche**, *Fragmentos póstumos*,
> Obras completas, v. 11.

# SUMÁRIO

**PREFÁCIO**
    A morte – O cosmos nos reunirá ........................................................ 11

**INTRODUÇÃO**
    Uma ontologia materialista ............................................................... 23

**PARTE I – O TEMPO**
**Uma forma *a priori* do vivo** ................................................................ 27

    As formas líquidas do tempo ........................................................... 33
    As *Geórgicas* da alma ................................................................... 57
    Depois de amanhã, amanhã será ontem ............................................ 71
    O dobrar das forças em formas ....................................................... 91
    A construção de um contra-tempo .................................................. 105

**PARTE II – A VIDA**
**A força da força** .............................................................................. 119

    Botânica da vontade de poder ....................................................... 127
    Filosofia da enguia lucífuga .......................................................... 149
    O mundo como vontade e como predação ....................................... 163
    Teoria do estrume espiritual ......................................................... 177
    Fixar as vertigens vitalistas .......................................................... 193

**PARTE III – O ANIMAL**
**Um alter ego dessemelhante** ............................................................ 213

    Epifania do bicho judaico-cristão .................................................. 221
    A transformação do animal em bicho ............................................. 237
    O surgimento dos animais não humanos ........................................ 249
    Quem quer ser besta acaba sendo anjo .......................................... 263
    Espelho partido da tauromaquia ................................................... 289

## PARTE IV – O COSMOS
**Uma ética do universo amarrotado** .................................................. 309

    Permanência do sol invencido ...................................... 317
    O cristianismo, um xamanismo solar ............................. 331
    A construção do céu cristão ........................................ 349
    O esquecimento niilista do cosmos ............................... 361
    Um epicurismo transcendental ..................................... 377

## PARTE V – O SUBLIME
**A experiência da vastidão** ................................................................. 391

    A experiência poética do mundo ................................... 401
    A Santa Ceia da arte contemporânea ............................ 421
    Estética do sentido da terra ......................................... 433
    O sublime da natureza ................................................ 447
    Fazer chorarem as pedras ........................................... 465

## CONCLUSÃO
    A sabedoria – Uma ética sem moral .............................. 479

## BIBLIOGRAFIA DOS LIVROS QUE TRAZEM DE VOLTA PARA O MUNDO
    Prelúdio ...................................................................... 485
    Parte I ........................................................................ 487
    Parte II ....................................................................... 491
    Parte III ...................................................................... 495
    Parte IV ...................................................................... 499
    Parte V ....................................................................... 503

Índice remissivo ................................................................................... 507

# Prefácio
## A MORTE
## O COSMOS NOS REUNIRÁ

Meu pai morreu nos meus braços, vinte minutos após o início da Noite do Advento, em pé, qual carvalho fulminado que, atingido pelo destino, o aceitasse mas se recusasse a cair. Tomei-o em meus braços, desarraigado da terra que ele deixara de repente, e o carreguei como Eneias carregou seu pai ao deixar Troia. Então o sentei, recostado num muro, e, quando ficou claro que ele não voltaria, deitei-o no chão por inteiro, como para acamá-lo nesse nada que ele parece ter adentrado sem perceber.

Em poucos segundos, havia perdido meu pai. Isso, que eu tantas vezes temera, acabava de acontecer na minha presença. Nunca viajei para dar uma palestra, na Austrália ou na Índia, no Japão ou nos Estados Unidos, na América do Sul ou na África negra, sem pensar que ele poderia morrer durante minha ausência. Imaginava, então, com pavor o longo voo de volta para ele, sabendo-o morto. Pois ele morria ali, comigo, a sós, nos meus braços. Aproveitava a minha presença para deixar o mundo, deixando-o para mim.

Solteirão por muito tempo, meu pai só o foi tardiamente, aos trinta e oito anos de idade. De modo que, quando eu tinha dez anos, ele tinha quarenta e oito, e cinquenta e oito quando eu tinha vinte, ou seja, aos olhos das crianças e adolescentes de minha idade, era um velho senhor, que meus colegas no colégio interno às vezes julgavam ser meu avô. Subscrever aquele olhar dos outros que fazia dele meu avô, e não meu pai, era traí-lo; não subscrever era ser um *filho de velho* – como dizem as crianças, que se movem na crueldade como piranha n'água. Ter um pai idoso obriga, quando jovem, a enfrentar a maldade de seus semelhantes; com o tempo, compreende-se que foi uma sorte, uma dádiva. Descobre-se então que se tem um pai sábio, ponderado, calmo, sereno, livre das afetações da mocidade, já tendo vivido o suficiente para não se deixar enganar pelos chamarizes presentes em toda a sociedade.

Tornei-me o filho de meu pai quando compreendi que ele vivia sua vida sem atentar para os modismos que exigiam pais modernos, pais vestindo roupas iguais às dos filhos (shorts ou tênis, camisas estampadas ou moletons esportivos), pais falando sua mesma linguagem descontraída, pais parceiros, cúmplices e festeiros, pais amigos, pais frouxos, pais crianças ou adolescentes, pais não acabados... Minha sorte foi ter um pai do tipo que existia antes de os pais virarem filhos de seus filhos.

Meu pai possuía roupas de trabalho e roupas de domingo. A moda não interferia em nada: o macacão de trabalho, lustroso e cheirando a moleskine desbotado pelo tempo, o boné, a calça, o casaco combinando com a cor dos seus olhos. A panóplia de domingo era simples e modesta: calça, paletó, sapatos, pulôver gola V, gravata. Durante a semana, para trabalhar, um relógio de bolso; no domingo, um relógio de pulso. Para o "dia a dia", os cheiros da roça que ele trazia consigo, aromas alegres em tempos de colheita, e nem tanto em períodos de estrumação. No domingo, o *cheiro-bom*, uma água de colônia simples passada pós-barbear junto à pia da cozinha – não tínhamos banheiro.

Ele me ensinava assim, sem saber, não por lições ostensivas, mas pelo exemplo, que o tempo em que ele vivia era o tempo de Virgílio: o do trabalho e o do descanso. Insensível aos tempos da moda, tempos modernos e apressados, tempos da urgência e da precipitação, tempos da velocidade e da impaciência, todos eles tempos das coisas malfeitas, meu pai vivia um tempo contemporâneo às Bucólicas, tempo do trabalho no campo e das abelhas, tempo das estações e dos animais, tempos das semeaduras e das colheitas, tempo do nascimento e tempo da morte, tempo das crianças bem presentes e tempo dos ancestrais que já se foram.

Nada o faria infringir essa relação com o tempo, na qual os antigos ocupavam lugar de destaque, maior até que alguns vivos. Não cultuava seus pais ou avós de forma fetichista ou lacrimosa, mas, ao falar de seu pai, quando acontecia de ele citar *o Pai Onfray*[1], sentia-se que resgatava de antanho um termo autorizado, um termo pesado e forte, poderoso, termo contemporâneo ao tempo em que as palavras possuíam sentido, em que palavras dadas tinham valor de juramento, e as coisas ditas, força de lei. Meu pai, que pouco falava quando eu era menino, me ensinou o que falar quer dizer.

Ele tinha com a vida uma relação direta, a um só tempo pagã e cristã. Cristã porque fora criado na fé católica, porque fora coroinha na igreja em que seus pais se casaram, em que ele mesmo tinha sido batizado, tinha se casado, tinha enterrado seu pai e depois sua mãe, em que eu e meu irmão tínhamos sido batizados e, tal como ele e seu irmão, feito a primeira comunhão, em que ele tinha enterrado o irmão, assistira aos casamentos e inumações dos amigos, da família, dos vizinhos, em que ele próprio foi enterrado e eu não serei, infelizmente, pois há limites para o ecumenismo. Quando eu estava no catecismo e precisávamos, concessão da época, desenhar com lápis de cor cenas da história sagrada, ele é quem me contava sobre os Reis Magos e a estrela cadente que os guiava, a Natividade no estábulo com o boi e o burro, a Fuga para o Egito, o Massacre dos Inocentes, a pesca milagrosa no Lago de Tiberíades, os apóstolos e a traição de Judas, a última ceia e o galo que ia cantar três vezes, o romano cravando sua lança no flanco de Cristo etc.

Mas não ia à missa aos domingos, não se confessava (não teria pecado nenhum para contar), nunca o vi comungar. Tenho uma vaga e remota lembrança de missa do galo, mas pouco, e não por muito tempo. Em compensação, nunca faltava à missa de Ramos. Me agrada essa cerimônia cristã de origem pagã ter sido sua predileta. Sabe-se que, prelúdio à Paixão, ao voltar a Jerusalém, Jesus é aclamado por numerosa multidão, que o recebe com fervor e muitas folhas de palmeira – as quais se tornaram símbolo da vitória de Cristo sobre a morte. Durante a fuga para o Egito, o menino Jesus é alimentado por tâmaras colhidas de uma palmeira pela Sagrada Família. A palmeira enquanto sinal de acolhida e boas-vindas remete a uma cerimônia pagã que celebrava o renovar da vegetação e favorecia a fecundidade. A festa cristã de Ramos encobre a

---

[1] No original: *le père Onfray*. *Père* seguido de um nome, expressão comumente empregada em francês, poderia se traduzir aqui por "Seu Onfray" ou "Velho Onfray". (N. T.)

festa pagã da promessa de prosperidade. Meu pai vinha para casa com um ramalhete de buxo benzido. O buxo substituiu a palma em regiões mais afastadas do Mediterrâneo: porque permanece verde no inverno, simboliza a promessa de imortalidade. Ele desprendia um ou dois ramos, que inseria entre a madeira do crucifixo e a representação do corpo de cristo. Outro ficava na Citroën 2CV, junto com um medalhão de são Cristóvão.

Beato, carola, crente, praticante, isso meu pai nunca foi. O que ele gostava no catolicismo, ao menos é o que eu acho, era ele ser *a religião de seu Rei e de sua ama de leite*. A religião cristã era, para ele, aquilo que unia os homens – e nunca na sua vida meu pai fez alguma coisa que os pudesse desunir. Era promessa de paz, perdão, benevolência, amor ao próximo, indulgência, bondade, doçura, clemência, virtudes praticadas por ele, que desconhecia o seu contrário.

Meu pai era cristão segundo Jesus, o homem dos pequenos e dos humildes, e não segundo Paulo, o homem do gládio e do Vaticano. Minha mãe, inversamente, gostava dos papas – até confeccionara um quadro com o retrato de João XXIII que tronava sobre um móvel. Meu pai não ligava a mínima. Praticava as virtudes evangélicas sem ligar para a Igreja. Nos seus últimos anos de vida, já nem ia mais à missa de Ramos nem depositava mais buxo nos túmulos de entes queridos – onde sua alma material devia pressentir que em breve se desfaria para sempre.

O paganismo era patente na relação que ele tinha com a natureza – uma relação de sismógrafo. Conhecia uma quantidade de ditados oriundos de uma sabedoria popular empírica e milenar. Nada do que compõe o alfabeto da natureza lhe era estranho: a cor da lua, a luminosidade do halo que a cerca, o cheiro de ozônio antes da tempestade, a distância do relâmpago, calculada a partir do som do trovão, a altitude do voo das andorinhas que prenuncia a tempestade, seu agrupamento nos fios elétricos antes da partida migratória, o brotar das primeiras flores, a chegada da primavera, o ciclo das lunações, a diferença entre lua crescente e decrescente, lua ascendente e descendente, as promessas de cada nuvem, a neve acumulada numa escarpa que espera a neve, a posição do musgo nas árvores, a hora de o galo cantar e as estrelas.

Lembro que, certa noite, ele me chamou à soleira da porta para me contar sobre o céu: Ursa Maior, Ursa Menor, ali uma panela, lá uma raposa levando um ganso na boca, em tal lugar um peixe voador, em tal outro uma pomba. E então me ensinou o tempo e a duração, a eternidade e o infinito, ao explicar que algumas estrelas, muito distantes, já tinham enviado bilhões de anos atrás a luz que só agora chegava até nós, sendo que elas próprias já deviam ter morrido há milhões de anos.

Descobrir assim a imensidão do tempo e a pequeneza de nossas vidas é aprender o sublime, é descobri-lo, é tender para ele e nele querer ocupar um lugar. Meu pai me fornecia assim, simplesmente, um exercício espiritual de primeira qualidade para me ajudar a encontrar meu lugar no cosmos, no mundo, na natureza e também, portanto, entre os homens. *Subir aos céus*, a consagrada expressão do catecismo, podia também, portanto, ser entendida de forma pagã, imanente ou, para usar um termo perfeitamente adequado: filosófica. O céu estrelado oferece uma lição de sabedoria a quem sabe olhar para ele: perder-se nele é se encontrar.

A estrela polar cumpria um importante papel nessa lição de sabedoria. Meu pai, que não dava outra lição de moral senão a de viver moralmente, ensinou-me que essa estrela é a primeira a surgir, a última a sumir, que aponta infalivelmente para o norte quaisquer que sejam as circunstâncias, e que basta olhar para ela quando se está perdido para ela nos salvar, mostrando o rumo a seguir. Lição de astronomia, sem dúvida, mas também de filosofia, ou até mais: lição de sabedoria. Saber que precisamos de um ponto de referência existencial para poder levar uma vida digna desse nome – algo que dava ao menino que eu era uma espinha dorsal na qual enrolar seu ser.

Tínhamos, eu e ele, uma história com a estrela polar. Quando eu tinha uns oito, nove anos, num campo em que eu o ajudava a plantar batatas, ele cavava com a enxada buracos regulares e eu punha uma batata dentro, às vezes também do lado. Ele, curvado ao meio, pernas eretas, avançava em ritmo regular, qual máquina bem ajustada, bem azeitada; já eu arrastava do jeito que dava meu cesto que raspava no chão. Ele se calava; eu falava o tempo todo, ele às vezes me repreendia mansamente por isso. As andorinhas cantavam lá no alto e, depois de muito se esgoelarem, vez ou outra deixavam-se cair do céu pesadamente.

Um avião deixou um rastro no ar; perguntei ao meu pai aonde ele iria se um dia ganhasse de graça um bilhete de avião. Pergunta esquisita numa época em que faltava dinheiro em casa para as coisas mais elementares e em que, filho de um operário agrícola e de uma faxineira, poucas eram as probabilidades sociológicas de eu um dia poder dar corpo a esse desejo – na falta de dar um desejo ao corpo de meu pai, que nunca expressava nenhum. Ele nada tinha, de modo que tudo possuía. Sendo assim, por que cobiçar algo mais? Os presentes de dia dos pais estacavam nessa ascese: um livro? Ele não lia. Um disco? Não escutava música. Um cachecol? Nunca usava. Uma gravata? Já tinha uma. Uma garrafa de vinho ou champanhe? Não bebia. Charutos? Ele então enrolava seus cigarros, única frivolidade explicitada com Gitanes de papel de milho no domingo, e uma cigarrilha nos dias de festa. Não havia dinheiro para restaurante, cinema, teatro, férias jamais, quando tirava era para ir trabalhar em outra fazenda.

Meu pai não eludiu minha pergunta, até respondeu: "Para o Polo Norte". Não lembro qual foi minha reação. Espanto, talvez, e seguramente um "por quê?" a que ele não teria respondido – senão eu lembraria. Anos mais tarde, em 1981 – ele acabava de completar sessenta anos, o médico diagnosticara uma angina do peito e prescrevera a implantação de duas pontes coronárias –, no quarto de hospital onde, ainda e sempre, aos vinte e dois anos, eu ignorava a sábia arte de calar, conversei com ele. Mencionei a antiga pergunta, quis saber se ele ainda lembrava a resposta que me dera; ele confirmou: "Sim, claro: o Polo Norte...". Perguntei por que, evidentemente – e obtive uma resposta do gênero: "Não sei... Por nada...".

Vinte anos mais tarde, feliz por meu pai ter chegado àquela idade, e para festejar seus oitenta anos, convidei-o para uma viagem ao Polo Norte. Para nos acercarmos da nossa estrela polar. Ele, que nunca saíra de sua aldeia, nunca andara de avião, nunca se separara de minha mãe por mais que um dia, aceitou. E fomos. Vimos o Polo Norte, vimos ursos brancos, icebergs, inuítes, geologias lunares, águas de tudo que é cor, de turquesa a ultramarino, de cinza a preto, de verde a violeta, comemos foca crua, sujamos a boca de sangue fresco, devoramos fígado também cru, partimos ao meio o olho do animal encalhado para tragar o cristalino, comemos salmão defumado, seco, pendurado ao ar livre, mascamos pele de orca, sorrimos inúmeras vezes para inuítes desdentados em volta de um fogo de lenha, vimos um sopro de cetáceo na superfície das águas, mas não a baleia, pássaros passaram rente a nós em seus longos voos planados, gritaram acima de nós. Contei essa história num livrinho, *Esthétique du Pôle Nord* [Estética do Polo Norte].

Decepcionado de início, meu pai não viu o que talvez esperasse ver: os iglus de gelo tinham dado lugar a casas de madeira coroadas por antenas parabólicas; os caiaques e seus remadores haviam sido trocados por barcos a motor; os cães de trenó, por pesados 4x4 e quadriciclos estardalhantes; o aquecimento global derretera o gelo naquele verão e expusera a terra poeirenta que redemoinhava nas incessantes idas e vindas dos veículos motorizados; no lugar dos inuítes mitológicos estavam inuítes empanturrados de açúcar, obesos, desdentados, bebedores de Coca-Cola, fumantes, mendigando o haxixe trazido na bagagem pelos visitantes – não sendo essa a minha substância, eu só trouxera uma garrafa de vinho para comemorar o aniversário; trocados por evangelistas comedores de hóstias, haviam desaparecido os xamãs habituados aos espíritos dos animais, das pedras e dos mortos.

O Norte perdera o norte. Cheguei a lamentar ter planejado essa viagem e, contemplando um iceberg ao longe, no alto de um pequeno monte, frente ao mar azul quase negro, recordei a frase de Schopenhauer: "O desejo nunca cumpre suas promessas". Meu pai tinha, enfim, respondido à minha pergunta: *Por quê?* Quando moço, no quarto de operário agrícola que ele dividia com os animais, e em que a água, no inverno, congelava na bacia, ele lera Paul-Émile Victor. E, para ele, cujo sobrenome escandinavo atesta dez séculos de presença em terras normandas com vikings na árvore genealógica, posso de fato imaginar quanto exotismo não havia naquela terra hiperbórea, fonte das fontes, genealogia das genealogias.

Mas meu pai, se de início ficou decepcionado por não ver o que tinha vindo ver, acabou vendo o que não esperava: num dia em que o mau tempo e a presença de um urso nos impediam de sair da cabana, o inuíte que nos servia de guia, Atata (*papai*, em inuktitut[2]), se pôs a nos contar

---

2 Variedade da língua inuíte falada no nordeste do Canadá. (N. T.)

a mitologia de seu povo. Numa sacola de pele de foca, introduziu um fino cordão feito com os nervos do animal e, tentando juntar ao acaso os ossos do mamífero que tirava lá de dentro, dispunha-os sobre a mesa e contava as histórias. Mesclava mitos com fatos de sua vida, da vida de sua aldeia. Falava na sua própria língua, dois marujos que trabalhavam com ele traduziam em inglês, nós traduzimos em francês.

Atata, que tinha o rosto marcado de frio e de luz, liso, achatado, só horizontalmente riscado pelos olhos, Atata, o velho, o ancião da aldeia, Atata, meio xamã, meio pastor, Atata, patrão de seus dois marujos, Atata proferiu umas palavras trêmulas, parou de falar com um soluço na voz, ficou em silêncio, um silêncio que durou uma eternidade, e então bateu com o punho na mesa antes de enxugar as lágrimas. O rude personagem, septuagenário, que tivera para com meu pai, mais idoso que ele, todas as deferências devidas aos antigos, e que certa noite, numa ilha, em meio às pedras, junto a uma fogueira, trouxe do nada uma cadeira para que ele se sentasse, Atata petrificou então sua plateia. Os tradutores do inuktitut para o inglês se calaram. Um longo silêncio de morte tomou conta da casinha de madeira, que um urso poderia desmantelar com uma patada só.

O inuíte desdentado deu a explicação: o ancião estava contando uma história terrível. Durante a Guerra Fria, quando Estados Unidos e União Soviética consideravam a possibilidade de uma guerra nuclear, o Polo Norte representava uma zona estratégica. Uma base na Groenlândia, aliás, permitira que os norte-americanos avançassem suas peças – um bombardeiro munido de bombas atômicas chegou, inclusive, a errar uma manobra de aterrissagem e afundar no gelo, levando consigo suas armas de morte.

Nessa época, os norte-americanos deportaram as tribos inuítes a fim de poderem ocupar a região mais ao norte: famílias, mulheres e crianças, anciões, seus parcos instrumentos de caça e de pesca, seus caiaques, seus cães e trenós. Não levaram em conta o fato de que, à medida que se avança em direção ao polo, o gelo se torna mais espesso, sendo impossível, portanto, perfurá-lo para pescar. Os inuítes rumaram então para o sul para não morrerem de fome, ou morrerem simplesmente, já que a foca é que lhes fornece quase tudo: para comer, morar (os intestinos servem de vidro corta-vento), vestir (a pele dos bichos é cosida com seus nervos), se deslocar (a pele do animal reveste o caiaque).

Quando os norte-americanos perceberam esse movimento dos inuítes na direção contrária, deportaram-nos novamente para o norte. Outra vez as famílias, mulheres e crianças, anciões, outra vez os parcos instrumentos de caça e de pesca, outra vez os caiaques, os cães e os trenós. Mas, para impedir que esse povo retornasse aos locais de caça e pesca mais ao sul, o exército norte-americano matou e empalou os cães. Ao relatar o assassinato de seus cães é que, meio século mais tarde, Atata chorava.

Meu pai, que não viu o que tinha vindo ver, acabou vendo o que não tinha vindo ver: o relato do fim de um povo, de uma civilização, de um mundo. Atata estava para o mar e para os cães como meu pai estava para a terra e para os cavalos. Esses dois homens nunca tinham sido apartados da natureza, da qual sabiam que eram parte, e sua inteira sabedoria provinha dessa evidência. Atata pranteava seus cães empalados do mesmo modo como vi meu pai, um dia, emocionado até as lágrimas, contar que um cavalo de que gostava ("Coquette", talvez, ele falava muito nos seus cavalos, e só me vem esse nome) e com o qual arava a terra caíra morto na lavoura, fulminado por um ataque cardíaco.

Aquele momento uniu Atata e meu pai. A partir daí, e até o final da viagem, o inuíte e o normando sorriam um para o outro, se olhavam, conversavam sem se entender verbalmente, mas sabendo que a verdadeira compreensão não está nem aí para as palavras, para o verbo e para os discursos. O mundo do hiperbóreo e o do viking eram um mesmo e único mundo. Eu testemunhava aquela osmose, aquela simbiose entre dois homens que, sábios, sabiam que eram uma pequena parte do grande cosmos, um saber que, para quem o sabe, conduz ao sublime. Essa lição me foi dada, como as outras, sem mais alarde. Dias depois, meu pai se foi com Atata, numa frágil embarcação, para uma pequena ilha próxima. Fiquei na margem. Tive a sensação, ao vê-los penetrar e desaparecer no nevoeiro, de que aquela viagem estava me mostrando como seria, para o meu pai, a travessia do Estige. Tragado pelo nevoeiro, nadificado, sumido.

Na noite da morte de meu pai, assamos castanhas na lareira de minha casa em Chambois. Meu pai tomou sidra. E champanhe, no final do jantar. Quando expressou o desejo de ir embora, fui com ele. Fechei o zíper do seu casaco novo, ajustei o cachecol – ele acabara de passar por uma cirurgia no joelho, que correra bem, mas o deixara cansado. Seguimos em direção à sua casa, a menos de cem metros dali. Passamos em frente à igreja. Uma pracinha, com seu monumento aos mortos, sobe até a viela onde fica a casa onde meu pai nasceu, sobre a mesa da cozinha, em 29 de janeiro de 1921.

No meio dessa praça, meu pai se deteve. Eu segurava o seu braço. Não que ele precisasse disso para andar. Disse: "Preciso assoar o nariz". Assoou o nariz com seu grande lenço xadrez. Um sopro pequeno, seguido de outro, e mais outro. Guardou o lenço no bolso, enquanto eu erguia os olhos para o céu, buscando a estrela polar. O céu estava marrom, uma mescla de negro da noite e alaranjado da iluminação pública, uma cor feia, indefinível, que submergia a beleza do cosmos na palidez elétrica da civilização. Disse ao meu pai: "Hoje não vamos ver nossa estrela polar". Ele respondeu: "Não, o céu hoje está nublado...". E então morreu, em pé; eu o deitei no nada, que seus belos olhos azuis miravam fixamente. Faria oitenta e nove anos dali a dois meses.

Não creio na alma imortal, que ela vá para o céu; não creio em nenhum dos discursos religiosos que querem nos fazer crer que a morte não existe e a vida continua depois que o nada já levou tudo; não creio em nada que, de perto ou de longe, tenha a ver com metempsicose ou com metensomatose; não creio em sinais pós-morte. Mas acredito, por tê-lo vivenciado, experimentado, que naquela noite, naquele momento, naquela ocasião, meu pai me transmitiu um legado. Convidava-me à retidão em detrimento dos atalhos, à direiteza em detrimento do zigue--zague, às lições da natureza em detrimento das errâncias da cultura, à vida em pé, à palavra plena, à riqueza de uma sabedoria vivida. Dava-me uma força sem nome, uma força que obriga e não autoriza.

A chuva de dezembro caía sobre a aldeia no dia do seu enterro. Num dia de semana, a igreja estava cheia. Pessoas ficaram lá fora, no pátio pequeno, embaixo d'água, durante a cerimônia celebrada por dois padres amigos, um deles padre-operário, para exaltar a vida dura dos trabalhadores, homenagear os que têm profissões fisicamente exaustivas, e outro, dominicano, para expressar a força da meditação, o poder da espiritualidade, a dignidade do trabalho intelectual, e também aquela, edificante, da leitura dos textos que convidam à vida direita.

No pequeno cemitério de sua aldeia natal, de minha aldeia natal, fiquei sozinho à beira de seu túmulo onde, não longe do irmão, ele reencontrava seu pai e sua mãe. Já passado dos cinquenta, a ele é que eu devia o melhor daquilo em que me tornara; para o que me faltava para ser ainda melhor, ele me dava os meios. Era o seu legado: uma força serena, uma determinação calma, um brando poder, uma solidão sólida. Ora, o que se herda se merece. *Cosmos* é, sem dúvida, um livro escrito por mim, para mim, a fim de merecer esse legado. Mas o leitor nele também tem seu lugar. O cosmos, embora finito sem borda, é o centro em torno do qual nos enrolamos por um tempo, antes de desaparecermos depressa. A morte nos reunirá, dentro do nada.

*Caen, Praça da Resistência*
*Sexta-feira, 8 de agosto de 2014*
*Primeiro aniversário da morte de Marie-Claude*

# Introdução
## UMA ONTOLOGIA MATERIALISTA

*C*osmos é meu primeiro livro. Publiquei até esta data mais de oitenta livros sobre assuntos diversos: ética, estética, bioética, política, erotismo, religião, psicanálise, gastrosofia, mas também haicais, prosa poética, relatos de viagem, uns dez livros sobre pintores contemporâneos, alguns de crônicas da atualidade, vários volumes de um diário hedonista, uma miscelânea historiográfica de contra-história da filosofia em mais de dez tomos, mas minha impressão, realmente, é de que *Cosmos* é meu primeiro livro.

Foi preciso todos esses livros passados para chegar a este, sem dúvida, como os rios um dia desembocam no mar. Foi preciso, também, a morte de meu pai, como um evento primordial que parte minha vida ao meio – não menciono aqui a morte de minha companheira que, sobrevinda depois, torna inútil e incerto o que estava partido ao meio. Diante do túmulo aberto de meu pai e face ao caixão disposto sobre a laje de cimento do jazigo familiar (sinto falta do tempo em que o corpo era deitado diretamente na terra para nela se fundir, se desfazer, se decompor), tive de encarar concretamente isso que uma expressão estúpida define como *fazer o luto*[3].

Fazer a cama, fazer compras, fazer fila, fazer feira, fazer faxina, fazer comida, tudo bem; mas *fazer o luto*? Nunca fazemos o luto. *Sobrevivemos*, porque é preciso, porque está na ordem das coisas perder um pai idoso; ou por fraqueza, no caso de uma companheira que se foi cedo

---

3 No original: *faire son deuil*. A expressão, embora também signifique "viver o luto", é mais comumente empregada no sentido de concluir o processo de luto, ou seja, aceitar a perda e seguir adiante. (N. T.)

demais e, embora tentados pela ideia, não temos a coragem de ir ter com ela no nada tão logo deixamos suas coisas em ordem. Seguimos então vivendo, como o frango segue correndo depois que lhe cortam a cabeça, por hábito, por reflexo; sobrevivemos mecanicamente; dizemos "sim" por falta de energia para dizer "não"; conformamo-nos; compomos enquanto o outro se decompõe, e nos censuramos por compor, a tal ponto que nos parece fútil, irrisório, insignificante aquilo com que precisamos compor.

Cada um faz o que pode, e nenhuma situação se parece com outra – a morte de um bebê de alguns dias ou a de um quase centenário, a de um desconhecido, a de um avô, a de um filho ou a de um vizinho, o suicídio ou o assassinato, o acidente ou a doença demorada, a pessoa que amávamos, aquela que amávamos menos, a que conhecíamos bem, a que víamos raramente, cada caso é diferente. Como é diferente também o momento da vida em que ocorre essa morte: a de um pai quando se tem dez anos, a de um filho recém-nascido quando se tem vinte, ou um de quarenta quando se tem sessenta e cinco, a morte que deixa desamparado aos quinze anos, no limiar da vida, ou a que se sabia inelutável quando já se passou de certa idade e se tem pais idosos.

A morte de alguém que amamos, quando se busca viver uma vida filosófica, é uma experiência de um tipo particular, pois põe à prova o que pensamos sobre esse assunto[4], que então se torna um objeto, nosso objeto. A morte abordada como morte do outro torna-se então a morte de tal pessoa, ou, para empregar as categorias de Jankélévitch, torna-se a morte na segunda pessoa: *tu morres* – sendo a morte na primeira pessoa, *eu morro*, ou na terceira pessoa, a de um terceiro distante, *ele morre*. Meditar sobre o *Fédon* de Platão não nos causa mais impacto do que ler, se não acreditamos em Deus, os Evangelhos que nos asseguram que, quando morre o corpo, a alma imortal sobrevive e tem a experiência da vida eterna. Por mais que se tenha lido as estoicas consolações dos antigos filósofos e se conheçam os seus argumentos: a morte diz respeito a cada um de nós, de nada adianta ficar chocado, ela é inevitável, de nada adianta rejeitá-la, ela é antes uma representação

---

4 No original: *sujet*. Jogo de palavras intraduzível, uma vez que o termo, em francês, significa "sujeito", mas também "tema", "assunto". (N. T.)

sobre a qual temos poder do que uma verdade intrínseca, não adianta pensar demais na própria sorte, isso não faz que a dor se atenue. Podemos até saber o que diz Epicuro a respeito da morte – que ela não é nada, uma vez que, quando eu sou, ela não é, e quando ela é, eu já não sou –, mas descobrimos que Epicuro só fala da morte em primeira pessoa. E a morte dos outros? O que diz Epicuro sobre a morte de um pai? Nada. O epicurista Lucrécio oferece uma resposta: não há que temer a decomposição no sentido material do termo: morremos enquanto combinação, mas sobrevivemos enquanto átomos. De que nos serve saber que, mortos, sobrevivemos na forma de capim? Relemos os *Ensaios* de Montaigne e as célebres páginas, revisitamos Cícero, "que filosofar é aprender a morrer". Muito bem. Mas será que um dia chegamos mesmo a aprender isso cujo propósito é o de ser vivido, digamos assim, uma vez só? Recordamos Schopenhauer, que consola da morte individual dizendo que ela é o preço a pagar pelo caráter eterno da espécie. Mas quando se trata de nós, não achamos nenhum conforto no fato de tornar possível algo para o qual não ligamos a mínima! Pensamos em Nietzsche, que julga resolver o problema nos convidando à paciência sideral do sobre-humano, convencido de que o eterno retorno lhe permitirá reviver um dia a mesma vida, nas mesmas formas, e isso infindavelmente, mas a espera pelo retorno de ciclos plurimilenares é longa, dá tempo de se entediar. Consultamos até mesmo Jankélévitch, o qual discorre sobre o tema durante quinhentas páginas para afinal concluir que não se pode afirmar nada a respeito, que um dia a gente acaba descobrindo, quem sabe, ou quem sabe até não descubra.

A filosofia parece ser, sobre esse tema, bem pobre em consolos realmente eficazes. Retórica há muita; sofística, em quantidade; belos raciocínios, até dizer chega; ficções consoladoras repletas de além-mundos, uma penca. Mas o corpo, no luto, tem razões que a razão desconhece! Encontram-se, sem dúvida, uma ideia útil aqui, outra ali, mas nenhuma que de fato ajude a se pôr rapidamente em pé quando se está de joelhos em terra. A não ser...

A não ser que se parta do princípio de que a morte é uma herança, de que o falecido lega aquilo que ele foi e que, quando se teve a sorte de ter um pai e uma companheira que, de tão bons, beiravam a santidade, só resta render-lhes a única homenagem possível: viver segundo os seus princípios, ser conforme aquilo que fazia que fossem amados, não deixar morrer sua força de existir na generosidade de ser, retomando-a como quem junta, após um combate, um estandarte caído ao chão, agir sob seu olhar inexistente e permanecer-lhes fiel, encarnando suas virtudes, adotando seu talento de gerar doçura.

Transformar uma catástrofe em fidelidade é o que *Cosmos*, subintitulado *Uma ontologia materialista*, vem propor. O livro assume a forma de um pentagrama constituído por pentagramas – cinco partes, sendo cada uma composta por cinco capítulos. Donde, na primeira parte, "Uma forma *a priori* do vivo", minha interrogação é sobre o tempo virgiliano que foi o tempo de meu pai, tempo calmo e pacífico que se trata de redescobrir a fim de habitá-lo com toda serenidade; e, na segunda parte, "A força da força", uma reflexão sobre a *vida* enquanto força além do bem e do mal, à qual somos submetidos até mesmo na morte, que é uma de suas variações; na terceira parte, "Um alter ego dessemelhante", considero as consequências desta tese de Darwin: não há distinção de natureza entre o animal e o homem, e sim uma distinção de grau; na quarta parte, "Uma ética do universo amarrotado", há uma meditação sobre o cosmos enquanto lugar genealógico, imanente e pagão da sabedoria, que permite o encontro de si consigo e, portanto, com os outros; por fim, na quinta parte, "A experiência da vastidão", proponho um convite ao sublime resultante da tensão entre o interesse e atenção face ao espetáculo do mundo concreto e a pequenez de nossa consciência aguçada, sabendo que ela não é grande coisa, mas que pode muito.

Parte I

# O TEMPO
Uma forma *a priori* do vivo

*Tempo*: não interessado em uma abordagem transcendental, a qual sempre hei de preferir à empírica, eu poderia decerto propor uma definição de tempo, mas de que serviria? Em "As formas líquidas do tempo" (capítulo 1), prefiro sair em busca de um tempo perdido, o tempo de um champanhe "1921", por exemplo, ano do nascimento de meu pai, para mostrar que não existe tempo perdido. Achamos que ele foi perdido, mas é possível reencontrá-lo. Basta, para tanto, sair à sua procura, sabendo que se tem acesso a ele menos de modo puramente cerebral e conceitual do que mobilizando uma inteligência sensual, uma memória afetiva, uma reflexão transversal que convoca as sinestesias e correspondências tão caras aos poetas.

Bergson é grande, evidentemente, mas Proust, o bergsoniano, é ainda maior quando narra o tempo perdido e reencontrado de forma romanesca, em vez de dissecá-lo à maneira de um filósofo institucional. A filosofia nunca é tão grande como quando não é praticada por um profissional da disciplina. O Bachelard de *A intuição do instante* é grande, evidentemente, mas maior ainda, a meu ver, é o Bachelard que discorre sobre o tempo a partir de uma poética do sótão ou de uma fenomenologia do porão, da oscilação da chama de uma vela ou do aroma domingueiro de um frango assado.

Em "As *Geórgicas* da alma" (capítulo 2), busco o tempo não a partir de definições dadas por autores desse tema, mas relembrando a descoberta dos tempos. O tempo da infância, das brincadeiras na floresta, das cabanas no mato, dos passeios solitários pelo campo, das andanças em trilhas coloridas pelos tons sobre tons do outono, dos respingos da água no lavadouro, dos filhotes de enguia pescados com a mão. Tempo da adolescência, também, que permite ao jovenzinho devorador de livros que sou aprender sobre o trabalho ao observar meu pai em sua lida na horta. Nunca uma aula de metodologia foi mais bem ministrada, sem nunca ser professada. As trilhas claras e precisas, os canteiros nitidamente desenhados, as fileiras alinhadas de legumes, as ervas aromáticas no lugar certo, as flores no seu lugar.

O gosto pelo trabalho bem feito me foi transmitido dessa forma. Permanece associado ao sabor forte da cebolinha, ao do morango que um dia se me transfigurou num flavor (relato essa experiência no prefácio de *A razão do gosto*), ao perfume embriagante dos cravos do poeta quando finda o abrasante dia de verão, ao odor da terra quando se espera pela chuva, ao cheiro de deserto que um dia reencontrei no Saara ou, depois da tempestade, ao cheiro de selva que senti uma vez no Brasil. A natureza foi para mim a primeira cultura, e precisei de muito tempo para discernir, na cultura, a ruim que nos afasta da natureza e a boa que nos traz de volta a ela.

Demasiados livros se propõem a deixar o mundo de lado enquanto pretendem descrevê-lo. Cada um dos três textos fundadores de religiões pretende abolir os demais livros e se instituir como único. Todos os três geraram uma infinidade de livros que os comentam, igualmente inúteis para a compreensão do real. Um jardim constitui uma biblioteca, ao passo que pouquíssimas bibliotecas constituem um jardim. Observar um jardineiro trabalhando dia após dia nos ensina bem mais, às vezes, do que ler intermináveis livros de filosofia. Um livro só é grande quando nos ensina a passar sem ele, a erguer a cabeça, a tirar o nariz do volume para olhar detalhadamente um mundo que espera apenas nosso interesse.

Meu pai, em seu jardim, obedecia ao ritmo da natureza. Conhecia o tempo genealógico. Vivia sem atentar para o tempo contemporâneo, que é tempo de instantes dissociados do passado e do futuro, tempo morto que não procede de memória alguma e não prepara futuro algum, tempo niilista feito de fiapos de momentos arrancados do caos, tempo reconstruído pelas máquinas de produzir virtualidade e apresentá-la como sendo a única realidade, tempo desmaterializado das telas que se substituem ao mundo, tempo das cidades *versus* tempo do campo, tempo sem vida, sem seiva, sem sabor...

O esquecimento desse tempo virgiliano é causa e consequência do niilismo de nossa época. Ignorar os ciclos da natureza, desconhecer os movimentos das estações, viver exclusivamente em meio ao concreto e asfalto das cidades, ao aço e ao vidro, nunca ter visto uma pradaria, uma lavoura, um bosque, uma floresta, uma mata de corte, uma videira, uma pastagem, um rio já é viver no jazigo de cimento que um dia há de acolher um corpo que não terá conhecido nada do mundo. Como encontrar seu lugar no cosmos, na natureza, na vida, na sua própria vida, quando se vive num mundo de motores poluentes, luzes elétricas, ondas sorrateiras, câmeras de vigilância, ruas asfaltadas, calçadas sujas de dejetos animais? Sem ter outra relação com o mundo senão a de um objeto num mundo de objetos não há como sair do niilismo.

O povo cigano, povo da oralidade, da natureza, do silêncio, dos ciclos das estações, esse povo, sim, possui o senso do cosmos – pelo menos aqueles que ainda resistem ao canto da sereia disso que se apresenta como civilização. Ou, em outras palavras: a sedentariedade confinada no asfalto. Em "Depois de amanhã, amanhã será ontem" (capítulo 3), interrogo esse povo que aprecia o silêncio e a tribo. Que fala aos porcos-espinhos, e os porcos-espinhos lhe respondem. Que não tem a noção da danação cristã, desconhece o pecado original e não é sujeito, portanto, à ditadura do trabalho produtivista. Os ciganos vivem afinados com o tempo dos astros, não com o tempo dos cronômetros.

Sua vida natural soa como um insulto à vida mutilada dos gadjos, os não ciganos. Porque, fiéis às suas tradições, esses que resistiram à civilização triunfam enquanto povo fóssil, dão testemunho daquilo que fomos antes da sedentarização: gente nômade, tribos em movimento, povos que saem pelas estradas na primavera ou se instalam em acampamentos para hibernar, revelam que também nós preferíamos, milhares de anos atrás, meditar diante de uma fogueira a perder tempo nos transportes coletivos, viver com os animais, comendo-os para viver e não vivendo longe de bichos abatidos industrialmente para comer sua carne insípida.

Tal como o jardim ou a horta, um acampamento cigano no campo é sempre, para mim, uma lição de sabedoria. O desagravo a esse povo é um desagravo àquilo que já não somos e ao que lamentamos ter perdido: a liberdade. A eterna perseguição que os acompanha, até nas câmaras de gás nazistas, demonstra que isso que se apresenta como civilização se assemelha, muitas vezes, à barbárie, e que isso que as civilizações denominam barbárie é, na maioria das vezes, uma civilização de que se perderam os códigos – como se perderam os das ruínas sumérias ou acádias, hititas ou nabateias.

Em "O dobrar das forças em formas" (capítulo 4), proponho a hipótese de que o tempo está em cada uma das células daquilo que é. A estrela caída de que procede tudo que é traz em si uma cadência: a obsidiana e a samambaia, a erva-benta e o ginkgo, o ácaro e a mutuca, o leão e o carneiro, a girafa e o touro de combate, ou ainda o trigo descoberto nas pirâmides capaz de germinar quarenta séculos mais tarde se houver condições para sua germinação, ou as palmeiras que só florescem uma vez na vida, a cada oitenta anos, e depois morrem, mas também, é claro, os humanos, portadores de um relógio interno com molas desigualmente esticadas pelo cosmos.

Por fim, em "Construção de um contra-tempo"[5] (capítulo 5), examino os efeitos da abolição do longo tempo que vigorou desde a Antiguidade romana até a invenção do motor, no século XIX: o tempo do passo do cavalo. O aparecimento das máquinas de fabricar tempo virtual (telefone, rádio, televisão, telas de vídeo) matou o tempo cósmico e produziu um tempo morto, esse dos nossos tempos niilistas. Nossas vidas fixadas no instante estão desconectadas dos seus vínculos com o passado e o futuro. Para não sermos um ponto morto de nada dentro do nada, precisamos inventar um contra-tempo hedonista de modo a *criar-nos liberdade* ou, em outras palavras, lição nietzschiana infiel a Nietzsche, precisamos escolher, em nossa vida e para a nossa vida, o que gostaríamos que se repetisse sem cessar.

A alma humana, que é material, traz em si a memória de uma duração que se estende para além do bem e do mal. A duração vivida não é naturalmente percebida, é culturalmente medida. Nosso tempo vive essa duração, sem saber; nossa civilização a mede para enjaulá-la, domá-la, domesticá-la. A civilização é a arte de transformar em tempo mensurável, isto é, rentável, uma duração corporalmente escrita que atesta a permanência, em nós, do ritmo cósmico que precisamos conhecer. O tempo é uma força estelar *a priori*, dobrada *a posteriori* em tudo que tomou forma. É a velocidade da matéria. Essa velocidade é passível de uma multiplicidade de variações. Essas variações definem o vivo, a vida.

---

5 Conceito do autor, que aparece várias vezes na obra e dá título a um capítulo. Optou-se aqui por grafar com hífen, conforme original, para acentuar a ideia de "em oposição ao tempo" e diferenciar de "contratempo" (aborrecimento). (N. T.)

# 1
## AS FORMAS LÍQUIDAS DO TEMPO

Eu poderia dizer, do tempo, que ele é a "velocidade da matéria". Estaria assim acrescentando uma definição teórica, ou teorética, a essa realidade que deixa o pensamento em apuros devido a seu caráter fluido, corredio, fugidio, evanescente, fugitivo, efêmero, fugaz. Tal contribuição viria então somar-se às inúmeras tentativas de apreender o inapreensível. Assim, o "fluxo do rio" heraclitiano, a "forma móvel da eternidade imóvel" platônica, o "intervalo que acompanha o movimento do mundo" estoico, o "número do movimento segundo o antes e o depois" aristotélico, a "imagem do Um que se encontra no contínuo" de Plotino, o "acidente dos acidentes" epicurista, a "série de ideias que se sucedem" de Berkeley, a "forma *a priori* da sensibilidade" kantiana, "a sucessão infinita de instantes particulares" de Kierkegaard, o "fantasma do espaço obcecando a consciência refletida" bergsoniano, as "dimensões da nadificação" sartrianas descrevem a coisa sem nunca esgotá-la.

Quando um filósofo fala sobre o tempo, sente-se imediatamente obrigado ora a acrescentar uma definição à história das ideias, ora a encetar uma dissertação sobre o tempo que é sem ser, sobre o tempo que se sabe o que é enquanto não se fala nele, mas sobre o qual não se é capaz de dizer nada assim que se é perguntado sobre ele, sobre o tempo reduzido ao presente, uma vez que passado e futuro só existiriam enquanto presentificados, sobre a inexistência do tempo encoberto pela duração vivida, sobre a impossibilidade de uma teoria do tempo porque seria inscrita na temporalidade, sobre a pureza menor do tempo, forma degradada da eternidade e, logo, da divindade. Lampejo de serpente desaparecendo na relva.

Li o que os pensadores pensaram e escreveram sobre o tempo. As formulações são muitas vezes belas, as intuições, corretas, os voos líricos por vezes ocultam considerações sensatas sobre o passado que já não é e o futuro que ainda não é, ou seja, sobre a inexistência daquilo que já não é e daquilo que ainda não é, exceto dentro do instante, o qual concentra em si essa estranha alquimia – posto que não é, ele próprio, um ponto, mas uma duração –, estranha criatura cuja cabeça e cauda se encontram, a primeira à frente do tempo, e a segunda, em sua traseira. O presente, obviamente sujeito à lei do tempo, parece não ser mais do que um instante furtivo dentro do qual se cumpre essa metamorfose do futuro em passado, uma vez que todo passado revela ser um ex-futuro devindo. Deve, para tanto, passar pelo triturador do presente, invisível transformador do ser em nada.

Eu queria sair em busca do tempo não de forma conceitual, numênica, mas de modo nominalista. Queria *um* tempo perdido, não *o* tempo perdido. Eu então ainda não perdera a minha companheira, ou teria provavelmente desejado reencontrar um tempo que havia sido o nosso, aqui e ali, em espaços vividos, em lugares percorridos, em durações talhadas no mármore de duas memórias transformadas em uma. Tempos antediluvianos da juventude, tempos partilhados da vida se fazendo, tempos longos da doçura cotidiana, e em seguida o tempo dos tempos de dor, tempo da longa doença, tempo do sofrimento, da agonia, da morte, tempo do luto. O tempo desse tempo talvez venha um dia; no momento, ainda é cedo demais.

Eu escolhera o tempo do nascimento de meu pai: "1921". Esse ano foi, na filosofia, o ano de *Mars ou la guerre jugée* [Marte, ou a guerra julgada] de Alain, e também do *Tractatus logico-philosophicus* de Wittgenstein; o do *Quinteto* de Fauré, e também dos *Seis lieder* de Webern; o de *Mulher nua dormindo na beira da água* de Vallotton, e também de *Por que não espirrar?*, um *ready-made* de Duchamp; o ano da morte de Saint-Saëns, e também do Salão Dadá em Paris; o da publicação de *Sodoma e Gomorra* de Marcel Proust, e também das últimas páginas do *Ulisses* de Joyce; o da matança, a mando de Lênin, de novecentos marinheiros que, em Kronstadt, só pediam respeito pelos ideais da Revolução Russa, e o da tomada de poder de Hitler à frente do partido nazista; o do bolchevismo triunfante, e também o da Nova Economia Política e da ajuda dos Estados Unidos à exangue Rússia leninista; o da condenação de Sacco e Vanzetti, e também o da defesa desses dois anarquistas por outro anarquista então desconhecido: Benito Mussolini; o da publicação de *Psicologia das massas e análise do eu* de Freud, mas também, do mesmo autor, de *Sonho e telepatia* – em outras palavras: o fim de um mundo e o começo de outro. A guerra de 1914-18 dá à luz um tempo que põe fim ao tempo antigo: em 1921, o niilismo se esparrama feito tinta sobre a página da civilização judaico-cristã.

Eu tinha o desejo de reencontrar esse tempo que eu não conhecera, "1921", embora eu fosse seu filho, em todas as acepções do termo. Essa data de nascimento de meu pai pressupõe sua própria concepção por seu pai, um ferrador que servira no 13º Regimento de Couraceiros, incorporado ao 104º Regimento de Infantaria durante a Primeira Guerra Mundial. Depois de voltar gaseado das batalhas do Leste, de receber medalha militar por uma campanha efetuada na Itália em maio de 1916, "retornar à linha de frente francesa em 29 de julho de 1918", ser liberado em 14 de março de 1919, segundo consta em seus documentos militares, concebera esse filho, meu pai, depois de passar pela guerra, matriz do niilismo de nossa época, a qual se contenta em viver suas remanescências. Várias vezes me ocorreu que uma simples explosão de obus passando ao acaso, uma bala de nada cumprindo sua trajetória em direção ao meu avô teria acabado com ele, sem dúvida, mas também, ao seu modo, com meu pai, e logo, por extensão, comigo. Em meio às dezenas de bilhões de projéteis que riscaram o céu negro daquela época, vidas foram ceifadas, outras, poupadas, e vidas advindas dessas vidas poupadas se perpetuaram, inocentes deste acaso que, às cegas, distribuía furiosamente o ser e o nada.

Quase um século mais tarde, eu me achava no leste da França, não longe daquela terra empapada do sangue dos soldados, nutrida de carne humana, embebida do estertor de baixo ruído da agonia dos combatentes. E eu devia minha presença no mundo a um estranho acaso, ainda conjugado com outro, este que fez que, no combate seminal que presidiu a minha vinda ao mundo, também houvesse muitos mortos para que uma vida só triunfasse – a minha. O aleatório ditava mesmo a lei; eu provinha, portanto, de uma extraordinária série de fortunas adequadas!

Deus, então, não tinha mesmo nada a ver com essa aventura que antes leva um ser a ser do que leva um potencial a jamais se realizar.

Início de 2012, encontrava-me na Champagne com meu amigo Michel Guillard, que conheci em 1990, na época em que ele dirigia a revista *L'Amateur de bordeaux*, que fundara com Jean-Paul Kauffmann. Juntos, tomamos excelentes garrafas, naquela época, e também mais tarde. Ele me pedira para colaborar na classificação das paisagens da Champagne para a Unesco. Visitamos as adegas e lemos, comovidos, os grafites que contam histórias de pessoas gravadas no giz, que conserva sua memória e a traz até nós. Retratos ingênuos, desenhos eróticos, nomes ou sobrenomes de corpos há muito desaparecidos, datas, rabiscos de almas que deixam marcas na vida antes que o nada retome suas carnes, aqueles ecos às imagens rupestres contavam também a vida nos subsolos durante os bombardeiros da tal Primeira Guerra Mundial. A população, enterrada viva, pelo tempo do combate travado acima de suas cabeças, vivia a pouca distância daqueles que morriam ao ar livre, antes de retornarem à terra de sua última morada.

O subsolo champanhês conserva esses vestígios, como a gruta de Lascaux conserva os seus. Mas guarda também outra memória: milhões de garrafas que, abrigadas da luz, preservadas do tempo mecânico das vidas modernas, armadilharam o tempo. Não existe, para ir em busca do tempo perdido, lugar mais mágico do que uma adega, onde quem sabe provar a alma de um vinho acede ao tempo reencontrado. Mais do que uma biblioteca, que diz sem sugerir, que traz a memória de bandeja sem convidar o corpo a redescobri-la, a adega reúne, contém, guarda a história, a com inicial maiúscula e a com minúscula, ambas cristalizadas nos simulacros atômicos que restituem o corpo das coisas conservado no vidro em forma de alma – de aura, se preferirmos. Uma garrafa é uma lâmpada de Aladim que é preciso saber afagar.

Michel Guillard me conduzira à vinícola Dom Pérignon e me apresentara ao proprietário, Richard Geoffroy. Distinto, elegante, cortês, refinado, sua conversa, barroca qual a de um eminente jesuíta do Grande Século[6], mais continha e ocultava do que revelava. Ele falava, sem

---

6 *Le grand siècle*, como é designado na França o século XVII, período em que se firmou o poderio político e cultural do país. (N. T.)

dúvida, mas o que havia para ser ouvido jazia entre, ao lado e através das palavras, como a luz penetra o cristal para irrigar um vinho e revelar o rubi de sua cor. Compreendi mais tarde que esse homem, sensual e voluptuoso embora cerebral, ou cerebral embora sensual e voluptuoso, não confiava nas palavras que travestem as coisas e medeiam um real fugidio que se esquiva tão logo o nomeamos.

Ele me lembrava Baltasar Gracián (1601-1658), autor de algumas obras-primas do barroco espanhol: *O herói*, que teoriza o não-sei-quê e a fortuna, o heroísmo sem falha e o perfeito bom gosto, a excelência na grandeza e a ascendência natural; *O homem da corte*, que faz o mesmo com o saber e o valor, a fineza e a franqueza, a reta intenção, o homem de caráter, a excelência dentro do excelente, o gosto refinado e a alta coragem; ou ainda *O homem universal*, que discorre sobre o espírito e a grandeza de alma, o homem penetrante e impenetrável, a prontidão das qualidades positivas, as boas maneiras em tudo e o homem universal. Esse homem pesa quando fala, pesa ainda mais quando sugere, pesa definitivamente quando renuncia a falar para agir.

Agir significa, para ele, fazer esse vinho mítico, dar-lhe corpo e vida, alma e carne. Pensá-lo e inventá-lo. Querê-lo. Produzi-lo. Inventá-lo. Imaginá-lo. Gerá-lo. Afeiçoá-lo, em suma, no sentido etimológico do termo: dar-lhe feições. Pressupô-lo. Raciociná-lo e refleti-lo. Conjeturá-lo. Estimá-lo. Desejá-lo. Almejá-lo. Elaborá-lo. Criá-lo, como o arquiteto cria um prédio ou os pais criam seu filho[7], dar-lhe grandeza e estatura. Cogitá-lo, em modo cartesiano. Fazê-lo. Se me arriscasse a uma espécie de sinestesia, eu diria: *escrevê-lo*.

Escrevi sobre Dom Pérignon em *A razão gulosa*. Acredito que o espírito do tempo se concentra num estilo e que encontramos num vinho e numa pintura, num mobiliário e numa música, num romance e num livro de filosofia, num prédio e numa invenção, num poema e numa receita culinária, produzidos numa mesma época, uma afinidade de princípios, um mesmo ângulo de abordagem do real, uma similar participação a um período idêntico. O que existe dentro de um tempo se encontra em cada um de seus fragmentos dispersos. Há uma correspondência entre todos

---

7 No original: *élever*, que tanto significa "erguer, erigir" como "criar, educar". (N. T.)

os átomos consecutivos de um mesmo simulacro que cristaliza partículas contemporâneas.

Assim Dom Pérignon, que é o exato contemporâneo de Luís XIV (1638-1715), mas também de Lully, Watteau e Vivaldi, artistas da alegria, do júbilo, da leveza, da ascendência sem transcendência. Também compartilha o mesmo século de Newton, que vinha revolucionar a visão que se tinha até então do mundo: a mitologia cristã cede lugar à física, o cientista declara a identidade entre a luz e a matéria, reduz o real a partículas relacionadas graças a um sistema de atração, pensa o cosmos e permite que os homens encontrem seu lugar, já não num céu habitado pelos anjos, mas num éter povoado de cometas e estrelas, bólidos e planetas movidos por uma mesma energia pagã.

Newton lida com a maçã que cai; Dom Pérignon, com a uva que sai da terra. O primeiro coloca o cosmos numa fórmula; o segundo, numa garrafa. O beneditino faz uma caridade ao inventar o método que, dizem, permite conter a pressão numa garrafa sem que ela exploda. A bolha domada também é encontrada na pintura dessa época: Simon Luttichuys, Hendrik Andriessen, Simon Renard de Saint André pintam vaidades, e Karel Dujardin, uma alegoria que a afirma: *Homo bulla*. O homem é uma bolha, frágil como uma bolha, evanescente como uma bolha, efêmero como uma bolha. É o que diz a mosca num detalhe do quadro, a mancha de uma fruta, a pétala ligeiramente murcha, a faca em desequilíbrio na beirada da mesa, as volutas da fumaça, a ampulheta virada, o pêndulo em movimento, o relógio descuidadamente largado sobre um bonito tapete, a borboleta ligeira como alma esvanecida, o vidro finamente cinzelado, a taça lascada, o crânio, tudo isso diz, para quem quiser ver, ouvir e compreender: a vida é frágil, muito frágil, exageradamente frágil. Uma bolha, nada mais.

Enquanto tal, e em cada taça, o champanhe guarda a memória de seu século de nascimento, como as mônadas sem portas nem janelas de Leibniz; recorda as modificações múltiplas e variadas da substância única spinoziana; concentra o claro-escuro de Rembrandt, cujos sujeitos desabrocham numa bolha de luz que rasga a escuridão do nada; lembra a limpidez de Vermeer, que aprisiona a fugaz claridade no reflexo de uma pérola na orelha de uma mulher à janela ou no mundo se reproduzindo em luminosa miniatura na borda de uma garrafa lavrada num vidro soprado no qual, imobilizadas, encontram-se... bolhas.

Mas, para além do absoluto desse vinho absoluto, ou vinho do absoluto, o champanhe também sintetiza o relativo – de um tempo, de uma época, de um clima, de uma estação, do trabalho dos homens, da variedade das videiras, do talento das combinações. Exprime, portanto, o tempo grande da História, mas também o pequeno tempo das histórias. Mistura o tempo de todo mundo, o da geologia, da natureza, do universo, do cosmos, mas também o tempo de cada um de nós, nossas boas e más lembranças, nossa infância e juventude, nossos verdes anos e nosso tempo de adulto, e muito mais, conforme o tempo vivido. Fala dos presentes metamorfoseados e daqueles que já se foram, tal como a eternidade os conserva na alma dos sobreviventes. Eu, Michel Guillard e Richard Geoffroy havíamos combinado ir um dia em busca do tempo perdido com um Dom Pérignon 1921.

Esse dia chegou. Meu pai morrera na noite do Advento. Seu enterro fora inundado por uma borrasca de vento e de chuva. Poucos dias depois, caíra a neve. Descobri, no pequeno cemitério da aldeia natal de meu pai, e minha aldeia, portanto, e meu cemitério, que a neve encobrira tudo. Um único rastro de passos anônimos riscara uma trilha em meio à brancura e conduzia ao seu túmulo. Eu relembrava a brancura daquele período, o cemitério branco, o túmulo branco, o céu branco, minha alma branca, branca de tanto sangrar, quando cheguei à região da Champagne naquele início de dezembro, dia 13 para ser mais preciso, e... estava tudo branco!

Eu tinha um encontro marcado com um pouco da alma de meu pai, e escorreguei no chão ao descer do trem tal como escorregara junto ao seu túmulo no dia do enterro – afundara o pé na terra movente de uma sepultura vizinha, que julguei estar me engolindo. O chão, na Champagne, estava gelado. Na estrada que levava a Epernay, estava tudo branco: branco, o verde da relva nas bermas, branco, o marrom dos troncos e galhos das árvores, branco, o céu cinzento de inverno, brancas, as cores dos carros, dos objetos, das coisas; branca, aquela manhã pálida em que eu arriscava ir ao encontro da alma extinta de meu pai, ao passo que na minha ainda voejava a de minha companheira falecida quatro meses antes. Por sob o gelo que encobria o lago de um parque, julguei vislumbrar um rosto, um rosto real já que assombrava o meu espírito.

No prédio da Moët & Chandon me encontro com Denis Mollat, meu amigo livreiro de Bordeaux, que conhece todos os vinhos e a quem devo meu saber nessa matéria. E com Franz-Olivier Giesbert, um grande dândi sob a aparência de um Diógenes impecavelmente vestido. Michel Guillard, organizador do encontro, está com os olhos brilhando, como o jesuíta que ele é, à ideia de que está prestes a cometer um excepcional pecado da gula. Vamos ter com Richard Geoffroy, o mestre de cerimônias, chefe de adega do Dom Pérignon, e Benoît Gouez, seu congênere na Moët & Chandon. A Ceia pagã tem lugar na sala de reuniões da diretoria da empresa, local estratégico, recinto do dispositivo desse lugar mítico. O parque, lá fora, está coberto de branco. Uma imensa e antiga árvore, sustentada por cabos, parece borrifada de geada.

10h05. Hora ideal para uma degustação, segundo os especialistas. Hora em que o corpo está na melhor condição de apreciar, sentir, provar. A hipoglicemia faz seu trabalho, o apetite vem do mais fundo das partículas, os átomos esperam seu tributo e solicitam a carne para colocá-la à disposição do que está por vir. A essa branca hora da manhã, as garrafas esperam. O vinho que vivia dormindo, ou dormia vivendo, vai ser despertado devagarinho como se tira do sono alguém que não se quer assustar. Líquida princesa.

Michel Guillard, odontologista de profissão, tinha preparado um discurso. Eu havia sugerido uma espécie de silêncio propício ao recolhimento, Michel concordara, mas afinal não resistiu em quebrar um pouco aquela mística pagã com uma breve exposição ilustrada por slides. Graças à sua intervenção, brevíssima, aprendi que nossa visão dispõe de um milhão de conexões nervosas, das quais 200 mil são para a somestesia (sensibilidade do corpo que gera a sensação de estar no mundo), 100 mil para a audição, 50 mil para o olfato, 10 mil para o paladar. Ou seja: o processo de hominização nos transformou em animais bem dotados para ver, mas deficientes em sentir cheiros e gostos. Ou seja, a civilização desnaturou esse animal que ainda somos e nos transformou em olhadores do mundo à custa de uma deplorável incapacidade de cheirá-lo e prová-lo. Assim, nos apartamos cada vez mais do real, contentando-nos em usufruir das imagens que dele formamos.

Eu, que caçoara de Michel Guillard, dizendo que discutir ginecologia decerto não era o melhor jeito de se falar de amor, retirei minha brincadeira: pois esta informação que ele trazia vinha lembrar o quanto nos tornamos *animais desnaturados* – para usar uma expressão de Vercors, que afirmava gostar mais desse seu livro[8] do que do próprio *Silence de la mer* [Silêncio do mar]. Paradoxalmente, degustar um vinho Champanhe – que sintetiza um número incrível de operações culturais e constitui um ápice do artifício e do antinatural – é dado a corpos mais aptos a ver o champanhe do que a cheirá-lo e prová-lo! Quanto às garrafas que íamos degustar, Richard Geoffroy era a favor de não as dizer, falar, analisar, mas escutá-las. Não contá-las, mas encontrá-las. Manteve-se praticamente calado durante as duas maravilhosas horas que durou a degustação. Seu silêncio tinha a eloquência de um monge budista renunciando a dizer o mundo para se limitar a vivê-lo.

De modo que os detalhes da degustação ficaram a cargo de Benoît Gouez, o qual, aliás, era irmão de um dos meus antigos colegas do secundário em Caen. Estávamos ali para degustar um Dom Pérignon 1921. Ele confessou, no entanto, que as poucas garrafas de Dom Pérignon que restavam dessa época já haviam entrado para a história e que sua raridade patrimonial obrigava a preservá-las. Richard Geoffroy trouxera ainda assim, só para mostrar, uma mítica garrafa adquirida no leilão da coleção constituída nos anos 1930 por Doris Duke, herdeira da indústria do fumo norte-americana falecida em 1993. O vinho a ser degustado seria então o Moët & Chandon. Para não passar diretamente para o "1921", Richard Geoffroy e Benoît Gouez tiveram a delicada ideia de propor um percurso iniciático baseado em datas emblemáticas de minha existência. Uma iniciativa tocante.

Fomos então descobrindo, paulatinamente, os números desse percurso. Primeira degustação: "2006", criação da Universidade Popular do Gosto de Argentan. Segunda: "2002", criação da Universidade Popular

---

8 *Les animaux dénaturés* (1952), romance de Vercors (pseudônimo adotado durante a Resistência pelo escritor e ilustrador francês Jean Bruller, 1902-1991), cuja obra mais conhecida é *Le silence de la mer* [O silêncio do mar], coletânea de contos publicada clandestinamente em 1942. (N. T.)

de Caen. Terceira: "1983", data em que ingressei no ensino secundário como professor de filosofia. Quarta: "1959", o ano do meu nascimento. Quinta: "1921", a data que se sabe. Uma biografia com champanhe. Eu não iria gostar de provar, um dia, o "2013", ano em que se foi minha companheira – um vinho que ainda não existe. No que diz respeito ao champanhe, é um tempo passado ainda não presente e ainda por vir. "2013" irá se tornar vinho na primavera de 2014: quando o que foi então será.

Tem início a magia dessa degustação equiparável a uma lição de ontologia concreta, a uma aula de metafísica aplicada. O *passado* do vinho permite ir de suas condições de possibilidade ao seu ser; seu *presente*: ir de seu estar à sua dispersão; seu *futuro*: ir de suas metamorfoses à sua morte. A vida de um vinho replica, portanto, a de um humano, ou até a de um ser, de um vivo – da potencialidade à nadificação, passando por diferentes graus de ser. O passado de um vinho resume, primeiro, um passado remotíssimo que torna o presente possível: um passado geológico com a formação da terra, da natureza dos subsolos e dos solos. As rochas vulcânicas constituídas após o esfriamento do magma – o granito; as rochas sedimentares produzidas com a deposição dos fósseis e a erosão – calcário, arenito, cascalho, argila, marga, *graves*[9]; as rochas metamórficas estruturadas pela pressão exercida sobre esses dois tipos de rocha – xisto, gnaisse. Tomar um vinho é beber átomos de pedra que perfumam o que ingerimos.

Depois, há o *passado da terra*. As florestas primitivas fundidas sobre si mesmas, as estratificações dos cadáveres de animais decompostos, o apodrecimento das folhas, estação após estação durante milhares de anos, os dejetos de animais, as escavações feitas por milhares de anelídeos desde tempos imemoriais, a mistura de água e ferro com os dilúvios, as inundações sem fim e as queimaduras de sol e de gelo, tantos átomos partidos, quebrados, associados, compostos, decompostos, recompostos para produzir uma matéria nobre. Terras argilosas, terras calcárias, terras humíferas, terras arenosas, mescla de todas essas terras. Tomar um vinho é beber átomos de terra que perfumam o que ingerimos.

---

9 Terrenos terciários da região da Gironde, no sudoeste da França, que tem a cidade de Bordeaux por sede administrativa. Os vinhos produzidos com uva desses solos são conhecidos como "vinhos graves". (N. T.)

Na taça de vinho champanhe encontra-se, portanto, a mais antiga memória dos fósseis da era secundária, pequenos animais mortos calcificados e virados fantasmas sólidos que retêm a água. Nesse *passado das paisagens*, encontramos o giz leve e poroso, a marga friável e hidrófila, a argila gordurosa e plástica, as areias secas e poeirentas. E tudo isso dentro de uma paisagem que, por seus volumes, sua exposição ao vento, ao sol e à chuva, por sua interação com os elementos, cria a especificidade desse tempo primeiro. Viemos dessa geologia, saímos dessa água primitiva, fomos moluscos antes de sermos degustadores de vinho – e degustar o vinho pode nos levar àqueles tempos de antes do tempo, que somente o cérebro humano é capaz de compreender. Fomos terra e barro animados por um sopro.

A taça de champanhe contém igualmente o *passado climático*: de tempos mais antigos, como vimos, mas também mais recentes. Tempos do tempo sem o homem, tempo dos vulcões e da subida das águas, tempo do fogo e dos magmas dispersos, tempo mítico do Dilúvio de Gilgamesh, tempo de Noé e sua arca, tempo da era glacial, tempo histórico dos primeiros homens, tempo desses tempos quintessenciados. Memória de pedra e memória de terra, memória de água e memória de fogo. Mas memória mais recente também, do ano em que as uvas se nutriram desses subsolos, desses solos, dessas paisagens, desse clima: chuva ou seca, sol ou vento, gelo ou umidade. Tomar um vinho é beber átomos de chuva e de sol, de neve e de gelo que perfumam o que ingerimos.

Então vêm os homens e se propõem a domesticar a pedra e a terra, o vento e o sol, a videira e a uva. O trabalho dos camponeses pressupõe o tempo dos plantadores e dos regadores, dos lavradores e sachadores, dos enxertadores e podadores, dos vinhateiros e viticultores – ele define e nomeia o *passado virgiliano*. Os homens da terra entendem o que ela diz e escutam mais do que falam; calados, compreendem, melhor do que os tagarelas, a terra silenciosa. Atuam e ativam, assim, o tempo artesanal: talhar, ligar, endireitar, estacar, aparar, esladroar a videira e, por fim, vindimar. Tomar um vinho é beber os átomos do trabalho dos camponeses que perfumam o que ingerimos.

Uma vez espremidas as uvas, há que combiná-las. A Pinot Noir e a Pinot Meunier são uvas pretas; a Chardonnay, uma uva branca. Em quantidades infinitesimais, de uvas brancas também, alguns usam a Arbane, a Petit Meslier, a Pinot Blanc e a Pinot Gris. A Pinot Noir se contrapõe ao calcário; a Meunier, à argila. O primeiro bacelo impõe a estrutura, o corpo e a força, com aromas de frutas vermelhas; o segundo, macio e frutado, fornece a redondeza. A Chardonnay, floral, às vezes com um nariz de citrino ou mineral, permite considerar o envelhecimento.

Neste órgão de teclados simples, o chefe de adega planeja as cubagens, impõe o tempo da inteligência, no sentido etimológico do termo: é o tempo das combinações, das associações, dos jogos de força e das lógicas contrapontísticas, das composições – como se diz de um quarteto ou de um perfume lendário. O *passado da inteligência* de um homem encontra-se então na garrafa, convivendo com os demais passados – passado geológico, passado da terra, passado das paisagens, passado climático, passado virgiliano. Tomar um vinho é beber átomos de inteligência dos bacelos combinados a perfumar o que ingerimos.

Esse passado se torna presente. Houve o vinho potencial, o vinho que existe, eis o vinho que é, que pode ser. O presente do vinho nomeia, portanto, aquilo que se dá entre o seu *être-là* e sua desaparição, entre sua presença no mundo e sua extinção do mundo. O presente do estar do vinho determina a possibilidade de este vinho ser bebido – boas condições de maturação[10] e conservação, boas condições de saída da adega, boas condições de entrada fora da adega, a qual se assemelha então a uma espécie de útero onde se faz o ser, onde vem de fato a ser aquilo que era potencialmente, boas condições de temperatura: tudo concorre para o nascimento.

A oxigenação é uma violência feita ao vinho. Uma espécie de traumatismo, como este que cada um de nós sofre ao deixar o mundo líquido do ventre materno, onde a claridade não é luz, o som não é ruído, o toque da pele não é quente e úmido, mas frio e seco. Esse mundo dentro do mundo ao abrigo do mundo poupa da violência de se estar de fato no mundo. A rolha aberta deixa que o mundo entre no vinho e o vinho, no mundo. Um e outro são agora abertamente indissociáveis. O mundo

---

10 No original: *élevage*, período de maturação do vinho compreendido entre a fermentação e o engarrafamento. (N. T.)

irá dizer o vinho; o vinho irá dizer o mundo. Ou não. Esse presente do *estar no mundo* é um progresso em relação ao presente do estar; mistura as vidas, acrescenta lá-fora no cá-dentro e cá-dentro no lá-fora.

A adição de lá-fora no cá-dentro, se pode matar o vinho, pode também magnificá-lo, sublimá-lo. Irá revelá-lo e dizer o que produziram os tempos passados – tempo geológico, climático, artesanal etc. A sublimação, no sentido alquímico do termo, será mais ou menos bem-sucedida. Já a adição do cá-dentro no lá-fora revela um mundo oculto, secreto, discreto, autônomo, independente, diz uma subjetividade, narra uma construção que não é igual a nenhuma outra. Nesse cruzamento dos cá-dentro do vinho com os lá-fora do mundo é que se realiza a degustação e a descoberta de um mundo. Quando se vai em busca do tempo perdido com uma garrafa de champanhe, e se acedemos a um tempo reencontrado, é nesse interstício que se realiza o encontro. Ou seu fracasso. Trata-se aqui do *presente da presentificação* que permite ao ser que seja, se tiver que ser.

O presente da degustação funciona como exercício espiritual. À maneira das práticas filosóficas que permitiam aos filósofos da Antiguidade ocidental aumentar sua presença no mundo, para os sábios da tradição oriental ou os poetas nômades de haicais, solicitar o corpo, logo a alma, o espírito, a fim de alcançar o conhecimento de si, do real, do mundo e do seu lugar no mundo, consiste em praticar a ampliação de si no mundo, ou mesmo a redução do mundo a si – algo permitido pelo vinho champanhe.

O arsenal conceitual platônico não permite pensar o vinho nem aquilo que constitui o sabor do mundo. Demasiadas Ideias, demasiados Conceitos, muito pouca carne; demasiada Razão pura, muito pouca razão corporal, muito pouca razão impura; demasiado intelecto, muito pouco sentido; demasiado apolíneo, muito pouco dionisíaco. O suco da videira e os pâmpanos do deus da dança remetem a um mundo distinto do comentário de um texto do pensador do Inteligível. O velho Demócrito, que, diz a lenda, sobreviveu respirando os átomos soltos de uns pãezinhos, sabe que somos apenas matéria, matéria essa que comunica com toda a grande matéria do mundo. Somos vinho, o vinho é nós: semelhantes partículas percorrem o corpo de quem degusta e a taça do líquido degustado. Nós também somos síntese de tempos geológicos e tempos climáticos, tempos da terra e tempos virgilianos. Ainda sussurra em nós o som das origens da terra.

O presente da degustação dá razão, em filosofia, à tradição abderita, atomista, epicurista, materialista, sensualista, empírica, utilitarista, pragmática, ateia, positivista, em outras palavras, à tradição de que propus a gesta, a vida, as ditas e desditas em minha *Contra-história da filosofia*. Esse pensamento, que tem em mais alta estima o mundo, o real, o concreto, os sentidos do que as ideias, os conceitos, as formas, as figuras e a abstração, permite abordar a materialidade daquilo que é. O vinho é a prova da existência do corpo.

Olhar para o vinho já é quase prová-lo. A desnaturação dos homens atrofiou os sentidos da degustação e da olfação em proveito da visão: o que perdemos em capacidade de sentir o cheiro da terra, inspirar o ar da manhã, farejar o rastro de outro animal além de nós, fungar a passagem de um macho ou de uma fêmea, aspirar o humo de uma floresta, apreciar o perfume de um cravo, ganhamos em capacidade de distinguir os detalhes, de olhar ao longe, de ver de perto, de abarcar uma paisagem dissociando suas partes. Nosso olho põe o mundo à distância, assepti-za-o, evita o contato direto com a matéria das coisas.

Assim o vinho, quando surge, torna-se aquilo que parece ser antes mesmo de verificarmos se o é de fato. O vermelho visto de um vinho nos leva a encontrar em boca o que já sabemos sobre o vinho tinto, mas sem termos o cuidado de descobri-lo: contentamo-nos em confirmar o que sabíamos porque já informado pela cor. Quem sabe que um vinho servido numa taça preta não pode ser identificado como branco ou tinto sem que antes se veja a sua cor? Da mesma forma, nos vinhos espumantes, a bolha não existe se não foi vista previamente. O que nossa boca julga saber é aquilo que nossa vista lhe informa antes. A boca é cega sem o auxílio da vista, e o olfato também. Vemos, logo cheiramos, depois provamos e confirmamos aquilo que o olho já dissera. O nariz obedece aos olhos.

O fim do presente do vinho é o presente da desaparição. Olhamos, cheiramos, levamos à boca, vêm os aromas e conhecemos sua multiplicidade: limão, melão, marmelo, maçã, pera, pêssego, morango, framboesa, groselha, cassis, cereja, amora, mirtilo, ameixa, frutas exóticas, figo, tâmara, cítricos, cascas cristalizadas, amêndoa, avelã, ameixa seca, acácia, pilriteiro, mel, cera, carvalho, defumado, café torrefeito, pão torrado, canela, baunilha, alcaçuz, pimenta, pimentão, noz moscada, feno, buxo, humo, cogumelo, trufa, folhas secas, pedra de fogo, sílex, caça, ventre de lebre, couro, pelagem... E essa não é uma lista exaustiva!

O mundo inteiro se acha concentrado em seus átomos mais sutis: o mineral, o vegetal, o animal, as flores, as especiarias, as frutas, a madeira, tudo, no vinho, gira em vórtice de átomos. A evolução da natureza se concentra no líquido, que se metamorfoseia na garrafa ao ritmo imposto pelo tempo cósmico: o verdor de um limoeiro, a maciez de um broto de madressilva, a voluptuosidade da flor de acácia, a força da fruta, a ameixa, o pêssego, o damasco, o açúcar de sua maturidade, seu ser cozido, geleificado, docificado, a duração em boca da fruta seca. O que ocorre em escala reduzida dentro de uma taça é o mesmo que ocorreu um dia em grande escala no universo: uma alquimia de todos os átomos, da mesma forma como as letras um dia se combinam para compor um poema de Rimbaud – ou versos chinfrins.

Verso chinfrim, o vinho que não vingou. O vinho que o tempo matou. O vinho morto ou moribundo. Assiste-se então ao *presente do passado extinto*: houve, já não há. A desaparição não deixa a bonita lembrança de um longo aroma de boca, da caudalia[11] extravagante, da boca repleta de uma lembrança recente e uma memória que se constitui, não é precedida por nenhum fogo de artifício. Uma desaparição envergonhada, sem brilho, um sumiço do ser e um mergulho no nada, sem testemunhas. Um vinho grandioso segundo o rótulo da garrafa se revela água lodosa, vasenta, lamacenta. O que foi não foi por muito tempo; a lembrança não conseguiu durar. Presente morto de um passado extinto. Ocorre com os vinhos o que ocorre com alguns seres.

Das condições de possibilidade ao ser, o *passado*; do estar ao desaparecimento, o *presente*; da metamorfose à morte: o *futuro*. O futuro de um vinho é seu *por-vir*. Ou seja, seu envelhecimento, sua evolução, sua transformação, suas metamorfoses, sua maturidade ou derruimento,

---

11 No original: *caudalie*. Tempo de duração do retrogosto do vinho degustado na boca. (N. T.)

sua força decuplicada ou morte prematura, em outras palavras: seu enigma. As gentes do vinho extrapolam, sem dúvida. Ainda recordo a degustação de um Romanée-Conti do ano numa festa da *L'amateur de bordeaux*, que contava com a presença de Jean-Paul Kauffmann. Enquanto muitos convidados comentavam, imaginavam, calculavam em que tipo de mulher aquele bebê de fraldas ia se tornar, Jean-Paul Kauffmann, com o espírito visivelmente longe do prestigioso restaurante parisiense e sua abóbada dourada, observou para si mesmo que aquele era um exercício ridículo. Meneou a cabeça, enfiou o nariz na taça e calou-se.

Videntes enológicos não temem ser confrontados com seus próprios vaticínios, passado um quarto de século! O que torna possível toda e qualquer estimativa – chamemos a isso de síndrome de Attali. A futurologia é uma disciplina sem riscos. Quando chega a hora de conferir as previsões, faz tempo que o futurólogo está descansando em seu túmulo. E o ridículo não mata os mortos, ou os cemitérios estariam transbordando de cadáveres duas vezes falecidos. Uma vez, devido ao tempo passado; e outra, devido ao tempo futuro tornado passado.

Em compensação, o futuro do corpo do vinho não se confunde com o de seu espírito, de sua alma, digamos: de sua aura. Quando André Malraux, segundo dizem, pede invariavelmente um Pétrus ao almoçar todo dia no restaurante Lasserre, está transformando o "Pétrus" e o "Lasserre" em dois mitos, uma vez que os mitos transformam em mito tudo que tocam. O indutor também induz o juízo do gosto. Marcel Duchamp, ao afirmar que o olhador é quem faz o quadro, também está dizendo, em suma, que o provador de vinho é quem faz a bebida. Antigamente, o autor de *A tentação do Ocidente*[12] podia ditar a lei; hoje, ela é decretada por um advogado norte-americano que tem o nariz e o palato assegurados em um milhão de dólares.

Resta o futuro do vinho para além da vida de um homem. Por esse critério, as chances de o vinho durar estão cada vez menores. Até parece que é feito para ser bebido por quem o fez. Para além de certo limite – a ver com os vinhos (as excelentes garrafas do Jura envelhecem mais tempo do que suas equivalentes do Loire, os grandes *bordeaux*, melhor

---

12 *La tentation de l'Occident*, ensaio de André Malraux publicado em 1926. (N. T.)

do que os pequenos, os vinhos taninosos, melhor do que os não taninosos etc.), com suas condições de conservação –, o líquido, cada vez menos, retém a memória. Perde o rumo, se desfaz em pedaços, se esfacela, se desmancha em farrapos, se enferruja, se cansa, se exaure, já não está à altura do que foi, declina, soçobra, afunda. A antiga textura de trama forte vira renda, e logo poeira de renda. O vinho, à maneira dos humanos, sai do ser para entrar no nada. Alguns já não passam de infame decocção – o que resta de todo ser apoderado pelo nada. O vinho é uma metáfora da vida – ou vice-versa.

Uma lição de ontologia concreta, uma aula de metafísica aplicada – foi o que escrevi. Percebe-se bem a lição, talvez também a ontologia e a metafísica, mas falta a concretude. Essa digressão teórica me permite elaborar alguns lampejos de pensamento que tive diante dessas garrafas. Intuições, emoções, sensações então vividas, armazenadas no momento, e de modo algum aprofundadas até esse instante em que escrevo. Eu ia juntando breves percepções, cuidando para não me deter em nenhuma. Sentia os efeitos do tempo, suas colagens, seus jogos, experimentava fisicamente, olhando, levando o nariz à taça, provando, deixando entrar o ar em minha boca, e também cuspindo de volta. Mas queria estar inteiro na experiência, deixando trabalhar minha memória como sei que ela trabalha, estocando intensamente as emoções.

O champanhe é depurado[13] *in loco*. A garrafa era, até então, mantida ao abrigo da luz, nas entranhas da adega, de cabeça para baixo, com uma inclinação de 35°, de modo que as leveduras desçam para o gargalo e a expulsão dos gases estoure essa rolha natural dando acesso ao líquido. No comércio, é proibido vender um champanhe não incrementado, ou seja, com açúcar e licor adicionados de maneira a produzir vinho *ad hoc* – extrasseco, seco, meio seco ou suave. Essas lias são leveduras que determinam a vida e a morte do vinho. Ao se abrir a garrafa de 2006, e enquanto nenhuma taça ainda foi enchida, a sala é tomada pelo aroma desse vinho potente. Uma quintessência. Entregue à experiência, não busco palavras, só uma maior proximidade com o líquido. Fazer-me

---

13 No original: *dégorgé*. Referência ao *dégorgement* (depuração), retirada dos resíduos de levedura que se depositam no gargalo da garrafa durante a fermentação. (N. T.)

vinho e, para tanto, procurar não ficar do seu lado, na sua frente, obrigado a vê-lo, olhá-lo, julgá-lo, avaliá-lo. Quero embeber meus átomos com esses átomos, nutrir meu corpo com a alma desse champanhe.

Durante o meu silêncio, o vinho é assim descrito: coloração pálida, reflexos esverdeados. Ao primeiro nariz, percebem-se frutas apenas maduras – pêssego, manga, banana, com notas de maturidade, pimenta branca, sílex, pasta de amêndoa. Manifestam-se em seguida as notas florais – madressilva, bergamota, anis. Em boca: o ataque[14] é crocante com sabores de nectarina e groselha. Exibição de riqueza: untuosa, suculenta. Afirmação e prolongação da amplitude sobre um amargor aperitivo de pomelo. Pessoalmente, acho que esse vinho excepcional ainda esconde seus maiores segredos. Manifesta uma extrema riqueza, mas nada se funde no atanor[15]. Em boca, o fogo de artifício é intenso, cachorro louco, cavalo disparado, uma pintura expressionista bem colorida, intensa, um quinteto de cobres bem rutilante, ácido.

Retorno no tempo: "2002", ano palíndromo. O melhor ano do século XXI. Sempre em silêncio, entro no vinho como quem adentra uma gruta pré-histórica. Provo. Conclusões: maduro, fresco, potente e delicado, rico e ligeiro, harmonioso e cinzelado, maturidade tostada, suave e seca, notas calorosas de colheita e frangipana, de malte e amêndoa torrada, moca e fumo claro. Em seguida: fruta madura e suculenta – pera, cítricos cristalizados e frutas de caroço (mirabela, nectarina, pêssego branco). Construção precisa e matéria aveludada. Ataque redondo e cremoso. O frutado se faz mais fresco: tangerina e toranja rosa. Final de boca[16]: notas de ruibarbo, groselha, quinino e cítricos acidulados. Em boca, eu tinha esse frescor generoso, essa amplitude carnuda, a impressão de que nem tudo se desvelava, que o mistério permanecia inteiro e que rodavam pelo meu palato aromas frescos, ácidos, potentes, generosos.

O frio lá fora, a brancura pelas janelas, minha alma não totalmente presente, estou aqui, mas sempre algo à parte de mim mesmo. Estarei preparado para entrar nesses dois anos que também foram, já, os da evolução da doença de minha companheira? Se me detenho em sua soleira,

---

14 Numa degustação, primeira sensação trazida por um vinho em contato com a boca. (N. T.)
15 Forno de fusão, ou de atanor, utilizado pelos antigos alquimistas. (N. T.)
16 Sensação que fica depois que se cospe ou ingere o vinho durante uma degustação. (N. T.)

talvez seja por não querer retornar a esse tempo nem remontar a esses anos de memória ferida. O vinho se prova com a alma, a parte anatomicamente mais sutil do corpo, e o restante da carne resiste às memórias dolorosas. Os grandíssimos vinhos constituem magníficas experiências sensuais, enológicas; o certo é que me parecem veículos perigosos demais para se andar. "2006" e "2002", infelizmente, me evocam menos a criação das universidades populares do que outras lembranças, pois para mim esse vinho também guarda, acima de tudo, a marca de primaveras que não houve e de inverno o ano inteiro.

"1983", a safra do 250º aniversário. Meu primeiro ano de ensino no liceu onde passei vinte anos de minha vida com alunos de quem gostava e fazendo um trabalho que me agradava. Benoît Gouez comenta esse vinho: combinação atípica: não contém Meunier, apenas Pinot Noir e Chardonnay. Produzido exclusivamente em garrafas *magnum*, não foi comercializado. Maturação em grandes tonéis de carvalho de 5 mil litros. Descansou por um tempo a fim de ganhar pátina. Com o tempo, sai uma épura, não obstante os ciclos problemáticos e um período difícil do qual o vinho se saiu bem. "O vinho pode até declinar, afirma Benoît Gouez, e depois ganhar novo impulso: ele tem ciclos de respiração..." A evolução não é linear, não é regular.

A degustação revela um vinho leve, sutil, sofisticado. A cor é de um dourado intenso e brilhante; o buquê, aberto, expressivo e caloroso. Notas de pastelaria quente e caramelo de manteiga salgada, sabores de castanha torrada, de figo seco e tâmara, nuança de *rancio*[17] nobre. Leve e macio. Fim de boca mineral. Acedo, por fim, a esse festival aromático. Epernay segue branca sob a geada, apesar da manhã já avançada. Entro na galeria de vinhos. Sou seduzido pelo encerado, pela encáustica, pelo mel, pelo açucarado ligeiro. Remontando no tempo, penetrando numa época em que o câncer ainda não elegera domicílio lá em casa, redescubro, concentrada nesse vinho, uma força de existir. Eu tinha a vida pela frente, não imaginava como ela seria.

"1959". Ano do meu nascimento. Remontamos rumo ao meu pai. Aprecio essa delicada atenção dos dois chefes de adega. "1959", então.

---

17 Vinho de licor envelhecido, suave e dourado. (N. T.)

Parafraseando Malaparte: Como seria um vinho que se parecesse comigo? Pelos padrões champaneses, ele nem deveria existir! Foi esse um ano extremamente quente, de uvas muito maduras, a vindima se deu acima de 12°, o que é muito. Esse vinho não apresenta nenhuma acidez: a relação entre açúcares e acidez foi a mais alta de toda a história do champanhe. Mostra-se francamente potente e concentrado, bastante alcooloso[18].

Deixo a palavra aos meus anfitriões: esse "1959" expressa uma autêntica potência na abertura, grande complexidade para sua idade – "nenhuma ruga", dizem eles. "Nenhum elemento oxidativo... Em momento algum o sentimos como velho." Ao nariz, odores de mato, de trufa, um tom de terra com eflúvios de raízes. "As bolhas são raras, o champanhe virou um vinho gastronômico capaz de eletrizar uma lebre à *la royale*[19]... É um vinho de galinhola." Na boca, manifesta uma "memória imensa" e tem longuíssima duração. Cinquenta e cinco anos mais tarde, evolui "nas fronteiras da potência". Um vinho que não se parece, portanto, com nada conhecido, "um vinho mais físico do que emocional, um champanhe de força sem brutalidade".

Descrever esse vinho seria me arriscar a um autorretrato que eu não desejaria elogioso nem severo, mas que não saberia traçar fielmente. Uma degustação de 5 de outubro de 1995 efetuada por Dominique Foulon, chefe de adega, fornece os seguintes comentários: "Buquê potente. *Toffee*, frutas secas, biscoito, alcaçuz e trufa. Vinhoso, robusto, opulento sem ser chato[20]. Longo e profundo". E outra, em fevereiro de 2008, com Benoît Gouez, chefe de adega, que estava ali conosco: "Impressiona por sua maturidade e opulência. O nariz é potente e capitoso, sombrio e resplandecente a um só tempo. A fruta (figo, ameixa), madura e concentrada, adotou as nuanças quentes e condimentadas do cacau, da noz-moscada e do alcaçuz, enriquecidas por perturbadoras notas de trufa. A boca rica, ampla e calorosa se abre sobre um final em que a sucrosidade do álcool rivaliza com as notas secas e torrefeitas do café torrado".

---

18 No original: *alcooleux*. O termo designa a sensação gustativa quando o álcool de um vinho é dominante na boca. (N. T.)

19 Um dos ícones da culinária francesa, de complexa preparação, e que tem no vinho um de seus ingredientes. (N. T.)

20 Vinho que apresenta pouca acidez. (N. T.)

## As formas líquidas do tempo

Essa biografia com champanhe fazia aflorar em mim recordações que, desta feita, aceitei. Relembrei uma foto em preto e branco em que estou *grichant*, como se diz na Normandia, ou seja, franzindo os olhos face ao sol, junto às pernas de meu pai. Sapatinhos, meias brancas bem dobradas formando uma borda, a mão esquerda de meu pai (que tinha só quatro dedos, o mindinho fora esmagado num acidente com um cavalo em disparada) roçando, quase tocando meu ombro, ele com seu belo sorriso bom e doce. Meu pai veste um paletó de que ainda me lembro, ligeiramente esverdeado com riscas discretas – um dia, comprei um igual. Um colete, camisa branca e gravata com nó impecável. Calças sóbrias, sapatos reluzentes encerados por ele. Minha cabeça encostada nas suas pernas. Ele me protege. Seu sorriso puro contrasta com meu olhar inquieto, voltado para o fotógrafo cuja identidade desconheço. Nessa foto, atrás de nós, minha mãe está virada de lado, beijando e abraçando meu irmão recém-nascido. Mais atrás está o carrinho. Dois mundos coexistem nessa única foto – saio em busca de um deles.

À foto vem somar-se uma lembrança: na casinha de dezessete metros quadrados em que morávamos, eu, meus pais e meu irmão, havia uma cozinha e, acima dela, um quarto. Certa manhã, meu pai tirou folga para "fazer lenha", isto é, podar umas árvores e parti-las em forma de toras para o aquecedor a lenha – meu pai só tirava folga para trabalhar, cuidar da lenha, mas também das beterrabas, e eu, minha mãe e meu irmão ajudávamos a incrementar um pouco a renda familiar. Pulei da cama, desci a escada e abri a porta da cozinha. Ainda guardo, intacta, a imagem da luz amarelada da lâmpada fraca. Queria ir com ele para a lavoura em que ele estava trabalhando. Esse momento permanece como lembrança de amor feliz. Eu devia ter uns sete, oito anos.

Voltando ao vinho. Suas qualidades todas me assombram: a terra e a potência, o aroma de trufa e de mato, a presença de raízes e seu vigor apesar da idade, a memória imensa e a natureza mais física do que emocional, a força sem brutalidade – tudo isso era meu pai... "1921" já se anunciava nesse "1959", que talvez revelasse algo de mim, mas que, acima de tudo, afirmava francamente que eu era mesmo filho daquele pai. Richard Geoffroy, deixando de lado seu comedimento, declarou: "Safra absolutamente excessiva". Não disse mais nada. Meu pai talvez tivesse gostado. Eu gostei.

Veio então o "1921". Primeira garrafa. O vinho está morto, "vasento", dizem eles. Segunda garrafa. A rolha cede. É aberta com uma Bossin, máquina de extrair rolhas inventada em 1850, um instrumento com cavalete um tanto surrealista. Enquanto as outras garrafas tinham aberturas sonoras e tonitruantes, esta emite um levíssimo ruído. Cada garrafa é um indivíduo. Com o passar do tempo, a partir de certa idade, o dejeto se torna considerável. Somente alguns eleitos atravessam os anos e sobrevivem a eles.

Essa segunda garrafa traz um vinho *turvo* – relembro então as últimas palavras de meu pai antes de morrer, em pé, nos meus braços, sobre o céu encoberto que nos impedia, naquela noite, de ver a estrela polar. Ora, naquele 13 de dezembro, em Epernay, o champanhe "1921" estava encoberto, o céu sobre a cidade também. Não acredito em sinais; o que não impede os sinais.

Essa garrafa era sem bolhas, como um vinho branco. É a safra lendária da Moët & Chandon. Tem mais de noventa anos. Apesar da idade, esse champanhe libera estranhos olores de brioche, espantosas fragrâncias de frutas cristalizadas, surpreendentes aromas de panetone, curiosos perfumes de angélica. E também de moca e nugá... Esse champanhe parece funcionar como uma autêntica e eficiente máquina do tempo: vejo a mim mesmo numa casa parcamente mobiliada, escura, com mobília simples e funcional, sem idade, numa sala em que minha avó cega estaria preparando um lanche da tarde para o meu pai criança. Eu, adulto, via essa cena extravagante, a de um filho tendo passado meio século assistindo ao lanche da tarde de seu pai nos anos 1920. Os aromas sutis, os cheiros suaves e açucarados, as fragrâncias desbotadas, mas muito presentes, me arrebatavam a alma. "A fruta está no cerne", diz Benoît Gouez.

Abertura de uma segunda garrafa. São presentes régios, suntuosos, já que se trata de tesouros patrimoniais, de garrafas que entraram para a História. Esse champanhe que, este sim, tem bolhas revela-se sutil, fluido, integrado – uma épura. A boca é mais intensa, mais enérgica. Muito complexo, escapa à definição. Pão quente aqui também, brioche. Permanência desse lanche do meu pai ao qual eu estaria assistindo por infração. Assim fala Benoît Gouez, que não conheceu meu pai, sobre o "1921": "Suave, caloroso, confortável, tranquilizante"! Ele não sabe disso, mas esse é um exato retrato de meu pai, que era suave, caloroso, confortável, tranquilizante... Dez minutos depois de ser servido, o "1921" já sumiu. Aquela lembrança já se tornara lembrança. A lembrança de uma lembrança se torna uma memória.

Ao meio-dia, o céu continuava nublado; continuaria assim pelo resto do dia. A brancura e o céu nublado... Eu tinha, realmente, um encontro marcado com meu pai, e essa biografia de vinhos, que me levara até ele através de algumas datas de minha vida, funcionara à perfeição. O vinho tinha realmente sido uma máquina de voltar no tempo, lenta em se pôr em marcha, mas segura de sua função. Tinha me transportado das cores selvagens e cambiantes de 2006 aos aromas da cozinha de uma avó de 1921, que mais tarde ficou cega, mas manteve o azul de seus olhos transmitido ao meu pai; de um vinho que precisa de tempo a um vinho que se fartara de tempo; de um vinho que ainda vai viver a um vinho que já viveu.

Foi então preciso sair daquela sala, percorrer longos corredores, passar de um cômodo a outro, descer as escadas, sair do prédio, reencontrar os ruídos da cidade, mergulhar novamente na vida, atravessar a rua, sentir o frio intenso lá fora. Essa experiência enológica de duas largas horas deixava a impressão de uma viagem no tempo. Eu retornava ao presente com uma leve inquietação. O lago estava congelado. O rosto que eu julgara vislumbrar sob o gelo não estava lá – ou já não estava. A luminosidade queimava os olhos. A brancura invadia as salas do prédio em que íamos almoçar. Sentia-me repleto de uma multidão de tempos.

Como que para descansar daquele percurso ontológico, o almoço foi para a degustação o que a sonata é para a ópera. Igualmente de altíssima qualidade, mas em anos que não conduziam a lugares tão pessoalmente memoriais. Richard Geoffroy escolhera outras magníficas safras, do Dom Pérignon desta feita: "1996", que ele assim comentou: "Ao nariz, o *pralin*[21] se mescla rapidamente com a cidra e o figo seco. O conjunto respira sobre as notas mais sombrias do iodo e da turfa". Depois, um *rosé*

---

21 Preparado à base de amêndoas caramelizadas. (N. T.)

"1982" liberou assombrosos aromas: goiaba, morango condimentado, rosa seca, defumado, mineral. Por fim, um Dom Pérignon Œnothèque, "1976", foi assim comentado por Richard Geoffroy numa nota de degustação: "O buquê é potente, em tom caloroso. As nuances mélicas da madressilva se abrem rapidamente para a mirabela bem madura, para a uva seca e os complexos caracteres de torrefação". Durante a degustação do "1921", eu registrara essa observação do mesmo Richard Geoffroy: "A verbalização é um deperecimento". *Ele tem toda razão.*

# 2
## AS *GEÓRGICAS* DA ALMA

Quanto mais leio, mais chego à constatação de que o dicionário é o livro dos livros. Neste sentido, um *Littré* ou um *Bescherelle* constituem excelentes respostas para a costumeira pergunta de qual livro levar para uma ilha deserta. Pois todos os enigmas do mundo nele se encontram resolvidos, embora codificados e dispersos em infinitas teias ao longo do volume. Donde a necessidade de organizar a correspondência entre suas milhares de entradas e apelar para a etimologia, a ciência do Número dos mistérios, a fim de compreender algumas mágicas do real. Nada de obscuro permanece após consulta à certidão de nascimento semântico de uma palavra.

Assim, o termo *cultura*. O que é cultura? Haverá uma relação, como permitem supor as homofonias, entre *cultura*, *culto* e *agricultura*? Resposta: sim. E dessas ligações entre o saber, os deuses e as lavouras surgiu uma definição que abarca a multiplicidade dos sentidos possíveis da palavra: cultura microbiana, conchilicultura, cultura de classe e cultura de tecidos, cultura legítima e cultura geral, subcultura e Ministério da Cultura, cultura esportiva e incultura – redundância? –, a cultura e as culturas, a puericultura e o fisiculturismo, cultura da laranja e cultura filosófica, contracultura e cultura de massa – todas essas acepções procedem do deus pagão, de sua invocação e da antiga arte agrícola.

Etimologia, portanto. *Colere* pressupõe, ao mesmo tempo, cultivar e honrar. Já que o camponês que ara, semeia e colhe também deve seu nome a uma mesma constelação semântica. O camponês é o *paganus*, ou seja, o pagão[22], a saber: não o ateu, mas aquele que, antes da loucura

---

22 Em francês, os termos *paysan* (camponês) e *païen* (pagão) derivam ambos da mesma raiz latina, *paganus*. (N. T.)

monoteísta, dedica-se ao politeísmo, à multiplicidade dos deuses encarregados das diferentes utilidades para os homens: deus do relâmpago, das encruzilhadas, das estradas, do fogo, deus do amor, das germinações, da fertilidade, deus do vinho, deus da morte, do sono, do esquecimento. O mundo se confunde com o divino, sua matéria e seus ritmos são sagrados porque ainda não ocorreu ao homem a tola ideia de acreditar num único Deus criador do mundo, apartado de sua criatura e superior a ela. O camponês em sua lavoura mantém uma relação direta com as modalidades sagradas da natureza. A inteligência mitológica supera, em razão, o delírio teológico.

Abrimos as *Geórgicas* de Virgílio e lemos: o poeta fala das atividades do campo, enraíza seus pensamentos no humo sagrado dos deuses. Virgílio invoca, já desde a lavragem, as divindades necessárias: Líber, o deus do vinho; Ceres, a deusa da agricultura; os Faunos, deuses protetores dos rebanhos; as Dríades, ninfas protetoras dos riachos; Pã, o deus dos rebanhos; Silvano, o deus das florestas; e outras divindades tutelares dos camponeses, pastores, vaqueiros, lavradores, apicultores, gente da terra. Pois se é para a natureza dar o melhor de si, há que se invocar os deuses, solicitá-los e obter seus favores. Donde a relação entre culto e agricultura, honrar e cultivar, entre cultura e invocação aos deuses.

Para que a natureza dê o melhor de si, é importante obter os favores dos deuses. Rogá-los significa obter sua indulgência e proteção. O que, para os humanos, equivale a nada menos que viver, resistir à morte. Pois o trigo dará a farinha do pão, a videira produzirá o vinho, a oliveira irá gerar o azeite e, graças a esse sustento ético, as forças do camponês e de sua família se refazem para outros trabalhos inscritos no eterno retorno das coisas. A boa colheita tem a ver com uma natureza decerto generosa, mas a natureza generosa depende da boa vontade dos deuses. Donde a necessidade vital de uma palavra invocadora, na qual reside a primeira cultura útil à agricultura. O prefixo *agri*, em agricultura, provém de *agrestis*, que, via *ager, agri*, significa *do campo*. Na origem, portanto, a cultura é uma agreste função do rato do campo, e não uma produção do rato da cidade!

A relação entre *culto* e *cultura* na palavra *agricultura* persiste pelo menos até o Grande Século, já que Olivier de Serres (1539-1619), em

*Théâtre d'agriculture et ménage des champs* [O teatro da agricultura e o cuidado dos campos] (1600) – uma bíblia na matéria –, escreve que a agricultura é "ciência mais útil que difícil, desde que seja compreendida em seus princípios, aplicada com uso da razão, guiada pela experiência e praticada com atenção. Posto que é a soberana descrição de seu uso, ciência, experiência, atenção, cujo fundamento é a bênção de Deus, a qual devemos acreditar que somos, como a quintessência e alma de nosso cuidado; e adotar como principal divisa de nossa casa essa bela máxima: sem deus nada frutifica".

Este texto precede em trinta e seis anos a publicação de certo *Discurso do método*, e a obra do primeiro agrônomo francês, protestante – cujo livro agradava a Henrique IV a ponto de ele pedir que lhe lessem diariamente um capítulo –, estabelece, a seu modo, antes do famoso livro de Descartes, as bases de uma filosofia moderna. O que isso significa? No que pese a invocação a Deus, o autor remete ao uso da razão e ao recurso à experiência. Mais uma vez, a agricultura demonstra preceder a cultura. Precursor, neste sentido, do cartesianismo, Olivier de Serres filosofa melhor no campo, na lavoura e na horta do que Descartes no castelo de uma princesa escandinava.

Entre Virgílio e Olivier de Serres, a forma assumida pela religião se modifica, e o politeísmo apaixonado pela vida dá lugar ao monoteísmo fascinado pela morte. O vinho, os pâmpanos e o riso de Baco *versus* a cruz, o sangue e as lágrimas de Cristo. Mas, em essência, nada mudou de fato: a Natureza tem suas razões, sem dúvida, mas Deus também tem as suas, e Deus preside as razões da natureza. Donde a necessidade de invocá-lo, ainda e sempre, a fim de obter sua proteção, sem a qual um plantio não pode crescer a contento. O *culto* – a Ceres no Panteão, ou a Deus no Céu – age em favor da *cultura*. Rezar, honrar, cultivar, ainda são gestos intimamente relacionados.

Esse mesmo tropismo intelectual persiste em Jean-Baptiste de la Quintinie (1624-1688), cujo *Instruction pour les jardins fruitiers et potagers* [Instruções para pomares e hortas], lançado postumamente em 1690, retoma a técnica virgiliana de invocação das forças celestes de modo a suscitar sua participação nos assuntos terrestres: enquanto o poeta latino invocava o imperador Augusto, o diretor dos pomares e hortas do Rei conclama Luís XIV, especificando que "as mesmas virtudes que promoviam a felicidade de seus povos também promoviam a fertilidade de suas terras". Uma vez que a Natureza não nega nada ao Rei, há que obter do Rei aquilo que se espera da Natureza. Culto e cultura, deus(es) e agricultura, ligação do Céu e da Terra: o paganismo, aqui como em outras instâncias, perpetua-se dentro do cristianismo.

Vestígios do antigo paganismo na mitologia cristã também podem ser encontrados mediante o comentário atento do relato das origens, uma vez que o *Gênesis* bem demonstra a estreita relação existente entre cultura e agricultura em função de seu material comum: a terra. Pois, como sabemos, Deus cria o homem a partir do barro que amassa e ao qual insufla um sopro, a alma, a fim de distinguir essa massa de modelar *top de linha* de sua forma trivial, também presente nos animais. A terra que compõe o homem, e aquela em que se enraíza o trigo, a videira, a oliveira, são uma mesma e única matéria. A cultura de um homem se confunde com sua agricultura: trata-se de transformar um campo de espinhos, um silveiro, um amontoado de cardos e plantas urticantes ou venenosas numa magnífica horta ou jardim – a horta para alimentos, o ervanário para prevenir ou curar doenças, o jardim pela beleza, para o lazer, a calma, o descanso, o passeio, a meditação. Erasmo descreveu tudo isso em detalhes em seu *Banquet épicurien* [Banquete epicurista].

Nesse ponto da análise, e com base em nossa decifração etimológica, cabe prosseguir invertendo os termos da relação e fazer da agricultura uma metáfora apta a fornecer uma definição da cultura, que se tornaria então a arte de uma antinatureza passível de conservar e superar a natureza. Em outras palavras: a cultura *primeiro* enquanto arte de preservar o máximo possível de natureza num outro ser para *depois* constituir uma cultura a partir do que de selvagem terá sido salvo e conservado. Conservar a natureza para então superá-la, reencontrá-la, enfim, transfigurada pela cultura.

Continuando nossa deambulação pelas antigas bibliotecas dedicadas aos jardins, chegamos a La Quintinie e ao seu *Traité de la culture des orangers* [Tratado da cultura das laranjeiras] ou, se preferirmos, seu *Instruction pour les jardins fruitiers et potagers*. Essa obra foi publicada, graças à dedicação de seu filho, dois anos após sua morte, em 1690, a poucos meses de intervalo dos *Ensaios sobre o entendimento humano* e o *Tratado do governo civil* de Locke. Esse mesmo filósofo publicaria, três anos depois, *Pensamentos sobre a educação*. Coloquemos em perspectiva La Quintinie e Locke, o jardineiro e o filósofo, e vejamos como o contraponto funciona à perfeição: a agricultura e a cultura atuam de uma mesma maneira: *mediante similar preocupação em esculpir uma antinatureza*.

La Quintinie cultiva suas laranjeiras como o pedagogo cultiva seu pupilo: atenta para o terreno, a exposição, o enraizamento, os cuidados a serem ministrados – aparamento, poda, corte, limpeza, desfolhação, regadio, enxerto, mergulhia, temperatura, exposição ao sol, higrometria... – para obter um bom resultado – bons frutos para um, bons alunos para o outro. O jardineiro propõe uma antinatureza: o dispositivo da estufa, úmida e morna, maternal e protetora, matricial e genésica, idêntico ao de uma escola, visa, por exemplo (algo que irritaria Rousseau), à produção de alfaces em janeiro. Da mesma forma, o pedagogo familiarizado com a antinatureza aspira a um mamífero inteligente, um animal razoável, uma produção conceptual que equivale a morangos em março ou cerejas no inverno.

Diz Virgílio, taxativamente, que todo homem pode extrair lições sobre os rumos filosóficos do mundo se examinar o funcionamento de uma colmeia. Assistir ao espetáculo dos ciclos na natureza, observar, numa lavoura, o eterno retorno das coisas (lavrar, semear, colher, lavrar, semear etc.), sentir-se parte de um todo e aceitar o destino de vir da terra e para ela retornar (nascer, crescer, declinar, envelhecer, morrer, nascer, crescer etc.), assim é que a agricultura dá à cultura lições de coisas modestas, porém determinantes. O camponês dá a matriz a todo filósofo digno deste nome. O pensador da cidade não chega aos pés do pensador do campo. Sobre uma infinidade de coisas, Sartre, que detestava a natureza, é menos certo e preciso do que era Sêneca em sua propriedade rural romana 2 mil anos antes dele.

Queria fazer uma digressão em torno da bela expressão do filósofo Francis Bacon (1560-1626), que fala em *"Geórgicas* da alma" para caracterizar a parte da "cultura da alma" que pressupõe regras de vida úteis para se alcançar um bem soberano. Essas *"Geórgicas* da alma" propõem um contraponto pragmático e existencial para um aspecto mais teórico da cultura voltado para o Ideal, a figura e a imagem do Bem no absoluto. Pragmático cioso de produzir efeitos filosóficos, Bacon menciona seu desejo de contribuir para a educação dos jovens. Observe-se, *en passant*, que o filósofo inglês empresta o título do poema de Virgílio para dar nome ao seu programa ético.

Como, de fato, não tirar proveito filosófico de um texto como este do poeta romano: "Ao trabalho, ó cultivadores! Aprendam os procedimentos das culturas próprias de cada espécie; suavizem, cultivando-os, os frutos selvagens; que vossas terras não permaneçam baldias"? Quer se trate de árvores, quer de seres humanos, Virgílio convida a suavizar a natureza, cultivando o selvagem para atenuá-lo. Não parece até o imperativo categórico teórico de toda pedagogia – e, logo, de toda cultura?

Mas voltemos às "geórgicas". O propósito não é fazer a exegese do texto baconiano. De que serviria a restituição detalhada de um programa do século XVI, quando só seu *princípio* importa? Deixemos aos historiadores das ideias ou do pensamento o cuidado de reformular as proposições do autor do *Novum Organum* e perguntemo-nos, quanto a nós, o que seriam as "geórgicas da alma" em nossos tempos pós-modernos, urbanos, supertecnologizados e abertamente ignorantes, desdenhosos até, das raízes naturais do ser.

Uma geórgica do ser contemporânea, ou seja, uma cultura de si que busque seus modelos na agricultura, permitiria considerar a construção de si mesmo como a de um belo jardim – Francis Bacon revela, num de seus *Ensaios*, o quanto tem o jardim em alta estima filosófica. Uma espécie de jardim epicurista em que se encontre alimento espiritual, material, corporal, estético, em que a horta, o ervanário, o canteiro de flores, forneçam o necessário para comer, curar, prevenir a doença e alegrar a alma com o espetáculo e perfume das rosas ou cravos. O poder soberano muito bem visado por Francis Bacon permanece atual em nossos tempos sem Deus. Qual é seu propósito?

Uma relação saudável, apaziguada, alegre, cortês consigo mesmo, com os outros e com o mundo. Para isso deveria tender toda cultura. Em outras palavras: sair da natureza que induz à brutalidade, ao instinto, às pulsões, mas conservando, tanto quanto possível, a vitalidade, a saúde, o movimento de toda natureza em nós. Domar o animal selvagem sem destruí-lo, conduzi-lo à sublimação de suas forças primitivas. Sair do mundo das potências cegas do animal e entrar no universo civilizado dos humanos, sem nos esquecermos de nosso fundo comum com o primata.

Donde o recurso à etologia, pois essa disciplina oferece uma topografia das forças em jogo na natureza, e uma cartografia do território no qual nos movemos enquanto parentes não muito distantes do mamífero que cheira, funga, demarcando seu espaço com sua urina, suas matérias fecais e suas glândulas. Cada um de nós provém dessa verdade brutal, a questão está em não ficarmos nisso. Machos dominantes, machos dominados, fêmeas dominantes por aliança sexual, fêmeas dominadas devido a más alianças, hierarquia e mudanças de status no interior da tribo: apesar do cartão bancário, dos perfumes de luxo, dos carros vistosos ou dos trajes sob medida – ou: *embora*, quando não: *por causa de* –, o *Homo sapiens sapiens* permanece um primata, mesmo que se trate de um primata maquiado. A cultura dá nome à arte dessa maquiagem.

A mesma força que faz brotar o germe da terra e o conduz para a luz do sol ainda persiste no homem, e isso para além do bem e do mal. Uma força cega e surda, mas potente e determinante, contra a qual se pode muito pouco afora saber o que ela é, e então aceitá-la – eventualmente com a alegria do *amor fati* nietzschiano. Parente do mineral, do vegetal e do animal, o homem carrega em si, em seu sangue, seus nervos e sua carne, e também no seu cérebro, é claro, parte dessa mesma energia cega que conduz o mundo. A primeira tarefa da cultura? Um conhecimento das leis da etologia – o equivalente da agronomia para o camponês ou o jardineiro.

O córtex pesa bem pouco se comparado ao cérebro reptiliano. Somos serpentes antes de sermos homens. E o animal que rasteja dentro de nós governa em profundidade. Observar o modo como a víbora serpenteia, copula e põe os ovos, de que modo se reproduz, obedece ao seu instinto de morder e inocular seu veneno, espreitar a natureza ou, sentado no escritório, ler e reler os *Récits sur les insectes, les animaux et les choses de l'agriculture* [Relatos sobre os insetos, os animais e as coisas da agricultura] de Jean-Henri Fabre, e deles extrair lições de sabedoria, extrair uma filosofia *naturalista* da vida.

A partir do campo e da pradaria, e à luz dos ensinamentos da etologia, há que se considerar uma estratégia de controle e domínio desses tropismos. Conhecê-los, portanto, mas para melhor dobrá-los ao nosso querer. Assim, Henry David Thoreau, esse Virgílio moderno, escrevia que, conhecendo melhor o funcionamento de uma colmeia, é possível aumentar consideravelmente sua produção de mel, alterando em apenas um grau a exposição do colmeal. Basear-se na natureza para superá-la e produzir uma cultura que assimile e integre o que nela há de melhor – tal é o sentido da célebre frase de Bacon nos aforismos do *Novum Organum*: "A natureza só se vence quando se lhe obedece".

A cultura, portanto, dá nome àquilo que se opõe ao pior da natureza, a saber: o reinado generalizado da força, da luta de todos contra todos, da guerra permanente de cada um de seus habitantes, a divisão dos seres vivos em presas e predadores, senhores e escravos, dominantes e dominados, a lei do mais forte ou do mais esperto, a força do fraco, a fraqueza dos fortes. Enquanto antinatureza, a cultura quer o reino da razão e da inteligência, a intersubjetividade pacificada, a colaboração, a ajuda mútua – cara ao coração de Kropotkin, o príncipe anarquista que se esteia num Darwin pouco conhecido: o Darwin que mostra que a ajuda mútua *também* contribui para a seleção natural –, a sociabilidade e a comunidade em que a lei da selva cede lugar à lei contratual, linguageira – pois a linguagem falada retira um pouco dos determinismos da serpente e introduz o mamífero humano na esfera simbólica em que a violência se poupa de sangue real.

Eu escrevia, acima: recorrer, primeiro, à etologia. O que vem *depois* desse *primeiro*? A neurobiologia. A etologia informa sobre o terreno selvagem, o baldio, o alqueive, o mato dos bichos. A neurobiologia propõe uma arte aparentada à dos jardins do horticultor ou do campo dos agricultores. A etologia permite mapear, avaliar o terreno, descrever as guerras e batalhas do cupinzeiro, a estratégia dos enxames, as lógicas do formigueiro; a neurobiologia fornece um arsenal de máquinas de guerra: o arado e a enxada, a pá e o alvião, o destorroador e a relha para revolver a terra, organizá-la e cavar os sulcos que irão permitir a semeadura.

## As *Geórgicas* da alma

Na ordem da natureza, o que nos distingue da serpente, da qual conservamos parte do sistema neuronal, é o córtex. Pois nós somos o nosso cérebro. O que equivale a dizer que uns são pouco, e outros, muito. No momento em que a vida tem início no ovo primitivo, a matéria neuronal está vazia. Conterá exclusivamente as cargas estéticas – no sentido etimológico – que ali forem inseridas. Cera virgem a ser moldada. O cérebro se assemelha, em suas primeiras horas, a uma terra por semear. Terra do primeiro homem, matéria de todas as coisas, substância destinada a retornar para si mesma, porém trabalhada, entre um nada e outro, pela cultura.

A neurobiologia nos ensina que a matéria nervosa só irá conter aquilo que nela for positivamente colocado ou aquilo que, negativamente, por negligência, nela irá proliferar como ervas daninhas, espinheiros, cardos e outras plantas vivazes invasivas e nocivas devido a um defeito de cultura. Consciente ou inconscientemente, o conteúdo será obtido pela ação do fazer ou pela negligência do deixar fazer. Opõe-se assim o "asseado jardim francês", caro ao autor de *La théorie et la pratique du jardinage où l'on traite à fond des beaux jardins* [Teoria e prática da jardinagem, em que se trata em profundidade dos belos jardins] (1709), obra maior do enciclopedista Antoine Joseph Dezallier d'Argenville (1680-1765), ao "jardim planetário", contemporâneo de Gilles Clément, em que a natureza faz seu trabalho sem a interferência do jardineiro, o qual se contenta em acompanhar o movimento selvagem da natureza.

A impregnação placentária é o momento genealógico do ser. Corresponde, no jardim, ao momento da semeadura: só brota na terra aquilo que nela foi semeado, depositado por mão humana – ou aquilo que não foi barrado pelas operações necessárias ao esconjuro da negatividade. Plantar as boas mudas, arrancar as ervas daninhas, obter um jardim limpo, equivale metaforicamente a educar *pela cultura* para a positividade – transmitir o gosto pelo bom – e para o evitamento do negativo – instruir no desgosto pelo mau.

A identidade começa a se constituir já no ventre da mãe. O sistema neuronal experiencia então o esquema simples da satisfação e do sofrimento, do prazer e do desprazer, da saciedade ou da carência, ou, em outras palavras, a corrente alternativa de uma matriz que associa o agradável ao bom e o desagradável ao ruim. Assim informado, pode-se produzir voluntariamente uma satisfação na mãe, que se torna satisfação na criança. O trânsito de uma informação se efetua segundo o princípio dos vasos comunicantes. A vida intrauterina já oferece, portanto, uma possibilidade de adestramento neuronal. Os pais, a mãe principalmente, o meio social, para ele contribuem com um uso sábio e experto das duas rédeas que conduzem uma mesma parelha: prazer, desprazer. A associação entre uma percepção – ou seja, de uma sensação, ou seja, de uma emoção – e uma recordação dolorosa ou jubilosa traça na matéria neuronal feixes hedonistas ou a-hedonistas, associados a essa memória afetiva e reativados em caso de mobilização da zona neural em questão.

Em outras palavras: as frequências sonoras percebidas por uma criança no ventre de sua mãe, associadas a recordações felizes ou dolorosas, produzirão efeitos emocionais na alma (material) do indivíduo tornado adulto: a marcação sonora negativamente conotada no passado irá gerar um novo prazer ou desprazer, a paixão por um instrumento, ou uma profunda aversão. O indivíduo irá afirmar, assim, um juízo de gosto – eu gosto, eu não gosto – sem saber que sua opinião provém de uma série de antigas operações relacionadas a um adestramento neuronal, uma marcação afetiva ou, em outras palavras, uma impregnação cultural.

Cuida-se da alma como se cuida do jardim, e aquilo que se observa tanto numa como no outro ali se encontra por vontade ou por omissão. Se não prestamos atenção ou não trabalhamos, as ervas daninhas crescem e invadem o espaço – da terra ou da alma. Nisso, como em tudo, deixar acontecer é a pior pedida, porque é sempre o que há de mais baixo, de mais vil em nós, que irá levar a melhor. A força do cérebro reptiliano esmaga tudo e se opõe ao trabalho do neocórtex. Quando este não se ativa, deixa livre o caminho para que fale em voz alta o animal dentro do homem.

Donde a necessidade de uma educação sensorial, a primeira das educações e a mais determinante. As zonas do cérebro poupadas pelo adestramento neuronal dos primeiros meses ficam em branco e assim permanecem: nada nunca há de brotar ali, e, se porventura o preenchimento se realizar, será com tamanho atraso que não se poderá esperar muita coisa que preste. Deve-se visar à educação sensorial já desde os primeiros instantes de vida intrauterina. Os cinco sentidos constituem um só, na verdade: o tato, diversamente alterado. Toca-se com os olhos, com a pele, com o nariz, com a orelha, quando menos com as células que têm contato com a matéria do real. Os traçados nervosos, neutros do ponto de vista elétrico, são, em contrapartida, carregados do ponto de vista do afeto, uma vez que abrem alamedas, trilhas, caminhos, vias, estradas, autoestradas para o que vem depois.

A cultura pressupõe, portanto, uma solicitação neuronal sensual constituída por emoções hedonistas. Aprender a cheirar, provar, tocar, ver, ouvir, de modo a poder cheirar, provar, tocar ver, ouvir, e então compreender e desfrutar do mundo. O cérebro é o órgão do juízo do gosto redutível a um processo corporal materialista. A cultura concerne apenas ao corpo e, mesmo quando solicita a alma ou concerne ao espírito, ainda permanecemos na configuração atômica e material dos epicuristas. O simulacro de *Da natureza das coisas*, de Lucrécio, ainda é uma categoria operatória válida na era da física quântica.

Há que visar, portanto, a uma *erótica*, no sentido amplo do termo. Também poderíamos escrever uma *estética*, ou seja, uma arte de sentir. O erotismo manifesta a quintessência da cultura e, tal como a gastronomia, que parte da natureza, mas depois a sublima e incrementa, transforma a necessidade sexual numa virtude jubilosa. Vão seria buscar uma erótica – ou uma gastronomia, senão uma enologia – nos animais, os quais se contentam com os instintos e pulsões da natureza: ritual de sedução, cio, cópula, gestação, reprodução. As incitações cristãs a detestar a Mulher em prol da Esposa e da Mãe, duas figuras antieróticas por excelência, condenam toda carne à morte.

Uma geórgica da alma pressupõe, portanto, um adestramento neuronal erótico e estético por meio da educação sensual. O cristianismo vilipendiou a sexualidade por ódio às mulheres e ao corpo, por desprezo da carne e dos desejos, por incapacidade ao prazer e gosto da neurose, por paixão pela pulsão de morte. Os tratados dos jardins japoneses vão de par com as artes de amar orientais que, dando as costas à neurose religiosa cristã, mostram de que forma amar o corpo do outro exatamente como se cuida de um jardim *zen*. Os jardins de Kyoto e os Tratados de erotismo, com suas estampas, codificam a cultura da carne jubilosa capaz de, em seguida, apreender o mundo de forma jubilosa.

A cultura, portanto, não é uma acumulação de conhecimentos, mas de emoções. Sabe-se que muitos dos altos dignitários nazistas possuíam uma vasta cultura e, ao mesmo tempo, atingiram o ápice na arte de destruir qualquer cultura. Longa seria a lista das pessoas cultas e bárbaras, dos homens dotados de cultura livresca, artística, histórica, literária, filosófica – pensemos em Heidegger – e implicados, simultaneamente, na barbárie nazista ou na política francesa de colaboração com ela. De modo que, *em si*, a cultura não exime de ser bárbaro, pois também pode se colocar a serviço da pulsão de morte e, portanto, aumentá-la, acelerá-la, torná-la mais nociva... Existem culturas de morte, e elas nascem quando se distanciam das culturas de vida. Desprezar Virgílio é enveredar pelo caminho do Inferno.

Ao se tornar urbana, a cultura deixou de celebrar a pulsão de vida atuante na natureza e passou a louvar os méritos da cidade, lugar das barbáries gigantescas e das insanidades desmedidas. Fim das *Bucólicas* e das *Geórgicas* de Virgílio, advento do *Leviatã* de Hobbes e do *Príncipe* de Maquiavel, e, em seguida, do *Capital* de Marx, o qual odiava os trabalhadores da terra, detestava o mundo rural, execrava os camponeses... Desaparição do homem que é parte da natureza, retraimento da metafísica imanente e da ontologia pagã, aparição do animal político e plenos poderes concedidos à sociologia. Fim das lavouras e das colmeias, das estações e dos trabalhos agrícolas, do trato das videiras e da arte do jardim: a cultura enquanto escultura da natureza cede lugar à cultura enquanto negação da natureza, contranatureza e antinatureza radical.

Ora, o cultivo de um jardim não é a destruição de toda natureza dentro dele. É a arte de cativar esta natureza para dela obter seu melhor. Trata-se de mostrar que a natureza não é inimiga da cultura, e sim sua matéria-prima. Nenhum escultor digno deste nome produz uma obra destruindo pura e simplesmente sua matéria-prima! A tradição filosófica celebra uma linhagem de pensadores do artifício – de Platão a Sartre, passando por Kant e Marx – que pegam a natureza como exemplo e transformam a cultura na arte de desmatar radicalmente o jardim.

Outra linhagem, que vai de Diógenes a Nietzsche, passando por Montaigne (e de que sublinho a importância por um período de quase trinta séculos em *Contra-história da filosofia*), pensa a natureza não como matéria a ser destruída, e sim como força a ser domada: a cultura é, assim, um universo que preserva o sentido primitivo de agricultura, uma arte do jardim interior e da construção de uma relação consigo mesmo, com os outros e com o mundo, por uma perspectiva harmoniosa, e não contraditória, com a natureza. À diferença da filosofia dominante, não celebra a pulsão de morte, que é a política da queimada, e sim a pulsão de vida, que pressupõe o gosto pelo vivo em todas as suas formas e o ódio por aquilo que, de longe ou de perto, pareça caucionar o sangue, a violência, a destruição.

O aumento da cultura não é algo bom por si só, pois, caso se inscreva na negatividade, se nos enchermos de um perpétuo convite à morte, o pior se tornará inevitável. Em compensação, a cultura que celebra a pulsão de vida nos traz de volta aos fundamentos ontológicos: somos partes da natureza, partes conscientes da natureza. Tal consciência permite entender qual o nosso lugar entre dois nadas. Nossa breve vida pode ser magnífica, e deve sê-lo, inclusive, pelo próprio fato de ser breve.

Num jardim do outro lado do mundo vi, um dia, uma palmeira Talipot, cuja especificidade está em viver para produzir, uma única e exclusiva vez em sua vida de um século, uma flor sublime – e depois morrer. Lição de coisas e de sabedoria, lição dos jardins para uma cultura que não mata a natureza, mas a sublima. Essa palmeira gigante de mais de vinte e cinco metros de altura, ao pé da qual eu me achava, numa ilha do Oceano Índico, deu-me uma lição de sabedoria bem superior à leitura das obras completas de Kant.

Uma lição que o menininho tornado filósofo hedonista pôde entender, porque amou a terra, os campos, as florestas, os bosques, os rios, os charcos, as sendas de sua infância, e porque seu pai, operário agrícola, viveu sua vida inteira e atravessou o século XX como um virgiliano. Quantas almas jovens, quantos novos rebentos ainda têm, hoje em dia, a oportunidade de aprender corporalmente isso que dizem as *Geórgicas* de Virgílio, para poderem mais tarde testemunhar que a cultura não é destruição da natureza, e sim sua sublimação e a escultura de suas forças?

# 3
# DEPOIS DE AMANHÃ, AMANHÃ SERÁ ONTEM

O povo cigano se me afigura como um povo fóssil que, por muito tempo, parece ter encarnado em seu próprio ser o que provavelmente seria a tribo do período pré-histórico. Como a estrela cuja luz levou milhões de anos para chegar até nós, a ontologia cigana parecia manifestar até recentemente, quer dizer, antes do etnocídio empreendido pela civilização cristã, o eco do que foram, nos primórdios da humanidade, as errâncias tribais, os acampamentos nômades, os mitos e as histórias fundadoras, as lógicas pagãs, as espiritualidades cósmicas, as intersubjetividades mágicas, as leituras poéticas do mundo, a prática fusional da natureza, o talento da oralidade, a força do silêncio, a preferência pelas comunicações não verbais, a vida animal, a força da intuição ou, em outras palavras, o exato contrário disso que constitui a virtude em nosso Ocidente derrocado.

Pois esse Ocidente derrocado exalta o extremo oposto da metafísica cigana: a sedentariedade urbana, as megalópoles brutais, a abolição da memória, a religião positivista, o niilismo espiritual, a luta entre consciências-de-si em oposição, a incapacidade de ler a natureza, o desconhecimento do cosmos, o analfabetismo livresco, a paixão pela tagarelice, o autismo em matéria de relação com o outro, o narcisismo decadente, a incompreensão dos sinais, a vida mutilada, o psitacismo generalizado, a paixão cega pelas paixões tristes, o refinamento tanatológico.

O poeta cigano Alexandre Romanès relata, em *Un peuple de promeneurs* [Um povo de passeadores], uma conversa que teve com um sujeito num restaurante. Dizia o sujeito: "Diga a verdade. Vocês, ciganos, são mesmo tão terríveis como dizem?". Resposta do poeta: "Somos, sim, mas vocês, *gadjé*, são bem mais terríveis do que nós". Face ao espanto de seu interlocutor, retorque o cigano: "Foram vocês que inventaram a colonização, a prisão, a Inquisição, a bomba atômica, o computador, as fronteiras...". O *gadjo* concordou. E, de fato, esse povo estigmatizado desde séculos como ladrão de galinhas ou retalhador de bolsas, essa tribo planetária que foi levada para a câmara de gás, tem o defeito de expressar claramente de onde vem a civilização, um mundo que os pretensos civilizados não querem ver.

Os ciganos são aquilo que nós fomos, e nós já não queremos ver aquilo que fomos, repletos que somos de orgulho por termos abandonado isso que julgamos ser barbárie, mas é civilização vinculada ao cosmos, iludidos sobre nós mesmos ao supor que somos civilizados enquanto manifestamos nossa barbárie, apartados que somos da natureza e do cosmos. Pois, com efeito, a luz vinda da origem do mundo e trazida pelos ciganos ao coração das cidades contemporâneas mostra uma claridade ontológica que nos faz falta desde que passamos a dizer, do mundo, não o que ele verdadeiramente é, mas aquilo que os livros (na maioria das vezes das religiões monoteístas) nos dizem que ele é.

O rato da cidade não quer ver o rato do campo, que o faz lembrar daquilo que ele foi. O dândi perfumado, o esteta ensaboado, o letrado refinado não querem que ponham seu passado ancestral diante dos seus olhos, não querem ver o tempo do tempo de antes do tempo bárbaro que é o seu. Tempo da imundície, mas também da verdade ontológica, tempo do cabelo sujo e desgrenhado, mas também da autenticidade metafísica, tempo dos cheiros fortes, dos trapos cheirando a fogo de lenha, umidade estagnada, sujeira doméstica, mas também tempo da simplicidade filosófica.

Tempo da fogueira lá fora *versus* o aquecimento elétrico, tempo da carroça *versus* a casinha de periferia, tempo do porco-espinho comido em pé, junto ao fogo, *versus* a comida insípida embalada em celofane, tempo da abóbada estrelada sobre nossas cabeças *versus* a televisão que destrói a alma, tempo de lavar-se no rio *versus* os banhos de espuma transbordando nas banheiras, tempo da música em volta do braseiro crepitante *versus* o mutismo das famílias separadas frente à telinha – o vestígio dos antigos tempos de uma civilização cósmica envergonha os devotos dos novos tempos da civilização acósmica.

Depois de amanhã, amanhã será ontem

Nos seus relatos genealógicos, os ciganos fundamentam sua extraterritorialidade ontológica. Esse povo desdenha os alicerces judaico-cristãos. Todos conhecemos as fábulas de Adão, o primeiro homem, de Eva, a primeira mulher, do paraíso, do Éden, da árvore da vida, da árvore do conhecimento que não devia ser tocada. Eva quis saber, soube, e a totalidade dos humanos, homens e mulheres, pagou por essa afronta feita a Deus com uma série de punições: o pudor, a vergonha da nudez, o parto doloroso, a velhice e a morte, mas também, e acima de tudo, o trabalho, a condenação ao trabalho.

Os ciganos propõem outro relato genealógico. Seu povo seria oriundo do casamento de Adão... com uma primeira mulher que teria existido antes de Eva. Eva não é, portanto, a primeira, mas a segunda. Sendo a lógica cigana matrilinear, sua linhagem escapa à maldição que atinge os outros homens, os *gadjé*, submetidos à punição do trabalho. Não implicados pelo pecado original, os ciganos podem manter com o tempo uma relação distinta da dos outros homens, vítimas de suas atividades que perdem a vida para ganhá-la. O tempo dos ciganos não é, portanto, o mesmo tempo do *gadjo*: de um lado, o tempo anterior às ampulhetas, às clepsidras, aos relógios, aos despertadores, aos horários; de outro, o tempo dos instrumentos para medi-lo, esquadrinhá-lo, contá-lo, contabilizá-lo, rentabilizá-lo. Aqui, tempo do sol, tempo das estrelas, tempo dos astros, tempo dos ciclos da natureza, tempo das estações; lá, tempo dos relógios, dos cronômetros, dos ponteiros.

Assim, quando o *gadjo* põe o despertador para tocar pela manhã, toma banho, escova os dentes, se veste, vai para o trabalho, não sem consultar dez vezes o relógio de pulso ou conferir vinte vezes a hora certa no rádio, quando trabalha em coisas inúteis, inessenciais, sem interesse, sem reais bons motivos, quando ingere apressadamente alimentos ruins, quando retoma o trabalho à tarde para sacrificar outras longas horas em tarefas laboriosas, repetitivas, produtoras de absurdidade ou negatividade, quando, na hora de voltar para casa, se espreme nos transportes coletivos, se tranca no carro para longos momentos perdidos em engarrafamentos e tranqueiras, quando chega em casa cansado, exausto, exaurido, quando ingere maquinalmente outros alimentos insípidos, se arria frente à televisão por longas horas de tolice ingurgitada, quando vai se deitar embrutecido por tudo que comeu, viu, ouviu, e põe novamente o despertador para tocar na manhã seguinte para então reviver esse mesmíssimo dia, e assim por diante por anos a fio – quando faz tudo isso, o *gadjo* se diz *civilizado*.

O cigano, enquanto isso, terá vivido um dia de simplicidade, de verdade, de pura presença no mundo, de voluptuoso desfrute de um tempo lento, natural, e, principalmente, não cultural. Terá se levantado com o sol, acendido o fogo para preparar a primeira refeição, meditado ao ritmo do dia nascente, ao diapasão dos sons da natureza – a água de um rio, o sussurro nos arbustos, o estremecer dos ramos nas sebes, a melodia do vento nas árvores, o canto dos pássaros, o som da relva amassada à passagem dos bichos selvagens, um porco-espinho, um coelho, um texugo.

Ao meio-dia, ao redor do fogo junto com os seus, come de pé o que foi caçado. Um porco-espinho, por exemplo. Silencioso, corta com a faca a carne grelhada que dispõe sobre uma fatia de pão, e come calado. Não precisa de palavras, a vida se vive sem precisar ser dita. Dizê-la é, muitas vezes, não vivê-la. Dizê-la profusamente é, muitas vezes, vivê-la estreitamente. Seu corpo, sua pele se encontram no vento, na chuva, ao sol, na neblina, na garoa, no frio e na umidade. Ele está à solta na natureza porque não está separado dela; ela lhe diz o que ele deve saber; ele sabe o que ela lhe diz. Sempre sem palavras.

À tarde, ainda ao redor do fogo, que é o foco, o cigano fica sem fazer nada – ora, não fazer nada é, muitas vezes, fazer mais do que quem pretende fazer algo, sendo a oportunidade para reflexão, meditação, esvaziamento da mente, perambulação cerebral, errância das coisas do espírito. O que será preciso fazer para comer ou suprir as necessidades básicas; o quanto de alma e lembranças é preciso aos antigos que já se foram, mas permanecem aí, presentes como espíritos alegres na natureza; o que é preciso prever em relação aos avós ou às crianças de modo que a tribo seja e perdure repetindo o que já era com os ancestrais.

O trabalho não é um fim em si, mas um meio de suprir as necessidades básicas da comunidade. Não se trata de produzir para juntar, ter dinheiro e lucro para amealhar fortuna, acumular ouro, mas produzir para dar de comer aos seus, poder consertar ou comprar uma carroça, comprar roupas que nunca se remendam, sendo usadas até se desmancharem em trapos, para comprar vinho, pão, café e acrescentar algo a mais aos animais caçados no campo, aos peixes pescados nos riachos, às frutas colhidas nas sebes ou no pomar de alguém que tem muitas, aos pinhões juntados pelos caminhos.

Outrora, antes do genocídio cristão, os ofícios artesanais atendiam pura e simplesmente às necessidades da comunidade: trabalhava-se para viver, enquanto os civilizados vivem para trabalhar. Menino, nos anos 1960, em minha aldeia natal, lembro de ver passarem, ao ritmo calmo do passo do cavalo, tranquilas carroças que já eram então uma ofensa à rapidez dos carros que rodavam, estardalhantes, rente à caravana. Os dois tempos já então se cruzavam, se opunham, se confrontavam: tempo virgiliano do passo dos animais, tempo faustiano do motor a explosão.

Espalhando-se pela aldeia, os homens se ofereciam para afiar facas, foices, foicinhos, estanhar panelas e talheres, recuperar metais velhos, colheres gastas de tantos pratos raspados, bacias furadas que já não se aguentavam depois de dois, três, quatro remendos de metal – eles topavam qualquer coisa. Compravam cavalos, castravam nas fazendas. As mulheres vendiam seus cestos de vime, palha para empalhar cadeiras, juncos para guarnecer poltronas. Faziam leitura da mão em troca de umas poucas moedas. As "madames Bovary" do lugar estavam à espera de um Rodolphe, mas só o que tinham, à noite, era o marido. Por alguns trocados, podiam pelo menos sonhar um pouco, interrogar o futuro e conversar com o destino.

O tempo dos adultos era então o de antes dos tempos de Eva. Assim também o das crianças. Nada de fazer os mais moços viverem algo que os pais já não tivessem vivido. Lembro também de um cigano escolarizado, na minha classe do curso primário, que não se curvava a nada do que constituía a rotina dos filhos e filhas de Eva: não queria sentar, não queria ficar parado, não queria dobrar o corpo para ocupar o dispositivo disciplinar da carteira escolar que prendia pernas, costas, busto e membros numa postura de engaiolado, não queria escrever uma redação nem se submeter a um ditado, já que não sabia ler nem escrever.

Ler e escrever para quê, aliás? O cigano não aprende na escola nada do que é essencial para a sua vida cotidiana: em vez de ensinar a desencovar o porco-espinho na sebe, fisgar uma truta no rio, acender um fogo bem aceso, ler o percurso do Sol no céu e o das estrelas na Via Láctea, em vez de ensinar a tocar violão ou estanhar um tacho velho, em vez de ensinar o que não se aprende – estremecer ao alvorecer e ao entardecer, maravilhar-se com o canto de um pintassilgo ou rouxinol –, queriam lhe ensinar as datas da história da França, a concordância verbal, a regra de três, o teorema de Pitágoras e outras coisas sem serventia para a vida de verdade.

Para que aprender a ler e escrever, se a leitura e a escrita nos afastam do mundo real? O que significa aprender de cor os versos de Racine ou os detalhes da Batalha de Marignan, o débito do rio Sena ou o produto nacional bruto da Bélgica? Ou então: fazer educação física de shorts no pátio da escola ou pular por cima de um elástico e cair numa caixa de areia? Ou ainda: soprar numa flauta doce para tocar *À la claire fontaine*[23]? Nada disso tem serventia. Aprendemos essas coisas para nos submetermos a um professor que irá avaliar tão somente nosso grau de submissão, obediência, subserviência. Desse pão os ciganos não comem. Dizia o pai de Alexandre Romanès: "Ser cigano é não lidar com esporte, com moda, com teatro, com política, com nada: ser socialmente bem-sucedido não faz nenhum sentido para nós".

Não serem eles filhos e filhas de Eva garante então aos ciganos uma extraterritorialidade ontológica. Não afetados pelo pecado original, não têm nenhuma obrigação de trabalhar. Quando cumprem uma tarefa que se assemelhe a trabalho, é para assegurar a subsistência cotidiana: comprar aquilo que não se caça, não se pesca, não se colhe, não se rouba – se desconhecem por completo a noção de propriedade, não têm como se apropriar do bem alheio! Desfrutam, portanto, do puro prazer de existir numa presença coextensiva ao mundo. Espinozistas que nunca leram Espinoza, os ciganos vivenciam a beatitude de estar em harmonia com o movimento do mundo, nada mais, nada menos. Seu tempo é um tempo de sabedoria cósmica.

O tempo cristão, em contrapartida, é tempo de desatino acósmico. Os ciganos têm uma história para explicar sua queda no tempo: dois soldados

---

23 Canção tradicional do folclore francês. (N. T.)

romanos recebem quarenta denários para comprar de um ferreiro os quatro pregos necessários para a crucificação de Jesus. Os legionários bebem metade da quantia e pedem a um ferreiro judeu que lhes forneça os quatro pregos. O artífice recusa, alegando que não pode forjar pregos que irão servir para crucificar um justo; os romanos então queimam sua barba e o transpassam com uma lança. Recorrem a um segundo artífice, que recusa igualmente; e também é morto, queimado.

Um ferreiro cigano, localizado pelos romanos na periferia da cidade, aceita vender três pregos que acaba de confeccionar e se dispõe a produzir mais um. Mas as vozes de seus dois colegas judeus recém-falecidos ordenam-lhe que recuse, a fim de não contribuir para a morte de um justo. Ele forja o quarto prego e o mergulha na água, ainda em brasa, para endurecer o metal: mas o prego permanece vermelho e candente. Repete umas vinte vezes a operação, em vão: o quarto prego permanece incandescente. Compreendendo sua desgraça, o cigano desmonta sua barraca e foge com seu burro para o deserto, onde fica três dias e três noites.

Retornando à cidade, volta a instalar sua bigorna e retoma o trabalho. À primeira martelada, aparece-lhe o prego da cruz de Cristo. Ele foge, apavorado, mas, onde quer que ele vá, o prego sempre aparece. Desde então, os ciganos estão condenados à errância, pelo crime de terem forjado os três pregos da cruz de Jesus. Quanto ao prego desaparecido, diz a lenda que, se um dia for encontrado, trará paz e serenidade aos ciganos. Em outra versão, o ferreiro cigano, tomado de remorsos, tenta reaver os pregos da cruz. Mas, sendo o calvário muito bem vigiado pelos soldados, consegue roubar apenas um. Deus então, tocado com esse gesto de arrependimento, declara que os ciganos terão, a partir desse dia, o direito de roubar!

O que diz esse conto? Que a errância consubstancial aos ciganos resulta de uma punição judaico-cristã. Se ontologicamente começam bem na vida ao obter a extraterritorialidade que os exime do pecado original, o cristianismo os pega na curva com essa história. Mesmo escapando à maldição do trabalho, veem-se punidos pelo erro do ferreiro, embora uma das versões do conto traga uma chance de redenção, já que Deus lhes dá permissão de roubar em troca de sua capacidade de contrição.

Resta essa ideia de que, assim como os judeus são malditos e errantes porque um deles, Asvero, negou-se a dar de beber ao Cristo no caminho para o Gólgota, os ciganos, também eles malditos e errantes, são condenados por terem forjado um dos instrumentos da Paixão. Dois povos errantes, dois povos malditos, dois povos ditos deicidas, dois povos enviados às câmaras de gás pelo nacional-socialismo. Diziam os nazistas que os ciganos eram meio-judeus. Diz um provérbio cigano citado por Alexandre Romanès: "Todo mundo tem uma gota de sangue cigano e judeu".

Por um ardil da razão, essa destruição do povo cigano que o nacional-socialismo não obtém pela bárbara violência, o cristianismo obtém pela persuasão missionária. Esse povo, que remonta à noite dos tempos e traz em si o sinal, o número e a cifra das primeiras tribos humanas, esse povo vindo, sabe-se historicamente, do norte da Índia (a linguística demonstra que o romani é derivado do sânscrito) depois de migrar por toda a Europa via Pérsia e Império Bizantino, esse povo foi destruído pelas conversões intensas ao pentecostalismo na segunda metade do século XX. A assimilação, a pretexto de humanismo, causou a sedentarização da maioria dos ciganos, a qual resultou na proletarização em que muitos deles se encontram hoje em dia, confinados nisso que o eufemismo do politicamente correto denomina "área das populações viajantes"[24] – ou seja, nos terrenos baldios insalubres e lamacentos em que fica concentrado, como num zoológico, esse povo do qual se espera que viva segundo a nossa razão, que é desrazão pura.

As carroças deram lugar às caravanas, os cavalos foram trocados por potentes automóveis, as atividades ao redor do fogo mal conseguem rivalizar com a tirania da televisão; a luz natural, ou das fogueiras noturnas, foi substituída pela luz elétrica dos grupos eletrogêneos, os auxílios sociais[25] tomaram o lugar das atividades artesanais e desapareceram, com as mensagens por celular, os sinais cabalísticos de uma *land art* primitiva destinados à comunicação com os ciganos que passa-

---

24 No original: *aire des Gens du voyage*. *Gens du voyage* é o termo jurídico que, desde 1969, designa na França, em substituição ao antigo *nomades* (nômades), os indivíduos que exercem atividade econômica ambulante e, mais genericamente, circulam pelo país sem residência fixa. Desde 1990, toda cidade com mais de 5 mil habitantes deve, por lei, reservar uma área própria para acolhê-los. (N. T.)

25 No original: *revenus de solidarité active*, auxílio financeiro prestado pelo governo francês para assegurar aos indivíduos beneficiados uma renda mínima de sobrevivência. (N. T.)

riam depois. Isso tudo tem um custo, precisa-se de mais dinheiro hoje em dia do que na época da vida frugal pura e simples – nos canteiros de obras ou vias férreas, o roubo de cabos para aproveitamento do cobre tornou-se moeda corrente. A aculturação transformou esses nômades ancestrais em sedentários proletarizados que ostentam imagens da Virgem nas suas caravanas.

Mas existiu, durante séculos, uma grande e bela civilização oral cigana. Uma civilização que dá testemunho do que teria sido a relação dos homens simples com o cosmos nos primórdios da humanidade. Sua concepção do tempo não é cerebral, intelectual, teórica, livresca, é experimental: gente de estrada e errância, os nômades precisam ler o céu, o percurso do sol, sua posição no firmamento, seu traçado, as horas variáveis em que ele nasce e se põe, as estrelas, as constelações, seus movimentos, seus mapas.

Os ciganos querem igualmente saber se vão poder pegar a estrada ou não, se a neblina e a chuva não irão contrariá-los, por quanto tempo serão detidos pela neve, se haverá granizo, o que prenuncia o arco-íris. Estação das viagens, estação da sedentariedade; estação das migrações, estação dos acampamentos; estação da primavera; estação do inverno; estação da renovação da natureza, estação do seu adormecimento; estação das caças comestíveis, estação das hibernações. O tempo meteorológico é a matriz do tempo ontológico. O tempo que está fazendo é o tempo que é. Sem relógio no pulso, basta erguer o nariz, levantar a cabeça, olhar o mundo, que imediatamente responde.

Quando chega a primavera, há uma cerimônia para festejá-la. A natureza reúne, num mesmo momento, o fim da morte do inverno e o início da vida da primavera, morte da morte, vida da vida. Os ciganos empilham tudo dentro das carroças e se vão. Deixam a cidade por uma saída e retornam por uma entrada oposta. Cumprem, dessa forma, com seus cavalos, suas famílias, seus objetos, seus filhos, o movimento cíclico da natureza. Fecham, assim, o círculo e refazem, como milhões de primitivos sublimes ao longo da história da humanidade, o ciclo do eterno retorno.

Os ciganos, pelo menos antes da aculturação cristã, acreditavam nas lições do cosmos: ainda segundo a etimologia, a ordem do universo ensina uma repetição do mesmo contra a qual não há como ir. Donde há uma submissão fatalista àquilo que é. Existe um destino, há que conformar-se com ele. O que virá está escrito, é impossível furtar-se a essa ordem do mundo. Não há como alterar o destino, escrever uma história já escrita, intervir no curso das coisas já gravado nos ritmos do universo.

O futuro tem a mesma consistência do passado: o que foi, foi, e não se pode nada contra isso; o que será já é, e tampouco se pode nada contra. O provérbio manuche "Depois de amanhã, amanhã será ontem" expressa esse tempo único, diversamente alterado, mas sempre igual a si mesmo. A matéria do tempo se confunde com os tempos intrínsecos da natureza e do cosmos. Quem iria querer alterar o próprio passado? Fazer que o que houve não tivesse havido? Agir e intervir sobre aquilo que foi de modo que aquilo que foi não tivesse sido assim? Só um louco, um tolo. E seria igualmente louco, igualmente tolo, quem quisesse agir sobre seu futuro e querer que ele seja mais assim do que assado. Sábio, o cigano quer o tempo que o quer. Quer o passado que foi e o futuro que será, do jeito que foi e do jeito que será, pois bem sabe que nada pode sobre o tempo, já que é o tempo que pode tudo sobre ele.

O ciclo é ciclo de ciclos. É evidente que, indiferente aos livros e às suas loucuras, fazendo pouco das lições do papel e se contentando com os ensinamentos da natureza, esse povo de civilização oral comemora as passagens, os momentos do ciclo. São, evidentemente, os tempos da natureza naturante e da natureza naturada, os tempos das estações fixados pelo cristianismo em suas lendas, histórias e mitos. Tempo do Natal, tempo da Páscoa, tempo de Pentecostes, tempos pautados pelos solstícios e equinócios, pela maior ou menor incidência de luz. Os ciganos possuem costumes, um folclore, lendas associadas a esses pontos fixos da cartografia do cosmos.

No Natal, solstício de inverno, os ciganos preparam os produtos mágicos que permitem curar. Gordura de lebre, de porco ou de ganso, pele de serpente, sangue de morcego, sanguessugas, leite materno, urinas, ervas, saliva, pelo de feltro, frutas e legumes secos etc. O retorno da luz é o retorno da vida e, portanto, da saúde. Os espíritos, nesse momento, manifestam um poder maior. Donde a necessidade de um ritual de esconjuro para afastar os maus e agradar aos bons. Os cristãos transformam esse período cósmico numa epifania de sua religião transcendente de salvação; os ciganos fazem dele um tempo propício às farmacopeias imanentes. Grandes momentos vitalistas.

No dia de Natal, os ciganos acendem uma fogueira e se acomodam em círculo ao seu redor. Escandem uma melopeia, rapidamente, em tom monocórdio. Em seguida se acercam e se afastam do fogo, alternadamente, seus passos numa mesma cadência. Cantam então: "Chegou o dia de Natal. Ah, há tanto tempo não vemos lenha; que o Deus dos pobres ponha um fim a essa carência, que lhes dê lenha e pão branco!". Essa dança, esses passos, esses movimentos alternados que têm no fogo seu epicentro ontológico, falam no movimento a que os homens se sujeitam: distantes da luz, depois próximos, distantes, depois próximos, longe da claridade no auge do inverno, e então perto de tornar a vê-la no momento do solstício – a noite mais longa, mas também sinal da última noite tão longa antes da vinda de dias mais longos.

Os ciganos também celebram a primavera – o Natal celebra o solstício de inverno, a primavera, o equinócio. Tempo de renovação, de alegria e desejo de viver, de retorno à natureza livre, de voltar para a estrada, tempo do retorno dos pássaros que tinham ido para o sul e agora rumam para o norte. Esse momento cardinal é motor do ser cigano, consubstancial ao nomadismo, à errância, à estrada, às viagens, aos deslocamentos. A primavera é o momento intermediário entre o frio do inverno e as ardências do verão, entre as trevas de dezembro e a luminosidade de junho.

Dentro dessa configuração de festas pagãs e cósmicas, os ciganos festejam a Páscoa. No domingo de Páscoa, vestem um velho boneco de palha com roupas velhas de mulher. Colocam essa "Rainha das Sombras", como é chamada, no meio do acampamento. Também o domingo de Páscoa é denominado "Dia da Sombra". Todos lhe dão pauladas antes de jogá-la ao fogo. E então cantam em coro: "Deus, tu encantaste o mundo, o enfeitaste de flores, aqueceste o vasto mundo e ordenaste o dia da Páscoa. Volta agora, meu Deus, para perto de mim; minha cabana foi varrida e há uma toalha limpa posta sobre a mesa!". O sacrifício da sombra, portanto, faz que venha a luz. Para os cristãos, a morte de Cristo também traz a luz da salvação – sua morte assegura a ressurreição, ou seja, a vida; a combustão cigana da sombra assegura o retorno da luz.

No dia seguinte à Páscoa, num local retirado, os ciganos celebram o dia de São Jorge. Investem um menino com poderes emblemáticos, e ele se torna o protagonista do evento, o "Jorge verde". Enfeitam-no dos pés à cabeça com ramos e folhas de salgueiro. Outorgam-lhe então atribuições rituais: sobre os animais da tribo, sobre os cursos d'água. Jogam na água um boneco de palha que funciona como seu substituto. As festividades se estendem pela noite toda. Um bolo enorme é partilhado por toda a comunidade.

O Pentecostes[26] também é celebrado. Na tradição pagã, era a festa da colheita. O judaísmo o transformaria no momento da entrega da lei a Moisés no Monte Sinai. O cristianismo diz que é a vinda do Espírito Santo, descendo em forma de línguas de fogo sobre a cabeça dos apóstolos. Os ciganos, na ocasião, preparam remédios para curar as doenças e proteger dos infortúnios. Por sua tradição permanecem mais próximos, portanto, da colheita dos frutos positivos e benéficos da natureza do paganismo do que das baboseiras cristãs. Paradoxalmente, o Pentecostalismo se tornaria o agente mais etnocida desse antigo povo, que por muito tempo se manteve fóssil – como é fóssil a luz das estrelas que nos chega dos confins do Universo.

O paganismo cigano também se faz visível no animismo que ele ativa. Assim a história dos porcos-espinhos, narrada por um cigano ao antropólogo Patrick Williams, que a relata em *Nous, on n'en parle pas* [Nós não falamos nisso]: um *fêtier*, ou seja, um cigano dono de um estande de tiro nas festas populares, vai chamar um comparsa, também cigano, é claro, para caçar porco-espinho com sua cadelinha. O Gordo Tatav tanto pede e insiste que Tchavolo, o *fêtier*, acaba aceitando, embora não goste muito do outro, porque, fim da picada para um cigano, manda raspar e limpar seus porcos-espinhos por um terceiro antes de, cúmulo dos cúmulos, deixá-los endurecer vários dias na geladeira. "Um nojo", afirma Tchavolo. Ainda assim, saem os dois pelos campos a caçar com a cadelinha. Detêm-se nas sebes, não encontram nada. Tchavolo faz que procura, mas não procura; já o Gordo Tatav põe todo o seu empenho, mas, está

---

26 Pouco lembrado no Brasil, o dia de Pentecostes é feriado na França e em outros países da Europa. (N. T.)

na cara, não sabe procurar porco-espinho. Os dois ainda examinam mais uns dois, três arbustos.

Sai um porco-espinho. E outro, mais outro e mais outro, uma fileira de porcos-espinhos andando na relva em procissão. Uns cem porcos-espinhos em fila. O Gordo Tatav não cabe em si de alegria, abre a sacola, mira o primeiro bichinho e estende a mão em sua direção. Deixemos que Tchavolo conte o resto da história: "O porco-espinho se vira e diz para o Gordo, em francês: 'Ora, meu irmão! Não está vendo que é o cortejo fúnebre do meu pobre pai?'". Sendo a morte sagrada tanto para os porcos-espinhos como para os humanos, nem pensar, depois dessa, nocautear um deles.

Essa história conta várias coisas. A primeira é que a caça ao porco-espinho não pode ser improvisada: obedece a um ritual, a uma lei não escrita, mas bem sabida por autênticos ciganos – algo que Tchavolo é, e que o Gordo Tatav não é, tanto que não sabe caçá-los, nem prepará-los, nem comê-los; o Gordo Tatav é um caçador brutal, um carniceiro que não respeita os animais, que os maltrata realmente, ou seja, ontologicamente, metafisicamente. Tchavolo, com seu cão, encarna a civilização de seu povo; o Gordo Tatav, com suas geladeiras, encarna a barbárie dos *gadjé*.

O porco-espinho é o duplo do cigano. Como ele, vive no campo e nos prados, dorme no mato, nas cercas vivas, nos grandes arbustos; como ele, o cigano se move na orla da natureza selvagem, nunca no coração da floresta; como ele, evolui nas fronteiras que demarcam as propriedades dos *gadjé*; como ele, é malicioso, guloso, penetra na horta alheia. Os ciganos narram suas proezas amorosas, nas quais se reconhecem de bom grado. Admiram e respeitam sua coragem, já que o porco-espinho não teme, e até ataca, as serpentes – sendo a serpente o animal tabu por excelência dos ciganos porque, segundo eles, vive nas casas, mora com os *gadjé*, dorme em suas camas, se enfia nas suas roupas... Um deles conta esta história: "O porco-espinho tinha ficado velho. Um velho porco-espinho! Diz ele: 'Ora, o que eu estou fazendo aqui, neste arbusto? Para quem vou pedir comida? Para um parente é que não!'. Diz ele: 'Vou-me embora! Vou viver minha vida, vou andar para algum lugar para fazer minha vida andar!'".

Nunca se caça uma fêmea prenhe ou acompanhada dos filhotes. Os ciganos sabem onde se entocam os animais. Não os pegam quando são muitos, apenas marcam os locais e deixam para voltar no inverno, período de penúria, quando a neve encobre tudo. O animalzinho é cozido de diferentes maneiras, dependendo da estação: no inverno, quando está gordo, é refogado; no verão, com a carne aquecida pelas corridas ao ar livre, é servido com geleias de intensos aromas, alho, pimenta, tomilho, louro, que disfarçam seu cheiro forte. Pode também ser envolto numa crosta de barro, levado ao fogo, o barro cozido sendo depois quebrado, e a carne do animal resgatada enquanto os espinhos ficam presos na crosta. Nunca se matam porcos-espinhos com antecedência, nem pensar em deixá-los vários dias na geladeira. São capturados e mantidos vivos em gaiolas, bujões, barris ou numa pilha de pneus.

A segunda coisa que esta história conta é que os porcos-espinhos falam igual aos homens – assim como o cigano digno deste nome fala pouco e se comunica de forma não verbal, por meio de sinais, silêncios, posturas, rituais. O cigano é quieto como o porco-espinho; o porco-espinho fala igual um cigano – com os ciganos da França, aliás, ele fala francês. Em outras palavras, homens e animais não estão separados, estão unidos. Entre o porco-espinho e seu caçador não há diferença de natureza, há uma diferença de grau.

Enquanto filhos e filhas da mulher de antes de Eva, os ciganos, pagãos punidos pelos cristãos, não acatam a ideologia judaico-cristã do Livro, do patriarcado, da diferença de natureza entre homens e animais com a bênção dos primeiros para explorar, maltratar, humilhar, exterminar os segundos, não subscrevem às fábulas do paraíso, do inferno ou do purgatório, porque sua concepção dos espíritos está ligada ao animismo, ao politeísmo, ao panteísmo e a tudo que signifique uma espiritualidade não monoteísta, uma metafísica com a natureza, não sem ela nem contra ela. Quanto a mim, ouviria de mais bom grado as palavras do porco-espinho do que as de uma Virgem mãe de Deus.

O povo cigano acredita no mundo dos espíritos. Mas não à maneira do espírita ou do adepto da transmigração das almas, do partidário da metempsicose ou da metensomatose, do pitagórico antigo ou pós-moderno da nova era. Simplesmente acredita que os mortos ainda estão presentes porque nós fazemos que estejam, pela memória que temos deles. Quando um cigano morre, destroem-se todos os seus pertences. Podem ser vendidos, quando se é muito pobre, mas com a garantia de que nada do que foi dado será reciclado: tudo deve desaparecer. Os objetos que ficam são *mulle*, isto é, sagrados, portadores do morto, de uma parte de seu ser. Há um silêncio envolvendo esses objetos; não que os ciganos não pensem a respeito. A morte, que é presença dolorosa e lancinante da ausência, exige o silêncio. "Sobre os pobres dos mortos, nós não falamos", dizem eles. O que não impede que convivam com eles. O morto só está realmente morto quando é totalmente esquecido pelos homens.

Durante o luto, que é mais ou menos longo dependendo do grau de intimidade, abstêm-se de pronunciar o nome do morto; proíbem-se de comer seus pratos prediletos; não voltam para os lugares que foram dele, evitam-nos; não usam os objetos que não foram destruídos, que são guardados numa gaveta, no fundo de um armário. Esses objetos possuem uma carga mágica. A relação que o cigano mantém com o defunto não é a de um vivo com o morto, de um presente com o passado, de um vivente com um finado, e sim a de um indivíduo com o imutável. Não há memória do tempo passado, mas uma presença apaziguada com o estar do morto em comunhão com o tempo do eterno retorno.

Os manuches não dispõem de um termo para dizer *memória*, mas, em compensação, têm um para dizer *respeito*. Da mesma forma, *tajsa* significa tanto amanhã como ontem e quer dizer o dia que não é hoje. Explica Patrick Williams: *kate* significa hoje, ou seja, onde se está – este dia, este lugar; *ivral* designa ontem e amanhã, isto é: onde não se está, outro dia em qualquer lugar. O presente é aqui e agora; o passado e o futuro são onde não se está. Os ciganos vivem no instante presente. São aparentemente incapazes de planejar atividades em longo prazo. O trabalho se faz de um jato só ou é abandonado e nunca retomado. Eles não lembram as datas, lembram as atividades: sabem o dia das feiras, das peregrinações, das reuniões familiares, das festas de família.

Lembrar não é uma atividade voluntária, um produto da volição pura, e sim uma irrupção do tempo passado no tempo presente, não como uma epifania à parte, mas como a modalidade revestida de escamas dos tempos fragmentados. O morto está presente, aqui e agora, sob outra forma, indizível nas categorias da metafísica ocidental – pitagórica, depois platônica, revista e corrigida pelo cristianismo. O morto já não está, mas ainda está: já se foi como presença física, mas permanece como presença mental e afetiva. É outra maneira de compreender essa estranha frase de Espinoza, que escrevia na *Ética*: "Sentimos e experimentamos que somos eternos" – ao que acrescento eu: enquanto a vida do vivo carrega a lembrança dessa vida morta. Essa imortalidade imanente, portanto, dura o tempo que duram aqueles que a sustentam.

O universo cigano é povoado de seres míticos, criaturas sobrenaturais, espíritos quiméricos que adotam aparências corpóreas. Cada instante da vida cotidiana se apresenta em cada um deles. O destino de cada um depende de seu querer ou não querer. Trata-se, para os ciganos, de granjear a benevolência desses espíritos por meio de atitudes apropriadas, substâncias adequadas, rituais *ad hoc*, invocações convenientes – daí as magas.

Eis alguns dados descortinados da mitologia cigana: as Ourmes, deusas do destino, vestindo uma túnica branca, ligadas ao reino vegetal, aparecem em três quando dos nascimentos, determinam o futuro das crianças por meio de rituais específicos – que envolvem azevinho e agulhas enfiadas na terra para depois ser interpretada a quantidade de ferrugem. Somente as magas podem ver as Ourmes, além da sétima menina de uma linhagem de meninas, ou o nono menino de uma linhagem de meninos. As Kechalis, fadas da floresta, também elas agrupadas por três, habitam as montanhas; possuem corpos alongados, e finos cabelos com que criam a névoa dos vales. Virgens, podem amar um homem e se unir a ele, mas só lhe trazem desgraça, já que dão à luz um natimorto. O pobre homem, fascinado por ela, perde o juízo. Seus poderes mágicos então desaparecem e ela se refugia nas montanhas, cada vez mais no alto, para lá envelhecer e desaparecer. Quando quer trazer sorte para um recém-nascido, ata o fio vermelho da sorte em seu pescoço caso este apresente uma ruga ou uma dobra. Pode também, para esse mesmo efeito, tecer um pouco de sua cabeleira e fazer um vestido da sorte tão fino, tão delicado, tão transparente que é invisível aos olhos dos homens. As Holypi, enfim, que, possuídas pelo demônio depois de copularem com ele, transformam-se em bruxas, se alegram com a desgraça das pessoas e disseminam doenças à sua volta.

O destino, portanto, é uma questão de poderes mágicos. Não há um futuro livre, e sim um porvir escrito por forças às quais é preciso submeter-se. O azevinho, o fio vermelho, a agulha, os cabelos tecidos sugerem a magia das mulheres misteriosas que querem em lugar dos humanos, que, por sua vez, são queridos por elas. Essa mitologia tem provavelmente origem em épocas remotas do norte da Índia, quando os ciganos viviam sedentarizados em locais de forte densidade mítica. Desnecessário dizer que essas normas ciganas foram exterminadas pelo pentecostalismo, que via nelas um sinal de paganismo e superstições insuportáveis em comparação com sua própria religião, aliás, tão racional!

Os ciganos mantêm com os mortos uma relação que muito nos ensina sobre sua relação com o tempo imanente. Para eles, não se trata de um trás-mundo[27], algo que, a meu ver, define toda religião, mas de um mundo cá embaixo, algo que, para mim, define uma filosofia, uma ontologia, uma sabedoria. Não existe um céu cigano repleto de anjos, arcanjos, tronos, serafins e outras criaturas da desrazão pura, mas um céu saturado de estrelas à noite e, de dia, habitado pelo percurso do sol. O céu das névoas e neblinas, dos tempos nublados e dos azuis siderantes, dos arco-íris e das auroras alaranjadas. Não existe punição para este povo libertário, não há castigo nem expiação, danação, penitência, na civilização do porco-espinho.

Quando da morte de um cigano, pelo menos nos tempos de antes do etnocídio cristão, queimava-se sua carroça, seus objetos; às vezes, em tempos mais atuais, seu carro ou seu caminhão. Suas joias e seu dinheiro eram depositados em seu caixão ou eram gastos com seu funeral, investidos no túmulo prodigioso e em sua decoração. A incineração dos bens expressava o espírito desse grande povo que não estava nem aí para o dinheiro, para a propriedade, para as coisas, para o ter. Quando perdemos alguém que nos é caro, o resto todo deixa de ser caro.

Conta Alexandre Romanès em *Un peuple de promeneurs* o quanto essa cultura que os induz a queimar seus navios concerne também aos vivos:

---

27 No original, *arrière-monde*, conceito desenvolvido por Nietzsche que nega a existência de um mundo superior. (N. T.)

assim, dois irmãos diretores de circo já não se entendem, querem separar-se, mas, como sempre acontece com quem já não se entende, também não se entendem na hora de se separar. Há bens, uma tenda, uma lona, um circo, caminhões, uma caravana. A discussão não leva a nada. Não há mesmo jeito. "À noite, na falta de um acordo, juntam todo o material ali mesmo, jogam gasolina em cima e ateiam fogo." Que burguês incendiaria sua casa, seu carro, seus carros, seus móveis, seus bibelôs, seus objetos? Grandeza cigana.

Possuir é ser escravo das coisas, do ter, da propriedade. Esse povo libertário não é escravo de nada nem de ninguém. Nenhum objeto seria capaz de prendê-lo! Quando se é verdadeiramente, ontologicamente, não é preciso *ter*, materialmente. Os vivos não possuem mais do que os mortos; os presentes, não mais do que os ausentes. Tem-se, na carroça, tão pouco quanto no túmulo. A verdade do túmulo é, aliás, a mesma da carroça: tem-se aquilo que permite ser, nem mais nem menos. Aquilo que extrapola essa lei do ser é o que define o *gadjé*, o qual quer ter para ser e que tanto mais tem na medida em que não é, que possui proporcionalmente ao fato de não ser propriedade de si mesmo.

Também de Alexandre Romanès, essa verdade ensinada por seu pai: "O homem é muito mais feroz do que o tigre. Você dá dez quilos de carne para um tigre, e ele fica saciado, você cobre um homem de ouro e ele ainda quer mais". Porque o *gadjo*, o civilizado que vê barbárie em tudo que não seja seu próprio delírio, que possui e constrói sua vida para acumular, o *gadjo* não é; o cigano, em compensação, que não tem nada além do que lhe permita não sofrer por não ter o suficiente para viver, é livre. Livre, logo verdadeiro, verídico, autêntico.

Os ciganos não gostam do ter; também não gostam de honrarias. Ainda Alexandre Romanès: "Ao lado do circo fica o cemitério de Clichy. O único lugar tranquilo do bairro. Frequentemente vou lá passear com minhas filhas. E leio numa lápide: 'Senhor X, chefe de gabinete'. Que miséria...". De fato. O que terá feito da vida um homem que achou bom ter como epitáfio essas palavras ridículas? Chefe de gabinete, contramestre, diretor do departamento pessoal, general, executivo, chefe de repartição, veterano da Escola Politécnica, diretor de recursos humanos, cavalheiro das Artes e das Letras, titular da legião de honra, ex-aluno da Central, primeiro lugar na seleção da École Normale Supérieure, membro honorário disso ou daquilo, formado em tal escola, pesquisador do Centre National de la Recherche Scientifique (CNRS), artista (!), já não se mede o ridículo dos disparates sem fim exibidos nos anúncios fúnebres ou gravados no mármore da miúda eternidade de uma lápide. Prefiro os pés descalços de uma menininha na lama a um olhar de princesa indiana no monte de imundícies cedido pelas autoridades municipais às populações viajantes.

Os ciganos não gostam de dinheiro, não gostam de honrarias, não gostam do poder. Alexandre Romanès cita essas palavras de uma velha cigana: "Os três últimos presidentes da República batalharam, somados, cem anos para conseguir esse cargo; que desgraça". Realmente, que desgraça! Desgraça, também, o que eles fizeram com o poder quando o obtiveram! À semelhança de Diógenes, que menosprezava o dinheiro e a propriedade, honrarias e badulaques, os ciganos desdenham o poder. Como o filósofo do cachorro, que anula o poder de Alexandre ao lhe dizer que não tem poder sobre ele, os ciganos expressam essa liberdade livre cara ao coração de Rimbaud, que faz que não se tenha medo de nada nem de ninguém.

A riqueza cigana? A fruição livre, plena e inteira, sensual e voluptuosa, física e sensual, individual e tribal, ancestral e presente, passada e futura, *do seu tempo*, de todo o seu tempo. À semelhança do aristocrata grego ou do patriciano romano, praticam um *otium* descomplexado que complexa a burguesa e riquíssima plebe desses que têm dinheiro, condecorações, poder, mas que há muito já não possuem a si mesmos, alienados que estão em seus delírios, divagações, loucuras, tolices. Queimar a própria carroça, não cobiçar nada além do porco-espinho para o jantar, possuir o domínio de si mesmo, ter sobre a cabeça a abóbada estrelada, se aquecer junto ao fogo como faziam os homens pré-históricos – são essas as verdadeiras riquezas!

Tempos atrás, quando criei a Universidade Popular do Gosto em Argentan, coloquei-a sob o signo desse provérbio manuche: "Tudo o que não é dado é perdido". A frase foi pintada à entrada da tenda onde oferecíamos festas gratuitas em que a cultura servia para reunir, conectar, juntar pessoas que ela normalmente separava, diferenciava, classificava. O operário sindicalista, comunista, marxista, urbano, sedentário, burguês, estilo bem proprietário, hostil aos manuches, que me ajudava nessa aventura, mas aproveitava para enriquecer pelas minhas costas, provavelmente lera, ele e alguns comparsas: "Tudo o que não é roubado é perdido". O ladrão era ele, e não os manuches, que às vezes levavam algo que ele então não podia mais roubar.

Numa civilização que não reconhece qualquer propriedade, o que significa a galinha do vizinho, a horta do *gadjo*, o fio de cobre do canteiro de obra de um agente imobiliário, a mutreta da cadeira que se promete refazer com boa palha e se entrega com um assento de plástico? Nada. Alexandre Romanès inicia assim *Un peuple de promeneurs*, subintitulado *Histoires tziganes* [Histórias ciganas]: "A avó para a neta que está indo embora: *Que Deus esteja por toda parte em seu caminho, minha filha, e que você roube muito ouro*". Uma galinha furtada, um quilo de batatas roubado, uma nota de alguns euros extorquida, sim, sem dúvida. E daí? Tudo é só vaidade e corrida atrás do vento. Amanhã é outro dia. Semelhante a hoje. Porque, vale lembrar, *Depois de amanhã, amanhã será ontem*, e para lá de depois de amanhã já não seremos mais nada. Ora, para lá de depois de amanhã é muito em breve, é logo, é amanhã. Daqui a pouco, quem sabe.

# 4
## O DOBRAR DAS FORÇAS EM FORMAS

A natureza tem um ritmo que não é o mesmo dos homens, os quais, em vez de se sujeitarem a ele, quiseram sujeitá-lo. A história da domesticação desse tempo coincide com a história da humanidade. O tempo da natureza obedece aos ritmos circadianos: alternância do dia e da noite, alternância das estações. Os homens constroem suas civilizações com base neste tropismo: trabalhar de dia, dormir à noite; lavrar, semear, colher, deixar repousar a terra no inverno, voltar a cuidar dela para preparar a lavoura; viver sabendo que toda existência reproduz esse ritmo e conduz cada qual do berço para o túmulo, como a germinação visa ao consumo algum dia, ao trigo semeado, ao pão comido.

Esse tempo intrínseco triunfa em força pura, bruta, cega e imperiosa. Existem, por exemplo, ninfas de cigarras que vivem dezessete anos debaixo da terra, nutrindo-se da seiva das raízes das árvores ao pé das quais descansam. Ao fim de dezessete anos, não dezesseis nem dezoito, mas exatamente dezessete, chegadas à maturidade, essas larvas despertam, todas ao mesmo tempo. Saem todas então do solo num só movimento. Adultas, acasalam-se, copulam, põem ovos e morrem. Os ovos resultam em cigarras que, obviamente, irão obedecer ao mesmo tropismo.

O reino vegetal também obedece a essas leis do tempo intrínseco. Um grande bambu, que atende pelo nome de *Phyllostachys*, pode alcançar uma altura formidável – até trinta metros. Em pleno período de crescimento, calcularam os botânicos que ele podia ganhar até um metro de tronco por dia. Sua floração, extremamente rara, ocorre precisamente a cada cento e vinte anos. Mais uma vez, não são aqui cento e dezenove nem cento e vinte e um, são cento e vinte anos. Jean-Marie Pelt relata essa anedota, especificando que um desses bambus floresceu na China no ano de 999 e, desde então, a cada cento e vinte anos, ele dá flor, com precisão de metrônomo, pontual em seu encontro ontológico.

As frutificações são raras, mas muito abundantes. De modo que os grãos que caem ao pé da árvore compõem como um colchão de uns vinte e cinco centímetros de espessura. Tal profusão permite que predadores comam até se fartar sem por isso atentar contra a vida da árvore assim protegida. O que eles ingerem não basta para colocá-la em risco. Pode o bambu, desta forma, ser e perseverar em seu ser. Tudo concorre para esse desígnio – a vida quer a vida que quer a vida.

Conta o botânico que, nos anos 1960, populações oriundas desse bambu chinês foram deslocadas e plantadas em diferentes pontos do globo. Floresceram simultaneamente ali onde os brotos tinham sido plantados: na China, no Japão, na Inglaterra, no Alabama, na Rússia. Terminada a floração, morreram os bambus em todos esses lugares, ao mesmo tempo, onde quer que estivessem. Relógio metafísico, metrônomo ontológico, a planta se dobra ao *seu* tempo, que, para ela, é *o* tempo.

Na altura do equador, onde não existe variação de comprimento entre dia e noite, sempre equivalentes, não cresce nenhum bambu. Pois ele exige diferenças de luz, alternâncias que parecem ditar o compasso cósmico. O tempo parece ser produto da interação da forma com uma força que se impõe à maneira da gravitação universal. O tempo não é uma forma *a priori*, e sim uma força *a posteriori*.

Esse tempo parece às vezes estar contido no objeto em si, mas o que há são potencialidades temporais – basta a conjunção de certo número de causas para surgir no tempo algo que parecia estar em dormência. Assim o trigo encontrado por arqueólogos em tumbas egípcias, o qual, 7 mil anos depois de ser posto ali como oferenda votiva num pires encerrado no dispositivo labiríntico da pirâmide, acha-se novamente em condições de germinar e se reproduzir.

O arqueólogo inglês que trouxe esse trigo o deu de presente a um oficial do exército egípcio. Um descendente, atendendo pelo sugestivo nome de sr. de Montblet[28], o pôs para germinar em suas terras, na França,

---

28 Montblet: *Mont* (monte) e *blet* (homófono de *blé*, trigo). (N. T.)

numa aldeia dos Baixos Pireneus, em 1925. A experiência já havia sido realizada com trigo gaulês, em 1855, com o trigo de Tebas, por essa mesma época, e com um trigo contemporâneo de Francisco I, que germinou sob Luís XV. Um único grão de trigo plantado rende, na colheita, de 600 a 700 mil grãos. O germe traz em si, portanto, desde que reunidas as condições necessárias, o suficiente para reativar um príncipe adormecido. A vida parece colocar-se à parte da vida, mas permanece vida real em sua potencialidade, pois essa potencialidade é uma das modalidades do tempo da vida.

Essa força ativa na ninfa da cigarra, no bambu *Phyllostachys*, no trigo dos faraós, mas também em tudo que vive, é uma força formidável que o homem, predador dos predadores, quis domesticar. E conseguiu. A essa operação desvirilizante dá-se o nome de civilização. O homem define o único ser que quis esgotar a vida numa forma, à qual a reduziu para empobrecê-la, diminuí-la, cansá-la, enfraquecê-la, afrouxá-la. O triunfo do homem? Ter transformado o lobo e sua força formidável num cãozinho fraldiqueiro cheiroso, obeso, arriado como ele próprio em sofás de couro animal – uma vez que todos os cães domésticos são fruto da insana vontade do homem de que os demais animais se parecessem com ele, enquanto ele próprio perdia sua capacidade de compreender diretamente o mundo ao se tornar um animal que não queria mais sê-lo.

Os homens ficam divididos entre esse tempo comum ao bambu e às cigarras e as durações sociais que são tempo medido, horários, agenda e outros recortes do tempo ditados pelos interesses da sociedade: tempo para a vigília e tempo para o sono, tempo para comer e tempo para descansar, tempo para se reproduzir e tempo para morrer, tempo de atividade e tempo de aposentadoria, tempo de labor e tempo de férias, tempo para aprender e tempo para ensinar etc. O sono de cada um deve vir no tempo que a sociedade concede ao repouso: deve-se dormir à noite e trabalhar de dia.

Ora, o tempo intrínseco não é o tempo político – no sentido etimológico do termo: o tempo da cidade. Se a carne fala e quer, a sociedade, por sua vez, não quer aquilo que a subjetividade deseja. O desejo individual não é a realidade social, sendo inclusive aquilo que a mina, solapa, corrói. O emprego do tempo quer dizer exatamente o que diz: há que empregar o tempo ou, em outras palavras, não perder seu tempo, não desperdiçar tempo, não matar tempo, e sim dele fazer o uso exigido pela sociedade.

Esse tempo dos ritmos naturais permanece em nós, escondido qual a ninfa da cigarra ou o grão de bambu, mesmo que encoberto pelo tempo social por uma incrível quantidade de camadas. As experiências de vida nas profundezas permitem perceber isso. Na Terra, em regime de civilização, o sol faz a lei: a alternância entre dia quente e noite fria, os tempos contados e contabilizados com base nessa informação natural, a semana, os doze meses, o ano, a década etc., a sequência das estações, estação das folhas, estação das flores, estação dos frutos, estação sem seiva, estação do retorno da seiva, tudo isso permite aos animais e aos homens viver em relação com a qualidade e a quantidade de luz.

O mesmo não se dá, porém, em regime biológico. Assim é que no século XVIII, em 1729 para ser mais preciso, Jean-Jacques Dortous de Mairan constata que os vegetais, neste caso uma camélia, se fecham à noite e se abrem de dia, mas sem relação direta com a presença ou ausência real do dia ou da noite. Colocadas dentro de um armário que as priva das alternâncias de luz e escuridão, as plantas continuam a se abrir de dia, mesmo no escuro, portanto, e a se fechar à noite. O cientista descobre, assim, o ritmo circadiano e a existência de um relógio endógeno. O tempo não se impõe de fora para dentro, é um ritmo interno existente na matéria das coisas.

Linné, por sua vez, descobre alguns dos mecanismos desse relógio interno. Em 1751, constata, com efeito, que o momento da abertura das pétalas varia segundo a hora do dia. Mesmo sem as informações fornecidas pelo sol ou pela lua, portanto, o ritmo circadiano impõe sua lei ao vivo. Cada espécie dispõe de um tempo próprio. Mas, numa dada espécie, esse ritmo é sempre próximo de vinte e quatro horas, ou seja, o tempo de uma rotação. O que quer que aconteça, permanece globalmente o mesmo, com variação de mais ou menos duas horas.

Psiquiatra e entomologista, Auguste Forel contribui para a compreensão dessa mecânica singular. Observou ele, por volta de 1910, que as abelhas aparecem sempre à mesma hora atrás da geleia do seu café da manhã. Quando faz tempo bom, ele toma café lá fora; em manhãs de chuva, fica dentro de casa, mas, mesmo estando ausente, as abelhas penetram em seu chalé. Ao repetir a experiência constata que, caso se atrase, os insetos esperam por ele e manifestam escrupulosa pontualidade.

Sabe-se que também os pássaros migratórios obedecem aos seus relógios internos e que, de acordo com a intensidade da luz e a queda das temperaturas, preparam-se para pegar a estrada, partem, não erram a direção, voam horas e horas, dias e dias, para achar um lugar em que disponham do alimento necessário para sobreviver antes de retomar a estrada em sentido contrário e voltar para a aldeia de onde tinham partido alguns meses antes. As plantas, os pássaros e os homens obedecem a um mesmo tropismo.

De que é feita essa mecânica circadiana? A resposta requer uma passagem pela genética. Há que considerar o genótipo e o fenótipo do organismo vivo para entender o mecanismo complexo dos múltiplos relógios que calculam cada um dos processos e do relógio central que assegura a homeostasia dessas múltiplas pêndulas: o cérebro. O relógio se acerta através do olho, que vê a luz, a qual, por sua vez, informa esse infalível dispositivo que gera o adormecer, o despertar, a vigília, o sono, a ação, o repouso, as alterações da temperatura corporal, a secreção de hormônios, a síntese noturna da melatonina. Por esse processo, chega-se cada vez mais perto do vivo que, dentro do vivo, quer a vida.

Assim como os homens andaram sobre a lua, Michel Siffre andou debaixo da terra. Li seu livro, *Hors du temps* [Fora do tempo], para tentar pensar o tempo não como fazem habitualmente os filósofos, conceitualizando-o, complicando-o com palavras, glosando as definições de seus predecessores, ou seja, abordando-o de modo que ele vá embora (é conhecido o malogro narrado por Agostinho em suas *Confissões*), e sim indo me encontrar com um homem que o tinha visto, vivido, encarado, que tinha ido à sua procura, sustentado seu olhar durante dois meses, que o tinha provocado, desafiado, afrontado, até desvendar seu segredo – segredo que não guardou a sete chaves, uma vez que revelou sua natureza, mas que os pensadores profissionais não levaram em conta porque fora descoberto por um geólogo, e os filósofos gostam mais da ideia que têm da realidade, inclusive temporal, do que da verdade do tempo apreendida por um geólogo que pensa.

Depois de ler o livro, fui visitar o homem, o qual me recebeu com simplicidade, em Nice, no seu apartamentinho de um só cômodo, no primeiro andar de um prédio simples e modesto. Como César, ele não é alto, mas é uma bola de energia. Esse homem, que afirma que a lição tirada de sua experiência de vida debaixo da terra foi a de que "querer é poder", parece estar bem à altura de suas palavras. Ele lembra um romano, ou um espartano. Cabelo rente e branco, musculatura ainda firme, olhos vibrantes, vai direto ao assunto sem se perder em circunlocuções. Já à primeira vista me ocorre que ele poderia adotar por máxima de vida a frase de Nietzsche: "Um sim, um não, uma linha reta".

No patamar em que ficou me esperando depois que toquei o interfone, convidou-me a entrar no seu "antro", como diz. Trata-se mesmo de um antro: vê-se inclusive uma fera, na forma de pele estendida numa moldura pendurada na parede. Dentro de vitrines meio empoeiradas, veem-se fósseis magníficos ao lado de outros, não tão belos a princípio, mas decerto ricos de significados geológicos; observam-se, além disso, alguns suvenires *kitsch* e umas misteriosas bugigangas. Michel Siffre extrai dessa caverna de Ali Babá uma magnífica lâmina de pedra roxa, talhada em três faces de modo a compor um barbeador, cujo cabo decerto se perdeu – um achado feito quase sem querer quando, na Guatemala, num rio subterrâneo, por pouco não pisou em cima antes de ver a luz refletindo nesse que pode ter sido um objeto maia sagrado ou ritualístico; ele puxa, do meio de uma miscelânea de coisas, algo que lembra tubos de leite condensado Nestlé ou pacotes de purê liofilizado, alimento dos astronautas da Apollo XII – suas pesquisas sobre a vida confinada despertaram o interesse da Nasa, que o presenteou com esse tesouro; ele me mostra, além disso, uma comprida e magnífica ponta de lança maia, talhada numa gema negra que captura a luz e a transforma em reluzentes reflexos furta-cores. Todas as recordações desse homem só parecem estar contidas nesse sótão de vidro.

Faz muito calor na sala. Lá fora, um dia quente de junho – no caminho, o termômetro de uma farmácia indicava trinta e quatro graus. O ar-condicionado está com defeito. Há claridade, mas as janelas se escondem atrás de plantas bem cuidadas. O espaço é mínimo, sessenta metros quadrados, mas as divisórias foram derrubadas, e as paredes estão cobertas de pastas, documentos cuidadosamente guardados e etiquetados, fotografias. A cozinha e o banheiro são reduzidos ao mínimo, invisíveis sob a documentação. A cama serve para dormir, e só; mal encontra espaço entre as montanhas de livros. Conscientemente ou não, esse homem reproduziu as condições ascéticas de sua vida embaixo da terra. Essa sala é um útero quente em que os cheiros fortes contrastam com os perfumes da civilização. Suvenires e medalhas estão cuidadosamente alinhados sobre uma mesa de vidro, há pequenas anotações empilhadas sobre a mesa de centro frente ao sofá, mas o conjunto é tão apertado que o aventureiro, o cientista, o geólogo, o espeleólogo, o romano, o descobridor, o homem só e solitário não pode receber ninguém.

Lembro de uma foto publicada na *Hors du temps*. Mostra Michel Siffre saindo da caverna exausto, fraco, aos prantos, içado pelos CRS[29] e por seus amigos; perde os sentidos e volta a si; escreve ele que cai então no choro e diz "mamãe, mamãe". A foto o mostra num buraco orlado de lábios de pedra, a cabeça como despontando do ventre materno, olhos fechados; ele parece estático, o momento lembra um nascimento. Mais tarde, enquanto almoçamos, fala de um adiantamento feito por seu editor que ele ainda está ressarcindo, porque não conseguiu continuar redigindo suas *Memórias* depois da morte da mãe. Esse romano adulto, leitor de Tácito e Cícero, faz uma pausa, contido pela emoção. Mudo imediatamente de assunto para não o deixar sofrendo nesse buraco existencial.

Ele comenta as fotografias que saturam uma parede: registros do seu ritmo nictêmero, uma ordem de missão azul-vermelho-e-branco da República Francesa que recebeu aos... dezessete anos, para embarcar num navio oceanográfico da marinha de guerra, o aviso[30] "Ingénieur Élie-Monier", a fim de cartografar o fundo marinho lá onde os rios da região de Nice deságuam sob o mar ("as montanhas se formam primeiro na água", ele me diz), uma fotografia da Terra vista da Lua, presente de

---

29 Policiais da Compagnie Républicaine de Sécurité (Companhia Republicana de Segurança), segmento da polícia nacional francesa responsável pela segurança civil. (N. T.)

30 Aviso: um tipo de navio de guerra. (N. T.)

um alto responsável dos programas nutricionais da Nasa, e outra, em sépia, de uma nave espacial no cosmos, um recorte da planta de uma gruta, retratos de amigos, espeleólogos, de um professor que o marcou, dos seus pais, do seu irmão, de sua mãe sobre quem não diz nada, ele com dez, doze anos, já embaixo da terra, ele posando diante de glifos maias, a foto de um comando guatemalteca que o protegeu durante suas expedições – expedições que ele às vezes empreendeu sozinho na selva e em que se viu, em três ocasiões, com uma metralhadora nas costas ou um punhal na garganta.

Uma estante envidraçada encerra belos livros sobre as civilizações, livros de espeleologia, de história da arte. Outra está abarrotada com suas pesquisas e publicações em revistas de prestígio. Pastas cuidadosamente etiquetadas reúnem toda a documentação de todas as suas experiências em todos os países em que efetuou expedições. Pressente-se um homem ordenado, disciplinado, e percebe-se que se sobreviveu a tantas condições que punham sua vida em perigo sobre e embaixo da terra é porque possuía um talento para a organização que lhe permitiu desafiar e enganar a morte várias vezes.

Romano ele é, portanto, em seu cuidado com a ordem e organização, em seu gosto pelos valores viris da Cidade antiga, as virtudes e a honra, o senso da palavra dada, o orgulho que não é vaidade, e sim o desejo de ser sempre mais e melhor do que se é, o senso do interesse geral, um estoicismo um tanto desencantado – é citado em todas as enciclopédias norte-americanas e russas, mas a França não lhe concede o espaço que ele merece. Romano ele é também quando o interrogo sobre a experiência realizada por Véronique Le Guen, que passou cento e onze dias debaixo da terra e, algum tempo depois, suicidou-se. Ele não impediu os comentários de que essa morte voluntária estaria relacionada à dura prova da vida subterrânea, mesmo sabendo perfeitamente que não era o caso, para não trair segredos que uma amizade vivida em modo romano o obrigava a guardar.

Romano ele é, enfim, em seu desprezo pelo dinheiro: vendeu seus bens, sua casa, seu carro, endividou-se pessoalmente para poder levar a cabo suas experiências, que nunca foram consistentemente financiadas por nenhuma instituição; ressarciu, como vimos, um adiantamento que autores em dificuldades têm raramente a honestidade de restituir. Ele vive para descobrir, buscar, encontrar e aumentar o saber, a ciência. A ele se devem inúmeras descobertas essenciais, em geologia, glaciologia e na área dos ritmos.

Adianto a hipótese de que, ao descer na caverna de Scarasson, Michel Siffre descobriu sobre a psique profunda muito mais do que Freud, o qual nunca desceu senão em si mesmo, por duas ou três semanas, e de forma não continuada, como um diletante, sentado em sua poltrona fumando charuto. Sigmund Freud, com efeito, embora afirme ter descido ao mais fundo de si mesmo mediante um amplo trabalho de introspecção, e no intuito de descobrir a verdade e os mecanismos do inconsciente, limitou-se a transformar seus monstros pessoais em realidades científicas. Já Michel Siffre, um século mais tarde, de fato empreendeu essa viagem de forma experimental e, ao final de sua observação, descobriu uma *psique da psique concreta*, ao passo que Freud se limitara a uma *metapsicologia da alma imaterial*. Compreender a materialidade da alma e seus mecanismos é aparentemente uma tarefa que os filósofos são incapazes de realizar – é preciso, para isso, um cientista.

Esse cientista é um aventureiro que causa ceticismo nas instituições em que apresenta o seu projeto. Natural. Trata-se de um espeleólogo precoce, que começa a "descer" aos dez anos de idade. Aos treze, é o mais jovem espeleólogo da França: já realizou então mais de cem explorações. Precoce, entre dezesseis e vinte e três anos já publicou cerca de trinta notas científicas em espaços prestigiosos: Academia de Ciências, Sociedade Geológica da França, anais de espeleologia do CNRS, entre outros. Incentivado pelo pai, que lhe dá autorização para tanto, mata aula no liceu para assistir a um colóquio de espeleologia em Nice. Escuta os figurões da área e intervém para se opor a uma tese, exibindo, para se fundamentar, um fóssil descoberto por ele mesmo durante uma expedição espeleológica. Conquista, assim, Jacques Bourcart, da Académie des Sciences.

Aos vinte e três anos, em 16 de julho de 1962, empreende uma descida de cem metros debaixo da terra, planejando passar dois meses sem qualquer referência de dia e de noite, a fim de descobrir seu próprio ritmo nictêmero. Não contou com nenhum apoio concreto para seu projeto intelectual, não obteve a verba necessária para a compra do material de base, está mal equipado, não possui roupas adequadas. Não importa. A cento e trinta metros abaixo do nível da terra, instala-se numa pequena barraca de lona vermelha de dez metros quadrados e que não impede a penetração da água numa atmosfera saturada de umidade – higrometria: 98% – e temperatura de 3ºC.

Michel Siffre vai para Scarasson, a 2 mil metros de altitude, no Maciço de Marguareis, na fronteira franco-italiana – na França, diz o mapa Michelin; em verdade, na Itália. Entrega o relógio de pulso ao CRS Canova, que acompanha a operação desde a superfície. Já não conta, portanto, com nenhuma referência cronológica social: o tempo já não é, para ele, uma duração medida, mas uma duração vivida. Seu objetivo? Apreender a duração vivida por experiência, sem auxílio da duração medida. Não poderia haver um bergsoniano mais pragmático.

Três horas depois de descer à caverna, pede aos seus amigos que retirem a escada para evitar a tentação de uma subida intempestiva em caso de desânimo. Em condições extremas de frio e umidade, dá início a uma estada em que tudo é problemático: a iluminação, o aquecimento, a comida, as acomodações para dormir, a leitura, mas também as condições geológicas, já que desabamentos, parciais ou não, ameaçam incessantemente o acampamento improvisado do pesquisador, o qual ainda corre o risco iminente de uma intoxicação por monóxido de carbono causada por seu fogareiro.

Logo após levantar e antes de ir deitar, Michel Siffre sempre chama a superfície e fornece indicações como seu pulso e temperatura. Todos os seus pontos de referência desapareceram rapidamente. Ele próprio hesita, às vezes, entre o estado de sono ou de vigília: qual Descartes se perguntando se está sonhando ou acordado, hesita entre os dois mundos que se confundem. Perde a memória. Não se lembra mais do que fez alguns minutos antes – mas eram mesmo minutos? O segundo e a hora se confundem, o dia e o minuto são uma coisa só.

Está em contato permanente com a superfície, com o CRS que escuta ininterruptamente o que transmitem os microfones. A equipe então percebe que o espeleólogo está escutando o mesmo disco sem parar, até dez vezes seguidas – enquanto ele tem a impressão de pôr o vinil

## O dobrar das forças em formas

no toca-discos pela primeira vez. A repetição da sequência se dilui na unicidade de uma escuta fantasiada. O diverso e o múltiplo se dissolvem no uno. Sem medida, o tempo repetido parece entrar numa das modalidades da eternidade. Tem a impressão de estar imóvel, mas é arrastado pelo fluxo ininterrupto do tempo.

Às 5h40, na noite de 6 para 7 de agosto, Michel Siffre telefona para o CRS na superfície: acha que é a hora do almoço – e almoça. Às 7 horas, ou seja, oitenta minutos depois, torna a ligar para dizer... que vai se deitar – e se deita. Adormece em seguida, e depois acorda. Como sempre faz ao emergir de sua noite, telefona para a superfície, e são então... 19 horas. Ele dormiu, portanto, doze horas seguidas. Outro telefonema para o CRS de plantão: ele está almoçando. Pelo relógio do policial, são 3 horas da manhã. Michel Siffre está dormindo de dia e vivendo à noite: o ritmo nictêmero devolve o *Homo sapiens* à sua vida primitiva: permanece ativo nos mistérios da noite, qual bicho que vive à noite, descansa na plena claridade do dia, como o animal refaz as forças consumidas enfrentando os perigos todos da noite, período mais propício às predações.

A experiência se revela ontologicamente desestabilizante. O moral é afetado. Psicologicamente, essa falta de pontos de referência no ser o derruba no nada, que ele vivencia fisicamente. Habitualmente, o ser se inscreve num desenrolar, num desenvolvimento. Dinâmico e dialético, flui à maneira do rio de Heráclito. Nessas condições de total escuridão, o ser já não se mexe. Estático, imóvel, fechado sobre si mesmo, petrificado como a esfera de Parmênides, o ser não é, o ser não é mais. Surge então o nada, que é o ser sem movimento, o ser puro, soando com todo o seu silêncio.

Michel Siffre mantém um diário. Quando acorda, descansado, conclui que dormiu uma noite inteira, sendo que às vezes só cochilou alguns minutos. Quando tem fome come, e acha então que uma manhã se passou desde que acordou – ele às vezes viveu menos de uma hora disso que calcula ser metade de um dia. Se dormiu um punhado de minutos e acha que dormiu uma noite inteira, se comeu depois de imaginar que havia transcorrido uma dúzia de horas, das quais, de novo, viveu menos de uma, muito rapidamente já não tem como saber se é noite ou se é dia, se é dia tal ou tal outro. Desaparecem todos os parâmetros, e a duração vivida é que faz a lei.

Sua temperatura baixou. Ele entrou em letargia, uma espécie de hibernação que faz que ele perceba de modo truncado o tempo e toda e qualquer realidade. Toneladas de rocha se desprendem da parede e caem bem perto da sua barraca. Ele calcula que o acidente durou 12 segundos – na verdade, durou muito mais. O medo altera sua temperatura: o choque emocional a aumenta. Ele recobra alguma lucidez, mas não o suficiente para recobrar todo o juízo. Está consideravelmente debilitado pela experiência – em nível psíquico, psicológico, mental e fisiológico.

Em 14 de setembro, o CRS de plantão liga para Michel Siffre e anuncia que a experiência está concluída. O espeleólogo acha que a equipe da superfície quer por fim à experiência antes da hora: pelas suas contas, seria 20 de agosto. Ou seja, uma diferença de quase um mês (vinte e cinco dias, para ser mais preciso), sobre o total de dois meses previstos para a experiência. Segue-se uma discussão entre o cientista e a equipe de superfície: dura vinte e cinco minutos, Michel Siffre estima que foram cinco. Exausto, desmaia duas vezes durante a subida que não acaba nunca. Está estendido numa maca. Está com os olhos tapados para evitar queimaduras irreversíveis no contato com a luz do dia. É transportado para o hospital de helicóptero.

Uma vez analisados os dados da experiência, a equipe de cientistas descobre que um ciclo dura vinte e quatro horas e trinta minutos. Existe, portanto, uma regularidade natural dos ciclos nictêmeros. Um relógio interno regula uma série incrível de parâmetros do corpo e, logo, da alma do vivo: as frequências cardíacas, a pressão sanguínea, a temperatura corporal, o mais íntimo metabolismo, a eliminação das substâncias tóxicas presentes na alimentação, os efeitos da tomada de medicamentos, da ingestão de alimentos, o dispositivo endócrino, a acuidade visual, a atividade renal, o sistema digestivo, a vida libidinal, as lógicas do crescimento, o maquinário hormonal.

Essa *psique material* descoberta por Michel Siffre, como um continente antes dele virgem, vai bem além da *psique metapsicológica* de Freud. Afirma o cientista, no relato de sua experiência na caverna, que sabia perfeitamente que não iria se deparar com nenhum animal perigoso, que não havia nenhum predador a temer mais de cem metros debaixo da terra. Ainda assim, escreve ele: "No entanto, um medo incontrolável me assaltava. Era uma espécie de *presença humana*, quase viva". Os constantes desabamentos de grandes blocos de gelo e pedra podiam, sem dúvida, a qualquer momento, transformar a gruta no túmulo do pesquisador. Mas ele não tem medo desse perigo específico, embora o reconheça e não o subestime. Acrescenta: "Esse terror indescritível, provavelmente oriundo do âmago da alma humana, eu senti muitas vezes, vezes demais".

O medo é sempre *medo de alguma coisa* – neste caso, de morrer soterrado sob toneladas de gelo ou pedras soltas das paredes; mas a angústia define o *medo sem objeto* ou, em outras palavras, isso que o cientista relaciona ao que ele chama de âmago *da alma humana*, e que podemos associar a um inconsciente material não freudiano. Enquanto Freud cria o termo "metapsicologia" para tentar legitimar cientificamente um conceito totalmente desprovido de cientificidade, Siffre não propõe nenhum conceito, mas descobre um fato, uma realidade: a biologia do inconsciente, senão um inconsciente fisiológico, biológico.

O complexo de Édipo universal é um disparate, a tribo primitiva, o assassinato do pai e o banquete canibal, uma bobagem sem nome, o estupro da primeira mulher pelo primeiro homem, uma inqualificável asneira, a transmissão supostamente filogenética dessas baboseiras todas, um imenso engodo. Freud transformou seus fantasmas pessoais numa teoria pretensamente científica – que é, na verdade, um conto da carochinha ao qual aderiu um número inacreditável de fiéis. Em compensação, a presença – no corpo, na intimidade da carne, sob a pele, não longe da total visibilidade – de um animal que age dentro de nós e coincide com nosso nome é uma formidável pista para a psicologia concreta pela qual eu clamava em *Apostille au crépuscule* [Apostila ao crepúsculo].

Desse animal, Darwin anunciou a existência. E me agrada que, no seu prefácio ao livro de Michel Siffre, o professor Jacques Bourcart, do Institut de France, tenha escrito acerca do jovem cientista: "Ele me faz pensar no jovem Darwin, o da época de Beagle". Pois se Darwin efetivamente descobriu que não havia diferença de natureza, e sim de grau, entre o homem e o animal, Michel Siffre, por sua vez, descobriu a existência de um relógio interno pautado pelos ciclos nictêmeros. Detectou o relógio material que habita todas as células vivas e transforma o tempo numa forma *a priori* da sensibilidade, mas, ao contrário de Kant, que nele via uma forma transcendental, Michel Siffre demonstra sua qualidade empírica.

Longe das cogitações filosóficas e das construções puramente conceituais idealistas, eis, portanto, o que é o tempo: um tempo primitivo, biológico, empírico, concreto, material, um tempo arcaico, pré-histórico, genealógico, mas presente, eterno, imortal, um tempo aqui e agora, tempo terrestre das coisas terrestres, mas também tempo eterno do rio que corre, mas numa esfera imóvel, um tempo heraclitiano em seu fluxo mas parmenidiano em sua verdade, um tempo comum ao *Phyllostachys* e à caranguejeira, um tempo que habita a camélia de Jean-Jacques Dortous de Mairan e o corpo de Michel Siffre, o meu e o seu, o dos nossos pais, nossos ancestrais e nossos descendentes, um tempo comum ao *Sipo Matador* e ao nematódeo, um tempo oriundo da estrela caída cuja pulsação primitiva se encontra bilhões de vezes duplicada na mais ínfima parcela de vivo. O vivo pode então se definir como a força estelar dobrada numa forma concreta – e o tempo, como o vestígio dessa força dentro de tudo o que é.

## 5
## A CONSTRUÇÃO DE UM CONTRA-TEMPO

O tempo não existe sem aceleração e alentecimentos. Seu fluxo não é fluido, e seu curso não é o de um rio tranquilo. Sua lógica não é a da ampulheta, com seu filete de areia caindo regularmente, sem sobressaltos, de uma ampola na outra. A velocidade é inseparável de seu desenrolar. Mais ou menos velocidade, variações de velocidade: estagnação, imobilidade, paragem, movimento ínfimo, deslocamento leve, pequena mobilidade, evolução imperceptível, indizível mutação, mover real, passagem de um ponto a outro, de um momento a outro, autêntica passagem, real translação, mudança brusca, verdadeira mutação, transição visível, indubitável metamorfose, aceleração súbita, amplificação vasta, velocidade incontestável, precipitação notável, velocidade substancial, sólida celeridade – essas variações de potência no movimento do tempo parecem ser a lei do gênero humano: do nascimento à morte, passando pelo crescimento, pela maturidade, plenitude, acme, decrescimento, envelhecimento, decrepitude, senescência, agonia, trespasse, o que vale para um homem convém também para uma civilização, o que conduz a abelha move igualmente o vulcão.

O minuto da criança aprendendo a ler não é o mesmo do velho condenado esperando a morte, do adolescente descobrindo os tormentos da paixão, do quadragenário cujo relacionamento se esgotou, do jovem entrando na vida, do enfermo já abandonado pela vida. Assim também os séculos dos primórdios de uma civilização e aqueles, os nossos, do final desta mesma civilização. O tempo de Virgílio não é o mesmo de Einstein, e meu pai, nascido em 1921 e morto em 2009, conheceu os dois: uma incrível aceleração no corpo de um mesmo homem que vivenciou a medida social do passo do cavalo e a do supersônico que foi o Concorde. O tempo necessário para ir de Paris a Nova York naquele avião sublime equivale ao que lhe permitia, no início do século XX, ir de sua aldeia natal à prefeitura de seu departamento numa carroça atrelada. Essas velocidades aumentadas tanto foram as velocidades de um homem quanto as de uma época.

Essa aceleração *na* história, que é também aceleração *da* história, é a velocidade intrínseca da história: o tempo dos contemporâneos do imperador Constantino, que impulsionou a civilização judaico-cristã, não é o mesmo dos nossos governos que, impotentes, assistem à derrocada dessa mesma civilização fissurada: o tempo do aumento da potência não é o mesmo da plenitude, que não é o mesmo do decaimento após o apogeu, como não é o mesmo das velocidades de descida, que não coincidem com as de subida.

Veremos em *Decadência*, segundo volume desta *Breve enciclopédia do mundo*, como se efetuam e se definem as passagens entre os tempos que separam e unem os tempos do vigor (nascimento, crescimento, potência) e os tempos do esgotamento (degenerescência, senescência, deliquescência, morte). Mas a subida rumo à potência leva aparentemente mais tempo do que aquele exigido pela descida rumo ao niilismo. Sendo que o que vale para uma civilização vale também para quem estuda o movimento das civilizações – um mesmo movimento anima tanto a civilização acadiana quanto Oswald Spengler, que analisa suas formas e forças em *A decadência do Ocidente*.

As leis que regem a aceleração do sólido em sua queda servem também, aparentemente, para o inseto e para o homem, para o macaco e para uma cultura. Vivemos mais rapidamente porque a queda de nossa civilização nos arrasta em sua rapidez. Mais andamos depressa, e mais depressa andamos... Esse tempo acelerado desemboca não numa aceleração infinita, mas numa abolição do tempo. Vivemos na era do tempo abolido, recentemente substituído pelo tempo do engodo. A antiga flecha do tempo, com passado, presente e futuro, foi quebrada. Outrora, essa fluidez vinculada permitia ao instante presente se relacionar com o instante que o precedia e aquele que o sucedia. O tempo, outrora, era vivo. O tempo de agora é um tempo morto.

Desde Virgílio até Proust, o tempo se mantém mais ou menos o mesmo. O homem que escreveu *As bucólicas* e aquele que publicou *Em busca do tempo perdido* partilham um mesmo mundo. O mundo do antigo boiadeiro contemporâneo de César e o do asmático vivendo sob a Terceira República mais se assemelham do que se diferenciam. Tempo dos campos campanianos, tempo da ruralidade, contra-tempo dos bulevares haussmanianos[31], tempo urbano, mas tempo do passo dos cavalos – em Virgílio, eles puxam as carroças, em Proust, os tílburis e diligências, mas a velocidade é a mesma.

Máquinas terríveis produzem novas velocidades: o motor propicia ao século XIX o carro e o aeroplano, a usina e o submarino, o capitalismo, portanto; mas há também o telefone e o rádio, mais tarde a televisão, que geram, por sua vez, o niilismo. Os novos tempos, pensados relativamente ao motor, ao carro e ao avião, foram amplamente estudados por sociólogos e historiadores; mas os novos tempos produzidos pelo telefone, o transistor, a televisão e as telas que proliferam nesse início de milênio o foram relativamente pouco. Ora, eles criaram ou acompanharam, senão criaram e acompanharam, a abolição do tempo virgiliano em proveito de um tempo niilista no qual estamos periclitando.

O tempo real em que tem lugar o real sucumbiu a essas máquinas que abolem o tempo real e o real como resultado de um tempo virtual forjado do nada. Lentos, os programas de televisão ao vivo eram maioria nos primórdios dessa mídia; trepidantes, tornaram-se minoria, ou até inexistentes. O decorrer daquilo que acontece se dá, como se sabe, segundo a ordem temporal: o transcorrer do tempo pressupõe apreender uma sequência (uma palavra, um discurso, uma demonstração, um evento...) num desenrolar necessário para introduzir uma dinâmica na estática de uma matéria-prima que o técnico, às ordens do mercado, pode cortar, talhar, deslocar, modificar.

A montagem permite suprimir o decorrer havido no real e substituí-lo por uma construção que assume o lugar do decorrer perdido. O discurso pensado, pretendido e apresentado dentro de uma dinâmica,

---

31 Referência a Georges Eugène Haussmann, prefeito do departamento do Seine entre 1853 e 1870, que dirigiu a radical reestruturação urbana efetuada em Paris, com abertura de bulevares, entre outros. (N. T.)

com argumentação, ilustração, desenvolvimento, encadeamento de causalidades, de modo a criar um efeito de sentido, acaba transformado numa substância inerte de que o montador pinça alguns elementos a fim de recompor para o Audimat[32] algo originalmente composto de determinada maneira. Algo que obedecia às leis da retórica, da dialética, da argumentação e, portanto, da razão, desaparece como produto de algo que obedece às leis da desrazão – empatia, afeição, emoção, paixão, simpatia, sentimento. A razão autorizava a reflexão e se dirigia à inteligência do ouvinte ou espectador; a paixão permite tão somente o afeto binário, amar ou detestar, adorar ou odiar, curtir ou foder, no vocabulário pós-moderno – tudo isso num falso tempo, virtual, tornado verdadeiro, real.

Nossa época vive de acordo com a ordem platônica: sabe-se que, na alegoria da caverna, Platão denuncia os tolos que acreditam na verdade das sombras sem saber que essas sombras derivam da verdade de objetos reais. Acorrentados, ou seja, entravados por sua ignorância do mecanismo produtor dos simulacros, os escravos caem no engano de tomar o virtual pelo real. O telespectador, da mesma forma, é um escravo acorrentado que toma por verdadeira a construção de uma ficção e desconhece a verdade da realidade que é realidade da verdade. Inúmeros ouvintes e telespectadores, sem falar nos devotos das telas em geral, acreditam mais na ilusão do que na materialidade do mundo.

O tempo do cosmos, uma ordem plurimilenar, deu lugar ao tempo das máquinas de produzir virtualidade. O virtual virou o real dos nossos tempos niilistas; e o real, o virtual desses mesmos tempos. Na configuração desse tempo de engodo, o real não ocorreu; e algo que ocorreu virtualmente passa a ser o real. Aparecer na televisão cria uma realidade virtual que espanta quem vê na rua alguém que conhecia pela televisão: o espantoso não é ser visto numa tela, é ser flagrado em sua própria materialidade depois de ter sido visto sob forma pixelizada. O assombroso não é aparecer desmaterializado numa tela, é ser visto materializado na vida cotidiana. O verdadeiro real empírico morreu para

---

32 Nome do primeiro aparelho para medição de audiência, patenteado em 1985 pela empresa Médiamétie. Foi posteriormente substituído por novas tecnologias, mas o nome permaneceu na língua francesa para indicar a audiência de programas de rádio ou televisão, similarmente ao que acontece no Brasil com o termo "ibope". (N. T.)

dar lugar a um falso real transcendental que, doravante, é quem faz a lei. Nunca fomos tão platônicos! Essa estranha diluição dos tempos verdadeiros dentro de um falso tempo tanto nega o passado como o futuro. Aquilo que foi, e aquilo que será, não foi e não será. Logo, não é. Aquilo que é? É só um instante sem nexo com o antes e o depois. Um ponto incapaz de ocupar um lugar no processo que antes compunha uma linha. Quando se convoca o passado, é para pensá-lo relativamente ao instante e às suas escórias: 1789 só é intelectualmente percebido pelo que sabemos de Termidor e do 18 de Brumário, ou até da revolução bolchevique, de eventos que estão eles próprios inseridos numa vulgata aprendida segundo o princípio do catecismo. O passado está morto quando já não se sabe apreendê-lo sem os instrumentos niilistas do instante.

Esse tempo dissociado de suas amarras com o passado e o futuro, esse tempo não dialético, esse tempo atemporal define o tempo morto. Vivemos no tempo morto construído pelas máquinas de visualizar o real. O telefone abole as distâncias, o rádio também; quanto à televisão, abole as distâncias e abole também o tempo. O instante do tuíte e da mensagem de texto não se insere em nenhum movimento. Tempo morto apresentado como tempo vivo, tempo decomposto que supomos ser a quintessência do tempo pós-moderno, tempo desenraizado de um mundo sem chão.

Como, então, apreender: o tempo do vinho e o tempo dos camponeses, o tempo do geólogo e o tempo do espeleólogo, o tempo dos nômades e o tempo dos sedentários, o tempo dos rurais e o tempo dos urbanos, o tempo das plantas e o tempo das pedras, o tempo dos vivos e o tempo dos mortos? A confusão dos tempos impede de ir em busca do tempo perdido e desfrutar do tempo reencontrado, proíbe experimentar a doçura da nostalgia e a violência do desejo pelo que está por vir. Essa diluição nociva transforma em surdo quem já não sabe ouvir uma sinfonia de longa duração, em iletrado o leitor incapaz de ler livros longos, em idiota o indivíduo que já não consegue manter a atenção e concentração para mais de cinco páginas de um ensaio, em retardado quem foi habituado aos tempos breves dos *drops* radiofônicos e televisivos. A morte do tempo mata todos os que vivem nesse tempo.

Esse tempo morto não permite, portanto, nada que não seja morte. Não é o tempo suspenso do místico pagão ou do sábio que sabe chegar ao sublime, ao êxtase e ao sentimento oceânico, é a presença vazia e oca no mundo cá embaixo como se já se tratasse de um nada. Assim como se encontra o silêncio no próprio cerne da música descascada feito cebola, a morte se encontra quando se apartam as escamas desse tempo do niilismo. No mais íntimo recôndito da imagem televisiva, no meandro mais secreto da palavra radiofônica, no epicentro da mensagem tuitada ou enviada por e-mail, não há mais do que magia, ilusão, ficção tomada por realidade – realidade, a única e exclusiva realidade. Somos sombras vivendo num teatro de sombras. Nossa vida é, muitas vezes, a morte.

Esse movimento não é fatal. Se parece impossível sair dele no nível da civilização, já é tarde demais, pode-se ao menos, no nível da subjetividade, criar e construir um contra-tempo – um tempo vivo que vá contra esse tempo morto. Basta nutrir o instante de passado e de futuro, de suas fontes e prolongamentos, de sua alma e suas potencialidades. O tempo niilista arrasta consigo qualquer possibilidade de fazer alguma história, de fazer história. Já o tempo hedonista, seu inverso, não desconhece a natureza dinâmica e dialética do tempo. Não basta sabê-lo, é preciso querê-lo. Revitalizar o tempo requer uma mudança no nosso modo de estar no mundo.

Sabe-se, já desde os estoicos, que vivemos a maior parte do tempo como se não fôssemos morrer nunca; mas viver como se fôssemos morrer amanhã também não é uma solução. Inocência e inconsciência não são melhor nem pior do que o medo ou o pânico. Nem louco que não quer saber, nem louco que se apavora ao saber o que sabe: há que se tentar ser sábio. Como? Eliminando as *telas* que se interpõem entre nós e o real. Indo diretamente ao mundo. Querendo o contato com ele. Afastando tudo que se interpõe, se intercala, se coloca entre ele e nós e nos impede de ver e, logo, de saber. A ideologia nomeia tudo que se instala entre o olhador e o que é preciso ver.

A quase totalidade dos livros cumpre esse papel de tela. Os três livros do monoteísmo, é claro. Mas quem quis o fim desses livros em nome de seus próprios livros agiu da mesma forma. As religiões, evidentemente, todas as religiões, inclusive as do ateísmo, que é uma ética, mas não pode ser uma mística. A cultura, na maioria dos casos, filtra em seu prisma a luz daquilo que é; e aquilo que é dele sai refratado, difratado, mas nunca puro. A vulgata e os lugares-comuns, a moda e o pensamento da hora pesam tremendamente sobre a inteligência, que sufocam com baixo ruído, mas muita eficácia.

A tirania desse instante morto nos torna incapazes de inscrever nossa trajetória existencial numa longa duração. Uma soma de momentos mortos não pode resultar numa dinâmica viva. Agregamos cadáveres temporais supondo que disso surgirá algo vivo, como se nesse tópico a geração espontânea fosse a lei. Ocorre que a companhia desse tempo vazio gera vidas vazias, feitas de somas niilistas. Como, então, quando se tem consciência de si, cogitar o controle daquilo que pode ser querido e decidido no tempo até o último sopro? O tempo morto nos mata. Em nossos tempos niilistas, o adolescente prisioneiro do instante vazio fará de sua vida uma justaposição de instantes vazios até que a morte carregue seu corpo sem alma.

Somente a fidelidade ao passado é que nos permite uma projeção no futuro: pois o passado é memória, ou seja, as coisas aprendidas, a lembrança dos cheiros, das cores, dos perfumes, do ritmo das cantigas, dos números, das letras, das virtudes, das sabedorias, das lições de coisas, do nome das flores e das nuvens, das emoções e das sensações vividas, das estrelas no céu sobre nossas cabeças de menino e das enguias no rio de nossos verdes anos, das palavras que contam, dos hábitos, das vozes amadas, das experiências adquiridas que constituem as pequenas percepções estocadas na matéria neuronal: fazem-nos ser o que somos do jeito que somos.

Diante daquilo que sabemos, o futuro é menos uma zona branca, um deserto, um desconhecido, do que o horizonte das probabilidades e possibilidades. As experiências adquiridas no passado possibilitam um presente a partir do qual se desenvolve o futuro desejado, escolhido e querido. É triste, mas essas coisas elementares precisam ser repetidas num mundo em que o tempo simples foi abolido, substituído por esse tempo morto, tempo das virtualidades a partir das quais muita gente pode afirmar, sem nenhuma vergonha e na maior boa-fé – é uma patologia do niilismo – que o real não ocorreu.

Ensina a sabedoria estoica que existem coisas que dependem de nós e outras que não dependem; vão seria, portanto, recriminar ou combater aquilo que independe de nós. Há que aceitá-lo – diria Nietzsche: querê--lo e amá-lo. Ter nascido, ter de envelhecer, sofrer, perder aqueles que amamos, ver o próprio corpo decair devagar e sempre ao fio dos anos, contar com uma constituição física e psíquica mais ou menos vantajosa, idem quanto ao temperamento libidinal – são dados sobre os quais não temos poder algum.

Dar fim à própria vida não é remédio para o fato de ter nascido, assim como a prática de exercícios ou o cuidado com a dieta não impedem o envelhecimento em ritmos que variam de idade para idade; prevenir sofrimentos futuros não os impede de surgirem um dia; a idade de nossos pais, e, mais ainda, de nossos avós, nos expõe a ter de vê-los partir antes de nós, sem falar em contemporâneos nossos ou mesmo pessoas mais jovens; quem bebe e come sem medida, fuma ou se droga é capaz de acabar centenário enquanto um abstêmio de frugal apetite e adepto de exercícios físicos pode sucumbir em seus verdes anos – existe uma fatalidade existencial que permite falar em *boa* ou *má compleição*. O acaso, a sorte, o aleatório fazem a lei, por mais que digam os analistas, sociólogos e previsores de todo tipo, que são sempre muito bons em previsões do passado.

Somos dentro de um tempo que nos faz ser o que somos, e contra o qual nada podemos. Há que se conformar e aprender a conviver com isso – como diz a sabedoria popular, há que *ser filósofo*. Há que querer, em compensação, aquilo sobre o qual temos poder. Existem, portanto, possibilidades de construir um contra-tempo como antídoto contra o tempo morto em que muitos sobrevivem. Um tempo em que é preciso *ser filósofo*, mas no segundo sentido do termo, ou seja, não suportando com dignidade aquilo que sucede e contra o qual nada podemos, mas querendo aquilo que fazemos suceder e que nos cria. Obedecer ao cosmos quando não se pode desobedecer-lhe; e agir sem ele, mas não contra ele, quando se pode, nas palavras de Nietzsche, *fazer-se liberdade*.

Nietzsche, justamente. Quem quer saber agora sabe: *A vontade de poder* não é um livro de Nietzsche, mas um produto de marketing e política fascista e antissemita lançado no mercado por sua irmã, amiga do Duce e de Adolf Hitler. Há de tudo um pouco nesse livro enorme: anotações de leitura, citações de autores não referenciados, indicações de pesquisa, esboços de argumentações, rascunhos de ideias, tentativas abortadas de reflexão e até, provavelmente, trechos acrescentados pela irmã do filósofo a pretexto de transcrever as páginas manuscritas perdidas (!) do irmão – tudo, exceto o que habitualmente define um livro.

De modo que os pensadores que se referem a essa obra fantasiosa como a um livro devidamente autenticado por Nietzsche estão enganados, enganando, e expondo seu pensamento a vários riscos e perigos de deturpação. A fama de um Nietzsche pré-fascista, ou mesmo nazista antes da hora, tem base numa confusão alimentada por Elisabeth Förster, para quem essa imprecisão tinha um óbvio interesse ideológico. Nietzsche, que não gostava da irmã nem dos antissemitas, não gostava do cunhado antissemita notório nem do culto das massas, não gostava do Estado nem dos atores da miúda política politiqueira, não gostava do som das botas prussianas nem das conquistas militares (a de seus compatriotas em 1871 enche-o de vergonha), entraria numa fúria homérica se soubesse o que sua irmã fez com sua obra.

Há em *A vontade de poder* vários textos relativos ao eterno retorno – incluindo a teoria do tempo cíclico. O filósofo buscou por muito tempo, em vão, argumentos científicos que sustentassem essa intuição e validassem sua legitimidade filosófica. Essas páginas registram essa busca infrutífera, de modo que acabam publicadas em seu nome anotações de leitura de textos científicos sobre o tema, que constituem, de fato, textos de terceiros. Interpretar a obra de Nietzsche considerando esse falso livro no mesmo nível daqueles impressos com aval do filósofo é um grave erro epistemológico e filosófico.

Gilles Deleuze muito contribuiu para uma terceira vaga de nietzschianismo de esquerda ocorrida na França nos anos 1970. Mas isso com base em sua leitura de todo Nietzsche, incluindo fragmentos póstumos e *Vontade de poder*. Ora, embora seja mesmo importante ler a obra inteira de um autor, não faz sentido nivelar em igual dignidade filosófica: o rascunho, o ensaio, a pesquisa, o projeto, o esboço, o tateamento e o achado, a certeza, a proposição. Se misturarmos pesquisa com descoberta, provável e possível acabam se mesclando com o certo, o verossímil vira verdadeiro...

Assim, no que tange à teoria nietzschiana do eterno retorno: existe um *corpus* coerente que compreende a totalidade dos textos publicados após aprovação e aval do filósofo que leu, corrigiu e assinou as provas de seu livro, autorizando sua impressão porque estavam conformes ao seu pensamento. Esse *corpus* coerente afirma, sem ambiguidade, que o eterno retorno é *eterno retorno do mesmo*: o que ocorre já ocorreu e tornará a ocorrer, e exatamente da mesma forma, uma vez que o que foi é o que será, o que será é o que já foi, o que é é o que foi e o que será, e nas mesmas formas. A aranha tece a teia, o cão late, a lua brilha na noite, e a mesma aranha irá tecer a mesma teia, o mesmo cão irá latir mesmamente, a mesma lua irá brilhar na mesma noite. O que cada um fará nessa situação já terá sido feito e haverá de ser feito nas mesmas formas. O tempo é circular, coincide consigo mesmo. Este é o reino absoluto da fatalidade, do determinismo mais radical: não há espaço para a liberdade, para o livre-arbítrio, para a mudança, mesmo ínfima. O que é foi e será dentro da mesma configuração. O filósofo pode apenas saber e querer esse saber, e amá-lo – o que define o super-homem, figura exclusivamente ontológica impossível de persuasão política –, mas não o mais estreito conservadorismo e muito menos a revolução, seja ela nacional-socialista ou marxista-leninista.

Dos textos do eterno retorno há também, além disso, um *corpus* incoerente: o da *Vontade de poder* e dos *Fragmentos póstumos*. Porque o filósofo ensaia um pensamento a respeito e deita suas tentativas no papel antes de o concluir. Esses exercícios de escrita constituem exercícios de pensamento. Nessas páginas de pesquisa, Nietzsche examina o *eterno retorno do diferente*. Temos, assim, o seguinte texto: "A marcha geral das coisas aparentemente cria algo novo, inclusive nas partes infinitamente pequenas de suas *propriedades*, de modo que dois fatos distintos não podem absolutamente ser idênticos. Que se possa encontrar o Mesmo dentro de um único fato, *duas folhas*, por exemplo? Duvido: isso equivaleria a supor que elas têm uma constituição absolutamente igual e deveríamos, por isso mesmo, aceitar a ideia de o Mesmo ter *eternamente* existido, a despeito de todas as metamorfoses dos fatos e da emergência de novas propriedades – hipótese inadmissível". Esse pensamento foi escrito por Nietzsche. Muito bem. Mas será mesmo um pensamento de Nietzsche se não foi validado por ele e publicado aos seus cuidados?

A teoria do super-homem não tem como funcionar com a hipótese do eterno retorno do dessemelhante: pois com a possibilidade de transformar semelhante para fazer dessemelhante, com a ideia de que com o Mesmo se possa produzir Outro, o super-homem não seria a elevada imagem daquele que consente naquilo em que não tem como não consentir, o que ele diz na obra, e sim aquele que age para querer outra coisa que não o que a vontade quer e impõe. O que é o super-homem em *Assim falava Zaratustra* proíbe de considerar um texto não publicado, que diz que o eterno retorno é eterno retorno do outro, como uma verdade subscrita pelo filósofo.

É exatamente isso que faz Deleuze, no entanto, o qual desenvolve a ideia de um princípio seletivo. Por essa perspectiva antinietzschiana, seria preciso não só dar fim à tese do Nietzsche que nega a liberdade como também ver no super-homem uma figura que pode querer outra coisa que não o que a vontade quer. Ora, o próprio da vontade é que ela quer o que quer, e que o indivíduo não pode querê-la – pode apenas amar aquilo que o quer sem que esse querer seja outro. Deleuze destrói, portanto, as teses de Nietzsche: diz o antigo que o livre-arbítrio é uma ficção; a vontade de poder, uma força à qual não se escapa; o super-homem, a figura do sábio que quer aquilo que o quer. O moderno afirma o contrário: o sujeito dispõe de uma liberdade, recorrência do velho cristianismo, de Kant e Descartes por sobre os escombros nietzschianos; a vontade de poder se torna uma força que se pode querer, que não nos quer totalmente, e, portanto, nem um pouco; o super-homem não é aquele que obedece à vontade de poder, mas aquele que a comanda. Não poderia haver melhor traição filosófica.

Deleuze já avisara em seu *Abecedário*: propõe-se a aprontar uma falseta para os filósofos. E assistimos aqui a essa singular operação: Deleuze inverte o que Nietzsche diz e propõe um nietzschianismo desejante que, muito provavelmente, seria recusado pelo pensador alemão. O fatalismo nietzschiano, porém, resiste às lições dadas pela realidade: decerto não somos totalmente livres, como afirma a tradição espiritualista, desde a Bíblia até Sartre, passando por Descartes e Kant; é claro que não somos totalmente determinados, como proclamam os deterministas, desde o Corão até Freud, passando por Espinoza, La Mettrie, Helvetius, Holbach e Nietzsche, portanto; pois podemos *construir liberdade para nós mesmos* se soubermos que podemos fazê-lo e que podemos querer querendo aquilo que nos quer, pois não há nada que se possa querer além disso.

Deleuze propõe, portanto, a partir de Nietzsche, mas além de Nietzsche (o que define seu nietzschianismo), que possamos escolher, entre formas assumidas pela vontade de poder, formas inscritas no eterno retorno, aquilo que gostaríamos que se repetisse sem cessar. Essa escolha torna-se um princípio seletivo existencial: construir um contra-tempo ao tempo morto passa, portanto, pelo querer um tempo que gostaríamos que se repetisse sem cessar. Assim, ativando essa lógica, existe repetição, mas repetição do diferente, de um diferente que pressupõe a infinitesimal atribuição do Mesmo para que surja o Outro.

Querer aquilo que eu gostaria que se reproduzisse o tempo todo: algo que define uma vida filosófica. É certo que, primeiramente, há vida filosófica quando há coincidência entre aquilo que se pensa, aquilo em que se acredita, aquilo que se ensina, aquilo que se professa e aquilo que se vive no cotidiano; mas também há vida filosófica quando há produção de instantes vivos, acumulação dessas durações sublimes, justaposição dessas acumulações no tempo, e isso tudo acabando por arquitetar uma vida construída segundo esses princípios. Quem iria querer que se reproduzissem sem cessar os momentos insípidos e tristes, lúgubres e sombrios que preenchem uma vida feita de tempos mortos? Quem não iria querer uma vida feita de momentos de um contra-tempo hedonista?

Penso na vida de Rimbaud, de Gauguin ou de Segalen, que escreveu, sobre Rimbaud, *O duplo Rimbaud*, e, sobre Gauguin, *Homenagem a Gauguin*, que viveu uma vida de médico e marinheiro, de poeta e viajante, de romancista e etnólogo, de arqueólogo e sinólogo, de compositor e libretista (para Debussy), uma vida breve repleta de mil vidas: médico colonial, marinheiro em todos os mares do mundo, fumador de ópio, pensador das sinestesias, seguidor, no Taiti, dos passos de um Gauguin recentemente enterrado, hedonista na Polinésia, leitor fervoroso de Nietzsche, pensador do exotismo, leitor de Buda no Ceilão, viajante de peregrinações literárias, notadamente em Djibuti seguindo os passos de Rimbaud, melômano amante de *Pelléas et Mélisande*, autor de libretos de ópera sobre Sidarta ou Orfeu para Debussy, autor de pequenos textos eminentemente singulares, amante de música maori, candidato derrotado ao prêmio Goncourt com *Os imemoriais*, grande livro de etnologia poética, fino analista da pintura de Gustave Moreau, estudante tardio de chinês e línguas orientais, intérprete da Marinha, acessoriamente casado e três vezes pai de família, residente na China por cinco anos, percorrendo o país a cavalo para "sentir a China", iniciado na vida secreta do Imperador – um saber que abastece o estranho livro *René Leys* –, poeta de *Estelas*, professor de medicina em inglês em Tien-Tsin, médico pessoal do filho do presidente da república chinesa, idealizador de um museu de arte chinesa, autor de uma correspondência com Claudel, mas também com Jules de Gaultier, o filósofo do bovarismo, fundador do Institut de Sinologie, arqueólogo nas fronteiras do Tibete, diretor de coleção numa editora de livros bibliofílicos, descobridor da mais antiga estátua chinesa (um cavalo dominando um bárbaro) e outras peças excepcionais, topógrafo das regiões hidráulicas que percorreu, fuzileiro naval na Primeira Guerra Mundial, médico hospitalar, médico militar de expedições, autor de um famoso livro sobre *La grande statuaire chinoise* [A grande estatuária chinesa], apaixonado pelo Tibete, de que descobriu as obras fundadoras, autor de um longo e magnífico poema intitulado *Tibet* [Tibete].

Em 1919, Victor Segalen fica gravemente enfermo e dá entrada no Hôpital du Val-de-Grâce, convalescendo dois meses na Argélia – exausto, sem qualquer doença identificável, no fundo do poço, escreve a um amigo: "Constato, simplesmente, que a vida se afasta de mim". Claudel aproveita para sugerir uma conversão, que ele, obviamente, rejeita. Na quarta-feira, 11 de maio de 1919, levando um lanche ligeiro, vai fazer uma caminhada numa floresta bretã. É encontrado morto ao pé de uma árvore, com um exemplar do *Hamlet* ao seu lado. Estava com um ferimento na perna, causado por uma raiz despontando do chão. Tinha aplicado um garrote, que não bastou. Morreu provavelmente de uma síncope. Essa vida tão intensa tinha durado apenas quarenta e uns breves anos.

Em *Homenagem a Gauguin*, Victor Segalen escrevera: "Foi em janeiro de 1883, na idade do homem-feito, em meados de uma vida humana bem ritmada, aos trinta e cinco anos, que o sr. Gauguin, agente de câmbio, obcecado por um trabalho lucrativo que surrupia o seu tempo, põe na balança sua vida de empregado e a outra; a vida que ele *leva* e a que ele quer viver... Opta pela segunda e, escravo da segunda à sexta, pronuncia afinal as mais nobres palavras de sua obra: *'A partir de hoje'*, teria dito, eu não ouvi, *'a partir de hoje, vou pintar todos os dias'*. Imediatamente, mágica mudança: Gauguin apostara sua inteira carreira nessas palavras – e aparentemente perdera. O conhecido empregado se desfaz de seu emprego, o colecionador, de suas telas (possuía algumas muito bonitas de Manet, Renoir, Monet, Cézanne, Pissarro, Sisley...); o pai de família, enfim, de sua mulher e de seus filhos". Gauguin escolheu o contra-tempo do artista e o opõe ao tempo morto do agente de seguros. Quantos de nós levam atualmente vidas de agentes de seguros e gostariam de viver a vida de Gauguin nas Ilhas Marquesas – mas não farão nada para isso? Toda construção de um contra-tempo existencial é um começo de conquista da eternidade.

Parte II

# A VIDA
A força da força

*Vida*: subscrevo ao conceito operatório nietzschiano de vontade de poder. Mas ocasionou para Nietzsche um imenso mal-entendido, por não ter sido lido como deveria, a saber, como um conceito ontológico explicativo da totalidade daquilo que é. De fato, foi usado politicamente pelos fascismos europeus, incluindo o nazismo, para justificar seus projetos abjetos. A vontade de poder nomeia tudo aquilo que é e contra o qual não há o que se possa fazer senão saber, conhecer, amar, querer essa circunstância que nos quer e que *a priori* não podemos querer. O fascismo queria não querer aquilo que nos quer, um empreendimento diametralmente oposto ao projeto nietzschiano. O super-homem sabe que nada se pode contra aquilo que é; o fascista julgava poder mudar a ordem daquilo que é. A ontologia nietzschiana é radicalmente antifascista.

"Botânica da vontade de poder" (capítulo 1) me permite considerar o que significa essa ideia-chave do filósofo alemão a partir do *Sipo Matador*, uma planta tropical passível de fornecer informações sobre o que é a vida, o vivo. O *Sipo Matador* é um cipó que sobe pelas árvores para alcançar a copa, e desfrutar da luz – tudo isso para além do bem e do mal. A botânica contemporânea nos ensina que a passagem do não vivo para o vivo ocorre graças à clorofila, às plantas, portanto. Se é certo que descendemos do macaco (segundo uma formulação inadequada, uma vez que somos fruto da evolução de um macaco), mais certo ainda é que descendemos de plantas sem as quais nós não seríamos. Subsiste em nós algo da planta; existe algo de nós na planta. Desde La Mettrie, que o demonstrou no século XVIII, até a neurobiologia vegetal contemporânea, passando pelos botânicos que explicam de que modo as plantas se comunicam (através de gás) para se proteger dos predadores, por exemplo, e de que maneira elas vivem (lucífilas), o vivo não começa onde começa a identificação ou a projeção antropomórfica.

Se as plantas são lucífilas, amam a luz; as enguias, lucífugas, a detestam – "Filosofia da enguia lucífuga" (capítulo 2). Se um dia acabei encontrando o *Sipo Matador*, longe de casa e quando menos esperava, foi no lavadouro de minha aldeia natal que conheci as enguias. Meu pai, que me ensinou o tempo através das estrelas, também me ensinou o espaço através das enguias ao me contar que, daquele modesto espaço aonde as lavadeiras vinham lavar os lençóis dos ricos que as empregavam, elas saíram na hora marcada para uma viagem de milhares de quilômetros para irem se reproduzir no Mar dos Sargaços.

Eu sabia também que as andorinhas de minha aldeia efetuavam uma viagem de migração rumo aos *países quentes*, em busca do alimento que lhes permitiria passar o inverno ao sol. Também certas borboletas, leves como o éter, aproveitam as correntes ascendentes para se deixarem levar além do equador e encontrarem o que comer, fugindo da Normandia e dos seus rigorosos invernos que as teriam exterminado. Mas essas viagens cumpridas pelos animais migratórios vinham igualmente acompanhadas pela reprodução e pela morte. O destino do que era vivo me era assim apresentado: obedecer à necessidade que guia tudo que é vivo, das enguias e andorinhas, dos martinetes e borboletas que eram a alegria de minhas primaveras e meus verões. Havia algo da enguia e da andorinha em mim, do martinete e da borboleta. Eu levaria algum tempo para esclarecer esse enigma e, passando por Espinoza, aprender que *achamos que somos livres porque ignoramos as causas que nos determinam.*

As árvores que gostam da luz, as enguias que não gostam: eu descobria a diversidade daquilo que é, e até mesmo as antinomias do vivo. O que parece ser o bem e o bom de um revela ser o mal e o ruim do outro: o *Sipo Matador* se apoia numa árvore para subir até o alto da floresta e desfrutar do sol, a enguia se esconde sob as pedras e sai, de preferência, nas noites sem lua, quando sua luz baça está encoberta pelas nuvens. Existem seres *Sipo Matador*, existem indivíduos enguias; existe, inclusive, em cada um, em proporções ignoradas, mas que é útil conhecer mediante um trabalho de reflexão sobre si mesmo, diurnos solares e noturnos tenebrosos.

"O mundo como vontade e como predação" (capítulo 3) me permite refletir sobre a estranha repartição dos papéis na natureza, em virtude da qual existem predadores e presas, animais que parecem nocivos a tal ponto que sua vida parece se resumir a viver à custa de outrem, a parasitar um terceiro do qual assumem os comandos, tirando-lhe a autonomia, a independência, a liberdade, a fim de controlá-lo e sujeitá-lo a um projeto no qual o predador se dá bem, ao passo que a presa é seu objeto. A repartição dos papéis faz que, mais uma vez, haja algo do predador e da presa em cada um de nós, em proporções incertas, mas há quem seja dominado por uma ou outra dessas tendências: existem predadores e presas por natureza, um e outro obedecendo cegamente à necessidade que arbitrariamente os leva a ser um ou outro.

A estranha aventura do nematódeo – que penetra no corpo de um grilo para se apossar de seus comandos neuronais e conduzi-lo para o seu intento, que é afogar o grilo na água de que o verme precisa para nascer, ser e se reproduzir – não é apenas alegórica ou metafórica. Nietzsche estava certo, a natureza não é boa nem má, está além do bem e do mal, o que não impede que alguns devorem e outros se deixem devorar. O mundo é, de fato, um imenso campo de jogo etnológico em que a predação faz a lei.

O homem, que parece ser um predador sem predador, se esquece de que tem um predador dos mais ferozes, senão o mais feroz: ele próprio. Em seu frenesi de destruir, massacrar, pilhar, matar, saquear, devastar, estragar, vandalizar, assassinar, em sua obstinação em inventar o que baste para destruir o planeta sem o qual não é capaz de viver, o homem prova que a predação é sua lei, sua única lei. Ter conhecido um ser, no caso meu pai, que pôs sua vida à margem desse ciclo infernal e nunca foi o predador de ninguém, mostra que a humanidade designa aquilo que, no homem, combate aquilo que vai contra o homem.

A natureza não é boa nem má. Ela é. Para alguns, ela é má – do pecado original cristão à pulsão de morte freudiana, passando pela paixão sadeana da maldade, pensamentos de ódio da natureza não faltam na história; para outros, ela é boa – das lições de sabedoria que ela fornece aos cínicos gregos aos pensamentos ecológicos oriundos do Rousseau do bom selvagem, passando pelos relatos de viajantes que celebraram a bondade natural dos povos polinésios –, vide Bougainville e Diderot. Tanto uns como outros a supõem movida por forças, benéficas para uns, maléficas para outros.

Uma ontologia materialista faz pouco dessa humanização da natureza. Essa antropomorfização da natureza deu margem para alguns afirmarem que a natureza se vinga das ofensas que lhe são feitas: da erupção do Etna às pandemias de peste na Idade Média ou de aids no século XX, passando pelo terremoto de Lisboa, sem esquecer alguns pensadores da ecologia profunda, ou mesmo o Michel Serres do *Contrato natural*, que propunha que os homens firmassem um contrato com a natureza no intuito de salvá-la e indagava, referindo-se a ela: "Devo deixá-la assinar?" – não faltam os delírios ecológicos que veem na natureza um ser vivo –, o "Aprender a pensar como uma montanha" do Aldo Leopold de *Almanach d'un comté des sables* [Almanaque de um condado das areias], ou a natureza enquanto "sujeito de direito" de Michel Serres, mostram até onde se pode ir longe demais.

"Teoria do estrume espiritual" (capítulo 4) mostra como o antropósofo Rudolf Steiner, embora formado na escola filosófica alemã (ou porque formado nessa escola), pode, a pretexto de discurso racional, propor os maiores delírios a pretexto de pensar a natureza: recorre a esterco de vaca socado e enterrado dentro de um corno para compor um estrume espiritual diluído segundo o princípio homeopático, apto a convocar as forças do cosmos para que passem pelos cornos de uma vaca escolhida no rebanho local, dali originada, e ressurgir na forma de diluições invisíveis aptas a tratar bem-sucedidamente vários hectares. As receitas fornecidas por esse pensador aos agricultores superam o entendimento: queimar pequenos roedores esfolados e pulverizar suas cinzas para evitar que seus semelhantes continuem devastando o terreno, costurar flores em bexigas ou intestinos de cervo, rechear o crânio de um cão com casca de carvalho etc. são receitas que estão na base da biodinâmica. Os vinhos biodinâmicos, obtidos por esse método, se tornaram sucessos planetários.

Há dois perigos a serem evitados: de um lado, o menosprezo da vida e do vivo; de outro, o culto da vida e do vivo. Nada de religião monoteísta com sua celebração do Criador e esquecimento da Criatura; nada de religião *new age*, de ecologismo neopagão, de espiritualidade neoxamânica. A ontologia materialista dispensa essas lógicas transcendentalistas, mais alicerçadas no Emerson da *Superalma* do que no Thoreau de *Walden*.

O exemplo antroposófico do vinho biodinâmico mostra que é preciso se contentar com o que a natureza nos mostra, o que já é mais do que suficiente, sem querer buscar um além-natureza – um além que não existe.

O Ocidente custa a encarar o mundo cá embaixo da natureza e a sustentar o olhar nas culturas vitalistas que eventualmente subsistam no planeta. O cristianismo praticou, a partir de 1492, um autêntico etnocídio planetário. As civilizações ameríndias do Norte, do Centro e do Sul, os índios e os incas, os astecas e os olmecas, os maias e os toltecas, os zapotecas e os mixtecas, as civilizações árticas inuítes, as muitas civilizações africanas colonizadas e destruídas pelos militares e missionários vindos dos países europeus – entre os quais a França, a Bélgica, a Alemanha, a Inglaterra e o Islã, também ele destruidor da cultura nos países que conquistou –, todos esses povos que mantinham uma relação sagrada com a natureza, e não com seu hipotético criador.

Antes dos estragos causados pelo Ocidente, a África era o grande país do sagrado na natureza e da natureza no sagrado, sem que isso implicasse em transcendência alienante: os espíritos dos mortos viviam entre os vivos, e vice-versa, e tudo isso nessa terra. "Fixar as vertigens vitalistas" (capítulo 5) me permite observar de que modo, a pretexto de dar a conhecer a África, e a arte africana, e a civilização africana, a vanguarda estética e literária europeia, os pintores e poetas, os escritores e artistas, os músicos e coreógrafos, usaram esses povos mais do que os ajudaram.

Numa iniciativa que ia ao encontro do niilismo de seu tempo, esses atores culturais quiseram abolir o velho mundo da arte ocidental que julgavam esgotado, cansado, destruído, exangue. O dionisismo africano foi usado como agente corruptor dos valores ocidentais. A própria invenção da *arte* africana já indicava que nos apropriávamos do seu mundo segundo nossos valores, os quais pressupõem que o museu, local de exposição das produções mortas, era o mais belo presente que se poderia oferecer a esse povo que encarnava o Diverso em sua mais bela acepção.

Reduzir seu universo à arte permitia abordar, desvitalizando-o, esse mundo rico em valores positivos alternativos: esqueciam-se assim sua visão do mundo, sua ontologia, seu pensamento, sua religião, sua filosofia, sua metafísica, e contentavam-se em citar suas formas sem se importar com o fundo, que era o fundo deles. O dadaísmo, o surrealismo, o futurismo, o cubismo, a etnologia, o cinema dito etnológico, contribuíram, paradoxalmente, para esse aliciamento da vitalidade africana para as formas esgotadas da vanguarda europeia, para as modas parisienses e para a paixão museológica de um Ocidente que só gosta de borboletas transpassadas por uma agulha para poder fixá-las na cortiça de uma caixa sarcófaga.

Transformada em mercadoria, a *arte* africana sujeitou-se à lei do Bezerro de Ouro, lei do Ocidente. Algumas peças vendidas no mercado internacional a preços que desafiam o entendimento, ou expostas num museu pensado pelo presidente da república enquanto marca numa história na qual ele nada deixou – assim se comporta a Europa decadente face à vitalidade de uma civilização que ela não cessa de emascular, desvirilizar, e então empalhar e embalsamar. A grande saúde animista africana permanece ilegível para as gentes do livro.

# 1
## BOTÂNICA DA VONTADE DE PODER

No começo não era o verbo, que sempre chega ao final, no apagar das velas, era o Raio, que no dizer de Heráclito, o Obscuro, é quem governa o mundo. Para ser mais preciso, antes do começo há sempre outro começo: pois antes do raio há essa energia que o torna possível, e antes dessa energia que, por sua vez, torna possível aquilo que foi, há outra força que precisou, por sua vez, de outra força, e assim por diante até o infinito, ou até isso que os antigos filósofos denominavam causa incausada ou primeiro motor imóvel. Pois antes da queda de uma estrela da qual tudo procede, houve a existência disso que cai, houve as condições de possibilidade dessa existência, e as condições dessas condições etc.

De modo que se pode dizer com mais razão, ou com mais lógica, o que dá na mesma, que no começo era o *Logos* ou, em outras palavras, uma razão que, por enquanto, no estado atual dos nossos conhecimentos, foge à racionalidade conhecida, ao razoável estabelecido, ao racional entendido, mas é razão mesmo assim. Não se trata, aqui, de outro nome de Deus nem mesmo de um retorno à metafísica, a física é suficiente: causalidades em cadeia que engrenam processos que, por sua vez, produzem novos desdobramentos etc.

Deus é o nome que interrompe essa *mise-en-abyme*, que inquieta, angustia e redunda em novas perguntas; nomeia a ficção que faz cessar o exercício da inteligência, ao achado que põe fim à fieira de interrogações sem fim e permite ao crente responder todas as suas perguntas com uma mesma e única resposta – *Deus*. O conceito é um convite à preguiça mental, ao pousio filosófico, dispensa a reflexão e direciona o espírito para a crença, a qual sempre se submete aos relatos fabulosos, míticos e mitológicos que embelezam o real e introduzem cores luzidias e perfumes capitosos ali onde o medo de se deparar com o nada angustia, gela, esfria a alma, que se perde de tanto não se encontrar.

Inúmeros já foram os nomes de Deus. Por trás dessa multiplicidade se esconde um mesmo e único desejo de resolver de vez a totalidade dos enigmas. O dualismo é a visão de mundo que permite explicar o complexo da multiplicidade terrestre, concreta, imanente, por meio do simplismo da unidade ideal, conceitual, celeste, transcendente. O trás-mundo como única e exclusiva explicação desse mundo, o além em chave universal para abrir a fechadura do mundo cá embaixo – está aí um recurso que, sob um disfarce de complexidade e sutilezas, atém-se ao antigo modo xamanista de recorrer ao sobrenatural para explicar o natural.

Se Nietzsche tem acompanhado meu trajeto filosófico desde a adolescência é, primeiro, porque ele revoluciona o pensamento ocidental desbaratando a tradição dualista, idealista, conceitual, espiritualista, destruindo os castelos sistemáticos e verbosos, retóricos e nebulosos, devastando a religião cristã a ponto de querer arrasar o Vaticano para nele instaurar uma criação de áspides, pulverizando esses contos da carochinha que são os relatos mitológicos constitutivos de trás-mundos explicativos dos inframundos. Purificador, Nietzsche é um vento vindo do largo para varrer os miasmas de vinte e cinco séculos de pensamento mítico.

Essa fúria guerreira, porém, revela ser dialética. Nietzsche não destrói pelo simples prazer de destruir. Não é um niilista, já que propõe um remédio para o niilismo com seu pensamento do eterno retorno, sua filosofia do super-homem e sua teoria da vontade de poder. Zaratustra ensina que aquilo que ocorreu já ocorreu e ocorrerá um número infinito de vezes exatamente nas mesmas formas; que o super-homem sabe desse eterno retorno das coisas, e o quer, e o ama, donde o convite ao *amor fati*, a amar o próprio destino já que não se pode nada contra ele; que tudo é vontade de poder, querer rumo a mais poder, e que é este um primeiro monismo pós-cristão entendido como um antídoto para 2 mil anos de pensamento atentatório à vida e ao vivo – aos vivos.

Pode-se, no entanto, como é o meu caso, não subscrever a toda a sua positividade no que tange ao eterno retorno; também é possível amar o super-homem enquanto figura de um superestoicismo que definisse a aceitação de tudo aquilo que advém, aprimorando essa figura fatalista com um pensamento da vontade contra o querer que permitisse, nos moldes do antigo estoicismo, distinguir entre o que depende de nós e o que não depende, de modo a converter o super-homem no ser masculino ou feminino que distingue entre os dois registros e põe toda a sua energia em querer o que não depende de nós para querê-lo tal qual, e o que depende de nós para querê-lo de outro modo, como também é meu caso. Mas não tenho nada a dizer ou desdizer sobre sua teoria da vontade de poder.

Compreendi o que era a vontade de poder em Nietzsche ao ler um dia, num volume dos *Fragmentos póstumos*, essa simples expressão: "*Sipo Matador*". Só isso. Nenhuma nota explicativa. Só essas duas palavras. Fiz então uma pesquisa para tentar descobrir se o filósofo a empregava em outras partes de sua obra completa, póstuma ou publicada. E, de fato, ela é também mencionada no parágrafo 258 de *Para além do bem e do mal*, um de seus livros mais fortes em teor alcoólico filosófico, capaz de embriagar constituições mais delicadas.

Nietzsche discorre sobre a Vontade de Poder e seu funcionamento, "semelhante, neste aspecto, ao dessas plantas trepadeiras de Java – denominadas *Sipo Matador* – que estendem para o carvalho seus braços ávidos de sol, e o abraçam com tanta força e por tanto tempo que afinal se erguem mais alto do que a árvore, mas nela se apoiando para alçar alegremente seu cimo e abrir-se para a luz". Assim como desejo ir um dia aos mares austrais para ver voar o albatroz desde que, adolescente, li o poema de Baudelaire, senti igualmente o desejo de ir a Java para ver a vontade de poder nietzschiana.

Reabrindo a velha pasta em que guardara minhas anotações sobre o *Sipo Matador*, deparo com um e-mail sem endereço que remete ao livro de Eugène Lesbazeilles publicado em 1884:

> Essas espécies todas, esses indivíduos todos tão estreitamente amontoados e emaranhados, atrapalham-se, prejudicam-se mutuamente.

Sua aparente tranquilidade é enganosa; na verdade, estão todos travando uma luta contínua, implacável, uns contra os outros: "Tratam todos de subir seus galhos, folhagem e caule mais depressa e mais alto do que os outros em direção ao ar e à luz, sem dó do vizinho. Veem-se plantas se prendendo às outras como que com garras e, somos tentados a dizer, explorá-las impudentemente em proveito próprio. O princípio que essas solidões selvagens teriam para nos ensinar certamente não é o de respeitar a vida alheia tratando de viver a sua própria, como bem atesta esta árvore parasita, muito comum nas florestas tropicais, denominada *Sipo Matador*, isto é, Cipó Assassino. Pertence à família das Figueiras. Sendo a parte inferior de seu caule incapaz de suportar o peso da parte superior, o *Sipo* procura apoio numa árvore de outra espécie. Embora nisso não difira das demais plantas trepadeiras, a estratégia a que recorre tem algo de particularmente cruel e doloroso de se ver. Ele se joga para a árvore na qual pretende se fixar e fixa seu caule, que se espalha como gesso de modelar, num dos lados do tronco que lhe serve de apoio. Brotam em seguida, de um lado e de outro, dois ramos, ou melhor, dois braços, que crescem rapidamente: parecem riachos de seiva endurecendo à medida que escorrem. Esses braços enlaçam o tronco da vítima, se encontram no lado oposto e então se juntam. Crescem de baixo para cima a intervalos mais ou menos regulares, de modo que a pobre árvore se vê estrangulada por uma quantidade de argolas inflexíveis. Esses anéis vão se alargando e multiplicando à medida que cresce o pérfido estrangulador, e vão sustentar lá no alto sua coroa de folhagem misturada com a de sua vítima, que sufoca; esta, com o curso de sua seiva sendo interrompido, desmilingue-se aos poucos e morre. Observa-se então o estranho espetáculo desse parasita egoísta ainda estreitando nos braços o tronco inanimado e decomposto que sacrificou ao seu próprio crescimento. Alcançou seu objetivo; está carregado de flores e frutas, reproduziu e disseminou sua espécie; vai morrer por sua vez, junto com o tronco apodrecido que matou, vai despencar junto com o suporte que desaba sob ele.

O *Sipo Matador* pode ser visto como um emblema da luta encarniçada e incessantemente travada nas misteriosas profundezas da mata virgem. Em nenhum outro lugar a competição vital e suas trágicas consequências se manifestam de forma tão impressionante como entre essas incontáveis populações vegetais produzidas desmedidamente por um solo demasiado fecundo. O esforço de algumas árvores para acomodar suas raízes, obrigadas, como vimos, a emergirem da terra e se tornarem aéreas, não é menor do que o de outras para abrir caminho rumo ao ar e à luz de modo a estenderem suas folhas e amadurecerem seus frutos. Dessa necessidade de buscar sua vida, de procurar condições favoráveis à sua própria prosperidade é que resulta, como observa engenhosamente o sr. Bâtes, a tendência da maioria dos vegetais das florestas tropicais a modificar sua natureza, a alongar e flexibilizar seu tamanho, a adotar aparências e comportamentos especiais, numa palavra: a se tornar trepadeiras. As plantas trepadeiras dessas regiões não constituem uma família natural. Essa sua faculdade provém de um hábito de certa forma adotivo; é um aspecto adquirido, advindo da força das coisas e tornado comum a espécies pertencentes a uma quantidade de famílias distintas que, em geral, não são trepadeiras. As Leguminosas, as Gutíferas, as Bignoniáceas, as Urticáceas contribuíram para fornecer muitas dessas espécies. Há uma Palmeira trepadeira, inclusive, que os indígenas denominam *Jacitara*. Ela desenvolveu um caule esguio, flexível, torcido sobre si mesmo, que se enrola como um cabo em volta das árvores maiores, passa de uma para outra e chega a um comprimento inacreditável – várias centenas de metros. Suas folhas penadas, em vez de se unirem numa coroa como as das outras palmeiras, emergem do estipe a largos intervalos e apresentam, na ponta terminal, longos espinhos curvos. Com esses espinhos, legítimas garras, é que ela se gruda ao tronco das árvores para nelas trepar.

Prossegui com minha pesquisa, mas as pessoas que eu consultava, botânicos, naturalistas, ecologistas, não sabiam, na maioria, o que me dizer. Todas elas apenas me repassavam o que é divulgado na internet sobre o assunto. Um especialista em "Eventos e consultoria sobre horticultura do jardim botânico da cidade", de quem não direi o nome, enviou-me três linhas sobre uma planta que não tinha nada a ver. O enigma só fazia aumentar. Como Nietzsche chegara a conhecer essa árvore em particular? Por que essa imagem em *Além do bem e do mal*, por que essa nota lapidar em *Fragmentos póstumos*?

Observa-se, ao ler os naturalistas, os viajantes do século XIX, que nenhum deles se furta ao antropomorfismo em geral nem ao comentário moralista, ou até moralizante, em particular: o cipó vira o assassino, ou seja, o malvado; o país grande estrangulando o pequeno, ou seja, o cruel; vive, progride, desabrocha alimentando-se dos outros que mata, ou seja, o bárbaro. Não se diz da planta que se nutre de substâncias encontradas na terra, dos insetos que comem a grama ou matérias em decomposição, dos pássaros que comem insetos, das rapinas que devoram os pássaros, que manifestam alguma maldade: a predação é a lei de tudo que vive. Nietzsche quer pensar o que está além do bem e do mal como um físico daquilo que é, a vontade de poder, e não como um moralista daquilo que não é – a vontade de destruir.

Parecia-me que esses documentos só se repetiam sem nada acrescentar ao que já se dizia sobre essa planta – que ela se serve de outra e a exaure a fim de chegar à copa e se refestelar ao sol. Eu também pesquisara na copiosa obra de Lévi-Strauss para ver se ele escrevera alguma coisa sobre essa planta amazônica. Esperava um relato, uma anedota, um mito, uma aventura. Quando ainda estudante de filosofia, tinha gostado muito de *Tristes trópicos*, que, junto com *Crônica dos índios Guayaki*, de Pierre Clastres, me fizera cogitar por algum tempo uma carreira na etnologia. Claude Lévi-Strauss, aparentemente, não a mencionava.

Para ter certeza, no entanto, em 11 de maio de 2009 enviei-lhe uma carta de Argentan. Expunha-lhe minha preocupação em resolver o enigma dessa expressão lapidar, *Sipo Matador*, nos fragmentos póstumos de Nietzsche. Escrevi: "Tendo chegado a um impasse, tomo a liberdade de escrever-lhe apelando para a sua cultura enciclopédica: acaso teria qualquer informação sobre esse cipó... nietzschiano?". Ele me respondeu de forma extremamente amável numa carta datada de 18 de maio de 2009:

> Prezado colega,
> O *Cipó matador*, em português "liana assassina", realmente faz parte do folclore amazônico, mas não guardo desta crença nenhuma recordação específica. De modo que lamento, já estando velho demais, não poder ajudá-lo. Cordialmente, Claude Lévi-Strauss.

Fiquei comovido, evidentemente, ao ver a letra trêmula daquele senhor muito idoso. Entretanto, aquelas poucas palavras diziam que existia um *folclore amazônico*, ou seja, que havia mais a saber sobre essa planta do que aquilo que se sabe e se diz repetitivamente, que nos diz pouco sobre sua natureza e muito sobre quem fala sobre ela. A planta revela, portanto, a vontade de poder de forma alegórica, mas revela também esse que a diz e o modo como ele vê a natureza, sempre vítima da moralina. A substância tóxica, diagnosticada pelo próprio Nietzsche, impede-nos de ver aquilo que é e nos faz tomar interpretação por realidade, perspectiva por fato, julgamento por olhar. A memória de Claude Lévi-Strauss perdera isso que talvez só ele soubesse e provinha de primitivas sabedorias sobre o tema. O *Sipo Matador* continua guardando seus segredos.

O que é hoje ensinado pelos botânicos nos permite recorrer à botânica para entender de modo não moral a realidade da vontade de poder, seu funcionamento para além do bem e do mal, sua verdade ontológica e física confirmada pela experiência e pelo saber. Se buscarmos o momento em que a vida aparece e passa daquilo que não é ela para ela, nos deparamos com as plantas, que revelam ser um elo essencial para se compreender a passagem do inanimado para o animado, do não vivo para o vivo, da estrela que cai para o humano que um dia sabe que uma estrela caiu, estrela da qual ele procede. Mal sabe La Mettrie, ao escrever *L'homme-plante* [O homem-planta], o quanto ele tem razão.

Durante bilhões de anos não houve vida sobre a terra – da mesma forma como, bem provavelmente, a vida desaparecerá sobre a terra, que continuará sem vida e sem organismos vivos durante bilhões de anos antes de desaparecer, por sua vez, consumida pelas forças gigantescas atuantes num universo cujas leis nos escapam em absoluto. Antes da vida, porém, não há a inanidade; o que já é a vontade de poder nietzschiana: uma força que move tudo que é, seja vivo ou não vivo, o percurso dos astros e a reprodução de uma enguia, a organização do cristal de uma gema e a filiação de um casal de *Homo sapiens*.

A terra, antes da vida, é o mar. Os oceanos recobrem tudo. A atmosfera envolve o que recobre a terra. O conjunto é algo como um caldo tóxico. Pulverulência de gases terríveis, dança dos venenos, vórtices mefíticos, turbilhões de químicas arrasadoras, nada teria como viver nesse inferno primeiro. Relâmpagos riscam um ar que ainda não é ar. Não se sabe se, vindo de outros mundos, o vivo despenca dessa atmosfera luciferiana, se surge do céu negro e dourado de miríades de relâmpagos, ou se se origina das fontes ardentes dos magmas vindos do coração da terra para os fundos submarinos antes de surgirem à superfície.

O fato é que essas primeiras moléculas que são as bactérias, seres vivos desprovidos de núcleo, trazem em si o que um dia se tornaria o autor destas linhas e o seu leitor. A vontade de poder nomeia essas perpétuas metamorfoses, essas forças e esses jogos de força. As plantas começam quando essas bactérias, as formas do vivo mais antigas do mundo, fabricam uma molécula de clorofila capaz de captar os raios do sol. Na origem de todo e qualquer mundo estão o sol e sua luz; razão pela qual temos o sol e sua luz no começo de toda religião. Graças à acumulação dessa matéria vegetal, a fotossíntese permite a criação do oxigênio, que se acumula e se instala na atmosfera. A camada de ozônio se forma, permitindo que o sol nutra sem matar, que faça viver e não morrer. A vida se torna então cogitável. Sem as plantas, não há vida possível: elas realizam a passagem do não vivo para o vivo.

Os primeiros seres vivos, portanto, se encontram no mar, ao abrigo dos raios ultravioletas. Durante bilhões de anos, essas bactérias verdes existem sem produzir nada além de seu ser. Elas são e perseveram em seu ser. E então, sem que se saiba o que preside a essa tentativa conclusiva, sendo que terão havido antes, provavelmente, milhares de outras tentativas infrutíferas, essas bactérias clorofilianas se combinam com outras bactérias maiores a fim de produzir a primeira célula. A bactéria é uma forma em que o material genético se encontra dispersado; e a célula, uma forma cujo núcleo recolhe esse material genético.

Essa célula primitiva ciliada, que contém clorofila, sabe nadar e se alimentar: esse cílio, que permite o deslocamento num meio líquido, é encontrado no homem, no cílio do espermatozoide. As primeiras células vegetais se organizam; trata-se das algas. Descendemos das algas, das quais irá descender o macaco, do qual irá descender o homem. Essas longas e lentas metamorfoses constituem prodigiosas variações sobre o tema da vontade de poder que se organiza. Ilustram aquilo que Bergson denomina, com muita propriedade, *a evolução criativa*. A trajetória dessa evolução pressupõe as plantas na articulação com o vivo.

Dentre uma multidão de algas, algumas – as algas verdes – saem da água. Precisam de água para se alimentar. Desenvolvem então um sistema para buscá-la e encontrá-la no solo. Inventam células que se esticam e penetram na terra; aperfeiçoam, em seguida, um sistema radicular que lhes permite tomar posse do continente, sair da água, vir para a terra firme e nela viver, desenvolver-se. Deixar a água, mover células em direção ao solo nutritício: vontade de poder em atos. Nem mal nem bem, apenas uma força em ação no sentido da vida e da expansão do vivo.

Para viver, as plantas inventam o caule que permite puxar os líquidos do solo por capilaridade e conduzi-los até as folhas, as quais cumprem então a função clorofiliana. Os sucos descem de volta. Assim é criado um sistema circulatório que garante o ser e a perenidade desse ser. Essa planta arcaica que inventa o caule (sem, por enquanto, inventar o tronco, cada coisa a seu tempo) chama-se *Cussonia* e é parecida com um junco. Com caules, cálices, raízes, folhas, as plantas se distinguem das algas, dos musgos, dos líquens que, sem que se saiba o porquê, não evoluem, permanecendo tais quais desde sua origem.

A evolução das plantas se dá concomitantemente à dos animais: quando as primeiras saem do mar, são seguidas pelos segundos, que as buscam para se alimentar. A vontade de poder produz animais marinhos de formas extravagantes. Os grandes fundos submarinos conservam seu mistério e o homem, que andou sobre a Lua, é mais ignorante da fauna e flora dos abismos oceânicos do que do planeta mais próximo deste onde vive. Invisíveis calamares gigantes povoam esses lugares escuros e frios, quem sabe esperando, depois que desaparecerem os humanos, sua vez de evoluir igualmente para formas alternativas.

Continua a evolução das plantas. Os caminhos são precisos, vão dar em evoluções que manifestam plasticidade. As formas se movem, mudam, desaparecem, aparecem, trespassam, vivem, sobrevivem, mas consistem, todas, em variações sobre um único e mesmo tema: o da vontade de poder. Isso que leva da bactéria à alga, do musgo ao líquen, mas também do ginkgo capaz de viver 3 mil anos à frágil orquídea mais recentemente surgida, expressa uma mesma força, una e ativa em tudo que vive.

Afirmam os botânicos que as flores continuam a evoluir e tendem a se invaginar. A vontade de poder produziu túnicas que protegem o ovário da planta. Cinco, desde sua origem até nossos dias; uma sexta parece estar surgindo. O vento continua transportando o pólen; assim também insetos, borboletas e abelhas vêm morrendo de mansinho, destruídas por produtos inventados pelo homem, predador dos predadores.

As flores inventam infinitas astúcias para seduzir os animais, sem os quais sua espécie não teria como sobreviver. Mais uma vez, aqui, manifestações da vontade de poder.

Seus perfumes capitosos, sua beleza estonteante, seus sumos inebriantes, suas cores miríficas, suas formas sugestivas, seus frêmitos sugestivos, suas pétalas aveludadas e seu néctar inebriante constituem signos e sinais destinados a atrair o coleóptero necessário à sua fecundação. As flores são sexos com lábios de veludo, carnes finamente dobradas, ventres de peles vegetais que contribuem para as linguagens silenciosas de todos os elementos da natureza. Vontade de poder.

As plantas vivem, sofrem, reagem a estímulos. Só o antropomorfismo impede essa conclusão – que contraria o argumento dos vegetarianos, os quais concedem ao animal um status ontológico negado aos vegetais, também capazes de sofrer – ou, em outras palavras, de vivenciar o afeto que põe em risco sua existência. Sabe-se hoje, com efeito, que as acácias se comunicam entre si e agem com base em informações transmitidas por suas semelhantes. Existe uma linguagem das plantas, que vai além daquilo que as plantas dizem aos homens simbolicamente, e no passado permitia a Maurice Maeterlink referir-se à *inteligência das plantas*.

Num dado território, que vem a ser o universo de uma planta, acácias trocam informações que lhes permitem ser (vivas), perseverar em seu ser (vivo) e permitir que a espécie permaneça (viva) e com vida. Mamíferos, gazelas, impalas, quando em número muito elevado, comem imensas quantidades de cascas – uma degradação que ameaça a população arborícola. As árvores reagem à informação desse consumo excessivo com uma resposta apropriada: a secreção de uma substância que intoxica os animais deixa-os doentes, mata alguns deles e dissuade os sobreviventes de continuar com sua depredação – sua predação.

Para tanto, a inteligência vegetal assume a forma de uma produção de etileno que permite a comunicação química com as outras árvores através do vento e das correntes de ar. Há, nesse processo, uma compreensão do problema, uma percepção da agressão, uma memória do ataque, a preparação de um contra-ataque, uma reação ao estresse, uma interação entre as singularidades da população arborícola, uma antecipação altruísta do risco de perecer devido a um consumo excessivo, uma comunicação com seus semelhantes no sentido de alertá-los, o que, no fim das contas, expressa uma autêntica inteligência social que visa e quer o ser e a duração do grupo, da totalidade, da comunidade. Muitos humanos são menos capazes desse senso de comunidade – de *república*, no sentido etimológico do termo.

Nosso desconhecimento da vida vegetal, nossa ignorância da capacidade das plantas, das flores, das árvores de estabelecer uma relação inteligente com o mundo vem do fato de que nosso tempo, que não é o delas, nos serve de modelo e não nos permite, portanto, perceber as modalidades do delas. Nisso, como em tudo mais, denominamos barbárie o que não é do nosso feitio. O vegetariano, embora atente para o grito do animal, que se faz ouvir numa frequência audível para o ouvido humano, parece não escutar o *gemido* da acácia, que não é expresso numa língua que ele domine. Caso o *Homo sapiens* fosse sensível ao etileno, saberia entender a língua falada pela acácia.

Pois os vegetais são sensíveis a um número incrível de estímulos vindos do mesmo mundo que é também dos humanos: campos magnéticos, ondas elétricas, intensidades luminosas, ritmos circadianos, efeitos das claridades lunares, impulsos sonoros, variações de gravidade. Alguns pesquisadores usam atualmente o termo *neurobiologia vegetal* para avaliar a ideia de que as plantas se mostram sensíveis à biologia celular, à bioquímica, à eletrofisiologia – assim como os humanos. Os cílios da célula de base vegetal e os cílios do espermatozoide demonstram que o homem vem da planta antes de descender do macaco, já que o mamífero dito superior provém do mamífero dito inferior, o qual, por sua vez, descende daquela primeira célula verde capaz de fotossíntese.

A percepção, a sensação, a emoção, portanto, não necessariamente exigem neurônios, sinapses, conexões neuronais, cérebro. As plantas podem perceber, sentir, se emocionar sem disporem de toda essa aparelhagem complexa que parece sufocar e impedir a fisiologia elementar de sensações diretas com o cosmos. Poderíamos quase aventar a hipótese de que, quanto mais complexa a aparelhagem neuronal, menor é a capacidade de se apreender o essencial e maior parece ser a aptidão para compreender o acessório – o qual consiste em ocultar o essencial ou relegá-lo a segundo plano. A planta, aparentemente sumária, dispõe da fina inteligência das coisas elementares, enquanto o homem, hipoteticamente complexo, dá a impressão de possuir órgãos aptos a decifrar o elaborado, mas passa ao largo do essencial.

As plantas, desprovidas de linguagem complexa, dizem aquilo que permite sua vida e sobrevivência, ao passo que os humanos, capazes – pelo menos alguns dentre eles – de escrever *Divina comédia* em versos, não sabem decifrar aquilo que põe sua existência em risco. As acácias se comunicam através do etileno para proteger sua família; os humanos recorrem a palavras para elaborar um processo de destruição de seus semelhantes – basta pensar em *Minha luta*, de Adolf Hitler. Há mais inteligência coletiva e comunitária, republicana, no sentido etimológico do termo, entre os arbustos espinhosos do que na seita nacional-socialista na Alemanha dos anos 1930, desejosa de pôr a humanidade a ferro e a fogo.

A neurobiologia vegetal emite a hipótese de que o cérebro das plantas estaria situado no sistema radicular, mais precisamente numa exígua zona de alguns poucos milímetros na extremidade de cada raiz, onde estaria concentrada uma centena de células específicas. Essa região específica absorveria a mais elevada dose de oxigênio, como ocorre com os neurônios humanos. O doutor Stefano Mancuso, que dirige o Laboratório Internacional de Neurobiologia Vegetal (e também leciona horticultura e fisiologia das plantas na Universidade de Florença), menciona uma inteligência das plantas ao referir, notadamente, sua capacidade de *tomar uma decisão* e *resolver um problema* frente a um sinal emitido pelo ambiente. Sensibilidade, memorização, aprendizagem, antecipação: as plantas das quais descendemos conservam mais do que imaginamos, enquanto nós, humanos, perdemos mais do que pensamos.

Os adversários da neurobiologia vegetal rejeitam tais hipóteses – demasiado darwinianas. Vale lembrar que, quase um quarto de século antes de seu best-seller, Charles Darwin, em coautoria com seu filho Francis, publicava um livro pouco conhecido intitulado *The Power of Movement in Plants* [O poder do movimento nas plantas] (1880). A formatação judaico-cristã, antropocentrista no mais alto grau, constitui isso que Bachelard

## Botânica da vontade de poder

denominava um *obstáculo epistemológico* às observações experimentais que permitiriam definir essa questão da inteligência das plantas.

Os cientistas à moda antiga admitem o fato de que células vegetais e células humanas são aparentadas devido a uma origem similar, a um ancestral comum. Embora não neguem a complexidade dos mecanismos de adaptação dos vegetais, os positivistas mecanicistas fazem valer as leis seletivas próprias da evolução: uma planta que reage ao sinal de seca lançado pelo solo, alertando suas semelhantes para a necessidade de economizar recursos hídricos, estaria apenas obedecendo à sua natureza hormonal e química, e não às suas capacidades elétricas. Estaria, assim, meramente obedecendo aos mecanismos e comportamentos de sobrevivência. Sem dúvida. Tanto faz, porém, que se trate de conhecimento neurobiológico ou hormonal, o importante não está na modalidade do conhecimento, e sim na possibilidade de conhecimento que parece dada. Anotado e registrado.

Essa questão opõe, mais uma vez, os partidários de um positivismo mecanicista aos de um vitalismo energético. Debate antigo, que foi outrora o dos materialistas progressistas *versus* vitalistas conservadores – com os materialistas mecanicistas prescindindo de Deus e os vitalistas fazendo entrar pela porta a divindade que os mecanicistas expulsavam pela janela. Passados dois séculos, contudo, o conflito que opunha o ateu Holbach e o deísta Bordeu, ou o deísta Helvetius e o crente Deleuze, se dá em sentido inverso: após dois séculos de positivismo, os positivistas é que se mostram conservadores, ao passo que os vitalistas, após dois séculos de perseguições, parecem mais próximos de alcançar a verdade do vivo. O mecanismo materialista esbarra nisso que resiste, ao passo que o conceito de vontade de poder permite uma hipótese que soa mais válida enquanto não se concluem experiências a serem empreendidas para a obtenção de resultados confiáveis.

Aquilo que não vemos custamos a conceber. Ocorre que aquilo que concebemos pode ser mais bem concebido, hoje em dia, graças aos novos procedimentos técnicos: assim, a projeção do movimento das plantas em câmara rápida para comprovar sua vivacidade interativa, destinada àqueles que nunca teriam visto um jardim – moitas de framboesas, invasão de glicínias, crescimento de bambus, brotamento de gramados, medrança de ervas daninhas – campânulas, urtigas, escalracho, aquileia, aveia-estéril, serralha, lâmio, ervilhaca –, proliferação de samambaias, caules de ladroeiro sobre as roseiras.

Em câmara rápida, o tempo vegetal pode ser apreendido com as categorias humanas que permitem perceber o tempo na nossa medida. Numa planta, no tempo dela, mas visto pelo nosso, a vontade de poder agindo na vegetação se torna uma evidência assombrosa. Vemos assim concretamente, a olho nu, auxiliado pela aceleração das imagens, a reação das plantas à gravidade, ao vento, às solicitações próximas – uma estaca, um tutor, um suporte visado pelo caule de uma glicínia trabalhada pela vontade de poder. À velocidade do homem, aos olhos do homem, ao ver do homem, ao tempo do homem, o fino ramo parece imóvel.

Um ou dois dias depois, julgamos detectar uma alteração, mas a lembrança e memória que temos dela são imprecisas. Sabemos que esse raminho era outro no espaço do jardim, estava mais curto, mais comprido, em outro lugar, mas faltam referências precisas no tempo e no espaço. Com o tempo da planta não sendo o mesmo do olhador, só o vemos pelo prisma de nossos triviais interesses: vai ser preciso cortar, talhar, estacar, cortar, fracionar. Nosso tempo não nos deixa perceber e compreender o tempo da planta, que é outro. Tempo da vontade de poder que leva todo o tempo que esta necessita.

Basta capturar esse tempo com a velocidade de uma câmara e projetar as imagens numa velocidade maior, acelerada, para vermos esse mundo falsamente imóvel dançar, se mexer, se contorcer, virar, visar a um ponto para se fixar, errar o alvo, tentar de novo, falhar outra vez, dar outro jeito, se virar, se espiralar, se tensionar para depois relaxar, se projetar, fazer nós para encontrar forças, concentrar energia num anel que fará as vezes de mola e permitirá propulsar o caule, alcançá-lo enfim e nele se fixar antes de seguir caminho.

Imersos no nosso tempo, analfabetos do tempo das plantas, não percebemos nenhum detalhe, passamos ao largo da temporalidade vegetal. Contentamo-nos com alguns pontos de referência: os galhos secos no inverno, a seiva da primavera que altera a cor da madeira, os brotos brancos, as folhas penugentas fechadas, as folhas verdes abertas, as flores em sua potencialidade, seu colorido roxo pálido, sua carnação generosa, seu perfume delicado no verão, suas fragrâncias variando segundo os diferentes momentos do dia: névoa do amanhecer, primeiro sol pálido da manhã, sol quente do meio-dia, tarde abrasadora, entardecer de luz mais suave, lusco-fusco, cair da tarde, umidade do anoitecer, luz branca da lua, noite profunda – toda uma variedade de cores, perfumes, aromas, fragrâncias.

Assim como não vimos a vida da companheira que se foi cedo demais, também não vimos nada da vida de uma glicínia, que também se foi muito cedo, para retornar na estação seguinte, igual e distinta. De quando em quando, como por descuido, sem dar muito por isso, talvez reparemos nos galhos secos, na penugem dos brotos, nas flores vívidas, no seu fenecimento, desaparecimento, na queda das pétalas ao chão, nos ramos outra vez despidos. Um belo dia a neve cobre o jardim, sabemos que houve o verão, que a primavera há de voltar, mas não vimos nada do movimento da primavera ou do movimento do verão. A vontade de poder atua, não percebemos, a não ser por descuido – senão por deliberado intento de meditação.

As imagens capturadas em laboratório mostram que as plantas têm consciência de si mesmas. Devem dispor, com efeito, de um saber sobre sua própria curvatura, de modo a retificá-la caso o aprumo não esteja adequado. É por isso que, nas florestas, as árvores têm troncos retos e não saem crescendo em todas as direções. As plantas mudam de massa, de peso, de inclinação, de ancoramento, dependendo da natureza dos terrenos. No flanco da montanha ou no meio da pradaria, na quebrada de um barranco ou na borda de uma escarpa, a planta cresce reta. Nunca fica paralela ao solo, e sim vertical em relação a um eterno azimute. As plantas, na verdade, obedecem às leis da gravidade. Em situação de não gravidade, enlouquecidas, sem pontos de referência, as plantas crescem de qualquer jeito, emaranhando raízes e caules: os sinais elétricos emitidos na extremidade das raízes, o cérebro das plantas, são incoativos.

Normalmente, e assim como os animais e os humanos, a planta dispõe de uma capacidade de perceber sua forma e seu movimento. Sua capacidade de se conceber enquanto tal e sua possibilidade de sentir a gravitação permitem-lhe ativar uma reação, proporcional ao seu tamanho, no sentido de crescer reta, em pé, verticalmente. Toda alteração de inclinação provoca uma reação da planta, que responde a esse estímulo com uma força adaptada. Esse tropismo não envolve apenas o movimento em direção ao sol, mas também os movimentos que permitem o crescimento vertical. Um erro de plantio no meu jardim me permitiu observar que a planta contornava o bulbo de modo a recobrar sua verticalidade contrariada pelo plantio malfeito.

A indiferença em relação às plantas tem suas raízes, por assim dizer, na ideologia judaico-cristã. Lembremos que elas não estavam presentes na Arca de Noé. Não são mencionadas no texto do *Gênesis*. Da mesma forma como os animais foram criados para os homens, que podem caçá-los, criá-los, matá-los, decepá-los, comê-los, atrelá-los, usá-los para tudo, para a agricultura e para a guerra, a tecelagem e o laticínio, a companhia e o trabalho, as plantas teriam sido criadas para os animais, que podem comê-las para sustentar sua existência submetida aos homens. Por outro lado, essas mesmas plantas se encontram em igual situação de serventia em relação aos homens, que podem cultivá-las para fazer seu pão (trigo, espelta), alimentar seu gado (cevada, aveia, sanfena), plantar legumes (alho, cebola, vagem), criar um canteiro para fins culinários (louro, tomilho, salsinha) ou um ervanário com plantas medicinais (borragem, camomila). Não há por que pensar a planta como um ser vivo se nem ao animal se concede a menor dignidade ontológica.

A arqueologia pré-histórica nos ensina, através da ciência dos pólens, que os mortos eram deitados sobre um leito de flores. A tradição decorativa das flores, ou até seu tropismo simbólico, remonta, portanto, às eras mais remotas. Séculos mais tarde, o paganismo lhes atribui um papel de destaque, e encontramos coroas de flores na cabeça do oficiante, na do bicho sacrificado, nos altares de imolação, nas estátuas dos deuses pagãos do templo, ao pé do mobiliário sagrado, à guisa de oferenda. Os mortos, da mesma forma, são reverenciados com oferendas votivas, as quais incluem as flores. Especialmente as rosas.

Essa profusão de flores pagãs explica a proscrição cristã das guirlandas e coroas de flores nas cerimônias religiosas. Tertuliano, Clemente de Alexandria, Minúcio Félix e Justino escrevem condenando seu uso.

A crítica engloba tudo que se aparente ao luxo: incenso, perfume, vestuário, pedras preciosas, dinheiro, quartos de carne, frutas. Não há que confundir os verdadeiros valores, a coroa de ouro de Cristo no céu, com os falsos, a coroa de flores na terra. Uma é eterna, preciosa; a outra é frágil, mortal, perecível.

E então, à medida que vão se cristalizando as histórias constitutivas da mitologia cristã, a coroa de espinhos se torna a única coroa possível e pensável. Se o Cristo dos Ultrajes foi cingido pelos romanos deicidas com espinhos que lhe dilaceram a testa e fazem correr seu sangue, como poderiam os homens reverenciar um Filho de Deus crucificado coroado de rosas, resedas e jasmins trançados? A imitação cumpre um importante papel dentro do cristianismo, e para merecer o paraíso há que simbolicamente cingir a coroa de espinhos e fazer da própria vida um vale de lágrimas no qual as flores, por sua beleza extravagante, seu aspecto capitoso, seu perfume enfeitiçante, encarnam tudo que deve ser evitado – os prazeres da vida.

O cristianismo, uma vez que se constrói em torno da figura historicamente inexistente de Jesus, realçada para compensar um poder fortemente simbólico, não vive senão de metáforas, comparações, alegorias, símbolos, parábolas: dos camelos passando pelo buraco de uma agulha ao cometa indicando o local de nascimento do Messias, passando pelo vinho novo em odres velhos, oportunidades não faltam para relegar o real ao segundo plano e passar a maior parte do tempo dizendo algo que não é ele.

Parábolas bíblicas envolvendo vegetação não faltam: o jardim com a árvore da vida e a árvore do conhecimento, o fruto proibido que virou maçã, a sarça ardente, a figueira estéril, a separação do joio e do trigo, a videira do Senhor, o trigo com que se faz o pão da eucaristia, o grão crescendo no silêncio da terra, o grão de mostarda, os lírios do campo. A dimensão da vontade de poder desaparece por completo, em prol da edificação moral e espiritual. A botânica dá lugar à alegoria. O jardim de verdade esmorece em prol dos jardins da alma. A realidade desaparece, sufocada pela simbologia que mata o mundo e enche o universo de signos, códigos e inúmeras línguas.

As flores então se tornam motivo já não de cores cintilantes, de perfumes fortes, aromas que sobem aos céus, mas de mensagens: a rosa representa a virgindade e pureza de Maria; a videira, tal como o trigo, anuncia a eucaristia; o lírio também exprime a pureza da Virgem – sempre representado nas Anunciações na história da pintura ocidental; o íris traz a aliança de Cristo com os homens; a maçã simboliza o livre--arbítrio, a possibilidade de escolha; a romã manifesta a fecundidade; o dente-de-leão, a erva amarga, a dor que às vezes se vê representada ao pé das crucificações; o hissopo, a humildade e a penitência; o nenúfar, planta aquática, as virtudes purificadoras do batismo; a passiflora é a flor da Paixão, pois afirmam os cristãos que nela se encontram todos os instrumentos associados às derradeiras horas de Cristo: o pistilo, os desenhos da corola e diversos outros elementos lembram a coroa de espinhos, o martelo e os pregos da crucificação – sendo que, para a farmacologia, possui propriedades sedativas e ansiolíticas.

O cristianismo não vê o mundo porque está sempre buscando no real as provas da existência de seu deus, sempre à espreita de significados ocultos – sinal distintivo de todo pensamento mágico. Desconstruir a rosa para nela enxergar cinco pétalas representando a intersecção dos braços da cruz, ou nove, expressando a alta iniciação que seria o conhecimento do paraíso, com cada pétala encerrando um grupo de almas liberadas dos renascimentos terrestres; ver nessa rosa o signo da Virgem, denominada "Rosa sem espinhos" porque, segundo santo Ambrósio, a rosa não tinha espinhos antes do pecado original, e a Mãe de Deus é isenta da falta primitiva; ou reconhecer o signo místico que orienta os construtores de catedrais ao criarem suas rosáceas é passar ao largo da verdade da flor que é imanência pura – algo já muito bem visto e compreendido pelos pagãos.

Sabe-se que Nietzsche não gostava de Cristo – a *aranha-de-cruz*[33]. O mundo do filósofo, rico em alegorias, símbolos, parábolas, é pobre em flores. Compreende, sabe-se, animais em quantidade que dizem a natureza humana muito humana, mas também a esperança nas virtudes sobre-humanas: a negação da avestruz, a apatia do boi, o ajoelhamento do burro, a astúcia e hipocrisia do gato, a servidão voluntária do came-

---

[33] Referência a *Kreuzspinne*, espécie de aranha que tem no dorso um desenho em forma de cruz, mencionada em *Assim falava Zaratustra*. (N. T.)

lo, o servilismo do cão, a grosseria do porco, o pesadume do elefante, a mesquinharia da formiga, o rancor das moscas, o oportunismo das sanguessugas, o ressentimento das tarântulas, a maldade das víboras... Mas há também animais sobre-humanos que atuam como contrapeso dos bichos humanos: a jubilação da águia de olhar penetrante, a paz na afirmação de que são capazes as pombas, o voluntarismo do leão que diz "eu posso", o eterno retorno expresso pela serpente que morde a própria cauda, o senso da terra do touro.

A abundância de animais, a riqueza do bestiário, parecem absorver toda a energia nietzschiana. Quando o filósofo aborda as flores, os legumes ou as plantas, é muitas vezes por seu uso metafórico, e na maioria das vezes no contexto de *Assim falava Zaratustra*: a castanha nutritiva, a tâmara repleta de açúcar, a esponja absorvente, o cogumelo corrosivo, a palmeira que dança, o veneno da papoula, a coroa de hera, a fruta apodrecida, as potencialidades do grão. Também acontece de ele discorrer muito livremente, para dizer o mínimo, sobre tal ou tal planta, à qual atribui genealogias ideológicas: a produção do budismo por abuso de arroz, a genealogia do alcoolismo por excesso de batata, as virtudes dietéticas e metafísicas do café, do chá, do chocolate, a genealogia da metafísica alemã pela cerveja – o lúpulo fermentado e brassado. Também acontece de ele se permitir, nessa matéria, exercícios de licença poética que, nos *Ditirambos de Dionísio*, o levam a comparar o pinho que parece escutar ao pinheiro que dá a impressão de esperar. Mas nada que cumpra um papel filosófico maior – com exceção do *Sipo Matador*.

Eu o vi um dia no jardim botânico de Medellín, na Colômbia. Eu estava na América do Sul para uma série de conferências e tinha sido convidado para almoçar num dos melhores restaurantes do país – um dos cinco melhores, pelo que me disseram. O prédio de estilo contemporâneo situava-se nesse magnífico jardim botânico, quente e abafado, em que miríades de pássaros cantavam as mais cativantes melodias. Flores tropicais amarelas, generosas, pistilos solares dentro de corolas vermelho vivo, trombetas silenciosas dos anjos enquanto o trovão rugia por sobre o grande parque, palmeiras cujos cimos se perdiam no céu azul-escuro e violeta, borboletas coloridas, trazendo às vezes nas asas pares de olhos enormes que não olhavam para nada, estranhos insetos em voo geoestacionário, a tromba colhendo pólen no coração de uma extravagante flor púrpura e amarela, gritos dos periquitos e voo cacarejante dessas avezinhas coloridas, verdes e amarelas, azuis e vermelhas, plantas carnívoras que eram como tubos tigrados revestidos de uma cápsula que se fechava assim que o inseto cometia a imprudência de aterrissar na borda da corola, orquídeas voluptuosas que eram como drapeados de raros tecidos, longos colares de flores que eram como frutas vermelhas de pontas amarelas, assombrosas disposições de pétalas alaranjadas, à maneira de uma rosa antiga, mas com veludos capitosos, compridas palmas em eflorescência jorrando para o céu como oferendas, raízes caídas do céu à procura da terra, gengibres com flores cor de sangue, hibiscos abertos...

E então, na curva de um denso resumo de mata tropical, o *Sipo Matador*. E me vejo diante de imensa árvore envolta nos pequenos cipós que a cercam, encerram, usam o tronco para trepar até a copa e usufruir do sol. A multidão de cipós aniquilava o tronco grosso. A luz chegava filtrada, o céu de tempestade adensava a matéria do éter, os raios de luz caíam criando ocelos, manchas nas folhas como no pelo de um leopardo ou nas asas de uma borboleta. Essas manchas amarelas vibravam, se mexiam, se moviam ao sabor da brisa que agitava a vegetação de mansinho.

No tronco dessa árvore que o *Sipo Matador* abraçava, namorados tinham gravado seus nomes, sobrenomes, corações. Ignoravam, decerto, que a árvore era vontade de poder, que o *Sipo Matador* era vontade de poder, que a floresta era vontade de poder, que as borboletas eram vontade de poder, que a luz era vontade de poder, que as folhas eram vontade de poder, que a brisa que agitava aquilo tudo era vontade de poder, que os insetos colhendo pólen eram vontade de poder, que a copa das árvores correndo rumo ao sol era vontade de poder, que o sol era vontade de poder.

Ignoravam, igualmente, que seu amor era vontade de poder, que seus corpos eram vontade de poder, que sua promessa era vontade de poder, que o fim de seu amor era também vontade de poder – pois tudo que é é vontade de poder. E isso para além do bem e do mal, independentemente de qualquer consideração moral, sem qualquer preocupação com vício ou virtude, dentro da mais absoluta fatalidade. Deus não existe, uma vez que a vontade de poder, que é tudo, que não é deus nem nenhum outro nome de deus, não deixa espaço para nada além de si mesma. Toquei no *Sipo Matador* que me tocava: éramos madeira da mesma cepa.

## 2
# FILOSOFIA DA ENGUIA LUCÍFUGA

*Lucífugo*: *Lat*. Lux, Lucis, *Luz* e Fugere, *fugir*.
Termo de zoologia: que foge da luz

Littré

No verão, o rio se mostrava sob a abóbada de folhagem como reluzindo ouro e prata, pois sua superfície refletia o que nela chegava da luz do sol. A luminosidade filtrada criava mosaicos de cores cambiantes. A luz penetrava o verde intenso das árvores. Lição de impermanência dentro da própria permanência, o fogo do astro alimentava tudo o que vivia, e tudo o que vivia e morria. Os cadáveres de peixinhos, inchados, de barriga para cima, as trutas exaustas virando de mansinho para o nada, os ratos mortos, os camundongos e arganazes devorados pelas formigas, o enxame de moscas azuis e pretas que transformava os pequenos corpos inchados dos roedores em esqueletos em que às vezes ficava presa a pele amarronzada, as cobras estripadas pela putrefação e colonizadas pelos insetos que as comiam – a natureza me ensinou as Vaidades bem melhor do que a Igreja.

A vida fervilhava naquele rio chamado Dives – um nome que exprime a divindade da água corrente provavelmente desde muitos séculos. Os peixes-gatos flagrados sob a pedra erguida devagar, quando o lodo se liberta e cria uma nuvenzinha de partículas suspensas logo absorvida pela fraca correnteza, os vairões pescados, mergulhados em baldes e em seguida comidos fritos, os pequenos mariscos de água doce, como os caramujos, as sanguessugas que, diziam, sugavam o sangue quando se tocava sua carne macia e flácida, fantasia logo abolida pela experiência, as trutas faro mosqueadas de ocelos cinza e laranja, marrom e azul –

tudo isso vivia num ritmo ao qual eu me submetia: o tempo da vida natural não se reduz à sua medida, mas à sua experiência. A hora do campanário não tem nada a ver com a do relógio interno desses animais que obedecem a isso que Bergson denomina *evolução criativa*.

Entre esses tantos bichos da água, lembro de enguias pequenas, menos de vinte centímetros. Dava com elas sob as pedras que eu erguia com cuidado, surgiam em meio às poeiras do lodo, dos grãos de terra, das pequenas correntes de partículas túrbidas. Sua boca em forma de ventosa grudava na pele; ondulavam feito cobras pequeninas quando eu as punha sobre o antebraço e elas nele grudavam sua boca sugadora. Ficavam então suspensas no vazio, reflexos esverdeados luzindo na pele escura, e uma espécie de crista rendada estremecendo nas costas. Devolvidas à água, ficavam às vezes enfrentando a correnteza, mansamente, desenhando bonitas sinuosidades. E depois partiam, vagarosas, para o fundo da água.

Vez ou outra, a cabeça de uma cobra de verdade emergia na superfície do rio. Abria a água desenhando um V em cuja ponta surgiam pequenos redemoinhos que se perdiam nos elegantes desenhos traçados pela ondulação da cauda longa. Eu aprendera a distinguir a víbora da cobra d'água: a cabeça retangular de uma e em forma de azeitona da outra, o comprimento esguio da segunda e a cauda exígua e grossa da primeira, o perigo do animal com veneno e a inocuidade do outro que, diziam, subia pelas patas das vacas até alcançar o úbere e sugar o leite. Meu pai me alertara: se não tiver certeza absoluta ao distinguir uma da outra, desconfie sempre da cobra que poderia ser venenosa e mortal. Lição que também vale para os homens.

Na ordem prática, eu sabia reconhecer a cobra-de-vidro, a cobra d'água, a víbora e a enguia quando me deparava com elas. A cobra-de-vidro, quase sem cabeça nem cauda, brilhante feito um tubo de aço; a cobra d'água, elegante e assustada; a víbora com seus ganchos venenosos; a enguia, animal pré-histórico, fuçando no lodo, sacudindo-se horas depois de lhe cortarem a cabeça, percorrida pela eletricidade vital uma vez decepada, depois de a cozinheira, no caso minha mãe, agarrá-la usando um jornal como luva, única forma de segurar o animal que, de outro modo, foge. Embora sejam morfologicamente aparentadas, a cobra-de-vidro, a cobra d'água e a víbora nunca vão parar num prato; a enguia, sim.

## Filosofia da enguia lucífuga

Assim como me ensinou as estrelas – suas luzes emitidas milhões de anos atrás e só agora chegam até nós, quando elas já estão mortas há muito tempo –, meu pai também me contou que as enguias, misteriosas, partiam para se reproduzir no Mar dos Sargaços – embora não se tivesse tanta certeza, ninguém nunca tinha visto, pois elas se escondiam – e percorriam uma quantidade incrível de quilômetros para desovar no mar salgado nos confins do mundo e lá morrer enquanto os filhotes retornavam para a água doce do Dives para crescer, viver, até partirem por sua vez rumo às Antilhas, contribuindo assim para o eterno retorno das coisas.

Com as estrelas, meu pai me ensinou o tempo e a duração; com as enguias, o espaço e as migrações. A luminosidade da estrela polar inscrevia minha vida de menino nas durações do infinito; as ondulações da enguia, nas de um planeta em que tudo está relacionado segundo um bom entendimento natural. A abóbada estrelada sobre a minha aldeia e o marulho da água do rio fervilhando de vida pré-histórica – algo que me permitia penetrar num mundo vivo e nele me instalar duradouramente. O menino que eu era é o pai do adulto que eu sou; e o meu pai, o pai desse menino. A Ursa Maior e a pequena enguia conduzem mais seguramente uma alma em formação para as ontologias que importam do que os livros que, bem mais tarde, delas nos afastam. Eu não tinha ideia do quanto aquelas *lições de coisas* iriam impregnar minha massa cinzenta.

Transcorrido meio século, o mistério das enguias decerto diminuiu um pouco, mas quase nada, se pensarmos nos recursos técnicos de que dispomos atualmente para saber o que elas são, o que fazem, como fazem, por que, o que as motiva, aonde elas vão, como vão, de que modo se comportam. Ninguém nunca viu enguias se reproduzindo, copulando, desovando. Não se sabe se elas migram sozinhas ou de forma gregária. Ignora-se o que permite que elas se desloquem da maneira como se deslocam rumo a lugares aos quais infalivelmente retornam. No que pese o trabalho de especialistas em todo o planeta, o que se sabe sobre elas é algo que se constata, mas ainda não se explica. Será que sabemos mesmo muito mais do que se sabia na época em que Aristóteles escrevia sua *História dos animais*? É provável que não.

As enguias que eu via no rio Dives, em Chambois, iguais às que se veem na tapeçaria de Bayeux, que relata a gesta de Guilherme, o Conquistador, vinham, portanto, do Mar dos Sargaços, distante 6 mil quilômetros da aldeia de minha infância. E para esse mesmo mar se preparavam para voltar a fim de se acasalar, desovar e morrer. Esse mar, que não é cercado por nenhum continente, está localizado no Atlântico Norte; possui em sua superfície uma abundante vegetação que impede os navios de avançar e rarefaz a clorofila, o que faz dele um lugar ideal para essa espécie lucífuga que é a enguia; situa-se não longe do mítico Triângulo das Bermudas, em que, reza a lenda, inúmeros navios desapareceram sem deixar vestígios. Em *Vinte mil léguas submarinas*, relata Júlio Verne que essa estranha flora, que abriga os amores sombrios das enguias, proviria de vegetação extraída dos prados da falecida Atlântida – esse lugar onde Blaise Cendrars queria que jogassem seu corpo morto.

Essa misteriosa concentração de vegetais é explicada pela Corrente do Golfo, que centrifuga tudo que se encontra nessa vasta zona e o concentra num vórtice central que abriga em suas profundezas as cópulas das enguias europeias. É de se supor que essa zona – que entravou por várias semanas o navio de Colombo a caminho de descobrir um Novo Mundo e permitiu que o mítico *Nautilus* realizasse seu metafísico périplo – concentrava pedaços de madeira oriundos de todos os destroços de embarcações dessa zona imensa que é o Mar dos Sargaços: 3 mil quilômetros de comprimento, de leste a oeste; 1.500 quilômetros de largura, de norte a sul.

Olho invisível e mágico do vórtice, o local de reprodução das enguias ainda mantém seu mistério. Julgava Aristóteles que elas não procriavam, uma vez que nunca ninguém tinha visto seus ovos – e ainda continuamos na mesma. O filósofo autor de *Da geração e da corrupção* acreditava que elas provinham das entranhas da terra, que nasciam por geração espontânea em locais de putrefação abundante, no mar ou nos rios. Ou seja, o animal do lodo só poderia provir do lodo, que o fazia surgir de forma inexplicada. Quem se assemelha faz parelha – pensamento mágico do qual ainda não nos desfizemos. A Antiguidade via na enguia o fruto de uma copulação entre a moreia e a víbora: essa lenda foi refutada. A enguia nasce da enguia, mas seu nascimento ainda assim é um mistério.

Júlio Verne vê nesse Mar dos Sargaços, cujo nome deriva das famosas algas, alcíones estreladas de cores rosadas, anêmonas-do-mar de longos tentáculos, medusas verdes, vermelhas e azuis, rizóstomas de Cuvier com campânula azulada orlada de um festão roxo. Mas não vê enguias. No entanto elas estão ali, nas grandes profundezas marinhas. Inimigas da luz, ofuscadas pela claridade, gostam somente da escuridão das negras fossas abissais geladas, onde as tremendas pressões barométricas produzem formas adaptadas às vidas primitivas – a da cobra d'água, longa e delgada, que lhe permite esgueirar-se. Mais tarde a enguia se tornaria, na estreita imaginação dos homens, símbolo de dissimulação.

Aristóteles nunca a vira pessoalmente, é claro, mas também não tinha, ele, o enciclopedista, lido relatos descrevendo uma cópula entre enguias. Vinte e três séculos mais tarde, ninguém ainda conseguiu ver isso que Aristóteles não tinha visto! Nem mesmo o francês Éric Feunteun, um dos cem especialistas mundiais neste animal, que mergulhou em todos os mares do mundo, que viu ninhos de enguias semelhantes aos ninhos de víboras, uns cinquenta ou cem animais, mas nunca viu nenhum ato sexual entre esses animais surgidos há 100 milhões de anos, antes da extinção dos dinossauros.

Nascimento, portanto, no Mar dos Sargaços, para onde vieram todas as enguias da Europa. De maneira idêntica desde o início de sua existência, todas voltam para esse mar depois de já terem efetuado uma vez a viagem em sentido inverso: gênese no vórtice do longínquo oceano, migração para os rios da Europa, travessia do Atlântico, metamorfoses do corpo inteiro para poder penetrar na água doce, subida dos rios e dos seus afluentes, chegada às águas do lavadouro de uma aldeia da Baixa Normandia, viver, crescer, criar forças para tornar a partir, efetuar o caminho de volta, retornar aos Sargaços, se acasalar, morrer exaurida depois de ter posto milhões de ovos, dos quais apenas alguns resultarão em enguias que, por sua vez, irão reproduzir o ciclo. A vida, o sexo, a morte. Nada mais.

Menino, eu tinha nas mãos, portanto, um concentrado dessa história. Da pré-história em estado puro que se tornava, para um garotinho de menos de dez anos, uma história contemporânea passível de se repetir indefinidamente – caso os homens não pusessem em risco a existência desse animal que é a memória da mais primitiva humanidade. Memória do planeta, a enguia traz em sua carne primitiva isso que também nós ainda trazemos em nosso cérebro reptiliano. No encéfalo do cidadão das megalópoles pós-industriais, ainda existe o microcérebro da enguia que fomos um dia. Essa serpente foi nossa parente. A luz das estrelas mortas coincide com as ondulações da pequena enguia viva.

Retomemos em detalhes essa magnífica odisseia de causar inveja à história humana. Nascimento no Mar dos Sargaços por meio de uma cópula invisível. O ato sexual se dá nas grandes profundezas: trezentos metros. Um pesquisador japonês, Katsumi Tsukamoto, levou trinta anos para descobrir, na década de 1980, o poedouro das enguias japonesas no Oceano Pacífico: a fossa das Marianas. As enguias desovam nas proximidades de montes submarinos situados em profundezas extremas – essa fantástica geologia fica a onze quilômetros da superfície. Sabendo-se que mais tarde, já adultas, são capazes de subir torrentes até mil metros de altitude – algumas chegam a alcançar as fontes dos rios –, calcule-se a extensão do trajeto percorrido desde as fossas marinhas até os rios em altitude.

Uma fêmea põe mais de um milhão de ovos, até um milhão e meio, dos quais somente dois ou três atingem a maturidade: a vida se alimenta da morte, o ser breve surge de um imenso nada, o vivo necessita de um incomensurável ossuário. Esse fervilhar de vida pagou-se à custa de uma orgia de mortes: os pais, uma vez cumprida sua tarefa, motivo de terem vindo a este planeta, a saber, assegurar a vida e sobrevida da espécie, perecem, descarnados, exauridos, esvaziados da vida que transmitiram à sua prole.

Nessa fase de sua existência ainda não se fala em enguia, mas em leptocéfalo – de *lepto*, pequeno, e *céfalo*, cabeça. Essas larvas possuem a forma de uma folha de salgueiro. Deixam-se levar pela correnteza ao longo de 6 mil quilômetros. Não se sabe como acham seu caminho, o certo é que nadam a contracorrente da migração até chegarem à Corrente do Golfo, que as transporta para a Europa. Parece provável que a pressão dos fundos marinhos, as mudanças de temperatura, as partículas férricas contidas em suas mandíbulas, as alterações de luz, as variações do campo magnético, esses tantos parâmetros de que desconhecemos a ordem e a importância, entram todos em linha de conta e fornecem as informações que determinam essas larvas a efetuarem a viagem rumo às nossas costas.

Elas atravessam vários milhares de quilômetros em alto mar, a uma profundidade de duzentos a quinhentos metros. Esse tempo todo, alimentam-se de flocos de *neve marinha*, partículas extraídas de uma nuvem suspensa que nunca cai no fundo do mar devido à sua extrema leveza. É composta por micro-organismos degradados e mineralizados que contribuem para os ciclos do ecossistema submarino produzindo sais nutritivos. E então, passados dois ou três anos – as opiniões divergem –, as larvas um dia alcançam as costas da Europa.

Para efetuar a passagem do meio salgado do Oceano Atlântico para a água doce dos rios, passando pela água salobra das embocaduras dos rios, o leptocéfalo se metamorfoseia em civela; assume a forma tubular e serpentiforme da enguia. A pibala, seu outro nome, dispõe então de um nariz enorme e olhos pequenos. O olfato extraordinário desse animal lhe permite distinguir ínfimas moléculas extremamente diluídas – pode detectar e seguir o rastro de uma presa de 25 miligramas diluída mil bilhões de vezes –, um argumento para os adeptos da homeopatia. Supõe-se que nanopartículas forneçam informações, talvez acerca dos metais contidos nos cursos d'água ou dos feromônios de seus congêneres. Assim informadas, as civelas encontram o rumo certo para subir os cursos d'água.

Nesse momento é que podem ser pescadas, às vezes às toneladas, e transformadas em pratos caros e requintados – depois de terem sido, outrora, modesto alimento das pessoas simples. O homem, a exemplo dos peixes carnívoros, dos lúcios e *sanders*, atua como predador e extermina uma incrível quantidade de espécimes capturados no momento em que sobem os estuários. Mortos com vinagre, escaldados em molho escabeche, às vezes cozidos diretamente em óleo de oliva sem sequer terem sido mortos, preparados com pimenta de Espelette e servidos às mesas bordelenses, são igualmente encontrados a preço de ouro em restaurantes espanhóis, japoneses ou chineses. Os que logram escapar a essa primeira predação, uma predação intensa (até 4 mil toneladas ao ano na França: sabendo-se que uma civela pesa 0,3 grama, pode-se imaginar o número de indivíduos sacrificados), prosseguem seu caminho em direção aos rios.

Por essa época, a civela não tem sexo. A pibala não nasce mulher, torna-se mulher. E isso em função do processo de seleção das melhores condições para a vida e sobrevida da espécie: as condições de vida é que orientam a produção do número de machos e fêmeas: em caso de alta densidade populacional, a proporção de machos é maior; em caso de baixa densidade, as fêmeas assumem a precedência. Uma vez que a perenidade da espécie deve ser assegurada, quando há indivíduos em demasia, os combates opõem os animais, que então perecem em grande quantidade. Os machos, que amadurecem antes, asseguram mais rapidamente a descendência, ou seja, a sobrevida do grupo. Em virtude da *força de existência*, cara a Espinoza, tal mecanismo regulador garante o máximo de força para a reprodução e para a descendência.

Após três anos de viagem pelo mar, elas chegam um dia à água doce dos rios. Ali viverão num espaço que se estende por cerca de quarenta quilômetros. Ora, esse périplo impressionante representa apenas metade de sua vida, a parte dedicada à preparação da reprodução. Nesses lugares, serão pescadas pelos humanos que, depois de expô-las sobre um leito de gelo picado à luz insípida dos supermercados, irão transformá-las em enguias grelhadas, *matelotes*[34] ao vinho tinto, musses, espetinhos, *pochouses*[35], saladas, pastas, charlotes, assados, patê (o célebre patê de enguia de La Fontaine, que permite ao fabulista versejar sobre a saturação que é comer todo dia as melhores iguarias, o referido patê – que é uma metáfora das mais belas mulheres...), a menos que as defumem e as acompanhem de uma fatia de pão com manteiga.

Nos rios, obedecem ao mesmo tropismo que um dia há de reconduzi-las ao Mar dos Sargaços. Crescem, comem, armazenam gordura com vistas à grande viagem, tornam-se então macho e fêmea, aparecem suas gônadas. As gônadas foram os primeiros objetos de estudo de certo doutor Freud, o qual, antes de fazer fortuna planetária com o pensamento mágico, esfolou em vão perto de quatrocentos espécimes, para em seguida passar mais seis meses na companhia dos testículos do animal e não descobrir nada de novo. Da singular genitalidade das enguias, o

---

34 *Matelote*: postas de peixe preparadas com vinho tinto e cebola. (N. T.)
35 *Pochouse*: uma variante do *matelote*, feito com peixes de rio e vinho branco. (N. T.)

doutor vienense deduziu uma estranha teoria da bissexualidade, que caiu no gosto dos freudianos e dos seus muitos partidários, e inclusive, mais recentemente, dos adeptos da chamada teoria de Gênero.

O período de crescimento das enguias está diretamente relacionado ao lugar em que elas se encontram: de três a dez anos para o macho, de quatro a quarenta anos para a fêmea. No sul da Europa, o crescimento é mais lento do que no norte. Pode ser interrompido em função de eventos externos: mudanças de temperatura, falta de alimento, grandes predações. Uma vez alcançada a maturidade, porém, uma vez atingido seu tamanho ótimo, começam então a se preparar para retornar ao Mar dos Sargaços. Ocorre uma nova metamorfose com vistas a essa viagem, que é o retorno ao local onde nasceram.

Os olhos das enguias se modificam: aumentam em quatro vezes seu volume a fim de obter melhor visão na penumbra das águas profundas. Elas se armam, assim, contra os predadores. Sua pele fica mais espessa. Muda a cor: bem escura nas costas, muito branca no ventre. A metamorfose permite enganar os animais passíveis de surpreendê-las por cima ou por baixo. Os que eventualmente avistam a enguia do alto podem confundir sua cor com a dos fundos marinhos; os que se aproximam por baixo confundem o branco com a claridade do céu: nos dois casos, os animais que queiram lhes fazer mal não as distinguem do meio em que se movem. Suas nadadeiras peitorais se alongam e ficam mais pontudas com vistas à natação pelágica. Elas param de comer, seu tubo digestivo encolhe, seu ânus se fecha. Perdem um quarto de seu peso, um oitavo do seu comprimento. A linha lateral, órgão da sensibilidade às pressões, se modifica. É essa linha que as informa sobre a direção das correntes e a profundidade das águas, duas informações úteis para seu deslocamento. Uma vez cumprida essa preparação, elas partem.

Os cientistas contemporâneos, pouco mais instruídos do que Plínio ou Aristóteles, não sabem exatamente o que motiva a partida, quais as razões, provavelmente múltiplas, que impulsionam as enguias a partir rumo ao Mar dos Sargaços. Denomina-se *desvalamento* essa partida das águas doces da Europa rumo aos grandes fundos do Oceano Atlântico – e *avalamento* o movimento inverso. Este tem início em condições específicas de luz: requer baixa luminosidade. A lua cumpre um importante papel nessa aventura. O animal lucífugo não gosta de grandes claridades. É sensível às nuvens que ocultam a lua, e sua migração se pauta por suas fases. A grande viagem tem início em noites sem lua. Da mesma forma, mais tarde, ao chegar ao seu destino, a enguia desova durante a lua nova.

Ela tira igualmente proveito das enchentes outonais, cujo efeito dinâmico lhe permite deslocar-se economizando energia, uma força preciosa para efetuar a travessia do oceano nos meses seguintes. Nesta época do ano, a água atinge temperatura bastante baixa, dez graus, o que também assegura certo entorpecimento dos predadores. Realiza o trajeto de volta e, desta feita, vai das fontes dos rios, dos cursos de água doce em direção aos grandes fundos marinhos, passando pelos estuários de águas salobras. Sempre submissa ao grande plano da natureza, que faz da vida um mecanismo destinado a produzir vida a fim de reproduzir vida, vai a enguia, ignorando seu destino que é o de se reproduzir e morrer.

Como que para abrir caminho e deixar um rastro, os machos partem primeiro, em agosto; em setembro, seguem as fêmeas. Irão nadar por vários meses, às vezes durante meio ano. Nesse tempo todo, elas não comem, para evitar uma distração passível de desviá-las de seu destino e expô-las aos predadores. Depois, mas não se sabe em que momento, voltam a se alimentar: crustáceos, insetos, vermes, moluscos, camarões, rãs, peixes pequenos, vivos ou mortos. Quanto mais se afastam da costa, mais fundo mergulham. Em alto-mar, podem descer a até 1.200 metros durante o dia, à noite sobem para a superfície e nadam a cinquenta metros de profundidade. Em um dia, percorrem em média trinta quilômetros, as mais velozes chegando a perto de cinquenta.

Essa alternância produz variações de temperatura e pressão: frio quando a enguia desce até as fortes pressões, e calor, ou menos frio, digamos, quando retorna para a luz, estocando informações fornecidas por essas idas e vindas na densidade e matéria do mar. É possível que a maturidade sexual ocorra depois de o corpo vivenciar essa série de variações de temperatura, de pressão e também de grau de salinidade entre o rio europeu e a fossa dos Sargaços.

Uma vez chegada ao seu destino, e se estiverem reunidas todas as condições, se ela tiver escapado dos predadores – que são, na água doce, os lúcios, as trutas, os peixes-gatos, os *sanders* e as lontras; vindos da terra, os biguás e as garças; vindos do mar, os robalos, os salmões, as focas, os golfinhos, os cachalotes e os tubarões-toupeiras –, a enguia alcança a maturidade sexual: então, longe do olhar humano, exatamente como fazia milhões de anos atrás quando não havia os homens, acata o imperativo da natureza e enche os lugares misteriosos e escuros com bilhões de ovos que fervilham sob as algas do mítico mar. Durante dez anos, terá acumulado gordura apenas para efetuar essa viagem, que paga com sua morte. Ela vive para se reproduzir e morrer – nós também.

O naturalista Alfred Wegener descobriu a deriva dos continentes. Sabemos assim que a laminagem geológica se efetuou a partir de uma forma terrestre primordial. Alguns cientistas adiantam a hipótese de que se as enguias perfazem esses longos trajetos (6 mil quilômetros no caso da Europa, mas 12 mil, ou seja, o dobro, para alcançar as costas egípcias, uma vez que, tirando o Ártico e a Antártica, são dezoito espécies em todos os mares do mundo) é porque conservam na memória a cartografia primitiva. Não obstante a deriva, portanto, elas ainda estariam cegamente obedecendo ao tropismo de sua aurora existencial. É permitido duvidar dessa ideia, que desconsidera os comportamentos mais adaptados à vida, à sobrevida e à reprodução da espécie, já que essa travessia extremamente custosa em números de vidas não teria a menor razão de ser caso existisse uma solução menos mortífera para a espécie. O mistério perdura, e o Mar dos Sargaços ainda abriga, além das enguias, muita estranheza.

Depois de desovarem, e já esgotadas, descarnadas, exauridas de sua substância vital que serviu para gerar outra força vital, mais forte e mais vital, as enguias morrem. Já observavam Plínio e Aristóteles que seus corpos mortos nunca sobem à superfície. Elas afundam e vão alimentar os fundos marinhos, que os dois naturalistas julgavam ser ambientes naturalmente propícios à geração espontânea. A decomposição, porém, não é o que permite a composição, a recomposição. A geração não nasce da corrupção. Sua vida morta dá nascimento a uma vida mortal. Eterno ciclo de tudo que vive neste planeta, do plâncton à baleia, do fio de capim ao baobá, do ácaro ao elefante, da enguia ao homem.

O que essa fabulosa odisseia nos ensina do ponto de vista *filosófico*? Que, em mais de um aspecto, nós somos enguias. Não só metafórica, alegórica, simbolicamente, porque fugimos, deslizamos, serpenteamos, nos escondemos, preferimos a escuridão e as noites sem lua à luz do dia e à claridade solar, afundamos no lodo, mas porque obedecemos a um relógio pré-histórico comum a tudo que vive. Sabemos, sem dúvida, que dispomos de um cérebro reptiliano, mas é o cérebro da enguia que se aloja no neocórtex dos urbanos que a maioria de nós se tornou.

Sabemos disso, que Darwin nos ensinou ao publicar *A origem das espécies* em 1859, mas vivemos como se não soubéssemos. Dizemos que o homem descende do macaco, o que, aliás, não é exatamente o que afirma o naturalista inglês: somos o fruto da evolução de um macaco que já não existe na forma de macaco primitivo, uma vez que resultou no *Homo sapiens sapiens*. Mas ainda somos esse macaco, e sempre seremos, o que quer que façamos. A hominização parece nos distanciar da natureza, mas realiza, na verdade, o plano da natureza – como poderia ser diferente? Artimanha da razão: julgamos criar distância entre nós e os animais, mas mostramos, por aí mesmo, que somos animais e que, como eles, obedecemos ao tropismo da *evolução criativa*.

A aventura das enguias mostra a ação, em nós, do *princípio lucífugo* – não surpreende que Lúcifer, o portador da luz, seja um anjo decaído. Nossa verdade íntima e profunda não reside num inconsciente freudiano, metapsíquico, e sim nesse tropismo lucífugo: não reside no pensamento mágico reativado pelo doutor vienense, e sim na biologia, mais precisamente na histologia, que conserva a memória sombria que, sabe-se, traz em si a programação do ser vivo: nascer para morrer, viver para se reproduzir e morrer, tratar de realizar o plano da natureza e morrer, julgar-se livre, dizer-se livre enquanto avançando às cegas pela vida que nos quer mais do que nós a queremos, e morrer.

Espinoza escrevia, com muita razão, que *os homens se julgam livres porque desconhecem as causas que os determinam*. De fato. Essa verdade, que nos obriga à modéstia, não se encontra na ordem do dia num momento em que os homens dão mostras de uma inconsciência tão vasta quanto sua arrogância, de uma cegueira tão potente quanto sua vaidade, de uma nebulosidade tão abrangente quanto suas pretensões.

Os mais sábios sabem que são macacos e permanecem macacos; os mais lúcidos sabem que são enguias e permanecem enguias. Nascer, viver, reproduzir-se, morrer depois de ter alimentado esse eterno ciclo: quantos escapam a ele sem aderir ao tropismo reprodutor, mostrando assim que possuem um pouco mais o mundo que a maioria, mais largamente possuída por ele?

O menino que eu era pouco sabia sobre esse animal irrequieto. Mas conhecia o essencial que via: a formidável energia do vivo que sabe que vai morrer. Eu via às vezes, na ponte da aldeia, uma enguia apanhada por um pescador: ela se torce, se enrola, se espirala numa estranha dança que expressa a vida contrariada e a luta contra o perigo, o combate contra a morte, e, logo, pela vida. Ela então se enrosca em torno de um eixo imaginário, o eixo do mundo. Ata, desata e reata estranhos nós, os nós de toda uma vida. Na ponta do fio da linha, boca aberta, aspira gulosamente um ar que está para faltar, solta um grito silencioso, geme e berra sem ruído, debate-se contra um inimigo invisível que está sempre a rondar – a morte. Entoa um hino vitalista para fazer face àquilo que a ameaça e que ela desconhece em específico, embora compreenda visceralmente sua natureza potencialmente mortal.

Houve, um dia, uma obra de raspagem ao pé dessa antiga ponte. No século anterior, tenho uma foto, os antigos já haviam cavado o lodo do rio para efetuar alguns reparos. Meu avô, ferreiro, um homem forte de rosto riscado por um belo bigode, era um dos operários. Com os pés afundados na lama escura do Dives, as costas arqueadas, puxa uma corda junto com seus companheiros. Menino, lembro que a pá mecânica remexeu o lodo negro e fétido naquele mesmo lugar. Na claridade da luz do dia apareceu um ninho de enguias: fervilhavam feito um ninho de víboras. Esse monte de vida negra e escura, com odores de lama pútrida que resiste à morte, habita o corpo de cada um de nós. Vindo do Mar dos Sargaços, esse princípio lucífugo é o nosso motor primeiro, nossa causalidade ontológica – *nossa verdade*.

# 3
## O MUNDO COMO VONTADE E COMO PREDAÇÃO

No rio de minha infância já não se vê muito do vivo: já não se veem pequenas enguias, nem vairões, nem moluscos de água doce, nem algas verdes, seus longos filamentos repletos de clorofila que ondulavam ao sabor das correntezas e apanhavam a luz do sol para alimentar seu colorido. Já não se vê vida visível, só uma lama amarronzada em que ainda pescam alguns meninos da aldeia, que tiram do Dives uns peixinhos esqueléticos que ficam dando voltas num balde de água de plástico perto deles – metáfora da condição humana.

Pescadores aguerridos ainda pegam trutas e enguias, mas as primeiras, falsas trutas-fário, autênticos peixes de criação soltos no rio pelos sindicatos de pescadores, já não têm a majestade das trutas selvagens que reluziam e se sacudiam na ponta da linha. O filho do meu irmão, um verdadeiro homem do mato, pega da água tudo que houver e, vez ou outra, leva para minha mãe, que as cozinha, algumas enguias de bom tamanho, prova de que a poluição – iniciada nos anos 1970 pelo dono da queijaria da aldeia, que jogava os dejetos tóxicos da fábrica no rio, e reforçada pela contaminação dos subsolos com os pesticidas jogados na terra pelos camponeses para aumentar sua produtividade – *ainda não* devastou tudo.

Mas o alarmante desaparecimento das enguias, entre tantos preocupantes desaparecimentos de espécies animais do planeta, não é exclusivamente causado pela imperícia dos homens que, cartesianos sem saber, converteram-se em senhores faustianos e proprietários diabólicos da natureza! Pois, curiosamente, para opor o homem à natureza há que se partir do princípio de que o homem não está na natureza, e sim fora dela, ao lado, na frente, à margem, alhures! A expressão *o homem e a natureza* revela ser uma ficção diante da realidade que se diz *o homem é a natureza*! Mesmo aculturado, intelectualizado, transformado, metamorfoseado pela educação, pela instrução, pela transmissão de incontáveis saberes, mesmo desnaturado pela civilização que parece, desde séculos, voltar-se contra a natureza, o homem ainda é parte dela, de modo que está obedecendo à sua natureza quando se torna o predador dos predadores e destrói, devasta e prejudica seu ambiente.

Quando o homem espalha pesticidas, como o animal espalha seu veneno, não está mais que seguindo um plano, que é plano da natureza. A cultura é uma secreção da natureza, mesmo quando parece ser antinatureza. Pois o que, na natureza, poderia escapar à natureza? Só o que existe é a natureza, uma única e exclusiva natureza, mais nada. Se nela procuramos o detalhe, a multiplicidade, como nas figuras fractais, só encontramos o infinitamente pequeno replicando o infinitamente grande, e vice-versa. Está na programação do homem produzir a cultura que o desnatura, porque é de sua própria natureza.

Quando julgamos estar nos livrando da natureza, estamos lhe obedecendo; quando supomos estar nos emancipando, estamos nos submetendo; quando pensamos deixá-la para trás, estamos nos curvando à sua ordem. Nunca expressamos melhor nossa subordinação do que quando julgamos nos alforriar. Somos tão somente aquilo que a natureza quer que sejamos. Rousseau, ao acreditar que, com a propriedade, saímos do estado de natureza e entramos num estado de cultura, está enganado: permanecemos na natureza, com uma cultura que imita a natureza. Pois a propriedade não passa, afinal, da forma jurídica assumida pela lógica etológica dos territórios; a polícia que a preserva provém da organização das forças em matilha; a justiça que a defende deriva dos jogos de força e intimidação dos machos dominantes e suas cortes; o Código Civil põe em palavras a lei da selva que passa a ser jurisdição – o direito cristaliza em palavras a lei do mais forte, que vira lei da força do maior número. Nietzsche descreveu magnificamente essa genealogia. Triunfo da matilha.

Os homens obedecem aos seus próprios tropismos e vivem para se reproduzir e morrer, tal como as enguias, nossas irmãs; os homens devoram a carne para se alimentar, tal como os animais carnívoros, nossos iguais; os homens edificam suas megalópoles tal como as formigas e os cupins constroem seus formigueiros e seus cupinzeiros; os homens fabricam submarinos para viver debaixo da água, seu elemento original milhões de anos atrás, tal como os anfíbios, nossos ancestrais; os homens constroem aviões para se apossarem do céu, tal como os pássaros, nossos primos; os homens se apoderam do planeta, do Universo, colonizam a terra, os mares e a lua, tal como os animais demarcam seu território; os homens igualmente defendem, com unhas e dentes, garras e presas nas quais se inspiram para fazer armas, tal como os bichos, seus semelhantes; os homens se julgam livres, mas obedecem à determinação animal dos mamíferos.

Nos assuntos de guerra é que os homens manifestam, mais do que nunca, seu pertencimento ao mundo animal. Darwin destacou o fato de que os machos, nômades, fazem a guerra para defender ou aumentar o território de sua tribo, enquanto as fêmeas, sedentárias, cuidam da casa, do fogo à volta do qual criam os filhos, meninas para reproduzir guerreiros, produtores, protetores. Na guerra, e mesmo na versão supertecnologizada da nossa modernidade, os homens mostram que ainda são bichos e se comportam como tais nas lógicas de defesa, agressão, construção e proteção das fronteiras, quando se trata da demarcação de território que os animais realizam com urina, fezes e glândulas de emanações potentíssimas.

Os homens se pautaram pelo modelo dos bichos para atacar, se proteger, matar, se esconder, operações todas que requerem superar os elementos, água, terra, ar, e dominar o fogo. Pois a vida pressupõe a morte; e a sobrevida, a morte infligida para evitar a própria morte. Vida e morte se revelam anverso e reverso de uma mesma medalha, como frente e verso de uma folha de papel. O sexo, o sangue, a morte: disso nenhum animal escapa; nem os humanos, obviamente, eles ainda menos do que os outros, mesmo que alguns mostrem poder fazê-lo pautando sua vida mais em Eros do que em Tânatos – tarefa de toda filosofia digna desse nome.

As garras da águia, do leão, os incisivos do lobo, os esporões do abutre, a ponta dos chifres do cervo, a galhada do alce, os cornos do rinoceronte, as presas do elefante, os dentes do tubarão, os ganchos do besouro, o dardo do escorpião, o ferrão do marimbondo permitem *atacar*; os espinhos do porco-espinho, a carapaça do tatu, os espetos do peixe-espinho, permitem *se defender*; os pigmentos do camaleão e a tinta do choco, *se esconder ou fugir* – operações comuns ao território dos animais e aos campos de batalha dos humanos. O grande babuíno e o comandante mais se assemelham do que se desassemelham.

As garras, presas etc. servem para derramar sangue; os homens inventaram pedras talhadas, fixadas em cabos ou engastadas em juncos para compor flechas e dardos, armas de lançamento com as quais esfolam, sangram, estripam seus semelhantes. A carapaça das tartarugas, a queratina do tatu, a dos crustáceos, servem de modelo para conceber os capacetes, armaduras, cotas de malha dos guerreiros durante milênios e, depois, a blindagem dos tanques modernos. A peçonha da cobra dá o modelo dos venenos que permitem eliminar um imperador, um tirano, a de outros animais fornece o paradigma disso que a defesa chama de NBQ, nuclear, biológica e química, desde a ponta da flecha embebida em curare até a bomba atômica, passando pelos gases asfixiantes das guerras modernas. A roupa de camuflagem do uniforme de combate, as pinturas que dissimulam o material de guerra, areia no deserto, verde e marrom nas zonas de guerra europeias, imitam as mudanças de cor do camaleão, a imitação de certos frutos por tal coleóptero, a pelagem branca de inverno e marrom no verão da raposa ártica, o mimetismo de certas borboletas em folhas, de bichos-pau em galhinhos, da pele dos peixes chatos em cromatismos dos fundos marinhos, as listras das zebras que as tornam impossível de detectar pelos predadores. Os homens invariavelmente imitam os recursos dos animais para viver e sobreviver, habitar um território e defendê-lo.

Os homens imitaram os pássaros quando quiseram dominar o ar: aeróstato, balões cativos, zepelins, dirigíveis, aviões a propulsões diversas, da hélice à turbina, planadores, helicópteros, foguetes, drones. São invariavelmente citações da asa, do voo geoestacionário da libélula, do beija-flor, do voo a pique do bútio, do uso das correntes de ar pelas aves migratórias. Copiaram os peixes do mar para dominar o elemento marinho, o barco na superfície, o submarino na densidade do oceano; com o sonar reconhecem os fundos marinhos para se deslocar, como as baleias e os golfinhos. Plagiaram a lagarta e seu modo de deslocamento para equipar os veículos blindados com... lagartas. Em 1972, Jack Cover, seu inventor, dominou o fogo alegórico que é a eletricidade do poraquê e concebeu a pistola *taser* da polícia contemporânea.

O homem demonstra ser um predador, portanto, a mesmo título que os outros animais. Como todos os animais, obedece a uma programação. Quando faz a guerra por si, por conta própria, o que então se chama crime, assassinato, homicídio, assassínio, ou seja, delinquência, ou a mando, por conta de outros, o que então vira conflito armado, guerra e, logo, patriotismo, heroísmo, sacrifício, dedicação, abnegação – está se submetendo ao tropismo belicoso. Num caso, esse tropismo é punido com prisão; no outro, premiado com medalhas. De um lado, a reprovação social; de outro, a recompensa da Nação.

A natureza não é idílica, como tão frequentemente supõem os naturalistas, ecologistas, neopanteístas, passeadores de domingo, amantes de trilhas e outros amigos da natureza; a natureza existe além do bem e do mal, engloba tanto a vida como a morte, os nascimentos como os falecimentos, o auxílio mútuo como o prejuízo, o instinto materno como a pulsão de morte, a fêmea que pare e amamenta como os machos que devoram as crias, destroem o ninho, a toca, o território de seus semelhantes. O pássaro que pesca no mar e guarda no papo, pré-digere e regurgita o peixe na boca de seus rebentos não está mais para o bem do que está para o mal o guepardo que persegue, abocanha, mata e devora a gazela. E ocorre que somos o pássaro que alimenta seus filhotes e o leopardo que sangra sua vítima até a morte.

Volta e meia me lembro dessa espantosa anedota acerca de Himmler, o criminoso de guerra a quem a Europa deve a aplicação prática da solução final. Esse homem foi assessor de Hitler a partir de 1928, já estava por trás da Noite das Facas Longas que liquidou os SA, triunfou enquanto dignitário, como se diz, do Terceiro Reich, foi senhor absoluto da SS e da Gestapo, ministro do Interior de Hitler, criador do primeiro campo de concentração em Dachau, 1933, diretor dos campos de concentração e extermínio; pagão místico, reorganizou a vida em torno de uma mitologia nórdica de mentirinha, obrou em prol da eugenia ariana em haras humanos. Pois esse homem, ao chegar em casa depois de um dia de *trabalho*, tirava os sapatos para não acordar seu canário que dormia numa gaiola.

Cabe esclarecer, para melhor delinear o retrato da personagem, que esse nazista emblemático se destacara antes da guerra no ofício de criador de aves, com uma empresa na qual investira o dote de sua mulher. Faliu em 1929. Sua imperícia profissional na criação de animais tornou-o disponível para o Partido. Foi então adquirindo mais e mais importância no organograma do Partido Nacional Socialista dos Trabalhadores Alemães (NSDAP) e junto ao próprio Hitler, que via nele o seguidor entre os seguidores. O mesmo homem, portanto, que extermina humanos e aves (alguns autores, inclusive, com base nesse fato, enxergam no matadouro de animais o paradigma do processo de destruição dos judeus, como é o caso de I. B. Singer, prêmio Nobel de literatura 1978, J. M. Coetzee, prêmio Nobel 2003, ou dos filósofos Derrida, Élisabeth de Fontenay, Peter Singer...), considera seu canário suficientemente digno de atenção e interesse para ficar de meias e ir para a cama sem fazer barulho.

Afirmei, acima, que a extinção das enguias não se devia apenas aos homens e suas desarrazoadas pescas de civelas, suas poluições dos meios aquáticos, suas barragens com turbinas mortíferas ou contenções de água que, no que pesem os raros escoamentos artificiais construídos pelos homens, impedem o movimento dos animais do mar para a água doce, e vice-versa. E, de fato, existe outra causa... *natural*: um verme nematódeo que atende pelo nome de *Anguillicoloides crassus* – e ao qual vem se somar um vírus chamado EVEX. Provavelmente introduzido na Europa por um piscicultor que importou enguias japonesas, esse verme assassino contaminou a quase totalidade dos oceanos.

Os nematódeos podem ser de sete a dez, em média, numa única bexiga de enguia. Alimentam-se do seu sangue, degradam a bexiga, reduzem sua elasticidade e até a destroem. Essa patologia influencia consideravelmente na flutuabilidade do animal, que já não consegue alcançar as profundezas adequadas no mar. Esgotada, a enguia já não consegue efetuar os deslocamentos exigidos para a reprodução. A viagem até o Mar dos Sargaços leva seis meses, e seu desempenho, em caso de contaminação, fica reduzido à metade. Elas então morrem sem poder se reproduzir, o que afeta consideravelmente a sobrevida da espécie.

## O mundo como vontade e como predação

Como funciona essa parasitagem? O nematódeo adulto é comido por um hospedeiro, que pode ser um pequeno crustáceo de água doce ou do mar, ou também um peixe. O parasita acomete o animal comedor, que é depois comido pela enguia. O verme então coloniza a bexiga da enguia, pondo ovos que são rejeitados pelo tubo digestivo do animal. Esses ovos caem no lodo ou na areia, onde ficam à espera de serem ingeridos por outro animal. O ciclo pode então se perpetuar indefinidamente e parasitar a espécie inteira.

Conhecemos bastante bem o mecanismo da parasitagem devido a um nematódeo que parasita os grilos – e também outros insetos: aranhas, saltões, gafanhotos, louva-a-deus. Pensada em relação aos humanos, essa lógica da predação é assustadora – embora o *Homo sapiens* dela não escape. Esclarecendo: esse verme nematomorfo manipula o comportamento do inseto do qual depende para ser concebido, nascer, viver, reproduzir-se e morrer, ou seja, em vocabulário filosófico: para ser e perseverar em seu ser. O que esse verme faz é tão involuntário quanto aquilo que é sofrido pelo inseto: ambos obedecem a uma pulsão de vida que os transforma em instrumentos do desígnio da natureza. A energia criativa serve-se deles para tornar possíveis a vida e a busca pela vida.

Uma leitura hegeliana que visse no verme o senhor de um grilo escravo estaria negligenciando o fato de que são ambos submetidos a essa força irrefragável em virtude da qual um penetra o outro para habitá-lo, usá-lo e realizar seu próprio desígnio que é viver, reproduzir-se e morrer. O que quer o verme é tão querido quanto aquilo que o grilo sofre, o qual é igualmente querido. E nada permite supor que os humanos escapem a esse processo tornando-se também eles, contra a própria vontade, embora aparentemente querendo, instrumentos do plano da natureza que fará de um deles um verme nematódeo e do outro um inseto parasitado. Se Darwin estiver certo, e acredito que esteja, não há motivo para que o *Homo sapiens*, um macaco entre outros, seja imune a essa lei que faz do mundo a resultante entre uma vontade e uma predação.

O grilo vive normalmente nos bosques, florestas, campos, mas não à proximidade dos cursos d'água. Mas pode acontecer de, por um comportamento aberrante em vista de seus usos e costumes, alguns deles virem parar perto de um charco, de um rio, de um lago ou açude, ou até de uma piscina, quando não dos banheiros ou chuveiros de um camping municipal. Movidos por um impulso irrepressível, cegos, guiados por uma força que, dentro deles, quer a vida que quer a vida, os insetos se jogam na água. O grilo então parece estar morto, fica de costas, amorfo, patas tetanizadas, enquanto um comprido verme perfura seu abdômen e sai ondulando na água que lhe é necessária para viver e seguir cumprindo sua programação.

O verme pode ter de dez a setenta centímetros de comprimento. A barriga do grilo – sua cavidade abdominal, no caso, e não os intestinos; o verme precisa dos órgãos do animal que parasita – pode conter dois ou três parasitas. Como ele consegue penetrar num hospedeiro, parasitá-lo, deixá-lo viver o suficiente para abrigar esse impressionante processo, nutrir-se dele, pilotar seu cérebro, não danificar este de quem assume os comandos para induzi-lo a fazer algo que naturalmente não faria e depois deixá-lo, ileso, mas nem sempre, uma vez cumprido seu plano?

Para ser infectado, o próprio grilo precisa ter comido um animal já contaminado. O processo exige um hospedeiro intermediário: o caramujo d'água ou algum outro molusco de água doce, o espectro é bastante largo. A natureza não é de reparar muito quando faz cumprir sua lei. O verme pôs ovos, que são comidos por esses animais que infectam, as larvas se desenvolvem dentro deles, à espera de se introduzirem por ingestão no corpo de algum inseto. O verme é uma formidável e sumária usina produtora de escravidão e dominação – mas é um senhor também escravo de sua própria natureza.

O verme não possui predador, a não ser o do hospedeiro que parasita. Mas dispõe de uma formidável capacidade de driblar a predação a que são sujeitas suas vítimas. Assim, o grilo pode ser comido por uma truta, por exemplo, ou por uma rã. Morre o grilo, nesse caso, mas não o verme, que, saindo pelas brânquias do peixe ou pela boca dos anfíbios, cumpre seu destino: dirige-se para o estômago, o tubo digestivo, a cavidade bucal do animal e escapa para ir encontrar, na água, o parceiro com o qual se reproduz. Observações mostram que até cinco vermes muito longos podem assim escapar do estômago onde sua vítima encontrou a morte, mas não eles.

O verme assume os comandos do cérebro do grilo modificando seu dispositivo cerebral: programa o inseto para produzir células nervosas em excesso, segundo lógicas de conexão que não são as do grilo, e sim as suas próprias. Essas moléculas miméticas produzidas pelo verme são reconhecidas pelo sistema de decodificação central do inseto. Com o cérebro perturbado pelas proteínas assim fabricadas, o grilo atua na contramão de seu próprio interesse, visando unicamente ao benefício do verme. As moléculas do verme, que obedecem à estrutura dele, exigem do grilo submetido que se curve à vontade do verme, que é vontade de vida, também ela inscrita em sua estrutura, à qual ele se conforma.

Depois de servir ao animal parasita, o animal parasitado até pode morrer porque as condições conduzem a isso, mas não faz parte da lógica do processo que a morte seja obrigatória. O grilo, induzido a se jogar na água para que o verme o perfure para extrair-se de dentro dele, pode até sucumbir, afogado. Mas a morte não está prevista, programada, ela é acidental. Em compensação, essa operação altera o futuro do animal, que se torna estéril. O grilo conserva a aparência de um animal adulto, mas permanece biologicamente imaturo. A fêmea saudável pega o esperma e é fecundada por ele; a fêmea parasitada já não pode fazer isso, pode até pôr ovos, mas estes nunca alcançarão a maturidade.

Quando não sucumbem afogados, os grilos necessitam de um período de recuperação. A manipulação efetuada pelo verme é reversível. Os insetos recuperam uma aparência normal, uma forma normal, um ritmo normal, ao passo que a infecção os tornava mais ativos. Mas perderam a vez no que tange à reprodução: permitem que seu hóspede parasita assegure a continuidade de sua espécie, mas eles próprios já não poderão se inscrever nessa linhagem. Cessa com eles algo que, através deles, foi possível para outros.

Os vermes que terão assim parasitado o corpo de outro para chegar aos seus próprios fins parecem querer pelo outro, sendo que são eles próprios queridos por essa mesma força. Em virtude dessa mesma energia é que eles se reproduzem. Na correnteza da água, os machos se enroscam em volta de um pau, de um galho ou de qualquer coisa que permita a formação de ninhos. Não se sabe como eles se reconhecem; também se ignora como as fêmeas detectam o agregado. É lícito supor que a capacidade de detectar ínfimas moléculas transforma esses animais em inteligências homeopáticas que se comunicam de modo muito mais sutil do que os homens. Pois essa linguagem não é ambígua, ao contrário da nossa, que torna a mentira possível.

Após o acasalamento dos vermes, as fêmeas põem ovos que se tornam larvas, as quais se encistam numa larva aquática de inseto assim infectado. Caso se trate de uma libélula, as larvas caem no chão, comidas por um grilo que, contaminado, carregará no abdômen as larvas que se tornarão vermes. Já se sabe o resto da história. E, assim, o ciclo se repete. A vida para fazer vida; a morte para fazer vida; a parasitagem para fazer vida; emasculação dos machos e esterilização das fêmeas de um lado, para produzir vida de outro; a dominação do cérebro alheio por um cérebro também dominado a fim de fazer vida.

A lógica do parasitismo é disseminada na natureza. Envolve muitos outros animais. A lista seria longa. Os animais manipuladores são, eles próprios, manipulados, e manipulam: a natureza está repleta dessas programações cegas que se sobrepõem, se associam, se dissociam e contribuem para a propagação da vida que supõe a morte dos indivíduos como preço a pagar para a vida e sobrevida da espécie. Não há motivo para o homem não entrar, também ele, nessa lógica que faz dele um parasita parasitado. A civilização precisou postular nos animais humanos a liberdade, o livre-arbítrio, a possibilidade de escolha, para fazer crer que ela não era um produto da natureza, e sim um efeito de cultura, a cultura definindo tudo o que permitisse emancipar-se da natureza – sendo que tudo o que existe é plano da natureza.

A toxoplasmose põe em cena um parasita chamado *Toxoplasma gondii*. Esse protozoário se reproduz somente no gato, e usa ratos e camundongos para atingir seu objetivo. Ele age sobre os pequenos mamíferos: suprime seu medo natural do gato, o que os conduz para as proximidades de seu predador. Inibido, impedido, manipulado, conduzido, determinado, o roedor se acerca do felino, que o come. O parasita contamina os roedores que, comidos pelos gatos, os contaminam, por sua vez, antes de os humanos serem contaminados pelos gatos.

Os homens contraem esse parasita de diferentes maneiras: comendo carne não suficientemente cozida de um animal contaminado, na maioria das vezes porco ou ovelha, consumindo verduras cruas infectadas, tomando leite contaminado, ingerindo acidentalmente partículas de matérias fecais de gatos infectados, em casos de mãos não lavadas. A contaminação pode ocorrer após um transplante de órgãos ou uma transfusão sanguínea. Ou uma mãe pode contaminar o filho durante a gravidez. Percebe-se então que ratos, camundongos, gatos e humanos dispõem de organismos suficientemente homogêneos para que o protozoário circule por toda a cadeia animal, inclusive pelo homem.

A situação se complica quando, com a maior seriedade do mundo, os neurocientistas demonstram que a toxoplasmose que suprime o medo natural dos pequenos mamíferos diante de seus predadores e os conduz para a morte pode igualmente influenciar o comportamento de homens e mulheres. Assim, é possível que haja uma relação de causalidade entre a toxoplasmose e o aparecimento, no homem, de neuropatologias como a esquizofrenia. A depressão mental e os pensamentos suicidas poderiam se originar dessa disfunção parasitária.

O *Toxoplasma gondii* pode, com efeito, modificar as estruturas neuronais e perturbar as conexões que estão na origem do prazer e do medo. Pode-se então supor que as índoles alegres, felizes, os otimistas e as pessoas que manifestam uma perpétua alegria de viver seriam tão pouco responsáveis por isso quanto aquelas que, em outro planeta ontológico, têm índoles tristes, são infelizes, os pessimistas, as criaturas que não se alegram com nada e passam pela vida sem parar de maldizê-la. O livre-arbítrio resulta então em mais uma ficção entre tantas outras, uma fábula que disfarça o desconhecimento dos determinismos que nos programam.

Pesquisas epistemológicas comprovam que a toxoplasmose afeta um terço da população mundial – ou seja, dois bilhões de indivíduos. A metafísica ocidental, depois a religião cristã e, em seguida, a filosofia europeia, comungam essa ideia de que os homens se diferenciariam dos animais por sua capacidade de escolher. Livres os homens, mas sujeitados os animais; dotado de livre-arbítrio o *Homo sapiens*, mas cegamente submissos à sua própria programação os animais. Esse postulado revela ser muito útil quando se quer justificar a responsabilidade, logo a culpabilidade, logo o erro, logo a punição. Se Eva obedece a um verme parasita que tomou posse de seu cérebro ao provar do fruto proibido, sem optar por isso, sem querer, mas sendo querida por uma força que a possui, como poderíamos culpá-la? Quem poderia censurá-la por um erro que, nesse caso, não existiria? O livre-arbítrio é uma fantasia dos homens que querem a todo custo se distinguir dos animais afirmando que uma linha de separação põe o bípede num mundo e os demais bichos num universo paralelo.

Inúmeras doenças de que se ignoram atualmente as causas materiais são hipoteticamente elucidadas graças ao pensamento mágico: a fábula psicológica de uma psique imaterial (a angina enquanto sinal de outra coisa além da angina), a lenda freudiana de um inconsciente filogenético (a dermatose provando o prurido edipiano), a ficção groddeckiana de um psicossomatismo obedecendo a símbolos, comparações e alegorias (a crise cardíaca mostra que se estava de coração pesado, a lombalgia, que carregamos o mundo nas costas, o câncer do reto, e assim por diante), um significante lacaniano estruturado enquanto linguagem a determinar nossas patologias (uma dor no joelho epifaniza a relação eu-nós[36]), a causalidade sociológica farsesca (o sutiã enquanto causa do câncer no seio), o relatório médico dos Diafoirus[37] do século XXI (o mesmo câncer sendo causado por falta de exercício físico) etc. Isso tudo mais parece um lúdico exercício de paciência enquanto se espera o dia, inevitável, da decodificação materialista do mundo.

A matéria é uma e diversamente modificada. A estrela caída de que procedemos rendeu, num mesmo movimento, Moisés e o nematódeo, Freud e o protozoário da toxoplasmose, Einstein e a solitária, a civela e o presidente da República. Gerou, em cadeia, a enguia que volta ao Mar dos Sargaços para desovar e o *Anguillicoloides crassus* que dizima também, e, ao mesmo tempo, a enguia a caminho do mar de suas origens. Produziu, simultaneamente, os cristais de quartzo e a folha de baobá, a

---

36 Jogo intraduzível de palavras. Em francês, *genou* (joelho) tem pronúncia idêntica a *je-nous* (eu-nós). (N. T.)

37 Personagem da comédia *O doente imaginário* (1673), de Molière, o doutor Diafoirus se preocupa mais em desfiar complicados termos do jargão científico do que com a saúde de seus pacientes. (N. T.)

espinha da piranha e as presas do javali-africano e todas essas formas examinadas por D'Arcy Thompson, singularmente reduzidas por ele a algumas poucas, primitivas, atestando um mesmo núcleo genealógico.

Os animais não são só de estimação ou de conveniência: não se resumem a gatos para acariciar, cachorros a levar para passear, ovelhas para tosquiar ou comer, pássaros para admirar, galinhas para assar, tartarugas para observar em seu viveiro. Também não se resumem aos novos animais de estimação, que permitem exercitar neuroses antissociais – abraçar uma cascavel, afagar uma caranguejeira, cutucar um iguana, perfumar um furão, contemplar GloFish num aquário, esses peixes geneticamente modificados que se mostram verdes, amarelos, vermelho fluorescentes sob luz ultravioleta.

Os vermes, os parasitas, os vírus, as bactérias, os micróbios, os germes e os bacilos são tão seres vivos quanto os elefantes da Ásia e os lobos das estepes, as girafas da África e as raposas árticas – e o homem. A vida se diz assim em sua brutalidade, sua simplicidade, sua evidência. Os intrincados ninhos de nematódeos constituídos em volta de um galho morto à espera da cópula, da reprodução e, depois, da morte, dizem a origem do mundo: uma inteligência primitiva, uma força bruta, uma energia cega, uma vontade de vida paga com a morte, uma vontade de morte paga com a vida, um ciclo perpétuo, indivíduos sujeitos à programação que os quer para benefício da espécie à qual eles tudo sacrificam, sendo que julgam querer quando são queridos.

O nematódeo que desova, contamina uma larva, faz de tudo para ser engolido, habita um corpo estranho, se desenvolve, ocupa todo o espaço do abdômen poupando os órgãos vitais de seu hospedeiro, produz proteínas para se apossar de seu cérebro, sabe quando é chegada a hora da desova, dirige o animal em função de suas próprias necessidades, o conduz até a água necessária para sua própria vida, faz mergulhar o inseto, perfura seu abdômen, sai do corpo esgotado, vive sua vida, busca um parceiro sexual, copula, se reproduz, morre – esse nematódeo, se lhe fossem dadas consciência e palavra para recorrer à alegoria de Espinoza, afirmaria que *quis* desovar, contaminar, se deixar engolir, poupar, se apossar, perfurar, viver, copular, se reproduzir – mas não morrer. O fato é que ele *foi querido*.

Como os homens que parasitam e são parasitados, mas acreditam que sua pretensa liberdade os põe a salvo desses ciclos imemoriais, estamos no cruzamento de programações cegas que nos arrastam, nos excluem, nos tomam, nos rejeitam, nos retomam, nos integram, nos desintegram. No que diz respeito ao cosmos, o ninho intrincado dos nematódeos que fervilham, vermes brancos numa água clara, longos fios quase translúcidos na corrente de um rio, não é nem mais, nem menos do que o fervilhar de humanos nas megalópoles que vemos à noite, quando os aviões de linha sobrevoam os continentes e que Dubai, Singapura, Mumbai, Tóquio, Seul, Cidade do México nos aparecem como luzes cintilantes, uma espécie de brasa imensa na qual se consomem humanos que nascem, vivem, se amam, copulam, se dilaceram, se matam, agonizam, morrem – como perecem as enguias nos abismos escuros e gelados do Mar dos Sargaços, onde somem para todo o sempre. Os neurônios do cérebro de um homem são nematódeos fervilhando antes da desaparição programada no nada. Não há lugar para a imaterialidade nessa matéria soberana que é a vida.

# 4
## TEORIA DO ESTRUME ESPIRITUAL

Gosto de vinho, e, se tivesse tomado uma vez na vida uma boa garrafa concebida segundo os princípios da agricultura biodinâmica, não me interditaria a filosofia de Rudolph Steiner, já que seu pensamento seria então validado por seus produtos. Infelizmente, nunca tomei um vinho produzido pela biodinâmica que não fosse uma zurrapa execrável. Quando comentava a respeito com uns e outros que tentavam conquistar meu espírito pelas papilas (e foram vários), tinha direito a dois tipos de reação.

Primeiro argumento: meu palato estava formatado por anos de cientificismo que me levavam a achar bom o que era ruim, sendo então natural que eu considerasse ruim o que era bom. Meu juízo de gosto estava intoxicado por produtos químicos, sulfatos, fertilizantes, mas também pelo discurso enológico, descrito como ideológico. Tive direito, às vezes, a discursos que transformavam Yquem, Pétrus, Margaux em autênticos venenos os quais era melhor se abster de beber, sob pena de câncer, e entornar mais que depressa pelo ralo da pia!

O segundo argumento vinha de militantes menos afeitos à negação e mais aptos a conceber que o real tinha de fato ocorrido: concebiam que, quem sabe, os critérios não sendo os mesmos, eu tivesse dificuldade em julgar de modo isento. Mas achavam um motivo externo para justificar que o vinho não fosse tão bom em boca quanto anunciado pela teoria biodinâmica. O transporte da garrafa, sua conservação, sua manipulação, mas também, principalmente, a data, o local, a hora, o dia do consumo, que não podiam ser indiscriminados, mas deviam ser escolhidos em função dos movimentos da Lua. Apresentado como um organismo vivo, sensível aos movimentos lunares (e por que não... só que os outros vinhos também), o vinho não deveria ter sido bebido quando o foi porque naquele momento sua íntima relação com os astros não permitia que revelasse sua verdade na boca do degustador.

Seja como for, o vinho não era bom, era pastoso, denso, turvo, não colado[38] (nem mesmo com ovo); tinha a consistência de um suco de frutas com micropartículas em suspensão; era áspero em boca, sem nenhuma persistência[39]; revelava aromas inéditos para um vinho, nenhum deles lisonjeiro – adega velha, tonel sujo, ressaibo de terra ou vinagre; não se parecia com nada conhecido, mas também com nada que desse vontade de conhecer.

Compreendi que esse vinho tinha menos a ver com a uva do que com a ideologia, e provinha de uma crença que lhe ditava a lei. A biodinâmica é um pensamento mágico que, como todo pensamento mágico, incluindo a psicanálise, produz efeitos em quem acredita nele. Esse vinho, intragável para um amante de vinhos, vira o mais fantástico dos néctares para um palato que renunciou às próprias papilas em prol do catecismo formulado em 1924 pelo esoterista Rudolf Steiner num livro intitulado *Fundamentos da agricultura biodinâmica*. O vinho biodinâmico é uma espécie de vinho de missa: só extasia os crentes.

Rudolf Steiner (1861-1925) é um puro produto do idealismo alemão que vai dar claramente no ocultismo, no esoterismo. Kant havia separado o mundo fenomenal, passível de apreensão empírica, e o mundo numenal, inacessível à razão e ao conhecimento. Steiner vai além do kantismo e afirma que é possível aceder ao numenal e conhecê-lo por intuição. Se, como acredito, toda religião caracteriza uma visão do mundo que explica o mundo cá embaixo através de um além, então Steiner propõe uma religião; se, como também acredito, uma religião é uma seita que deu certo, pode-se dizer que Steiner propõe uma visão de mundo que visava à religião e, porque logrou um êxito apenas parcial, essa visão constitui uma seita, em outras palavras, uma religião em miniatura, uma religião minoritária.

---

38 Referência à colagem, processo de clarificação do vinho que consiste na adição de uma substância proteica – como leite, sangue, gelatina ou clara de ovo – a qual, coagulando no contato com o tanino, captura e elimina resíduos em suspensão. (N. T.)

39 Persistência: tempo de duração do retrogosto na boca durante a degustação de um vinho. (N. T.)

## Teoria do estrume espiritual

Em *Ritmos no cosmos e no ser humano*, Steiner diz que todos nós passamos por vidas anteriores e nos reencarnamos. Nunca fomos animais ou formas inferiores, e sim seres humanos já tendo vivido outra vida. Steiner distingue corpo físico, corpo etéreo e corpo astral. As almas dos mortos podem esperar mil anos antes de se reencarnarem. As dos humanos que, em vida, tiveram uma elevada vivência espiritual através da ascese intelectual podem esperar mais tempo para reencarnarem e descerem para a terra, uma vez que se regozijam neste mundo pelo qual têm particular dileção. A antroposofia é, portanto, uma teosofia.

Steiner partiu, intelectualmente, do idealismo alemão: Kant, Fichte, Goethe, Schiller, Jean Paul[40], Schopenhauer. Em 1891, defendeu inclusive uma tese sobre Fichte. Conheceu e frequentou Kafka, Kandinsky, tornou-se maçom e passou da filosofia idealista alemã para o ocultismo e esoterismo. Proferiu um número considerável de palestras, mais de seis mil, e redigiu uma pletórica obra completa, com mais de 370 volumes. Abordou a pedagogia, a medicina, a agricultura, a política, e abarcou a quase totalidade das áreas da cultura. Devem-se a ele escolas concretas, medicamentos, um laboratório farmacêutico que constitui uma variação sobre o tema da homeopatia e da fitoterapia, e a técnica agrícola da biodinâmica – com os vinhos que vão junto.

Consta que 2.700 fazendas no mundo inteiro dizem dedicar-se atualmente à agricultura biodinâmica, e que 92 mil hectares de terras agrícolas estejam reservados para essa prática. Um selo, o Demeter, certifica os produtos derivados da biodinâmica e outro selo, na França, muito oportunamente denominado Biodyvin[41] (!), atesta igualmente os produtos obtidos através do método de Rudolf Steiner. Esse selo francês é emitido pelo Sindicato Internacional de Vinhateiros da Agricultura Biodinâmica.

A teoria da biodinâmica se encontra descrita numa série de conferências proferidas por Steiner entre 7 e 16 de junho de 1924, publicadas sob o título já mencionado acima. Steiner parte de uma constatação que a ninguém ocorreria negar: a agricultura, desde que se tornou industrializada,

---

40 Pseudônimo de Johann Paul Friedrich Richter (1763-1825). (N. T.)
41 Combinação das palavras *biodynamique* ("biodinâmico") e *vin* ("vinho"). O autor aqui se refere à semelhança entre "dyvin" e a palavra francesa *divin* ("divino"). (N. E.)

recorre a produtos químicos e fertilizantes tóxicos para os humanos e para a humanidade. O conferencista estigmatiza a mecanização, deplora o fim das tradições, incensa a sabedoria popular dos camponeses de antanho, louva os méritos do conhecimento empírico camponês coletado nos almanaques.

Pouco antes de morrer, aos sessenta e quatro anos, Rudolf Steiner confessa à plateia que veio ouvi-lo falar sobre agricultura que lamenta não mais sentir o sabor das batatas de sua infância e outros produtos apreciados nos seus verdes anos. Associa a falta de sabor desses alimentos à produção industrial dos anos 1920. Enquadra-se, portanto, no típico discurso nostálgico do *antes era melhor*, sem suspeitar um momento sequer que possa estar sendo vítima disso que eu chamaria de princípio proustiano, segundo o qual a memória embeleza o sabor. Ora, o que comemos são menos os alimentos do que a carga simbólica que eles trazem das experiências originárias do mundo de nossos primeiros anos de vida.

O pensamento antroposófico opõe maniqueisticamente dois mundos: aquele negativo, da modernidade, com o materialismo, o cientificismo, a razão, a química, os fertilizantes, a matéria, a morte; e aquele positivo, da antroposofia, com o espírito, o corpo etéreo, as tradições, o cosmos, a astrologia, o esoterismo, o ocultismo, a intuição, a natureza, a vida. Caso o mundo continue vivendo segundo os princípios da modernidade, Rudolf Steiner garante seu desaparecimento; caso ele queira se salvar, basta aderir aos princípios da antroposofia. Steiner propõe, portanto, um pensamento soteriológico comparável a uma religião de salvação.

Em matéria de agricultura, Steiner recusa as abordagens teóricas, conceituais, estatísticas, acadêmicas, e convida à observação no terreno concreto dos campos, das florestas, dos animais de criação em seus pastos. Não há necessidade de perguntar aos livros a verdade sobre o mundo da natureza, sobre o universo geológico, vegetal, animal, há que interrogar diretamente o real e dizer por que e como a beterraba, por exemplo, está em estreita relação com o ambiente cósmico da terra.

A razão razoável e raciocinante deixa de ser, portanto, o instrumento com que se pensa o mundo. Steiner prefere-lhe a intuição – o que lhe permite agir em registro performativo sem nunca sentir a necessidade de demonstrar, provar, recorrer a um método experimental que lhe permita, pela repetição da experiência a fim de confirmar as hipóteses, chegar a certezas universais. Steiner pode, portanto, escrever que existe "no solo algo que atua à maneira do astral". Fica-se sem saber o que é esse algo, como denominá-lo, pensá-lo, cerni-lo, defini-lo, como também se ignoram as modalidades de ação desse princípio arquitetônico postulado como um ato de fé. Da mesma forma, seria vão buscar mais precisões sobre esse *misterioso modo do astral*. Steiner procede de maneira performativa e assevera sem demonstrar.

Assim, ele pode dizer que a água não é apenas água, ou seja, um composto químico redutível a átomos de hidrogênio e oxigênio, o famoso $H_2O$, pois é mais do que água, a saber, uma força em relação com o cosmos. A chuva, por exemplo, não é a precipitação meteorológica bem conhecida (dos normandos...), mas o vetor de forças vindas dos planetas. Da mesma forma, a lenha que Bachelard utilizava na lareira de sua casa borgonhesa é muito mais do que as moléculas das toras: seu poder calorífico, afirma Steiner, é totalmente distinto dependendo da época cósmica em que a árvore foi plantada, sendo uma mais favorável do que a outra.

Pensando não de modo racional, mas instintivo, Steiner lança mão de comparações que, segundo ele, são razão. Bachelard condenaria, em seu trabalho intelectual, a quantidade de obstáculos epistemológicos derivados do ocultismo. Assim, alguns dos obstáculos apontados pelo filósofo de *A formação do espírito científico* (substancialista, verbal, animista) saltam aos olhos do leitor avisado da *psicanálise do conhecimento objetivo* proposta pelo pensador dos elementos.

Steiner, o performativo, situa-se numa lógica do *como*: pensa, assim, o esquema da relação terra, planta, solo, subsolo *como* a relação homem, cabeça, diafragma, entranhas. O que funciona no registro da agricultura é, portanto, induzido pela comparação com o registro humano. *Como* a cabeça do homem, a planta está sujeita às influências do céu próximo, a saber, Sol, Mercúrio, Vênus e Lua; *como* as entranhas humanas, o subsolo geológico está sujeito às influências do céu distante, ou seja, Júpiter, Saturno e Marte. O solo é descrito *como* um órgão dentro do organismo: é um diafragma, o ventre da propriedade agrícola. Steiner, portanto, confere uma vida mágica a tudo que é, uma vida que se relaciona com invisíveis forças vindas do cosmos.

Esse famoso cosmos nunca age diretamente sobre as plantas, mas sempre através da terra, seu vetor. Steiner postula que a vida do subsolo possui um ritmo específico e que "entre 15 de janeiro e 15 de fevereiro" o subsolo se emancipa de sua proximidade com a terra para ficar sob influência direta das forças cósmicas mais distantes, que estão ativas no interior da terra. Trata-se de uma "força de cristalização". Steiner não se fundamenta em nada além do performativo: é assim. O simples fato de dizer faz que seja. O logos é ativo; é, portanto, ação, o verbo dito se torna um fazer. Falar faz acontecer. Steiner pode então acrescentar: "São coisas que um dia terão valor de dados exatos" sem oferecer maiores precisões – mais uma vez, basta anunciar que a hipótese um dia será verdade para que ela deixe de ser hipótese e se torne verdade de fato. Até parece Freud...

Assim, Steiner afirma que no subsolo, que é vivo, ao passo que tudo em cima está morto, existe "um princípio de vida interior, algo vivo". O antropósofo não perde tempo com detalhes: *algo* será suficiente. O que se sabe é que o registro para expressar esse vivo não é atômico, nem científico, nem materialista, em nada remete à ciência da época, e que Steiner fala em etéreo e astral – discorre, por exemplo, sobre "o éter da vida do solo" – sem ter o cuidado de detalhar o que é a natureza incorpórea, imaterial, inefável, indizível disso que, no entanto, cumpre um papel essencial. Essa forma de evocar princípios incorpóreos para dizer a verdade do mundo corpóreo define, a meu ver, a lógica religiosa.

Steiner remete então aos astros para explicar o aqui e agora: assim, a cor das flores se explica pela relação que cada uma tem com os planetas: o vermelho da rosa com Marte, o amarelo do girassol com Júpiter e a força cósmica do sol, o azul do ciano com Saturno, o verde com a clorofila, ou seja, com o sol. Assim também o sabor das frutas, igualmente em relação com os astros: "Na maçã, você está de fato comendo Júpiter, e na ameixa, Saturno". Idem quanto aos animais que, numa linha que vai da cauda ao focinho, sofrem a influência dos astros – da cabeça solar ao traseiro lunar. Com base em que razão razoável ou raciocinante o pensador é capaz de afirmar teses desse tipo? Não se sabe. É assim. *Magister dixit*: sem temer o oximoro, senão a contradição, trata-se de uma "ciência espiritual"!

Steiner propõe em seguida uma teoria dos cornos e dos bois: por que as vacas possuem chifres, e os cervos, galhadas, e não o inverso? Pergunta interessante, deveras! Resposta simples: o chifre da vaca é por onde transitam, em proveniência do exterior e em direção ao interior, correntes vindas dos astros. Em contrapartida, a galhada do cervo não tem a função de trazer as correntes astrais para o organismo, e sim de conduzi-las de dentro para fora "a certa distância".

O chifre, portanto, é uma substância especialmente espiritual, já que pode canalizar as forças da vida astral para o corpo do animal. Tomando o exemplo da vaca, o êmulo de Fichte propõe uma experiência existencial singular passível de passar por conhecimento empírico: "Se você estivesse dentro do ventre da vaca, sentiria pelo cheiro a corrente das forças da vida escorrendo dos chifres para o interior" – mesma observação acerca dos cascos, que cumprem um papel similar.

Compreende-se que a teoria antroposófica (tal como o pensamento freudiano, também surgido na Europa Central, e no qual ela muitas vezes faz pensar pela qualidade de sua epistemologia e sua pretensão em transformar de maneira performativa todo capricho pessoal em verdade científica universal) pode evoluir num mundo em que já não cabe à razão fazer a lei: a influência mágica dos astros sobre o vivo, o caráter etéreo e astral do subsolo, o papel dinâmico dos chifres da vaca no processo de comunicação das forças vindas do cosmos sobre a intimidade do vivo, tais são os elementos de uma ontologia fantasiosa de que se constitui a agricultura biodinâmica.

A essa teoria biodinâmica soma-se uma prática detalhadamente descrita por Rudolf Steiner numa conferência de 12 de junho de 1924: trata-se de fabricar um "estrume espiritual" destinado a regenerar, fecundar, nutrir o subsolo e, portanto, o solo, a partir de práticas que, a mim, mais fazem rir ou sorrir. Steiner retoma aqui a ideia cara a Samuel Hahnemann, o criador da homeopatia, de pequenas diluições sublimadas por uma prática do vórtice num ritual que invoca o esterco e o chifre da vaca num concentrado de pensamento mágico.

Eis a receita: buscar cornos escolhendo as vacas do lugar, pois "as forças dos chifres oriundos de animais estrangeiros à região podem entrar em conflito com as forças ligadas à terra dessa região"; pouco importa sua idade, contanto que não sejam muito jovens nem muito velhas; sem temer a contradição, ao responder às perguntas dos camponeses, Steiner diz que poderão ser reutilizados três ou quatro vezes, mas exige que os cornos sejam "tão frescos quanto possível"; há que evitar chifres de boi ou touro, apenas a vaca é lícita; os chifres deverão ter entre trinta e quarenta centímetros; se quisermos reutilizá-los, deverão ser guardados numa caixa com as laterais forradas de turfa. Caso se queira utilizar estrume de cavalo num chifre de vaca, há então que tomar o cuidado de envolvê-lo em pelos de cavalo.

Depois: encher o chifre com estrume da vaca; no inverno, enterrá-lo num solo adequado, não muito arenoso, entre cinquenta e 75 centímetros, assim, escreve Steiner, "conservamos as forças que o chifre de vaca costumava exercer dentro da própria vaca, a saber, refletir o etéreo e o astral"; essa hibernação permite vivificar o conteúdo do chifre; obtém-se então, neste último, uma capacidade de fertilização extraordinariamente concentrada e vitalizante – Por quê? Como? Em virtude de que princípios? Segundo que processo químico? Steiner não diz, basta-lhe dar a fórmula.

Mais tarde, depois que o subsolo tiver efetuado sua obra mágica, desenterrar o conjunto, tirar o estrume que já "não tem mais cheiro nenhum", diz o antropósofo, que acrescenta: "Existem aí forças imensas, tanto astrais quanto etéreas". Em seguida, diluir o estrume em água: o conteúdo de um chifre requer meio balde de água, e essa quantidade será suficiente para tratar 1.200 metros quadrados – por que não mil ou 1.500, não sabemos, como ocorre com suas outras asserções.

É preciso mexer o estrume na água do balde, criando um forte turbilhão que deve tocar o fundo do recipiente. E então, passe de mágica, há que inverter de repente a rotação a fim de criar um vórtice. Essa tarefa deve ser efetuada durante uma hora. Steiner explica que é melhor evitar a mecanização desse gesto e realizá-lo à mão, uma vez que, mexendo da maneira ancestral, o camponês transmite informações sobre si mesmo ao conteúdo do balde. O antropósofo sugere a mobilização dos amigos ou da família, aos domingos, para tornar o ritual prazeroso. Uma vez obtido o precioso líquido astral e etéreo, pulverizá-lo em doses homeopáticas (lembrando: um balde para 1.200 metros quadrados) no solo assim regenerado. Obtêm-se, evidentemente, frutas e legumes dignos de um Jardim do Éden.

Rudolf Steiner também propõe uma receita à base de quartzo finamente moído, como farinha. Repetem-se as mesmíssimas operações: encher um chifre; enterrar no verão (ao contrário do esterco, com o qual inverna, com o quartzo ele estiva); desenterrar no final do outono; conservar até a primavera; retirar o conteúdo; pegar, desta feita, "o equivalente a uma ervilha" – "uma cabeça de alfinete talvez seja suficiente"; verter esses miligramas de pó num balde cuja capacidade tampouco é especificada, um balde suíço, diz Steiner; mexer durante uma hora sem se esquecer de fazer a inversão; pulverizar nas plantas. Magia garantida.

Os agricultores da biodinâmica acreditam em certo número de efeitos: com o *esterco de chifre* pulverizado à proporção de um balde por hectare, solicita-se o solo, o sistema radicular, edifica-se assim a estrutura do solo, promove-se a atividade microbiana, a formação de húmus, a absorção radicular, a retenção de água; quanto ao silício de chifre, com quatro gramas por hectare trata-se a parte aérea das plantas segundo o princípio da "pulverização de luz", uma prática que supostamente dá melhor qualidade luminosa às plantas e, opcionalmente, a pulverização promove o vigor de certas plantas ou atenua sua exuberância; a poção também serviria para prevenir doenças.

A extravagância de Rudolf Steiner em matéria de agricultura não para aí. Ele completa sua teoria do estrume em 13 de junho de 1924, declarando adotar as teses homeopáticas da grande potência das pequenas substâncias. Fala, assim, em "estrumação homeopática". Oferece seis receitas para tonificar e fortificar o estrume e fazer que se obtenham os melhores benefícios de certas substâncias necessárias para a excelência da agricultura biodinâmica – potássio, cálcio, ferro, ácido silícico, fósforo.

Para tanto, segundo o mesmo princípio do esterco de chifre e do silício de chifre, Steiner propõe receitas que ficam a meio caminho entre o ritual de bruxaria e a piada. *Primeira receita*: colher flores de aquileia, que revela ser uma planta excelente para remediar os males causados por fraqueza astral; seu poder é tanto que atua por sua simples presença; colocar a colheita numa bexiga de cervo costurada, em relação direta com o cosmos; pendurar o conjunto no verão, ao ar livre, num local tão ensolarado quanto possível; desprendê-lo no outono; enterrá-lo no inverno a pouca profundidade; ao tirá-lo da terra, misturá-lo com um monte grande de estrume: "A emanação atua", afirma Steiner, em virtude de uma "extraordinária força de radiação".

*Segunda receita*: colher flores de camomila e socá-las em tripas de bovídeos: "Em vez de fazer o que todos fazem hoje em dia, usar tripas de bovídeos para fazer linguiça, façamos com camomila preparada conforme indicado". Enterrar as linguiças num lugar em que a neve demore a derreter. Desenterrar tudo na primavera. Incorporar ao estrume que, espalhado na terra, irá vivificá-la, estimulá-la e permitirá a produção de plantas mais bonitas e saudáveis.

*Terceira receita*: proceder do mesmo modo feito com a aquileia e a camomila e coletar urtigas, as quais atraem naturalmente o ferro, e, assim, purificam os solos. Enterrá-las diretamente no solo, mas cobertas com uma fina camada de turfa. Deixar que passem o inverno e o verão na terra, ou seja, um ano. Steiner então escreve o seguinte: "Misturemos agora esse preparado ao estrume, como fizemos com os demais, segundo indicado anteriormente, e demos a esse estrume uma sensibilidade, foi isso mesmo que eu disse, sensibilidade, de modo que ele agora se ache como que dotado de razão e não permita que nenhum tipo de elemento se decomponha mal, deixando o azoto ir embora" etc. Esse estrume razoável irá tornar a terra razoável, prossegue o antropósofo.

*Quarta receita*: mesmas técnicas, agora com casca de carvalho, o qual é necessário reduzir a farelos. E continua Steiner: "Pegamos então o crânio, a caixa craniana, de um de nossos animais domésticos, pouco importa qual, no fundo", e ali vertemos o preparo que tapamos, "se possível, com ossos". Macabro ritual em que o crânio de nosso gato ou cachorro vira receptáculo de uma estranha magia. Ao enterrar a turfa a pouca profundidade e construir uma regueira que conduza a água da chuva sobre o conjunto, a ideia é obter uma espécie de lodo. Deixar passar um inverno e um outono. Acrescentar ao estrume, o qual se torna assim uma poção mágica para a prevenção de doenças nas plantas.

*Quinta receita*: providenciar dentes-de-leão, costurá-los, desta feita dentro do mesentério de um bovídeo. Dispor pequenas bolinhas do preparo na terra. Tirá-las. Constatar o seguinte: "Elas são efetivamente totalmente [sic] penetradas por influências cósmicas". Acrescentar ao estrume e, de acordo com o princípio homeopático, dispor assim, com uns poucos gramas de dente-de-leão enfiados em vísceras colocadas sob a terra, de um produto capaz de vivificar o monte de estrume que se encontra no pátio da fazenda. Esse estrume sublimado e espalhado permite às plantas se tornarem sensíveis: elas então captam tudo que é possível captar.

*Sexta receita*: Rudolf Steiner propõe confeccionar adubo exclusivamente com essas cinco plantas, mas, sem temer a contradição, acrescenta uma sexta – a valeriana. Diluída em água morna, vertida sobre o estrume, revela-se excelente para o fósforo. Assim é que, partindo da excelente constatação da poluição dos subsolos devido a produtos químicos, e aspirando a uma agricultura biológica não poluente, o antropósofo elabora essa agricultura biodinâmica que tem tudo a ver com receita de comadre, ritual de bruxaria e pensamento mágico.

Ao final dessa conferência, Rudolf Steiner responde a algumas perguntas do público: a bexiga de cervo deve ser de um macho; a urtiga deve ser dioica; o monte de estrume não deve ser muito alto, precisa manter o contato telúrico; não deve ser contido num dispositivo de pedra; a casca deve ser tirada de um carvalho-alvarinho. Mas não há quem questione o princípio homeopático, a correspondência poética entre as flores e as substâncias minerais que supostamente encarnam. Tendo o mestre falado, não há que discutir a essência, as perguntas só envolvem os detalhes.

O esterco e o silício de chifre, a aquileia em bexiga de cervo, a camomila em tripas de vaca, a casca de carvalho no crânio do cão de estimação, o dente-de-leão num mesentério de bovídeo, isso tudo *já* constitui uma estranha série de rituais mágicos! Imagine-se o camponês eviscerando um cervídeo, suas vacas e terneiros, desenterrando o cadáver de seu animal de estimação para recuperar seu esqueleto, preparando as receitas extravagantes, misturando produtos infinitesimais a gigantescos montes de estrume a fim de atribuir a esses excrementos minimamente acrescidos de flores e tripagem o poder de captar as forças vindas do mais distante dos planetas do cosmos. Há que evitar lembrar, ao beber um vinho produzido por agricultura biodinâmica, que para elaborá-lo foram necessárias defecações animais, purina, vísceras, flores costuradas em tripas, casca de árvore inserida na caixa craniana do cachorro um dia afagado por seu dono.

Rudolf Steiner ainda acrescenta, contudo, outras extravagâncias para aprimorar sua agricultura biodinâmica – teorizando, notadamente, sobre a incineração. Após o enterramento e a decomposição, o ocultista propõe outras soluções para atuar sobre as forças cósmicas e obter seus melhores benefícios: a cremação e a dispersão das cinzas. Não há como não pensar que com esses novos rituais a antroposofia postula que, com a morte, atua-se sobre o vivo, que com a podridão obtêm-se nascimentos, que com corpos de animais queimados cria-se uma matéria de forte poder ativo.

Em sua sexta conferência, de 14 de junho de 1924, ele aborda a questão das ervas daninhas e as inscreve no dispositivo cósmico – também elas, é claro, vivem da energia vinda dos planetas e sublimada pelo subsolo. Sempre segundo a lógica homeopática de que uma cabeça de alfinete de alguma substância pode agir sobre vários hectares, Rudolf Steiner propõe novas receitas para tratar, curar através das plantas, prevenir patologias, impedir a reincidência de uma epidemia que devasta as plantações.

Mais uma vez, a proposta prática nascida de considerações teóricas astrológicas, esotéricas e ocultistas beira as práticas de bruxaria, os rituais de magia, as receitas de comadre supostamente arraigadas no saber milenario da gente da terra – lembremos que Steiner, teórico da agricultura que escarnece a teoria e louva o mérito dos camponeses, nunca teve nenhum contato pessoal e direto com o trabalho do campo: contentava-se em pensar a agricultura sentado em sua poltrona.

A doutrina antroposófica lança certo descrédito sobre uma abordagem demasiado intelectual do mundo e aspira a um contato direto com o real. Por trás do que prega, porém, agrava os erros de uma civilização da especulação, da biblioteca, do seminário, do curso, do colóquio, do teorético, da cisão radical entre as ideias e o concreto. O homem das 6 mil conferências e dos 370 livros publicados construiu um mundo de papel,

## Teoria do estrume espiritual

um castelo de cartas conceituais que assimila os mais célebres filósofos do Idealismo alemão aos empíricos e aos mais grosseiros materialistas!

Em Steiner, as ideias funcionam num mundo sem asperezas fenomenais: as árvores, as florestas, os campos, as plantas, as ervas, as frutas, os legumes nunca são mais que conceitos: a Árvore, a Floresta, o Campo, a Planta, a Erva, a Fruta, o Legume... E esses ídolos maiúsculos não são o que dão a impressão de ser (a saber, tal árvore, tal floresta, tal campo etc.), e sim uma alegoria, um símbolo, uma força, uma metáfora ligada a forças invisíveis, indizíveis, inefáveis, mas postuladas e onipotentes em sua epifania performativa.

Voltando às ervas daninhas: Rudolf Steiner propõe colher suas sementes, queimá-las numa fogueira e recolher as cinzas (ele também diz "a pimenta") carregadas de fortes poderes cósmicos. Basta espalhar esse pó no campo que se deseja tratar e, passados dois anos, observa-se (pelo menos é o que ele afirma) que as ervas daninhas já são menos abundantes e, dois anos depois, ou seja, quatro ao todo, nota-se claramente que desapareceram. Quem quiser acabar com os dentes-de-leão num pasto deve fazer isso, e, ao fim de quatro anos, eles terão deixado o terreno.

Nesse ponto de sua palestra, Rudolf Steiner apresenta a epistemologia (mantenho esse termo por comodidade) de seu trabalho: é certo que não há provas de que as coisas de fato aconteçam assim, mas não há necessidade de esperar pelas provas: "Pois tenho certeza, certeza absoluta de que funciona. Explico: a meu ver, as verdades da ciência espiritual são verdadeiras por si só. Não precisam sequer ser confirmadas por outros contextos, por outros métodos relativos ao conhecimento sensível". Em matéria de ciência espiritual (aprecie-se o oximoro), sabemos as coisas "porque elas se impõem intrinsecamente".

Não haveria melhor maneira de afirmar que a agricultura biodinâmica é um ato de fé, que recusa e rejeita o método experimental, que não está nem aí para validações universalmente convencionadas no campo científico: hipótese, experimento, validação, reiteração do experimento, repetição das validações, conclusão da veracidade da hipótese tornada lei científica. Rudolf Steiner apela para a fé, a crença, a intuição, o instinto, a íntima convicção. Ele dizer é o suficiente para estar fundada a sua doutrina.

E eis que ele dá uma receita para combater a proliferação de arganazes nas lavouras: capturar um deles e – deixemos a palavra a Steiner: "Pode-se esfolar, retirar a pele desse arganaz ainda jovem". Mas, coisa importante, essencial, sem a qual não irá operar a magia, há que efetuar essa vivissecção "na época em que Vênus se encontra no signo de Escorpião". Caso contrário, a operação está fadada ao fracasso. Em seguida, queima-se a pele do animalzinho sacrificado, resgatam-se suas cinzas que "conservam a força negativa que se opõe à força de reprodução do arganaz". Por quê? Desnecessário explicar – é assim.

Espalhar, em seguida, "a pimenta assim obtida" a partir da pele do arganaz esfolado. Uma vez que em seu universo mental o princípio da não contradição não tem força de lei, escreve Steiner: "Pode-se agir com doses ainda mais homeopáticas. É preciso menos do que um prato de sopa cheio de pimenta até a borda". Mas afirma, no mesmo movimento: "Cuidado, esses animais são atrevidos, tornam a aparecer se ao se espalhar a pimenta ficarem lacunas em alguns pontos. Onde não houver pimenta, o arganaz logo refaz o ninho". Durante a sessão de perguntas que seguem sua exposição, um interlocutor indaga de que maneira se deve repartir a cinza pela lavoura. Ele não se acanha em responder: "Podemos proceder igual a quando polvilhamos alguma coisa com pimenta. A cinza possui um raio de ação tão extenso que basta, real e propriamente, percorrer o terreno e polvilhar".

A despeito de qualquer lógica pura e simples, Steiner pode então afirmar: um: a pele de um único arganaz basta para tratar a lavoura; dois: deve ser espalhada por tudo, pois, onde não houver cinzas espalhadas, os arganazes tornam a aparecer; três: pulverizar já é suficiente, pois tamanha é a força ativa do produto que podemos nos contentar em passar só uma vez pelo terreno. O que equivale a dizer que polvilhar a pele de um único arganaz convém para a totalidade de uma lavoura que, dessa maneira, terá sido totalmente tratada – mas, ainda assim, embora possa ter sido totalmente tratada apenas pela força do preparado, onde este não for espalhado, o arganaz tornará a aparecer. Assim: cara, Steiner ganha; coroa, seu interlocutor perde. E acrescenta ele que, caso o vizinho não tenha, por sua vez, procedido segundo o método antroposófico, os arganazes tornarão a aparecer!

Caso se queira tratar uma lavoura para que não apareçam os insetos, faz-se a mesma coisa queimando o inseto e espalhando suas cinzas. Caso se queira combater a ferrugem, prepara-se um chá de cavalinha bem concentrado, diluído, espalhado não por pulverização, mas por aspersão, e obter-se-á um tratamento para todas as doenças criptogâmicas. Não há necessidade de pulverizador, a aspersão "atua a grandes distâncias, mesmo sendo bem pequenas as quantidades aspergidas". Caso se queira tratar contra determinados animais, há que distinguir entre os que possuem medula central e os que possuem medula espinhal: para os primeiros, queima-se o animal por inteiro e, para os segundos, somente sua pele. Caso se queira tratar contra plantas aquáticas, procede-se segundo a mesma lógica, mas aspergindo as margens – Steiner não chega a ponto de inventar a memória da água.

Paremos por aqui. Tomar um vinho produzido segundo os métodos da agricultura biodinâmica resulta, portanto, numa extraordinária aventura ao longo da qual nos deparamos com estrume ou pó de pedregulho num chifre de vaca, aquileia em bexiga de cervo, camomila enfiada em tripas, casca de carvalho no crânio de um animal doméstico, dentes-de-leão dentro de um peritônio, aspersão de chá de valeriana, arganazes esfolados e com as peles queimadas, insetos e larvas incinerados, cinzas espalhadas, informações dos planetas do cosmos transmitidas pelo subsolo para plantas e árvores, frutas e legumes.

Steiner achava que os europeus tinham se tornado materialistas com a chegada da batata no continente. Com efeito, sua *ciência espiritual* funciona como um antídoto para a ciência digna deste nome. Queria ele que os aportes de sua teoria da agricultura biodinâmica fossem, em primeiro lugar, esotéricos, exclusivamente reservados aos adeptos de sua doutrina. Acreditava que, um dia, sua teoria da agricultura antroposófica poderia ser revelada ao maior número. Existem partidários dessa agricultura no mundo inteiro: ela apenas faz perder tempo aos seus adeptos.

Mas há também uma medicina antroposófica, uma farmácia antroposófica, uma pedagogia antroposófica com suas escolas concretas. Um vinho ser intragável não é nada assim tão grave. Agricultores venderem no mercado produtos que tenham provado extrato de aquileia em bexiga de cervo ou casca de carvalho no crânio de seus gatos de estimação também não é nada assim tão dramático. Mas serem ministrados remédios e tratamentos a pessoas doentes, ou ensinamentos a crianças pequenas, segundo os princípios astrológicos, ocultistas, esotéricos da antroposofia, já é algo muito mais sério. O vitalismo não precisa de amigos desse tipo.

# 5
## FIXAR AS VERTIGENS VITALISTAS

Antes da escrita, a palavra era aprendida de cor, memorizada. A capacidade dos homens em reter milhares de frases definia então a poesia, que era, antes de tudo, sonora: na tribo, um homem contava as genealogias, fazendo remontar a família do rei até os mais remotos ancestrais que eram, bem entendido, os deuses, proferia as palavras do ritual durante uma iniciação, transmitia os relatos lendários que explicavam a criação do mundo, a separação do céu e da terra, o surgimento dos homens, o destino das almas dos defuntos, o poder do mundo dos espíritos, a forma de se dirigir ao deus, as palavras a serem pronunciadas durante o sacrifício de um animal. O homem que ensina é o poeta. Cria o mundo com as palavras, cria palavras com o mundo.

Na época oral, época abençoada da poesia, o poeta diz as palavras da natureza, do mundo e do cosmos. Ele é uma enciclopédia das coisas a se saber para viver em harmonia com a natureza, o mundo e o cosmos, e, logo, com os outros. O que ele sabe é muito. São necessários, portanto, recursos mnemotécnicos para se lembrar dessas litanias – sendo a própria litania, aliás, um desses recursos. Pois a poesia primitiva é litania, inventário, catálogo, escansão, repetição, refrão, ritornelo, ladainha, *leitmotiv*, canção, canto, é salmodiada, recitada, declamada, porque uma palavra puxa outra, uma imagem induz a seguinte, um som produz outro som similar. Invocar os espíritos imanentes do mundo: tal é a poesia primeira.

O povo Songhai, na fronteira entre a África Negra e a África Branca, descende de um dos maiores impérios africanos, o Império de Gao. Sua islamização, infelizmente!, como outros foram cristianizados, também infelizmente!, assinala o fim da oralidade e o início da escrita necessária para a colonização monoteísta. Em Tombuctu, os letrados muçulmanos do século XV registraram por escrito o relato de sua história até a conquista marroquina. O pensamento primitivo desse povo é imanente, radicalmente oposto a qualquer transcendência. Encontra transcendência, digamos, na mais radical imanência. Com efeito, valoriza os antigos ocupantes do solo, os primeiros a chegarem aos pontos de água, as divindades do rio, do céu e da mata. No relato escandido da história desse povo, encontramos, em seu justo lugar, a história de todos os povos que compõem essa etnia, a raça dos ancestrais, dos fundadores do império, o gênio da água, o gênio caolho do relâmpago, o gênio caçador senhor dos ventos, o ferreiro das pedras-de-raio, o gênio do trovão, senhor do céu, a criança que ajuda sua mãe no rio, a criada conselheira e reparadora dos danos causados pelas fratrias; também encontramos os gênios ladrões de almas, malfazejos e disformes, os senhores das savanas, guerreiros temíveis, o senhor da floresta encantada.

Os textos que contam essas histórias foram recitados e cantados por músicos ritualísticos, percussores de cabaça, tocadores de violino, assistidos por sacerdotes em cerimônias em que ocorrem as danças de possessão e os transes. Na origem, as palavras eram conhecidas por todos os Sorko; com o tempo, somente os oficiantes do ritual as conheciam; hoje em dia, estão registradas nos manuscritos medievais de Tombuctu. Essas rezas então coincidem com a poesia, a menos que seja o contrário. Permitem a cerimônia dita das máscaras – uma imensa festa ritual em que se veem máscaras, é claro, no sentido tradicional do termo, mas a máscara significa todo um conjunto: os trajes, os enfeites, a ornamentação corporal, as invocações ritualísticas, as danças, os ritos em si, a presença dos ancestrais, os transes xamânicos, os espíritos baixando nos corpos exultantes, a música, os ritmos complexos, suas repetições lancinantes, as percussões, a força dos animais mortos e transformados em pele dos tambores voltando ao mundo dos vivos pelo tempo de uma cerimônia. O Ocidente da civilização escrita arrancou a máscara das máscaras das civilizações orais para transformá-las em objetos de arte ou, em outras palavras, esvaziá-las de sua substância e transformá-las em mercadorias.

Face ao uso mercantil e, em última instância, neocolonialista da África camuflado sob a aparência de arte, o gênio africano animista, totêmico, politeísta, foi eliminado pelo Ocidente que, via Vlaminck e em seguida Derain, Matisse, Picasso, Apollinaire, Léger, utilizou essa força primitiva como meio dionisíaco de destruir os valores ocidentais apolíneos, o projeto metafísico do início do século XX. Peças arrancadas de máscaras – e, às vezes, as próprias máscaras – são hoje vendidas ao preço de telas impressionistas para um punhado de compradores provavelmente mais próximos do ato especulativo do que do ato empático com o gênio negro.

Dadá, com efeito, utiliza a arte negra como uma máquina de guerra, não em si, por seus valores filosóficos e espirituais próprios, mas porque vê aí um excelente projétil a ser lançado contra as obras clássicas herdadas da arte greco-romana, depois europeia, em outras palavras, judaico-cristã e idealista. No Cabaret Voltaire, em Zurique, em torno de Tristan Tzara, durante a Primeira Guerra Mundial, atenta-se menos para o ser em si do pensamento negro do que para sua potencialidade subversiva no jogo bem arrumadinho da arte europeia. As onomatopeias, os urros, os gritos, as gesticulações, apartados do âmago espiritual africano, tornam-se puras formas usadas para dinamitar a arte ocidental. O que se faz, de certo modo, é soltar os negros dentro do museu para criar um tumulto. Mais uma vez, serve-se deles sem servi-los.

Desinteressados do pensamento africano e imbuídos de sua própria paixão estetizante, os artistas se apossam da arte negra dentro desse mesmo espírito. Dadá queria subverter e, então, destruir a arte ocidental; na mesma época, e seguindo o embalo, os artistas querem atacar e então revitalizar a arte ocidental abastecendo-se no viveiro vitalista africano de uma matéria puramente estética: os pintores, subjugados pelas formas da estatuária africana, nela encontram matéria para inspiração. O fundo? O pensamento? A visão de mundo? A filosofia? A ontologia? A metafísica africana? Pouco importa. A forma, a pura forma: nisso consiste a revolução.

A arte negra, portanto, não tem valor *em si*, positivamente, enquanto oportunidade de ir ao encontro do Diverso caro a Segalen, e sim *relativamente*, negativamente, de forma utilitária e pragmática, funcional e interesseira. A espiritualidade africana passa para o segundo plano e, em Paris, extasiam-se com as formas *abstratas* das máscaras Dogon (Mali) ou Etoumbi (Gabão), com as esculturas Chamba (Nigéria) ou Fang (Gabão), ditas *cubistas*, que inspiram Matisse e Picasso, ou as obras *tubistas* Songo ou Tchokwe (Angola) tão caras a Ferdinand Léger, formas que reencontramos ora em *As moças de Avignon* (1907), ora em retratos de Matisse – no de sua mulher (1913), por exemplo, ou de Yvonne Landsberg (1914) –, ora nos rostos, membros ou corpos das personagens de Ferdinand Léger.

Esses artistas não têm a menor preocupação com a etnologia ou a história, o pensamento ou a espiritualidade, a antropologia ou a filosofia africana. André Breton transforma tudo que foge à sua própria cultura, ou tudo que ele não entende (não sabe entender ou não quer entender), em arte mágica: são mágicas as pinturas de Monsu Desidério, as estátuas da Ilha de Páscoa, as pinturas parietais pré-históricas, as esculturas polinésias, as máscaras inuítes, as arquiteturas asteca ou maia, mágicos os fervilhamentos de Bosch, as anamorfoses de Holbein, os retratos panteístas de Arcimboldo, as telas de C. D. Friedrich, são mágicos Gauguin e o aduaneiro Rousseau, Kubin ou Gustave Moreau, os escudos indonésios, os pictógrafos navajos, as esculturas dos templos *khmers*, é mágico Stonehenge, são mágicas as runas escandinavas, os caldeirões celtas, é mágica a arte egípcia, são mágicos os tímpanos romanos e mágicas são, evidentemente, as máscaras africanas!

Mágicos são, também, os feijões saltadores. Uma anedota opõe Breton a Caillois e revela o que iria opor o pensamento mágico surrealista ao pensamento estético racionalista do pai das pedras que foi Caillois. Recordemos essa anedota que permite compreender o quanto, na França que se pretende o país de Descartes e da razão, do cartesianismo e das Luzes, da racionalidade e da lógica, os intelectuais dominantes sempre dão primazia aos pensamentos mágicos: as bacias do mesmerismo, a fé francesa na homeopatia, o entusiasmo com o magnetismo animal, a frenologia balzaquiana, os delírios do espiritismo, a teatralização da histeria no Hospital Salpêtrière, o freudismo dos filósofos, o lacanismo das elites parisienses, o gosto francês pela desrazão pura. André Breton dá sua contribuição fazendo o elogio do ocultismo, da alquimia, do hermetismo, do sobrenatural, da numerologia, da astrologia, do satanismo, do espiritismo, do misticismo, da gnose, da psicanálise, da magia, da cabala. Sabendo-se do papel preponderante do autor de *La clé des champs* [A chave dos campos] no dispositivo cultural parisiense, e no francês, portanto, pode-se avaliar a extensão dos estragos no que diz respeito à razão.

Quanto aos feijões saltadores: em 26 de dezembro de 1934 (naquele ano, em setembro, o jovem Caillois encontra Gaston Bachelard em Praga, onde este participava de um colóquio, mas numa espécie de bar noturno, a crer nas confidências do rapaz); Caillois, Lacan (cuja presença Caillois posteriormente deixou de mencionar) e Breton estão reunidos em volta de uma mesa, sobre a qual se encontram grãos multicoloridos trazidos do México, talvez por Benjamin Péret. Os feijões, animados por um estranho tropismo, saltam vez ou outra de maneira imprevisível.

Caillois propõe cortar o feijão ao meio para desvendar o mistério; Lacan se nega, sob o pretexto de que só o que importa é o espanto do olhador; Breton concorda e sugere que apreciem o prodígio até dizer chega. Racionalista, Caillois não suporta a recusa de saber de Breton e Lacan, que preferem preservar a magia em detrimento do conhecimento – algo que, neles, é um princípio. Caillois escreve a Breton uma carta de ruptura: reivindica o uso da razão em oposição à magia, o recurso à inteligência para desconstruir o irracional. E diz adeus ao surrealismo. Quando, em 1978, publica *Le champ des signes* [O campo dos signos], subintitulado *Aperçu sur l'unité et la continuité du monde physique intellectuel et imaginaire ou Premiers éléments d'une poétique généralisée* [Breve esboço sobre a unidade e continuidade do mundo físico intelectual e imaginário ou Primeiros elementos de uma poética generalizada], não há como não supor que esse título vise diretamente a Breton e Soupault, os quais publicam, em 1920, *Les champs magnétiques* [Os campos magnéticos], primeira aplicação de um exercício de escrita automática. Em oposição àquilo que destrói a razão, Caillois reivindica o uso de *ciências diagonais*.

Esse surrealismo, mais marcado pelo dadaísmo do que Breton se dispõe a admitir, instrumentaliza o gênio africano dionisíaco a fim de acabar com o apolinismo de mais de vinte séculos da arte ocidental. A arte negra, para o autor do *Manifesto do surrealismo*, é a desrazão mágica que se opõe à razão ocidental, e não à outra razão. Reduzir essa arte a uma arte mágica significa abrir mão de procurar entendê-la com as armas da razão. Significa dançar junto com o feijão, achando-o sensacional e se negando a entender sua lógica por medo de ver volatilizar-se o mistério.

Estetizar a arte africana, guardá-la num gabinete de curiosidades que já agrupa uma coleção de bengalas dos soldados da Primeira Guerra[42], de pias de água benta, formas de *waffle*, formas de hóstia ou ainda borboletas, conchas, minerais, raízes, uma carapaça de pangolim, um fóssil de ouriço e, na sequência, máscaras pré-colombianas, bonecas Kachina dos Hopi, um fetiche da Nova Guiné ou uma máscara inuíte – estetizar a arte africana, portanto, é passar ao largo da formidável energia autônoma desse pensamento alternativo para alistá-la num combate contra a cultura ocidental. É ocidentalizar, uma vez mais, uma civilização que não tem que ser julgada por comparação com a nossa, mas ser pensada enquanto uma entidade do Diverso cuja medida não se encontra senão nela mesma.

Apollinaire também contribui para museificar a arte negra, ou seja, para celebrizá-la, ocidentalizá-la, amoldá-la às falhas ocidentais. Há hoje quem se extasie com o fato de, em 1909, o poeta de *Calligrammes* [Caligramas] ter preconizado um Museu de Arte Exótica para expor nesse novo local obras até então conservadas nos museus etnográficos como curiosidades ou documentos. Abolir a dimensão etnológica e, portanto, histórica dessas obras, transferindo-as para um museu em que brilhariam por suas qualidades estéticas, tal era o projeto – concretizado no Musée des Arts Premiers du Quai Branly pela dupla Kerchache e Chirac[43]. Desaprovar seria mais adequado do que se extasiar, considerando-se que um museu é um local em que se expõem obras mortas, qual borboletas numa caixa.

Supõe-se, à primeira vista, que Apollinaire decerto sabe reconhecer nessa arte uma dignidade que antes dele se ignorava. Ele também,

---

[42] No original: *cannes de poilus*. Durante a Primeira Guerra Mundial, para transitarem nas trincheiras e estradas em péssimo estado, os soldados (*poilus*) confeccionavam, com pedaços de pau, bengalas ornadas com cabeças de animais etc., que mais tarde se tornariam objetos de coleção e dariam início a uma nova modalidade de artesanato ou arte popular. (N. T.)

[43] Jacques Kerchache (1942-2001), colecionador francês especialista em arte primitiva, colaborou com o presidente Jacques Chirac na criação do Museu das Artes Primitivas em Paris, inaugurado em 2006. (N. T.)

contudo, só vê grandeza no gênio africano depois de inscrevê-lo no esquema clássico da arte ocidental. Os gregos, segundo ele, aprenderam com os escultores africanos muito mais do que se supõe. Como? Com a arte egípcia sendo promovida a arte africana inspiradora da obra dos artistas da Hélade. Praxiteles? Um produto da escultura africana!

Tal jogo mental pode até seduzir, como ocorre muitas vezes com Apollinaire, mas pouco explica quais relações intelectuais e plásticas vinculam as obras colecionadas por ele (um relicário vili, uma estatueta teke, uma marionete do Congo, uma escultura nkonde, um arco punu do Gabão, um apoio para a nuca kuba) e o *Diadúmeno* de Policleto ou a *Atena* de Fídias para a Acrópole! Pensar o gênio africano em relação ao gênio grego, mesmo paradoxalmente, vendo no primeiro o inspirador do segundo, é um sofisma que – ao inverter a tola ideia, disseminada na época, de que não se tratava de arte, e torná-la uma arte que estaria na origem da arte clássica – nega a especificidade do pensamento africano.

Não surpreende que, depois de Vlaminck e Tzara, Picasso e Matisse, Breton e Apollinaire, Michel Leiris, também apresentado como um introdutor da arte negra no Ocidente, tenha se destacado em outra forma de instrumentalização do gênio africano. Sabe-se que Leiris fez muito pela causa com *A África fantasma*, livro que narra sua expedição científica em Dakar-Djibouti entre 1931 e 1933, ou com *Afrique noire: la création plastique* [África negra: a criação plástica], publicado em 1967 pela Gallimard, na prestigiosa coleção "L'univers des formes", dirigida por André Malraux; e também com suas pesquisas acadêmicas sobre o Zar, gênio da possessão.

Mas, como reconhece Leiris, os próprios cientistas que foram com ele estudar os povos e países da África Negra, que a percorreram de leste a oeste, pilharam muitas aldeias por onde passaram. Durante dois anos, Michel Leiris parece estar mais em busca de si mesmo do que dos povos africanos. Sendo ele próprio um etnólogo, mantém um diário dessa expedição, no qual fornece detalhes dessas pilhagens. Essa viagem é para ele, antes de tudo, uma experiência pessoal – quer se desfazer da própria pele e, eventualmente, encontrar outra. Experiência pessoal que é também, principalmente, uma experiência física: o calor extremo, a falta de higiene, o paludismo, a febre amarela, as diarreias, sem falar nos perigos inerentes à viagem nessas regiões selvagens, assalto, resgate, assassinato etc. Quatro membros de sua equipe não chegariam ao fim, derrotados pelas provações, pelo cansaço, pelo esgotamento.

Leiris assiste a cerimônias de circuncisão, a transes e possessões. Na companhia de Marcel Griaule, o especialista nos Dogon que dirige a expedição, cataloga suas máscaras, inicia-se em sua língua secreta, submete-os a pesquisas, interroga-os, enche cadernos de anotações, chateia-se com o trabalho meticuloso, rebarbativo, que dá aval científico a essas pesquisas em que a subjetividade cumpre um importante papel. Com efeito, o esteta melancólico não raro colore suas observações pretensamente objetivas: a transgressão, o sagrado e o proibido fascinam intimamente esse companheiro de estrada de Georges Bataille, e tais categorias contaminam seu trabalho.

Marcel Griaule, enviado pelo Estado francês, dispõe de um *permis de capture*[44] – é a expressão oficial –, que lhe permite apoderar-se legalmente de tudo que cobiça, ou seja: uma autorização para roubar. Esse ex-militar transforma sua atividade num trabalho de juiz de instrução, de detetive; justifica a artimanha ou a intimidação para atingir seus objetivos – a verdade. Leiris, que não perde uma oportunidade de criticar o regime colonial, move-se feito um peixe n'água dentro dessa legalidade que justifica a ilegalidade: espoliam-se os africanos de seus bens, mas... é para o seu próprio bem. A ciência avança, o conhecimento progride, o saber se aprofunda, pouco importa privar os autóctones dos fetiches que constituem as garantias metafísicas de seu ser. A equipe recolhe, assim, uma considerável quantidade de objetos: máscaras, estatuetas, cerâmicas, instrumentos musicais, animais mortos ou vivos, tecidos e... setenta crânios, que são estudados de acordo com os métodos raciais do momento! Griaule escreve ter trazido 3.500 objetos para o Musée du Trocadéro, ou seja, uma média de três objetos roubados por dia durante três anos. Em *A África fantasma*, ao falar de sua passagem pelo Sudão, Leiris faz referência a um "autêntico saque".

A pilhagem mais evidente envolve um *kono* do território Bambara, em 6 de setembro de 1931. O *kono* é um altar com nichos repletos de

---

[44] Autorização de captura. (N. T.)

crânios e ossos de animais sacrificados cobertos de terra e sangue seco. Avista-se uma cabaça repleta de flautas de chifre, de madeira, de ferro, de cobre. Para entrar, é preciso oferecer um sacrifício; o chefe do *kono* dá a receita: degolar um frango permite que um homem penetre no pequeno edifício de madeira. Griaule dá seu acordo, um homem sai em busca de animais, mas o etnólogo acha que estão demorando demais: quebra a palavra dada, desmantela as tábuas da construção, penetra no santuário, faz um reconhecimento, vasculha as demais cabaças repletas de máscaras, apodera-se de duas flautas, que enfia nas botas, e sai. O chefe avisa que Griaule e Leiris precisam de um sacrificador; seus criados nativos se recusam; os dois comparsas ameaçam o chefe do *kono* de represálias caso não venda seu *kono* por uns poucos centavos – Griaule e Leiris apavoram o chefe dizendo que a polícia, supostamente escondida no caminhão, vai prendê-lo junto com seus notáveis e levá-los à aldeia mais próxima, onde terão de prestar contas ao tribunal administrativo. Os dois malfeitores mandam buscar o *kono*; todos se negam, o *kono* é sagrado, um tabu, não pode ser visto pelas mulheres e pelos não circuncidados sob pena de morte; Leiris e Griaule então entram, roubam o objeto, enquanto o chefe, assustado, apavorado, foge em disparada, bate nas mulheres e crianças para que entrem nas cabanas. A máscara foi roubada, Leiris confessa que deixam a aldeia "com uma auréola de demônios ou calhordas especialmente ousados".

No dia seguinte, reiteram. Griaule entra em outra cabana sem autorização. Leiris comete o furto sozinho: "Meu coração bate forte, pois, depois do escândalo de ontem, percebo com mais acuidade a enormidade do que estamos cometendo". Desta feita, rouba um animalzinho, uma espécie de leitão envolto em sangue coagulado. Pesa cerca de cinquenta quilos. Embrulhado numa máscara, é igualmente roubado. Na aldeia seguinte, reiteram: mentiras e ameaças ao chefe, a quem comunicam que têm um mandato de requisição. Leiris entra na cabana, decidido a cometer seu crime. Dois africanos entram com ele. Seu comentário: "Constato, com uma estupefação que só depois de algum tempo se transforma em repulsa, que dá mesmo para se sentir extremamente seguro quando se é branco e se tem uma faca na mão...".

O objeto entra para a coleção do Musée de l'Homme, junto com milhares de outros; é emprestado pela França, ora para Nova York em 1980, como uma das cem obras-primas do Musée de l'Homme, ora ao Musée d'Ethnographie de Neufchâtel, para uma exposição intitulada "Collection Passion"; encontra-se atualmente no Musée du Quai Branly, museu em que, dizem, dialogam as culturas. A obra vem acompanhada de um texto de Leiris. Mas – será de surpreender? – não aquele que narra o contexto do roubo.

Ao publicar *A África fantasma*, Leiris o dedicou a Marcel Griaule. Este, que não suporta ver seus métodos relatados, rompe relações com o autor. Nas reedições, desaparece a menção ao nome do chefe da expedição. Relata Leiris em seu diário, em 3 de abril de 1936, que Paulhan solicita ao Ministério da Educação que o livro seja adquirido pelas bibliotecas e recebe como resposta este trecho do parecer oficial: "Obra cuja aparente inteligência deve-se tão somente a uma imensa baixeza de sentimentos". Numa carta de 19 de setembro de 1931, Leiris escrevera: "Os métodos empregados durante a pesquisa lembram bem mais interrogatórios de juízes de instrução do que conversas amigáveis, e os métodos de coleta dos objetos são, nove vezes em dez, métodos de compra forçada, para não dizer requisição. Isso tudo lança certa sombra sobre minha vida, e minha consciência não está totalmente tranquila. Se, por um lado, aventuras como a do *kono* me deixam, no fim das contas, sem nenhum remorso, já que não haveria outra maneira de conseguir esses objetos e que o sacrilégio em si é algo que possui certa grandiosidade, por outro as compras rotineiras me deixam perplexo, pois minha impressão é de que andamos num círculo vicioso: pilhamos os negros a pretexto de ensinar as pessoas a conhecê-los e amá-los, ou seja, no fim das contas, a formar outros etnógrafos que irão, por sua vez, *amá-los* e pilhá-los". (*Miroir de l'Afrique* [Espelho da África]). E, em outra carta, datada de 13 de setembro do mesmo ano: "Mais uma vez, comportei-me um pouco como um aventureiro, mas não me arrependo: há objetos sublimes que seria mil vezes mais hediondo comprar do que roubar".

Ladrão de coração leve, saqueador sem pruridos, assaltante que desconhece o remorso, Leiris esquece que tomara publicamente partido contra Malraux em 1923 quando o futuro autor de *A tentação do Ocidente* mutilara o templo de Banteay Stei na selva do Camboja a fim de trazer para a França sete caixas de estátuas *khmers* que ele queria comercializar. Quando foi condenado a três anos de prisão, foi apoiado pela nata das letras francesas – Mauriac, Arland, Paulhan, Maurois, Soupault, Aragon, Gaston Gallimard e André Breton, o iniciador do abaixo-assinado. A pena foi comutada para um ano de prisão com *sursis*.

Quando a expedição chega à Abissínia, Griaule e os seus roubam os afrescos – o que Leiris chama de "descolar as pinturas" – da igreja Abba Antonios, Santo Antônio, construída no século XVII pelo imperador Yohannes I em cumprimento a uma promessa. Efetuado o furto, Gaston-Louis Roux as substitui imediatamente por cópias fabricadas em série – mas, circunstância provavelmente atenuante, são elas, segundo Leiris, "deslumbrantes"! Uma pilhagem em outra igreja acabaria fracassando porque os habitantes da aldeia se armaram e rebelaram.

Como pode o despojo dos afrescos de uma igreja africana contemporâneos de Luís XIV, o roubo de 3.500 objetos, a espoliação do material ritual e litúrgico animista; como podem desapossamentos efetuados sob ameaça, coação, mentira, extorsões reiteradas em todo lugar durante dois anos; como pode o roubo enquanto método; como pode o cínico desprezo do mais íntimo do Outro passarem por pesquisa científica ou por um projeto humanista visando conhecer a civilização alheia?

Jubilando com o escândalo da transgressão, desfrutando o profanar do sagrado alheio, exultando ao se sentir um branco forte e poderoso com uma arma, isento de qualquer remorso, mais preocupado com a aparência deslumbrante das cópias que substituem um furto do que com os originais africanos, valendo-se da ciência e da pesquisa, Michel Leiris contribui mais para o colonialismo, que ele, aliás, condena (em 26 de outubro de 1945, escreve em seu diário: "Impossibilidade em que me vejo de adotar, por exemplo, em relação a tudo que, de perto ou de longe, tanja à questão colonial, uma postura que não a anticolonialista, para não desmentir a imagem que passo em *A África fantasma*"), do que para a amizade entre os povos e o conhecimento das civilizações africanas! A subjetividade do etnólogo, seu engajamento político ao lado das forças coloniais, no que pese sua crítica teórica e virtual do sistema, fazem que a África tenha realmente sido um fantasma para ele – e compreende-se como e por quê.

Não há necessidade de instrumentalizar a arte negra para destruir a arte ocidental ou regenerar, com sangue novo e dionisíaco, a velha forma apolínia cansada; não há necessidade de museus nem de arregimentação da arte negra nas histórias da arte para ver nela a genealogia, através dos egípcios, da arte ocidental, nem de estetizar sua produção para melhor esvaziá-la do sagrado pagão que traz em si; não há necessidade de mentir, roubar, espoliar, despojar o outro a pretexto de dar a conhecer e amar sua civilização, contribuindo assim para destrui-la; talvez fosse suficiente que, fora dos museus, um cineasta etnógrafo registrasse os vestígios do gênio africano em filmes que dissessem e mostrassem, narrassem e expusessem, informassem e comunicassem suas formas.

Mas a forma cinematográfica não é, em si, garantia de um bom funcionamento epistemológico da reportagem etnográfica. Não é o caso de opor o bom filme ao mau livro, uma vez que, banal obviedade, mais vale um bom livro do que um mau filme. A oralidade garantida pelo filme garante tão somente a oralidade, não a verdade da oralidade. A mentira tanto existe na palavra quanto no escrito. Se um filme etnográfico de Jean Rouch diz certo, não é porque é um filme, é porque o diretor diz com verdade.

Ora, em matéria de verdade acerca do povo dogon, é bem possível que o livro de Marcel Griaule, *Dieu d'eau* [Deus de água], e a obra cinematográfica de Jean Rouch sejam antes ficções brancas, escritos ocidentais, relatos mistificadores, do que reportagens sobre a verdade do pensamento, da ontologia, da filosofia, da metafísica e da cosmologia dogon. Griaule, que foi um branco emblemático, pilhador do gênio africano antes da guerra e auxiliar da administração colonial depois, mais parece ter previamente desejado aquilo que viu do que ter visto aquilo que desejava. A construção de Griaule, professor de etnologia na Sorbonne, parece ter menos a ver com uma pesquisa epistemológica do que com uma vontade subjetiva de ver aquilo que os Dogon finalmente lhe mostraram.

Num livro de memórias que Jean Sauvy dedica ao seu amigo Jean Rouch, *Jean Rouch tel que je l'ai connu* [Jean Rouch tal como o conheci], o autor cita uma carta que Rouch lhe enviara de Niamey (Níger) em 26 de dezembro de 1941, na qual se lê: "Quando, ao acaso de uma conversa, mencionei os nomes de Griaule e Labourey (?), ouvi uma gargalhada e então me disseram que se tratava de dois parasitas que tinham sido expulsos dali a pontapés no traseiro, os quais seria bom que não voltassem. Defendi-os o melhor que pude". Outra carta, datada de 2 de janeiro de 1942, menciona um jovem pesquisador, em torno dos cinquenta anos e bastante pretensioso, que trabalha no território Gourmantché. A seu respeito, escreve Rouch a Sauvy: "As pessoas que me falaram sobre ele descreveram um sujeito bem pior do que Griaule, o qual, por sua vez, só não foi para o céu por ciúme (ilegível)". Nas duas cartas, Griaule não se mostra uma figura incontestada.

Para Sauvy e Rouch, porém, Griaule é o professor cujas aulas de etnologia eles assistiram na Sorbonne. De modo que, quando ele contata os ex-alunos em Mopti e marca um encontro, em 25 de novembro de 1946, na Falésia de Bandiagara, Sauvy e Rouch entram em transe. O vocabulário empregado por Sauvy converte o encontro em aparição: descreve-o como "vertigem", "deslumbramento", "subjugação", "espetáculo prodigioso", "embriaguez", "inesquecível parêntese" – tudo isso num capítulo intitulado "Mágico encontro com o professor Griaule". Rouch olha para Sauvy de maneira a confirmar seu entusiasmo. Os dois, por ocasião de uma estada na África durante a guerra, no domingo 10 de janeiro de 1943, tinham feito o Juramento de Bamako: descer um dia o rio Níger, escrever sua história, contar sua vida e prestar um serviço à causa africana.

Pouco importa quem tenha sido Griaule, que dá mostras de uma ou outra fraqueza petainista[45] durante a guerra; pouco importa Denise Palmer, André Schaeffner e Michel Leiris acharem que o fato de *A África fantasma* ter entrado na lista dos livros proibidos na França pelos nazistas no final de 1941, o que implicou na destruição dos exemplares existentes, talvez se devesse a uma intervenção direta de Marcel Griaule junto ao governo de Vichy; pouco importa Griaule ter assumido o lugar de Marcel Cohen, seu antigo professor destituído por ser judeu, e se tornado, no mesmo ano, professor do Instituto Nacional de Línguas e Civilizações Orientais; pouco importa ele ter recusado, em 1942, publicar

---

45 Referência ao marechal Pétain, presidente francês durante a ocupação e acusado de pactuar com o regime nazista. (N. T.)

um artigo de Deborah Lifchitz sobre manuscritos etíopes no *Journal de la Société des Africanistes* porque ela era judia e acabava de ser presa – Sauvy e Rouch mantêm uma relação de fascínio com seu ex-professor de etnologia. A filmografia africana de Rouch constitui uma hagiografia, um monumento à glória de Griaule, um eco fílmico e sonoro ao discurso do etnólogo mais afeito à imaginação do que à metodologia, mais à vontade com a ficção romanesca do que com a pesquisa científica. Os filmes de Rouch sobre os Dogon avalizam a versão fantasmática do autor de *Dieu d'eau* [Deus de água].

Por que fantasmática? Porque Griaule se vale da ciência, mas se move em registro literário. Uma obra anterior, datada de 1934 e intitulada *Les flambeurs d'hommes* [Os queimadores de homens], prêmio Gringoire 1935, permitira ao autor inaugurar essa maneira bem francesa que têm os pensadores, filósofos ou etnólogos de exercerem a ciência – como literatos. O livro não apresenta nenhum número, nenhuma investigação, nenhuma descrição, nenhum detalhe, nenhuma tabela, nenhuma explicação; apresenta um relato, uma narrativa, uma história tão mais despreocupada com os fatos por se tratar, para Griaule, de informar o maior número. Porque se propõe a vulgarizar, Griaule pensa menos na etnologia do que em romancear – lembremos que em 1907 Segalen queria concorrer ao prêmio Goncourt com *Os imemoriais*, um relato desse mesmo gênero, de temática etnológica, porém romanceado.

*Dieu d'eau* mereceria ser lido com o método que utilizo em minha *Contra-história da filosofia*, que põe em perspectiva a obra completa, as correspondências e biografias – o que eu chamo de *desconstrução existencial*. A narrativa que dá um rosto aos dogons no Ocidente é apresentada segundo um esquema semelhante ao da maçonaria: um iniciado vem procurar um profano e lhe propõe aceder a um saber esotérico por meio de transmissão secreta. No livro, um velho cego, Ogotemmeli, propõe a Griaule, de quem há quinze anos observa o comportamento de pesquisador no terreno dogon, revelar-lhe em 33 dias os segredos de seu povo.

O cego enxerga mais e melhor do que os outros, porque dispõe de um olho interior; o papel da visão ocultada enquanto etapa necessária para a obtenção de uma visão superior; o iniciado que observa o profano e, motivado por aquilo que vê, decide revelar-lhe seus segredos a fim de "decompor o sistema do mundo"; a transmissão oral e o papel essencial da Palavra e do Verbo, identificados com a Verdade; os próprios 33 dias, que não são 32 nem 34, mas 33, tal como o mais alto grau maçônico, calcado na idade de Cristo no dia de sua morte –, isso tudo tem a ver com o esquema maçônico ocidental.

Que a mitologia dos dogon se iguale àquela de Hesíodo, que o pensamento africano, num percurso que vai do Egito às Falésias de Bandiagara, constitua a genealogia do pensamento ocidental greco-romano, depois judaico-cristão, que a linguagem (Griaule assistiu às aulas do linguista Marcel Cohen) constitua a verdade daquilo que é – tais são algumas das ideias mestras de *Dieu d'eau*. Mas as aproximações e fabulações apontadas por alguns pesquisadores, Georges Balandier entre outros, os quais cotejaram seus cadernos de anotações com seus relatos e encontraram contradições, distorções significativas, provêm todas das projeções de Griaule: a etnologia trabalhada pela literatura, o exotismo atuando como fascinação, o esquema esotérico ocidental fornecendo o fio de Ariadne do labirinto dogon, a pesquisa científica diluída na forma romanesca, quem sabe até o modelo, mais ou menos consciente, de *A África fantasma*, publicado em 1934, isso tudo contribui para compor um livro pretensamente científico, mas que se inscreve na antiga tradição do relato de viagem romanceado.

Percebe-se que os dogon griaulizados, assim como o Sócrates platonizado, merecem ser desconstruídos. O que se veicula no ocidente acerca da arte dogon, suas máscaras, suas cerimônias, desde o Malraux de *La tête obsidienne* [A cabeça obsidiana] até a universidade popular (sic) do Quai Branly, decorre quase sempre do que foi dito por Griaule e daquilo que Jean Rouch, fascinado por seu professor, mostrou nos seus filmes. Pois ao que Griaule imagina, Rouch dá consistência através de imagens, sons, planos, um comentário, uma montagem, filmes que legitimam a tese do professor. Como duvidar do que é escrito por Griaule, se é *mostrado* por Rouch? O que o primeiro imagina o segundo comprova.

Ora, o que Rouch mostra, muitas vezes também inventa. Assim, em *As festas do Sigui*, produzido entre 1967 e 1974, ele se propõe a filmar um rito dogon que se estende sobre um período de sessenta anos. Mas, tirando o fato de que esse rito, para acontecer, exige várias vidas de homens e que a de Rouch não bastaria, ele não tem como filmar o rito animista numa aldeia islamizada em que as práticas rituais ancestrais, notadamente a cerimônia do Sigui, foram às vezes brutalmente erradicadas em nome do Corão. Rouch, não seja por isso, recria-o com base no que disse Griaule a respeito. Aquilo que foi já não é, mas é ficcionalizado por Griaule antes de ser mostrado por Rouch como um evento, e apresentado, em seguida, como sua verdade.

O tempo real do rito, sessenta anos, foi destruído como produto de um tempo reconstruído, o tempo do filme: a verdade temporal dos dogon dá lugar à ficção fílmica que faz as vezes de realidade. O *tempo dogon real* foi roubado por Rouch num filme que o substitui (como no caso dos afrescos roubados na Etiópia por Griaule e Leiris) por um *tempo ocidental fictício*. Sem dúvida, a mentira se dá em nome de supostas boas intenções – tornar o povo dogon conhecido –, mas é uma mentira apresentada como verdade. Haverá melhor maneira de prejudicar um povo do que substituir a verdade de seu ser pela celebração de suas cópias?

Rouch, para esse filme, contratou atores. Negros, evidentemente, africanos, é claro, mas atores ainda assim. Ali onde, normalmente, no terreno, em condições reais, jovens pastores executam alguns cantos e dançam conforme o ritmo, o cineasta emprega um adulto mais experiente e apto a produzir na tela um melhor efeito sonoro, visual e estético. No lugar dos adolescentes, portanto, o espectador vê um quase quinquagenário tarimbado no uso dos instrumentos. Como não achar que o sentido da cerimônia é afetado por essa substituição de homens jovens por homens mais velhos?

Jean Rouch diz praticar o "cinema-verdade", que ele também chama, sem temer a contradição, de "etnoficção"! Um cinema etnológico que diz a verdade apresentando ficções – está aí uma forma curiosa de proceder que, mais uma vez, se dá em detrimento da verdade do pensamento africano, o qual não precisa desses novos falsos amigos, autênticos falsários. O que se diz sobre os dogon foi fabricado por ocidentais, ladrões, espoliadores, saqueadores de africanos no caso de Griaule, fabuladores, manipuladores, enganadores no caso de Rouch, estetas em ambos os casos, e impede, mais uma vez, de se aceder à alma em si.

O que concluir? Que de Vlaminck descobrindo a arte negra num bistrô de Argenteuil em 1905 a Jean Rouch filmando o funeral de Griaule em território dogon com *L'enterrement de Hogon* em 1973; de Picasso introduzindo a arte negra na pintura ocidental em 1907 a Michel Leiris pilhando e despojando os africanos em proveito próprio e relatando o fato sem nenhum pudor em *A África fantasma* em 1934; de Apollinaire querendo criar um museu para encerrar essa arte em vitrines em 1909 a Griaule ficcionalizando os dogon em 1948 em *Dieu d'eau*; de Breton colecionando arte africana desde a juventude à inauguração, em 2006, do Musée du Quai Branly que expõe uma imensa coleção de obras espoliadas de seus respectivos países de origem – não houve mais do que uma objetificação da África, uma coisificação dos africanos, outra maneira de perpetuar a gesta colonial, só que sob o disfarce da melhor das intenções? Possível, provável.

Pois falar em arte africana significa olhar para objetos que destinamos ao Louvre como que lhes oferecendo um futuro melhor, o mais invejável dos destinos! Quem fica olhando o dedo não enxerga a lua. Em outras palavras, desdenhamos o gênio pagão, animista, totêmico desse povo, privamo-nos dos ensinamentos que ele poderia nos trazer, não segundo nossos próprios parâmetros, mas intrinsecamente, a partir deles. O gabarito pelo qual se mede o gênio africano não é o fato de eles se equipararem a Praxiteles pela beleza de sua estatuária, a Hesíodo pela complexidade de sua mitologia, a Ptolomeu pela precisão de sua cosmologia, a Homero pela qualidade de sua poesia, ou mesmo a Gesualdo pela complexidade de sua música, assim merecendo o Louvre, cujas portas lhes podemos abrir porque eles bem o merecem!

Falar em arte africana, ou arte negra, ou arte primeira, ou arte primitiva, significaria convir que ela é arte. Com a ênfase não no epíteto, e sim no substantivo. Pois acaso existe arte quando o homem não se acha apartado da natureza? Quando a transcendência encontra seu sentido não numa verticalidade que tira o homem do mundo, mas numa horizontalidade que permite permanecer no mundo para aprofundá-lo, penetrá-lo, vivê-lo e experimentá-lo, mais do que para conhecê-lo? Quando isso que os ocidentais chamam de arte equivale, para eles, a museificação, ao passo que, para um africano, tem a ver com divindade do mundo, força primitiva, vitalidade criadora, espírito dos ancestrais, morte até mesmo na vida e vida até mesmo na morte?

Uma vez concluída a cerimônia, os africanos abandonavam ali as máscaras e estatuetas que tinham servido de veículo para o sagrado imanente. A chuva, a umidade, os cupins acabavam rapidamente com os fetiches de madeira revestidos de barro, sangue, couro, palha, pelos, tecidos. A arte nomeia aquilo que está morto depois que o vivo deserta a vida dos objetos. Ela só existe para dizer os vestígios mortos, os restos decompostos, os dejetos. O museu, as galerias, os colecionadores, as salas de leilão se inserem em lógicas de papa-defuntos. A vitalidade africana é invisível para os niilistas ocidentais; o dionisismo negro é impossível de ser percebido por um espírito apolíneo cristão; a grande saúde anímica é ilegível para a gente do livro; o vigor, o fervor, o entusiasmo, a robustez, a força do riso negro assustam o corpo exausto dos humanos que vivem há mais de mil anos sob o regime monoteísta.

O colonialismo quis reprimir essa energia negra com massacres, torturas, etnocídios, genocídios, populicídios. Destruiu corpos, mas também aldeias, práticas, línguas, costumes, ritos, maneiras de ser e de fazer, de pensar e falar, viver e morrer, sofrer e sentir. As religiões muçulmana e cristã, grandes provedoras de tráfico de escravos, de culpabilização dos corpos, de putrefação das almas, de desprezo pelas carnes negras, atuaram em dobradinha com os colonizadores. O sabre de uns, o aspersório dos outros. Jogaram-se ao fogo fetiches, máscaras, objetos ritualísticos, macularam-se os altares em que os povos celebravam seus ancestrais.

O que fez o homem dito civilizado com aquele que chamava de bárbaro foi barbárie. Os poderes civis e militares, sempre cúmplices, nunca amaram a vida, que a África ama até na morte. As religiões do Livro só amam e celebram aquilo que não ama a vida. Sangraram largamente os povos vivos, dionisíacos, para torná-los populações exangues, apolíneas. Converter objetos rituais em arte negra equivale ao esgotamento desses povos por parte do cristianismo e do islã. Querer e oferecer o Louvre para uma máscara africana é o mesmo que oferecer um mausoléu para os troféus da batalha vencida contra os povos negros. Pintar a arte negra em Saint-Germain-des-Prés, dançar a arte negra em Montparnasse, pilhar a arte negra para o Musée de l'Homme, romancear a arte negra, ficcionalizar a arte negra num filme, querer para a arte negra um grande museu, o Louvre ou outro, atualmente o Quai Branly, é fazer passar o rio Níger em cheia pelo buraco de uma agulha. Podemos nos esforçar para isso; podemos também aprender com as lições negras e querer o sol onde quer que impere a noite das civilizações.

## Parte III

# O ANIMAL
Um alter ego dessemelhante

*A*nimal: meu pai distinguia os animais domésticos, os animais familiares e os outros. Gostava dos seus cavalos de trabalho, pesados animais de tração que ele montava em pelo, como atesta uma velha foto em preto e branco. Também era afeiçoado ao cãozinho da família, Frisette, simples e fiel companheiro que ia buscar o bife no açougue e o trazia na boca sem estragá-lo. Minha mãe tinha, e ainda tem, uma concepção mais carcerária do animal doméstico: até onde sou capaz de lembrar, passarinhos em gaiolas, canários, bengalis, chamarizes e, mais tarde, após a morte do meu pai, uma pega amestrada por ela que morava dentro de casa, dormia na garagem contígua à cozinha, ia pousar no telhado da igreja próxima e voltava a se empoleirar no ombro de minha mãe quando esta a chamava – até que, bem provavelmente, a antiga empregada do padre, em nome do amor ao próximo, lhe partisse a cabeça num dia de festa sádica.

Do lado materno havia também, variação sobre o tema das grades, pequenos roedores, hamsters ou porquinhos-da-índia, confinados com folhas de alface, cama de serragem e a inevitável roda em que os pequenos Sísifos peludos se agitavam furiosamente. Certa época, também houve um aquário de peixinhos dourados que representava, para o menino que eu era, uma evidente metáfora da condição humana: viver num espaço fechado, andar em círculos, nadar no nada, comer granulados, jogar dejetos retorcidos na água suja e olhar pela vidraça sem saber que mundo se tramava por trás do vidro do recipiente. Minha mãe era dos gatos; meu pai, dos cachorros. Meu pai apreciava a fidelidade; minha mãe preferia o mistério.

As gatas de minha mãe saíam pela aldeia atrás dos machos e, inevitavelmente, deixavam-se emprenhar. Nascida a ninhada, cabia a meu pai a tarefa de se livrar dela, na falta de conseguir doar todos os gatinhos. Era ele quem assumia as maternidades indesejadas da casa, sem demonstrar nada além de aceitação do que deveria ser feito porque não havia como não o fazer. Desincumbia-se dessas tarefas sem dizer palavra, mas custo a acreditar que ele, que nunca foi pescador (ao contrário de sua avó, cujos caniços de bambu estavam guardados no sótão) nem caçador, ele que nunca, em toda a sua vida, segurou uma espingarda na mão, pudesse desincumbir-se dessa tarefa ingrata sem desprazer. Seu silêncio o protegia do mundo, até quando o mundo não protegia o seu silêncio.

"Epifania do bicho judaico-cristão" (capítulo 1) propõe uma genealogia dessa divisão entre os cavalos que amamos porque dividimos com eles o trabalho da lavoura e os gatinhos cegos que afogamos, entre o cãozinho afagado e os coelhos enucleados, sangrados e comidos, os frangos e patos decapitados, depenados, limpados e assados, entre o hamster bem tratado e o camundongo preso na ratoeira, o já mencionado peixinho dourado e a fritura dos vairões. Minha mãe matava os pombos mergulhando a cabeça deles num copo de aguardente. Eles terminavam servidos com ervilhas, mas ela reservava seu carinho e carícias para os seus gatos. Quanto a mim, tenho igual compaixão por todos os animais, com exceção dos que me incomodam, o que não vai muito além dos pernilongos.

Sou, nesse sentido, darwiniano: sei que não há diferença de natureza entre os homens e os outros animais, apenas diferença de grau – vide "A transformação do animal em bicho" (capítulo 2) e "O surgimento dos animais não humanos" (capítulo 3). A filosofia institucional age como se Darwin nunca tivesse publicado, em 1859, *A origem das espécies*, obra que divide a história do pensamento ocidental em antes e depois, e sem a qual Nietzsche, que inaugura a era da nova filosofia, nunca teria proposto sua visão de mundo. Meu nietzschianismo provém desse pensamento que abole as metafísicas, que deveria impossibilitar as metapsicologias e obriga a uma ontologia materialista. A etologia é genealogia da antropologia, a qual é, por sua vez, genealogia da ética e da moral.

Para quem possui o mais elementar dos sensos de observação, é evidente que os animais sentem, sofrem, sabem, trocam, ressentem, que experimentam sensação, emoção, afeição, percepção, dispõem de inteligência, de antevidência, utilizam instrumentos que eles próprios fabricam, possuem noção de tempo e duração, praticam a ajuda mútua, são capazes de se projetar no futuro e guardar memória do passado, e agir em consequência – o que nos obriga a ter com eles uma relação não de utensilidade, objetificação, sujeição, e sim, na medida do possível, de cumplicidade.

Há que encontrar a distância certa em relação a eles: não convertê-los indistintamente em instrumentos a nosso serviço, nem transformá-los em parceiros, nem animalizá-los, nem humanizá-los. Em "Quem quer ser fera acaba sendo anjo" (capítulo 4), examino os argumentos dos antiespecistas (os quais rejeitam a distinção ontológica entre homens e animais) e dos especistas (que afirmam esta distinção sem rodeios). O antiespecismo pode levar um filósofo contemporâneo – no caso, Peter Singer – a justificar as relações sexuais com um animal desde que não lhe causem sofrimento; o especismo pode levar outros filósofos, como Malebranche, por exemplo, a equiparar os animais a coisas, objetos que se pode utilizar à vontade.

Pode-se não querer justificar a transa de Singer com uma égua se lhe der vontade nem justificar a industrialização da morte nos matadouros em total desconsideração pelos animais. Quando era adolescente, conheci em minha aldeia natal um zoófilo que um dia foi flagrado por um colega de meu pai, operário agrícola como ele, empoleirado num monte de feno prestes a satisfazer uma vaca. Não me parece que haja nisso nenhum progresso para a humanidade. No entanto, nunca cruzo na estrada com um comboio de animais a caminho do matadouro, sejam vacas ou ovelhas, porcos ou frangos, sem sentir fisicamente um imenso pavor. Mas será mesmo o caso, como é para alguns, de referir-se a um "eterno Treblinka" ao abordar esse problema? Não creio.

Coloca-se a questão quanto a comer ou não os animais. Quando penso a respeito, chego à conclusão que não; quando como, faço de conta que não pensei nem cheguei a nenhuma conclusão. Essa dolorosa contradição me leva a dizer que, em matéria de vegetarianismo, sou um crente não praticante – mesmo que nunca compre carne para mim e só a cozinhe para amigos que sei que a apreciam. O vegetarista se priva da carne dos animais, os vegetarianos, de seus produtos, os veganos, de tudo que provém de um animal (lã, seda, couro, mel...) e toda utilização humana dos animais (experimentos em laboratório, é claro, mas também corridas de cavalos, circos, zoológicos, lojas de animais).

Subscrevo a várias teses de diferentes correntes: sou a favor da extinção dos zoológicos em que os animais são humilhados e desenvolvem severas patologias; a favor da proibição de animais em circos onde são amestrados com brutalidade, ridicularizados num círculo de luz e comercialmente explorados; a favor da abolição da caça, toda e qualquer caça, e também, obviamente, da tauromaquia, uma impostura intelectual que oculta um sadismo dos mais primários – "Espelho partido da tauromaquia" (capítulo 5). Subscrevo igualmente à necessidade de dar aos animais estatutos éticos que criminalizem os maus-tratos, os tratamentos desumanos e degradantes. Acredito igualmente que os novos bichos de estimação, cobras e aranhas-caranguejeiras, assim como os animais exóticos, macacos e papagaios, deveriam ter sua venda e comercialização proibidas.

Os veganos acusam os vegetaristas de estarem do mesmo lado que os carnívoros, por consumirem produtos derivados que exigem a exploração animal – como o leite, por exemplo, que pressupõe a maternidade da vaca e a supressão do terneiro para poder dispor do leite; os ovos, que também obrigam ao massacre dos pintos machos, triturados ao nascer após a sexagem etc. Estão certos os veganos: pela lógica, o argumento dos vegetaristas não se sustenta, só o dos veganos parece lógico.

Mas deixar de comer carne, comportar-se como um vegano, isto é, rejeitar os produtos derivados de animais, recusar qualquer atividade de lazer com eles, renunciar ao mel e à seda significa, se pensarmos como consequencialistas, e na falta de uma eutanásia ativa generalizada, deixar que proliferem exponencialmente os animais domésticos até que se tornem novamente selvagens, e ativar assim uma eutanásia passiva que irá colocar o homem num biótopo selvagem em que os cães terão dado lugar aos lobos (lembrando que os lobos estão na origem de todos os cães domésticos), os bovinos, aos bisões selvagens, os gatos, aos enormes e potentes felinos dos quais descendem, em que outras espécies domesticadas terão voltado às suas origens. Ora, sem nenhuma caça para impedir esse retorno à natureza mais indomada, o homem desapareceria, massacrado pelos animais selvagens contra os quais não poderia fazer nada. Isso é pensável? A universalização da máxima vegana conduz à supressão do homem. É o que desejam alguns filósofos da ecologia profunda – mas não eu. Impossibilidade teórica do vegetarismo, impossibilidade ontológica do veganismo, resta construir uma frugalidade alimentar que inclua o mínimo de animais possível.

# 1
## EPIFANIA DO BICHO JUDAICO-CRISTÃO

Nossa relação com os animais foi construída por mais de mil anos de cristianismo: nosso amor pela pomba e nosso horror pela serpente; o carinho prodigalizado aos nossos cães ou gatos de estimação, e os percevejos ou baratas esmagados com nojo; a formiga intoxicada sem pruridos, e a abelha que ninguém extermina voluntariamente; o boi, o porco, a galinha e o peixe comidos crus, assados, cozidos, grelhados, enquanto a serpente, o cão, a sopa de escorpião chinesa e a tarântula cambojana grelhada são rejeitados com repulsa pelo comedor ocidental; o touro morto na arena com a aquiescência de intelectuais extasiados ou de aficionados em gozo de pulsões sádicas, e o desprezo pelo acusado de maltratar seu cachorro, embora ele mobilize exatamente as mesmas pulsões; a religião vegana, e a paixão pelo bife tártaro – tudo isso tem suas raízes no cristianismo. E apesar de uma aparente descristianização, seguimos vivendo sob esse paradigma.

No começo, evidentemente, era a Bíblia – e no começo desse começo está o começo dos começos: o Gênesis. Conhecemos mais ou menos o relato da criação do mundo, o desenrolar do trabalho, as sucessões dialéticas que separam o nada do todo, o caos sobre o qual paira o espírito de Deus, e a mulher, perfeição da criação, uma vez que, segundo a ordem de precedência, ela vem depois do homem, o que, para quem quiser ler, garante um maior distanciamento em relação aos animais. Entre o homem e a mulher, o primeiro se encontra mais próximo do macaco do que a segunda, já um pouco mais afastada – e este *um pouco* não é pouco! Há mais do bicho no homem do que há na mulher. Ou, em outras palavras: há mais razão e inteligência em Eva do que em Adão –

como bem demonstram seu desejo de provar o fruto proibido, fruto da árvore do conhecimento, e sua vontade de saber, ao passo que o homem se contentava em obedecer.

Deus cria, então, os pássaros no céu, os grandes monstros marinhos no mar, e depois, o homem – à sua imagem. As más línguas, entre as quais me incluo, constatam a imperfeição do Criador em função do malogro de sua Criatura, invejosa, ciumenta, má, arrogante, pretensiosa, atormentada pelas paixões tristes. Imperfeição essa que contradiz seu ser em si. Mas deixemos para lá. Esse mesmo Deus (supostamente) diz: "Façamos o homem à nossa imagem, como nossa semelhança, e que eles dominem [sic] sobre os peixes do mar, as aves do céu, os animais domésticos, todas as feras e todos os répteis que rastejam sobre a terra". De maneira performativa, portanto, Deus produz a dominação dos homens sobre os animais. Essa injunção faz as vezes de genealogia para todos os maus-tratos infligidos aos animais sob o regime ontológico judaico-cristão.

Depois de criar o homem e a mulher, Deus prossegue com a mesma lógica: "Sede fecundos, multiplicai-vos, enchei a terra e submetei-a". Em seguida, faz o mesmo com as plantas, as árvores, as sementes, chamadas a servir de alimento aos homens. Submeter a terra, dominar os animais, sujeitar a natureza, explorar o reino animal e vegetal, tal é o programa metafísico cristão. O homem dispõe da natureza como o criador dispõe de sua criatura.

No relato mitológico cristão, portanto, Deus cria uma hierarquia: dá os animais aos homens, e os vegetais aos homens e aos animais. Por esse regime ontológico, o bicho judaico-cristão passa a ser uma coisa entre as outras coisas. Poderá fornecer força de trabalho através da tração, um meio de locomoção, em tempos de paz, mas também de guerra, uma fábrica de alimentos como leite, manteiga, nata, carne, ovos, uma reserva de peles, couros, pelos, tendões para vestir, abrigar, proteger o homem.

Por decisão divina, os humanos poderão se entregar, portanto, a um enorme banquete de carnes: derramar o sangue do bicho judaico-cristão para dele se alimentar, comer suas tripas, mastigar seus músculos, esmagar seus testículos com os dentes molares, enfiar sua língua na boca e engoli-la, mascar seu cérebro, ingerir seus pulmões, esguichar com os dentes o líquido de seus rins, misturar a saliva com o sangue de seu fígado – numa palavra: matá-los para comê-los a cada dia que esse deus fez para o bem dos homens e maldição dos animais.

No Novo Testamento, que conta a vida de um homem que só existiu à força de metáforas e alegorias, fábulas, mitos, reciclagem de ficções orientais, o animal atua, na maior parte do tempo, nas parábolas. O judeo-cristianismo elimina o animal de carne e osso para só se interessar por um animal conceitual. O significante esvazia o bicho de seu sangue para convertê-lo num significado simbólico. O cristianismo efetua uma espécie de holocausto do animal de verdade, em prol de um animal de parábola. Embora o Novo Testamento lembre um zoológico em que se encontra de tudo um pouco, ou quase – da serpente à pomba, do boi ao burro, do porco ao cão, do escorpião ao peixe –, é sempre por uma perspectiva apologética de edificação do fiel.

Jesus, com efeito, começa seu périplo ficcional num estábulo, com um boi e um burro. Seria de se esperar que o boi e o burro estivessem obviamente presentes por serem animais de tração agrícola, uma vez que o Antigo Testamento judaico anuncia a vinda de um Messias e seu nascimento dentro de um estábulo – vide Isaías. Mas quis a simbólica que esses animais, ausentes nas cenas da natividade dos quatro Evangelhos, só surgissem mais tarde, no momento em que se forjava a religião cristã e em que esta passava de seita perseguida a religião que persegue. Tratava-se então de dar a essa fábula local um alcance universal, sustentada num grande relato capaz de federar para além de Belém, Nazaré e outros lugares crísticos.

Encontram-se, assim, o boi e o burro nos Evangelhos apócrifos, notadamente no de Pseudo-Mateus, um texto redigido no século VI, duzentos anos depois de o cristianismo ter se tornado religião de Estado. Os Pais da Igreja se apossam desse bestiário e lhe conferem uma dimensão alegórica. Orígenes, Gregório de Nazianze, Ambrósio, Cirilo de Jerusalém e muitos outros se dedicam a essa tarefa: o boi simboliza o povo judeu acorrentado pela Lei antiga, e o burro, portador de pesados fardos, o animal emblemático da idolatria dos gentios. Há que se lembrar desse símbolo, portanto, para entender que Jesus, ao entrar em Jerusalém montado num burro, expressa menos um deus feito homem a cavalgar um *Equus asinus* do que um Profeta que submeteu os idólatras, os pagãos, os gentios, virados animais de carga. Se quisermos uma genealogia do burro enquanto figura emblemática da... burrice, detenhamo-nos um momento nesse estábulo!

No dia em que Jesus é batizado no Jordão, o Espírito Santo desce sobre sua cabeça assumindo a forma de uma pomba. Quando, tempos depois, Jesus se encontra no deserto e é tentado pelo diabo, está cercado, dizem os Evangelhos, por animais selvagens. Na falta de maiores detalhes, imaginamos a serpente, cujo passado conhecemos muito bem, e também os escorpiões, animais associados ao mal, à maldade. O par pomba celestial *versus* serpente terrestre, animal vindo do céu *versus* bicho que rasteja no chão, pássaro transcendente *versus* réptil imanente, bicho de asas, como o anjo, *versus* bicho sem patas, condenado ao contato de seu ventre com o chão, simboliza então a cidade celestial e a cidade terrestre com celebração da primeira e desconsideração da segunda.

Esse dualismo perpassa o reino animal como um todo: animais positivos *versus* animais negativos, bichos cristãos *versus* bichos ateus. Assim, além da pomba, animal de pureza e de paz que traz o ramo de oliveira após o dilúvio, os animais positivos são: o peixe, com sua carga eminentemente simbólica, portadora de uma semântica que recorre ao jogo de palavras; o cordeiro, na medida em que anuncia o sacrifício por vir; a ovelha, que diz a inocência do Homem-Deus decidido a dar a vida para resgatar os pecados do mundo; a galinha, que reúne sua ninhada sob as asas protetoras.

Como animais negativos, temos, além da serpente tentadora e demoníaca, o lobo, caçador de carneiros, comedor de cordeiros, devorador de ovelhas desgarradas, pesadelo do pastor – o qual também é, metaforicamente, o Cristo com seu rebanho de fiéis; a raposa, também animal de rapina, que sangra a galinha estimada por suas virtudes crísticas protetoras; a crermos nas palavras de Mateus, Jesus trata Herodes de raposa por ter mandado decapitar João Batista; o porco, bicho lúbrico que se refestela na lama e sente prazer com isso; o cão, animal impuro porque vive das migalhas dos ricos opulentos e dá mau exemplo de relação interesseira; o abutre, ave gulosa de cadáveres. O judeo-cristianismo só ama ou detesta os animais em função de sua carga simbólica. O par lobo e ovelha encarna o mau que devora o inocente: encerra, alegoricamente, toda a aventura cristã.

O cristianismo tem uma relação extremamente simbólica com o peixe. É certo que a história de Jesus se passa supostamente ao redor do lago Tiberíades, lugar em que o peixe constitui a base da alimentação. Cinco dos doze apóstolos são originários de cidades litorâneas e pescadores de profissão. Mas esses peixes, aparentemente reais, procedem do peixe simbólico fabricado segundo o princípio do acróstico a partir da homofonia entre o significante grego de peixe (*ikhthus*) e as iniciais gregas das palavras "Jesus / Cristo / de Deus / o Filho / salvador" (*ikhtus*). Por detrás do peixe real sempre se esconde um peixe simbólico.

O peixe, portanto, é tanto o alimento de predileção de Jesus quanto seu principal arsenal metafórico. Quando ele multiplica a pesca e, com dois peixes, alimenta milhares de comensais, quando torna essa pesca milagrosa e permite puxar uma rede com 153 presas (153 representa a humanidade inteira, já que, segundo escreve São Jerônimo, esse é, na época, o número de peixes repertoriados), Jesus anuncia que seu nome está destinado a se tornar universal. O peixe expressa, portanto, o Cristo, a tal ponto que, morto mas ressuscitado, duas vezes ele come peixe em sinal de gratidão para com seus discípulos, prova de que ele é mesmo aquilo que é e que, com esse alimento alegórico, é mesmo o Cristo morto na cruz e ressuscitado no terceiro dia que aparece aos seus apóstolos.

O judeo-cristianismo nos ensina, portanto, duas coisas: a primeira, lição do Antigo Testamento judaico, é que Deus disse ao homem que ele precisava submeter o animal à sua vontade, até transformar o vivo numa coisa, ao equivalente de uma pedra, nem mais, nem menos; a segunda, lição do Novo Testamento cristão, é que é preciso esvaziar o animal de seu sangue quente e vermelho, de sua carne viva e palpitante, de seus músculos e sua linfa, de seu sistema nervoso e seu instinto, de seu olhar e sua vitalidade, de sua energia e força, de sua libido e seus frêmitos – em outras palavras, de sua verdade – em prol de uma zoologia alegórica de papel, de um bestiário simbólico destinado a acompanhar a narrativa de uma ficção desse conceito denominado Jesus.

A patrística constrói esse romance religioso. Os Pais da Igreja dispõem do tema fornecido pela Bíblia – *dominem os animais* – e se contentam, durante mil anos, em efetuar variações sobre essa frase terrível. O tom é dado por Orígenes, um alexandrino ativo no início do século III da era comum que lança sua sanha censória sobre Celso, um filósofo romano do século II que ele converte em epicuriano para fins de seu ódio, sendo que Celso estaria mais para neoplatônico. Este último publicara, mais ou menos no ano 178, *A verdadeira palavra*, que revela ser um texto radical em oposição ao cristianismo então incipiente.

Celso, que foi amigo do ironista Luciano de Samósata (o qual, aliás, dedica-lhe um de seus diálogos, "Alexandre ou o falso profeta"), mescla humor e razão, ironia e análise, carga polêmica e desconstrução crítica para ridicularizar essa seita de crenças extravagantes: não acredita na historicidade de Jesus e é um dos primeiros a compreender que essa ficção excita e cristaliza o zelo de seus adeptos, os quais reciclam diversas crenças orientais nessa antiga história repintada com as cores do momento; não vê qualquer originalidade na moral cristã e percebe que, também nisso, mais uma vez, os cristãos se limitam a reativar o antigo cabedal moral pagão; constata que se trata de uma religião antissocial, que representa um fermento de decomposição do Império Romano; avalia o quanto, caso viesse a triunfar, daria plenos poderes a uma nova barbárie; romano, argumenta à luz das categorias da filosofia helênica, que ele opõe à fé, às crenças, ao abrir mão da razão a que toda religião obriga; percebe o quanto essa nova seita vê na cultura algo altamente suspeito e transforma o simples de espírito em portador de verdade.

*A verdadeira palavra* de Celso desapareceu. Não se sabe por que motivos. Mas é lícito supor que pereceu da mesma forma como todos os textos que se opunham ao cristianismo: quando os monges copistas sacrificavam uma quantidade incrível de animais para tirarem suas peles e nelas copiar a pletora de textos cristãos (no século XV, o primeiro exemplar da Bíblia impressa por Gutenberg requereu a pele de 170 bezerros), escolhiam os textos a serem copiados ou recopiados. Prioridade para a literatura compatível com o cristianismo (idealismo platônico, metafísica aristotélica, dolorismo estoico) e condenação do que se revelava incompatível (hedonismo cirenaico, liberdade cínica, epicurismo materialista). Celso, por ser um franco opositor do cristianismo, foi bem provavelmente proscrito.

Paradoxalmente, se hoje temos conhecimento dessa *Verdadeira palavra* é graças tão somente ao seu detrator Orígenes e seu mui volumoso *Contra Celso* – no qual o cita com tanta frequência que acaba preservando perto de oitenta por cento do texto do filósofo que odiava! Celso escreveu igualmente *Contra os magos*, que atacava outras superstições além da versão cristã, mas essa obra, uma vez que não fez jus à perseguição de Orígenes, desapareceu completamente. Graças sejam dadas a esse Pai da Igreja, portanto, que nos permite hoje conhecer Celso e seu grande livro!

Celso desenvolveu, sobre os animais, um discurso radicalmente oposto ao do judeo-cristianismo. Orígenes, fundamentado no catecismo de sua seita, acredita que Deus criou os animais para os homens, e que estes podem, portanto, utilizá-los como se fossem coisas, objetos, bens inteiramente ao seu dispor. E Celso afirma, sem qualquer prurido: que os animais superam os homens em razão; que demonstram ter grande sabedoria política e cidadã; que dispõem de uma linguagem e se fazem entender; que é lícito, portanto, falar em inteligência dos bichos; que praticam a caridade, a compaixão, a ajuda mútua; que dispõem de um conhecimento da divinização. Está aí um pensamento revolucionário, que merece ser examinado.

Deus teria, portanto, criado tudo para os homens, incluindo, evidentemente, os animais. Donde a possibilidade, para os humanos, de caçar, pescar, matar os animais para se alimentar, curtir sua pele, aproveitar sua banha etc. Celso se opõe a essa tese essencial do judeo-cristianismo. Opõe-se a tal ponto que propõe uma tese exatamente oposta: e se Deus tivesse criado os homens para os animais? Basta olhar em volta para constatar o quanto os animais é que nos caçam e nos devoram naturalmente. Precisamos dar mostras de muita criatividade, gastar um tempo enorme aperfeiçoando técnicas, elaborando engenhosos estratagemas para obter, e olhe lá, nem sempre, algo que os animais ferozes conseguem sem a menor dificuldade! De um lado, redes, pedras lascadas, dardos, lanças, fossos, cães de caça, movimentos estratégicos e táticas de caça; de outro, garras, dentes, músculos, rapidez, tudo fornecido em quantidade por uma natureza generosa que parece ter escolhido de que lado está.

Sessenta anos mais tarde, Orígenes, o cristão, se insurge contra esse argumentário. Os humanos dispõem de uma inteligência superior à dos animais, prova é que homens pequenos dotados de espírito e entendimento podem matar elefantes, animais monstruosos, ameaçadores e perigosos. Os animais dispõem, sem dúvida, de força física, mas os homens, de uma inteligência que é capaz de derrotá-la. Sabemos matá-los, é claro, mas também sabemos domar as mais perigosas feras, capturá-las, fazê-las entrar numa jaula e obrigá-las a viver nela. Os humanos também sabem conter animais em cercados e criá-los para deles dispor quando chegada a hora, quando então os matam para assá-los, cozê-los, comê-los, deles se alimentar. Deus, portanto, deu aos homens, sobre os animais, um poder que os animais não têm sobre os homens: os bípedes é que os perseguem, caçam, capturam, matam, criam, domesticam, comem.

Orígenes pensa a questão da domesticação: de novo, Deus deu aos homens um poder que os animais não possuem. Cachorros amestrados permitem aos pastores e vaqueiros guardar, guiar e conduzir seus rebanhos de ovelhas ou vacas. Os bois, também domesticados, são atrelados a arados que permitem o lavradio e, portanto, a semeadura, as colheitas, a safra do trigo, o pão e, portanto, o alimento. Através do jugo, esses bichos se tornam uma força de trabalho graças à qual a paisagem é criada, alterada, transformada. Outros animais de tração, o cavalo, o burro e também o camelo, carregam fardos. O transporte de mercadorias permite então as trocas, as vendas, o comércio. A domesticação dos animais tornou possíveis, portanto, a agricultura e o comércio. Por essa lógica, o homem manifesta sua superioridade sobre o animal: nunca nenhum humano foi entravado por um animal nem por ele capturado para trabalhar em seu benefício.

O Pai da Igreja, prosseguindo sua análise, aborda a questão dos leões e das panteras, e também dos javalis. Por que foram criados esses animais? Pois se percebe o quanto o alimento e o vestuário, a agricultura e o comércio denotam uma teleológica que, mais tarde, seria chamada de especista. Mas e a existência em si desses animais que passam por ferozes, maus, cruéis? Por que terão sido criados por Deus? Resposta de Orígenes: para que os homens possam exercer sua coragem. Da mesma maneira como Bernardin de Saint-Pierre louvava a Deus por ter dese-

## Epifania do bicho judaico-cristão

nhado listras nas melancias, que podiam assim ser mais facilmente divididas nas famílias, prova de sua evidente teleologia familiarista, Orígenes associa a existência dos animais à essência do homem: os animais são para o homem, foi Deus quem quis assim – da mesma forma como os homens são para Deus. O homem é para Deus o que o animal é para o homem: um devedor de obrigações.

Afirma Celso que não se pode dizer que os homens são superiores aos animais por criarem algo que tem a ver com cultura – cidades, por exemplo. E cita como exemplo a capacidade construtora desses animais sociais que são as formigas e as abelhas. Retruca Orígenes que os homens constroem em razão de sua inteligência, e os animais, pelo fato de imitarem os seres de razão. Seres de cultura de um lado *versus* seres de natureza de outro; aqui, a razão razoável e raciocinante, e lá, o que mais tarde seria chamado de instinto; vontade desejante para os descendentes de Adão e obediência à necessidade natural para os filhos e filhas da serpente e outros bichos primitivos.

Se as abelhas fazem mel, afirma Orígenes que é para o bem dos homens: para alimentá-los, fortalecê-los e curá-los – de fato, já eram então conhecidas, de modo empírico, as virtudes antissépticas desse bálsamo açucarado. Não se pensava que fabricar esse produto poderia fazer parte de sua essência, de sua perfeição, do seu ser, e que já existiam abelhas fazendo mel bem antes de o homem aparecer no planeta, há cerca de 100 milhões de anos. O Pai da Igreja não pensa, limita-se a tecer variações sobre o tema proposto no Gênesis.

Bem antes de Darwin, que em 1859 nos revelava que a fraternidade dos animais contribui para a evolução das espécies e para a seleção natural dos indivíduos mais bem adaptados, bem antes de Kropotkin, que, algum tempo depois, em 1902, escreveu um livro intitulado *Ajuda mútua* para desenvolver essa tese, Celso afirma que os animais praticam a ajuda mútua. Afirma, por exemplo, que as formigas largam o fardo que estão carregando para cuidar de suas congêneres exaustas. Celso mostra que existe, portanto, uma fraternidade natural, uma compaixão instintiva, algo que irrita Orígenes, para quem a piedade cristã não depende de um movimento natural, e sim de uma decisão voluntária, racional – numa palavra: humana.

Celso acrescenta ainda que os animais são previdentes, ou, em outras palavras – mesmo que isso não seja expresso claramente –, são capazes de projetar o futuro sabendo que, no inverno, terão de dispor de reservas de alimentos para sobreviver até que retorne o bom tempo. É esse um esforço não voluntário e sempre instintivo, natural, segundo Orígenes. Tal movimento existe, diz o cristão, nos seres desprovidos de razão. Não há, nesse tipo de comportamento, nenhum motivo para declarar que o animal é igual ao homem.

*A verdadeira palavra* permite ler o que poderia constituir, na falta de provas anteriores, o primeiro argumento antiespecista! De fato, escreve Orígenes, em modo interrogativo, que Celso parece afirmar que "todas as almas são de uma mesma espécie, e que a do homem em nada supera a das formigas e abelhas. Tal é a lógica do sistema que faz descer a alma da abóbada celeste, não apenas no corpo humano, mas também nos outros corpos".

Algo impensável para um cristão como Orígenes, que acredita que a alma humana foi criada à imagem de Deus, e que a divindade não iria se desperdiçar em criaturas animais. Orígenes, porém, indica muito bem o problema filosófico: quer o dualismo, o espiritualismo, o idealismo, o platonismo, o cristianismo e outros pensamentos que postulam um céu, sendo então possível construir sobre essa ficção uma teoria do animal entendido como uma coisa, um objeto, ontologicamente situado muito abaixo do homem; quer o atomismo, o materialismo, o epicurismo, uma filosofia que pensa o real a partir do real, e não a partir de conceitos e ideias, e então o animal não é coisa subalterna enquanto o homem seria ponto alto da criação, mas variação, como os outros animais, sobre o tema do vivo.

Depois de declarar sua inteligência, de mostrar que os animais são construtores, dotados de compaixão, capazes de previdência, Celso dá outro argumento em favor de um nivelamento ontológico entre eles e os homens: as formigas enterram seus mortos, escolhem um local para reunir seus defuntos. A quem afirme que o túmulo constitui uma linha de fratura radical entre humanos e animais, Celso cita esses fatos – avalizados por Plínio, Cleanto e Plutarco.

De mais a mais, segundo o autor não cristão, os animais se comunicam. Mais uma vez, quem afirme que a linguagem distingue de maneira definitiva as duas espécies fica de mãos abanando. Afirma Celso, com efeito, que as formigas trocam informações que lhes permitem nunca errar seu caminho: "Há nelas, portanto, plenitude de razão, noções comuns de determinadas realidades universais, significantes, eventos, sentidos expressos".

Muito tempo antes, é claro, dos estudos de Max Frisch e dos naturalistas, que hoje nos permitem saber que as formigas se comunicam através de moléculas químicas, afirma Celso, provavelmente de modo empírico, que as formigas dispõem de uma linguagem, não igual à dos homens, decerto, mas linguagem assim mesmo. Ora, nada permite hierarquizar essas linguagens. Em certos aspectos, as formigas comunicam informações que a linguagem humana, por imperfeição, digamos, é incapaz de decodificar. Ridículo, conclui Orígenes, para quem não existe linguagem entre os animais.

Celso prossegue: "A quem observasse a terra desde o alto do céu, que diferenças poderia haver entre nossas atividades e as das formigas e abelhas?". Orígenes julga tal argumento inconveniente. Inconveniência, diz o cristão! E o diz para a posteridade – uma posteridade que, à luz das pesquisas científicas, dá razão a Celso em todos os aspectos: não existe, de fato, diferença de natureza entre os homens e os animais, apenas uma diferença de grau. Visto do céu, Orígenes, que redige seu tratado contra Celso, está obedecendo à necessidade tanto quanto a formiga está indicando o caminho às suas congêneres ou uma abelha fazendo seu mel.

Segundo Orígenes, Celso confunde a razão que move os homens com o irracional natural que anima os animais – que nossa modernidade denomina instinto. Orígenes responde a Celso afirmando que quem observasse os animais desde o céu "não veria neles outro princípio, se me atrevo a falar assim, senão a ausência de razão. Nos seres de razão, pelo contrário, veria o logos que é comum aos homens, aos seres divinos e celestes, e, talvez, até ao próprio Deus supremo". Tendo Deus criado o homem à sua imagem, "a imagem do Deus supremo é o seu logos". Sobre o logos divino, portanto o logos humano *versus* o instinto animal, Orígenes não irá mudar seu ponto de vista: o homem está do lado de Deus, do logos, da razão, da inteligência, e o bicho, do lado da natureza.

Celso acrescenta um argumento – que é o quanto basta para não poder ser alinhado com os epicuristas. Afirma que os animais são capazes de magia. Cita as serpentes, as águias, as quais, escreve ele, teriam suficiente conhecimento da natureza para utilizar os remédios ou pedras que esta oferece a fim de tratar ou curar seus filhotes de venenos e doenças. Orígenes nega, evidentemente, que se trate de magia. Subscreve, decerto, à zoologia de seu tempo (como poderia ser diferente?) e acredita que a serpente ingere funcho para melhorar sua visão e se mover com mais rapidez. Plínio refere essa crença retomada pelo Pai da Igreja.

Celso parte do que julga ser um fato comprovado, e Orígenes o critica, não quanto ao fato em si, mas quanto à interpretação: Celso vê aí uma mostra da sagacidade animal, uma prova suplementar da inteligência dos animais, uma comprovação da igualdade ontológica entre os dois gêneros; já Orígenes, persistindo em sua lógica, afirma que esse fato, inconteste, demonstra antes um dom natural de sua constituição biológica, sem que haja nisso qualquer participação do raciocínio. Se os homens alcançam essa sabedoria é de maneira empírica, através de observação, constatação, prova, duplicação da experiência, raciocínio científico, e o animal, pelo simples fato de possuir em si esse saber. Deus criou os animais dispondo desse saber para lhes permitir ser e, então, perseverar em seu ser.

Não se sabe o quanto há, em Celso, de provocação, humor, ironia ou seriedade. Ele defende, sem dúvida, a ideia de que existem diversas qualidades comuns aos homens e aos animais, e parece militar por uma igualdade ontológica que pressuporia uma diferença de grau, e não uma diferença de natureza, entre os homens e os animais. Contudo, ele às vezes também assevera que os animais são superiores aos homens! Celso, com efeito, afirma que não existe nada mais divino do que prever e predizer o futuro – e ocorre que disso os animais são capazes. Assim os pássaros emitem sinais, o que demonstra estarem mais próximos de deus, de Deus, dos deuses, do que os homens, tão distantes desse absoluto! Alguns cientistas do momento chegam a afirmar que os pássaros se comunicam, trocam informações, avisam aos seus congêneres para onde estão indo, e vão, transmitem o que têm a intenção de fazer, e fazem. Assim também os elefantes que, a crermos nas palavras de Celso, são fiéis às suas promessas e dóceis em relação à divindade devido a sua bem provável proximidade com ela.

Orígenes refuta essas teses. Deplora que Celso não se paute por raciocínios *apodíticos*, é esse o termo que ele emprega, contentando-se em incriminar a fé dos crentes cristãos sem tentar descobrir se a adivinhação por meio dos pássaros é ou não uma disciplina fundamentada. Na falta de alguma certeza sobre o assunto, Orígenes busca validar seu raciocínio. Ei-lo então que argumenta: se os pássaros prenunciam o futuro, quer dizer que conhecem esse futuro; por que, então, se colocam com tanta frequência em situações perigosas que lhes custam a vida? Pois, já que podem alertar os humanos sobre seu destino, por que não começam por prever que ao voar em tal direção vão seguramente topar com caçadores e perder a vida? Ou com armadilhas nas quais vão sucumbir? Se as águias possuíssem essa presciência, pouparíam a vida de seus rebentos, mantendo-os à distância das cobras que os devoram. Se tivessem esse talento, sempre conseguiriam escapar do homem – o que não é o caso.

Afirma o Pai da Igreja: "Nenhum animal destituído de razão possui uma noção de Deus". Uma asserção que não deixa de ser filosoficamente estimulante – sendo como uma prova de que Deus é uma criação da razão, uma vez que, se os animais carecem de razão, não têm acesso a Deus –, a qual permanece uma ficção da razão, um puro produto do intelecto que os bichos não possuem, uma pura e simples fábula humana, muito humana, demasiado humana. Por que Deus, de fato, não se revelaria às criaturas vivas que não dispõem do instrumento intelectual com que se fabrica essa fantasia religiosa?

Quanto à promessa dos elefantes, Orígenes se pergunta de onde Celso foi tirar uma coisa dessas! O que relatam Plínio e Dião Cássio, na verdade, é que os elefantes adoram a Lua e se recusam a tomar a estrada sem antes obter de seus cornacas uma promessa solene garantindo que irão retornar. Caberia chamar de "promessa" esse contrato de entendimento firmado entre o animal e o homem que o domestica? E, mesmo que fosse o caso, Celso ainda assim estaria errado, uma vez que está demonstrado por inúmeras provas que o elefante domado pode se revelar um dia o mais temível dos inimigos para o seu dono.

Afirma Celso que as cegonhas manifestam mais piedade filial do que os homens, uma vez que levam alimentos para os seus pais. E acrescenta uma segunda anedota tirada de Heródoto e Plínio: o pássaro da Arábia, que emigra para o Egito quando velho, transporta o corpo de seu pai, encerrado numa bola de mirra como num féretro, e deposita em seguida esse escrínio paterno no templo do sol.

Orígenes contra-ataca: se as cegonhas e pássaros da Arábia se comportam assim, não é nem por dever, nem por raciocínio, "mas por instinto natural, tendo sido o desejo da natureza, ao formá-los, colocar nos animais sem razão um exemplo capaz de envergonhar os homens em relação à gratidão devida aos pais". A natureza mostra aos homens o que eles devem fazer: Orígenes, mais uma vez, assevera que os animais existem para os homens, para edificá-los, mostrar-lhes o rumo e o caminho, mas isso é porque Deus se serve deles para esclarecer e instruir os humanos.

Celso, por fim, afirma que o mundo não foi criado nem para os homens, como acreditam os cristãos, nem para os animais, mas por si mesmo, de modo a ser perfeito em seus detalhes e em suas partes, em seus fragmentos e em sua totalidade. O mundo é incorruptível, criado e desejado por Deus, que o mantém enquanto tal. Esse mesmo Deus não está nem aí para os homens, não se importa nem um pouco com eles, como tampouco se preocupa com os macacos e os ratos – cada qual apenas cumpre seu destino, no lugar que lhe cabe, contribuindo para a perfeição da criação. Orígenes persiste e reitera: "Todas as coisas foram criadas para o homem e para todos os seres de razão".

Assim era definido o debate; e assim segue, praticamente nos mesmos termos. Para o cristão, a criação é obra de Deus, o qual procedeu por etapas progressivas. Os minerais, os vegetais, os animais, os humanos aparecem um em seguida do outro no registro temporal, terrestre, mundano. A perfeição vai num crescendo desde a planta até o homem. Os animais são criaturas de Deus, súditos e objetos dos homens, os quais podem fazer com eles o que bem entenderem – a palavra divina nada tendo proibido em relação a eles: nem os maus-tratos, nem o sofrimento, nem o abate, nem a crueldade. Orígenes, cristão austero, vivia sua fé ao pé da letra. A tal ponto que, lendo em Mateus a sugestão de se castrar simbolicamente, secionou os próprios genitais – prova de que tinha problemas com sua porção animal.

Celso, quanto a ele, fornece o argumento ontológico dos antiespecistas de hoje – mesmo que estes não acatem as histórias naturais de Plínio, Arriano ou Heródoto. Recapitulando. Para Celso: os animais manifestam inteligência; erguem e constroem cidades tal como os homens; demonstram compaixão para com seus semelhantes; mostram-se previdentes e são, portanto, capazes de se projetar no futuro; enterram seus mortos; comunicam-se entre si e dispõem de uma linguagem que lhes permite trocar informações sem errar; dispõem de um saber medicinal comparável à magia; preveem o futuro; firmam contratos e honram suas promessas; mostram-se dotados de piedade filial. O pagão Celso não colocava livros entre ele e o mundo, via, tal como em si, que a eternidade não o alterou.

# 2
# A TRANSFORMAÇÃO DO ANIMAL EM BICHO

O animal judaico-cristão é, portanto, um produto da Bíblia e dos Pais da Igreja. Mas deve também aos filósofos reverenciados pela instituição, ou seja, aos idealistas, aos espiritualistas, aos dualistas e outros amantes de alma imaterial, de espírito etéreo, de substância pensante intangível, de conceito puro, de númeno vaporoso, de transcendência ontológica. Platão, obviamente, mas também Descartes e os cartesianos, Kant e o idealismo alemão, contribuem de outras maneiras para a continuidade da teologia cristã. O pensamento de Descartes e de seus seguidores idealistas (já que alguns foram materialistas), assim como o do oratoriano Nicolas Malebranche, possibilitaram o especismo em geral e a legitimação filosófica dos maus tratos aos animais em particular.

O cristianismo oficial não impediu a crueldade para com os animais e nunca manifestou qualquer compaixão em relação aos bichos. Diz a vulgata que ele teria, nos primeiros séculos do milênio, censurado os jogos circenses num gesto de piedade extenso a todos os seres vivos. Nada disso. Alguns Pais da Igreja criticaram os jogos circenses, sem dúvida, mas porque nutriam a mesma aversão pelo teatro e pelo espetáculo, ambos acusados de desviarem o povo do verdadeiro Deus e do culto que julgavam necessário render-lhe.

Naquela época, os pagãos celebravam Minerva nos ginásios, Vênus nos teatros, Netuno nos circos, Mercúrio nas palestras e Marte nas arenas. Para os cristãos, nem pensar em aderir a essas devoções antigas, a essas celebrações realizadas em meio ao suor, ao sangue, ao riso, às lágrimas, aos gritos – para Novaciano, Tertuliano, Lactâncio, Agostinho, Salviano, Cesário de Arles, o teatro é uma invenção do diabo. Os jogos circenses atraem milhares de pessoas cheias do mais trivial entusiasmo durante largas temporadas – até quatro meses por ano no período do Baixo Império. Os imperadores cristãos nunca proibiram os jogos. No século VI, por exemplo, ainda se realizam caçadas nos anfiteatros, e em Constantinopla, no início do século VII, o mui cristão imperador bizantino Heráclio entra diversas vezes na arena para matar leões pessoalmente.

O que os autores da patrística reprovam é, portanto, o espetáculo, o teatro, o palco, o povo em júbilo, a devoção pagã, mas, de modo algum, a crueldade contra os animais. Deploram que homens lutem entre si e comparam os combates de gladiadores a homicídios – mas não manifestam qualquer compaixão pelos animais massacrados em quantidade. Escreve o poeta cristão Prudêncio (séc. IV-V) em seu *Psicomaquia*: "Que a arena infame se limite tão somente a bichos selvagens e não se preste mais ao jogo dos homicídios com armas ensanguentadas".

Touros, ursos, javalis, tigres, leões, hipopótamos, elefantes, crocodilos são capturados em todo o império, trancados em jaulas, encerrados em depósitos, alimentados com carne humana, transportados em condições terríveis para o porto de Óstia, onde desembarcam os animais sobreviventes antes de seguirem para Roma. Para a inauguração do Coliseu, são mortos 9 mil animais. Os espetáculos podiam se estender por até cem dias – calcule-se a carnificina durante os sete séculos em que iriam perdurar os jogos circenses. O cheiro, na arena, era tão medonho que incensos eram queimados ininterruptamente a fim de encobrir o fedor de morte.

A patrística greco-latina é duplicada na escolástica medieval, que Descartes pulveriza com sua nova metafísica, a qual recusa o texto enquanto verdade do mundo e vai buscá-la, e encontrá-la, numa introspecção que resultaria na criação da subjetividade ocidental. O autor do *Discurso do método* deixa a Bíblia de lado, sem recusá-la ou refutá-la, mas compondo sem ela. Trata-se de uma revolução metodológica, epistemológica, filosófica, ontológica, que resultaria numa metafísica do sujeito totalmente nova.

Essa metafísica, contudo, se esquece do animal, e essa lacuna reflexiva iria perenizar a condenação ontológica judaico-cristã. Descartes dá, sem dúvida, um passo de gigante dentro da filosofia ocidental, uma vez que lhe concede um status laico, racional, científico, dialético, mas deixa o animal ao seu destino de bicho sem alma, de coisa sem espírito, de mecânica, de objeto. A invenção do sujeito consciente, a dedução do ser efetuada a partir de um pensamento que triunfa sobre a dúvida metodológica, a criação da subjetividade moderna, a desmaterialização do corpo humano, composto de substância pensante e substância extensa – é o que basta para mudar o mundo filosófico. Com Descartes, encerra-se a Idade Média em prol de uma época dita moderna.

Essa época, porém, não é moderna para os animais. E o que é pior: irá pensar de forma moderna a velha ideia do animal judaico-cristão, bicho submetido, bicho inferior, bicho a serviço dos homens. Sabe-se que o filósofo, muito abalado pela morte de sua filhinha de oito anos e pelo surgimento de cabelos brancos em suas têmporas de velho pai, tornara o envelhecimento seu tema filosófico predileto no momento de sua morte, devida a um resfriado apanhado na corte real de Estocolmo ao ir encontrar-se com a rainha Cristina para lhe dar aulas de filosofia. Para conduzir seu projeto de filosofia prática e concreta de estender o tempo de vida e melhorar sua qualidade, o pensador praticava dissecções no quintal de um açougueiro, o qual lhe fornecia animais. Terá praticado a vivissecção? Terá aproveitado o gado já abatido ou terá solicitado um abate específico para fins de observação? Desconhecemos os detalhes. Só sabemos que ele pensava o real indo diretamente até ele e recusava o recurso aos textos sagrados de autoridade para estabelecer uma verdade.

Pragmático, concreto, experimental, empírico, Descartes interroga a carne para pensar o mecanismo da visão, a circulação sanguínea, a anatomia, o dispositivo digestivo, o funcionamento da respiração, os órgãos da percepção e da sensação, o mistério dos sonhos e do sono. No fim das contas, Descartes vê aí engrenagens, contrapesos ativos como os dos relógios e autômatos, sendo o conjunto, no homem, animado por uma *alma vegetativa* redutível ao sangue, aos espíritos, ao fogo que arde no coração e outros fogos encontrados nos corpos inanimados – uma conclusão que cheira a fogueira, pois, se não é francamente materialista, teria tudo para ser! O que define a alma imaterial dos cristãos não se encontra nas linhas nem nas entrelinhas do *Tratado do homem*, publicado postumamente, primeiro em latim, em 1662, e depois em francês, em 1664.

## O animal – Um alter ego dessemelhante

E o animal? Descartes não lhe dedica nenhum tratado específico. Mas encontram-se aqui e ali, na sua obra, ou na sua correspondência, considerações mais compatíveis com a definição judaico-cristã do bicho. O que é natural. Giordano Bruno queimado em Roma em 1600, Galileu ameaçado publicamente em 1611, atacado pela Igreja em 1615, novamente convocado em 1632, aprisionado em 1633 e em seguida condenado à prisão domiciliar, eram motivos mais do que suficientes para que um homem cujo lema já era "avanço mascarado" redobrasse a cautela.

No *Tratado do homem*, a julgar por uma carta a Mersenne, provavelmente iniciada em 1623, ou seja, bem em meio às tormentas infligidas a Galileu, Descartes escreve livremente, animado pela ciência e guiado pelo desejo de verdade, sem se preocupar em editar suas pesquisas. Afirma, por exemplo, que a terra se move, o que vai de encontro ao geocentrismo cristão. Em compensação, quando publica tal ou tal obra, fica exposto ao olhar crítico da Igreja, a qual controla o pensamento na Europa; precisa moderar as palavras. Na obra que, em vida, manteve inédita e a salvo, portanto, do olhar inquisitorial, ele encarna antes um materialismo vitalista do que o idealismo espiritualista das obras publicadas.

De fato, ele publica o *Discurso do método* em 1637, dedicando a quinta parte da obra a questões de física, entre as quais a do animal. Os cristãos afirmam que Deus criou o mundo, os homens e os animais? Ele admite essa *suposição* – palavra que, por si só, já é bastante ousada. Afirma que homens e animais são semelhantes na disposição dos órgãos, na conformação fisiológica, na repartição dos membros, na constituição material, mas são totalmente dessemelhantes, já que somente o homem é gratificado por um Deus de uma alma digna desse nome. Onde reencontramos, sobre esse tema, a reciclagem do argumentário teológico judaico-cristão na filosofia cartesiana.

Não há "alma razoável" no animal, e sim "em seu âmago, um desses fogos sem luz" idêntico ao produzido pela fermentação de um monte de feno guardado no alpendre quando ainda não está bem seco, ou pela fermentação de um suco de uva exposto ao ar livre. A alma é, para Descartes, a parte específica do corpo que permite pensar. Sendo assim, é uma parte bem própria dos homens: não existe nos animais. O homem se define, portanto, pela associação de uma substância extensa e de uma substância pensante, ligadas de um modo bastante misterioso pela glândula pineal.

Essa filosofia, moderna em outros aspectos e fundadora, inclusive, da modernidade metafísica, não abole o cristianismo, mas o reformula usando a linguagem da corporação filosofante: pois a oposição entre substância extensa e substância pensante de Descartes mascara, *grosso modo*, a oposição platônica entre corpo e espírito, os quais se tornam, para os cristãos, a carne material e alma imaterial. O dualismo abre uma porta para o trás-mundo, deixando espaço para uma entidade metafísica, no sentido etimológico do termo ou, em outras palavras: para além da física. E o trás-mundo nomeia o mundo real das religiões. De todas as religiões.

Para o leitor do Santo Ofício, tal pensamento pode receber o imprimátur. Pois respeita, com efeito, os pressupostos judaico-cristãos: de um lado, os homens são constituídos por um corpo material, mortal, corrompível, gerado, corruptível, confinado à terra, ao solo, capaz tão somente de sensações primitivas e percepções falseadas; mas são também, de outro, portadores de uma alma imaterial, imortal, incorpórea, uma entidade sutil, invisível, uma espécie de tecido ontológico com o qual se fabricam os anjos, os arcanjos, os corpos gloriosos, Cristo, Deus. O homem combina, portanto, a matéria da terra com a antimatéria do céu, a densidade carnal com a graça espiritual, o peso de sua humanidade com a esperança de sua divindade, os órgãos comuns aos animais com o espírito próprio às criaturas celestiais. Já o animal é apenas corpo, terra, matéria, carne, geração e corrupção. O homem é potencialmente imortal, e tudo só depende da vida que ele leva, já que pode alcançar a vida eterna; o animal não escapa ao nada da morte, pois, uma vez esvaziado de sua vida, decompõe-se e não libera alma nenhuma. Nada diferencia Descartes do autor do Gênesis, de Orígenes ou dos demais Pais da Igreja.

Descartes distingue, portanto, homens e animais pelo fato de que somente os primeiros possuem uma alma, e os segundos não. Acrescenta, além disso, outro argumento: somente os humanos pensam e falam, jamais os animais. O mais simplório dos humanos fala e é capaz, bem ou mal, de ordenar frases que fazem sentido; mas o mais elaborado dos animais, mesmo dando a impressão de que está prestes a falar, como a pega ou o papagaio, por exemplo, jamais produz nada além de sons que nunca constituem uma linguagem apta a expressar um pensamento. Entretanto, os homens que nascem surdos e mudos inventam uma linguagem que lhes permite a comunicação, entre si, evidentemente, mas também com quem quer que aprenda essa linguagem. Conclui Descartes: "Isso não só prova que os bichos possuem menos razão do que os homens, mas que não possuem razão nenhuma".

Descartes prossegue sua argumentação negando aos animais o poder da linguagem. Afirma que é preciso pouca razão para falar; os animais, mesmo de espécie semelhante, apresentam grande disparidade entre si no que tange ao amestramento; assim, um macaco ou um papagaio que encarnem a excelência em seus respectivos gêneros não podem ser comparados a uma criança, mesmo estúpida ou com cérebro perturbado, no processo de aprendizado e na prática da linguagem; o que prova que sua natureza é diferente da nossa.

Acrescenta o filósofo, além disso, que existem animais bem mais engenhosos do que os humanos, mas nada prova que tal habilidade signifique inteligência ou espírito. A propósito de espírito, justamente, escreve Descartes que os animais não possuem nenhum "e que, neles, o que atua é a natureza, segundo a disposição de seus órgãos: assim como um relógio, composto apenas de molas e engrenagens, pode contar as horas e medir o tempo mais acertadamente que nós, no que pese toda a nossa sapiência".

Assim, conclui que a alma dos animais é mortal, e a dos homens, imortal. Claro! O destino das moscas e das formigas não poderia ser o mesmo do autor do *Discurso do método*! Mas, em vez de concluir que o paraíso é inexistente para os animais porque tampouco existe um para os homens, Descartes estipula que a alma humana é imortal – uma vez que ele não vê nada capaz de destruir essa alma. Provas dessa asserção filosoficamente um tanto sumária? Não há. Quanto aos animais, já que são diferentes, necessariamente não possuem essa alma que é a marca do *Homo sapiens*. Permanência do argumentário teológico cristão de Orígenes!

Descartes retorna ao assunto na *Sexta resposta às objeções* a suas *Meditações*. Torna a afirmar a inexistência de qualquer pensamento entre os animais. Neles se encontram a vida, a alma corpórea, os sentidos orgânicos, mas nenhum pensamento. Os adversários de Descartes afirmam que existe pensamento nos animais, em proporções diferentes do que há no homem, é claro, mas o filósofo não abre mão: não há pensamento nos animais. De fato, macaco algum seria capaz de afirmar: "Penso, logo existo".

Sua correspondência traz alguns vestígios de reflexões sobre o tema: uma carta a Morus, datada de 5 de fevereiro de 1649, persiste na ideia de que atribuir pensamento ao animal é seguir uma antiga ideia pré-concebida originada das semelhanças fisiológicas que nos induzem a emprestar alma aos animais. Está fora de questão, para o filósofo, consentir em atribuir aos animais "essa alma que defini como substância pensante". É impossível demonstrar, escreve Descartes, que existe pensamento entre os animais; mas é igualmente impossível provar o contrário.

Em matéria de inteligência animal, Descartes é um agnóstico. Penetrar o âmago dos animais resulta algo impossível para os homens. Mas o caráter intrínseco volta a prevalecer e, logo em seguida a esse momento de fraqueza agnóstica, Descartes torna a afirmar que não pode haver alma imortal nos vermes, mosquitos e lagartas. A prova está nesses movimentos involuntários, como os que acontecem durante as convulsões, que atestam a existência de produções do maquinário em si, independentemente da vontade. Da mesma forma, a capacidade dos humanos de fabricar autômatos dotados de movimento atesta que a mobilidade não é prova de existência de pensamento e de decisão voluntária em toda e qualquer motilidade. Por fim, nenhum animal alcançou um nível de perfeição que lhe permitisse inventar uma linguagem, como os humanos. Ora, sendo a linguagem a prova do pensamento, o mutismo dos animais prova a inexistência de pensamento entre eles. Descartes faz da linguagem a linha divisória entre os animais e os homens.

Outra carta, enviada ao marquês de Newcastle em 20 de novembro de 1646, dá oportunidade a Descartes de melhor elaborar seu pensamento. Nela, afirma o seguinte: os animais, sem dúvida, fazem certas coisas melhor do que os humanos, mas é por natureza, devido à sua conformação, como os autômatos, por serem determinados por sua fisiologia a ser o que são, e não há, nesses comportamentos, nada que se pareça com uma escolha voluntária, uma decisão racional, um projeto consciente.

Os animais funcionam tal como os relógios, que não dispõem de qualquer inteligência. Quando as andorinhas retornam na primavera, não há nisso mais razão, vontade, inteligência do que num relógio a indicar, ao meio-dia, que é... meio-dia. Assim também com as abelhas, quando produzem seu mel. Ou com os grous que voam ordenadamente no céu. Ou com os macacos que brigam mantendo uma ordem em seu enfrentamento. Ou com os animais que enterram seus mortos. Ou com aqueles que, como os gatos, escondem seus excrementos com gestos compulsivos. Esses animais, sem dúvida, se parecem conosco em sua conformação fisiológica; mas diferem radicalmente de nós por lhes faltar uma alma – a substância pensante com a qual, se dela dispusessem, pensariam e falariam.

Uma carta a Mersenne, porém, é que desencadeia um movimento que, via Malebranche, faria de Descartes, o que quer que ele pense a respeito, o pensador do especismo, o pensador que impõe uma linha de demarcação intransponível entre os humanos providos de alma e os animais dela desprovidos, entre a substância extensa dos homens, salva por conter em si uma substância pensante, e a pura substância extensa sem substância pensante dos animais, que os destina à danação de um inferno na Terra.

Nesse 18 de março de 1630, Descartes escreve ao padre Mersenne uma carta na qual cita um exemplo que iria acompanhá-lo por muito tempo e transformá-lo no mentor do especismo! Precursor de Pavlov, afirma o filósofo francês que, "se chicotearmos vigorosamente um cão umas cinco, seis vezes ao som de um violino, assim que ele ouvir essa música outra vez vai começar a gritar e fugir". Do ponto de vista da psicologia comportamental, ele está certo! Mas a parábola entra em consonância com as teses de um de seus discípulos, Nicolas Malebranche, permitindo-lhe a cristalização de um lugar-comum da filosofia francesa que parece não ter rastro nem provas tangíveis.

Nicolas Malebranche passa por cartesiano. Podemos, contudo, moderar essa leitura se cotejarmos imparcialmente o autor do *Discurso do método*, que visa alforriar-se de toda tutela livresca para pensar a partir de bases sólidas, porém imanentes, concretas, pragmáticas, e o autor de

*Em busca da verdade*, que pretende conciliar Platão, Plotino, o neoplatonismo, Agostinho, ou, em outras palavras, toda a herança da Antiguidade apreciada pelo cristianismo, inclusive Descartes, que tentava alforriar-se dela. O primeiro constrói sua cogitação sobre uma introspecção que, se não dispensa Deus, ao menos o deixa de lado; o segundo faz voltar pela porta um Deus que Descartes fizera sair pela janela. Pois esse padre oratoriano, esse teólogo católico, esse teísta que é o extremo oposto do Descartes que abre caminho para o deísmo, deixa um nome na história da filosofia por sua doutrina do ocasionalismo.

O que é o ocasionalismo? Uma palavra complicada para designar uma ideia teológica muito simples e tão velha como o mundo: a Providência. Tudo que acontece só é possível em Deus. E pronto. Aquilo que é não passa de um conjunto de ocasiões secundárias cuja causa una, única, primeira, é Deus. Desse modo, a mais concreta das realidades é produto de uma causa que a quer assim: Deus. Quer dizer, os animais são o que são porque Deus os quis assim.

E Malebranche, sobre esse tema, manifesta um cartesianismo ortodoxo. Diz a história que o oratoriano ficou devastado ao ler o *Tratado do homem* de Descartes, em 1664. O jovem de vinte e seis anos então transpira, sente seu coração se acelerar: converte-se, no ato, ao automatismo cartesiano. Tal como Descartes, defende a existência, no homem, de uma alma imortal e pensante; tal como seu mestre, afirma que os animais são destituídos de alma e obedecem a mecanismos automáticos.

O oratoriano relaciona o sofrimento com o pecado original: devido ao erro primordial cometido por Eva é que surgiu a negatividade na Terra. Sofrimento, morte, trabalho, pudor, parto com dor. Ora, os animais não pecaram; não lhes cabe, portanto, sofrer as consequências dessa causa pecaminosa, de modo que são dispensados do sofrimento. CQD[46]. Um retórico, um sofista, um dialético habilidoso definiria a pergunta da serpente como sendo a causa do pecado. Malebranche, porém, silencia sobre esse episódio animal genealógico.

---

46 Iniciais de "Como se queria demonstrar" (ou "como queríamos demonstrar"), equivalente em português da expressão latina *quod erat demonstrandum* – usada notadamente ao final de uma demonstração matemática, significando que, efetuadas todas as análises e provas, a proposição é indiscutivelmente verdadeira. (N. T.)

Para Malebranche, os animais comem sem prazer, gritam sem sentir dor, crescem sem perceber, não desejam nada, não temem nada, não sabem nada, não são inteligentes, não dispõem de uma alma. Se parecem agir movidos pela inteligência é porque ignoramos suas motivações, que são simplesmente a vontade de Deus, a Providência. O ocasionalismo oferece assim um exemplo: confundimos com inteligência algo que, nos animais, provém de um instinto colocado no animal pela vontade de Deus. A providência se encarna na forma de instinto.

Há cães, na obra de Malebranche, para suprir sua argumentação: cães que se agitam antes da caça e revelam, dessa forma, o funcionamento de sua máquina; há o cão que faz festa para o seu dono e, aqui também, obedece à dialética instintiva, que é vontade divina. Mas outro cão, invisível na obra, é quem muito contribuiu para a (má) fama do oratoriano. Dizem, de fato, embora não haja quanto a isso qualquer referência explícita em toda a sua obra completa, que Malebranche teria dado um pontapé na barriga de sua cadela, que latia para uma visitante. Como este se mostrasse surpreso, teria supostamente respondido: "Isso grita, mas não sente".

Uma vez que a fama de um filósofo (assim como a de um homem ou de uma mulher não filósofos) sempre dá nome à soma de mal-entendidos acumulados sobre ele, Nicolas Malebranche, pensador sério do ocasionalismo cristão, tornou-se o filósofo que enche a barriga do seu cão de chutes a pretexto de que este não sente nada. Do cão metaforicamente amestrado de Descartes sendo açoitado cinco, seis vezes ao som do violino ao pensador que dá um pontapé no flanco de seu animal a pretexto de que um ser vivo desprovido de consciência, razão, linguagem, poupado do pecado original, não sente nada, é só um passo. Os maus-tratos aos animais podem continuar desde que haja uma tradição filosófica que lhes negue o direito de serem seres vivos sensíveis e sofredores.

O surgimento do animal judaico-cristão, seguido pela transformação do animal em bicho, abre um largo caminho para as violências infligidas desde então pelos homens aos animais. O animal é um ser vivo cuja etimologia remete ao sopro, à vida, à alma; "bicho", ensina o dicionário, designa "qualquer animal, à exceção do homem"[47]. O que aconteceu para

---

47 Cf. dicionário *Houaiss* (2013), cuja definição é idêntica àquela oferecida no original para *bête*: "*Tout animal, l'homme excepté*" e que corresponde, por sua vez, à do *Petit Robert de la langue française* (2009) (N. T.).

## A transformação do animal em bicho

que o animal vivo, dotado de alma e sopro, se convertesse em bicho e gerasse posteriormente, no século XVIII, uma série de palavras com conotação negativa[48]; para que o termo fosse associado a tolo, inepto, cretino, imbecil, desinteligente, obtuso, estúpido, babaca e virasse antônimo de fino, esperto, engenhoso, inteligente, espirituoso, sutil?

O Gênesis, os animais alegóricos e metafóricos de um Jesus de papel e de ficção, os Pais da Igreja focados na glosa da palavra dita de Deus, Descartes cioso de preservar o esquema judaico-cristão para assentar com prudência as bases da modernidade, Malebranche, apresentado como um cartesiano emblemático e ao qual se associa essa anedota, talvez inventada, mas que resume perfeitamente a proposição ontológica do autor do *Discurso do método* – é isso que, numa linhagem que triunfa num Ocidente industrializado sujeito à injunção cartesiana de que há que "tornar-se como senhor e possessor da natureza", vai dar no que alguns qualificam de *eterno Treblinka*, designando os rios de sangue em que milhões de animais são degolados diariamente para alimentar os homens. Descartes não sabia, mas, do ponto de vista filosófico, estava preparando essa orgia de cadáveres (animais) comidos por futuros cadáveres (humanos) sem um pingo de compaixão.

---

48 O autor cita aqui uma série de termos (*"bestial, bêta, bébête, bêtise, bêtement, bêtifier, bêtisier, abêtir, embêter, rabêtir"*) derivados do termo *"bête"* (bicho) – que também pode ser empregado em francês com a mesma conotação depreciativa encontrada, em português, no vocábulo "burro" e cognatos (burrada, burrice, emburrecer, burramente etc.). (N. T.)

# 3
# O SURGIMENTO DOS ANIMAIS NÃO HUMANOS

O status do animal na história da filosofia ocidental varia, evidentemente, segundo nos situemos na linhagem institucional e oficial, a do idealismo, do espiritualismo, do judeo-cristianismo, do cartesianismo, do kantismo, do idealismo alemão, ou enveredemos por outro rumo, o da via lateral que congrega pitagóricos, sensualistas, materialistas, abderitas, epicuristas, utilitaristas e outros livres-pensadores para os quais não cabe à filosofia estar a serviço da teologia, e sim da verdade, da justiça e da justeza, da razão, virtudes estas reunidas em Darwin, que um dia demonstrou não haver diferença de natureza entre o homem e o animal, e sim uma diferença de grau.

*A origem das espécies*, publicado em 1859, mas também, e mais seguramente, em matéria de genealogia científica do surgimento da possibilidade ontológica de animais não humanos, *A descendência do homem*, em 1871, e *A expressão das emoções no homem e nos animais*, em 1872, duas obras que revolucionam a filosofia ocidental – à condição de que se ouça o ensinamento de Darwin, uma mensagem ainda inaudível na corporação filosofante idealista, que começa toda e qualquer reflexão descartando, antes de tudo, os fatos.

Por que esses três livros representam uma revolução? Porque dividem a história da civilização judaico-cristã em antes e depois: antes de Darwin, Deus faz a lei, cria o mundo, e, em seguida, o homem e a mulher; depois dele, Deus decerto continua a existir, a ser o "Criador", mas o naturalista o deixa praticamente de fora dessa história. Deus, decerto, dá um impulso primitivo, recorre a leis, e não a milagres, para produzir sua obra; ele criou o homem, mas, de certo modo, levou tempo, e utilizou a seleção natural para produzir, no final dos tempos, sua criatura mais bem acabada. Darwin se assemelha a um deísta tentando não melindrar os teístas com teses demasiado opostas à religião cristã; defende o criacionismo e a criação *ex nihilo* do homem, realizado enquanto perfeição já a partir de sua produção.

*A origem das espécies* muito contribuiu para a fama de Darwin, embora esse livro não trate do homem, mas apenas dos animais não humanos. Nele se encontra desenvolvida a teoria da seleção natural segundo a qual as espécies, na natureza, se reproduzem em excesso, o que resulta num excedente de indivíduos dentre os quais alguns devem morrer. Assim, nessa competição que organiza, a natureza privilegia os indivíduos mais bem adaptados para viver e sobreviver num mundo de predadores e luta pela vida, ao mesmo tempo que suprime os menos adaptados. Tal seleção visa melhorar a aptidão dos seres vivos para viver num meio hostil. Darwin fala nos vegetais e nos animais, mas não nos humanos, exceção feita de uma frase sibilina em que anuncia que suas descobertas permitirão solucionar o problema da origem do homem.

É em *A descendência do homem*, contudo, publicado doze anos depois, em 1871, que Darwin aborda francamente a questão e anuncia que o homem é o fruto da evolução de um macaco, que desapareceu devido a essa evolução, resultando no homem, enquanto outros macacos permaneciam macacos devido a uma evolução diferente. Os macacos-macacos, digamos assim, conservaram um modo de vida arborícola nas florestas, seus antebraços se desenvolveram em função da vantagem de se deslocar em meio às árvores. Os macacos-homens, em contrapartida, são macacos-macacos que descem das árvores para percorrer as savanas, o que desenvolve um bipedalismo que libera a mão, agora disponível para se apropriar do mundo através de ferramentas. O cérebro cresce em importância, a inteligência se desenvolve. De forma que, para Darwin, a inteligência é fruto de uma mudança no modo de vida, uma consequência, e não a causa.

A inteligência revela ser o produto de um modo de vida transformado – demasiados macacos nas árvores? Insuficiência de alimentos nesse volume arbóreo? Macacos demais, ou seja, alimentos de menos, é o que obriga a descer das árvores? Não se sabe, mas Darwin adianta a hipótese:

alguns macacos seguem sendo macacos permanecendo nas árvores, outros macacos se tornam homens ao abandoná-las. Animais não humanos na floresta, animais humanos na savana. Ontologicamente, a divisão entre o animal humano e o animal não humano se dá em 1871, com esse texto de Darwin.

Nesse livro revolucionário, Darwin constata que homens e animais se assemelham curiosamente: o esqueleto, os músculos, os nervos, os vasos, as vísceras, o encéfalo, a transmissão de determinadas doenças de uns para os outros, a relação das fisiologias com os astros, o processo de cicatrização, a mecânica da reprodução, a evolução do embrião etc. A anatomia comparada permite multiplicar os exemplos. Darwin mobiliza a etologia, a antropologia, a etnologia, disciplinas incipientes, para argumentar em favor do parentesco anatômico.

Esse parentesco anatômico não é tudo, porém. Se o macaco-macaco e o macaco-homem descendem de uma mesma árvore, ocorre que se distanciam um do outro no que tange ao vir a ser de sua comunidade. Os macacos-homens evoluem num sentido social que resulta na criação da sociedade pacificada, da moral comunitária e da religião coletiva. Tal separação entre o animal não humano e o animal humano dá matéria para os antiespecistas fundamentarem seu combate, mas sobre uma parte da informação apenas: decerto, o macaco-macaco e o macaco-humano têm em comum o macaco – mas não o humano.

Esse algo em comum não é pouco, decerto, mas também não é tudo. Já que *A descendência do homem* mostra que Darwin não foi darwiniano – se entendermos por darwiniano um defensor do regime político liberal a pretexto de que seria o mais adaptado à teoria da seleção natural e da melhor adaptabilidade. Darwin propõe uma genealogia do humano nesse macaco separatista dos seus, salientando a existência de um sentido moral e, depois, de um instinto social que irá conduzir esse animal que se convencionou chamar de humano.

Tornado bípede, esse macaco-homem trata então de se apropriar do mundo através de ferramentas; assim, desenvolve a inteligência, como atesta o aumento do volume da caixa craniana. A seleção natural trabalha, portanto – astúcia da razão, singular efeito dialético –, para seu desaparecimento: para os indivíduos, a seleção natural descarta os inadequados, os malformados, os fracos, os menos adaptados à brutalidade de uma natureza em que reina a lei da predação, de modo que os mais bem adaptados possam se reproduzir, viver e transmitir suas qualidades à espécie. O darwinismo social de direita se esteia, com Spencer, nessa parte da descoberta de Darwin, esquecendo-se de que ele também descobriu outra coisa que invalida as leituras direitistas do naturalista inglês.

De fato, a espécie obedece a outras leis. Darwin traz à luz um sentido moral entre os animais, um sentido da ajuda mútua, da cooperação, que permite aos mais fortes vir em auxílio dos mais fracos, salvar os doentes, proteger os enfermos, acudir os deserdados. Alguns animais são capazes, inclusive, de se sacrificar individualmente pela sobrevivência do grupo. Para além de uma seleção natural individual, há também uma seleção natural de grupo. É onde entram a educação, a transmissão, o poder da inteligência e o altruísmo. Este lado da obra de Darwin pôde ser lido pela esquerda, notadamente pelo socialista libertário Kropotkin que, em *Ajuda mútua*, se apoia nisso que se convencionou chamar de efeito reversivo da evolução para propor uma sociedade solidária, fraternal, mutualista – numa palavra: anarquista.

Darwin mostra, portanto, o parentesco existente entre homens e animais, mas, no mesmo movimento, assinala a divergência: animais iguais aos outros animais ditos não humanos, os homens partilham com eles boa parte de sua anatomia, mas também várias emoções, sentimentos, afetos e, acima de tudo, reações fisiológicas similares face a essas sensações, a essas percepções – mudança de cor, tremor dos músculos, metamorfoses do sistema piloso, desencadeamento de secreções, lógicas de sudação etc.

Em *A expressão das emoções no homem e nos animais* (1872), ele multiplica os exemplos para mostrar aquilo que une os dois mundos: a dor, a fúria, o terror, a ira, a atenção, a alegria, o afeto, o espanto, a hostilidade, a agressividade, o carinho, o medo, a vergonha, o pavor, o prazer, a paz, a guerra, a reconciliação, o contentamento, a tristeza, a contrariedade, o ciúme, o abatimento etc. Convenhamos que, com um espectro afetivo desses, homens e animais vivem num mesmo mundo sensível e são igualmente afetados pelas venturas e desventuras da intersubjetividade. Em relação aos homens, falamos em psicologia; e, aos animais, em etologia. Trata-se, porém, de duas maneiras de designar um mesmo universo.

## O surgimento dos animais não humanos

Prudente, cauteloso, circunspecto, Darwin dá garantias aos cristãos: não elimina Deus, menciona o Criador e lhe empresta, seguindo a lógica antropomórfica judaico-cristã, uma inteligência humana, um projeto humano, um labor humano, uma atitude humana. Para o naturalista, Deus não cria *ex nihilo*, embora seu status teológico e ontológico o autorizasse a tanto; ele leva tempo, qual uma criatura humana, muito humana, demasiado humana, enveredando pela via, descoberta pelo cientista, da luta pela existência, da seleção natural. Digamos, mais simplesmente: para Darwin, Deus se fez... darwiniano para criar o homem!

O Vaticano, nada bobo, não cai na armadilha: compreende perfeitamente que se o homem desce das árvores e descende do macaco, não pode descer do céu! Daí em diante, os homens terão de escolher entre o criacionismo, que mostra a onipotência de um Deus que cria a partir do nada, que do caos produz o todo, e o evolucionismo que atesta um Deus estendendo sua criação sobre um tempo longo, seguindo complexos caminhos científicos em vez das tão simples autoestradas teológicas. As anotações pessoais e privadas de Darwin revelam um homem consciente de que a Igreja poderia reservar para ele a mesma sorte de Giordano Bruno e Galileu. Disfarça então seu materialismo mediante uma apresentação deísta. Uma vez que o cientista dá o primeiro passo, a própria Igreja efetua o passo seguinte: refuta, naturalmente, essas teses que demolem a ontologia judaico-cristã, mas não inclui no índex nenhum dos livros de Darwin. Muito esperto. Mas o mal está feito: já não há como afirmar seriamente que há uma diferença de natureza entre o homem e o animal, posto que só existe uma diferença de grau. É essa uma revolução ontológica radical, que vem pulverizar o pensamento cristão. Mas tamanha mudança de paradigma não poderia, numa civilização, dar-se de forma simples, clara e evidente. Continuamos vivendo como se Darwin nunca tivesse existido.

Havia uma longa tradição filosófica preparando a descoberta do naturalista inglês. Não é de surpreender que isso esteja incluído na *Contra-história da filosofia* a que dediquei treze anos de minha existência. Mobiliza atomistas, materialistas, abderitas, epicuristas, sensualistas, agnósticos, fideístas, deístas, panteístas, ateus, utilitaristas, pragmáticos, em outras palavras, pensadores resistentes à tradição idealista, filósofos rebeldes, indiferentes à instituição que também os ignora, espíritos que buscam menos a verdade do mundo nos livros que explicam o mundo do que diretamente no mundo em si.

Curiosamente, o pensamento de Descartes produz cartesianos que o autor do *Discurso do método* provavelmente não teria investido. Penso aqui no abade Meslier, um padre ateu, autor de um sublime e volumoso *Testamento* descoberto depois de sua morte, ou em Julien Offray de la Mettrie, epicurista do Século das Luzes, grande vivente e *bon-vivant*, leitor de Descartes decerto, mas também um apaixonado pela vida em todas as suas formas, a ponto de morrer, dizem, da indigestão de um patê de faisão na corte do rei Frederico II da Prússia – mais provavelmente de um infarto do miocárdio, segundo meu velho médico do interior, hoje aposentado, que me diagnosticou... um infarto quando eu tinha vinte e oito anos!

O cartesianismo, se construído sobre a substância pensante, gera Malebranche que, da ontologia judaico-cristã à ideologia do complexo alimentar industrial capitalista, fornece um pensamento passível de justificar os maus-tratos infligidos aos animais; se elaborado sobre a substância extensa, vai dar em Meslier que, via materialistas e utilitaristas, elabora um pensamento no qual o animal encontra um lugar de parceiro a ser respeitado, e não de presa a ser retalhada.

Ambas as linhagens podem igualmente chegar a impasses: o *especismo*, que justifica a exploração industrial dos animais a ponto de já se poder comparar, como Charles Parterson, as relações entre os homens e os animais com as que os nazistas tinham com os judeus; ou o *antiespecismo*, que permite ao seu arauto Peter Singer justificar relações sexuais entre homens e animais, desde que não ocasionem nenhuma dor ao animal. De um lado, a diluição da *Shoah* nos matadouros; de outro, a legitimação da cópula de um homem com uma vaca, um macaco ou uma cabra.

Segundo a historiografia dominante, remontaria a Bentham (1748--1832) a primeira preocupação com o animal. E, de fato, o filósofo inglês escreve em seu *Introdução aos princípios da moral e da legislação* (1789) e em *Tratado de legislação civil e penal* (1791) que homens e animais se comportam segundo os mesmos princípios hedonísticos: tanto uns como outros buscam o prazer e fogem da dor, desejam todos obter um máximo de fruição e evitar ao máximo o sofrimento. A felicidade revela ser o objetivo do comportamento dos animais e dos homens, do filósofo e do seu cachorro.

Bentham não é contra matar os animais para se alimentar, mas se opõe à ideia de fazê-los sofrer, infligir-lhes maus-tratos – ele usa então a expressão *torturá-los*. O filósofo faz uma comparação que vira razão: houve um tempo em que se justificava a escravidão com argumentos idênticos aos que legitimariam os maus-tratos aos animais: sua inferioridade, sua sub-humanidade. Havia inclusive leis para dar forma e conteúdo a essa injustiça. Bentham se alegra com o fato de, na esteira da Revolução Francesa, ter sido abolida a escravidão. E torce para que um dia ainda ocorra uma revolução intelectual e política do mesmo gênero para que nunca mais seja infligido sofrimento aos animais.

A discriminação entre homens e animais não se pode dar a partir da faculdade de raciocinar ou de falar. Escreve ele essa frase, que se tornou famosa: "a pergunta não é: são eles capazes de *raciocinar*? Nem: são capazes de *falar*? E sim: são capazes de *sofrer*?". E, uma vez que os animais são, de fato, capazes de sofrer, cabe aos homens fazer o possível para evitar seu sofrimento. Nenhum maltrato pode ser justificado, tolerado, explicado, aceito, permitido. Admitir leis sanguinárias em relação aos animais equivale a admitir que os homens possam aplicá-las não somente a eles. Daí Bentham condenar os jogos circenses, as touradas, as rinhas de galos, a caça, a pesca, que, segundo ele (e eu assino embaixo), "pressupõem necessariamente quer ausência de reflexão, quer um fundo de desumanidade" (*Tratado da legislação civil e penal*).

Quase um século mais cedo (mais precisamente, setenta anos), esse pensamento forte e potente a favor dos animais já se encontra num filósofo francês, Jean Meslier (1664-1729), autor de um livro fundamental, que assenta as bases do materialismo francês: um *Testamento* cujo título integral é *Mémoire des pensées et des sentiments de J... M... Pre... cu. D'Estrep... et de Bal... Sur une partie des erreurs et des abus de la conduite et du gouvernement des hommes où l'on voit des demonstrations claires et evidentes de la vanite et de la faussete de toutes les divinites et de toutes les religions du monde pour etre adresse a ses paroissiens apres sa mort et pour leur servir de temoignage de verite a eux, et a tous leurs semblables.* [Memória dos pensamentos e opiniões de J... M... Pa... pár... de Estrep... E de Bal... Sobre parte dos erros e abusos da conduta e do governo dos homens em que se vê demonstrações claras e evidentes da vaidade e da falsidade de todas as divindades e todas as religiões do mundo a ser endereçado a seus paroquianos depois de sua morte e para que sirva de testemunho da verdade para eles e todos os seus semelhantes].

A expressão "J... M... Pa... pár... de Estrep... e de Bal..." dissimula: "Jean Meslier, padre, pároco de Estrepigny e de Balaive", paróquias da região das Ardenas. O caráter enigmático e codificado se explica pelo fato de que essa obra de quase mil páginas resulta num texto filosófico ateu, materialista, sensualista, utilitarista e consequencialista antes da hora. Ou, em outras palavras: uma bomba filosófica que, se descoberta por seus superiores hierárquicos, o conduziria imediatamente à fogueira. Giordano Bruno e Giulio Cesare Vanini, mortos pela Igreja, tinham dito bem menos.

Esse pároco do interior, que pensa sem biblioteca e sem o auxílio dos salões parisienses (que reúnem, às vezes, à mesma mesa, Diderot, Voltaire, Buffon, Helvetius, Holbach, D'Alembert, Hume, Condorcet), leu Montaigne e Descartes, mas também Malebranche e Espinoza. Jean Meslier inventou a exegese bíblica desencavando todas as contradições, erros, extravagâncias, aberrações, estupidezes, enormidades, idiotices, inanidades, asneiras, besteiras, falsificações que se encontram na Bíblia. Mostrou o quanto Deus era uma ficção, e a religião, uma útil invenção para os poderes instituídos, os quais podem assim garantir a dominação dos povos oprimidos, esmagados, explorados, espoliados. Propôs um comunismo libertário comunalista, concreto, imanente. De modo que poderia mesmo desagradar muita gente, e não só dentro da Igreja.

Meslier redige esse texto no seu pequeno presbitério, sozinho, sem copista, sem possibilidade de ditar, como Montaigne. Trabalha à luz de vela, à noite, depois de cumprir seu dia de trabalho de pároco... ateu. Trabalhou dez anos clandestinamente, de 1719 a 1729, dos cinquenta e cinco aos sessenta e cinco anos. Fez quatro cópias e as dispersou, sabendo que a única cópia, descoberta por um devoto, seria muito fácil de sumir – da mesma forma como, quando de sua morte, em 28 ou 29 de junho de 1729, a Igreja sumiu com seu corpo.

O surgimento dos animais não humanos

Revolucionário em tudo, Jean Meslier também o é no que tange à filosofia dos animais. Esse pároco anarquista tomou o partido dos humildes, dos pequenos, dos humilhados, dos ofendidos, dos sem-patente. É apenas natural ele se colocar do lado dos animais maltratados. Meslier escreve sobre crianças surradas, mulheres espancadas, animais martirizados. Confessa que não suporta a visão do sangue e sente repulsa quando vê matarem frangos, pombos ou porcos para comê-los. "Odeio a mera visão de açougues e açougueiros." Mas nem por isso é vegetariano, e considera essa prática existencial uma beatice aparentada à prática religiosa. Compara o sacrifício dos animais abatidos para agradar aos deuses e obter seus favores com a recusa de comer sua carne, que pressupõe uma sacralização igualmente condenável do ponto de vista filosófico.

Setenta anos antes de Bentham, eis o que escreve Meslier: "É uma crueldade e uma barbárie matar, atordoar e degolar, como se faz, animais que não fazem mal algum, uma vez que são, tanto quanto nós, sensíveis ao mal e à dor, a despeito do que afirmam inútil, falsa e ridiculamente nossos novos cartesianos, que os veem como meras máquinas sem alma e nenhum sentimento, e, por esse motivo, e com base num vão raciocínio que fazem sobre a natureza do pensamento, de que pretendem ser incapazes as coisas materiais, afirmam que são inteiramente privados de qualquer conhecimento, e qualquer sensação de prazer ou de dor. Ridícula opinião, perniciosa máxima e detestável doutrina, já que tende manifestamente a sufocar no coração dos homens todo sentimento de bondade, doçura e humanidade que poderiam nutrir em relação aos pobres animais e lhes dá motivo e oportunidade para atormentá-los e tiranizá-los sem dó nem piedade, por puro prazer e diversão, a pretexto de que eles não sentem o mal que lhes é feito, não mais do que sentiriam máquinas lançadas ao fogo ou partidas em mil pedaços".

E Meslier prossegue sua demonstração: há nisso crueldade, uma vez que homens e animais partilham de diversos pontos comuns: são vivos, mortais, feitos de carne, sangue e ossos, compostos de órgãos de vida e de sensação; possuem olhos para ver, ouvidos para ouvir, um nariz para cheirar, uma língua e um palato para distinguir gostos e escolher o que lhes convém; possuem pés para andar; possuem sentimentos e paixões. Antes de Bentham, Meslier escreve: "Eles são tão sensíveis quanto nós ao bem e ao mal, isto é, ao prazer e à dor". Eis o motivo por que, sejam eles animais de companhia ou de trabalho, há que tratá-los com doçura e compadecer-se de suas misérias.

Jean Meslier também dedica aos animais outro trecho de seu *Testamento*. Inscreve claramente seu pensamento na linhagem de Montaigne, o qual, em sua *Apologia de Raimond Sebond*, dedica longos trechos oferecendo exemplos de que apenas o grau, e não a natureza, separa homens e animais: "Há algumas diferenças, há ordens e graus, mas sob a aparência de uma mesma natureza". Sabe-se o quanto Montaigne aprecia cavalgar pelo campo, a companhia dos animais, a observação desses animais, a presença de seu cão. Ele, que menciona um "parentesco" com os bichos, confessa soltar as caças vivas.

As páginas da *Apologia* introduzem os animais na história da filosofia pela porta da frente. Julgamos que os animais são burros[49], mas os animais podem, do mesmo modo, julgar que somos burros. Montaigne demonstra que os animais se comunicam entre si e conosco, se soubermos olhar para eles, escutá-los, entendê-los. Bem antes de Darwin, Montaigne se faz etólogo e repertoria os sinais transmitidos pelos animais com as patas, a cabeça, as mímicas, as expressões, o corpo, a cara. Fala sobre gatos, cavalos, abelhas, andorinhas, aranhas, atuns, rêmoras, porcos-espinhos, camaleões, polvos, pássaros, baleias, elefantes, alcíones, lebres, parasitas, raposas, para concluir que os animais possuem "deliberação, pensamento e conclusão" tanto quanto nós e, às vezes, mais e melhor. Demonstram sagacidade na caça, conhecimento das plantas que curam, capacidade para educar e serem educados, uma fidelidade superior à dos homens, uma sexualidade mais lúdica, capacidade para a magnanimidade, o arrependimento, a gratidão, a clemência.

Os homens escravizam seus semelhantes, mas – escreve Montaigne, e quem pode dizer que ele está errado? – nenhum animal escraviza outro! O homem é um animal que submete à escravidão – em outras palavras: os animais, moralmente, superam os humanos. Do mesmo modo, os homens guerreiam, e guerreiam entre si, algo que os animais nunca fazem: quando matam, ou se matam entre si, é para comer. Desconhe-

---

[49] No original: *bête*, que pode significar "fera", "bicho" ou "burro" (cf. nota anterior.). (N. T.)

cem a crueldade gratuita, e o prazer, em que primam os humanos, de eliminar ou fazer sofrer seu semelhante. O homem é um animal sádico.

Esteiando-se nesse Montaigne, no "judicioso Montaigne", escreve ele, é que Meslier inscreve sua reflexão a favor dos animais. E também em oposição a Malebranche, para quem a essência da alma se encontra no pensamento. Por uma perspectiva radicalmente materialista, afirma Meslier que modificações internas do corpo geram dor e prazer, alegria e sofrimento, e que homens e animais os vivenciam do mesmo modo, uma vez que têm corpos parecidos. As sensações só se tornam conhecimento através do cérebro, também ele corpo material e mortal. Homens e animais sentem, logo pensam, segundo as mesmas lógicas induzidas pelo monismo da matéria sugerido pelo filósofo. Meslier faz uma crítica cerrada da argumentação de Malebranche, extensamente citado.

Meslier fustiga os cartesianos de orientação malebranchista, para os quais os animais não passariam de máquinas incapazes de sentir e experimentar dor ou prazer. Para "esses senhores", como ele escreve, parece inconcebível que os movimentos da matéria possam justificar o conhecimento entre os animais. Mas não será mais impossível ainda imaginar ou acreditar que a sensação, a percepção, o pensamento, se realizam através de uma substância pensante sem extensão, sem corpo, sem parte, sem forma, sem rosto ou, em outras palavras, sem realidade, sem existência, uma vez que tudo o que existe obedece a essas instâncias que faltam em sua ficção?

Os cartesianos então acreditam que, por não se expressarem, como eles, em latim, os animais não dispõem de linguagem! Sendo assim, e já que não se expressam, como os humanos, na língua de Cícero, os discípulos de Descartes negam-lhes o sentimento, a percepção, a sensação, a capacidade de sentir, como os homens, prazer ou sofrimento. Isso equivale a deduzir que iroqueses, espanhóis, japoneses ou alemães são iguais aos animais, já que não dominam a língua comum aos cartesianos.

Ora, os bichos dispõem de uma linguagem comum, a deles, pela qual comunicam certo número de informações importantes, sutis, essenciais, e através da qual se chamam, se respondem, convivem, se conhecem, conversam, se amam, se acariciam, brincam, se divertem, se odeiam, brigam. São capazes de sentir alegria quando falamos com eles, quando lhes damos afeto, carinho, comida, e tristeza quando estão doentes, abatidos, quando fogem porque os ameaçamos ou queremos surrá-los: "Tudo isso é uma espécie de linguagem natural, pela qual demonstram com bastante clareza que possuem conhecimento e sentimento. Essa linguagem não é duvidosa nem equívoca; é nítida e clara, e menos duvidosa do que a linguagem comum dos homens, os quais são muitas vezes cheios de disfarces, duplicidades e velhacaria".

Mais uma vez, enquanto a filosofia dualista, idealista, espiritualista, judaico-cristã decreta a inferioridade dos animais em relação aos homens, a filosofia monista, materialista, atomista, ateia, inverte a perspectiva e afirma a superioridade ética e moral dos animais. Pois, assim como se mostram incapazes de escravizar seus semelhantes ou caçá-los, matá-los por simples prazer, os animais não mentem, ao contrário dos humanos! Os homens inventam a servidão, a caça, a guerra, a mentira, vícios esses que os animais desconhecem.

Em oposição a Paris e aos sutis raciocínios dos pedantes dos salões, em oposição às sofismices dos cartesianos, que buscam a verdade sobre o mundo nos livros de Descartes em vez de observá-lo diretamente, o pároco do interior ateu recorre à razão judiciosamente orientada, às virtudes da observação, à excelência daquilo que se tornaria, mais tarde, o método experimental. Traz os ridentes para o seu lado e convoca os camponeses, que muito zombariam desses senhores repletos de cartesianismo caso lhes dissessem que suas vacas, cavalos, ovelhas, carneiros, são máquinas cegas incapazes de levar a cabo um projeto, mecânicas desprovidas de sentimento, fantoches animados por molas inacessíveis ao bem e ao mal! Ninguém fará crer a esses camponeses, que não leram Descartes, mas conhecem os animais porque convivem com eles no cotidiano, que seus cães não têm vida, nem sentimentos, nem afeto, que seguem seus donos, os reconhecem, manifestam sua alegria ou os afagam, sem vê-los, conhecê-los, senti-los ou ser sensíveis a eles, que bebem sem ter sede e comem sem ter fome, que gritam sem ter dor, que fogem dos lobos sem ter medo.

Jean Meslier fustiga os "cristícolas" que acreditam mais naquilo que não veem do que naquilo que veriam caso se dispusessem a olhar, porque leram, notadamente nas Escrituras, o que é preciso acreditar, saber e pensar sobre o mundo. As Escrituras pretensamente sagradas estão repletas de sandices, falsidades, asneiras de todo tipo, inclusive a respeito dos animais, mas o crente não está nem aí para o real e para o mundo, para a observação e para a experiência, para aquilo que é e para a verdade visível, julga a ficção mais certa do que a realidade, põe fé num texto que diz o contrário do que ensina a vida, mas prefere desaprovar a vida ao texto diante do qual se ajoelha.

Ateu, materialista, sensualista, o pároco Meslier apela à piedade, à compaixão com os animais. Em oposição às festas populares, em que a plebe pendura gatos vivos em varas para em seguida queimá-los em imensas fogueiras que divertem as pessoas, Jean Meslier queria que houvesse tribunais para condenar isso que constitui "um prazer detestável e uma alegria louca e detestável". Meslier expressa sua repulsa em causar sofrimento aos animais, em ver correr o sangue dos bichos, afirma seu ódio aos açougues e às carnificinas, fala da humanidade dos animais e, às vezes, muitas vezes, da desumanidade de muitos humanos, confessa seu interesse pelo vegetarianismo, mas provavelmente o associe ao pitagorismo, ou seja, a uma seita, uma religião – ora, ele detesta todas elas. Antes de Bentham, e tal como ele, quer que os homens tratem os animais como seres vivos capazes de sofrer, de sentir. Mas nem um, nem outro transpõe o fosso entre essa constatação e a prática do vegetarismo, ou mesmo do vegetarianismo, quando não, postura mais coerente, do veganismo. Digamos que são ambos, em matéria de veganismo, crentes não praticantes. Como eu.

## 4
## QUEM QUER SER BESTA ACABA SENDO ANJO[50]

O que fazer? A postura judaico-cristã, reformulada por Descartes, evidentemente não se sustenta. Mas será que o extremo oposto se sustenta? O extremo oposto denomina-se antiespecismo. O termo especismo e seu correlato, antiespecismo, não se encontram no *Dictionnaire culturel en langue française* [Dicionário cultural em língua francesa] de Alain Rey. Peter Singer o emprega em *Libertação animal* e escreve numa nota: "Devo o termo 'especismo' a Richard Ryder [*speciesism*]. O termo entrou para a linguagem corrente a partir da primeira edição desse livro e hoje consta no *Oxford English Dictionary*, segunda edição, Oxford, Clarendon Press, 1989". A palavra existe nos países anglo-saxões porque neles também se encontra a coisa. Na França, falta o termo porque o combate antiespecista permanece restrito a um militantismo relativamente confidencial.

A tradução francesa do livro de Peter Singer data de 1993. A edição original em língua inglesa é de 1975, e é de 1990 a versão revista e ampliada. Peter Singer (nascido em 1946) é um filósofo judeu australiano cuja família vienense deixou a Áustria nazista em 1938 e se estabeleceu na Austrália. Seus avós foram deportados, seu avô materno morreu em Theresienstadt. Sua filosofia do animal o levou a praticar o vegetarismo a partir de 1971. Seu livro, *Libertação animal*, é tido como obra de referência em matéria de luta antiespecista.

O vegetarismo de Singer não agrada aos vegetarianistas e muito menos aos veganos. Os vegetaristas, sabe-se, vedam o consumo de

---

[50] No original: "Qui veut faire la bête fait l'ange", referência à expressão "Qui veut faire l'ange fait la bête", derivada de um aforismo de Blaise Pascal (1623-1662): "L'homme n'est ni ange, ni bête, et le malheur veut que qui veut faire l'ange fait la bête" (O homem não é nem anjo, nem fera, e quer a desgraça que quem quer ser anjo acabe por ser fera). (N. T.)

toda carne animal; os vegetarianistas proíbem igualmente os produtos derivados dos animais, ou seja: leite, manteiga, nata, ovos; os veganos refutam categoricamente todo e qualquer produto oriundo dos animais: a seda fabricada pelos bichos-da-seda, o couro oriundo de bovinos, ovinos, caprinos, a lã das ovelhas, o mel e a geleia real das abelhas. Peter Singer fundamenta sua filosofia na capacidade que têm os animais de sofrer, e proíbe todo sofrimento animal. Se ficar provado que um animal não sofre ao fornecer um alimento ou produto derivado, ele não é contra. Não se opõe, por exemplo, ao consumo de ovos, caso uma criação ao ar livre e em boas condições permita às galinhas terem uma vida isenta de sofrimento – o que lhe vale a ira dos veganos.

Singer parte das análises de Bentham e equipara a exploração dos animais à dos escravos durante o regime colonial. Comparação não sendo razão, esse modo de ver a luta para abolir o sofrimento animal pela perspectiva das lutas travadas pela abolição do sofrimento humano pode chocar. Quando os *Cahiers antispécistes lyonnais* dão o título "Mortos pela França" a um artigo do número de janeiro de 1994 que contabiliza bovinos, terneiros, porcinos, ovinos, caprinos, equinos, aves, pombos, codornizes, coelhos, cabritos-monteses, patos, perus, galinhas-d'angola, gansos, faisões abatidos para consumo alimentar, constata-se que o desejo (legítimo) de chamar a atenção para os animais se paga com uma (obscena) desconsideração pelos humanos mortos em combate nas guerras de 1914-18 ou contra a ocupação nazista.

Os antiespecistas visam alçar os animais ao nível ontológico dos homens, mas, ao fazer isso, limitam-se muitas vezes a rebaixar os homens ao nível dos animais. Pois vejo mal como um antiespecista poderia hesitar um segundo sequer entre salvar um ser humano de sua família ou seu animal de estimação se, para usar de casuística (eles apelam para ela com muita frequência), um incêndio o obrigasse a escolher entre um e outro, sem possibilidade de escapar a uma das duas alternativas. Ouso esperar que um antiespecista preferiria sua esposa, seu marido, seus filhos, seu pai, sua mãe, a seu cachorro ou gato, quando não ao peixinho dourado, qualquer que fosse seu grau de afeição por seu animal doméstico.

A luta antiespecista é uma luta militante. De modo que é, muitas vezes, radical, sem nuanças, excessiva. *Libertação animal*, de Peter Singer, defende uma tese extremamente simples: os homens são animais não humanos, e os animais, seus semelhantes a que não se pode infligir qualquer sofrimento. Sendo assim, não há que torturá-los, causar-lhes sofrimento, utilizá-los como coisas, criá-los em condições deploráveis, utilizá-los em pesquisas científicas, conduzi-los ao matadouro, comê-los. Peter Singer descreve então, com abundância de detalhes pouco atraentes, os sofrimentos infligidos por pesquisadores, criadores, industriais.

A tese, simples, clara, é defendida com uma pletora de detalhes prestimosamente expostos. As pretensas pesquisas científicas mencionadas, descritas, expostas, detalhadas na obra revelam-se extremamente frágeis: infligir radiações aos macacos, obrigar cachorros a ingerir TNT, criar macacos com uma mãe fictícia que explode ou se eriça de repente com pontas mortíferas, com um tecido que passa subitamente de 37° para 2°, com um cavalo de plástico, eletrocutar ou envenenar, imergir em água gelada, injetar produtos mortíferos, gasear, intoxicar com herbicida, ministrar drogas fortes etc.

Num inventário terrível, Peter Singer associa os experimentos científicos com animais a essa assustadora litania: aceleração, agressão, asfixia, lesão da medula espinhal, ferimentos múltiplos, queimaduras, cegueira provocada, centrifugação, comoção, comportamento predador, compressão, congelamento, descompressão, esmagamento, estado de choque, fome prolongada, golpes nas patas traseiras, hemorragias, imobilização, irradiação, isolamento, neurose experimental, privação de espaço, privação proteica, punição, sede, estresse, sobreaquecimento, teste de medicamentos "e muitos outros". Se a pesquisa se limitasse a esse rol de perversões sádicas, deveria, evidentemente, ser imediatamente suspensa.

É estabelecido, evidentemente, um paralelo com a pretensa pesquisa nazista. Se quiséssemos nos fazer de advogado do diabo, poderíamos, inclusive, imaginar um amante de caçadas, touradas ou rinhas de galo desqualificando uma pesquisa científica que se limitasse a sessões de tortura obviamente inadmissíveis. Até estou disposto a não duvidar da real existência dessas *pesquisas*, mas há que criticar esse tipo de experiência, que nada tem a ver com pesquisa, esperando que o sadismo de tal ou tal outro experimentador não seja apresentado como o móbil de toda pessoa que busca curar autênticas doenças ou patologias. A prática do doutor Mengele não invalida a pesquisa científica como um todo.

Em contrapartida, a descrição da criação industrial parece ser mais conforme ao hábito do que à exceção. Tendo o capitalismo liberal feito do lucro a sua religião, tudo é permitido ao se usar animais para fins comerciais e aumentar os ganhos à custa de torturas: amontoamento na criação e transporte dos animais, vida cotidiana em meio aos seus excrementos, inalação do amoníaco de sua urina e matérias fecais, produção de suas neuroses, canibalização dos bichos, mordidas, feridas, sofrimento, debicagem, arrancamento de dentes, corte da cauda dos porcos sem anestesia, mutilações, castrações, febre, estresse, intoxicação farmacológica, degola halal, tratamento infernal nos matadouros: Peter Singer propõe uma viagem aos infernos.

A esse inferno, que é mesmo um, alguns dão o nome de Treblinka. Os antiespecistas criaram o termo "especismo" de forma militant, à maneira de um crente cioso de apologética. Trata-se menos de ser correto e preciso do que eficiente, mesmo que para isso correção e precisão devam ser postas de lado. Já que, evidentemente, o especismo é construído da mesma forma como racismo e sexismo – e quem iria querer ser racista ou sexista? Mesmo os contemporâneos defensores das raças ditas superiores, ou os mais convictos falocratas e misóginos, se negam a passar por racistas e sexistas.

O racista discrimina algumas raças em nome da raça branca, a qual seria superior às demais; o sexista discrimina os dois sexos ao afirmar a existência de um sexo frágil; o especista faz o mesmo e discrimina os animais não humanos num conjunto em que o homem constitui um animal (quase) igual aos outros. O racismo remete ao nazismo, a Hitler, à solução final, à *Shoah*; é associado ao sexismo, de que o nacional-socialismo dá mostras; e então, última derivação, racismo, sexismo e especismo são apresentados como sendo três facetas de uma mesma figura. Quem, nessas condições, vai querer se dizer especista? Só resta, ao leitor de Singer e dos seus, a opção entre o lado bom dos antiespecistas e o lado ruim dos nazistas, entre a santidade do vegetarismo e os diabólicos comedores de carne, equiparados protótipo do mal ocidental.

Se eu como carne, ou "pedaços de não humanos abatidos", nas palavras de Singer, então sou cúmplice da *Shoah*.

Peter Singer, judeu, filho de deportados mortos pelo regime nacional-socialista, recorre a essa comparação que vira razão: quando fustiga, a justo título, a experimentação animal quando praticada como ele diz (constantes exercícios de sadismo sem nenhum benefício para a descoberta científica), deriva para o nazismo e parece equiparar todas as experiências, boas e más, realizadas com animais: o xampu no olho do coelho para testar sua nocividade e o protocolo de um novo tratamento quimioterápico, a decapitação de macacos para avaliar o tempo de sobrevida de cabeças decepadas e os testes cirúrgicos de novas técnicas operatórias...

O que pensar de certo número de descobertas realizadas através de animais e proveitosas para os humanos? Assim: a circulação do sangue, o papel da insulina no tratamento do diabetes, a natureza viral da poliomielite, o aperfeiçoamento da vacina que permite erradicá-la, o aprimoramento de técnicas cirúrgicas para implante de ponte coronária, a compreensão dos mecanismos do sistema imunológico para evitar rejeição nos transplantes cardíacos? Peter Singer duvida que a experimentação animal tenha cumprido um papel nessas descobertas e acrescenta: "Não tenho a intenção de entrar nessa controvérsia". Embora seja essa a questão. O filósofo não subscreve àquilo que ele chama de "ética da argumentação do conhecimento". Terrível confissão!

De um lado, a equiparação dos pesquisadores em relação aos animais e aos nazistas, e, de outro, a dúvida quanto às provas de que esses sofrimentos animais possam ter sido úteis para avanços reais em matéria de medicina ou cirurgia.

Ora, na lógica utilitarista de Peter Singer, um sofrimento animal pode ser justificado se for útil à produção de uma descoberta que irá evitar milhões de sofrimentos humanos. Poupar a vida de um cão de laboratório prestes a permitir uma descoberta passível de revolucionar a saúde de milhões de pessoas seria um formidável ato antiespecista, mas de uma desumanidade sem nome.

Peter Singer duvida que um protocolo aplicado num animal produza os mesmos efeitos positivos num humano. Por que então ele não considera refletir sobre as razões profundas dessa separação fundamental, que bem prova que o animal é, sem dúvida, um *alter ego*, mas de fato diferenciado? Pois não se pode dizer que há em tudo similitude entre homens e animais e, ao mesmo tempo, afirmar que uma mesma terapia não funciona do animal para o homem – prova de que existe uma heterogeneidade psicofisiológica, portanto ontológica, a despeito da evidente homogeneidade formal.

Com a formulação casuística que ele aprecia particularmente, Peter Singer pergunta: por que, em matéria de experimentos sobre o ser vivo, não substituir um animal por "um ser humano acometido de lesões cerebrais e dono de um nível mental semelhante ao dos animais que se pretende utilizar"? Ninguém aceitaria, conclui o filósofo, acrescentando: "a justo título". Mas, então, por que aceitá-lo para os animais? Poderíamos responder, simplesmente: porque podemos não subscrever à ontologia especista do judeo-cristianismo e do cartesianismo, como é meu caso, e nem por isso cair no outro termo da alternativa e passar por um antiespecista equiparado aos partidários da solução final. Pois reduzir o problema à alternativa *especista/antiespecista* significa só deixar ao condenado a escolha entre a ideologia antiespecista ou a infâmia nazista. Ora, o antiespecismo não é *de fato* uma garantia antifascista!

Prova disso está numa história relatada por Charles Patterson em *Eterno Treblinka*: Abel Kaplan, filho de judeus russos imigrados nos Estados Unidos no início do século XX, banqueiro de alto nível em Nova York, convertido ao vegetarismo em 1959, em seguida ao vegetarianismo e, finalmente, ao veganismo, viveu em diversas grandes capitais mundiais – Londres, Paris, Luxemburgo. Morou sete anos em Israel travando um combate antiespecista. Falava em "Auschwitz para animais" e invectivava contra um laboratório que praticava a vivissecção.

Abel Kaplan conversou a esse respeito com Charles Patterson. Segue a transcrição: "Sou a favor da vivissecção dos vivisseccionistas. Proponho um laboratório de vivissecção para os vivisseccionistas. Os vivisseccionistas serão, obviamente, mantidos em jaulas, nas circunstâncias e condições com que estão familiarizados. E serão feitas experiências com eles, com os animais de laboratório que serão. Experiências de toda espécie, cujo objetivo será a melhoria da vida dos animais não humanos".

Será preciso comentar?

Charles Patterson afirma que o abate industrial nos Estados Unidos forneceu o modelo da *Shoah*. Recorrendo ao procedimento de que *comparação é razão*, recorrendo a insidiosas derivações que equiparam o homem e o animal, o porco no matadouro e o judeu no campo de concentração, explicando que o procedimento da linha de montagem inventado por Henry Ford, que era antissemita e fã de Hitler, de quem tinha um retrato em seu escritório, forneceu o modelo da destruição de massa dos judeus da Europa, ele talvez lute em prol do bem-estar, melhor-estar ou libertação dos animais, mas para tanto é preciso, postulado especista, equiparar os judeus a porcos de criação, a frangos de granja industrial, a gado, o que, ao mesmo tempo que tem a ver com a tese nacional-socialista, transforma em nazista todo comedor de carne abatida em matadouro. E quem iria querer ser assimilado a um nazista? Ninguém. Logo, se a argumentação fosse eficaz, correta, pertinente, a conversão ao vegetarismo deveria ser imediata.

Ora, não é esse o caso: disso sou testemunha. Sinto-me um antiespecista, pois faço a mesma leitura da ontologia judaico-cristã, do papel nefasto do cartesianismo na construção da visão ocidental dos animais, do papel mortífero desempenhado pelo capitalismo liberal, da industrialização da morte nos matadouros modernos; também quero que parem de pensar o homem enquanto coroamento da natureza, que parem de usar os animais como se eles estivessem exclusivamente a serviço dos homens, que se pratique um decrescimento alimentar a fim de reduzir ao máximo o consumo da carne animal (nunca compro carne para mim e nunca a escolho num restaurante).

Quero, como Diógenes e Montaigne, como Meslier e Bentham, que aprendamos com os animais. Mas, devido ao meu condicionamento, como provavelmente diriam os militantes do antiespecismo, eu não hesitaria um segundo sequer se, na configuração casuística a que são afeitos, na maioria das vezes, os filósofos antiespecistas, tivesse a possibilidade de salvar um único judeu de Treblinka ou Auschwitz sacrificando quantos macacos grandes fossem necessários, ou quantos porcos, vacas ou ovelhas fosse preciso. Subscrevo, evidentemente, à tese de que existe uma diferença de grau entre homens e animais, e não de natureza, mas gostaria de lembrar que, na configuração diferença de natureza e diferença de grau, os dois lados concordam com essa evidência de que existe, afinal, uma diferença.

O que quer que afirmem a respeito os pensadores anglo-saxões, com sofística habilidade ou dialético virtuosismo, o pastor-alemão preso à trela do nazista e o nazista que segura essa trela com as duas mãos não possuem a mesma dignidade ontológica, mesmo que a dignidade de uma figura moralmente indigna seja uma necessidade ética fundamental a ser preservada, ou o transformaríamos mais do que depressa em não homem, em sub-homem, em... animal, numa metamorfose ontológica que legitimaria infligir-lhe aquilo que o censuramos por infligir a outrem – maus-tratos ou morte. Se é inconcebível estripar o cão do nazista, mais inconcebível ainda é estripar o nazista – num contexto de pós-guerra.

A recusa em entender filosoficamente que existe uma diferença entre homens e animais conduz Peter Singer a surpreendentes extremos éticos. O filósofo australiano refuta as noções de Bem e Mal, preferindo as de bom e ruim. Afirmar a existência de um Bem em si, de um Mal em si, define uma postura que chamamos de deontológica: Kant, por exemplo, acredita que, independentemente das consequências da verdade, a mentira é sempre um mal porque desqualifica a fonte do direito.

Para um kantiano, a verdade deve ser dita mesmo que cause danos e independentemente de qualquer prejuízo. Preferir o par bem e mal relativo define isso que chamamos de consequencialismo: uma coisa nunca é boa ou ruim em si, é boa ou ruim relativamente ao seu objetivo. Para Singer, ao contrário de Kant, a mentira, para ficar no mesmo exemplo, pode ser boa caso vise a um bom fim (evitar uma dor, um sofrimento, dar prazer) e má/ruim caso vise a outro fim (prejudicar, lesar, ferir, machucar...).

A tradição filosófica ocidental dominante é deontológica – Platão, os Pais da Igreja, santo Agostinho, são Tomás de Aquino, o cristianismo, Kant e o kantismo etc. A tradição anglo-saxã é globalmente consequencialista, utilitarista – Godwin, Bentham, Stuart Mill, por exemplo, e também Peter Singer (salientando, *en passant*, que é comumente esquecida a fonte francesa dessa tradição anglo-saxã, isto é, Maupertuis, que já desenvolvia essa teoria em seu *Ensaio de filosofia moral*, de 1749).

Peter Singer sempre fundamentou sua luta antiespecista em sua ontologia consequencialista. Declara não gostar dos animais, mas travar uma luta hedonista: aspira ao máximo de prazer possível e ao mínimo desprazer concebível, ou, em outras palavras, a maior felicidade possível para o maior número de indivíduos, animais inclusive. Uma vez colocado esse princípio, avalia se tal ou tal ato permite realizar, ou não, esse projeto moral. É bom aquilo que o permite, é ruim aquilo que o entrava. Tudo se dando, portanto, para além do Bem e do Mal.

Tal postura filosófica o leva a impasses ontológicos que revulsam a razão prática, mesmo que o raciocínio soe impecável. Do mesmo modo como Jean Meslier opõe o bom senso dos camponeses à sofisticação inepta dos raciocínios de Malebranche e conclui seu combate filosófico com um apelo aos descendentes da serva trácia, que zombava de Tales caído num buraco por não ter visto o real, tão ocupado estava com o céu (das ideias), também eu gostaria de ver no amigo dos bichos um juiz mais seguro daquilo que são os animais do que filósofos capazes de demonstrar, com suas argúcias, que faz noite em pleno dia ou que a dialética pode quebrar tijolos.

Com um raciocínio nos trinques, digno de uma exposição de estudante da École Normale Supérieure, Peter Singer relembra sua tese: hedonista, visa ao máximo prazer possível para um máximo concebível de sujeitos, inclusive os animais. O sofrimento é o único e exclusivo critério: ruim é aquilo que faz sofrer, e bom, aquilo que evita o sofrimento. Não há nenhum Bem em si, nenhum Mal em si. É com esse arsenal conceitual teórico que o filósofo aborda a questão das relações sexuais com animais. Deve-se, sim ou não, justificar, legitimar, abençoar, se é que posso falar assim, a zoofilia? Peter Singer responde que sim.

Peter Singer recorre aos costumeiros paralogismos, sobre os quais edifica todas as suas demonstrações, uma técnica que lhe permite transformar qualquer comparação em razão. Assim, por exemplo: a criação industrial de animais equivale à concentração de judeus em Auschwitz ou Treblinka; o abate industrial se aparenta às técnicas da solução final; o animal, segundo a lógica especista, se equipara ao judeu segundo a lógica racista; a experimentação animal é da mesma natureza ontológica e ética que as experiências conduzidas pelos nazistas sobre vítimas selecionadas nos campos [de concentração]; o operário que ganha seu salário talhando um porco num açougue industrial equivale ao nazista que abre o gás e assassina Robert Desnos, Anne Frank, Benjamin Fondane e mais milhares de outros. Do ponto de vista do raciocínio, talvez; mas do ponto de vista ético, esses atalhos atrapalham. Não consigo acostumar-me com a ideia de que um comedor de carne teria *de fato* igual consideração ontológica por Anne Frank e por um porco. Sou um comedor muito ocasional de carne e não me sinto convencido por essa sofismice, que perturba porque desconcerta. Perturbar e desconcertar não basta para convencer.

A justificativa filosófica da cópula entre, digamos, Peter Singer e uma vaca pode sustentar-se no papel, mas o real mostra que estão errados os argumentos! A casuística de tipo anglo-saxão perturba todo raciocínio ocidental de tipo deontológico. Pois há que responder aos consequencialistas com argumentos consequencialistas, aos utilitaristas com argumentos utilitaristas, aos casuístas com argumentos casuísticos. Peter Singer só se refuta indo às últimas consequências daquilo que ele afirma.

Num texto intitulado *Amor bestial*, publicado nos *Cahiers antispécistes* (fevereiro de 2003, nº 22), Peter Singer justifica a zoofilia. Examinemos suas teses e sua demonstração. *Primeiro argumento*: Peter Singer afirma que certo número de práticas sexuais hoje toleradas, legítimas, legais, defendidas, promovidas, registradas em lei, em outras épocas já foram vedadas, proibidas, condenadas, perseguidas, às vezes punidas com a morte. Assim, a sexualidade dissociada da procriação e praticada como um fim em si pelo prazer que oferece; a contracepção; a masturbação, definida como autoestupro; a sodomia; a homossexualidade; a felação. Quanto a isso, não se pode dizer que está errado: o progresso existe e, de fato, o que em outra época já foi legítimo (o trabalho infantil, a inferioridade das mulheres, a escravização das pessoas negras, o ódio aos judeus...) deixou felizmente de o ser – pelo menos no Ocidente. Seguindo por essa mesma dinâmica, Peter Singer aproveita o movimento que o pensamento induz para pegar o leitor de surpresa e afirmar que o mesmo se dá com as relações sexuais dos humanos com os animais. Foram proibidas, continuam sendo ainda hoje, logo, como tudo que já foi proibido, objeto de um *aggiornamento*, de revisão e de legitimação, a zoofilia há de se tornar normal em virtude dos progressos da razão – de que Peter Singer declara ser o arauto, enquanto ponta de lança da vanguarda esclarecida.

As relações sexuais de homens com animais são, atualmente, criticadas. No entanto, constata Peter Singer, e é este o seu *segundo argumento*, essas relações existem desde sempre. Ora, será que pelo fato de o homicídio, o infanticídio, o estupro, a vendeta, o talião, o sexismo, a misoginia, a falocracia existirem desde que o homem é homem, deve-se justificar e legitimar o homicídio, o infanticídio, o estupro, a vendeta, o talião, o sexismo, a misoginia, a falocracia? A antiguidade de uma prática em nada atesta a sua legitimidade, sua legalidade, sua moralidade, sua conformidade à moral. O fato de uma pintura rupestre sueca da idade do bronze, um vaso grego da época de Péricles, uma miniatura indiana do século XVII, uma estampa europeia do século seguinte, um quadro persa ou um desenho japonês contemporâneo de Nietzsche representarem cópulas de humanos com cervos, burros, polvos não são prova de que a ficção sublimada do artista corresponda a uma realidade moralmente legítima! Representar a transgressão não é o mesmo que validá-la. O fato de o bestialismo ser uma prática tão antiga quanto o mundo não pode ser a prova de que é uma coisa boa.

Peter Singer cita o relatório Kinsey sobre a zoofilia: 8% dos homens e 3,5% das mulheres teriam tido pelo menos um contato sexual com um animal ao longo de sua vida sexual – mas a factualidade de uma prática não é prova de sua moralidade; Kinsey destaca a mais alta incidência desse tipo de sexualidade em meio rural do que em meio urbano – sem especificar que a zoofilia rural com vaca, ovelha ou burro num estábulo parece mais fácil de ser flagrada que o mesmo delito com cães, gatos ou animais domésticos na privacidade de um apartamento urbano; ele associa a prática da equitação à zoofilia por esta propiciar prazer sexual às mulheres – mas há uma grande distância entre paixão pelo esporte e penetração vaginal por um garanhão; refere o cerne ontológico da zoologia judaico-cristã – mas alguns interditos judaico-cristãos são bons, tal como o convite a não matar, e o bom de um não é o ruim do outro nem vice-versa; constata a parecença da anatomia dos órgãos sexuais dos outros mamíferos – mas as pulgas, como os humanos, também possuem órgãos sexuais, será essa uma prova de semelhança ontológica entre eles?; remete a um obscuro autor signatário de um livro esquecido (Otto Soyka, *Além dos limites da moral*), denunciando a proibição das sexualidades ditas antinaturais – ora, um livro publicado não é, infelizmente, garantia de verdade, justeza ou justiça, vide *Minha luta*, de Adolf Hitler; e esclarece que esse autor legitima o bestialismo desde que não implique em nenhum sofrimento para o animal.

O filósofo consequencialista se excede, entra em detalhes: a inserção do pênis humano na cloaca da galinha, orifício dos excrementos e dos ovos, resulta fatal para o animal, que alguns zoófilos decapitam porque a morte da galinha supostamente contrai o esfíncter, o que aumentaria o prazer sexual. O filósofo admite que se trata aí de uma crueldade, mas acrescenta, relativizando: "Será pior para a galinha do que viver mais um ano, amontoada com mais quatro ou cinco congêneres numa triste gaiola metálica, tão estreita que elas não conseguem abrir as asas, ser em seguida enfiada [sic] com outras em caixotes para ser levada ao matadouro, e depois pendurada de ponta-cabeça numa esteira transportadora e, finalmente, morta? Se a resposta for não, então não é pior do que o que os produtores de ovos infligem permanentemente às suas galinhas". Em outras palavras: um homem que sodomiza uma galinha, rasga seu orifício e depois a decapita para sentir a contração de seu ânus no seu sexo equivale, do ponto de vista ético, ao empresário que pratica a criação industrial.

E conclui Peter Singer, ao relatar o caso de uma primatóloga que sofreu as investidas de um orangotango, que não havia nada a temer por parte do animal: primeiro, devido ao seu pênis pequeno (como se o estupro só fosse considerado enquanto em função de um determinado comprimento de pênis) e, depois, porque macacos-macacos e macacos-homens partilham de um mesmo mundo que proíbe ofuscar-se com a zoofilia. O filósofo deseja que "essas relações deixem de representar uma ofensa ao nosso status e à nossa dignidade de seres humanos".

O consequencialismo de Peter Singer conduz a singulares impasses existenciais. Pode-se, como eu, recusar a ontologia judaico-cristã, que com frequência coisifica os animais para justificar os maus-tratos que lhes infligimos; podemos lembrar, sempre que possível, a proximidade biológica entre o homem e o macaco, sem por isso animalizar os homens ou humanizar os animais; podemos apontar, igualmente, que tanto uns como outros partilham um mesmo mundo rico de sentidos, com sensações, percepções, emoções, comunicação, afetos comuns; podemos reiterar que existe uma diferença de grau, e não de natureza, entre os dois mundos. Mas permanece o fato de que se trata, ainda assim, de dois mundos.

De fato, o cão do guarda do campo de concentração é menor em dignidade do que o último dos humanos aprisionado em Auschwitz por pertencer a uma espécie que se distingue das demais pela capacidade de escapar ao determinismo da predação. O homem se distingue dos outros animais pelo poder de não matar – não existe serpente que abra mão do seu veneno, leão que abra mão da gazela, lobo que abra mão dos cordeiros, gato que abra mão dos camundongos, bútio que abra mão dos arganazes. Em compensação, existem humanos que abrem mão de matar, embora sua posição na natureza os obrigue a tanto para sobreviver. Paradoxalmente, o vegetarista demonstra ser um animal humano que cumpre o que nenhum animal não humano realiza: diz não ao determinismo do predador. Nesse sentido, o vegetarista encarna, a meu ver, uma forma ética suprema. Assim também aquele que se opõe à caça, à pesca, à tourada, às rinhas de galo.

E por que não sou vegetarista? Sou um opositor absoluto da tourada, porque transforma a morte de um animal em espetáculo, o mais baixo, o mais vil, o mais aviltante dos espetáculos numa civilização: ter prazer com o sofrimento de um animal, transformar isso em gozo, jubilar-se ao ver correr o sangue, cenografar um abate que sempre leva (salvo raríssimas exceções, um ou outro acidente), mediante uma longa tortura, à agonia e ao perecimento do animal, demonstra paradoxalmente não o alto nível cultural da civilização da tourada, mas a permanência do tropismo bestial entre os humanos. Tal espetáculo não tem qualquer justificativa, qualquer legitimidade. Sentir prazer com o sofrimento, e depois com a morte infligida a um animal, define, muito simplesmente, o sadismo.

Ora, não há qualquer sadismo num açougueiro. Podemos criticar o fato de acostumar-se com sua tarefa, sua indiferença pelo sofrimento do animal, seu mitridatismo ao veneno do abate, mas, se ele for normalmente constituído, desconhece o prazer do aficionado que aplaude, recrimina, agita o lenço branco para pedir que o brindem com uma orelha, com duas, ou com uma cauda; do toureiro que saúda ou realiza uma volta de honra (a *vuelta*), que sai da arena carregado nos ombros de seus admiradores etc. O açougueiro dá a morte, mas não sente prazer em infligi-la; o toureiro faz dela um espetáculo e cristaliza em torno de si essa triste paixão dos devotos da pulsão de morte.

Escrevi, acima, que em matéria de vegetarismo eu era um crente não praticante. Crente, pode-se entender; mas não praticante? Não sou deontologista e, como Peter Singer, sou hedonista e consequencialista. Como, então, partindo das mesmas premissas, pode-se chegar a conclusões opostas? Peter Singer diz ter-se convertido ao vegetarismo em 1975. Não é vegetariano, contudo, nem vegano. Ora, nessa configuração veganos X vegetaristas, os veganos é que estão com a razão, pois são os únicos a serem consequentes. Um vegetarista que não é nem vegetariano, nem vegano contribui tanto quanto os carnívoros para a reprodução do sistema de exploração dos animais. O filósofo australiano não come, portanto, nenhuma carne animal, seja carne vermelha ou de peixe, mas se pergunta se não poderia consumir crustáceos, moluscos, ostras, mariscos, polvos, chocos, lulas, siris, lavagantes, lagostins: será que eles sofrem? Se sofrem, nem pensar em comê-los. Ele não resolve a questão, nem contra, nem a favor, e, na dúvida, se abstém.

Em compensação, não se opõe ao consumo de ovos de galinha criadas ao ar livre. Ora, pela lógica da produção de ovos, os pintos machos são eliminados ao nascer. Nas criações industriais, a sexagem conduz diretamente à trituração dos machos, reincorporados ao alimento dos sobreviventes. Do mesmo modo, são mortas as galinhas que deixam de produzir. Peter Singer, além disso, consome leite, manteiga, nata, iogurte. Ora, a obtenção de laticínios exige que um touro emprenhe uma vaca, que a vaca dê à luz um terneiro e que este seja em seguida apartado da mãe. O que pressupõe um touro reduzido a uma atividade de reprodutor numa vida não isenta de sofrimento, uma vaca coisificada, uma mãe apartada de sua prole. Por essa lógica, o leite se revela, portanto, um produto eticamente especista.

Para justificar sua prática não vegetariana, Peter Singer oferece um argumento que outra pessoa poderia perfeitamente usar para refutar o vegetarismo! Ele, de fato, escreve: "Não é fácil, no mundo especista em que vivemos atualmente, ater-se estritamente ao que é moralmente justo". Daí se descobrem os argumentos filosóficos em prol do crente não praticante. Ele então propõe o seguinte: "Um plano de ação sensato e defensável seria o de mudar paulatinamente nossa alimentação num ritmo em que pudéssemos nos sentir confortáveis" (*id.*) – um argumento especista para os radicais da luta antiespecista! Mas um argumento que me convém.

Os veganos levam a ascese ainda mais longe. Recusam toda e qualquer exploração dos animais. Alinho-me com eles, sem dúvida, na condenação dos circos em que os animais são vestidos e amestrados para realizar palinódias comportamentais, são ridicularizados ao serem humanizados, trancafiados em jaulas e depois expostos num círculo de luz, brutalizados para serem domados, maltratados para forçá-los à obediência, à docilidade e à submissão. Alinho-me igualmente com eles na condenação dos zoológicos em que animais selvagens são embrutecidos, obrigados a viver uma vida inteira em condições climáticas distintas das suas. São privados de sexualidade, de espaço vital, de alimento vivo, de movimento, de dignidade. Sou a favor do fechamento dos zoológicos e da proibição de empregar animais em circos.

Mas o vegano vai além e, coerente com seus pressupostos teóricos, proíbe-se o uso de lã, couro, seda, cachemira, alpaca e pele, é claro; proíbe-se todo produto que tenha sido testado em animais, desde medicamentos até produtos de limpeza, passando pelos cosméticos; refuta a equitação como lazer, as corridas de cavalos e galgos; acrescenta o mel à proibição vegetariana; não admite animais domésticos. O vegano, em seu radicalismo, expressa a verdade da luta contra o sofrimento animal. Pois o vegetarista consente no sofrimento das galinhas poedeiras, das vacas leiteiras; consente igualmente nisso a que subscrevem os vegetarianos, a saber: os circos, os zoológicos, o uso do couro, da seda etc.

Em outras palavras, o vegetarista professa uma indignação seletiva, parcial e parcialista, faz papel de correia de transmissão do sofrimento animal ao comer um ovo quente, passar manteiga na torrada, adoçar o café com mel acrescentando leite, ao calçar sapatos de couro, vestir uma camisa de seda, um pulôver de cachemira, uma calça de lã, ao dar ração para o seu gato, levar os filhos para a aula de equitação, ao apostar no turfe...

Superado em seu radicalismo, o vegetarista, repreendido pelo vegano, descobre que faz os animais sofrerem tanto quanto os comedores de carne. A alternativa, portanto, não se coloca entre vegetaristas e carnívoros, mas entre veganos e carniceiros. A prova da impossibilidade ontológica do vegetarismo é oferecida pelo próprio veganismo: o vegetarista se encontra no caminho certo, mas está mais próximo do comedor de carne do que daquele que afirma com coerência consequencialista que a recusa de causar sofrimento a um animal passa pelo austero rigor do veganismo. Quem se julgava revolucionário leva lições de revolução daquele que o é de fato – daí se descobre que o que move o vegetarista provavelmente não está nisso que ele apresenta como sendo sua boa razão.

Se o veganismo parece denunciar os limites do vegetarismo, ou mesmo a *impostura vegetarista* (para citar a violência verbal dos veganos em relação aos vegetaristas), ou pelo menos sua impossibilidade prática, podemos demonstrá-lo recorrendo ao consequencialismo: como seria um mundo em que vegetarismo e veganismo ditassem a lei? No caso do vegetarismo, caso se estendesse por todo o planeta, se se universalizasse, conduziria ao desaparecimento total dos animais domesticados: a vaca, o porco, o cavalo, a galinha, e também o cão e o gato, procedem de milhões de anos de seleções humanas – esses animais, com efeito, inexistem em seu estado natural.

Os animais que comemos estão, na maioria, domesticados há milhares de anos – a galinha que põe os ovos do café da manhã se origina... dos dinossauros, via arqueoptérix; o porco que fornece o bacon para essa mesma refeição descende em linha direta do javali; o leite de vaca pingado no chá pressupõe a ação dos homens que transformam o auroque em bovino. Mesmas observações quanto aos animais de companhia: o *chihuahua* e o *dobermann* descendem de um mesmo ancestral, o lobo; o cavalo procede do *hippidion*; o gato, de um gato selvagem.

Em outras palavras, isso que o citadino impregnado de saber livresco toma por fragmentos emblemáticos da natureza foi, na verdade, desnaturado, transformado, figurado, desfigurado, refigurado, configurado para se converter, segundo o princípio um dia formulado pelos judeo--cristãos, num instrumento nas mãos dos humanos. Os animais se converteram no que são a fim de servir os homens, ou seja: alimentá-los, vesti-los, transportá-los, fornecer-lhes força de trabalho, distraí-los, diverti-los. Esses animais são, tanto quanto os homens, frutos de uma evolução: a domesticação constituiu um fator de evolução, de seleção das espécies. O vegetarista se nega a comer carnes e peixes, o vegetariano se proíbe, além disso, o leite, a manteiga, a nata, os ovos, o mel; o vegano proscreve o couro (bovino, ovino, caprino), a seda (do bicho-da-seda), a lã (das ovelhas), a alpaca e a cachemira (dos caprinos): sua ideologia, se triunfasse, teria por consequência o desaparecimento dos animais domésticos. Sobrariam alguns que, entregues à sua plena e total liberdade, voltariam a ser selvagens e colocariam então o problema da sobrevivência... dos humanos!

Pois num regime político ontológico vegetarista, vegetariano ou vegano, a interdição da caça contribuiria para a proliferação desses animais devolvidos ao estado selvagem. Já os animais que permaneceram selvagens, os javalis, cervos, corças, coelhos bravos, lebres, raposas (para nos atermos ao perímetro europeu), iriam, por sua vez, pulular e ameaçar a sobrevivência da espécie humana. E isso sem falar no ecossistema, profunda e duradouramente afetado.

A natureza é feita de tal maneira que a cultura dela procede! A cultura age sobre a natureza e a metamorfoseia desde que existe o homem. A lógica das espécies animais pressupõe a predação, isso é um fato. E a alimentação à base de carne para os humanos: prova está na obrigação, para os veganos, de ingerir artificialmente vitamina B12 para compensar a carência induzida por sua dieta – essa substância, produzida por bactérias, é encontrada na carne animal e em seus subprodutos, e revela-se indispensável para a sobrevivência do homem. Isso atesta que, naturalmente, a dieta vegana, a única que não redunda em nenhum real sofrimento para os animais, resulta, para o indivíduo, em patologias carenciais; e, para o reino animal, na hecatombe das espécies domésticas e na monstruosa proliferação das espécies que permaneceram ou voltaram a ser selvagens. Em ambos os casos, a consequência dessa lógica seria a precarização dos homens em curto prazo e sua inevitável extinção. Assim, quem queria ser anjo acabaria sendo fera!

No mercado de Ponta Negra, no Congo, avisto a ala dos açougueiros, não longe da dos curandeiros. O calor é sufocante, os cheiros, pavorosos, uma mescla de urina e excrementos, antigas putrefações impossíveis de distinguir e matérias em decomposição. O ar está saturado de umidade. O sol bate nas lonas maculadas, gordurosas, duras de sujeira. Infiltra-se por frestas e buracos e inunda de luz frutas manchadas, legumes cansados, roupas recicladas, pequenos estandes de telefonia de outro século, mas também cortes de carne impossíveis de identificar ou animaizinhos dessecados – morcegos, camaleões, cabeças de cobra, peles sarapintadas, ocelos pretos sobre fundo dourado, ou o inverso.

Ao entrar nesse mercado, deparo com uma grande bacia branca esmaltada, de bordas lascadas. Dentro dela fervilha uma quantidade de larvas amarelas, do tamanho de um dedo mindinho. Parecem dispor de uma espécie de bico marrom, olhos talvez, ou algo que permite distinguir uma cabeça naqueles corpos anelados que se agitam, se remexem, dão a impressão de querer avançar, mas só conseguem se emaranhar mais um pouco, se encavalar, passar um por cima do outro para ir a lugar nenhum, uma vez que esse pacotão de insetos irá encher a barriga de um comprador que os há de comer crus ou cozidos.

Recordo então um texto de Claude Lévi-Strauss em *Tristes trópicos*, que relata sua reação de etnólogo diante da tribo que lhe oferece uma tigela de larvas preciosamente colhidas dentro de uma árvore, régio presente para festejar dignamente a chegada do homem branco na tribo! O ocidental habituado a lagostas e lavagantes vê com maus olhos o recipiente repleto de larvas vivas até a borda. Nem pensar em abalar o crédito concedido *a priori* ao estrangeiro, rejeitando o presente! Superando sua prevenção de europeu, leva a larva à boca e a trinca, ainda viva, com os dentes. Ela então escorre em sua língua como um leite condensado, com sabor de avelã. O que aos olhos se mostrava um alimento repugnante, uma vez assimilado a algo conhecido, provado e apreciado, tornava-se perfeitamente comível, e até agradável.

Meus anfitriões europeus tinham me prometido uma refeição à base dessas larvas que nunca iriam virar borboletas – foi, pelo menos, o que me disseram quando perguntei a que animal elas estavam associadas. E eu tinha aceitado experimentar. Minha estada, demasiado breve, não permitiu essa experiência culinária! De vivo cru, eu só conhecia a ostra, como muitos franceses. Perguntava-me o porquê dessa prevenção, desse preconceito gustativo, alimentar, sendo que as larvas são comestíveis naquele país africano – e para tantos outros povos.

Mais adiante, no mercado, o cheiro se torna enjoativo. Cheiro de sangue. Um porco amarrado jaz no chão, coberto por seus próprios excrementos, em meio aos quais se debate em vão. O açougueiro tira de um recipiente grande um porco pelado e cozido, inteiro: cadáver fixado e imobilizado na morte antes de ser talhado para ser comido por futuros mortos. A lâmina penetra o ventre do animal e libera suas vísceras fétidas. No chão – ao modo dos prisioneiros de Pascal que, acorrentados na escuridão de um porão, esperam sua vez junto com os companheiros de infortúnio, sabendo que em breve virão buscá-los para a execução, alegoria da natureza humana e da miséria do homem sem Deus, segundo o filósofo –, no chão, portanto, vivendo suas derradeiras horas, o porco amarrado se contorce como pressentindo que seu destino vai despachá-lo, dentro de alguns minutos, para o estande maculado de sangue e gordura.

A poucos passos dali, o cheiro muda. Agora é de caças do mato defumadas. Depois do sangue e da urina, das matérias fecais e da gordura, uma persistente emanação de fogo de lenha. A carne é irreconhecível. Uma espécie de pacote sem pata nem cabeça, um bloco roliço de pele espicaçada, como furada por agulhas: um porco-espinho. Ao lado, cabeças de gazela secionadas, um fio de arame em volta do pescoço. Moscas sobre o ferimento do corte. Olhos abertos. Não estão mirando o nada, estão olhando para o freguês.

De manhã, dizem-me, havia ali macacos grandes, bem próximos dos humanos. Iguarias seletas, foram vendidos assim que abriu o mercado. Tal como as jiboias vivas. Imagino, dentro de sacolas, com o cheiro fétido de cobras em cativeiro ou que sofreram estresse, longas e gordas jiboias mortas, decapitadas, cortadas em postas, esvaziadas de suas presas semidigeridas, saindo enroladas em papel jornal manchado de sangue. Os mesmos anfitriões me prometem averiguar sobre a possibilidade de comprar carne de macaco ou de cobra para eu experimentar durante a minha estadia. Sinto-me cada vez menos um etnólogo de calças curtas, e cada vez mais um neto de Darwin! O fervilhar das centenas de larvas, como nós, humanos, fervilhamos sobre a terra na imensa bacia do cosmos, o olhar morto, mas tão vivo de pavor, do pequeno antílope estrangulado com fio de aço, o corpo sacudido de tremores existenciais do porquinho que assiste ao abate de um de seus semelhantes e terá, durante horas, decodificado todos os sinais de aflição, solidão, angústia, susto, pavor, medo, emitidos por seu congênere, o destino desses porcos-espinhos, antes vivos na natureza, agora transformados em blocos de carne morta com graúdas moscas pretas esvoaçando em volta – estou a um passo de prometer não comer nunca mais nenhum tipo de carne.

Mais adiante, ainda na ala dita dos açougues, avisto três tartarugas viradas de costas. Uma delas ainda mexe devagar, debilmente, as patinhas escamadas e dotadas de garras. As outras duas parecem imóveis: já estarão mortas? Cansadas demais? Exaustas com esse tratamento que, só por virá-las de costas, as tira... da *humanidade*, sou tentado a escrever? Vontade de comprar as três, enigmaticamente amarradas com fios de arame, e soltá-las na natureza. Irrealizável desejo. Será que compraria uma jiboia para soltá-la também?

Em seus *Pensamentos para mim próprio*, Marco Aurélio recorria a um método denominado *psicagogia*, que lhe permitia desqualificar tudo aquilo a que se apega um não filósofo, vítima das formatações de uma época, de uma cultura, de um tempo, de uma civilização. Assim, passar a noite com uma criatura dos sonhos se tornava, para o pensador estoico, prolegômenos a reles esfregação de um pedaço de carne seguido pela ejaculação de um pouco de muco – nada que mereça ser objeto de atenção, ou, pelo menos, tema de preocupação capaz de desviar do essencial, a saber: filosofar.

Essa postura do imperador estoico era a mesma em relação aos amantes da boa mesa, de jantares finos, de banquetes à Petrônio: tetas ou vulvas de porcas recheadas, javalis cristalizados com mel e pejados de lebres forradas, por sua vez, de avezinhas enchidas de especiarias, pescoços de girafa ou línguas de pássaro? Cadáveres, apenas cadáveres, ingestão de cadáveres, digestão de cadáveres e dejeção de cadáveres por quem, em breve, se tornaria cadáver, já estando ele próprio tão cadáver. O suficiente para cortar o apetite de um filósofo aprendiz!

Naquele mercado de odores pestilenciais, o que me impressionava profundamente não era o cadáver, se bem que... mas a vontade humana de fazer cessar uma vida animal que presidia àquela exposição de cadáveres. O porco vivo lado a lado com o porco morto e sendo em seguida esfolado, o vivo vendo diante de si de que maneira seria morto antes de ser comido, aquela imagem terrível resumia milênios de uma predação fundada, decerto, na necessidade de se alimentar, mas também, para além disso, na simbólica que preside a essas operações.

Pois o pensamento mágico alimenta o alimento. Não longe da ala dos açougues ficavam as barraquinhas dos bruxos, dos curandeiros, médicos tradicionais. Esses boticários contemporâneos das sabedorias pré-históricas solicitam a natureza inteira: o mineral, o vegetal, o animal – não sei se ao humano é reservada uma participação inconfessada pelos xamãs africanos. Mas isso não me surpreenderia – suor, sangue, lágrima, urina, matéria fecal, esperma encerram uma imensa carga alegórica. Pós, micas, terra, argila, gizes, lascas arrancadas de pedras coloridas, verdes ou azuis, marrom ou pretas, transparentes, convivem em sábia desordem com raízes, plantas, maços de ervas, decocções, chás amarronzados dentro de garrafas plásticas duvidosas, pequenos embrulhos de caules secos.

A farmacopeia também mobiliza o reino animal: avisto uma cabeça grande de jiboia, cortada na raiz da coluna vertebral, ela me fita, negra, como cristalizada num líquido escuro; camaleões secos, esverdeados, encolhidos sobre si mesmos, como se a cauda, recurvada, tivesse iniciado o movimento do corpo inteiro para que a cabeça de olhinhos globulosos pudesse entrar na cloaca a fim de encerrar o animal sobre si mesmo; aqui, garras de aves, lá, patas de roedores; morcegos imobilizados num grito que será o último, olhos graúdos e pequenos caninos apontando da boca, asas dobradas qual escuros pergaminhos nervurados de preto; dentes arrancados de bocas improváveis, cães ou gatos, leões ou ratos, caninos e incisivos escuros, que um dia foram armas de guerra contra as presas e hoje são fetiches, amuletos, talismãs; peles de serpente que fazem imaginar a esfoladura – de um lado envelope flexível de escamas compondo motivos geométricos, mandalas dos deuses, e, de outro, carne sanguinolenta distribuída ao longo da espinha vertebral, carne para os homens; penduradas lado a lado com os despojos das cobras, peles de cheiros fortes, de pelos lisos e ásperos, de pequenos mamíferos, roedores esfolados, feras em miniatura com pelagem de noite e de sol – nessas peles curtidas de sol e calor abrasador, olhos feitos de pelo parecem nos fitar; insetos secos, com suas patinhas febris e cabeças agora repletas de substâncias mágicas.

O que o açougueiro vende, o curandeiro vende também. O que o doente vindo consultar o médico tradicional ingere, o cliente do açougue também come. Pois o alimento encerra uma carga simbólica, alegórica, metafórica. Ao comer a carne de um animal, incorpora-se – no sentido etimológico do termo: coloca-se dentro do corpo – suas (pretensas) forças, suas (supostas) virtudes. Cada órgão serve para aquilo que é sua função: o olho comido é bom para a vista de quem o come; o fígado, para a coragem; o músculo, para a energia; o sangue, para o fluxo vital. Ingerir a larva viva significa, provavelmente, alimentar o corpo, a carne, com as potencialidades espermáticas do ser em devir. Provar carne de serpente (crocante por fora, sabor de terneiro por dentro, ao que me dizem) talvez confira as virtudes mágicas do animal, transmitidas pela tradição oral, a religião, as narrativas mitológicas?

Larvas vivas, porco-espinho defumado, jiboia em postas, antílope degolado, macaco esfolado, tartaruga extraída da carapaça e mergulhada na água que formará o caldo, mas também, embora não houvesse quando estive ali, carne de pequenos crocodilos – alimentos que soam exóticos se comparados com a nossa alimentação. Sem dúvida. Mas, em comparação com a nossa, falo aqui do europeu, ou mesmo, mais especificamente, do francês que eu sou: comer *escargot bourgogne* ou *petit-gris*, quando não coxas de rã, será realmente menos exótico?

E por que o *gourmet* que pede um prato de *escargot* recusaria, num dia em que este estivesse em falta, um prato de lesma, mesmo (e principalmente) que também preparado com manteiga... de *escargot*? E esse *gourmet* provavelmente rejeitaria, com uma careta bem significativa, o prato em que, na falta de rãs, o *maître* lhe servisse coxas de sapo? No entanto, que diferença há entre o *escargot* e a lesma, ou entre a rã e o sapo, além do peso alegórico, mitológico, simbólico, de uma civilização?

Se não comemos peixinhos dourados, mas comemos sardinhas; se poupamos o hamster, mas não o coelho ou o cão, ao passo que comemos a cabra, é porque, sabe-se, os primeiros são passíveis de ser animais de estimação e, teoricamente, em virtude de uma humanidade elementar, não comemos aqueles a quem damos um apelido, não colocamos no estômago aqueles que, pensativos, contemplamos num vidro ou num aquário, não mastigamos com os dentes aqueles que, vagamente sádicos, observamos esfalfarem-se andando numa roda dentro da gaiola, ou aqueles que, francamente ridículos, vestimos com uma malha para evitar que se resfriem no passeio para fazer xixi. Não comemos nosso próximo; em compensação, comemos o distante.

Assim, animal de estimação no Ocidente, o porquinho-da-índia morre de morte morrida, como se diz, acarinhado, gordo, mimado, perfumado, enfitado, ao passo que no Peru vem sendo servido à mesa há milênios.

O *Cuy*, como é chamado (devido ao seu guinchado), é inclusive representado em pinturas da época colonial na catedral de Cuzco, antiga capital do Império Inca, e no monastério San Francisco de Lima, numa situação bem específica: a última refeição de Cristo. Ou seja, Jesus comeu porquinho-da-índia antes de subir o Gólgota! Mestres-cucas contemporâneos aconselham a comê-lo frito, com a pele dourada e crocante, acompanhado de batatas salteadas, com molho agridoce ou de amendoim.

Porquinho-da-índia no Peru, cachorro na Tailândia, ninho de andorinhas na China, cobra no Vietnã, ratão-do-banhado na França, canguru na Austrália, gafanhotos no Magrebe, gatos na Suíça, humanos na Papua-Nova Guiné, morcego nas Ilhas Maurício, olho de foca cru do lado de lá do círculo polar e outras combinações gastronômicas notáveis: os homens comem tudo que é vivo. Então, por que não larvas e gorila, jiboia e tartaruga, porco-espinho e crocodilo no Congo?

A linha de fratura não se situa entre tal animal e tal outro, e sim entre os animais e aquilo que não é algo que se possa ingerir, mas permite viver mesmo assim. Qualquer que seja o animal comido, e pouco importa, no fundo, o que é comum a cada situação, a *vida interrompida* um dia é que resulta necessária para o consumo sempre. É a morte para fazer vida. É o cadáver para alimentar o vivo. É a carniça para vivificar o vívido. É a faca levada à carótida para degolar e matar o que vai se tornar carne daquele que vai viver. Será uma necessidade, uma fatalidade?

Não. Pois, se eu parar para pensar, me torno vegetarista. O que não parei para pensar é que não o sou (não me tornei). Pois pensar é saber que a carne que se apresenta no meu prato foi a de um animal vivo, morto para que eu o comesse. O matador interrompeu conscientemente a vida de um ser vivo para tornar minha vida possível, ao que dizem. Coloquei, sem dúvida, o princípio de que o açougueiro não sente prazer com a morte que inflige, deixando essa triste paixão para os toureiros das arenas. Só que para esse prato vir parar na minha frente é preciso que um ser vivo interrompa a vida a pretexto de permitir que a vida seja e perdure. E quem há de querer abolir a vida de um ser vivo? Em nome de que pretensa boa razão?

Não posso querer minha vida se a devo ao sacrifício de vidas inocentes. Nesse sentido, o vegetarismo se impõe intelectualmente. O vegetariano irá alegar, porém, e estará coberto de razão, que o couro, a manteiga, os ovos, a nata, o mel, a lã, a seda, a cachemira obrigam a manter os animais num estado de escravidão que não é mais invejável do que a morte. Se a vida faz a lei, então os jainistas têm razão, e também não há boas razões para eliminar as pulgas, os pernilongos, os animais ditos nocivos. Se eu pensar mais ainda, me torno, portanto, vegano.

Pois a jaqueta de couro, as luvas de pele de ovelha natimorta, ou seja, sufocada ao nascer, o casaco de pele, os sapatos de camurça, o pulôver de angorá, as meias de seda, a gola de *vison*, o paletó de lã, pressupõem a criação de animais considerados, por aí mesmo, objetos, coisas destinadas a morrer um dia para acabarem como acessórios vestindo corpos de humanos. Da mesma forma, o pão com manteiga, os ovos mexidos, o pote de mel, o pingo de leite, a colher de nata dos cafés da manhã requerem igualmente que vacas, galinhas, abelhas tenham sido reificadas, objetificadas, coisificadas, para produzir alimentos aos humanos. No entanto, as balas, doces, sobremesas não preparadas por nós mesmos também apresentam um problema, pois podem conter gelatina, feita de ossos de animais. Por fim: devem ser rejeitados os chamados produtos de beleza, de higiene e cuidados corporais, de maquiagem, porque, na maioria das vezes, precisaram de experimentação animal para que fosse testada sua inocuidade em... cobaias.

Seria preciso ir tão longe, sem distinguir aquilo que exige morte intencional, aquilo que pressupõe criação e exploração sem morte, aquilo que desde milênios se enquadra no uso pacífico e cúmplice dos animais por parte dos homens e é simplesmente chamado de *criação*? O veganismo pressupõe, como horizonte ontológico e ideológico, o holocausto de todas as raças domésticas: implica, por exemplo, na extinção de todas as raças de cães, sem exceção, em prol exclusivo do lobo de que todos descendem, do *chihuahua* ao pastor-alemão. Pressupõe o fim das vacas leiteiras, independentemente da raça, em prol do auroque genealógico. Induz ao desaparecimento dos gatos, de toda e qualquer variedade, a fim de resgatar o lince original. Um dispendioso purismo dos homens que resultaria ruinoso para os animais!

Ora, o matadouro não se equipara, do ponto de vista ético, ontológico, metafísico, espiritual, à criação de bichos-da-seda, ou à tosquia das ovelhas, ou à produção de mel pelo apicultor que ama suas abelhas. Do mesmo modo, a sádica experimentação animal nos laboratórios não tem nada a ver com a coleta com pente dos pelos da cabra angorá. O uso de um pulôver de *mohair* ou o consumo de geleia real não obrigam a matar a cabra ou exterminar a abelha rainha – cabras e abelhas que estão, aliás, bem distantes de sua fonte genética, uma vez que o caprino asiático e a mosca melífera são menos criações da natureza do que produtos desejados desde milênios pela inteligência dos homens ou dos criadores de animais.

O prato é o impensado radical. Se refletirmos minimamente sobre aquilo que comemos ou deixamos de comer, sobre as preferências e repugnâncias próprias de cada civilização, se atentarmos para a vida do animal que preparamos mediante o artifício da culinária, se nos questionarmos sobre a legitimidade da morte infligida a um ser vivo para quem optou pela vida, pelo hedonismo e pela alegria compartilhada, se imaginarmos os rios de sangue que cobrem todo dia o planeta para que possamos encher nossas mesas de alimentos, então nos vemos na obrigação de agir. Se não, de que serve o pensamento?

Saí do mercado de Ponta Negra. A vida voltou a prevalecer. Mais tarde jantamos, num restaurante, um peixe enorme coberto de rodelas de cebola crua. A noite estava quente e abafada. O suor escorria pelo rosto das pessoas. O céu estava estrelado. A abóbada celeste do hemisfério sul me fazia devanear. Pensava nos meus que já se foram. Cada um de nós tinha no prato uma espécie de robalo graúdo, cuja cabeça de olhos brancos e cauda encarquilhada transbordavam no vazio. Um dos presentes comentou que aquele restaurante servia os melhores peixes da cidade. E acrescentou que o dono andara espalhando por aí, tempos atrás, que servia a melhor sopa de peixe de Ponta Negra. O motivo é que ele ia buscar a água... no necrotério, por ser uma água impregnada da força e energia dos mortos!

*Pedi que ele repetisse.* Isso decerto era calúnia de algum colega invejoso? Que nada. O próprio dono é que espalhara, não uma calúnia a seu respeito, mas uma informação sobre sua excelência: sua sopa de peixe era a melhor da cidade porque ele ia buscar a água no necrotério, e ela vinha impregnada da energia dos defuntos. Eu tinha ouvido bem. Um caso de ontologia, portanto! Pensamento mágico entremeado à produção gastronômica. Assim, não comemos tal ou tal produto, e sim forças, energias, poderes, seja ou não sopa de peixe, sejam ou não costelas fritas. Ingerimos símbolos, mitos, alegorias, metáforas. O carnívoro e o vegetarista não vivem no mesmo mundo simbólico. Eu como carne, mas vivo no mundo simbólico do vegetarista. É a minha contradição.

Vinte e quatro horas mais tarde, à noite, no avião que me trazia de volta à França, vim febril e vomitando – *feito um cachorro*. Não há dúvidas de que, nessa minha noite agitada, havia larvas fervilhantes e cabeças de jiboia, asas de morcego e antílopes decapitados, porcos urrando mortalmente e defecando, tartarugas viradas de costas esperando a sopa, porcos-espinhos reconfigurados em minério de carne defumada e escalopes de crocodilo fedendo a caça africana. Mas também, provavelmente, robalos endurecidos pelo cozimento e sopas de peixe temperadas com cadáveres humanos. Comer seu próximo resulta sempre numa aventura perigosa para os corpos – e também para as almas.

# 5
## ESPELHO PARTIDO DA TAUROMAQUIA

> Fazer amor com o touro é impudico, sem dúvida, é belo, ele vem em nossa direção, não para nos chifrar, mas para nos amar! A muleta puxada ao chão qual língua convidando a um profundo beijo, o espectador se transforma em *voyeur*, é a um coito que se assiste, a um orgasmo coletivo, a tourada, em Bayonne, é vaginal.
>
> Simon Casas, *Taches d'encre et de sang*
> [Manchas de tinta e de sangue]

> Reconhece-se o fascista pelo grito, mais uma vez: Viva a morte! Toda pessoa que diz "Viva a morte!" é fascista. Beleza alguma pode passar pela morte [...] Tudo em mim se ofende quando vejo formas vinculadas a um culto qualquer da morte. Porque isso é, mais uma vez, o fascismo, é a tirania.
>
> Gilles Deleuze, *Diálogos*

Toda virilidade ostensiva indica, com frequência, uma virilidade enfraquecida. Querer exibir sua testosterona tem a ver, na maioria das vezes, com uma defesa *pro domo*: mostra-se aquilo a que se aspira, mas que faz falta. A autêntica virilidade não precisa ser espetacular, teatralizada, exposta, basta-lhe ser. A tauromaquia goza de um incrível apoio da parte de escritores, pintores, artistas, filósofos, políticos, poetas. Já não se contam as obras que, de Goya a Picasso, de Manet a Botero, de Gautier a Arrabal, de Lorca a Char, de Montherlant a Hemingway, de Cocteau a Savater, de Bergamin a Leiris, celebram o espetáculo da morte enquanto suposto teatro solar do erotismo, da arte e da poesia. Assim, o que é propriamente um desfrute do espetáculo do sofrimento de um animal combinado com a teatralização de sua tortura é apresentado como estetização de um rito milenar comparável à ópera, a qual é, *pelo contrário*, quintessência e sublimação do que de mais perfeito o espírito produz.

Existe uma relação entre a paixão tauromáquica e a sexualidade dos aficionados. Não se pode, impunemente e sem razão, estabelecer uma aproximação entre o abate de um animal e o gozo sexual sem possuir uma libido debilitada. O cristianismo, que produziu uma das maiores civilizações sadomasoquistas propondo a imitação do suplício de Cristo para merecer a salvação, e a dos mártires decapitados, eviscerados, cozidos, assados, fervidos, lapidados, esquartejados, decepados para acelerar o movimento, gerou uma cultura de ódio da vida em que se inscreve a tauromaquia.

Por mais que a Igreja nos lembre que já condenava essa atividade bárbara em 1567, através de uma bula do papa Pio V, a pretexto de que a tourada deriva dos jogos circenses pagãos e romanos, é exatamente o triunfo de sua ideologia que alimenta essa funesta paixão pela matança celebrada, ritualizada, mostrada, exibida, adulada, aplaudida, venerada. Fazer do sangue derramado um símbolo da vida, sendo que ele prova a morte, transformar a matança em beleza, celebrar a tortura equiparando-a a uma arte, fazer do sofrimento um espetáculo – essas estranhas perversões só poderiam surgir no cérebro perturbado de quem se deleita fazendo o mal ou vendo os outros fazê-lo.

Um mapa dos locais do mundo em que se pratica a tauromaquia omite os países protestantes ou ortodoxos e dá destaque às nações católicas: a Espanha, é claro, mas também o sul da França, a filha mais velha da Igreja; é encontrada, igualmente, nos países sul-americanos conquistados pelos espanhóis, também cristãos, México, Peru, Colômbia, Venezuela, Argentina, durante uma época, e em Portugal. A França colonial impõe essa prática sangrenta na África do Norte, mas é proibida pelo Islã. Não se imaginam touradas nos países de tradição protestante ou ortodoxa – na Suíça ou na Alemanha, nos países escandinavos ou na Rússia. Apreciar o sangue, a matança, o espetáculo da crueldade, requer o pré-requisito da educação católica, apostólica e romana que formatou muitas consciências ocidentais, inclusive a dos intelectuais que se julgam ou se declaram, às vezes, pós-cristãos ou francamente ateus.

Por essa ordem de ideia, não é desinteressante saber que Michel Leiris, grande pensador da tauromaquia, importante afiançador intelectual dessa prática selvagem, autor de pelo menos dois textos sobre o assunto, *Espelho da tauromaquia* (1938) e *La course de taureaux* [A corrida de touros] (1951), era também um grande impotente que recheou suas obras, em especial seu *Journal* [Diário], com fartas observações sobre sua incapacidade para a turgidez, sua incapacidade de levar a cabo um ato sexual, mesmo elementar. Os quatro volumes de *A regra do jogo* abundam em confissões sobre sua deficiência libidinal. Escreve ele em *Idade de homem*: "Atualmente, tendo em geral a ver o órgão feminino como algo sujo, ou como uma ferida, não por isso menos atraente, mas perigosa em si, como tudo que é sangrento, mucoso, contaminado". A sexualidade, para ele, só se mostra jubilatória no sofrimento, na separação, no fracasso, na ruptura, na dor. Nada mais natural do que ele fazer da tauromaquia uma via de acesso para a sexualidade, um *espelho*, como ele diz.

Georges Bataille, por sua vez, inclui em *História do olho* (1928) uma cena de uma tourada na Espanha em que o toureiro, Granero, tem o olho arrancado pelo chifre do touro enquanto a heroína da história enfia um testículo do animal na vagina. O próprio escritor reconheceu seu distúrbio mental, judiciosamente apontado por Breton. E, de fato, seus biógrafos nos informam que ele *realmente* se masturbou diante do corpo morto de sua mãe, que ele *realmente* cogitou por algum tempo ter um orgasmo sacrificando o corpo de Colette Peignot, a qual consentira essa prática extravagante, que ele *realmente* substituiu essa mulher por um macaco e gozou ao ver contrair-se o ânus do animal enterrado vivo de ponta-cabeça. Tanto o homem como a obra associam constantemente morte e erotismo, gozo e blasfêmia, necrofilia e júbilo, coprofilia e deleite, assassinato e prazer, sacrifício e êxtase, sangue e cadáver, esperma e putrefação. Não surpreende que a tauromaquia, para esse homem mentalmente perturbado, possa passar por uma arte nobre.

Quanto a Montherlant, autor de um romance tido por autobiográfico intitulado *Os bestiários* (1926), passou a vida inteira professando a virilidade romana e estoica enquanto levava uma existência tranquila entre pedofilia na África do Norte e mundanidades na Académie Française, entre celebração da Ocupação alemã enquanto oportunidade viril e solar para o país e dissimulação para driblar a ira da justiça após a Liberação. O autor de *Un assassin est mon maître* [Um assassino é meu mestre] ficou fascinado pela cena de um soldado se masturbando durante os bombardeios da Primeira Guerra Mundial, na qual ele se engajara com cautela, buscando o ferimento útil para a biografia que está constituindo. A tauromaquia triunfa como fanfarronada por excelência, na qual se pretende enfrentar a morte indo matar um animal previamente debilitado, ferido, torturado, esgotado; faz todo sentido Montherlant defendê-la. A tourada se parece com a sua vida: dramatização de um combate no qual não arrisca nada – a mortalidade sendo nela tão frequente quanto nos acidentes automobilísticos.

Visitei a casa-museu de Hemingway em Cuba. Que esse homem, para existir, tivesse a necessidade de matar grandes feras africanas, de partir para três campos de batalha, de praticar o boxe, de multiplicar acidentes (seus biógrafos contabilizam trinta e dois: de caça, de carro, de barco...), de pescar peixes-espadas e marlins gigantescos num barco em que enfiava seu caniço numa espécie de grande estojo peniano[51] de bronze, de se medir com Fidel Castro em campeonatos de pesca desportiva, de celebrar a tauromaquia em *Morte à tarde* ou em crônicas taurinas que faziam rir os especialistas, de se embriagar além da conta e fumar sem parar e, depois, em parte devido ao diabetes e à doença (hemocromatose, mais especificamente, cujos sintomas são impotência crônica, distúrbios da libido, problemas hepáticos e cardíacos, dores articulares, diabetes, hipogonadismo – uma espécie de castração –, confusão mental...), que esse homem tenha, como antes dele seu pai, e depois dele seu irmão, sua irmã e sua neta, optado pelo suicídio quando anunciada a ameaça de cegueira, é algo que se compreende perfeitamente quando se descobre que sua mãe o vestia e penteava como a uma menina, ao

---

51 O estojo peniano é um protetor ou adorno do órgão sexual masculino feito de broto de palmeira, usado por alguns povos da África ou da América do Sul. (N. T.)

passo que seu pai o presenteou com um fuzil quando completou dez anos e que antes disso ele já vibrava por ter matado um porco-espinho a machadadas. Compreende-se que, em 1937, um homem assim possa ter ousado um título como *Ter e não ter*.

Leiris (tendências suicidas em 1937, tentativa de suicídio em 1957), Bataille (tendências suicidas em 1919), Montherlant (suicidou-se em 1972), Hemingway (suicidou-se em 1961) demonstram amplamente que virilidades debilitadas geram uma compensação acompanhada de espetacularização jubilatória daquilo que lhes falta. A tourada, denominada por antífrase *corrida de touros*, serve a esse projeto existencial. *Espelho da tauromaquia* é *o* livro que teoriza essa atividade, que outros abordam enquanto romancistas, literatos, poetas, pintores. Leiris assiste às touradas, coleciona entradas, programas, prospectos, fotos e outros suvenires taurinos; escreve poemas em prosa dedicados ao tema, publicados sob o título *Tauromaquia* e posteriormente incluídos em *Espelho da tauromaquia*; abre seu *Idade de homem* (1939) com *De la littérature considérée comme une tauromachie* [Da literatura considerada como tauromaquia] e afirma que um escritor deve arriscar a pele num livro como o toureiro arrisca a sua na arena – um convite que degenerou em muitos estragos na literatura.

Em *Espelho da tauromaquia*, Leiris transfigura cultural e intelectualmente um espetáculo que transforma o sofrimento e matança de um animal num prazer pretensamente sutil, um prazer supostamente requintado. Para chegar a esse resultado desconcertante, convoca uma artilharia pesada: a coincidência dos opostos de Nicolas de Cues, que justificaria a dialética passível de definir o caráter divino da iniciativa tauromáquica; a ardente e triste beleza de Baudelaire, o qual proclama a presença satânica no belo, do mal no bem, do preto no branco; o Satã de Milton, que o autoriza a fazer do toureiro, com seu rabo-de-cavalo (perdão, sua *coleta*, um acessório que acompanha uma rede para coque), suas meias, suas cores rosadas e seu traje colante com lantejoulas, o "modelo consumado da beleza viril"; a ideia de Platão, bastante oportuna para descrever a "beleza geométrica sobre-humana" do passe tauromáquico; a cratera do vulcão de Empédocles, imagem destinada a expressar um perigo similar ao da arena; os estudos de Marcel Mauss sobre o sacrifício que, ao final, permitem transformar essa trivial carnificina num gesto sagrado passível de unir ao divino.

Decorrência do chifre do touro literário, a leitura do *Diário* de Leiris nos traz constantes confidências sobre sua incapacidade de levar a cabo uma relação sexual – exercício concreto dessa prática da literatura enquanto tauromaquia: ele expõe suas fraquezas, seus fracassos, suas deficiências, suas impotências, seus desânimos, suas exaustões, seus fiascos, seus cansaços. Descobrimos assim, desordenadamente, sua malsucedida iniciação sexual num bordel, as orgias com manequins negros e os pênis artificiais da rue Saint-Augustin, a vontade de que uma prostituta lhe encha a boca de urina, as bebedeiras e os vômitos que vão junto, as sessões de masturbação pensando em mulheres venais, a "castidade sádica", o vestir-se de mulher, a impotência sexual, os sonhos lúbricos. Leiris descreve seus atos sexuais com Zette. Descrever um é descrever todos: "Começando a brochar, retiro-me sem ter gozado", o que é compensado com arranhões "como se eu quisesse rasgá-la". Diz ele a ela: "Você precisa entender que minha maldade é a maldade da impotência". E essa nota, no virar de uma página: "Uma série de sonhos em que a tauromaquia cumpre um papel. Aspiração à virilidade de um matador".

Lena, uma de suas mulheres além de Zette, lhe diz que "o gosto pelo sangue é um sinal de impotência". Leiris não comenta. A observação, no entanto, é corretíssima. O rol das impotências do autor perpassa sua farta obra autobiográfica. Nesse contexto existencial, as páginas publicadas sobre a tauromaquia se afiguram como a confissão estetizante em que Leiris afirma que um ato sexual realmente bem-sucedido pressupõe a morte do protagonista ou dos protagonistas – ele menciona, com efeito, "essa incapacidade de comunhão senão numa fusão mortal". Ressente o desejo de "matar depois do amor". Sem isso, o ato sexual permanece um empreendimento vão, que só faz sentido pela multiplicação dos gestos sádicos. O amor da tourada é a potência dos impotentes – e assim também a caça.

*Espelho da tauromaquia* estende incessantemente a metáfora do ato de tourear enquanto ato sexual: "A tourada é envolta numa atmosfera erótica". Ir à tourada é como ir a um encontro; os cartazes que a anunciam pelas ruas lembram os letreiros dos bordéis; o touro é uma figura fálica; os movimentos de vaivém entre o animal e o homem correspondem aos dos parceiros no coito; os passes são carícias, a ovação é uma descarga, o aplauso, uma ejaculação; a estocada lembra a penetração do pênis no sexo da mulher; o "olé" da multidão fêmea faz pensar no gozo das mulheres; o desejo de agressão consubstancial ao ato sexual equivale ao do toureador em relação ao touro; por fim, existe prazer em consumir seus testículos depois de sua morte. Morrer é gozar; sofrer é gozar; matar é gozar; torturar é gozar: essa profissão de fé tanatofílica não poderia ser mais parecida com uma alma católica.

Leiris emprega uma linguagem terrível quando aborda a terceira etapa da tourada, a da matança, que ele descreve assim: "Dança odiosa dos dois adversários, o homem conduzindo o bicho numa espécie de valsa fúnebre, abanando para ele o pano colorido qual sádico oferecendo doces à garotinha que planeja degolar". O emprego dessa imagem é ainda mais estarrecedor pelo fato de uma anotação no *Diário*, datada de 4 de julho de 1960, comparar o caso dos balés rosa com o caso de Djamila Boupacha – o primeiro, que estoura em janeiro de 1959, envolvia moças desejosas de seguir carreira na dança e às quais eram apresentados senhores de idade bem situados na sociedade, entre os quais André Le Troquer, último presidente da Assembleia Nacional da IV República, o qual, acusado de atentado ao pudor, foi condenado a um ano de prisão com *sursis*; o segundo, uma jovem argelina que planejava um atentado a bomba num café de Argel e foi torturada e estuprada durante um mês pelo tenente Charbonnier e alguns de seus homens.

O simpatizante da FLN[52] que é Leiris se insurge contra o fato de, "na França de hoje, condenar-se quem se dá prazer com *ratinhos*[53] absolutamente aquiescentes que têm com isso um benefício financeiro, e, por outro lado, considerar patriótico o gesto de enfiar uma garrafa na vagina de uma moça argelina cujo único ganho será um futuro registro no

---

52 Front de Libération Nationale (Frente de Libertação Nacional), união socialista de vários pequenos partidos criada em 1954 com o objetivo de lutar pela independência da Argélia, então colônia francesa. (N. T.)

53 No original: *petits rats*, como são chamados os alunos de dança da Opéra de Paris, que atuam nos espetáculos como figurantes. (N. T.)

martiriológio". Leiris lamenta que o caso tenha resultado no fim da carreira de Le Troquer, e o caso Boupacha, numa promoção para Charbonnier. O argumento, que faz do pedófilo um hedonista inofensivo, e de suas vítimas, culpadas aquiescentes e venais, revela-se pouco atraente. Segue-se, nesse mesmo dia, um parágrafo acerca de um toureiro. Mas fiquemos por aqui.

Dispamos a tourada de seus trajes estetizantes, intelectualistas, culturalistas, para encará-la de frente e ver o que ela *realmente* é, a saber, uma *tortura* infligida a um animal condenado à morte, um ato de *crueldade*, um gesto claramente *sádico* e uma *perversão* caracterizada. Essas palavras não são julgamentos de valor, qualificam objetivamente os fatos. Para verificá-lo, busquemos no dicionário um juiz passível de possibilitar a análise. Embora apaixonado pelo Littré, remeto ao *Dictionnaire culturel em langue française* de Alain Rey para definições mais modernas desses substantivos.

O que é *torturar*? A etimologia remete a uma torsão que gera sofrimento. A definição? "Infligir tortura", claro. Mas também: "Causar muito sofrimento (físico e moral)". Quem irá negar que o touro é torturado no segundo *Tercio* pelas picas do picador, nove centímetros de uma devastadora pirâmide de aço na ponta de uma vara de 2,6 metros, e as bandarilhas do toureiro, arpões de seis centímetros e do mesmo metal, afiados como lâminas, cravados no garrote do animal a fim de causar hemorragia? Exangue, exausto, esgotado, exaurido, desabando sobre as patas dianteiras, o sangue vertendo pela boca, pelas ventas, o touro não sofre?

Escreve Leiris, em *La course de taureaux*: "Os cavaleiros se armam de suas lanças, munidas de uma trava destinada a impedir o ferro de penetrar em profundidade. O papel das picas é atenuar o ímpeto do touro e cansar-lhe o pescoço, pois o matador, mais tarde, não terá como alojar a espada se o touro estiver com a cabeça erguida. O touro deve ser picado, portanto, na massa de músculos acima do pescoço, e não em outro lugar". *Atenuar o ímpeto*, *cansar o pescoço*, eufemismos para esquivar o termo certo: *torturar*. Pois, na verdade, o ferro penetra até trinta centímetros, e o movimento de parafuso seciona os músculos do pescoço do animal, que já não consegue sustentar a cabeça em posição erguida, e, portanto, investir.

A pressão das picas esmaga as carnes; o touro gira em torno delas, que se revolvem, aumentando a dor; as arestas retalham profundamente a ferida; os nervos são secionados, assim como o ligamento nucal; a coluna vertebral se torce sobre si mesma durante as várias quedas; picas, bandarilhas e espada causam abundantes hemorragias; mesmo com a trava, a pica pode penetrar até cinquenta centímetros; alguns toureadores repetem o gesto até dez vezes, obstinando-se num mesmo ferimento; segue-se uma paralisia; o pequeno punhal seciona o bulbo raquidiano. Em 24 de julho de 1989, em Santander, o toureiro Ruiz Miguel inflige 34 golpes de espada. Segundo os textos, um só deveria bastar, normalmente, para o golpe de misericórdia.

O que é *crueldade*? "Tendência a fazer sofrer (etimologicamente, a derramar sangue)". Termos associados: "barbárie, ferocidade, desumanidade, maldade, sadismo, selvageria". Vem em seguida uma citação de... Georges Bataille. Quem iria negar a crueldade do ato de infligir tais torturas a um animal sensível? O papel das picas e bandarilhas não é matar diretamente – o que caberá à espada, cravada em oitenta centímetros, e ao punhal, a *puntilla*, cravado no bulbo raquidiano –, e sim matar em fogo brando, levar tempo para infligir a morte, refinar, o que é permitido pela trava da pica, que evita que esta penetre profundamente: trata-se, de fato, de ferir certeiramente sem matar de imediato, de machucar, deteriorar, quebrantar o touro. Tal é a natureza deste espetáculo que é a tourada: teatralizar o sofrimento do animal antes de sua matança. O açougueiro mata sem prazer e ninguém o aplaude; o toureiro, em compensação, deleita-se ao dar a morte e espera a ovação do público por seus bárbaros desmandos.

É de estarrecer o status do cavalo de tourada. Na origem, os organizadores desses jogos bárbaros não escolhem belos cavalos vigorosos, e sim cavalos descartados, cavalos aposentados, cavalos do exército, cavalos destinados ao matadouro. Lançados no combate sem caparação[54], são chifrados, têm o flanco aberto pelos chifres e perdem as entranhas na

---

54 Armadura com que se revestiam antigamente os cavalos de batalha. (N. T.)

pista. Às vezes, são costurados nos bastidores e despachados de volta para o combate, no qual são afinal abatidos. O caparação, tornado obrigatório em 1928, limita os estragos, mas não os evita, pois não cobre o pescoço e o ventre, que ficam expostos.

Os cavalos de combate são hoje selecionados em função de sua altura adequada, nem altos, nem baixos demais. Treinados para obedecer aos comandos ligeiros e contraditórios do picador, volta, contravolta, giro, meio-giro, ficam incapazes de fugir, escoicear ou se afastar. Apanham então toda a força furiosa do touro, que investe lateralmente. Para evitar que se assustem diante do touro, seus olhos são vendados, e suas orelhas e ventas, tapadas com vaselina, algodão, jornal molhado. Suas cordas vocais são secionadas para evitar que relinchem.

Goya, Doré e Picasso representam essas eviscerações, essas tripas na pista, esses intestinos fétidos e fumegantes sob o escaldante sol hispânico. Estetizam esse ferimento que os aficionados, habituados aos elementos de linguagem tirados de um surrealismo mesclado de freudismo, assimilam a um sexo feminino aberto. Hemingway associa a morte do touro ao fim trágico do herói e vê no cavalo esvaziado de seus intestinos uma personagem cômica, um palhaço como esses que os Fratellini levam ao picadeiro arrastando linguiças atrás de si. Escreve Leiris, em *Espelho da tauromaquia*: "No que tange aos animais vítimas, já foi tudo judiciosamente distribuído desde os primórdios: para o touro, a morte nobre, recebida por golpes de espada; para os cavalos, passivamente estripados, o papel de latrina ou de bode expiatório para o qual se transfere toda a parte hedionda".

O que é um ato *sádico*? Sádico remete a Sade, é claro, e ao sadismo, evidentemente. E sadismo? "Luxúria acompanhada de crueldade" – o que cabe perfeitamente aqui. Mas também: "Gosto perverso em fazer sofrer, deleite no sofrimento alheio" – igualmente aplicável. Quem irá negar que existe prazer no aficionado que pontua essa funesta cerimônia com "bravos" e "olés!"? "Olé" quer dizer "bravo". Há quem remeta a uma etimologia árabe, *wallah*, que significaria "Por Deus!". No sadismo, a intensidade da manifestação vai de par com o grau de satisfação: quanto mais o refinamento da morte infligida coincide com o código, mais prazer sente o público nas arquibancadas.

O que é uma *perversão*? No sentido psiquiátrico: "alteração, desvio das tendências, dos instintos, decorrente de distúrbios psíquicos, frequentemente associado a deficiências intelectuais, a desequilíbrios constitucionais". Termos associados: "anomalia, distúrbio". Outro sentido é o da perversão sexual: "tendência a buscar a satisfação sexual por outras formas que não o ato sexual 'normal' (sendo este definido como cópula heterossexual com vistas à obtenção de orgasmo por penetração genital ou, mais extensivamente, de acordo com a tolerância social)". Termos associados: "bestialismo (ou zoofilia), exibicionismo, fetichismo, masoquismo, necrofilia, ondinismo, pedofilia, sadismo, voyeurismo". Quem irá negar que há perversão em sentir um prazer de natureza sexual, em confessar ter a libido excitada pelo espetáculo da matança de um touro? Escreve Leiris: "A tourada inteira, e seu entorno, exala um odor erótico". Depois que Simon Casas, ex-toureador, grão-sacerdote dessas cerimônias sádicas, autor de livros em louvor a essa barbárie, escreve: "Tenho uma ereção ao ver um jovem toureiro triunfar, isso é algo que não tem preço", será preciso dizer mais?

A associação entre morte e tourada permanece um clássico absoluto. Leiris conclui seu *Espelho da tauromaquia* celebrando essa atividade a pretexto de que ela viabiliza essa estranha profissão de fé tremendamente católica: "Incorporar a morte à vida, torná-la, de certa forma, voluptuosa". A morte, porém, opera em sentido único: o touro não escapa nunca. Mesmo quando poupado em razão de sua valentia – algo que só muito raramente ocorre, apenas para permitir o uso retórico, sofístico e polêmico desse gesto cavalheiresco na aparência –, acaba morrendo, longe dos olhos do público, exaurido pelos ferimentos sofridos durante a tourada.

Quanto à ideia de que o toureador estaria arriscando a vida ao pisar numa arena, não passa de pura ficção: o homem que consciente e deliberadamente escolhe esse ofício não incorre em mais riscos do que o telhadeiro que sobe diariamente nos telhados para realizar um trabalho muito menos remunerado, financeira e simbolicamente, que esse de matar touros nas arenas! A morte é um acidente de trabalho para esses matadores que arriscam supostamente a vida acima do bloco operatório, contíguo à capela, onde aguarda um cirurgião de plantão que, na maioria das vezes, só trata ferimentos benignos, alguns deles causados por cortes que os próprios toureiros se infligem inadvertidamente com suas armas afiadas.

Os fatos sempre permitem acabar com os mitos: Eric Baratay e Elisabeth Hardouin-Fugier, num livrinho excelente, infelizmente esgotado, oferecem os seguintes dados sobre a tourada: "Entre 1901 e 1947, registram-se dezesseis óbitos para 71.469 touros mortos (seis por tourada), ou seja, um para cada 4.467. De 1948 a 1993, contam-se quatro óbitos para 136.134 touros mortos, ou seja, um para cada 34.033". Quantos são os carpinteiros ou telhadistas mortos nos canteiros de obras? A morte do matador é um lugar-comum que funciona igual ao lobo nas histórias infantis: assusta, mas nunca come ninguém.

Assim, se nos limitarmos à pura e simples lexicologia: a tourada é uma tortura; a tourada é uma crueldade; a tourada é sádica; a tourada é uma perversão. Os aficionados considerarem o emprego do vocabulário correto como um juízo moral é apenas mais natural: nenhum perverso confessa sê-lo, nenhum sádico diz que o é. É próprio dessas patologias elas não soarem como tal a quem é acometido por elas. Simon Casas, por exemplo, diretor das arenas de Nîmes, afirma sem o menor constrangimento: "Tenho sincero amor pelo touro, se eu achasse que ele sofresse, pararia tudo imediatamente!". Cinismo ou burrice?

Um caçador, que faz parte da mesma família do amante da tauromaquia, nunca dirá que sente prazer em matar sendo que, *de fato*, sente prazer em matar; que sente prazer em derramar sangue sendo que, *de fato*, ele derrama sangue; que sente prazer em interromper a vida de um animal sendo que, *de fato*, interrompe a vida de um animal; que sente prazer ao desfrutar do poder de tirar a vida sendo que, *de fato*, sente prazer em tirar a vida. A negação é de regra para quem se compraz com a morte e não quer dizê-lo, nem sabê-lo, nem quer que lhe digam ou lhe façam saber. Pois comprazer-se com a morte infligida já é estar parcialmente morto, é fazer falar dentro de si a parte já podre, corrompida.

A crer no caçador, cujos pobres elementos de linguagem são sempre os mesmos, ele mata porque ama os animais; depreda a natureza porque ama a natureza; aponta para o coração do javali (se conseguir) por amor ao javali; abate o cervo, majestoso e hierático, por amor ao cervídeo;

explode os passarinhos também por amor aos pássaros, tão bonitos – no seu prato, devorados com cabeça e tudo, por detrás de um guardanapo; massacra uma corça depois de ver lágrimas nos seus olhos, por afeição ao animalzinho jazendo no próprio sangue. Mata aquilo que ama, só ama aquilo que mata – o que diz muito sobre seu jeito de amar.

Assim também o toureador, um caçador vestido de mulher: mata o touro porque o ama, respeita, venera; causa sofrimento ao touro para demonstrar seu amor; cansa-o, fere-o, derrama seu sangue, sempre por paixão amorosa; manda picadores martirizarem o animal para o seu próprio bem, já que é para lhe propiciar uma linda morte, numa arena de sol e sombras, ao passo que o boi doméstico é sangrado num matadouro sem qualquer nobreza; enfia sua espada até a guarda para atingir o coração, sempre para expressar sua paixão pelo animal. Suponhamos que existam amores menos tóxicos para o ser amado e que não é bom ser amado por gente dessa laia.

O que o toureiro (ou o caçador) mata é a vida – porque prefere a morte. Apresentada como o inverso daquilo que é, a tourada não é celebração do touro, mas um culto rendido a Tânatos; não é um elogio do animal sublime, mas uma grande festa mortuária e mórbida; não é um panegírico do animal, mas uma cerimônia fúnebre e assassina; não é um hino de louvor ao mamífero mitológico, mas um sacrifício sangrento e bárbaro. O touro é força, poder, vida, vigor, energia; a tourada é força da fraqueza, poder da impotência, vida da morte, vigor dos fracos e doentios, energia dos exaustos.

Nas antigas religiões, o touro é venerado por sua força genésica e seu poder fecundante, é o macho impetuoso, o feroz mugidor, o animal indomado, a virilidade procriadora, o espírito másculo e combativo, o ardor cósmico, a encarnação da força ctoniana, obscura, o ídolo neolítico, o animal de todas as mitologias, lunar por sua fecundidade, solar por sua semente, associada aos cultos agrários. Perpassa as civilizações, as culturas, as religiões.

A toda evidência, o cristianismo, religião do esgotado e do esgotamento, só poderia detestar o touro. Não há que iludir-se com a famosa bula papal que condenava a tourada no século XVI: a Igreja não vê com maus olhos essa cerimônia de matança do touro, que ela detesta na mesma medida em que venera seu oposto: o boi, o touro castrado. O boi está no presépio para significar, antes de tudo, que essa religião se coloca sob o signo do ruminante privado de testículos. Os Salmos descrevem o touro como o bicho malvado, o Antigo Testamento o mostra como o animal da idolatria. Em suas *Homilias sobre o Êxodo*, Orígenes o associa ao orgulho da carne. Touro pagão *versus* boi cristão: é possível submeter o boi e lhe infligir o jugo com o qual, domesticado, irá trabalhar para os homens. Irá puxar o arado para lavrar a terra. No tetramorfo, é o animal associado a São Lucas. Sopra sobre o corpo do Menino Jesus em seus primeiros dias de vida. É doce, calmo, paciente. Com seus testículos perdidos, caiu nas boas graças do cristianismo.

Acrescentemos que o culto de Mitra poderia ter se tornado uma religião, tivesse Constantino se convertido a ele! A seita de Crestos se safou por um triz. Alguns imperadores romanos manifestaram interesse por essa religião solar vinda do Oriente – o sol é a hipóstase de Mitra. Tinha por culto o sacrifício de um touro em criptas arranjadas de modo que o batismo do imperador, estendido sob uma grade, se desse pela aspersão do sangue do animal sangrado. Os iniciados, somente homens, comungavam então durante um banquete oferecido sob a abóbada da gruta, pensada como um cosmos – visitar um mitreu, em Roma, sob a basílica de São Clemente, quando eu tinha vinte anos, foi para mim um momento de grande emoção. Ao converter-se à seita que se sabe, Constantino dava início ao cristianismo. Maltratou incessantemente esse culto com seus decretos, mandou seus capangas depredarem os locais. Os cristãos criticavam esse culto solar por ser realizado em meio às trevas de uma cripta; com eles, ganhou-se um culto das trevas realizado na plena claridade de igrejas dispendiosas.

Podiam ter desejado montar o touro sagrado e celebrar assim a força conduzida pela inteligência e pela razão, a potência e a cumplicidade com os humanos; preferiram matá-lo. A tourada, frequentemente associada a festas religiosas sem que jamais o Vaticano protestasse, pode seduzir e encantar o cristianismo que, de um lado, vê aí triunfar sua teoria dos animais sujeitos ao querer e à vontade dos homens e, de outro, pode contemplar, não sem alegria, o sacrifício dos animais do sacrifício pagão.

Essa cerimônia descrita como pagã revela-se afinal muito cristã, notadamente, católica – a tourada e a Igreja partilham o mesmo gosto pelo espetáculo, pelo cerimonial, pela música, pela encenação. Tanto uma como outra, concebidas por exauridos e para exauridos, comprazem-se em dar a morte à vida e à vitalidade. Seu culto se organiza em torno da morte de uma vítima expiatória. Seu rito, rememorado pela eucaristia, deleita-se com o sangue derramado e bebido simbolicamente. O holocausto do vivo sublimado em cerimônia vistosa – algo capaz de reconciliar o bispo e o matador, o pároco e os picadores, o papa e o toureador.

Prefiro, quanto a mim, o touro pagão que se pode montar para tirar proveito de sua força, potência e vitalidade – à maneira de Europa:

## A MULHER E A FERA[55]

1
Lençóis de ouro
Tecidos de fogo
Bordados de prata
Sedas reluzentes

A princesa fenícia dorme
A princesa fenícia sonha

2
No sonho
Dois continentes
Assumem forma humana
E procuram seduzi-la

A princesa fenícia dorme
A princesa fenícia sonha

---

[55] No original: *bête*. Pode ser "animal", "burro", "bicho", "besta" e "fera". Optou-se aqui por traduzir como "fera" pela alusão aos personagens "a bela e a fera" (em francês *"la belle et la bête"*). (N. T.)

3
Desperta do sono
Liberta do sonho
Europa acorda
Para os perfumes do mar

A princesa fenícia estremece
A princesa fenícia treme

4
Acompanhada de três mulheres
Cabelos loiros, de cobre e de fogo
Vai rumo à praia
Perfumada de espuma

A princesa fenícia estremece
A princesa fenícia treme

5
Frente à sua mulher
Zeus sucumbe ao outro desejo
Ele quer Europa
Ele se torna touro

A princesa fenícia estremece
A princesa fenícia treme

6
Disco de prata sobre a cabeça
Chifres em forma de lua
Perfumes violentos
O animal vibra

O rei do tempo deseja
O rei do tempo ordena

7
O touro avança
Seguro, dominador, potente
Olho nas mulheres
Narinas bem abertas

O rei do tempo deseja
O rei do tempo ordena

8
A fera perfumada de almíscar
Fulgura de desejo
Reluz de líquidos de vida
Brilha de virtudes seminais

O rei do tempo deseja
O rei do tempo ordena

9
O touro se deita
Se rola na relva
Amassa as flores
Mostra o sexo

O rei do tempo deseja
O rei do tempo ordena

10
Europa sobressalta-se
Demasiados odores
Demasiados perfumes
Demasiados aromas

A princesa fenícia desfalece
A princesa fenícia fraqueja

11
A mão da princesa
No ventre do rei do tempo
Na sua pele e no seu pelo
No seu sexo

A princesa fenícia desfalece
A princesa fenícia fraqueja

12
Na boca do touro
A erva cheira a açafrão
O hálito de Zeus
Derruba Europa

A princesa fenícia desfalece
A princesa fenícia fraqueja

13
O touro branco
Ergue-se de repente
Europa agarra os chifres
E o lombo do animal

O rei do tempo decide
O rei do tempo quer

14
A fera se joga ao mar
Feixes de espuma entre as pernas
Flocos cremosos entre as coxas
Borbulhar de sementes

O rei do tempo impõe
O rei do tempo dispõe

15
Zeus em fogo
Europa líquida
A água queima
O casal cruza o mar

O rei do tempo impõe
O rei do tempo dispõe

16
Cobertos de mel
Aureolados de mar
Circundados de luz
Os dois chegam a uma ilha

O rei do tempo impõe
O rei do tempo dispõe

17
Debaixo de um plátano
O touro penetra a mulher
A fera se torna humana
E a mulher, animal

O rei do tempo impõe
O rei do tempo dispõe

18
Zeus dá três presentes
Um vestido e um colar
Um cão que nunca solta a presa
Um homem de bronze com uma veia só

O rei do tempo impõe
O rei do tempo dispõe

19
Três filhos nascem
Zeus então se vai
Deixa Europa
E a oferece a outro

O rei do tempo impõe
A princesa fenícia obedece

20
O rei de Creta desposa a princesa
Reconhece seus três filhos
Europa se extingue
Zeus ri às gargalhadas

O rei do tempo ri

Então
O rei do tempo ri

Parte IV

# O COSMOS
Uma ética do universo amarrotado

*Cosmos*: o céu que meu pai me mostra e não decodifica não é o céu cristão. Não me lembro de ele me dizer que meus avós, que não conheci, estavam no céu ou que algum vizinho falecido tinha, também ele, ido para o céu. A morte nunca era enfeitada com ficções: ela era, o que já era mais do que suficiente, silenciava, respeitava o defunto, que era lembrado, mas nunca ouvi nenhum discurso cristão sobre o paraíso, o inferno ou o purgatório, coisas que só servem para obter a média no curso de catecismo.

Meu pai não possuía uma cultura que lhe permitisse apreciar o paganismo subjacente ao cristianismo, mas acho que teria gostado de reconhecer, nas grandes festas religiosas, festas politeístas mais antigas. Em "Permanência do sol invencido" (capítulo 1), persigo os elementos da colagem judaico-cristã: essa visão do mundo se mostra compósita, agrega sapiências pré-históricas e suas variações ao longo das eras. O culto da luz (que bem poderia explicar a arte parietal neolítica) passa pelas religiões orientais, alimenta os animismos, os xamanismos, os politeísmos, os panteísmos que não apartam o homem do cosmos e da natureza, pois os homens de antes do monoteísmo sabem que são partes de um Grande Todo do qual não estão separados.

O cristianismo recicla o velho culto plurimilenar da luz na totalidade de suas festas. Do mesmo modo, as grandes datas da biografia inventada pelos homens ao longo dos séculos para dar uma realidade física e corpórea a Jesus, simples personagem conceitual, são, todas, datas de festas pagãs pautadas por solstícios e equinócios, nascer e pôr do sol no decorrer do dia, desaparecimento e ressurgimento da luz ao sabor das estações. Cristo cristaliza, por trás de seu nome, os cultos da luz que estão na origem de todas as religiões primitivas. A história sagrada só pode ser lida corretamente à luz do pensamento pagão que ela plagia.

A igreja em si é um templo solar construído pelos arquitetos e operários de modo extremamente codificado a partir desses antigos saberes da luz – é o que me proponho a mostrar em "O cristianismo, um xamanismo solar" (capítulo 2). A fundação das igrejas obedece a um rito solar. Sua orientação é simbólica e ritualmente pautada pelo nascimento do astro. As claraboias deixam entrar a luz no zênite do dia em que é celebrado o santo. O raio luminoso que passa por elas atinge as relíquias engastadas no altar na hora indicada pelo relógio solar. Os corpos no cemitério são estendidos com a face voltada para o sol de modo a poderem ver a luz no dia da ressurreição dos mortos.

Os símbolos solares, aliás, abundam no cristianismo: a porta de entrada assentada sobre duas torres orientadas segundo o eixo nascer/pôr do sol, o tetramorfo representando os quatro evangelistas em relação com o zodíaco celeste, o campanário enquanto forma esguia destinada a conquistar o céu, e em seguida derramar de volta sua energia no local preciso da eucaristia, o galo empoleirado em seu topo anunciando a chegada do dia, a divisão das horas, dias e meses, tudo é solar nessa religião oriental aclimatada no Ocidente à custa de muita retórica.

O cristianismo esvaziou o céu de seus astros para enchê-lo com suas ficções. "A construção do céu cristão" (capítulo 3) propõe a genealogia desse desapossamento das realidades astronômicas em benefício das fantasias teológicas. A patrística contribui para povoar o céu de Santos, Anjos, Arcanjos, Potências, Tronos, Serafins e toda uma colônia de ectoplasmas apresentados como modelos existenciais. Trata-se, para a apologética cristã, de convidar a viver sem corpo, sem carne, sem desejo, sem necessidade de beber e comer, sem libido, sem aquilo que compõe a vida corporal de cada um de nós. O céu é uma antiterra, e seu povoamento, uma contranatureza.

O cosmos pagão ensinava uma sabedoria existencial que permitia aos homens viver de acordo com ele. A ordem do mundo era regulada por uma força misteriosa que ainda não se chamava Deus. Surgia uma necessidade em qualquer um que observasse a repetição dos movimentos do mundo e compreendesse a forma e a força dos ciclos naturais. É lícito imaginar que os xamãs, os sábios, os druidas, os oficiantes ensinavam essa verdade física, num tempo que desconhecia a metafísica – etimologicamente: as ficções que se inventam para povoar o além da física.

O cosmos cristão, por sua vez, também ensina uma sabedoria existencial, mas não a mesma sabedoria. Trata-se de imitar Jesus, que é também o Cristo: filho de Deus e rebento de uma Virgem, carne sem carne, corpo incorpóreo, oximoro vivo, mas também cadáver tumefato, anatomia mortificada e, para coroar, morto ressuscitado. O céu é oferecido a qualquer um que faça de sua vida uma réplica da vida de Jesus Cristo. Está repleto de mártires com corpos estraçalhados, esquartejados, decapitados, queimados etc.

Enquanto os teólogos aprimoram esse céu povoado de fantasmas, cientistas perscrutam a abóbada estrelada e só encontram astros girando em suas órbitas, planetas em movimentos regulados, estrelas cintilantes. A prática da astronomia e a vontade científica esvaziam o céu cristão feito banheira cheia de água suja. A física é uma antimetafísica, possibilita uma ontologia material. A Igreja condena os cientistas que se atrevem a dizer que o céu é o que é – um vasto espaço para sublimes bólidos de matéria. A prisão, a fogueira, a perseguição e o processo judicial recaem sobre aqueles que redescobrem o cosmos pagão por trás do cosmos cristão.

"O esquecimento niilista do cosmos" (capítulo 4) me parece ter mais peso do que o esquecimento do ser na genealogia de uma biblioteca contemporânea. O monoteísmo celebrou o livro que explicava o mundo, que pretendia explicar a totalidade do mundo; para tanto, descartou os livros que explicavam o mundo de um jeito diferente do seu e tolerou aqueles que se alinhavam com ele. Entre os homens e o cosmos e a natureza e o real, instalou-se uma imensa biblioteca. O livro e o arquivo que explicavam o mundo se tornaram mais verdadeiros do que o mundo em si. Com o nariz enfiado nos livros, os homens deixaram de erguê-lo para as estrelas. A invenção do livro afasta o mundo. A biblioteca desvia do cosmos.

Esse esquecimento do cosmos pressupõe a onipotência da cultura enquanto antinatureza. Desaparece o céu estrelado, queimado pelas luzes elétricas das cidades. A chama de uma candeia, a claridade de uma vela, o fogo de lareira, misteriosos fogos que esculpem as sombras da noite e criam os claro-escuros em que se abastece o imaginário, veem-se substituídos por luzes artificiais. O sol já não faz a lei quando a eletricidade toma o seu lugar. Os camponeses virgilianos se esvanecem em benefício dos operários da terra. O tempo cíclico pagão desmorona em benefício do tempo tornado dinheiro. A terra morre, e os camponeses também: ela se torna suporte de produtos químicos; eles, forçados e pressionados pela religião da produtividade, tornam-se operários dessa matança.

Emerjo, aos dezessete anos, do sono dogmático em que me mergulhara minha educação cristã, ao ser apresentado a Lucrécio na Universidade de Caen, nas aulas de meu velho mestre Lucien Jerphagnon. Dessa terra maltratada, dessa civilização virgiliana abolida, desse campesinato machucado, dessa sabedoria milenar destruída, dessa vida em harmonia com a natureza exterminada eu sou testemunha. Lucrécio permite viver de acordo com essa sabedoria desaparecida. Em "Um epicurismo transcendental" (capítulo 5), proponho que se busque no pensamento pré-cristão de Lucrécio matéria para fundamentar uma filosofia pós--cristã que conserve do epicurismo aquilo que pode constituir uma força pós-moderna. O pensador romano refuta tudo o que não contribui para a edificação pessoal e para a construção de uma sabedoria prática. Subscrevo a essa ideia de descartar tudo que não redunde numa prática existencial – o essencial, com efeito, consiste em conseguir viver uma vida filosófica.

O principal propósito filosófico do epicurismo consiste em mobilizar tudo que possa fazer recuar a superstição, que é crença em ideias errôneas que nos alienam. O uso da razão corretamente conduzida faz recuar a fé. A ciência, tirando o cientificismo, que é religião da ciência, permite pensar o mundo pela lógica da ontologia materialista: não convocar nada relacionado aos trás-mundos, não solicitar quem remeta à metafísica, não mobilizar nada que tenha a ver com metapsicologia. Existe somente um mundo, e nenhum trás-mundo; somente física, e nenhuma metafísica; somente psicologia, e nenhuma metapsicologia.

Contra a heurística do medo e o pensamento catastrofista que estão muito em evidência hoje em dia, o transcendental constitui um antídoto contra as facilidades da transcendência. A ontologia materialista tem tudo a ganhar, por exemplo, ao lançar mão da astrofísica para esvaziar o céu da miscelânea e restituí-lo em sua força primitiva, captada pela inteligência contemporânea. A ciência de hoje valida inúmeras intuições epicuristas – mas nunca validou nenhuma hipótese cristã.

A astrofísica efetuou mais avanços neste último meio século do que efetuara desde que o homem começou a perscrutar o céu. Cada homem é porção insignificante num universo repleto de estrelas caídas, de múltiplos universos, de buracos negros que engolem a energia, de buracos de minhoca através dos quais talvez comuniquem os universos, de fontes brancas e de universo amarrotado, o nosso, um universo em que as ilusões de óptica nos fazem perceber como grande algo que é pequeno, porque refratado, como contemporâneo algo que está morto, porque diferido, perceber num mesmo tempo algo que pertence a tempos diversos, porque dobrado pela gravitação.

Cada homem é porção insignificante no universo, sem dúvida, esse é um ponto pacífico. Mas cada homem representa igualmente uma exceção única, uma configuração definitivamente inédita, uma singularidade sem réplica possível no tempo e no espaço, uma chance de vida e de força, de potência e energia. Essa ocorrência frágil e verdadeira, improvável, mas real, que é toda existência, merece que nos sintamos fascinados, e que desse sentimento de espanto radical nasça a experiência do sublime.

# 1
## PERMANÊNCIA DO SOL INVENCIDO

O judeo-cristianismo é a imensa colagem de uma grande miscelânea pagã, oriental, mística, milenarista, apocalíptica; recicla histórias antigas que, por sua vez, repõem em circulação histórias ainda mais antigas. Quem poderá dizer que o dilúvio do Noé judaico-cristão do Gênesis não descende em linha direta do dilúvio da *Epopeia de Gilgamesh* que lhe preexiste em pelo menos 2 mil anos – uma epopeia que cita, por sua vez, em suas últimas versões, a *Epopeia de Atrahasis*? As chuvas diluvianas, o retorno da pomba, o corvo que não volta, o encalhe da arca sobre uma montanha passam para o judeo-cristianismo, mas não são seu produto nem trazem sua assinatura.

O cristianismo encobriu com morte a vida que confiscou: o paganismo inspira essa religião do Livro que, entre o mundo e os homens, interpôs as palavras. Antes dos livros e da escrita, muito antes dos livros ditos santos ou sagrados, os homens tinham uma relação direta com o mundo, ou seja: com as eternas sucessões do dia e da noite, com os ciclos das estações, com a alternância entre luz e trevas, com as estrelas no céu e os mistérios das grutas debaixo da terra, com os movimentos dos astros, com as trajetórias da Lua e do Sol pelo cosmos, com a regularidade de metrônomo do aparecimento de solstícios e equinócios, com as dialéticas da primavera e do inverno, com o perpétuo contraponto entre cadáveres enterrados e crianças surgindo do ventre de suas mães.

O Talmude, a Bíblia e o Corão sufocam a vida e o vivo que vive com palavras, histórias, páginas, comentários e comentários dos comentários. Com esses três Livros, os homens cessaram de olhar para o mundo e erguer os olhos para as estrelas, para o céu, para os astros, e baixaram o olhar para os grimórios que eles julgavam encerrar a verdade definitiva sobre o mundo. Num universo em que o livro era lido por poucos, os escribas eram os únicos a dizer o que o texto contava: o poder do rabino, do padre e do imame se tornava força de divindade. Essas três instâncias temporais se apoiaram no espiritual para investir a política e conceder plenos poderes à teologia – à teocracia, portanto.

O judeo-cristianismo é a forma histórica, temporal, concreta, imanente, assumida no Ocidente pelo antigo culto da Luz. É lícito imaginar que, nos primórdios da humanidade, os homens ditos pré-históricos tenham primeiramente venerado a potência dos ciclos da luz: suas variações anuais são fáceis de constatar para a mente empírica do caçador, do coletor, do pescador, do camponês, do agricultor. Não há necessidade de saber que a terra é redonda, que gira sobre si mesma e em torno do sol, que é fixo, para constatar a existência de dois solstícios e dois equinócios.

O saber pagão compreende que há, no espaço de um ano, um momento de máxima duração da luz, o da noite mais curta (solstício de verão), e outro que lhe é inversamente correspondente, em que é mínima a duração da luz, o da noite mais longa (solstício de inverno). Compreende, do mesmo modo, que há, duas vezes no ano, um momento em que as durações do dia e da noite se equilibram totalmente (equinócio da primavera e equinócio do outono). Não há necessidade de instrumentos para medir o tempo porque já não se sabe o que ele essencialmente é, basta observar o céu, a lua, o sol e a extensão das sombras, para encontrar seu lugar no cosmos.

Esse mesmo saber compreende a ideia de que a luz torna a vida possível, que sua ausência corresponde ao definhamento do vivo: o acréscimo da luz alimenta o retorno à vida, e seu decréscimo, a viagem para a morte. Deduzir sua própria trajetória existencial da trajetória cósmica esteve provavelmente na gênese do sentimento religioso e do surgimento da ideia de imortalidade: aquilo que ocorre com tudo na natureza não pode deixar de acontecer com cada indivíduo. Aquilo que nasce, vive, cresce, atinge seu grau de excelência, decresce, declina, periclita e morre – e então renasce.

A sucessão de primavera, verão, outono e inverno fornecia a metáfora das quatro idades da vida; a sucessão das estações em forma de ciclos, a do eterno retorno das coisas, arquétipo genealógico de toda construção religiosa do mundo. Numa época em que a ficção monoteísta ainda não apartara o homem do cosmos nem a criatura de seu hipotético criador, que motivo teriam os indivíduos para imaginar um destino à parte para eles e para o resto das criaturas vivas? O que convinha para a planta, para a árvore, para a abelha, para o pássaro, para o mamute, para o auroque, para o sol, para a lua, convinha igualmente para o homem: o vivo sempre obedece às mesmas leis.

Nada sabemos sobre o pensamento do homem pré-histórico. O que dizem as cavernas e as pinturas parietais se encontra, na maior parte do tempo, no comentário dessas obras feito por teóricos contemporâneos. Assim, por exemplo, a Gruta de Lascaux permitiu a cada qual projetar seus fantasmas e enxergar, no que se apresentava em forma de enigma, suas próprias obsessões – prefigurações do verdadeiro culto, do catolicismo, segundo o abade Breuil, sinais temporais do eterno gosto dos homens pelo rito, pelo sagrado, pela transgressão, pelo vínculo entre Eros e Tânatos, segundo Bataille, verdade semântica do estruturalismo para Leroi-Gourhan, vestígios xamânicos para Jean Clottes, observatório do céu permitindo traçar os mapas das constelações, segundo a arqueoastrônoma Chantal Jègues-Wolkiewiez.

Na falta de vestígios escritos que permitam ler sem ambiguidade o que se deveria compreender, a arte parietal nos ensina algo que é certo: uma força vital anima tudo que é, e obriga os homens a lhe obedecer. Pois como explicar, de outro modo, que em locais distintos e muito distantes um do outro, num mesmo período, ou seja, dentro de uma geografia antipódica na época e de história semelhante, indivíduos que se desconhecem entre si produzam uma mesma arte, representem da mesma maneira e num mesmo estilo – pois as diferenças parecem mínimas e insignificantes diante das tantas semelhanças.

Um olhar minimamente experimentado não saberá distinguir o acheulense, o musteriense, o chatelperronense, o aurignacense, o gravetiense, o protomagdalenense, o solutrense, o salpetriense, o badegouliense, o magdalenense, o epipaleolítico, o mesolítico, mas saberá que se trata dessa arte pré-histórica que se estende e se espalha pela Europa ao longo de mais de 25 mil anos – de menos 35 mil a menos 10 mil. No que pesem as diversidades, as diferenças, as dessemelhanças, um mesmo estilo ontológico diz um mesmo mundo, num mesmo momento, sem que os homens pudessem se comunicar entre si, a tal ponto eram intransponíveis as distâncias que separavam França, Escandinávia, Grã-Bretanha, Bélgica, Alemanha, Ucrânia, Rússia, sul da Itália, Sicília, oeste da Irlanda e Portugal – para nos atermos apenas à Europa.

Durante 30 mil anos, homens distantes uns dos outros perpetuaram um mesmo estilo, um mesmo mundo, uma mesma tradição figurativa: nenhum vestígio do mundo vegetal – nenhum capim, nenhuma flor, planta, árvore; nenhum inseto – em Chauvet, deduz-se uma borboleta de uma caligrafia enigmática; nenhum elemento natural – curso d'água, rochedo, colina; nenhum bólido celeste – estrelas, sol, lua, cometas; nenhuma criação humana – choupana, aldeia, acampamento, vestuário; praticamente nenhuma representação humana – e sim criaturas compostas por uma mescla de humanos com animais. Em contrapartida, uma profusão de animais: touros, cavalos, auroques, bisões, leões, rinocerontes, vacas, cervos, bois, cabritos monteses, renas, mamutes – mas nenhum réptil, nenhum batráquio, nenhum peixe.

Em se avançando a hipótese de uma religião pré-histórica totêmica, compreende-se o porquê de esses animais, e não outros: sua simbólica é positiva – a força, o ardor, a potência, a elegância, a rapidez, a energia, o vigor, a robustez. Que virtudes honrosas, prestigiosas, nobres poderiam ser associadas à rã, ao sapo, ao lagarto, à serpente, ao peixe com que convivem os homens pré-históricos? A pulsão de vida, a vitalidade, a positividade dos animais representados não deixam dúvida. O que pintam os homens num mesmo momento, de uma mesma maneira, em locais demasiado afastados para a sua arte poder ter sido levada por nômades em todo lugar, é a homenagem dos vivos à vida que vai e quer. A força vital é a primeira virtude a ser reverenciada – ou, se preferirmos, o primeiro deus a ser venerado.

E não há força vital sem o sol, que alimenta as plantas de que se alimentam os animais que alimentam os homens. A luz é o deus das divindades, a força primeira sem a qual não existem forças derivadas. Ela é o princípio em que se iniciam as plantas. Revela o botânico francês Francis Hallé que os cientistas descobriram o fitocromo nos anos 1960. Trata-se de um pigmento vegetal de cor azul, que absorve as radiações vermelhas e infravermelhas por meio das quais todas as plantas, desde as mais sumárias e rústicas até as mais complexas e elaboradas, mantêm uma relação de inteligência com o mundo. A ele se deve, evidentemente, o tropismo em direção à luz, o retraimento das plantas quando ela desaparece, a germinação dos grãos, o crescimento das plântulas, a formação das flores.

Esse pigmento informa o vegetal do alargamento ou encolhimento do período de luz durante o dia. Ele é o princípio ativo que dá à planta sua inteligência e faz que esta reaja às informações fornecidas pela natureza. Quando a luz declina, ela recebe essa informação e põe em ação, então, o processo que lhe permite desenvolver os brotos protetores, mesmo que a temperatura ainda seja estival. A seiva deixa as extremidades das folhas e torna a descer para as raízes: as folhas então adquirem suas cores de outono, perdem sua ductilidade, sua umidade, encarquilham-se, secam e caem. Da mesma forma, no verão, quando esse sinal químico informa a planta de que as noites estão ficando mais longas, embora ainda faça calor, ela se prepara para a chegada do inverno: enquanto os animais aptos a migrar tomam a direção dos países quentes, ela alentece seu crescimento, produz as substâncias com que se formam os brotos escamosos que protegem suas células mais importantes. Caem os frutos e as folhas mortas. A seiva para de circular.

Outra substância, a auxina, está na origem da curvatura dos caules em direção à fonte luminosa, estimula o crescimento das raízes, inibe o crescimento dos galhos mais baixos das árvores novas. Outras substâncias (giberelinas, citoquininas, ácido abscísico, etileno) permitem outros prodígios: estimular a germinação, alongar os caules, produzir novas células, reduzir o ritmo de crescimento, acelerar a maturação dos frutos etc. A linguagem dessas substâncias todas? A quantidade e a qualidade da luz.

As plantas se comunicam e manifestam, inclusive, uma autêntica inteligência. Percebem a luz e sua cor; reagem à gravidade; respondem ao estímulo de um contato mecânico com influxos nervosos comparáveis aos dos animais; manifestam a capacidade de contar pelo menos até dois; dispõem de memória; possuem noção de gosto; emitem sons; calculam distâncias; sabem discernir quem lhes quer bem e quem lhes quer mal; possuem a capacidade de permutar seus genes; reagem às marés e às lunações.

Do mesmo modo, as plantas planejam o futuro e são capazes de agir para se proteger de um perigo. Os *kudus*, gazelas da África do Sul, consomem as folhas de uma variedade de acácia, a *Acacia caffa*, uma árvore das savanas africanas. O animal come as folhas de uma árvore e se afasta; vai para outra árvore e torna a se afastar; e assim por diante. Por que motivo precisa mudar de árvore? Porque as árvores se protegem da própria destruição com um metabolismo que torna suas folhas taninosas o suficiente para que as gazelas as rejeitem devido a seu gosto adstringente.

Ocorre que algumas árvores carregam suas folhas de tanino antes mesmo de serem abordadas pelas gazelas. Por quê? Porque se encontram na linha do vento portador das informações fornecidas por suas congêneres já atacadas: as árvores exalam um gás específico, o etileno, o qual desencadeia a produção do tanino que as protege da morte. Depois que os *kudus* vão embora, as acácias recobram sua química normal; a toxina que as protegia desaparece. Prova de que as plantas dispõem dos meios de inteligência de sua sobrevivência e de uma capacidade de se comunicar para realizar esse plano. Tal como os homens, dispõem disso que Aristóteles denomina a arte de *perseverar em seu ser* e que Espinoza designa como *força de existir*.

A vida das plantas se encontra, portanto, em estreita relação com a luz, com sua quantidade conforme as estações, com sua qualidade de acordo com os equinócios e solstícios; obedece igualmente a uma inteligência que aciona dispositivos aptos a assegurar a vida, a sobrevivência, a existência, quando esta se encontra ameaçada. No cesto em que esqueci meus alhos-porós, cujas folhas cortei, um rebento brota do miolo e sai em busca de mais luminosidade, a fim de ser, melhor ser, mais ser. Não há nenhuma razão objetiva para que aquilo que concerne ao ser vivo mais elementar não possa concernir igualmente ao ser vivo mais elaborado. O que atua no legume age também, segundo os mesmos princípios, no epicentro do *Homo sapiens sapiens*.

## Permanência do sol invencido

Essa luz fascina os homens que sabem, desde os primórdios do pensamento selvagem, que o Sol é o astro da vida, da força, da potência, da energia, da vitalidade. Esse é o motivo por que construíram dispositivos arquitetônicos para captar seu princípio: as grutas pré-históricas orientadas em função do solstício de verão – como a de Lascaux, por exemplo – permitiam que o sol penetrasse na caverna e iluminasse a Sala dos Touros durante quase uma hora. Os homens do paleolítico superior (há mais de 30 mil anos) registraram o que provavelmente seja o mais antigo calendário lunar numa plaqueta de osso, na região da Dordonha. Talvez para poderem prever as mudanças das estações e antecipar os períodos de migração dos animais de caça.

A paleoastrônoma Chantal Jègues-Wolkiewiez afirma que a quase totalidade dos sítios ornamentados do paleolítico francês é orientada para um ponto do horizonte que corresponde a um momento importante dos ciclos: nascer ou pôr do sol por ocasião dos equinócios e solstícios. A escolha das grutas se dava em função desse saber pagão. Os homens pré-históricos sabiam ler o céu, tinham percebido o movimento dos planetas, conheciam o eterno retorno das estações, previam o futuro segundo o que lhes ensinara o passado e o planejavam segundo esse saber. A gruta decorada é, provavelmente, o primeiro edifício de um saber solar de que se tem conhecimento.

Essa mulher, que não pertence à elite acadêmica, obtém resultados tangíveis: constata, após medições, que os pontos salientes das pinturas coincidem, em Lascaux, com as estrelas de grande magnitude dos tempos pré-históricos. As trajetórias da lua, por sua vez, sobrepõem-se a incisões visíveis nas paredes da gruta. A academia discute firulas, resmunga, resiste, alega que uma descoberta dessa dimensão se avalia pelo suporte em que é anunciada: não numa revista para especialistas, mas numa publicação destinada ao grande público – os doutores se negam a dar seu aval. Não importa. Jean Malaurie, grande xamã que acredita mais no gênio da intuição livre e libertária do que em cálculos aproximativos autenticados por seus pares, burocratas financiados pelo CNRS, subscreve a essa tese.

Stonehenge (final do milênio III a.C.) também se explica pela referência solar: o famoso alinhamento de pedras se dá na direção do nascer do sol no horizonte no momento do solstício de inverno. O mesmo ocorre com alguns outros alinhamentos megalíticos da Bretanha, Escócia ou Alemanha. Essa disposição das pedras de acordo com o sol é infalível durante 3 mil anos. Saber os movimentos dos astros significa conhecer as estações; conhecer as estações significa planejar a vida ou a sobrevivência do grupo; os caçadores-coletores podem assim prever a passagem dos rebanhos, o aparecimento das frutas, dos pinhões, e os agricultores, o momento de plantar, de semear.

Tudo isso em relação com o sagrado da natureza, celebrada com procissões. Em Stonehenge, o alinhamento circular de pedras de que restam vestígios tinha por contraponto um alinhamento circular de madeira. Os dois eram separados por um rio. O círculo de pedras correspondia à vida, era composto de um material duro, sólido, que atravessa os séculos e se inscreve na eternidade; já o círculo de madeira era feito de um material putrescível, destrutível. O primeiro círculo, o da vida, se pautava pelo nascer do sol no solstício, ou seja, pelo retorno da vida; o segundo, o da morte, pelo pôr do sol no solstício. Os fiéis percorriam o trajeto que conduzia da vida para a morte, e depois se entregavam a festas pagãs que incluíam álcool, comida, sexualidade, cópulas e tudo aquilo que celebra a vitalidade – a luz.

Também os ameríndios inscrevem sua visão de mundo dentro do animismo, do totemismo, do panteísmo. Nesse período da humanidade em que não existe deus único nem indivíduo, e sim uma natureza naturada e uma natureza naturante que constituem duas das muitas maneiras de designar a natureza única, o homem não é separado dos animais, das pedras, dos rios, das estrelas, do Sol e da Lua. Não é um sujeito distinto, apartado, sozinho e solitário, e sim uma parte ligada e vinculada ao Grande Todo.

Vindos da Sibéria há mais de 36 mil anos, os ameríndios praticam uma religião xamânica e vivem em harmonia com a natureza, ou seja, consigo mesmos, pois sequer lhes passaria pela cabeça verem a si mesmos como estrangeiros no mundo em que se encontram. Assim, orientam seus povoados em função dos pontos cardeais: as portas se abrem para o leste, de maneira que os raios do sol nascente penetrem na casa trazendo a luz, ou seja, vida, força, saúde, potência. Sua concepção do tempo não é linear, como é para os cristãos, mas cíclica: ele acompanha, evidentemente, os ciclos da natureza.

Também os ameríndios escreveram no chão com pedras, segundo lógicas bastante similares ao que, provavelmente, faziam os homens pré-históricos fora das cavernas, e os celtas em seus alinhamentos de megálitos. Os habitantes da América construíam Rodas de Cura que tinham a forma de um círculo de pedra dividido em quatro partes iguais, às quais eram associadas cores, pontos cardeais, estações, qualidades, virtudes: o norte era relacionado ao branco, ao espírito, ao inverno; o leste, ao amarelo, à razão, à primavera; o sul, ao vermelho, ao corpo, ao verão; o oeste, ao preto, ao coração, ao outono. As quatro cores representavam as quatro raças humanas.

Com um diâmetro de 27 metros, essa roda compreende 28 raios, ou, em outras palavras, o número de dias de um ciclo lunar. Esse círculo de vida permite datar o dia do solstício de verão. A tribo dos Anasazi, que estava em seu apogeu por volta do ano 1.000 e desapareceu misteriosamente no século XVI, construiu um palácio solar entre os estados do Colorado e de Utah (Hovenweep Castle) cujas aberturas eram orientadas de modo que a luz de solstício e equinócio entrassem na construção de modo ritualístico e calculado. Uma mesma arquitetura no Novo México (Chaco Canyon) documenta essa arte de engastar a luz ritmada do cosmos nas construções de pedra.

A inteira filosofia desse povo está contida nesse círculo de vida: três cordões e uma pena o expressam. Um cordão branco parte do centro e vai para a parte superior do círculo, carregando sete conchas que representam cada qual uma entidade, uma força, uma potência, uma virtude, ou mesmo um par de virtudes: eternidade; sabedoria e conhecimento; amor e confiança; verdade e honestidade; humildade e paciência; coragem e bravura; respeito. São as lições de vida dos sete avós. Um cordão azul parte do centro e representa o céu. Um cordão verde significa a mãe natureza. No centro, há uma pena que simboliza o sopro do criador, a harmonia entre o indivíduo e a natureza, entre a pessoa e o cosmos.

Milhares de anos antes da *Ética a Nicômaco* de Aristóteles, essa sabedoria ameríndia demonstra que a santidade pagã não necessita de transcendência, de deus único, ciumento, vingativo, agressivo, vindicativo, para propor uma ética exigente relacionada com as forças do cosmos e da vida – e não contra elas. Essa filosofia da natureza e do cosmos pode ser anacronicamente descrita como espinoziana ou nietzschiana, ou, em outras palavras, em total oposição com a visão judaico-cristã de mundo.

Um chefe *sioux*, Hehaka Sapa (Alce Negro), contou sobre a dança do sol. Era necessário reunir numa cabana ornada de salva os objetos rituais: cachimbo, rolo de fumo, casca de salgueiro vermelho, erva aromática, faca de osso, machado de sílex, moela de bisão, crânio de bisão, sacola de pele marrom, pele de bisão jovem curtida, peles de coelho, penas de águia, cor de terra vermelha, cor azul, pele bruta, penas de cauda de águia, apitos talhados em ossos de águia manchada. O ritual exige também um tambor de pele de bisão e baquetas com a extremidade revestida com essa mesma pele e com os pelos à mostra: a rotundidade do instrumento simboliza o universo, seu ritmo, o ritmo do coração que bate em seu centro, sua melodia, a voz do Grande Espírito que une o mundo. Quatro homens e uma mulher cantam.

Na simbologia da tribo, a lua significa aquilo que é criado e é, portanto, sujeito à entropia do mundo; a noite corresponde à ignorância, a Lua e as estrelas expressam a luz em meio às trevas; o Sol é a fonte de luz, o princípio vital, sendo, portanto, similar ao Grande Espírito. O bisão é celebrado como animal exemplar por sua sagacidade. É também o que fornece a pele para revestir as habitações, e alimento com sua carne: torna possível a vida do corpo e a vida da tribo. Nesse sentido, merece respeito e culto.

Uma árvore sagrada, uma árvore murmurante, encontra-se no centro do dispositivo ritual. Trata-se de um algodoeiro cujas folhas cônicas serviram de modelo arquetípico para a invenção da *tipi*[56], num dia em que, dizem, os adultos viram crianças que lhes davam essa forma ao brincar. Em torno dele, e através de inúmeros gestos rituais, é construída a cabana da dança do sol. Trata-se, diz o chefe *sioux*, do "universo em imagem" (Hehaka Sapa, *O cachimbo sagrado: os sete ritos secretos dos índios Sioux*). Vinte e oito varas – mais uma vez, um número que remete

---

56 *Tipi*: tenda usada como moradia pelos índios norte-americanos, composta por uma estrutura de madeira em forma de cone revestida com pele de bisão ou búfalo. (N. T.)

às lunações – cercam o dispositivo. Vinte e oito é também o número das costelas do bisão e das penas de um cocar de guerra.

O rito multiplica os detalhes, os signos e os gestos, acumula palavras, expressões e evocações sagradas, põe em cena o corpo, as peles de animais, o crânio do bisão – osso nasal apontado para o leste, lugar do sol nascente a que são destinadas as oferendas –, pressupõe a dança, o deslocamento simbólico com que é composta uma cruz ou imitada a trajetória do sol, requer o canto, a voz modulada, a dança, articula-se em torno desta árvore que representa o epicentro do universo, exige a purificação por meio de fogos, pedras, plantas, faz uso da cor vermelha, que é a cor da terra de onde vêm os corpos e para onde eles irão retornar. Quando o sol desponta no horizonte, os dançarinos exclamam: "O Pai se levanta!".

Em meio à algazarra dos tambores, à excitação dessa cerimônia iniciada muitas horas atrás, os oito dançarinos vestidos de peles de bisão são jogados no chão, derrubados por homens que lhes cravam estiletes de osso na carne, o sangue corre, as vítimas rituais sopram apitos talhados em ossos de águia, os dançarinos cortam pedaços da carne e os oferecem à árvore sagrada. A cerimônia prossegue até o pôr do sol. O cachimbo é fumado. A prosperidade está garantida; a Vida continua.

Tive o privilégio de visitar a gruta Chauvet (e a de Lascaux). Recordo, entre os momentos mais marcantes dessa visita, a descoberta da sala em que um crânio de urso trona sobre um bloco rochoso desabado do alto da caverna: foi colocado ali por uma mão humana. Mais meia dúzia de crânios desse animal se encontra, disposta em semicírculo, ao redor dessa espécie de altar pagão. A pedra está situada no centro de um dispositivo geológico que lembra um anfiteatro. Almofadas de pedra dão a impressão de que homens, mulheres e crianças ali se sentaram em círculo para assistir a uma cerimônia aparentada à dança do sol dos *sioux*.

Avanço a hipótese de que, em algumas civilizações poupadas pela civilização monoteísta, subsiste uma religião fóssil que foi, provavelmente, a dos primeiros homens: culto do urso na gruta Chauvet há 35 mil anos, culto do crânio de bisão em solo americano, desde a mais remota antiguidade até o ano 1.000 antes da chegada dos não ameríndios, especialmente dos normandos, cultos xamânicos na Sibéria setentrional até, e inclusive, o período soviético – antes do deus único, homens, animais, plantas, cursos d'água, estrelas, Sol, Lua não se mostravam dessemelhantes do ponto de vista ontológico. O vivo é uno, único e diversamente modificado. Os homens são uma das modalidades dessa modificação, ao mesmo título que o urso e o bisão, o pássaro e o fogo, a pedra e a planta. Nessa época, fiel à sua etimologia, a religião religa – o monoteísmo viria a separar o que antes era unido.

O cristianismo é um xamanismo para os que sabem ler. As civilizações orais dispunham de uma sabedoria oriunda da contemplação da natureza, da reflexão sobre os indícios fornecidos pelo cosmos. O eterno retorno das coisas, o ciclo de nascimento, vida, decadência, morte, ressurreição, vida outra vez, *ad libitum*, a concepção da Totalidade enquanto entidade viva, e não como criação composta de partes hierarquizadas: Deus primeiro se fez geólogo (os céus, a terra, as luzes, as trevas, o entardecer, a manhã, a água), depois botânico (os vegetais) e astrônomo (as luminárias), em seguida zoólogo (os pássaros, os peixes, o gado, os répteis, os animais terrestres) e, por fim, anatomista (o homem, e então a mulher, ápice da criação!). No primeiro dia, portanto, ele cria a luz, sem a qual nada do que é pode ser.

Antes do monoteísmo judaico-cristão, o mundo é um todo, uma entidade, uma esfera sem entrada, sem saída, uma perfeição total e totalizante, uma forma pura contendo a enciclopédia do mundo: o homem está em igualdade com o sol, o sol com a planta, a planta com o pássaro, o pássaro com o réptil; há, em tudo, algo de cada um: inteligência nos animais, animalidade nos homens, masculino nas mulheres, feminino nos homens, mineral no vegetal, vegetal e mineral no humano, réptil no suposto ponto alto da criação, sagacidade no lagarto. Nada é superior ou inferior, uma vez que tudo está em igualdade ontológica.

Os judeus inventam o deus único, mesmo que herdado dos egípcios, cujas pirâmides funcionavam como um formidável propulsor cósmico: em Gizé, de fato, a câmara mortuária do faraó recebe a luz por dois condutos, sendo um deles alinhado com Orion, e o outro com a estrela polar. Não há tempo de nos determos na filiação entre o monoteísmo egípcio de Akhenaton (séc. XIV a.C.) e o dos judeus, oito séculos mais tarde –

ou mais tarde ainda, segundo Jean Soler. O judaísmo original não é este que a tradição ensina: foi consideravelmente influenciado pelo... cristianismo! O que permite compreender de outro modo a expressão "judeo-cristianismo".

## 2
## O CRISTIANISMO, UM XAMANISMO SOLAR

A prova da inexistência histórica de Jesus se encontra no fato de que, muito oportunamente, cada um dos momentos da pretensa biografia desse suposto deus feito homem corresponde a uma simbologia pagã ancestral: Natal, Epifania, Candelária, Ramos, Páscoa, Ressurreição, Pentecostes, São João e Transfiguração constituem, todos, momentos apresentados como biográficos de Jesus. Ora, cada um deles corresponde, ponto por ponto, a uma mitologia pagã várias vezes milenária, e fundamentada no movimento dos planetas no céu. Estranhamente, os grandes momentos da vida de Jesus têm sempre encontro marcado com os solstícios e equinócios! Prova de que Jesus dá nome à colagem realizada por aqueles que dele se valem e o constituem ao nomeá-lo. Cristo é uma realidade pagã e solar.

O cristianismo, escrevia eu, é um xamanismo para os que sabem ler. Essa seita convertida em religião por decisão imperiosa e imperial de Constantino no início do século IV é, de fato, um imenso *patchwork* das religiões orientais sectárias, dos cultos místicos vindos do Leste, das tradições pagãs, das espiritualidades mesopotâmicas, das seitas judaicas, gnósticas, neoplatônicas, tudo isso forjado no cadinho da patrística ao longo de mil anos, depois esculpido por séculos de escolástica e finalmente imposto às populações do planeta pelo gládio de São Paulo e dos seus sectários.

Os cultos solares, dentro do cristianismo, cumprem um papel preponderante, e a Igreja Romana triunfa como um templo solar. Passei minha infância numa casinha de aldeia situada entre o castelo feudal e a igreja, duas construções românicas do século XII. Meus primeiros anos transcorrem, simbolicamente, entre o poder temporal, encarnado na torre quadrada que permanece um dos mais belos espécimes da arquitetura militar medieval, e o poder espiritual expresso pela igreja com campanário de pedra.

A simbologia das arquiteturas não é ensinada. Quando o é, costuma ser por meio das lojas maçônicas, que fazem uma leitura de acordo com sua lógica. Se quisermos uma decodificação laica, ou até pagã, no segundo sentido do termo, há que buscar o grão do sentido em meio ao joio das fabulações. A bibliografia, não raro, convive harmoniosamente com o esoterismo, senão com o ocultismo. Os templários, os maçons, a cavalaria, a alquimia, os rosacrucianos, o hermetismo, a numerologia, a astrologia, a gnose, constituem um mercado da desrazão pura do qual é preciso extrair a simbologia racional.

Entrei nessa simbologia ao descobrir um dia, por acaso, que no alto do campanário da igreja de minha aldeia havia quatro esculturas e, com um binóculo, vi que representavam um boi, um leão, um anjo e uma águia. Passei anos brincando na praça dessa igreja, onde meu pai morreu nos meus braços, vivi toda a minha infância e adolescência nessa aldeia, mas nunca tinha reparado na quádrupla escultura lá no alto do prédio, logo abaixo do galo – que eu ignorava, igualmente, tratar-se também de um símbolo solar.

Denomina-se tetramorfo a conjunção dessas quatro representações que simbolizam os quatro evangelistas, além dos elementos e os pontos cardeais. É também designada como Quatro Vivos. Eis a sequência: São Lucas, o boi, a constelação de Touro, a terra, o solstício de inverno, capricórnio, o oeste; São Marcos, o leão, a constelação de Leão, o fogo, o equinócio da primavera, áries, o leste; São Mateus, o anjo, a constelação de Aquário, o ar, o equinócio de outono, balança, o ar, o norte; São João, a águia, a constelação de Escorpião, a água, o solstício de verão, câncer, o sul.

O primeiro texto a definir essa identificação é o de Irineu de Lyon, *Contra as heresias*, do século II. A primeira representação conhecida do tetramorfo data de 420 – em dois planos de um evangeliário conservado na catedral de Milão. Cristo, nessa época, não é representado, mas esse signo é usado, e ele remete menos à história da personagem chamada

Jesus do que à sapiência várias vezes milenária do cosmos. Na origem, trata-se de figuras que são metade homem, metade animal: cabeça de pássaro num corpo de homem para Marcos, cabeça de boi num corpo de homem para Lucas etc. O corpo dessas criaturas cede lugar ao animal que remete àqueles quatro que puxam o carro na visão de Ezequiel.

Eis o que se lê, igualmente, no Apocalipse de João (IV, 6-8): "À frente do trono, havia como que um mar vítreo, semelhante ao cristal. No meio do trono e ao seu redor estavam quatro seres vivos, cheios de olhos pela frente e por trás. O primeiro ser vivo é semelhante a um leão; o segundo, a um touro; o terceiro tem a face como de homem; o quarto é semelhante a uma águia em voo". Essas quatro transposições plásticas da visão de Ezequiel representam os quatro ângulos, ou pilares, do mundo, os quatro elementos constitutivos do mundo físico, as quatro grandes constelações do zodíaco.

Posteriormente, os quatro animais passam a remeter ao início dos quatro Evangelhos e representam, cada qual, um episódio sagrado: assim, o anjo com rosto de homem representa Mateus porque este começa seu Evangelho estabelecendo a genealogia humana de Jesus. Marcos é o leão porque menciona João Batista gritando no deserto. O leão é também o rei dos animais, de modo que remete ao Rei dos reis, ao Senhor dos senhores. Seu rugido inspira o temor, como a prédica dos doutores que aterroriza seus ouvintes. Lucas é o boi para lembrar o sacrifício ofertado a Deus e o sacrifício de Cristo pela salvação dos homens. João é a águia que voa direto para o sol a fim de ser renovada, que fita o astro sem cerrar os olhos, coloca seus filhotes de frente para o sol e só conserva os que sustentam a bola de fogo com o olhar; aqueles que baixam os olhos ela renega. A águia representa tanto a alta inteligência dos santos como a ascensão de Cristo. Faz seu ninho nos cimos mais elevados porque despreza o terrestre. Alimenta-se de céu e esperança.

Esse tetramorfo se encontra, portanto, no alto do campanário, o qual também é, por sua vez, um símbolo solar. Na época pagã, as colunas primitivas serviam para medir a trajetória do astro desde o nascer ao poente. O espaço existente entre as duas torres assinalava o intervalo compreendido entre o mínimo de inverno e o máximo de verão. Os dois pontos extremos eram então assinalados por meio de dois pilares, que correspondiam aos pontos solsticiais. O eixo equinocial era indicado por um abadir – o ancestral do campanário cristão.

No alto desse campanário, temos então o galo. Por que este animal? Porque ele é um símbolo solar. Na religião masdeísta, de que o cristianismo empresta elementos, ele é consagrado a Mazda – o deus da luz; entre os gregos, é consagrado a Hélio. Avisa da vinda do dia, ou seja, da luz, anuncia a chegada do sol. Antes de dar seu grito, prepara-se, abrindo as asas e batendo os flancos para se acordar. De modo que também encarna o despertar, o acordar, antes do anúncio da claridade que dissipa as trevas. Ele é a voz de Cristo, que destrói as vozes de Satã e de seus anjos decaídos. O texto evangélico especifica que a ressurreição de Cristo se dá na hora do cantar do galo. Essa mesma voz irá anunciar, quando chegar o dia, a ressurreição de todos os mortos. Esse animal é frequentemente incluído na representação dos instrumentos da Paixão. Num de seus quatro hinos, santo Ambrósio chama Jesus de *galo místico*.

É cósmico o tetramorfo, são solares o campanário e o galo, tal como os fundamentos do sítio da igreja. Os construtores, não raro, escolhiam um local já carregado de sacralidade no antigo culto pagão: uma proeminência, um riacho, uma clareira, um megálito, uma fonte. A seguir, o ritual da construção é pautado pelo cosmos. Já desde o neolítico, o Oriente, que etimologicamente remete ao nascimento, é o lugar onde nasce o sol, sendo associado à vida; o Ocidente, por sua vez, etimologicamente associado à queda, ao declínio, indica o lugar onde o sol se põe, o local da morte.

O santuário se alinha com a trajetória solar, pois trata-se de fazer renascer a vida no recinto terrestre construído para esse fim. Trata-se de reproduzir o processo da vida desde a criação fazendo coincidir o raio de sol em dado momento do ano com o santo a que é dedicada essa igreja. A orientação, portanto, é definida de acordo com o sol. Em seu *Manuel pour comprendre la signification symbolique des cathédrales et églises* [Guia para entender o significado simbólico das catedrais e igrejas], Guillaume Durand, bispo de Mende (século XIII), escreve que a cabeça da igreja deve olhar na direção do Oriente – ou seja, deve mirar o sol e a luz. Essa tradição arquitetônica de orientar os edifícios sagrados pagãos para o Sol nascente já se encontra registrada nos *Atos* de Hiparco de Niceia, herdeiro, dois séculos antes de Cristo, dos astrônomos caldeus da Babilônia.

Concretamente, o construtor realiza o primeiro gesto no lugar em que futuramente se dará o cruzamento dos transeptos: crava no chão um mastro, um gnômon. Esse gesto é realizado ao nascer do sol, no dia do santo patrono do edifício, num período anterior ao solstício de verão; senão, o gesto ocorre ao pôr do sol, nesse mesmo dia. O arquiteto então anota a sombra desenhada pelo mastro: sua direção define o eixo leste-oeste, que corresponde ao eixo romano cardo-decúmano. Trata-se do intervalo máximo entre a sombra da manhã e a da tarde. Em seguida, traça um círculo dentro do qual se situam os quatro pilares do transepto. Esse traçado define então o santuário e define a nave. O traçado do círculo, o traçado dos eixos, o traçado do quadrado de base: tal é a tríplice operação de fundamentação do santuário. Um século antes do suposto nascimento do referido Jesus, já era detalhadamente descrito por Vitrúvio no *Tratado de arquitetura*.

Na fachada traseira da igreja da minha aldeia há uma claraboia obstruída que deveria servir, na origem, para deixar entrar a luz solar vinda do leste. Essa claridade vinda do Oriente incidia sobre o coro e o altar, bem embaixo do campanário, do tetramorfo e do galo. O ponto de encontro entre uma linha vertical, celeste, e uma linha horizontal, zenital, terrestre, determina o local sagrado por excelência: este em que se reproduz a eucaristia, mistério para os cristãos, epicentro solar e pagão sobrevivendo através dos tempos para o ateu que eu sou.

O fiel, portanto, quando penetra na igreja, segue em direção à luz. Transpõe a porta que é, também ela, um símbolo solar. Existe porta quando uma viga transversal é colocada entre as torres geminadas que servem para medir os deslocamentos do Sol no céu. O pórtico é passagem de um mundo para outro: o crente vem do mundo trivial e vulgar do pecado da vida corrente e se dirige para o mundo sagrado da transfiguração espiritual. Fora, dentro: o pórtico figura a passagem que conduz das trevas para a luz, da escuridão para a claridade solar.

A porta possui uma relação com o zodíaco. Sintetiza as portas solsticiais identificadas nas portas celestes. Pelas portas, passam as quatro estações, relacionadas aos quatro pontos cardeais, eles próprios associados às quatro figuras do tetramorfo, alegorias dos quatro evangelistas. As estações são associadas aos movimentos do globo: o norte e o solstício de inverno, o sul e o solstício de verão, o leste e o equinócio da primavera, o oeste e o equinócio do outono. A porta principal da igreja simboliza a porta do céu, que é Cristo.

À entrada da igreja de minha aldeia, a porta aparece entre colunas e uma arquivolta com motivos geométricos. As colunas possuem capitéis com motivos vegetais. Essa mistura de vegetais com entrelaços geométricos lembra as formas celtas, mas também, e principalmente, as da arte escandinava pagã. Essa entrada de igreja românica cristã, fabricada por talhadores da região do Poitou, cita motivos pagãos escandinavos que lembram a vitalidade das plantas, a vida dos vegetais, as florescências dos arbustos, das florestas, dos bosques, das raízes – o vigor de uma força natural encarnada na mais imanente das realidades.

Acima dessa porta, no alto do telhado da nave, há uma cruz antefixa que inscreve uma cruz grega, com pontas que correspondem aos quatro elementos (o fogo em cima, a água embaixo, o ar à direita, a terra à esquerda) no círculo da roda cósmica. O duplo eixo dos solstícios e equinócios se inscreve no *ouroboros*[57], a vida em círculos crescentes. Os druidas utilizavam esse tipo de cruz nas cerimônias cósmicas ou fálicas. Essa cruz, denominada "cruz de Odin", a roda de Taranis, reúne as polaridades opostas: dela se encontram vestígios que remontam ao neolítico.

O próprio Cristo é o sol. Sustento a inexistência histórica de Jesus e sua posterior construção com base no messias anunciado pelos judeus, messias este que, afirmam os cristãos, não está por vir, mas já veio de fato, uma vez que corresponde ao que estava anunciado: é fácil, com efeito, escrever a história de uma aventura que não ocorreu historicamente, assegurando que ela realmente ocorreu mediante um jogo sutil de símbolos, alegorias, colagens, metáforas, apólogos, fábulas, mitos, ficções. Muitos historiadores apresentam as incoerências dos livros ditos sagrados, as contradições dos Evangelhos, embora ditos sinópticos, as extravagâncias históricas do que é relatado no texto poético, os inúmeros erros de lógica.

Essa seita que deu certo se torna religião pela vontade do imperador Constantino, no início do século IV da era comum. A falsificação dessa

---

57 *Ouroboros*: o termo, de origem grega, designa a imagem da serpente devorando a própria cauda, que simboliza a eternidade. (N. T.)

religião se estende por vários séculos, requer a contribuição dos pais da Igreja ao longo de mil anos, o uso da máquina escolástica de guerra para forjar conceitos utilizados como armas de guerra ideológicas e intelectuais, a invenção do intelectual a serviço do príncipe – Eusébio de Cesareia, por exemplo –, a multiplicação dos concílios que decidem a ortodoxia e perseguem os heterodoxos, decisões imperiais brutalmente discriminadoras em relação aos pagãos, o uso do gládio de São Paulo para fins políticos, o recurso radical e sistemático à teocracia, o cinismo do clero, cúmplice dos inquisidores, dos cruzados, dos conquistadores[58] e outros derramadores de sangue.

Dentro dessa configuração, Cristo é o nome adotado nesse momento da história, segundo o princípio em que se fundamenta o sagrado: o culto da vida, a celebração do vivo, a paixão pela vida que quer a vida, o sol e sua luz fazendo as vezes de matriz das matrizes. Jesus é uma ficção, e Cristo, a visão sublimada dessa ficção. Episódios da vida maravilhosa de Cristo existem em profusão na literatura da Antiguidade anterior a essa ficção: a Anunciação já era referida por Pitágoras e Platão; a Encarnação dos deuses num corpo concreto já existe entre os egípcios – como detalhado por Plutarco –, entre os chineses, entre os gregos – ler ou reler Homero –, entre os romanos – ver Ovídio; a gruta de Belém onde Jesus teria nascido é um santuário em que se celebra Adônis; os magos guiados por uma estrela possuem equivalentes em histórias semelhantes no Irã, na Síria; o Massacre dos Inocentes, a Fuga da Sagrada Família, são episódios já presentes entre os egípcios; o menino dando aula aos doutores do Templo é também referido por Pitágoras, Zoroastro, Buda, os quais, muito jovens, perturbam mestres bem mais velhos do que eles; a tentação no deserto também existe para Buda, para Zoroastro, como demonstra a literatura avéstica; amar o próximo já se encontra em Cícero, não fazer ao outro o que não gostaríamos que ele nos fizesse, em Confúcio, perdoar as ofensas e retribuir o ódio com amor está nos livros de sabedoria faraônica; o salvador escatológico já existe na Pérsia; o nome "Senhor" existe entre os sírios; os milagres são legião em toda a literatura antiga – entre uma infinidade de exemplos,

---

58 No original: *conquistadors*. O termo espanhol, incorporado à língua francesa e dicionarizado, refere-se especificamente aos "conquistadores" do continente americano no século XVI. (N. T.)

Esculápio, renomado curador e taumaturgo, Apolônio de Tiana ressuscita uma moça, e Empédocles, uma mulher morta havia trinta dias; Jesus caminha sobre as águas, mas Dionísio também caminha, assim como os gêmeos indianos Açvins, de acordo com o Rig Veda; a morte seguida de ressurreição é um lugar comum entre as divindades, vide Osíris, o egípcio; Tamuz, o babilônio; Enlil, o sumério; Aliyan Baal, o fenício; Átis, o asiático; Dionísio, o grego; o fenômeno astronômico do eclipse solar na morte de Cristo remete ao terremoto quando da entrada de Buda no nirvana, a esse mesmo fenômeno, mais tempestade, quando Rômulo é levado ao céu, ou aos prodígios associados à morte de César relatados por Virgílio nas *Geórgicas*; o sangue enquanto vetor de redenção existe no culto de Cibele e Átis, no de Mitra, no orfismo; a Ascensão é comparável aos voos mágicos, Buda, Adapa, Ganimedes e muitos outros foram adeptos desse meio de transporte. Paremos por aqui, mas sabendo que essa enumeração não passa de gota d'água num oceano de referências nesse sentido.

Jesus Cristo aglutina velhos mitos, antigas histórias, velhas ficções, antiquíssimas lendas: é uma figura historicamente redutível, sem nenhuma densidade singular. Somente uma forma assumida num determinado tempo, num determinado lugar, pelo desejo de fabricar histórias reconfortantes graças a um antigo patrimônio primitivo – o do culto da vida, do vivo, do sol e da sua luz que dá vida a tudo que existe na natureza. Jesus Cristo encarna o desejo dos homens de render culto ao mistério do vivo que escapa da morte e revive apesar do falecimento.

Cristo é o nome adotado pelo Sol numa história específica e numa dada geografia: já desde sua constituição, o cristianismo penetra no software solar pagão. *Sol justiciæ*, Sol de justiça, dizem os textos sem cessar – o profeta Malaquias, são Lucas, Dionísio areopagita, os poetas dos Salmos. O próprio Cristo afirma em João (8,12): "Eu sou a luz do mundo. Quem me segue não andará nas trevas, mas terá a luz da vida". Emprestam-lhe dois atributos: a luz da sabedoria e o calor do amor, os quais presidem à criação e à revelação.

A regularidade dos movimentos solares oferece uma perfeita imagem da ordem e da justiça crística – ou vice-versa: a ordem e a justiça crística oferecem uma excelente imagem da regularidade dos movimentos solares. A ordem (que é a etimologia de cosmos) dispõe de sua encarnação no Verbo e no próprio Ser de Cristo. No zênite, ao meio-dia, divide a duração do dia em duas partes iguais, manifestando assim sua justiça divina; em sua posição imóvel, significa a imagem do instante eterno, é sinal da potência que domina os elementos.

Cristo é sol porque é o senhor do tempo, cuja marcha ele regula; ritma e cadencia o ciclo diurno: Cristo é o dia, e os doze apóstolos, as doze horas do dia; ele morre na nona hora, ao entardecer; desce aos infernos e retorna pelo leste matutino, via caminhos ocultos do norte. Por isso as horas litúrgicas da vida religiosa são pautadas pela marcha do sol: as matinas dizem a chegada da luz e o desaparecimento das trevas; as *laudes* expressam o fim do momento em que o sol aparece na cabeceira oriental da igreja; a terça significa o fogo solar em ascensão; a sexta coincide com a chegada do sol no seu zênite, quando ele então abrasa o mundo; a nona, a hora da morte de Cristo, hora em que se ensombrece o mundo, a luz declina; às vésperas, celebra-se o ofício da tarde; às completas, exprime-se a nostalgia da luz depois que cai a noite. Matinas retornarão na manhã seguinte, ressurreição do Cristo morto na nona hora.

O dia se encontra assim dividido segundo a ordem das estações solares. O mesmo se dá com os dias da semana, cada dia significando um planeta. No sistema geocêntrico que situa a Terra no centro, e o Sol o mais longe possível, denominam-se os dias em função de sua maior proximidade em relação à Terra. O que nos dá: mais próximo da terra, *lundi* [segunda-feira], a lua, e depois *mardi* [terça-feira] Marte, *mercredi* [quarta-feira] Mercúrio, *jeudi* [quinta-feira] Júpiter, *vendredi* [sexta-feira] Vênus, *samedi* [sábado] Saturno, e por fim, o mais distante da terra, *Dimanche* [domingo], o dia do Sol, *dies solis*, que se converte em dia do Senhor porque assim decide Constantino, em 3 de julho de 321. Para evitar suprimir o dia consagrado ao culto solar, o imperador mantém a festa, mas esvaziando-a de seu conteúdo pagão e preenchendo-a com uma carga cristã: a festa continua, sem o sol, mas com, pelo menos, um sol que se chama Cristo.

De matinas a completas, o dia cristão é solar; de segunda-feira a domingo, a semana cristã é solar; do Natal ao Advento, igualmente, o ano cristão é solar. De fato, as grandes festas cristãs são, também elas, pautadas pelo movimento dos planetas: Anunciação, Natal, Epifania, Candelária, Páscoa, São João, São Miguel, são todas festas religiosas cristãs que mantêm uma relação pagã e solar com o ciclo dos equinócios e dos solstícios.

Assim, o Natal: por muito tempo, a data de nascimento de Cristo permanece imprecisa. Também, pudera: uma ficção, uma lenda, um mito, uma construção conceitual como é Cristo não tem uma data de nascimento precisa, definida num único dia, uma vez que se insere, como inúmeras outras informações pretensamente históricas e biográficas, num relato que pressupõe um longo forjamento realizado por um longo tempo.

Antes de ser fixado em 25 de dezembro, o Natal foi celebrado em 6 de janeiro. Os pagãos, porém, comemoravam a festa solar de 25 de dezembro, a qual correspondia ao solstício do calendário juliano, a saber, ao nascimento do deus Mitra, *Sol Invictus* – o sol invencido! Pois não seja por isso. Assim como faz com o domingo, a Igreja mantém a festa, esvazia-a de seu conteúdo solar e inclui a data de nascimento de sua ficção. A tora[59] de lenha acesa para ajudar o sol a recobrar forças e inverter seu curso rumo a mais luz, a oferenda provençal de grãos nos pires para comemorar a germinação como faziam os discípulos de Adônis, a introdução tardia do pinheiro enquanto árvore de perpétua folhagem, tudo isso mostra um culto sincrético cristão que concede um largo espaço para o paganismo.

A própria missa do galo[60], enquanto epicentro da noite de Natal, relembra o que significa meia-noite: do entardecer à meia-noite, o movimento vai no sentido de mais noite, conduz a um máximo de trevas; depois da meia-noite, o movimento se inverte, torna-se descendente, vai rumo à luz do amanhecer, em direção à aurora. Essa missa se inscreve num ciclo de quatro missas: a de Emanuel, que se realiza na véspera, ao pôr do sol; a da noite, que é a da meia-noite propriamente dita; a da aurora, celebrada antes do amanhecer; e, por fim, a missa do dia de Natal. O uso de luzes, iluminações, velas, era a tal ponto vinculado às

---

[59] No original: *bûche* (tora de lenha), referência à *bûche de Noël* (tora de Natal), tradicional torta natalina em forma de lenha, que por sua vez remete ao antigo costume de queimar na lareira uma grande tora, que deveria arder desde o Natal até o Ano-Novo. (N. T.)

[60] Em francês: *messe de minuit* (missa da meia-noite). (N. T.)

Saturnais romanas que a Igreja chegou, às vezes, a proibir essas manifestações demasiado pagãs.

Sem saber, os cristãos celebram um antigo culto pagão solar. Assim, quando festejam a Epifania, celebram também a festa da luz, já não segundo o calendário solar, mas pelo calendário lunar: com efeito, os doze dias que separam as duas festas correspondem ao intervalo entre o ano lunar, que conta 354 dias, e o ano solar, que comporta 365. Na transição para o calendário solar, as autoridades não renunciaram ao calendário lunar: criou-se então a Epifania para comemorar a apresentação de Jesus ao mundo na forma dos Reis Magos, três homens de diferentes cores para indicar o caráter universal dessa cerimônia do estar messiânico. Na verdade, essa é a data da apresentação do retorno da luz segundo a ordem do calendário lunar, o que o Natal é também, só que segundo as razões do calendário solar.

O hábito de festejar os Reis Magos com um bolo de reis[61] e um feijão remete a uma simbólica antiquíssima, ela própria ligada aos cultos solares que celebram a vida, o vivo e aquilo que, na vida, quer o vivo. A forma redonda do bolo, sua cor dourada, remete ao sol, é claro. A presença de um feijão cita a antiga simbólica pagã: essa planta é a única que possui um caule oco por meio do qual vivos e mortos se comunicam. Dizem que os homens, graças a esse caule sem nó, ascendiam das trevas do Hades para a plena luz do mundo.

Os pitagóricos haviam constatado que, enfiado na terra ou no estrume, o feijão produzia estranhos encantamentos: sangue, uma cabeça de criança, um sexo de mulher. Esse legume era, portanto, para os discípulos de Pitágoras, o primeiro ser vivo surgido da podridão, o primeiro ser oriundo da decomposição, a primeira luz daquilo que é emanado pela putrefação tenebrosa. Também associavam o feijão ao esperma, princípio vital entre todos, a pretexto de que a leguminosa, quando exposta à ardência do sol, cheirava a líquido seminal.

A Candelária atende a essas mesmas lógicas: tal como o Natal e a Epifania, inscreve-se no ciclo das festas da luz. Atendendo ao princípio segundo o qual a biografia de Cristo se alinha com as festas solares

---

61 No original: *galette des rois*, o bolo com que se celebra tradicionalmente, na França, o Dia de Reis. Traz escondido na massa um feijão seco, sendo que quem o recebe em sua fatia é coroado rei. (N. T.)

pagãs, a antiga festa das candeias, que correspondia à mudança de ano entre os romanos, uma mudança associada às Lupercais entre eles, ao *imbolc* entre os celtas, às festas de purificação, converte-se em celebração da Apresentação de Cristo. A luz pagã é transfigurada em luz crística. Em 494, o papa Gelásio transforma em círios as candeias acesas à meia-noite para a purificação, comemorando o Cristo luz do mundo.

Por um lado, e tal como o bolo circular e o amarelo da Epifania, as panquecas[62] associadas à Candelária, redondas e douradas, simbolizam o sol – de fato, a época do ano assinala uma aceleração do processo luminoso. Por outro lado, era o momento em que os camponeses – lembrando que a etimologia de pagão [*païen*], *paganus*, é a mesma de camponês [*paysan*] – empreendiam a semeadura. Com os grãos excedentes, produziam uma farinha com que suas mulheres preparavam as panquecas.

No domingo de Ramos, os cristãos festejam a entrada de Jesus em Jerusalém sob os aplausos da multidão que agita ramos de palmeira; comemoram, ao mesmo tempo, a morte e paixão de Cristo. Essa festa também é conhecida como "Páscoa florida" ou "Domingo das Palmas". Mateus e Marcos, ao contarem a história de Jesus, reciclam o antigo costume pagão de celebrar o renovar da vegetação e a fecundidade que acompanha esse processo. Plutarco relatava a procissão pagã realizada por ocasião das Pianépsias, a festa da colheita das frutas, durante a qual se ofertavam frutas, é claro, mas também outros presentes: pão, figos, mel, azeite, vinho, ervas e... bolos redondos – como o sol. Conta Ovídio que, nas calendas de março, o costume consistia em trocar os ramos de louro pendurados na casa dos oficiantes do culto.

Os ramos, portanto, também anunciam a Páscoa, a Paixão, a morte e crucificação de Cristo, e sua ressurreição. Jesus morre, como murcham e secam as flores e as plantas; mas, no dizer da mitologia cristã, renasce, retorna da morte e mostra que, qual o pinheiro (de Natal), o buxo (de domingo de Ramos), os ovos (de Páscoa), os feijões (da Candelária e dos Reis), ele encarna a permanência da vida, a potência do vivo, a vitalidade em ação na função clorofiliana, a força indefectível da energia solar. Jesus é o nome imposto durante séculos, por Constantino e seus seguidores cristãos, ao sol invencido.

---

[62] Pede a tradição, na França, que se comam panquecas no dia da Candelária, em 2 de fevereiro. (N. T.)

## O cristianismo, um xamanismo solar

A Páscoa, antes de ter data fixada, era festejada em 25 de março, data do equinócio pelo calendário juliano – data, igualmente, da paixão de Átis, a divindade frígia, mas também das festas de Adônis. Mais uma vez, o cristianismo associa uma data na vida de seu mito, Jesus, a uma data de júbilo popular, público e ancestral. A via sacra, com suas estações e as orações que acompanham cada uma delas, existia nas festas egípcias, notadamente durante o culto a Ísis.

O ovo de Páscoa é um símbolo de ressurreição em toda a bacia mediterrânea. Os arqueólogos descobriram ovos nas tumbas pré-históricas e depois, sem descontinuação, entre os egípcios, fenícios, gregos, romanos, etruscos. Quando os ovos são pintados de vermelho, essa cor significa a luz de Cristo. Os cristãos, eventualmente, penduram ovos de avestruz nas igrejas: o motivo reside numa história que, uma vez mais, remete ao céu. Dizem que a avestruz se esquece dos seus ovos depois que os enterra na areia, mas se lembra deles ao avistar uma determinada estrela, voltando então para chocá-los. Moral da história: perscrutar o céu e ver a luz, neste caso a das estrelas, é recordar que não se pode deixar triunfar a morte, ou seja, as trevas, e sim desejar a vida, ou seja, a luz.

Vi um ovo de avestruz na mesquita azul de Istambul, no meio de um comprido cabo que descia da abóbada em direção aos fiéis sustentando um imenso lustre. Um muçulmano que tinha me reconhecido (segundo me disse, era correspondente do jornal *Le Monde*) comentou que tinha lido meu *Traité d'athéologie* [Tratado de ateologia] – cujas teses, obviamente, desaprovava. Conversamos e, para dar um exemplo do que eu afirmava, contei a história daquele ovo; ele retrucou que de modo algum poderia tratar-se de uma citação pagã: o ovo estava ali para impedir que roedores subissem e roessem o cabo – de aço.

O domingo, dia do senhor, dia do sol, dia de Mitra, dia de *Sol invictus*, corresponde na liturgia cristã ao dia em que se comemora a ressurreição, que é, ela própria, promessa de luz num mundo de trevas. De acordo com a mitologia cristã, Jesus morre numa sexta-feira, dia de Vênus, e ressuscita três dias depois num domingo, dia dele próprio. Como o domingo já era um dia de festejos pagão, foi fácil para o poder cristão consentir nessa data comemorativa sem a abolir por completo, o que teria sido impopular, mas suprimindo sua simbólica: de dia de festa solar passou a ser dia de festa crística.

A Transfiguração de Jesus é celebrada em 6 de agosto, um dia que, singularmente, se encontra a igual distância do solstício de verão e do equinócio de outono – ou seja, no meio do verão. É o momento em que, segundo os evangelistas, Cristo muda de aparência corpórea e passa a exibir uma face luminosa. Suas vestimentas se tornam brancas como a luz – dizem os textos. Aparecem Moisés e Elias, três dos discípulos de Cristo estão presentes: estão todos envoltos numa nuvem luminosa. Deus fala.

O dia de São João, por fim, vem magnificar a lógica solar do cristianismo: antes de se tornar a festa de João, foi a festa do solstício de verão, data da noite mais curta e do dia mais longo – dia mais longo em luz e mais curto em trevas, ou seja, dia simbólico por excelência. Tinha de ser, evidentemente, uma grandiosa ocasião cristã para tentar se sobrepor à mais poderosa cerimônia do mundo pagão. Seria, então, o nascimento de João Batista – tratava-se, em outras palavras, de lhe dar o máximo de força.

A força máxima não é, portanto, o nascimento no Natal nem a morte e ressurreição na Páscoa, e sim o Batismo no rio Jordão. No Antigo Testamento, Moisés não pode cruzar o Jordão, que é o limite estabelecido da Terra Prometida. O que o judeu Moisés não pode, Jesus pode: esse batismo de um Deus feito homem é também aquele do judeo-cristianismo. O Messias anunciado pelo Antigo Testamento dos judeus se torna o Messias já vindo, real, concreto, presente: para os judeus, o Messias está por vir, para os cristãos, ele já veio – é neste dia, através desse gesto, que se diz que ele veio.

Ele veio como Filho de Deus feito Homem. Enquanto homem, carrega os pecados do mundo, como todos os humanos. O batismo confere-lhe sua missão: no exato momento da cerimônia, os céus se abrem, deles desce o Espírito na forma de uma pomba, e a voz de Deus o confirma em sua missão. O cristianismo pode começar – para aqueles que o aceitam, o judaísmo termina aqui, e assim. É este o momento espiritual de maior claridade solar, o de menor quantidade de trevas sobre a Terra. A fogueira pagã do dia de São João se converte em epifania da luz de Cristo.

## O cristianismo, um xamanismo solar

Para concluir esse percurso de história sagrada escrita a partir do mesmo cosmos pagão de sempre, esclareçamos o seguinte: se a vida de Jesus recicla o esquema do movimento bem pagão dos astros no cosmos, a de Maria, sua mãe virgem, dele oferece igualmente uma versão alegórica, simbólica, metafórica. As festas marianas correspondem às do culto de Cibele e de Ísis trazendo Hórus nos braços, como a Virgem traz o menino Jesus. A dita Virgem Maria descende, de fato, da Grande Deusa Mãe que é, muito simplesmente, a divindade da terra, da natureza selvagem. Esse culto existe desde a pré-história, envolve os egípcios, evidentemente, mas também os bascos, sobre os quais se sabe muito pouco além do fato de que seu panteísmo incluía uma deusa da Natureza chamada... Mari. Os bascos celebram a natureza em suas manifestações celestes e terrestres: o sol e a lua, o ar e a água, as montanhas e as florestas.

A Virgem dos cristãos é a Rainha do Céu. Na antiguidade pagã, o dia da Assunção de Maria, 15 de agosto, "Virgem vestida de sol" segundo o Apocalipse (12,1), situava-se entre o dia de Jano, em 17 de agosto, deus da porta do sol e da porta celeste, e o de Diana, em 13 de agosto, deusa cuja etimologia significa o brilho do sol, uma divindade virgem e fecundante, irmã do Sol e associada à Lua. Mais uma vez, a luz simbólica e alegórica, metafórica e parabólica, encontra-se relacionada com a luz solar cósmica e real, concreta e astronômica.

O cristianismo nos privou do cosmos pagão ao travesti-lo, revesti-lo, com histórias orientais, fábulas mediterrâneas, mitos egípcios, alegorias judaicas, símbolos gnósticos, metáforas milenaristas, colagens babilônicas, sumérias, masdeístas, persas. Nos priva do cosmos real e nos instala num mundo de signos que não fazem mais sentido, ao passo que antes dele o sentido era dado pelos signos cósmicos. Ali onde havia que ver o concreto, o judeo-cristianismo instalou o símbolo: aboliu a verdade imanente dos ritmos lunares e solares, dos movimentos das constelações, das significações estelares, das cadências de dias e estações, em prol de uma história extravagante de um filho nascido de um pai que não era seu genitor, de um recém-nascido concebido e gerado por uma mãe que era virgem, inseminada por um espírito santo que assumiu a forma de uma pomba, de um homem que só comia e bebia símbolos e nunca demonstrou estar sujeito às leis corporais mais comezinhas (digerir, arrotar, defecar, copular...), de um taumaturgo que ressuscita os mortos e em seguida une, ele próprio, o gesto à palavra, morrendo e ressuscitando no terceiro dia e subindo diretamente aos céus para sentar-se à direita de Deus – seu outro pai, o verdadeiro.

Soterradas sob as camadas cristãs, as verdades pagãs desapareceram: a quintessência dos camponeses, que conheciam a natureza e a invocavam para obter sua proteção, foi substituída por uma narrativa metafórica e alambicada, estruturada como uma história para boi dormir. Tratava-se de seduzir um povo inculto inventando histórias. O fantástico serviu de excipiente para ajudar a engolir a beberagem amarga da religião, a qual sempre desvia o espiritual para o temporal de modo a permitir que o Rei, auxiliado por seu clero, utilize o medo do além para justificar a obediência, a submissão, a docilidade e a servidão no mundo cá embaixo.

Na origem de toda cultura estava a agricultura. O agrícola define a lavoura cultivada: a lavoura é a natureza, e o cultivo dessa lavoura, que é agricultura, será a cultura. A cultura das lavouras era, então, um pleonasmo; hoje, tornou-se um oximoro, a tal ponto que a cultura é vista como uma secreção urbana. O agricultor trabalha a lavoura: lavra, semeia, poda, cuida, colhe, e depois lavra de novo, semeia outra vez, cuida novamente etc., e fazia isso a vida inteira, como seus antepassados faziam, como ele queria que sua descendência fizesse. O operário agrícola lida com uma cultura perdida, soterrada, destruída, desconsiderada pela cultura dominante que é cultura das cidades, cultura dos livros, antinatureza, contracultura da lavoura.

Virgílio descreveu quais são as lides do campo: conhecer a natureza dos terrenos, dos solos e subsolos, reconhecer as terras leves e gordas, úmidas e frias, densas e friáveis; saber ler as informações fornecidas pelo céu; nada ignorar das práticas agrícolas ancestrais ricas de saberes milenares; ser capaz de ler as informações fornecidas pelos ventos promissores de chuva, de queimação por sol ou geada, de apodrecimento ou dessecação; ser iniciado nos mistérios da arboricultura, que são a poda e o enxerto, a mergulhia e a enxertadura; saber plantar os bacelos certos nos subsolos certos, nos momentos certos do ano; orientar corretamente os vinhedos; dar a atenção necessária às mudas em viveiro; proteger as plantas, de início, quando crescem, e depois tratá-las com energia; cuidar adequadamente das oliveiras, das árvores frutíferas, das que fornecem madeira de marcenaria.

Virgílio aborda, do mesmo modo, a questão dos animais: saber escolher bezerras e garanhões; acasalar os animais com inteligência; adestrar corretamente os bois de arado, os cavalos de guerra ou os corcéis destinados aos jogos; tomar lições de sabedoria com o touro; observar as ovelhas e cabras, aprender a tosquiar e a fazer queijo; estar informado sobre as doenças do rebanho e saber preveni-las ou curá-las; conhecer os hábitos da cobra; observar as abelhas; produzir bom mel; orientar corretamente as colmeias para o sol nascente e, assim, compreender que só dominamos a natureza quando lhe obedecemos; entender, enfim, através desses aprendizados, com que se pareceria um deus que presidisse à organização de toda essa mecânica divinamente organizada.

A cultura, então, designava o conhecimento necessário para a agricultura. Nessa época, não se perguntava aos livros aquilo que a natureza ensinava diretamente: olhava-se, examinava-se, observava-se a natureza, vivia-se em harmonia com ela, ouviam-se os antigos que tinham ouvido e aprendido com os antigos. Intercalar um livro entre nós e o mundo estava fora de questão: olhar o sol, a lua e as estrelas pressupunha uma relação direta. Sabia-se o que havia no céu não porque um letrado dizia o que nele deveria ser visto, notadamente a morada de um deus único, colérico e vingativo, amigo dos príncipes e dos reis, dos governantes e dos guerreiros, dos ricos e dos poderosos, e sim o que nele de fato se encontra: o eterno ciclo do retorno das estações de que o homem não é espectador, mas parte envolvida.

O Livro monoteísta se interpôs como uma tela entre a natureza e os homens, destruiu todos os demais livros que traziam de volta à natureza para impor aquele que afastava da natureza em prol da cultura livresca. Com o Livro único, os homens se tornaram letrados, mas incultos; leram, mas deixaram de saber; comentaram, mas deixaram de ver; salmodiaram, recitaram, declamaram, mas deixaram de observar; glosaram, anotaram, comentaram, explicaram, analisaram, interpretaram, mas se tornaram cegos e surdos para o mundo. Os homens que conheciam o mundo pereceram sob as bibliotecas, cedendo lugar aos homens que sabiam ler, escrever, contar, esses instrumentos de dominação dos outros através do verbo. Quando o Verbo virou religião, a Natureza virou inimiga dileta. Os solstícios e equinócios, as lunações e o percurso do Sol no cosmos, as alternâncias de dia e noite, a sucessão das estações e seu eterno retorno, isso tudo cedeu lugar a Jesus, Maria, José, aos Reis Magos, ao boi e ao burro do presépio, ao Pai, ao Filho e ao Espírito Santo, à tora de Natal, ao ovo de Páscoa e às fogueiras de São João. Ao olhar o céu, os homens deixaram de ver as constelações e a Via Láctea para ver a miscelânea da angelologia judaico-cristã.

# 3
## A CONSTRUÇÃO DO CÉU CRISTÃO

Jesus não era astrônomo ou, pelo menos, se era, disfarçou muito bem. De fato, não existe nos Evangelhos nenhuma observação acerca do mundo celeste e do seu povoamento. A biografia dessa personagem fictícia, como vimos, se alinha com o mapa do céu pagão, mas não manifesta, ela própria, qualquer interesse por aquilo que se passa acima da sua cabeça. Lua, sol, astros, constelações, Via Láctea, planetas, estrelas, não fazem parte de suas preocupações. Em nenhum momento vemos Jesus contemplar a abóbada celeste ou comentar a Via Láctea de maneira religiosa.

Em compensação, quando anuncia a destruição do Templo no qual, menino, dera lições aos doutores, esse homem aparentemente afável, gentil, que ama as mulheres adúlteras, que oferece a outra face a quem lhe bate, esse homem recorre à metáfora cósmica concomitante à sua vinda: devemos então entender que a destruição do templo realizaria o cristianismo cumprido pelo judaísmo? É possível. Enquanto isso, Jesus anuncia: um céu que escurece, a lua apagada, os astros que caem do céu, o abalo das potências celestes, o aparecimento do sinal do Filho do Homem no céu, carregado por nuvens, cercado de anjos com trombetas.

Constantino se lembraria da predição e afirmaria ter visto esse sinal no céu. Garantiria que a ele é que devia sua vitória sobre Maxêncio na Ponte Mílvia, vitória que determinou seu triunfo imperial e a conversão do Império à seita cristã, a qual se tornou, assim, religião nacional. O culto do sol invencido, reciclado em celebração do Cristo-Rei e de seu representante na terra, o Imperador em majestade, iria alimentar a religião judaico-cristã, mais embebida de São Paulo do que de Jesus. O décimo terceiro apóstolo afirmaria que "todo poder provém de Deus" – e assim se fundava a teocracia. O culto do Imperador enquanto sol invencido acompanha uma política em que o clero e o príncipe mantêm estreita relação para melhor governar os homens. Os Pais da Igreja constroem essa mecânica teocrática – motivo pelo qual a patrística nunca é ensinada fora dos seminários: de Filon de Alexandria a Manuel II Paleólogo, devolvido por um momento à cena midiática por Bento XVI, mil anos de pensamento concedem à pequena seita cristã um status de religião universal.

A patrística enche o céu de miscelâneas teológicas. No século II da era comum, enquanto Ptolomeu vê no céu aquilo que nele se encontra – mesmo que confusamente, já que defende o geocentrismo, a saber, a Terra imóvel no centro e os planetas girando em volta dela –, os cristãos o enchem de anjos, tronos, arcanjos, serafins, querubins e outros habitantes, cartografados por Pseudo-Dionísio, o areopagita em sua *Hierarquia celeste*, por volta do ano 500. No *Almagesto* e nas tábuas táteis, Ptolomeu propõe um catálogo de estrelas e constelações, discorre sobre epiciclos, equantes e eclipses, ao passo que Orígenes, Clemente de Alexandria, Gregório de Nysse e tantos outros atores da patrística esvaziam o céu daquilo que ele de fato contém para enchê-lo de ficções apresentadas como modelos existenciais.

Os pagãos procuravam no céu de verdade lições de sabedoria, e as encontravam: a alternância do dia e da noite, o ciclo das estações, o eterno retorno das coisas, a ordem do cosmos, à qual há que consentir para alcançar sabedoria, equilíbrio, verdade existencial e tudo que dá sentido à vida. O que ocorre com o sol que nasce, cresce, brilha com todo seu fulgor, e então decresce, desaparece, morre e renasce no dia seguinte, o que ocorre com a natureza na primavera, no verão, no outono, no inverno, e outra vez na primavera, parece ser um esquema que corresponde àquilo que acontece com os dias. Por que aquilo que ocorre com os dias e as estações não seguiria a mesma lei que aquilo que ocorre com os homens?

De fato, o nascimento do bebê, o crescimento da criança, a vitalidade do adolescente, o vigor do jovem adulto, a grande força da maturidade, o apogeu de uma vida seguido por seu declínio, as primeiras manifestações da velhice, a vitalidade que se vai ao chegarem os últimos anos, a extrema velhice e, depois, a agonia, a morte – tudo isso diz tão respeito aos homens quanto aos dias e às estações. O que o cosmos ensina é uma ordem do céu que é também uma ordem existencial. Há que querer aquilo que nos quer, é essa a única liberdade que podemos construir. Ser livre é obedecer à necessidade ensinada pela roda do eterno retorno das coisas.

Quando o cristianismo esvazia o céu dessas verdades, que alternâncias existenciais ele propõe? A imitação do cosmos é coisa ultrapassada, trata-se agora de aspirar à Cidade de Deus, à Jerusalém celeste! Durante mil anos, o cristianismo fabrica um paraíso com um lugar, uma história, habitantes e detalhes próprios, através dos Pais da Igreja, mas também dos artistas, poetas, escritores, pintores, escultores: basta lembrar de Basílio de Cesareia (séc. IV), do Venerável Beda (séc. VII), de Valafrido Estrabo (séc. IX), da *Divina comédia* de Dante, do *Paraíso perdido* de Milton, dos grandes mestres da Renascença italiana.

O paraíso, outrora, era terrestre. Nasce num deserto enquanto antideserto: onde a realidade era tórrida, abrasante, areia e sol incandescente, fornalha, ausência de água e sombra, falta de animais e alimento, escassez de homens e precariedade da vida, a ficção paradisíaca se mostra o perfeito inverso: frescor e vegetação, sombra e amenidade, animais em abundância convivendo pacificamente, riachos de leite e de vinho, fontes de água fresca, jardins exóticos, flores e plantas luxuriantes, néctar e ambrosia, abundância e harmonia.

Nos primeiros tempos, é imaginado não longe do Tigre e do Eufrates, na geografia terrestre. Várias viagens concretas são empreendidas em busca desse lugar que representa a promessa de todas as riquezas, materiais e espirituais. Situa-se, é claro, para os lados do oriente, ou seja, na direção do sol nascente. É um luxo de vegetação, uma quintessência clorofiliana, portanto, tornada possível pela luz solar. O paraíso, se é um jardim, é também, sobretudo, um eterno concentrado da vida tornada possível graças à luz. A árvore da vida que nele se encontra está aí para atestá-lo.

Mais tarde, o paraíso migra da terra para o céu. Essa metamorfose transforma o lugar do antes num lugar do depois – referia-se à origem do mundo, passa a referir-se ao fim do mundo, era a morada de Adão e Eva, passa a ser a morada dos justos que terão vivido segundo os preceitos cristãos. A nostalgia do passado alimenta o desejo do futuro. O pessimismo trágico cede lugar ao otimismo dos milenaristas – aos religiosos da transcendência, os três monoteísmos e várias outras religiões, aos religiosos da imanência – os socialismos utópicos, dentre os quais o marxismo.

O cristianismo opera essa transmigração do paraíso por meio de sua mitologia. Já nos Evangelhos, Cristo menciona o paraíso: promete-o ao bom ladrão em seus derradeiros momentos na cruz, anuncia no Evangelho de João que vai subir a seu pai *e* a Deus. Jacopo de Varazze detalha essa ascensão, que se tornou célebre, na *Legenda áurea*, um livro de capital importância na Idade Média ocidental por alimentar a história sagrada com ficções, lendas, mitos, fábulas, lendas apologéticas. Essa obra construiu o corpo cristão ao longo de meio milênio.

Nessa enciclopédia do corpo cristão, os mártires ocupam um lugar preeminente, sendo os corpos eviscerados, queimados, torturados, decapitados, atormentados, supliciados, esfolados, cozidos, fervidos, assados, sangrados, degolados, decepados, dilacerados de tudo quanto é jeito, a fim de explicar ao crente que a mortificação da carne é o caminho mais seguro para se chegar ao paraíso. Para aproximar-se dos anjos, de fato, a melhor técnica consiste em menosprezar a carne, aviltá-la, sujá-la – o Reino dos Céus, acredita-se então, abre assim suas portas sem qualquer dificuldade.

Pragmático, Jacopo de Varazze faz as perguntas certas, que são sete, evidentemente, número simbólico: De onde ele partiu? Por que esperou três dias para efetuar essa viagem? Como a efetuou? Quem estava com ele? Em virtude de que mérito? Para onde? Por que motivo subiu ao céu? Respostas: em primeiro lugar, ele partiu da Montanha das Três Luzes que, pela manhã, recebe os raios do sol. Esse lugar, o Monte das Oliveiras, produz um óleo com o qual se produz luz – permanência, portanto, do sol invencido. Foi construída uma igreja nesse local santo, mas seu chão nunca pôde ser pavimentado, o mármore pulava no rosto dos operários, que nunca conseguiram colocá-lo. Segundo, ele esperou quarenta dias para dar tempo de o verem vivo depois de sua morte. Esse tempo teria sido breve demais, Cristo não teria tempo de mostrar que era o senhor do tempo.

Terceiro, ele ascendeu "grande força, por seu próprio poder". Jesus prima, portanto, na autocombustão. Subiu aos céus "como sobre um monte de nuvens", afirma Varazze, não que precisasse das nuvens, mas só para mostrar que o Criador pode o que quer sobre sua Criatura. Dialética implacável: tudo o que é antinatural é decretado divino. De modo que o desarrazoado milagroso é mesmo prova da existência de uma razão divina – a razão de Deus tem razões desarrazoadas que a razão dos homens desconhece. Essa ascensão se dá perante os apóstolos, a fim de que estes sintam o desejo de seguir seus passos ontológicos. Dá-se em alegria, com o canto dos anjos, os quais não possuem órgão vocal do ponto de vista otorrinolaringológico, mas por isso mesmo cantam ainda melhor. Varazze cita Agostinho, o qual esclarece: "O céu inteiro fica perturbado, os astros se admiram, os exércitos aplaudem, as trombetas ressoam e mesclam suas suaves melodias aos cânticos jubilosos do coro". No céu cristão, os astros admiram – não estamos muito longe do paganismo no que ele tem de mais sumário.

A ascensão se dá rapidamente. O cristão Varazze cita o judeu Moisés Maimônides e seu *Guia dos perplexos*, que oferece garantias do ponto de vista astronômico e, digamos, científico. Já que, segundo escreve Maimônides, cada círculo, ou céu, tem por espessura um percurso de quinhentos anos, o tempo que igualmente separa dois céus – ora, existem sete céus, de modo que, desde o centro da Terra até a parte côncava do último planeta, Saturno, o trajeto é de 7 mil anos, e, até a parte côncava do céu, de 7.700 anos. À razão de 40 milhas percorridas ao dia por um homem normal, calcule-se o tempo necessário para alcançar esse ponto tão distante do Universo. Pois bem, Cristo efetua esse percurso todo "de um salto", afirma Varazze, citando Santo Ambrósio.

Quarto: Cristo efetua essa viagem acompanhado de vários homens e muitos anjos. Durante esse salto efetuado num piscar de olhos, os anjos ainda têm tempo de interrogar Jesus, e este, de tomar o tempo de responder às suas indagações citando os textos do Antigo Testamento. Eles o interrogam sobre assuntos diversos, notadamente sobre os motivos de ele conservar as chagas sangrentas da Paixão. Durante esse tão breve lapso de tempo, os anjos ainda se dão ao trabalho de vir ao encontro de seu santo patrão. O texto nos informa que ele resplandece no céu.

Quinto: ele elevou-se ao céu pelo tríplice motivo da verdade, da doçura e da justiça. Custa-se a compreender no que essas três virtudes justificariam a ascensão, mas assim é que é. E essa resposta não mobiliza sobremaneira Varazze, que logo encadeia a sexta resposta, na qual nos informa que Cristo subiu "acima de todos os céus", acima, pois existem quatro céus: o material, o racional, o intelectual e o sobressubstancial. Essas divisões não bastam, porém, sendo por sua vez objeto de outras divisões: no céu material, temos o céu aéreo, o etéreo, o olímpico, o ígneo, o sideral, o cristalino e o empíreo; no racional, o céu dá nome à alma do homem justo, à sede da sabedoria; no céu intelectual, o céu corresponde ao anjo que participa do belo e do bem, e manifesta a "luz oculta"; no céu sobressubstancial, enfim, encontra-se o local sublime de Cristo. Como sempre, na biografia imaginária desse Jesus fictício, sua pretensa densidade histórica é composta de fragmentos do Antigo Testamento: a prova de que ele se elevou acima de todos os céus até o céu invisível, para alcançar o Empíreo? Está dito no versículo de um Salmo – se um texto preexistente a Cristo o anuncia, então é fatalmente verdade e aconteceu, não é preciso nenhum outro real além do Verbo!

O empíreo, portanto, é a morada de Cristo, dos anjos e santos. É um céu superior a todos os outros em racionalidade (!), dignidade, primazia, situação, dimensão, eternidade (é, portanto, mais eterno do que os demais, que já são eternos), em uniformidade, imobilidade, capacidade e... luminosidade! O empíreo brilha, portanto, de uma claridade inigualável – como não pensar na claridade solar, claridade das claridades, luz neoplatônica do Um, bem radiante, como o astro de fogo. Mas voltemos às perguntas.

Sétimo: o motivo de sua ascensão é Cristo ter gerado benefícios – a morada do amor divino, um maior conhecimento de Deus, o mérito da fé, a segurança dos humanos, dos quais se torna advogado junto a Deus, sua dignidade, a solidez de sua esperança, o caminho apontado, a abertura das portas do céu, a possibilidade de preparar para si um lugar para quando da vinda dos Justos. Onde se vê que o céu cristão contém uma eficiente burocracia celeste para gerir a vida após a morte daqueles que terão merecido, por sua vida cristã, a eterna salvação num lugar apresentado como eminentemente desejável. Dante, ao compor sua *Divina comédia*, vem acrescentar sua pedra ao edifício cristão, cuja arqueologia encerro aqui.

A questão do céu cristão não teria o menor interesse se fosse limitada a um estudo dos arquivos e textos cristãos. A *Legenda áurea* de Jacopo de Varazze contribui poderosamente para criar o quadro ontológico cristão no qual nos movemos ainda hoje, mesmo que, e talvez sobretudo, não sejamos crentes nem praticantes. Esse texto foi muito mais do que um texto: foi a mina na qual muitos párocos de província se abasteceram para escrever seus sermões. Os predicadores encontraram, no livro desse dominicano do século XIII, matéria para a propagação da religião católica.

Jacopo de Varazze converte o tempo cíclico pagão num tempo linear, no qual ainda vivemos. Assim, no prólogo do livro a que dedicou cerca de trinta anos de sua vida, Varazze destrói o tempo ancestral vindo da noite da história dos homens e o força a entrar numa dialética teológica que se amolda à divisão das estações para melhor aboli-las. O sol pagão se eclipsa em prol da claridade crística, o céu de Ptolomeu se torna o céu de Agostinho e dos Pais da Igreja, os astros já não são planetas, e sim entidades antropomorfizadas capazes de se alegrar. Enquanto a patrística trabalha para um leitorado de intelectuais, Varazze se dirige àqueles que falam diretamente ao povo.

Varazze divide em quatro os tempos da vida terrestre: o *tempo do desvio*, que começa com o pecado do primeiro homem e perdura até Moisés – para a Igreja, trata-se do período que vai da Septuagésima até a Páscoa; o *tempo da renovação* ou rememoração, que vai de Moisés até o nascimento de Cristo, tempo da fé renovada pelos Profetas, tempo cristão compreendido entre o Advento e o Natal; o *tempo da reconciliação* corresponde àquele em que Cristo reconciliou os homens, ou seja, da Páscoa até Pentecostes; o *tempo da peregrinação* corresponde àquele em que escreve o autor, o presente, segundo ele um período de errância e de luta, tempo que separa a oitava de Pentecostes do Advento. A cada período corresponde a leitura de um livro santo: respectivamente, o Gênesis, Isaías, o Apocalipse, o Livro dos Reis e os Livros dos Macabeus.

Jacopo de Varazze não esconde que essa divisão em quatro tempos, que se tornaria a "sequência dos tempos ordenados pela Igreja", se amolda às quatro estações: o inverno do desvio, a primavera da renovação, o verão da reconciliação, o outono da peregrinação. E escreve então, sibilino: "O motivo de tal comparação é bastante evidente", mas não diz nada além – o que, de fato, arruinaria o que há de maravilhoso em sua lógica, inscrevendo-a numa história, a do paganismo –, algo que esse dominicano cioso da edificação cristã das massas não faria. A estrutura do livro segue, portanto, essa divisão, que permite escrever a história dos santos pela perspectiva cronológica. O tempo se tornou cristão.

Esse livro não escreve apenas uma nova história do tempo correspondendo ao apogeu da civilização judaico-cristã, escreve principalmente uma história dos corpos. A obra não esconde suas pretensões apologéticas. O autor propõe a imitação dos corpos dos mártires a pretexto de que viver como eles equivaleria a ganhar o paraíso, chegar ao céu e conhecer as delícias da imortalidade. Transformando a existência numa *via crucis*, morrendo em vida, aceitando o sofrimento como via para a redenção, desejando as chagas de Cristo no próprio corpo, aspirando a verter o próprio sangue igual aos tantos mártires apontados como modelos de virtudes cristãs, ou seja, de santidade, tem-se o caminho da salvação todo traçado. O céu católico é um inferno concreto: nele se encontram somente os crentes que aceitaram morrer em vida transformando sua existência num vale de lágrimas. Patologias garantidas por mais de um milênio.

Enquanto os pagãos observavam o céu para viver bem, viver melhor, viver em harmonia com o cosmos, os cristãos o perscrutaram para desejá-lo e ansiar por nele perder sua carne para não serem mais do que virtualidade de um corpo glorioso, um anticorpo, um corpo sem carne, sem desejos, sem paixões, sem vitalidade, sem pulsões. O céu dos camponeses era repleto de sinais concretos passíveis de serem decodificados: brilhos, halos, claridades, luminosidades, nimbos, cintilações, irisações, quartos da lua, movimento de constelações, céus encobertos; o céu dos cristãos se encheu de ficções destinadas a transformar, por sua vez, a vida dos crentes em ficções.

Em nome dessas ficções, a Igreja viu com muito maus olhos os cientistas que tinham a audácia de lembrar que, no céu, encontram-se astros e bólidos, movimentos de planetas e rastros da Via Láctea, mas nenhum anjo ou divindade, e muito menos um Deus transcendente. Assim, Giordano Bruno esvazia o céu das baboseiras cristãs e torna a enchê-lo com aquilo que ele de fato contém: um cosmos sem deus, sem divindade, sem sagrado, sem mistério, apenas com objetos, forças, atrações, orbes, sem intervenções demiúrgicas, sem princípio transcendente nem transcendental. Afirma ele que a Terra, redonda, gira sobre si mesma e em torno do Sol, situado no centro do nosso sistema; que esse sistema não é o único e que existe uma pluralidade de mundos separados pelo vazio; que o sol dispõe de uma infinidade de duplos; que o universo é infinito, sem marcos, sem limites, sem superfície, eterno; que é um composto de átomos e partículas; que as estrelas são enormes combustões; que os cometas se deslocam pelo cosmos efetuando uma trajetória elíptica; que a totalidade do universo é formada por uma mesma e única substância; que existem, no universo, constantes matemáticas. E tudo isso sem observações e sem cálculos.

Depois de Copérnico, que se manteve cauteloso, mas antes de Galileu, que triunfou como cientista, depois de Epicuro, o materialista atomista, mas antes de Espinoza, o panteísta monista, Giordano Bruno, poeta e filósofo, homem de letras e artista, rebelde e dramaturgo, se vê na mira da Igreja. Esse dominicano de origem nega a virgindade de Maria, escarnece a Transubstanciação, recusa o dogma da Trindade, ataca os calvinistas, estraçalha os aristotélicos, desclassifica os adeptos da doutrina cosmológica de Ptolomeu. É detido e preso pela Inquisição, o Santo Ofício se mobiliza. Após oito anos de processo, o homem que esvaziou o céu e inventou o espaço moderno é levado à fogueira, nu, com uma mordaça na boca para impedir que falasse. Em 17 de fevereiro de 1600, no Campo dei Fiori, o filósofo visionário se desfaz em chamas. Seu cosmos é que era o certo.

Seu materialismo panteísta constitui a única alternativa filosófica possível às obscuras construções do idealismo em todas as suas versões – religiosas nos três monoteísmos, intelectuais nas versões platônicas, cartesianas, kantianas, hegelianas, freudianas, fenomenológicas... O materialismo abderita dos filósofos classificados sob a rubrica "pré-socráticos" dá início a uma linha de força que viria a redundar na astrofísica contemporânea.

O grande poema de Lucrécio, *Da natureza das coisas*, propõe uma cosmologia materialista, concreta, imanente, antirreligiosa, que permite uma ética diametralmente oposta ao ideal ascético cristão. Contra o uso metafórico da física que permite aos cristãos inventarem esse céu repleto de ficções que condicionam uma vida de renúncia do mundo, os materialistas recorrem à física para construir uma relação apaziguada com o mundo. O cosmos epicuriano de Lucrécio garante sabedoria, paz, harmonia, ataraxia, serenidade, quietude. O céu material é cheio de oportunidades de reconciliação com o cosmos, consigo mesmo, com os outros, com o mundo, com o universo.

Compreendo assim, depois da morte de meu pai, por que já entro na filosofia com um amor à primeira vista, que é pelo grande poema de Lucrécio: *Da natureza das coisas*. Através dele, descubro o antídoto para o céu cristão que é o único que me ensinaram – com exceção do céu apontado por meu pai, ausente no dia de sua morte nos meus braços. Tenho dezessete anos, Lucrécio me arranca do meu sono dogmático cristão: um pensamento pré-cristão permite uma moral que me convém e pode, portanto, tornar-se pensamento pós-cristão se acrescido de ajustes feitos por um contemporâneo do século da bomba atômica. Tenho vivido, desde então, nessas notas de rodapé de Lucrécio.

O que diz a cosmologia anticristã, antes mesmo da existência do cristianismo? Diz que o sistema que governa o mundo, do qual o céu faz parte, é redutível a um princípio básico: o átomo; que esses átomos são de formas múltiplas e combinadas de modo a compor a matéria; que afora eles e o vazio não há mais nada; que os deuses são, portanto, constituídos dessas partículas sutis e não se importam com os homens, mas servem como modelos de impassibilidade, de ataraxia, de sabedoria; que é preciso observar racionalmente a natureza e não acreditar nas ficções oferecidas pelas religiões responsáveis por um rol infinito de ações criminosas; que nada nunca é criado do nada pela ação de uma potência divina; que a matéria é eterna e traz em si uma vida imortal, ou, em outras palavras, que os átomos são eternos, mas suas combinações não são; que nada vai para o nada, pois tudo se decompõe e se recompõe; que os cheiros, o frio, os sons constituem corpos invisíveis que se relacionam com nossos próprios corpos atômicos: que o vazio no qual se realizam esses movimentos é intangível, sem consistência, mas torna possível a dialética da matéria; que existem interstícios na própria matéria; que ali onde está o vazio não está a matéria, e vice-versa; que as combinações são estruturas densas e de forte resistência; que existe uma lei de constância na matéria, graças a elementos imutáveis; que há identidade entre o infinitamente grande e o infinitamente pequeno; que a mínima coisa é composta por uma infinidade de partes; que os mesmos átomos constituem o sol, o mar, os homens, e só mudam as combinações e os movimentos; que afora o conjunto da criação não existe nada; que o universo não tem limites, pois, se houvesse um limite, o que seria feito do dardo lançado além dessa barreira?; que existe apenas o movimento perpétuo da matéria; que o espaço é, portanto, infinito; que nenhuma inteligência divina presidiu à criação do universo, o qual é resultado dos melhores ensaios da natureza efetuados ao longo de milhões de anos; que as partículas que esvoejam num raio de luz são de fato uma imagem da física epicuriana: uma dança de átomos no vazio; que os platônicos e estoicos propõem uma metafísica incorreta, porque idealista e negando a materialidade do mundo – uma crítica que poderá mais tarde ser feita aos cristãos. Que a declinação de um átomo na chuva vertical de partículas foi um dia a causa da primeira agregação da matéria a partir da qual as outras todas se fizeram; que os átomos caem a uma mesma velocidade, qualquer que seja o seu peso; que são lisos, estriados, recurvos etc., mas, em sua categoria, são em número infinito; que existe, em todo o universo, tensão entre uma força destrutiva e uma força construtiva; que o átomo nunca aparece sozinho, mas sempre composto; que os átomos se encontram numa eterna dança; que existe uma pluralidade de mundos, com outras raças de homens e espécies inéditas de animais; que nosso universo nasce, vive, cresce, decresce, desaparece e é substituído por outro; que o espírito, a alma, o sopro, o corpo, são compostos atômicos mortais em suas composições, mas imortais em seus componentes; que existe uma força sem nome, mas denominada "impulso vital" na tradução de Charles Guitard; que membranas desprendidas dos corpos constituem simulacros que se deslocam no espaço e chegam ao nosso cérebro a fim de que possamos ver, perceber e conhecer o real em sua materialidade; que essa casca das coisas conserva as suas formas; que os astros obedecem às leis da natureza, e não a divindades quaisquer; que o nascimento do mundo, a gênese do sol, das nuvens, da natureza, o movimento dos astros, o equilíbrio da terra, o calor do sol, seu movimento, a alternância em movimento do dia e da noite, as fases da lua, os eclipses, o surgimento do vivo, dos vegetais, dos animais, dos humanos e de tudo mais, obedece às leis da mais material, concreta e imanente natureza; que o que é nunca foi desejado por um criador transcendente, e sim por uma natureza que se ensaiou nas formas mais adequadas para ser e perseverar em seu ser; que a ignorância das causalidades naturais do relâmpago, dos vulcões, dos maremotos, das trombas d'água, das nuvens e dos arco-íris é a causa dos fantasmas religiosos; que aumentar o saber faz recuar a crença; que os infernos, enfim, encontram-se na Terra – e, portanto, o paraíso também.

De minha parte, fico desconcertado com tanta presciência num filósofo que dispõe apenas de sua inteligência para estabelecer essas proposições que a ciência contemporânea confirma, ao menos em suas intuições mais audaciosas: a radicalidade materialista, a racionalidade imanente, a dialética do atomismo, a imortalidade da matéria, a perecibilidade de suas combinações, a rejeição de qualquer transcendência, a recusa de todo deus criador, a tese do "nada se perde, nada se cria, tudo se transforma", a afirmação da infinitude do universo, a ideia da pluralidade dos mundos, a existência de uma força que um tradutor francês, provável leitor de Bergson, denomina "impulso vital", tudo isso foi confirmado de lá para cá por observações empíricas, cálculos científicos, validações confirmadas por uma impecável epistemologia.

Postulado por antigos filósofos, o céu epicurista anuncia o céu dos astrofísicos contemporâneos. Enquanto Epicuro, Lucrécio e os seus associavam a física à ética e viam no conhecimento daquilo que é uma oportunidade para dar fim à mitologia, aos deuses, aos sacerdotes e aos cleros, os cristãos recusaram a ciência em geral, e a ciência materialista em particular, porque a razão razoável e raciocinante não pode aceitar as bobagens com que a patrística preenche o mundo celeste. A ciência liberta dos deuses. Ora, o Ocidente libertou-se da ciência, voltando, portanto, para os deuses. Lucrécio segue sendo um poderoso antídoto contra as religiões, todas as religiões – os três monoteísmos não têm como apreciá-lo.

# 4
# O ESQUECIMENTO NIILISTA DO COSMOS

As cidades mataram o céu. A luminosidade elétrica do menor dos lugarejos polui os céus, que já não se enxergam. Tenho a lembrança, sobre o telhado de uma frágil casinha de tuaregue, no deserto maliano, de um céu vasto, pleno, cintilante, sussurrando silenciosamente uma música consubstancial aos primeiros tempos do mundo. Um céu ao alcance da mão. Eu nunca tinha percebido o quanto a abóbada estrelada era saturada de sinais luminosos, de informações em quantidades e qualidades de luz, rica em constelações, ou seja, em astronomia, sem dúvida, mas também em mitologia, em religiões, em ficções. A noite, escura como nunca vi igual, servia de porta-joias para essas estrelas que pouquíssimos homens ainda sabem ler.

O esquecimento do cosmos me parece um dos sinais do niilismo contemporâneo. Enquanto os homens sabiam e podiam ler o céu, estavam em contato direto com o cosmos e suas vidas eram reguladas pelo impecável mecanismo relojoeiro do universo. O tempo de um dia, o tempo de um ano, o tempo de uma vida tinham uma estreita relação entre si: o dia e a noite de um ser, as estações da existência de um vivo, os ciclos, o eterno retorno dos ciclos, tudo isso compunha um cenário sublime e vasto, imenso e infinito para as minúsculas vidas de bilhões de seres humanos desde o aparecimento dos homens no universo.

Uma multiplicidade de religiões veio dar uma forma histórica a essas verdades ontológicas. Cada religião fornece uma roupagem datada para um fundo imemorial de saberes imanentes: estamos inseridos num cosmos que nos dita sua lei, como dita ao restante do universo. Foi preciso acreditar que o homem era o ápice da criação para poder supor que ele dispunha de um status de extraterritorialidade ontológica que lhe permitisse acreditar, erroneamente, que o que dizia respeito ao vivo não lhe dizia igualmente respeito. A pedra obedece ao cosmos, a planta e o animal também, é claro, mas não o homem que, por ser dotado de inteligência, de razão e, logo, de uma alma concebida enquanto fragmento desprendido da divindade exterior à sua criação, quer sem ser querido.

Uma parte da história da filosofia tentou justificar essa extraterritorialidade – os idealistas, os espiritualistas, os dualistas, os cristãos, evidentemente. Mas outra parte da história da filosofia disse e percebeu muito bem que o real era uno, não duplo, que era material e não animado por algo invisível, que o livre-arbítrio era uma ficção, que a possibilidade de querer livremente, e, portanto, de escolher, tinha a ver com um desejo, uma fantasia, mas certamente não com a realidade. Esses filósofos viram o cosmos tal como ele é: não um reservatório de ficções, mas um mundo obediente às mesmas leis dos infinitamente pequenos.

O camponês, o agricultor, o horticultor, o apicultor, o marinheiro, o criador de animais, o vinhateiro, o cultivador, o fazendeiro, o campônio, o silvicultor, sabem mais acerca do mundo do que o filósofo que, não raro, dele só sabe o que dizem os livros. Conhecem o cheiro da terra, do esterco; são capazes de ler as diferentes intensidades de verde que vão da germinação à folha; sabem que as plantas possuem a inteligência da luz, que a seiva é o influxo nervoso de seu discernimento; não ignoram que a lua, em suas fases ascendentes e descendentes, em seus momentos crescentes e decrescentes, atua sobre o desenvolvimento das plantas, sobre o comportamento dos animais e logo, evidentemente, sobre o dos humanos segundo as mesmas regras, estão a par dos movimentos migratórios dos pássaros, da lógica da formação dos cardumes; entendem o que diz o mar ao lerem a superfície das ondas, a qualidade da espuma, as diferentes variações de cor, do preto ao verde passando pelos azuis, pelos roxos; sabem alterar em um ou dois graus a posição da colmeia para as abelhas voarem antes das outras rumo ao pólen; sabem ver num relance o efeito que a neblina a elevar-se de um pequeno curso d'água irá causar na uva de um vinho, e antecipam esse efeito na boca do excesso ou falta de água; podam as roseiras no lugar certo, otimizando a circulação da seiva para esculpir o vegetal; deduzem a seca de uma erupção de raízes no solo da geologia vitícola e sabem que gosto terá o sumo das frutas de seus cepos escolhidos; à noite, interrogam a lua e descobrem, pelo halo que a envolve, que tempo fará no dia seguinte – toda essa gente da terra, do mar, do céu, lê diretamente (n)o mundo.

Já os filósofos questionam o texto de quem comentou as palavras de outro, que por sua vez já empreendia a glosa de uma ideia sugerida por um terceiro. Os pensadores são, com frequência, pobres de mundo real e ricos de ficções, conceitos, ideias, noções. O que o filósofo diz a respeito do vinhedo fica muito aquém da explicação dada pelos vinhateiros, pelo viticultor, pelo vindimador, pelo mestre de adega, pelo enólogo, que terão escolhido e plantado os cepos, cuidado e podado a vinha, espreitado dia após dia os efeitos do clima, do sol, da chuva, do vento, do granizo nas folhas e nos grãos, terão decidido colher os cachos em tal dia, e não outro, terão escolhido manter ou tirar o engaço da prensa, terão procedido à combinação das uvas colhidas, composto um equilíbrio para o nariz e para a boca, colocado em barris de madeira escolhida na floresta, guardado em tal lugar da adega, nem muito seco, nem muito úmido, sem ar encanado, engarrafado depois de terem escolhido a cortiça da rolha.

Lembro-me de descobrir um dia, pela boca do proprietário de uma prestigiosa vinícola, que um filósofo, que eu já tinha visto na televisão, num antigo programa literário, perorar acerca de um grande vinho patrimonial francês com profusão de metáforas e termos preciosistas, usando um vocabulário seleto e até preciosista, derramando-se em comparações líricas e barrocas, intelectualmente irrequieto, mas que jamais usufruíra daquilo que contava, pois confessou ao vinicultor que nunca tinha tomado aquele vinho antes de ganhá-lo de presente da pessoa a quem queria agradecer por ter falado tão bem dele. Esse pensador tão sedutor discorre assim sobre uma quantidade de assuntos que domina à perfeição – no papel.

Quem havia produzido esse vinho tinha uma autêntica relação com o cosmos, direta e não midiatizada, verdadeira e franca, pois nessa matéria não há como mentir: um mestre de adega não pode enganar por muito tempo, seu vinho fala por ele, seja contra ou a favor. Já o filósofo que perorava tão bem na forma, mas tão falsamente no fundo, sem tê-lo bebido, ignora o cosmos e fala por ouvir dizer. O olhar erguido para o céu revela ser antinômico do olhar baixado para o livro. O mundo não se resume a uma biblioteca. O real não se enjaula nem se aprisiona no papel.

A cultura, tornada urbana, secreção das cidades, sudação citadina, procede da agricultura. Quem se lembra disso? A cultura rural é, portanto, de início, um pleonasmo; hoje, tornou-se um oximoro! A cultura provém da agricultura como a plantação de trigo de uma gleba generosa. Por quê? Como? O saber do camponês é cultura: não vive nem sobrevive sem saber onde, quando e como plantar, semear, sachar, cavar, cuidar, colher, lavrar. Nessa configuração primitiva, não saber conduz ao pior: à escassez, à fome, à morte dos seus. O homem da terra não procura nos livros o que se deve fazer com a terra, o escrito não serve para nada.

O camponês tira seu saber de um aprendizado, de uma transmissão oral, de uma iniciação com um antigo que devia ele próprio seu saber, sua cultura, a alguém mais antigo do que ele, e assim desde um tempo muito remoto. O aprendiz recebia de seu mestre um saber, um conhecimento que era, ao mesmo tempo, uma sabedoria, uma sapiência ancestral, pragmática, empírica, mas verdadeira, correta, porque verificada pela experiência e validada pela história. Aprendia as leis de geologia, hidrologia, ampelografia, silvicultura, arboricultura, horticultura, viticultura, botânica, climatologia, sem saber que se tratava de hidrologia, ampelografia, silvicultura, arboricultura, horticultura, viticultura, botânica, climatologia, simplesmente porque aprendia a terra e adquiria isso que Nietzsche denomina *sentido da terra*.

Das cavernas à invenção do livro, a cultura é o saber necessário à agricultura. Não é surpreendente, portanto, que a acepção, hoje corrente, da palavra *cultura* data de 1549, quando a invenção da imprensa (a Bíblia de Gutenberg data de 1452, sendo que o primeiro livro impresso na França foi *Legenda áurea*, de Varazzè, em 1476) tornou possível o Renascimento que, para se libertar do peso *do* Livro, isto é, da Bíblia, solicita *os* livros, a saber, o patrimônio da Antiguidade greco-romana. Platão e Plutarco, Aristóteles e Sêneca, Marco Aurélio e Cícero fazem as vezes de antídoto – ou mesmo contrapeso – para a tirania do Livro único dos judeo-cristãos. A partir do Renascimento, a cultura se emancipa da agricultura, deixa de ser saber da natureza, conhecimento do cosmos, ciência da terra, para se tornar saber livresco, conhecimento de biblioteca, ciência dos signos que representam a terra.

Montaigne se situa no cruzamento dos caminhos. Os *Ensaios* estão repletos de referências à literatura greco-romana. O homem que vive em sua livraria, a saber, sua biblioteca, pede a Tácito, Tito Lívio, Plutarco, Sêneca, Cícero, luzes acerca do mundo tal como ele é, tal como está. Ao mesmo tempo, pede ao mundo a verdade do mundo no mundo tal como ele é, tal como está: seu corpo, suas patologias, seu físico, sua mulher, seu sono, sua horta, seus gostos, seu gato, seu acidente equestre, os camponeses de sua propriedade. Homem do livro que diz o mundo, ao mesmo tempo que homem do mundo que diz o mundo, Montaigne, aliás, não escreve seus *Ensaios*, dita-os, como nos revelam os *Ensaios* se os lemos!

O livro, portanto, afasta do mundo. Mas existiram, durante vários séculos, quatro pelo menos, camponeses dotados de cultura (essa que vem, vai, volta e permanece no mundo), simultaneamente a citadinos que brilhavam em outra cultura (essa que afasta a matéria do mundo). O que o livro fez no Renascimento para afastar a cultura da agricultura, a eletricidade doméstica concluiu em meados do século XX. A biblioteca desvia do cosmos, a central hidrelétrica apagou definitivamente suas luzes. Com a eletricidade, morreu a noite, em prol de um sol artificial e perpétuo, uma luz morta e fria que já não tinha nada a ver com a luz natural vinda do sol.

Milênios separam o homem das cavernas que usa um lampião de óleo ou uma fogueira para se aclarar, e o camponês, ou mesmo o castelão, que recorrem a essas mesmas técnicas para se aclarar: a modesta vela do lavrador medieval ou a orgia de candelabros do rei da França, que queima uma fortuna em cera numa única noite, o fogo no pequeno átrio de uma família de pobres ou o imenso braseiro confeccionado na lareira de um salão de Versalhes, o lampião de óleo único ou sua profusão em cada cômodo de uma casa burguesa, só logram produzir uma luz auxiliar.

Durante séculos, penetra-se modestamente a noite, quebra-se um pouco o breu com luminosidades trêmulas, abre-se uma pequena clareira vacilante de luz sempre ameaçada pela escuridão – mas a noite, a noite é a regra. Existe, então, empiricamente, uma consciência da alternância entre o dia e a noite, entre a claridade solar e os mistérios noturnos, entre a vida celeste e a morte ctoniana. No paraíso, a claridade é a regra, nos infernos reinam as trevas, aclaradas pelo braseiro infernal. Ancestralmente, os homens vivem e trabalham à luz do dia, descansam do labor diurno à noite, que é o mundo dos sonhos e dos pesadelos, das feras selvagens que rondam, dos animais misteriosos, das corujas, dos sabás das bruxas, da sexualidade.

Se Montaigne foi o filósofo da passagem da civilização oral empírica para aquela, teorética, do livro, Bachelard foi o pensador da passagem do fogo para a eletricidade. Quando escreve *A psicanálise do fogo* (1938) ou *A chama de uma vela* (1961), o filósofo conhece os dois mundos: o do fogo de lareira, da vela, do lampião de óleo e o da eletricidade doméstica que esmaga a noite e destrói as sombras com a brutalidade das claridades de cialítico do bloco cirúrgico. Quando é levado pela morte, Bachelard estava escrevendo *Fragmentos de uma poética do fogo*.

Bachelard associa o fogo à imaginação, à meditação, ao devaneio. Os homens são naturalmente induzidos ao devaneio, diz ele, na presença de uma chama. A imaginação, não o inconsciente freudiano, é genealogia do pensamento e atua como uma chama: o devaneio nos constitui psiquicamente. Esse renomado epistemólogo, esse filósofo que era também poeta, esse professor da Sorbonne, esse escritor de bonita prosa, esse homem livre de todo entrave intelectual confessava: prefiro "perder uma aula de filosofia a perder meu fogo matutino".

Em *A psicanálise do fogo*, Bachelard escreve que "a contemplação do fogo nos remete às próprias origens do pensamento filosófico" e mescla considerações intelectuais a análises gerais. Considerações pessoais: o fogo aceso pelo pai no quarto do menino doente, as toras em pé sobre a lenha miúda, o punhado de aparas enfiado entre os morilhos, o fogo enquanto tarefa do pai, que somente aos dezoito anos caberá ao rapaz, "a arte de atiçar", a avó cozinhando, numa marmita suspensa na cremalheira dentro da lareira, as batatas para os porcos, e outras, só que mais finas, para a família, tudo isso no mesmo caldeirão, os ovos frescos cozinhando sob as cinzas, a gota d'água crepitando na casca e avisando que está cozido, o *waffle* assado na brasa: "Então, sim, eu comia fogo, comia seu ouro, seu cheiro e até seu crepitar enquanto o *waffle* estalava entre meus dentes", a aguardente flambada, uma festa no inverno em que o pai embebia um torrão de açúcar em aguardente e punha para flambar, enquanto a mãe apagava a luminária.

Análises gerais: o fogo enquanto local de meditação, a imaginação enquanto motor do pensamento, os diferentes complexos para expressar as tendências que nos motivam a saber tanto e mais do que nossos pais (complexo de Prometeu), para dizer que o fogo é lugar do autêntico saber (complexo de Empédocles), para mostrar que a invenção do fogo tem a ver com a fricção, que revela ser de natureza sexual (complexo de Novalis), para mostrar que o alimento se decompõe no corpo e se torna fogo, e que o fogo se alimenta de astros (complexo de Pantagruel), para discorrer sobre o fogo do álcool, aguardente e água de fogo, e as combustões espontâneas de pessoas tão impregnadas de álcool que desaparecem sem deixar vestígios só de passar perto do átrio (complexo de Hoffmann).

O mesmo Gaston Bachelard dedica *A chama de uma vela* a meditar (com muito mais força e clareza do que Heidegger) sobre o tema anunciado. Ele, que discorre como poeta sobre a torta de limão, o martelo do ferreiro, o sótão e o porão, o passarinho no jardim, a casa natal, a árvore, o quarto, o ninho, o poço, o vinho, a cera, a noite, o riacho, descreve a solidão meditativa do homem que, à luz de uma vela, com um livro, penetra no clarão tonitruante que manda embora as trevas reais e metafóricas. As horas ondulam, escreve ele, descrevendo a magia de um pensamento na noite aclarada pela chama de uma vela.

Na biografia que André Parinaud dedica a Gaston Bachelard, um encarte fotográfico permite ver o filósofo em diferentes idades da vida. Uma foto mostra sua escrivaninha com manuscritos espalhados para a câmera, pastas abertas, papéis, uma caixa de pastilhas Valda, um relógio de bolso, um pacote de clipes, um mata-borrão constelado de manchas miúdas, uma lupa, um *"Que sais-je?"*[63] de costas, um vidro de tinta dentro da embalagem – e uma lâmpada de cabeceira de que se vislumbra o abajur, o pé de metal, o fio elétrico trançado de 110 volts e o interruptor.

---

[63] Prestigiosa e mundialmente conhecida coleção da Presses Universitaires de France que, desde 1941, reúne livros de bolso que visam divulgar a um público amplo o essencial sobre diferentes assuntos e disciplinas. (N. T.)

O pensador do fogo de lareira e da chama da vela mudou de mundo. A eletricidade é de regra também para ele. Nostálgico? Bachelard deixa um livro que nunca há de terminar, sobre a "Poética do fogo". Tenho saudade de Bachelard.

*Farrebique* (1946) e *Biquefarre* (1983, estreia 1984), filme díptico de Georges Rouquier (1909-1989), vai bem além de muitas teses sobre o fim do universo rural, o desmoronamento do campesinato virgiliano, o desaparecimento do campo dos fogos de lareira e das velas, a morte do local em benefício do global, o surgimento dos tratores, dos motores, da eletricidade, do refrigerador, da máquina de lavar e outros objetos da sociedade de consumo. De um mundo ao outro, ou seja, do imediato pós-guerra ao socialismo mitterrandiano convertido aos valores liberais da direita, o caminho conduz claramente ao abismo.

Eu, que habitualmente evito o cinema – convertido em indústria do entretenimento em função de seu financiamento, transformado numa armadilha enganosa que magnifica a sociedade do espetáculo construída sobre a alienação e a ruptura entre o eu e o eu, entre o eu real tão frequentemente medíocre e o eu ficcionalizado, narcísico e megalômano –, encontro nesse duplo filme matéria para designar e mostrar o fim da civilização judaico-cristã rural em benefício de um mundo em vias de globalização intensa, e, logo, de rematada unidimensionalidade.

Georges Rouquier expressou claramente seu interesse pelo trabalho de cineasta realizado por Flaherty em *Esquimaux* – em que o ponto de encontro entre camponeses e inuítes não pode, evidentemente, deixar de me agradar. Ele roda seu primeiro filme na região de Aveyron, no Maciço Central, mais precisamente na comuna de Rouergue, com não atores (mais uma mais-valia, a meu ver), incluindo parentes e vizinhos seus. Relata a saga familiar pondo em cena duas ou três gerações: a dos pais ou avós fala um occitano rouerguês, que a dos filhos entende, mas já não fala, e podemos apostar que a dos netos, atualmente, já não o entende nem fala.

As línguas regionais faziam sentido, obedeciam a um biótopo que colocava o indivíduo num mundo na maioria das vezes fechado, que não excedia os cerca de cinquenta quilômetros que se podia então percorrer de bicicleta – esse tempo da mecânica velocipédica substituiu o tempo do passo do cavalo e aquele, mais antigo, do passo do homem, para quem o final do mundo ficava ainda bem mais perto. Falar uma língua regional tinha sentido quando todas as palavras necessárias para a comunicação existiam e permitiam que uma comunidade geográfica, histórica, tribal se compreendesse.

Na Córsega, nessa época, não se falava o corso, mas línguas corsas. Do mesmo modo, não se falava bretão, e sim falares bretões. Idem quanto ao occitano. Assim, a pretensa língua corsa única é composta pela multiplicidade de dialetos do Norte e do Sul, de Bonifácio, de Calvi, o corso-sardo, sem esquecer o galurês, falado até na Sardenha, ou o grego falado em Cargese. Do mesmo modo o bretão, atrás do qual se esconde a diversidade das línguas bretãs: o cornualhês, o leonês, o tregorrês, o vannetês, o galo, aos quais alguns ainda acrescentam o guerandês. Idem quanto ao occitano, que reúne o auvérnio, o gascão, que inclui o bearnês, o languedociano, o limusino, o provençal, que por sua vez inclui o rodaniano, o marítimo, a língua niçarda, o vivaro-alpino. A língua corsa, a língua bretã e a língua occitana são criações jacobinas nacionalistas e folclóricas! Aliás, como se diz "trator" e "central nuclear" em bretão? "Computador" e "infarto do miocárdio" em corso? "Televisão" e "carro elétrico" em occitano? As línguas antigas obedeciam a uma lógica local que já não se adapta, se não ao planetário, sequer ao nacional. Não se ressuscitam línguas mortas, só o que existe é uma obstinação terapêutica que dá ilusão de vida quando a morte, infelizmente, já cumpriu sua obscura obra. O que Georges Rouquier revela, com esse definhamento do occitano rouerguês no espaço de três ou quatro gerações, é o fim de um ecossistema linguístico e natural em prol de um tornar-se-mundo do mundo.

*Farrebique* filma o tempo da natureza. O diretor recorre a um procedimento técnico extremamente interessante: a aceleração das tomadas torna visível, na projeção, o crescimento das plantações nas lavouras. Os vegetais são mal-amados: seu tempo, mais lento do que o dos animais e o dos humanos, não mostra sua vitalidade, sua vida, sua sensibilidade, sua interatividade com o mundo, sua relação inteligente com o que os cerca, de maneira claramente perceptível. A planta parece fixa, parada, presa a um biótipo de que não tem como se extrair. Na verdade, desenvolve um legítimo entendimento, fácil de ser constatado durante as experiências, quando resolve os problemas colocados pela natureza. Se onde ela está falta água, ar, luz ou qualquer coisa necessária para ser e perseverar em seu ser, ela inventa uma solução.

Georges Rouquier mostra então a vida do vivo vegetal através de planos simples e sóbrios que conferem, à velocidade lenta das plantas, o ritmo ligeiro da velocidade dos homens. Veem-se assim a olho nu as germinações, os caules saindo da terra, afastando os grãos de um torrão, furando esse torrão, ondulando, dançando, vibrando, procurando a luz, buscando a força ao se dirigirem para o sol, medrando, crescendo, ficando rijos, verdes, fortes, potentes. Podemos vê-los se tornando capim alto, trigo maduro, cevada pronta para a ceifa ou a colheita, vivendo sua vida de planta antes que o camponês lhes dê um destino de virar farinha e forragem, pão e feno, alimento dos homens e dos bichos.

Nessa época, o camponês, no seu campo, usa cavalos para trabalhar. Ao passo do percherão, do ardenês, do boulonnais, o tempo do homem da França rural é próximo do tempo das lavouras.

Com os pés enfiados nos sulcos durante dez horas por dia, o lavrador tem tempo para conhecer a natureza: as variações de luz e de cor na aurora e no crepúsculo, no meio do dia e no zênite, no fim da tarde e ao pôr do sol, as mudanças de temperatura e de aromas, o ar que dança no calor ou se adensa no frio, seus cheiros antes do temporal, os da terra depois da chuva, a textura, sob os pés, de uma gleba pesada, grassa, úmida após uma estação de chuvas, ou o solo friável, seco, após uma estação abrasada pela canícula, o canto dos pássaros nas sebes ou da andorinha lá no alto, o ninho da víbora, as minhocas se contorcendo na terra revolvida pela relha, os gritos agudos das gaivotas vindas do mar, percorrendo uma centena de quilômetros em linha reta para comer tudo que de vivo fervilha atrás do arado, os sinais, imperceptíveis para o leigo, que assinalam as mudanças de estação, os primeiros avermelhados na borda das folhas, a mudança no tom de verde das folhagens, a dessecação que as encolhe antes da queda, os galhos feito gritos silenciosos da madeira no ar, o cheiro do húmus e das putrefações que se formam para, de mansinho, criar terra nova...

O corpo do lavrador se amolda aos longos tempos cíclicos, visíveis aos seus olhos traquejados: o homem do campo estabelece sua vida dentro da magnífica duração dos céus e das estações, das semeaduras e das colheitas, dos nascimentos e das mortes, das epifanias vegetais e dos desaparecimentos do verde. Sua alma não é distinta da dos animais e das flores, das planícies e das florestas, dos vales e das colinas, ela é matéria do mundo, fragmento destacado, mas ainda assim vinculado, do Grande Todo que nunca é chamado assim – que, aliás, nunca é sequer chamado. A ontologia do camponês economiza as palavras, o verbo, a expressão, mas não deixa de ser ontologia.

Georges Rouquier mostra esses trabalhos com sobriedade. O filme é em preto e branco. Sobriedade das variações: a ausência de cores obriga à nuança cromática. Esse tempo, em negro fuligem e branco mortalha, foi o tempo de bilhões de seres humanos no planeta. A câmera ainda pôde imortalizá-los por um tempo antes do desaparecimento definitivo. Submissos ao cosmos, obedecendo à ordem das coisas, incapazes de se rebelarem contra aquilo sobre o qual sabiam não ter nenhum poder, estoicos muito antes de a palavra ser inventada pela gente do livro, os camponeses eram a medida da ordem que a palavra "cosmos" traz em seu cerne etimológico.

Nessa ordem imposta pela natureza ancestral, o mundo é organizado, classificado, separado: homens e mulheres, jovens e velhos, pais e filhos. As próprias famílias são ordenadas segundo o mesmo princípio – família da aldeia, família de outro lugar, família de cima, família de baixo, família do sítio daqui, família do sítio de lá, família de Farrebique, família de Biquefarre.

Nessa caixa bem arrumada, a hierarquia faz a lei. A hierarquia, não nos esqueçamos da etimologia, designa o poder do sagrado: poder dos homens sobre as mulheres, dos velhos sobre os jovens, dos pais sobre os filhos. É assim. Não é bom nem ruim, é o que manda a tradição. O patrimônio vai para o filho mais velho, azar do caçula, obrigado a constituir família em outro lugar. A maldição de ser o último filho vira uma bênção quando o trabalho na fazenda se mostra um inferno ainda mais infernal do que foi por tanto tempo, levando muitos camponeses a terminar sua existência na ponta de uma corda, enforcados na viga mestra da granja, sangrados pelos banqueiros, arruinados pelos arrendamentos, envelhecidos antes do tempo por um trabalho exaustivo desde a juventude.

Para manter a ordem dentro dessa caixa e para que ninguém reclame do lugar que lhe cabe, a religião cristã faz o necessário: domingo, na igreja da aldeia, os paroquianos se encontram. O padre explica que é preciso sujeitar-se, obedecer, dar duro, calar-se, trabalhar, fazer filhos, criá-los, envelhecer, rezar, morrer, pois tudo isso se explica pelo pecado original, Adão e Eva. E conta, lá do púlpito, que o Paraíso aguarda os submissos, os obedientes, os piedosos, os fiéis, que o Inferno há de acolher os rebeldes, e que o Purgatório irá permitir, mediante orações pagas em moeda contada na sacristia, acelerar o movimento, de início indeciso, na direção paradisíaca de um beneficiário nem sempre muito católico. Os homens ocupam o lado direito da igreja, e as mulheres, o esquerdo – herança dos auspícios pagãos, a direita é conotada positivamente e a esquerda, negativamente.

Na saída da missa, os homens vão para o bar. Concessão pagã feita ao ritual cristão. Ali resolvem os problemas do mundo, falam, fumam, bebem, se encontram. Na igreja se é batizado, se faz a primeira comunhão, a crisma, se casa, batiza-se então os filhos que por sua vez ali receberão os sacramentos, enterram-se os antepassados, em geral o bisavô, depois a bisavó, um nascimento reafirma o poder da vida quando a vida mostra seu poder ao exigir a morte.

A morte faz parte da vida. O pároco ministra a extrema-unção, os terços são rezados com fervor para pedir a intercessão de Deus nosso Senhor ou de seus santos, os coroinhas de sobrepeliz ajudam o pároco no ritual, os mortos são velados em casa, o carro fúnebre, com seus cavalos arreados de preto, leva o corpo do defunto para a terra que foi o grande negócio da sua vida. Veste-se luto. Braçadeiras pretas e crepes ostensivos. Os camponeses rezam para Jesus, Maria, José, na Natividade, Assunção, Ascensão, Ramos, Páscoa, ignorando que assim sacrificam, como seus ancestrais do neolítico, ao ritmo milenar das estações, e que a cultura embrulhou a verdade pagã em ficções cristãs.

O cineasta relata a autossubsistência dos camponeses de 1946, igual à dos de Virgílio: trabalham numa terra que lavram e semeiam, colhem o trigo, trituram, fazem farinha e produzem seu pão, assado no forno familiar, depois comem seu quinhão; plantam e colhem suas batatas; constroem medas iguais às casas primitivas, para garantir o sabor do feno destinado aos animais; aparam o vinhedo, tratam as uvas, vindimam, colhem, pisam, põem em barris e bebem seu vinho; convivem com os bois, as vacas, as ovelhas, as galinhas, os galos, os cavalos, os cachorros – podiam dar aulas de bom senso a Descartes e Malebranche, caso os filósofos tivessem o desejo de ver o mundo de verdade; convivem também com os animais selvagens, que fazem parte de seu cotidiano: porcos-espinhos, raposas, sapos, pássaros.

Nesse filme, que mescla a vida dos bichos com a vida dos homens e mostra que os ritmos de uns são os ritmos dos outros, a sexualidade tem seu lugar. O casamento é a forma que o judeo-cristianismo, via São Paulo, inflige à libido no Ocidente. Dois pretendentes ao casamento conversam frente ao olho da câmera: "E se a primavera não voltar?", diz a mulher para o homem, que sugere que a cerimônia ocorra na primavera. "Não seja boba, responde o rapaz, a primavera sempre volta..."

Ocorre que a morte leva tudo embora: a primavera não voltou para os camponeses depois que chegaram as primeiras máquinas. Desapareceu o cavalo, substituído pelo trator; o cheiro de esterco cedeu lugar ao de combustível; o som das ventas do bicho, ao estrondo do motor; a cumplicidade com o animal, à servidão à máquina. Instrumentos fabricados pela inteligência e mãos dos homens há milênios pressupunham gestos imemoriais, semear, lavrar, colher, que desapareceram, engolidos pelo nada – Virgílio morreu atropelado pelas rodas de um trator agrícola.

*Biquefarre* narra, em 1983, essa história da mudança de um mundo. Os poços em que os ancestrais iam buscar água já não servem, foram tapados; o forno em que era assado o pão foi abandonado; o antigo estábulo cedeu lugar a uma estabulação de última geração, a máquina de ordenhar dispensa a ordenha milenar que exigia o contato da mão do homem com o úbere da vaca; os porcos já não comem as sobras da família, mas rações de composição ignorada; os outros animais também ingerem alimentos medicamentosos; a horta que atendia à subsistência da família foi arrasada, e, no espaço assim liberado, a nova geração mandou construir uma casa sem alma, de aglomerado e cimento; os serões junto ao fogo, as vigílias em que todos se reuniam e conversavam desapareceram com a televisão, frente à qual se somam as solidões; na fazenda, fala-se em computador; os negociantes de vacas ditam a lei, agem, pensam e decidem com um cinismo de banqueiro; o mercado globalizou-se, a pequena comuna que funcionava na base da autossubsistência agora trata com a Nova Zelândia; os fertilizantes se espalharam por tudo e intoxicam o camponês que os emprega, poluem solos e subsolos em nome da rentabilidade; os animais e os insetos morrem aos montes à passagem do pulverizador; os tratores são agora a única força de tração; o telefone conectou todo o mundo; o caminhão leiteiro passa todo dia para pegar o leite e transportá-lo para a usina; ninguém mais fala occitano nem entende o que diziam os antigos; a agricultura intensiva transforma os camponeses em empreendedores, os agricultores em empresários ciosos de custos mínimos e lucro máximo; as igrejas estão vazias, homens e mulheres se misturam durante os ofícios; o filho mais novo, privado da herança do patrimônio reservado ao primogênito, faz faculdade de medicina; peixes mortos passam boiando no rio, intoxicados pelos produtos químicos pulverizados para aumentar os rendimentos por hectare; os caracóis também sumiram, levados pela hecatombe química; os cogumelos outrora secos, enfiados num cordão esticado na cozinha, são agora congelados; a tosquia das ovelhas se faz com material elétrico, o que conta é a rapidez; a ensilagem do milho obriga os camponeses a alimentar seu gado com essa alimentação fermentada, podre, corrompida, mais econômica em tempo e dinheiro do que o feno de antigamente; o gosto do leite é consequencial.

A lareira de *Farrebique* deu lugar à tosquiadora elétrica para as ovelhas de *Biquefarre*. Virgílio, que morreu, deu lugar ao químico. A rentabilidade, o dinheiro, a produtividade, o rendimento, o lucro, o ganho tornaram-se os horizontes ontológicos da nova geração. Esta se rebelou, houve Maio de 68, e entendeu que a hierarquia, o velho mundo, a tradição eram coisa do passado. Está certa. Mas será por isso necessário sacrificar os novos ídolos: a máquina, o motor, a eletricidade, a química, a indústria, o lucro? A antiga pulsão de vida alinhada com os movimentos do cosmos deu lugar à pulsão de morte alinhada com os movimentos do mercado. Nenhum camponês é mais capaz de entender as *Geórgicas* de Virgílio, e todos precisam ler os relatórios dos banqueiros, as instruções técnicas dos engenheiros consultores, a legislação dos burocratas europeus.

A vida de *Farrebique* não era feliz, alegre, lúdica, encantada; a de *Biquefarre* também não é. A cada dia, suicidam-se dois camponeses deste mundo novo sem cosmos. As pequenas propriedades rurais estão desaparecendo. A situação piorou. Aqueles que, em seus campos ou prados, na soleira de seus sítios, em seus terrenos, seus bosques, não longe de seus riachos, de seus açudes, dos rios, na companhia de seus rebanhos de vacas e ovelhas, em seus galinheiros, pensavam e agiam vigiando o antigo cosmos, esses não existem mais – ou quase.

A vulgata citadina reativa o tropismo do cachorro de Pavlov quando lembra que os homens da terra e do mar traziam consigo um saber milenar e empírico, de uma longa linhagem de humanos que afeiçoaram a natureza, criaram-na, com suas paisagens, suas raças de animais domesticados, seus jeitos, suas formas, suas forças: cita biliosamente essa frase do marechal Pétain em Vichy: "A terra não mente". Com essa referência, os camponeses são ontologicamente exterminados. Quem é capaz de se refazer de um insulto desses? Como se reerguer depois de tamanha injúria? Fazendo história.

Pois essa frase do chefe de Estado fascista, que tem custado desde então ao campesinato francês e àqueles que o defendem, foi escrita por um de seus *ghost-writers*: neste caso, Emmanuel Berl. Com efeito, esse judeu brilhante, filho da alta burguesia, parente dos Bergson e dos Proust, amigo dos surrealistas, de Breton e de Malraux, radical de esquerda, simpatizante do Front Populaire[64], pacifista, é quem redige o famoso discurso de Pétain, datado de 25 de junho de 1940, no qual se encontra essa terrível frase. Escrita por um intelectual judeu, foi proferida por um ditador fascista, e os camponeses e aqueles que os defendem é que têm hoje de arcar com o opróbrio.

Quanto a mim, não diria que a terra não mente. Mas gostaria que fosse escutada a voz calma e pausada de alguns camponeses de hoje, que recusam tanto a brutal austeridade de *Farrebique*, sua violência selvagem, sua rudeza e rugosidade, seu perpétuo vale de lágrimas, quanto o niilismo de *Biquefarre*, a servidão dos camponeses em relação aos banqueiros, sua submissão aos vendedores de material agrícola, sua subordinação aos vendedores de pesticidas, sua obediência aos corretores de grãos.

---

64 Coalisão de partidos de esquerda que governou a França de 1936 a 1938. (N. T.)

A solução? Um Virgílio que tivesse lido Débord. Em outras palavras: um pensamento da natureza que soubesse o que fez o século XX para desnaturar a natureza, industrializá-la, destruí-la, submetê-la segundo os princípios do velho fantasma judaico-cristão e cartesiano. A relação com o cosmos foi rompida; o antigo cosmos deixou de existir; precisa ser apreendido de outra forma, menos mágica, menos mítica, menos legendária, mais científica. Aquilo que o camponês outrora sabia de modo empírico, quem aspira à sabedoria deve hoje conhecer de maneira filosófica – ou, em outras palavras, ao modo de quem ama a sabedoria. Para tanto, é preciso redescobrir a antiga via pagã do céu, esvaziar os céus da miscelânea judaico-cristã, fazer-se companheiro dos antigos camponeses e dos marinheiros de outrora, que interrogavam o céu e dele obtinham respostas. O astrofísico abre as portas do infinito, que ele traz para a terra para quem souber entendê-lo.

# 5
## UM EPICURISMO TRANSCENDENTAL

A filosofia antiga serviu de antídoto para a minha educação judaico-
-cristã. Eu tinha sido intelectual, espiritual, ontologicamente
formatado pelo catolicismo romano e custava a conceber, aos dezessete
anos, que se pudesse ser moral sem ser cristão. Eu já entendera desde
muito tempo, é claro, que ser cristão não implicava necessariamente ser
moral: isso os exemplos de padres vingativos, molestadores de meninos,
sádicos, perversos, me mostraram desde cedo. As fúrias do pároco de
província de minha aldeia natal, a brutalidade e a pedofilia dos salesia-
nos que tive de aturar num orfanato dos dez aos catorze anos, quando
não os comportamentos imorais das personalidades locais do burgo de
minha infância, que iam à missa aos domingos, tudo isso fez que eu des-
cobrisse desde muito cedo, empiricamente, que era grande a distância
entre se dizer cristão e sê-lo de fato.

Dessa época, provavelmente, é que data a minha desconfiança em
relação às palavras (embora esta ainda fosse crescer muito mais...) e
minha decisão de julgar com base em atos e atitudes. Por esse critério
extremamente simples, muitos bem-falantes, retóricos, sofistas, ver-
borrágicos, demagogos, oradores, caem por terra imediatamente. Em
compensação, muitas pessoas modestas, discretas, caladas, taciturnas
demonstram ser heróis da vida cotidiana, pois, sem alarde, fazem o bem
ao seu redor. A santidade laica existe, eu a conheci.

A arte de dispensar e esconjurar a história geral e a história particular
– isto é, a história e a biografia – que prevalece na instituição filosófica
é, acima de tudo, uma artimanha de guerra para preservar a onipotência
do Verbo, exigindo que ele não seja esclarecido pela prática – prática, na

maioria das vezes, contraditória. Todos os filósofos que proclamaram em alto e bom som o seu desprezo pelo *miserável montinho de segredos*[65] (Malraux, que foi um grande mitômano, Cioran, pró-nazista na juventude, Heidegger, arauto do nacional-socialismo) tinham, pessoalmente, todo interesse em que não se fosse fuçar na sua biografia. Com seu passado depondo contra eles, tinham um bom e trivial motivo para desconsiderar com menosprezo qualquer desconstrução existencial que associasse a vida e a obra, o homem e o pensador, a teoria escrita e a prática efetiva.

O amor à primeira vista que me fez ver que é possível ser moral sem ser cristão foi o curso de meu velho mestre, Lucien Jerphagnon, que expôs epicamente o epicurismo romano de Lucrécio. Descobri *Da natureza das coisas* como um sustento existencial com base no qual eu podia organizar minha vida, procurando construí-la reta, honrando os valores romanos da amizade, do civismo, da retidão, da palavra dada, da tensão moral. Além disso – descoberta da rotundidade da terra, mas eu tinha dezessete anos e se é muito sério aos dezessete anos –, compreendi que um pensamento pré-cristão (na época de Lucrécio, a ficção ainda está em remota gestação) oferece um precioso minério para uma filosofia pós-cristã.

Gostei daquilo que trazia uma resposta para a urgência existencial do meu momento: a solução para o problema da minha morte. A ideia simples, breve, eficaz, terrivelmente eficaz, de que, se estou aqui, a morte não está, e se ela está, eu já não estou, convenceu-me imediatamente de que, realmente, a morte de fato não era o mesmo que a ideia da morte, que a primeira é menos presente ao longo de uma vida (pois pode ser breve, imediata, inconsciente, súbita) do que a segunda (que pode infernizá-lo com angústia, medo, preocupação, pavor) e que, enquanto não chega esse dia, que não deixará de vir, mas não é absolutamente imediato, é preciso viver, e a verdadeira certeza não é a existência de uma vida após a morte, e sim a de uma vida antes da morte da qual há que fazer o melhor uso possível.

Donde o hedonismo epicurista. O epicurismo romano de Lucrécio, sua versão campaniense, sua verdade tardia em Filodemo de Gádara

---

65 Referência à célebre expressão de André Malraux, em seu romance *Les noyers de l'Altenburg* (As nogueiras de Altenburg), 1943: "No essencial, o homem é aquilo que esconde: um miserável montinho de segredos" (*"Pour l'essentiel, l'homme est ce qu'il cache: un misérable petit tas de secrets"*). (N. T.)

ou Diógenes de Enoanda, conferem outro tom ao epicurismo grego de Epicuro. Nietzsche está certo ao afirmar que cada qual tem a filosofia de sua própria pessoa – a de Epicuro foi o pensamento de um homem enfermo, frágil, de corpo debilitado, atormentado por cálculos renais extremamente dolorosos numa época que tudo ignorava quanto a uma sedação eficaz. Daí seu hedonismo ser ascético, austero, mínimo, e se definir, basicamente, pela ausência de dor. A recusa de satisfazer todos os desejos, com exceção dos da fome e da sede, e então transformar essa satisfação em paz do corpo e, logo, da alma, a ataraxia, é isso que assimila o hedonismo de Epicuro a uma sabedoria de renunciante.

O epicurismo romano de Lucrécio, em compensação, vira as costas para seu modelo grego. Nada sabemos da biografia do filósofo romano – mal se pode afirmar com alguma certeza que pertencia à classe dos cavaleiros no primeiro século da era comum. Da obra, porém, pode-se deduzir um corpo dotado de excelente saúde. Lucrécio não quer definir a ataraxia exclusivamente como satisfação dos desejos naturais e necessários. Quer que todo desejo seja satisfeito, desde que não ao preço de um desprazer que custe mais caro do que renunciar a ele.

Enquanto Epicuro pensa que fome e sede se aplacam com água e um naco de pão, Lucrécio não exclui aquilo que constituía o cardápio básico dos epicuristas de Herculano, de que foi descoberta a Vila decorada com edificantes obras de arte filosófica: as sardinhas pescadas no Mediterrâneo, o azeite de oliva produzido com os frutos do jardim, os peixes marinados com os frutos dos limoeiros do pomar, a manteiga, o leite, a nata e os ovos dos animais da fazenda, a carne de cordeiro assada com os sarmentos do mesmo vinhedo de que se bebe o vinho fresco, o pão feito com o trigo das lavouras vizinhas. O epicurismo romano, mais pragmático, mais empírico, mais vivo do que o epicurismo grego, foi, para o jovem que eu era, um sol mediterrâneo ontológico.

O modelo grego do fundador proíbe a sexualidade: para Epicuro, a libido se inscreve na lógica dos desejos naturais, comuns aos homens e aos animais, porém não necessários. Não necessários porque não os satisfazer não impede a vida de ser nem impede o ser de perseverar em seu ser. Percebe-se uma defesa *pro domo* em Epicuro, cuja vitalidade sexual não devia ser mais vigorosa do que sua vitalidade não sexual.

Quando se tem dezessete anos e não se tem o corpo e a saúde frágeis de Epicuro, Lucrécio parece bem mais adequado!

*Da natureza das coisas* não proíbe a sexualidade, a não ser que sua prática resulte em incômodos passíveis de perturbar a sabedoria do sábio. Não há em Lucrécio, portanto, uma postura deontológica (tão característica da filosofia grega), e sim uma afirmação consequencialista (um traço de caráter do pensamento romano): se o desejo sexual perturba a alma, há que dar satisfação aos desejos; se esse gozo se paga com um desprazer, há que renunciar a ele; se, pelo contrário, a perturbação do desejo se resolve com o prazer, então há que simplesmente dar livre curso ao desejo. Afirma Lucrécio que cada qual tem a sexualidade de sua própria pessoa, que esta não é boa nem ruim, que seu exercício não deve causar incômodos passíveis de impedir o filósofo de exercer sua disciplina. O filósofo romano pensa, para o homem concreto, uma vida concreta, com uma sexualidade concreta, enquanto a santidade grega de Epicuro coloca a ética em patamares inatingíveis para o sábio que não renuncie ao mundo para se tornar verdadeiramente – um ectoplasma.

O que eu não percebi na época em que li Lucrécio pela primeira vez foi o papel filosófico consolador que ele traz para a ciência. Isso, só hoje eu compreendo. Os epicuristas não tinham a menor preocupação com saber inútil para levar uma vida filosófica. Não há entre eles o menor pendor para vãs especulações, para o teorético puro, a retórica intelectual, o especulativo desencarnado: eles pensam para produzir resultados de vida feliz. A ciência não foge a essa lógica: a teoria dos átomos, a física, os saberes ensinados nas cartas a Pítocles e Heródoto, não têm outro objetivo senão aplacar os receios, volatilizar as angústias, pulverizar os medos.

Assim, enquanto descobria Epicuro, lamentei que só tivessem chegado três cartas até nós, das quais somente uma é dedicada à ética. Como a universidade sempre ensina apenas a história da filosofia, e nunca a história da história da filosofia, ninguém dizia que essa rarefação da obra completa de Epicuro (o qual, segundo Diógenes Laércio, escreveu mais de trezentos livros) se devia à fúria judaico-cristã, que decretara ser inexistente o materialismo antigo. Unindo o gesto à palavra, os cristãos conseguiram aquilo com que sonhara Platão: uma grande

## Um epicurismo transcendental

fogueira metafórica das obras incompatíveis com as ficções idealistas, espiritualistas e religiosas. Degolaram-se centenas de milhares de ovelhas para curtir peles nas quais se registraram os textos da seita cristã convertida em religião, e o pensamento atomista foi raspado dos couros, convertidos em palimpsestos para uma pletora de Evangelhos, e depois apagado, negligenciado, vilipendiado, esquecido, insultado, caricaturado, menosprezado. Três pobres cartas de Epicuro sobreviveram a esse bárbaro massacre dos partidários do amor ao próximo.

Essas três cartas, por sorte, eram resumos da obra completa destinados aos seus discípulos. Um compêndio denso e claro daquilo que era necessário gravar e ensinar para praticar o epicurismo. As *Cartas a Heródoto* e *a Pítocles* me deixavam impaciente: para que tantas considerações sobre os sons, os corpos, o vazio, as combinações, os simulacros, a percepção, a visão, os fenômenos celestes? E essas afirmações de que "nada nasce do não ser", de que "o todo é infinito", as que nos ensinam a eternidade do movimento e outras considerações miúdas sobre a forma dos mundos, a forma do universo "recortada no infinito", a infinidade dos mundos, a verdadeira natureza dos eclipses, dos meteoros, dos movimentos e luzes dos astros, a variação de comprimento dos dias e das noites, a meteorologia, o relâmpago, o trovão, os raios, os ciclones, os tornados, os terremotos, o granizo, a neve, a geada, o gelo, o arco-íris, o halo em volta da lua, os cometas, os astros que giram parados sobre si mesmos, os que vagam no espaço, as estrelas cadentes?

Impaciente, eu queria, aqui e agora, receitas existenciais, sabedorias práticas e praticáveis, técnicas de vida, exercícios espirituais concretos. Não percebia que uma leitura mais atenta de Epicuro teria dissipado minha primeira reação: a física materialista prepara para uma ontologia concreta, proíbe as inépcias de uma metafísica fora da física ou, em outras palavras, de uma religião que esconde seu nome e nos fala em Essências, Conceitos, Ideias para melhor nos encaminhar, reencaminhar ou conduzir para Deus e para os mundos de servidão que ele legitima, explica, desculpa e justifica.

Epicuro escreve que o conhecimento científico dispensa a adesão a crenças irracionais. Fazer avançar o conhecimento é contribuir para o recuo das ignorâncias com as quais se compõem as lendas, as ficções, as fábulas de que se alimentam as religiões. Se sabemos que no céu existe apenas matéria, átomos combinados de múltiplas formas, se descobrimos que os deuses são materiais e que, desprovidos de perturbações, vivenciando a ataraxia, servem como modelo de sabedoria prática, então esvaziamos o céu dos deuses da fé e da teologia, deixamos de nos submeter a falsas potências investidas de falsos poderes sobre os homens.

A ciência digna deste nome solapa a religião entendida como superstição – ou, em outras palavras, como crença em falsos deuses. Os únicos autênticos deuses são materiais, e sua divindade reside em sua constituição sutil e suas disposições singulares. Na *Carta a Pítocles*, depois de dissertar sobre o relâmpago e seus impactos, outrora tidos como sagrados porque indicados pelos deuses para enviar uma mensagem aos humanos, Epicuro oferece a sua versão. O filósofo atomista recorre a explicações materiais e materialistas: ajuntamento de ventos turbilhonantes, abrasamentos, a ruptura de parte de sua massa, sua queda violenta, a densidade e a compressão das nuvens, a dinâmica do fogo, a interação entre os movimentos celestes e a geologia das montanhas. E conclui assim sua análise concreta de fenômenos concretos: "Que somente o mito seja excluído!".

"Que somente o mito seja excluído!" – é esse o imperativo categórico daquilo que eu chamo de *epicurismo transcendental*. Não sou, habitualmente, partidário do transcendental, por ser este um termo que serve, não raro, de tapa-sexo ontológico para algo sagrado, divino, imaterial, religioso! Mantenho, desse termo, a acepção dada pelo dicionário: "que se baseia, ou tem a pretensão de se basear, em dados superiores às impressões sensíveis e à observação". Em outras palavras: existiu um epicurismo histórico, datado, inscrito em períodos passíveis de datação, com filósofos, obras, nomes e livros. Os discípulos de Epicuro fundam o termo e o sentido.

Partamos da diversidade dos epicurismos, aqueles dos contemporâneos do fundador, ou de outros, mais tardios, como o de Diógenes de Enoanda, por exemplo, ou seja, do século IV-III a.C. até o século III d.C. Constatemos que existiu mais de meio milênio de filosofia epicurista, na Grécia, em Roma ou em Herculano, na Ásia Menor. Alguns foram contemporâneos da cidade ateniense em decadência, e os outros, do Império Romano conquistador. Concluamos que, no que pesem as diferenças,

## Um epicurismo transcendental

existe uma poderosa linha de força constitutiva do epicurismo, uma energia que irá alimentar subterraneamente, aliás, as correntes de resistência intelectual ao cristianismo.

Chamo de epicurismo transcendental essa força que se cristaliza em torno de um determinado número de teses intempestivas e inatuais: o mundo é conhecível; o conhecimento é arquitetônica da felicidade; a felicidade implica alforriar-se de todas as mitologias; as mitologias têm por único antídoto o materialismo monista; o materialismo monista combate as religiões; as religiões vivem de ideal ascético; o ideal ascético convida a morrer em vida para o mundo; morrer em vida para o mundo é pior do que morrer de verdade um dia; morrer de verdade um dia é algo que se prepara; tal preparação pressupõe a filosofia – a qual é verdadeiro conhecimento do mundo verdadeiro e recusa das fábulas e ficções. *Da capo.*

Esse epicurismo transcendental pressupõe atualmente que a filosofia, tantas vezes perdida no culto do Verbo puro, reate com a tradição epicurista do apreço pela ciência. Ela, sem dúvida, tornou-se complexa, especializada, fragmentada, de difícil compreensão para um não especialista. Foi-se a época em que, como Descartes, um homem podia ser um filósofo genial que inscrevia seu nome na história da ciência. Mas a impossibilidade de saber tudo sobre a ciência de nosso tempo não nos impede de saber o suficiente para deixar de dizer bobagens sobre o mundo em geral ou sobre um assunto em particular.

Muitas considerações de filósofos contemporâneos acerca da bioética, do aquecimento global, da engenharia genética, do gás de xisto, da transgênese, dos organismos modificados, da patenteabilidade do ser vivo, da biodiversidade, da clonagem, do efeito estufa, da energia nuclear se aproximam muitas vezes do discurso deontológico que mais recorre à *heurística do medo* cara a Hans Jonas do que à sã razão. A retórica catastrofista que torna possível um discurso desconectado da ciência é, não raro, alimentada pelo pensamento mágico. A ignorância daquilo que a ciência permite autoriza um delírio teórico que pensa mais em termos de ficção científica do que de ciência sem ficção.

Materialistas e atomistas, Demócrito e Epicuro pensavam a partir das informações fornecidas por sua inteligência empírica. O raio de luz em que dançam as partículas suspensas dá o impulso intuitivo para uma física concreta que redunda numa ética despreocupada com Deus e com as divindades. Um epicurismo transcendental requer o uso das informações que a ciência possa oferecer para nos evitar o puro e simples delírio. Nessa configuração de um epicurismo intempestivo e inatual, o transcendental demonstra ser um remédio para a transcendência.

Busquemos na astrofísica subsídios para uma ontologia passível de ilustrar o que poderia ser esse epicurismo transcendental – com vistas a uma ética ataráxica. Descobriremos que as intuições atomistas de 25 séculos atrás são globalmente corroboradas pelas recentes descobertas científicas nessa matéria – ao passo que, em 2 mil anos, a ciência jamais confirmou uma única hipótese cristã e invalidou, inclusive, todas elas; a geologia desclassifica a tese cristã da idade do mundo; a astronomia, a do geocentrismo; a psicologia, a do livre-arbítrio; o naturalismo darwiniano, a da origem divina do homem; a astrofísica, a da origem criacionista do mundo etc.

Em compensação, a ciência contemporânea valida diversas intuições epicuristas: o monismo da matéria; a criação reduzida a uma combinação material pura e simples; a eternidade da matéria, a temporalidade de suas combinações; a inexistência do nada, numa configuração em que nada se cria do nada e nada desaparece em lugar nenhum; a dinâmica alternativa da decomposição e da recomposição; o átomo enquanto elemento primordial, presente em tudo que existe; a infinitude do universo e, portanto, do espaço; a existência de uma pluralidade de mundos; o caráter perecível de nosso universo, que surgiu, que é, e há de desaparecer; a disposição do cosmos segundo uma ordem redutível a uma fórmula matemática e a leis da natureza – tudo isso sem Deus criador.

Eis o que sabemos do cosmos, tal como explicado por Jean-Pierre Luminet, cuja hipótese de um universo amarrotado me atrai. Jean-Pierre Luminet é um astrofísico, sem dúvida, mas é também um melômano, músico, poeta, escritor, romancista, desenhista, ao que ainda devemos acrescentar pedagogo, conferencista, professor, pesquisador. Ele lembra esses homens do Renascimento, nem um pouco impressionados com o universal, que transitam por todos os mundos intelectuais com ares de

## Um epicurismo transcendental

quem não quer nada enquanto desnudam tudo aquilo que é. Jean-Pierre Luminet situa-se no mesmo nível dos grandes – Galileu, Kepler, Newton, Einstein –, mas nossa época não gosta dos seus gênios.

Jean-Pierre Luminet cita os filósofos, sem dúvida, conhece bem a filosofia da ciência e se move exitosamente em todos os mundos: do pensamento cosmológico poético dos pré-socráticos até a mais dura física dos pesquisadores contemporâneos, passando pelos clássicos, de Platão a Leibniz, de Nicolas de Cues a Giordano Bruno, de Copérnico a Tycho Brahe, de Einstein a Riemann, de Gauss a Lobatchevski, mas manifesta um carinho especial pelos atomistas abderitas, por Demócrito, Epicuro, Lucrécio, e suas geniais intuições.

Em matéria de astronomia, os trinta últimos anos trouxeram maior contribuição do que os últimos três milênios – graças à especialização dos instrumentos de observação e ao advento de novos conceitos. Donde o espanto ao constatar que a ponta mais avançada das descobertas coincide com as hipóteses empíricas dos materialistas, os quais, contemplando o bailar da poeira num raio de luz, edificaram um mundo, um universo, uma cosmologia e uma ontologia que ainda são atuais quanto aos seus fundamentos.

Enquanto o filósofo deduz a natureza do real a partir de uns poucos grãos de poeira, o astrofísico esclarece melhor as coisas. Na origem, o universo é um composto de gás e poeira flutuando entre o espaço vazio e as estrelas. Ainda não existe sol. Nessa nebulosa se encontra a totalidade dos átomos descobertos pelos materialistas: aquilo que constitui os planetas do sistema solar, a Terra e tudo o que há na Terra, os corpos humanos, o meu, que escreve este livro, o seu, que o está lendo, tudo o que se encontra diante dos seus olhos enquanto está lendo e quando erguê-los dessas páginas, tudo isso é um composto de átomos pairando na nebulosa que nos gerou. Não há melhor maneira de dizer a verdade monista daquilo que é: da pulga aos planetas, da lula gigante no fundo do mar às estrelas, do ácaro apreciado pelos filósofos para suas demonstrações a Darwin que explica as leis da evolução do reino animal, do fio de capim à galáxia, tudo provém dessa nebulosa protoestelar solicitada pela explosão de uma supernova, uma estrela muito graúda cuja onda de choque chacoalha o equilíbrio da nebulosa, a qual desmorona sobre si mesma e suscita reações em cadeia que dão origem ao sol – essa luz que alimenta a vida do planeta Terra.

A massa de gás gira sobre si mesma, se contrai, a rotação se acelera, a nuvem se achata e assume a forma de um disco que torna possível a acreção, ou, em outras palavras, a aglomeração de pequenos corpos para compor um maior até que, a partir de ínfimas poeiras, surjam os planetas, entre os quais a Terra, e depois o homem... Os efeitos da gravidade afetam esse movimento de desmoronamento da estrela sobre si mesma. Tais movimentos de acreção se multiplicam por milhões de anos.

Não parece até uma formulação científica, física, astrofísica, disso que os epicuristas denominam clinâmen? Quando Lucrécio explica que tudo é atômico e constituído por átomos a fim de explicar que passamos de uma quantidade de átomos desabando no vazio para corpos compostos, ele recorre a essa hipótese científica que revela ser uma excelente intuição científica: o postulado poético do clinâmen, a declividade de um átomo que se encontra com outro, que vai assim tornar possíveis as agregações daquilo que é – esse postulado poético se torna formulação científica, afinada pela pena dos astrofísicos.

O Sol que torna possível a vida na Terra tem, portanto, uma data de nascimento: antes dele, o universo era; depois dele, o universo será. Quando ele advém ao ser, o universo já tem 9 bilhões de anos; seu tempo está contado, ele ainda há de durar mais 5 bilhões de anos. Antes dele, o homem é uma potencialidade sem consciência para pensá-la; depois dele, o homem já não será sequer uma lembrança, uma vez que não haverá nenhuma consciência para conservar sua memória. O homem terá sido um mero incidente dentro de uma imensa conflagração atômica. Ocorre que esse incidente acha que é tudo e o centro de tudo, quando na verdade está imerso dentro daquilo que é, tanto quanto as pedras e as geleiras, os vulcões e as tempestades, os para-hélios e os arco-íris.

Atendo-nos local e modestamente ao nosso universo, Jean-Pierre Luminet afirma que ele é finito, mas sem limites, e cria assim um oximoro, uma vez que o fim pressupõe o limite, o limite pressupõe um fim, e que não há como ser finito e sem limites. Isso num espaço euclidiano em três dimensões, evidentemente, já que nesta configuração nossos hábitos conceptuais e mentais nos restringem a um determinado tipo de representação. Mas, num espaço não euclidiano, o oximoro desaparece em prol de uma nova figura mental que nos permite, por exemplo, se estivermos dentro de um cubo, sair pelo teto ou entrar pelo piso.

Essa mudança de paradigma espacial permite resolver vários problemas, inclusive o da forma do universo. Jean-Pierre Luminet o chama de amarrotado. Ou, em outras palavras, bem menor do que se imagina e refratado por um dispositivo que faz que o consideremos maior do que é. O real, ou pelo menos o que nos aparece como tal, demonstra ser uma imensa combinação de ficções, nesse caso ilusões de óptica, miragens topológicas, fantasmas. Lucrécio defendia a existência de um universo infinito porque se perguntava o que aconteceria com um dardo lançado em direção ao finito quando atingisse os limites do universo: iria parar e se imobilizar? Partir-se contra muros potenciais? E atrás desses muros de um mundo finito, o que haveria? E como denominar aquilo que não pode deixar de haver para além do limite do finito? A geometria não euclidiana permite resolver o problema: o dardo de Lucrécio, lançado em direção ao infinito, seguiria infinitamente por esse universo finito, mas sem limites: perpétuo movimento, eternidade através dos astros.

Explica Jean-Pierre Luminet que aquilo que se vê na observação nos engana: tempos diferentes nos parecem semelhantes. O brilho fóssil do universo faz que todas as informações que temos sobre ele sejam dadas pela luz que chega aos nossos olhos deformada pelas forças que estruturam o universo. A luz só se desloca porque é afetada pela gravitação. De modo que a linha reta, nesse caso, não é o caminho mais curto. A gravitação abre abismos de forças que desviam o curso da luz e a levam a escrever singulares partituras: múltiplas luzes, emitidas em tempos escalonados ao longo de milhões de anos, chegam até nós no tempo do observador, que realiza um nivelamento: a multiplicidade dos tempos luminosos se funde na unicidade de um tempo de observação. De modo que os tomamos por diversas coisas que, às vezes, são semelhantes, uma vez que são vistas em diferentes estados – como se tomássemos por indivíduos distintos personagens de que víssemos 10 mil fotos retratando desde sua concepção até sua morte. Essas miragens gravitacionais mostram que a vastidão, sem ser menos vasta, não o é tanto como se poderia pensar ao vê-la.

Jean-Pierre Luminet dá o exemplo de um volume cujo interior estivesse revestido de espelhos a refletirem uma única vela: veríamos todas as chamas permitidas pela refração, embora se tratasse de uma única vela, replicada tantas vezes quanto fosse o número de espelhos. O espaço real revela ser bem menor do que o espaço observado. Esse universo é amarrotado: uma espécie de jogo de espelhos amplia uma pequena representação. Nosso universo é um teatro barroco.

Esse mundo é pequeno, mas existem múltiplos mundos – a astrofísica fala em multiversos. Nosso universo teria se desprendido do vazio quântico, obedecendo ao seu próprio relógio temporal e à sua geometria espacial singular, ao passo que o multiverso existiria fora do tempo e do espaço, agregando universos em incessante formação junto com seus tempos e espaços, totalmente inéditos e absolutamente inconcebíveis para um cérebro formatado em nosso espaço-tempo.

Os epicuristas acreditavam em mundos múltiplos e em deuses de matéria habitando os intermúndios. Totalmente desprovidos de forma humana, de sentimentos humanos, esses átomos sutis encarnariam um modelo de ataraxia que Epicuro convidava a imitar: a ataraxia do sábio tinha por modelo, portanto, os deuses do intermúndio. Os deuses não eram, portanto, ciumentos, coléricos, invejosos ou enraivecidos, não eram antropomórficos nem na forma, nem no fundo, eram apenas formas ideais passíveis de serem ativadas enquanto modelos de sabedoria – reduzida ao puro prazer de existir.

Ocorre que esses intermúndios são validados pela astrofísica: trata-se dos buracos negros, que se definem como uma força com tamanha gravidade que absorve tudo que passa ao seu alcance, ingere e digere a luz, a matéria. Neles, o tempo é dilatado, a matéria é decomposta e absorvida, os raios luminosos são desviados. A fronteira que delimita o buraco negro é denominada "horizonte de eventos", por ser impossível observar qualquer coisa além dela. Já não existe interior e exterior, não existe espaço e tempo, tudo se inverte. Próximo a esse horizonte, o espaço vira do avesso, feito uma luva. Ele é deformação do espaço-tempo.

Há quem afirme que o fundo do buraco negro em rotação não é tampado e que nele se encontram "buracos de minhoca", espécies de túneis que fazem a comunicação com outros universos. Fala-se igualmente em "fontes brancas", as quais seriam o inverso dos buracos negros e, em vez de absorver, fariam jorrar a matéria tragada por eles. O *big bang* seria então uma imensa fonte branca, quem sabe conectada a outro universo, o qual teria derramado parte de sua matéria em nosso próprio universo. Isso é o que sabemos no momento.

Os átomos epicurianos, aparentados à nebulosa protoestelar, o clínâmen enquanto intuição poética do fenômeno astrofísico da acreção, o dardo de Lucrécio lançado em direção ao infinito e cuja trajetória é traçada pela astrofísica de Jean-Pierre Luminet, a pluralidade dos mundos epicurianos validada pelos multiversos dos descobridores – são provas de que um epicurismo transcendental contemporâneo é possível, se não pensável, e de que a física, a astrofísica neste caso, demonstra ser propedêutica a uma ética.

A toda evidência, percebe-se que o ceuzinho judaico-cristão, repleto de badulaques angélicos, ficções paradisíacas de corpos gloriosos, é desclassificado, superado, pelas hipóteses da ciência astrofísica. Essa área do conhecimento assume sua própria modéstia: quase nada se sabe acerca do universo e do cosmos. Mas o que principiamos a saber nos obriga a rever nossas concepções de liberdade, de livre-arbítrio, de escolha, de vontade, de responsabilidade. Somos frutos da natureza, algo que parece ser um ponto pacífico para todo sujeito acessível à razão.

Mas somos também frutos do cosmos, uma evidência bem menos compartilhada pelo comum dos mortais, que com frequência desconhece as descobertas da mais recente astrofísica. As últimas pesquisas sobre o bóson de Higgs, finalmente apreendido, deveriam obrigar os últimos teólogos a depor as armas e a pensar numa reciclagem em ontologia, desde que materialista. A miscelânea celeste judaico-cristã, mesmo que não se acredite mais nela ao pé da letra, deixou suas marcas na alma formatada por mais de mil anos de ideologia.

O pensamento mágico ainda existe em milhões de cérebros humanos: dos criacionistas aos xamãs do *new age*; dos neobudistas aos teístas muçulmanos; dos monoteístas sob medida das megalópoles planetárias ao espiritismo; da antroposofia dos partidários da agricultura biodinâmica, devotos das criaturas espirituais, aos xintoístas que invocam os deuses da grama antes de cortá-la; dos partidários de múltiplas seitas que, como a de Rael, acreditam que somente os clonados serão salvos e aceitos na nave espacial que irá assegurar a redenção, aos partidários do vodu, da santeria e outros cultos afro-americanos, não faltam partidários do sobrenatural reciclado em religioso e em religião.

Uma ontologia materialista se esteia nesse epicurismo transcendental, o qual vem lembrar o vínculo existente entre o homem e a natureza, sem dúvida, mas também entre o homem e o pouco que sabemos sobre o cosmos. Comecemos por uma aptidão ao espetáculo dessa imensidão que pressupõe o sublime: o sublime é a via de acesso materialista, atomista, ateia, ao sentimento oceânico que devolve o corpo à configuração anterior à separação judaico-cristã. As lições oferecidas pelo sublime ativam no ser uma força esquecida, negligenciada, menosprezada, vilipendiada, perseguida pelos monoteísmos. Ir em busca dessa força e voltar a solicitá-la segundo a ordem das razões hedonistas abre caminho para uma ética pós-cristã na qual o epicurismo transcendental cumpre um papel não desprezível.

Parte V

# O SUBLIME
A experiência da vastidão

*Sublime*: numa família em que já na metade do mês falta dinheiro para comer, a arte não existe. Não há livro, música, concerto, cinema, teatro, exposição. A arte faz parte de outro mundo, o mundo dos outros, daqueles para quem a vida é doce, agradável, simpática, o mundo dos sortudos, de quem não se tem inveja e que podem dedicar sua existência ao fútil, ao acessório, ao irrisório, dos ricos, a ponto de poderem esbanjar milhões em obras que os pobres confundem com um monte de ferro velho, com desenho de criança, com mania de meninos retardados.

Lá em casa, Dalí era menos o pintor surrealista do que o bigodudo engraçado que aparecia em publicidades da televisão e clamava com dicção histérica: "Sou louco pelos chocolates Lanvin". A peça *Os persas*, de Ésquilo, exibida na televisão em 1966 na versão de Jean Prat, deixa meus pais na expectativa. Os vizinhos tinham nos dado um aparelho de presente quando trocaram o seu, e esse telefilme foi o primeiro programa de nossa primeira noite em frente à tevê. Meu pai comentou, lacônico: "Curioso..." – e não disse mais nada. Os retratos desestruturados de Picasso causam espanto, não se entende que sejam disputados a preço de ouro. Descadeirado, Elvis Presley canta segurando seu material sexual a mancheias, Johnny Hallyday rola no chão do palco, grita, massacra sua guitarra, seu público histérico e delirante quebra cadeiras. A arte é um mundo fora do mundo de meus pais – logo, do meu.

Descubro a arte na escola. Primeiro, ao aprender que a poesia existe. A poesia das escolas públicas do interior de então: René-Guy Cadou, Maurice Fombeure, Jacques Prévert, Maurice Carême, Paul Fort – uma poesia simples e bela, justa e eficaz, que ensina a ficar perto do mundo, a vê-lo de outro modo. Mas os professores nos ensinam também os clássicos, entre os quais Musset e sua *Ballade à la lune* [Balada para a lua] me tocam bem concretamente: esse poema é, antes de tudo, para mim, a lua sobre o campanário da minha aldeia – e nunca vejo a lua e o campanário à noite sem lembrar deste poema:

Era na noite morena,
Sobre o campanário amarelado,
A lua
Qual pingo no i.

Lua, que espírito sombrio
Traz pela ponta de um fio
No escuro
Tua face e teu perfil? [...]

Não serás mais que uma bola?
Uma aranha grande e bem gorda
Rolando
Sem patas nem braços? [...]

Será um verme a roer-te
Quando teu disco enegrecido
Se estica
Num crescente encolhido?

Quem vazou teu olho
Noites atrás? Tinhas
Esbarrado
Em alguma árvore pontuda? [...]

Venho ver ao entardecer
Acima do campanário amarelado
A lua
Qual pingo no i[66]

---

66 No original: "C'était dans la nuit brune, / Sur le clocher jauni, / La lune / Comme un point sur un i. / Lune, quel esprit sombre / Promène au bout du fil / Dans l'ombre / Ta face et ton profil? [...] / N'es-tu rien qu'une boule? / Qu'un grand faucheux bien gras / Qui roule / Sans pattes et sans bras [...] / Est-ce un ver qui te ronge, / Quand ton disque noirci / S'allonge / En croissant rétréci? / Qui t'avait éborgnée / L'autre nuit? T'étais-tu / Cognée / À quelque arbre pointu? [...] / Je viens voir à la brune / Sur le clocher jauni / La lune / Comme un point sur un i". (N. T.)

Não estou certo de que tenha entendido tudo, mas pelo menos aprendi que, com o real, com a lua e o campanário, podiam-se escrever coisas belas. Um caderno contendo minhas redações, recentemente encontrado, mostra que eu ansiava por esse lirismo que eu associava à poesia. Escrevia num estilo empolado, com um gosto imoderado pela língua e uma paixão pelas palavras rebuscadas. A cadência, os ritmos, o balanço, as aliterações me preparavam para, mais tarde, ouvir música e verdadeiramente vibrar. Teria gostado de aprender a tocar um instrumento, o que não foi possível dentro do meu contexto familiar. Hoje, escrevo como um músico iletrado que põe em sua prosa tudo aquilo que não pode pôr na música.

Na escuridão do quarto partilhado por meus pais, meu irmão e eu, meu pai às vezes declamava um poema de Victor Hugo aprendido na escola pública que cedo abandonara:

[...] Quero habitar sob a terra
Como em seu sepulcro um homem solitário;
Nada mais me verá, e eu não verei mais nada.
Fizeram, portanto, uma cova, e Caim disse: "Está bem!"
E então ele desceu sozinho sob a abóbada sombria.
Depois de sentado em sua cadeira no escuro
E que acima de sua fronte foi fechado o subterrâneo[67]

E então, após uma pausa, meu pai acrescentava em voz grave:

O olho estava dentro do túmulo e fitava Caim[68].

---

[67] No original: "[...] Je veux habiter sous la terre / Comme dans son sépulcre un homme solitaire; / Rien ne me verra plus, je ne verrai plus rien. / On fit donc une fosse, et Caïn dit "C'est bien!" / Puis il descendit seul sous cette voûte sombre. / Quand il se fut assis sur sa chaise dans l'ombre / Et qu'on eut sur son front fermé le souterrain". (N. T.)

[68] No original: "L'œil était dans la tombe et regardait Caïn". (N. T.)

Eu soube mais tarde que se tratava de *"La conscience"* ["A consciência"], um poema tirado de *A lenda dos séculos*. Ele também recitava uns alexandrinos famosos tirados do *Cid* de Corneille:

Partimos em quinhentos; mas graças a um pronto reforço
*Éramos* 3 mil ao chegarmos ao porto[69].

A escola ensinara esses versos a meu pai, e, no escuro sem calefação daquele quarto pequeno, ele nos transmitia o mistério da poesia e da literatura, a força formidável das palavras – foi um tesouro.

Anos mais tarde, numa Universidade Popular do Gosto que eu dedicara a George Sand, meu pai, na presença de alguns amigos especialistas na autora de *O charco do diabo*, que ele havia lido, mencionou um ditado de escola que narrava o enterro de um cavalo no pasto e, poder da natureza, a relva nascendo mais farta no ano seguinte. Não consegui encontrar essa referência até ser informado, num livro sobre cavalos enviado por Homéric, que se tratava de *Coco*, um texto de Maupassant.

Adoro Maupassant. Quando li os dois volumes que lhe dedica a Pléiade, escrevi algo que poderia compor um livrinho de contos – um manuscrito hoje perdido. Voltei novamente à Pléiade para ler esse texto breve e extremamente cruel, mas tão certeiro em relação à alma humana. Maupassant põe em cena um garoto de uns quinze anos de idade, não muito perspicaz, mau, escarnecido pelos vizinhos porque cuida de um velho cavalo branco, Coco, cuja dona deseja que morra de morte morrida, como se diz.

Em quatro páginas, Maupassant mostra o sadismo do menino: ele açoita o pobre animal com uma vara, obriga-o a andar sem parar para deixá-lo esgotado, atira-lhe pedras, prende-o a uma estaca reduzindo sua área de pastagem, e então não o muda mais de lugar, deixando-o definhar junto à estaca imóvel. O cavalo emagrece, se exaure, relincha para comover o garoto, estica a cabeça para a relva, mas, preso com rédea curta, não consegue alcançá-la. Zidore, é este o apelido do sádico, vem todo dia conferir o resultado de sua perversão. Após alguns dias

---

[69] No original: "Nous partîmes cinq cents; mais par un prompt renfort / Nous nous vîmes trois mille en arrivant au port". (N. T.)

## O sublime – A experiência da vastidão

submetido a esses maus-tratos, o cavalo se deita, fecha os olhos, adormece e morre. O garoto mau se senta sobre o cadáver do animal, deixa-o se decompor por alguns dias, aproveitando enquanto isso para não retornar à fazenda e perambular pelos campos. Avisa, finalmente, seu patrão, o qual não se comove, pede que se abra uma cova no local onde morreu Coco a fim de enterrá-lo. Maupassant assim conclui o conto: "E a relva nasceu farta, verdejante, vigorosa, nutrida pelo pobre corpo".

Essa lição pode ser lida como uma cruel mas certeira alegoria da condição humana: vir a essa terra para nela trabalhar, penar, sofrer, deparar com gente ruim, ser objeto de sua maldade, dar duro, envelhecer e terminar a vida maltratado por uns fracos que têm prazer em brutalizar quem é mais fraco do que eles. E acabar debaixo da terra até que nosso cadáver, reciclado pela natureza, venha permitir novas formas à vida. Tudo isso além do bem e do mal, na mais perfeita inocência, na ordem lógica dos ciclos da vida. Lição de ontologia materialista.

As letras, no sentido nobre do termo, faziam, portanto, parte da família quando falavam de vida: o cavalinho e o colegial, a tinta e o papel, a lua e o campanário, o remorso e o reforço, a crueldade dos homens e a inocência da natureza. A poesia me acompanhou ao longo de minha adolescência – a vida poética de Rimbaud e a melancolia de Baudelaire (meu primeiro volume da Pléiade comprado com meu primeiro salário da fábrica em que trabalhei nas férias de 1975), a loucura surrealista e a incandescência de Artaud, o hieratismo de Bonnefoy e a eficiência de Jouffroy, os poemas arrepiantes de Vian e os paraísos artificiais de Michaux. Mas o intelectualismo da poesia contemporânea, cada vez mais obscura, cada vez mais hermética, cada vez mais elitista, me levou para longe de suas praias.

O longo câncer de minha companheira, que acompanhei durante treze anos em todos os setores do hospital, nas consultas, nas quimioterapias, nos exames e nos seus resultados, no bloco cirúrgico, na emergência, nas radiografias, nas tomografias, nas consultas de rotina, me familiarizou com o haicai, uma forma breve possível de se ler nesses locais infernais. Em "A experiência poética do mundo" (capítulo 1), mostro o quanto essa tradição poética, libertada de seu espartilho pelo verso-livrismo, serve de antídoto para o devir hermético da poesia.

Os autores de haicai não são funcionários do verso nem intelectuais devotos do logos, e sim autores que, como Rimbaud ou Segalen, Walt Whitman ou Ezra Pound, viveram uma vida poética. Para eles, escrever é viver e vice-versa. O poema não é uma proeza cerebral, e sim o vestígio de uma experiência vivida que precisa de uma presença aguçada no mundo. Pressupõe uma busca das epifanias que o constituem, uma procura das pontas avançadas do mundo. Suas coletâneas não se distanciam do mundo – conduzem-nos a ele para dele nos trazer mais ricos. A escrita do haicai é um exercício espiritual similar ao dos filósofos da Antiguidade.

Durante muitos anos, exercitei-me na arte percorrendo os museus da Europa. A arte contemporânea veio mais tarde, depois de um tempo em que, ignorando tudo a seu respeito, eu falava bobagens sobre ela – sem ter tido, felizmente, tempo para escrevê-las. Foi durante uma visita guiada ao Centre d'Art Contemporain (CACP) de Bordeaux que me caiu a ficha. Percebi, ao longo da visita guiada, que eu não conhecia os códigos e não tinha como entender nada do que estava sendo exposto. Uma vez que se acede ao manual de instruções (necessário para toda obra de arte, de qualquer época), a arte contemporânea torna-se um continente extraordinário.

Mais tarde, depois de efetuar uma espécie de viagem iniciática por esse universo, frequentemente reservado a elites que não o compartilham, pode-se então julgar, escolher, gostar ou gostar menos. Fiz minha seleção: "A Santa Ceia da arte contemporânea" (capítulo 2) mostra o quanto essa arte é tributária do cristianismo, que é ampliação enfeitada de uma ficção histórica convertida numa realidade mítica mais legítima do que a realidade histórica. A religião cristã, inteiramente construída sobre o túmulo vazio de um corpo inexistente, lançou mão da arte para dar forma e força a essa ficção – pintura, mosaico, iluminura, narrativa, poesia, escultura, arquitetura, música etc. Uma larga parte da arte contemporânea se inscreve nessa linhagem – o *ready-made*, a arte conceitual, a arte minimalista, a arte corporal, o acionismo vienense, por exemplo.

Em "Estética do sentido da terra" (capítulo 3), proponho um esboço de uma espécie de contra-história dessa arte oficial enfeudada à episteme judaico-cristã. Arcimboldo e os arcimboldescos parecem dar início a essa outra linhagem com um panteísmo que não se esquece de nada daquilo que constitui a natureza – os elementos, as estações, as matérias. A natureza morta, tantas vezes vaidade filosófica dissociada da preocupação apologética, a paisagem que se emancipa do cenário para tornar-se um tema em si, abrem esse sulco, senão panteísta e pagão, ao menos alforriado da sujeição da arte ao religioso.

"O sublime da natureza" (capítulo 4) prossegue esse esboço da contra-história da arte com a *land art*, que reata com o xamanismo das origens pré-históricas. Essa arte rematerializa o mundo e compõe com ele. Assim como o haicai, ensina-nos a ver o mundo de outra maneira, a ocupar um lugar na natureza não como um ser separado dela, mas como um fragmento que desfruta de sua relação com o todo por meio de uma experimentação que conduz ao sublime, à beleza dos tempos de depois da morte do belo. Não me surpreende Caspar David Friedrich ter sido evocado como inspiração dos artistas, não raro norte-americanos, que trabalham na vastidão das paisagens do Novo Mundo.

Pode-se penetrar na natureza pela cultura, desde que esta se queira uma porta de entrada para ela. A *land art* oferece uma via de acesso àquilo que nos vincula ao mundo, enquanto muitas obras de arte nos afastam. Pela perspectiva de uma construção de si, a abordagem e contemplação dessas obras funcionam de maneira edificante. Opto antes pelos artistas que abrem portas para acedermos ao cerne do mundo do que por aqueles que as fecham e dão as costas ao mundo, preferindo antimundos ou contramundos alternativos puramente conceituais – variações sobre o tema do corpo ausente ou do corpo fictício.

Em seguida à poesia e à pintura, no sentido de um maior refinamento em direção ao sublime, temos a música – "Fazer chorar as pedras" (capítulo 5). A música é a arte do tempo por excelência. Permite, no tempo, a inclusão de outro tempo, o qual força o primeiro. É também uma arte de atuar sobre o espaço pela via dos simulacros – intuição epicuriana que demonstra ser acertada na era da mecânica quântica. Os simulacros agem sobre o corpo, penetrando-o e informando-o a ponto de alterar seus ritmos, ciclos, cadências, fôlego, circulação, respiração. A música dá tempo às forças e formas ao tempo. Pré-histórica, passava por instrumentos musicais confeccionados com fragmentos da natureza. Os sons produzidos tomavam lugar dentro dela, sem perturbá-la, mas para se inserirem na música do real e, às vezes, inflectir seu curso. Com ela, chegamos tão perto quanto possível da energia criadora, da qual ela nos oferece uma imagem sonora.

# 1
## A EXPERIÊNCIA POÉTICA DO MUNDO

O haicai atua como um antídoto para aquilo em que se converteu a poesia no Ocidente, por oferecer uma oportunidade de tirar a poesia do impasse em que ela hoje se encontra. Convertida na ponta mais avançada da derrelição do sentido, a poesia que prevalece na historiografia dominante multiplica as verbigerações gratuitas, supostas ousadias que seriam marcas da vanguarda. Prevalecem o oculto, o obscuro, o confuso, o delirante, o autismo e o solipsismo nisso que com tanta frequência se mostra no terreno poético.

O longo percurso que conduz o verso da epopeia lírica dos primórdios das civilizações destituídas de escrita às glossolalias que evidenciam o niilismo de nossa época coincide com o caminho que leva da força dos alvoreceres às desagregações contemporâneas de um judeo-cristianismo exaurido. Entre a *Epopeia de Gilgamesh* e as proclamações dadaístas do imediato pós-Primeira Guerra Mundial, o poema viveu uma formidável aventura que tem suas raízes no dilúvio de Atrahasis, 2500 anos antes da era comum, e vem se desmantelar no significante sem significado dos letristas.

Os homens, quando desconheciam a escrita, versificavam para conseguir rememorar a gesta e narrá-la corretamente aos ouvintes reunidos. O verso funcionava então como um recurso técnico-mnemônico, já que a escrita ainda não permitia a conservação do essencial. Um dia, essas coisas ditas se tornariam coisas escritas – daí as epopeias mesopotâmicas, suas versões gregas, depois latinas, sem esquecer os milhares de versos dos ciclos indianos, islandeses, germânicos, irlandeses arcaicos, que atravessaram os séculos antes de serem, um dia, registrados pelos escribas.

Mallarmé inaugura a era autista da poesia, faz do Verbo uma religião num momento em que a religião cai por terra. A morte de Deus coincide com o nascimento desse estranho culto do puro significado. O autor de *Um lance de dados jamais abolirá o acaso* reage aos parnasianos e opta por nunca apresentar as coisas diretamente: prefere a alusão, a alegoria, o símbolo, a metáfora, qualquer coisa, desde que se mantenha preservado o suposto mistério daquilo que é. Trata-se de *não dizer* para melhor sugerir. Essa arte poética elitista, aristocrática, essa lógica cenacular, abre caminho para a estética segundo a qual o olhador faz o quadro, e o leitor, o poema. Essa lógica conduz a um duplo impasse: a fuga do leitor não profissional desta disciplina e, consequentemente, o confisco da poesia por parte dos tecnólogos da semiologia. Eis por que Mallarmé goza de imenso prestígio entre os filósofos que adoram aumentar as fumaças semióticas, a obscuridade sintáxica, a confusão verbal.

O poema mallarmeano propõe, então, um enigma definitivamente selado. Ninguém detém a chave disso que dispensa o sentido em prol da musicalidade pura. Tal como uma frase musical de Debussy, que não significa nada, muitos poemas de Mallarmé não significam coisa alguma. A morte do significado vem acompanhada de um culto do significante ordenado segundo o critério do capricho eufônico. O verbo a que aspira Mallarmé dá adeus ao corpo, à sensualidade, à volúpia, à materialidade do mundo, e funciona como um conceito, uma ideia, um número face ao qual não há alternativa senão aquiescer religiosamente. Paul Valéry se lembrava de ter ouvido Mallarmé referir-se a "Formas temporais" – para em seguida lhe perguntar se não via nesse projeto um "ato de demência"...

Em *Um lance de dados*, o sentido importa menos do que o espaço em branco, a paginação, a tipografia, a escolha do papel, sua gramatura. Sabendo que para esse professor de inglês algazarrado[70] "o mundo existe para acabar num belo livro", temos de entender *belo* de modo muito prosaico e considerar que esse gesto inspirado é mais o de um bibliófilo do que o de um inventor de arte poética. Nem mil leituras desse texto fazem ceder seu sentido: de que serve escrever para não ser compreendido, senão para

---

[70] Tradução literal de *chahuté*. O verbo *chahuter*, com sentido de "fazer algazarra", é especialmente empregado no contexto escolar. Um professor *"chahuté"* é aquele que não se impõe em classe, sofrendo com a algazarra dos alunos. (N. T.)

produzir um ato passível de congregar discípulos passíveis de comungar num mesmo entusiasmo de seita? Assim é que se inicia uma religião.

É menos o mundo que se encontra no poema, portanto, do que o poema que se torna um mundo. Mesmo que, no século XX, Supervielle, Michaux, Ponge, Prévert, Cendrars, Jaccottet e mais alguns outros manifestem resistência a essa transformação do mundo em éter de palavras, em nevoeiro de puros significantes, a linhagem mallarmeana triunfa com frequência: Mallarmé, Tzara, Isou, um depois do outro, descontroem o poema de tipo rimbaudiano, o qual se converte em enigma impenetrável, em extravagância verbal, em rumorismo lúdico.

Assim, em *Para fazer um poema dadaísta*, em 1916, Tzara nos convida a recortar uma matéria no jornal, misturar os pedaços de papel dentro de um saco, sacudir os papeluchos, tirá-los, e agrupá-los seguindo a ordem aleatória em que aparecem. Promete então um poema que será parecido com seu autor. E conclui: "Isso faz de você um escritor infinitamente original e de uma sensibilidade cativante, embora incompreendida pelo vulgo". É sempre a mesma oposição entre a vanguarda esclarecida, que transforma a brincadeira em arte, e o vulgo, insensível aos experimentos de um punhado de jovens traumatizados pela carnificina de 1914 a 1918, e que aumentam o niilismo e mais se alinham a ele do que o combatem.

O surrealismo fornece uma genealogia filosófica a essa proposta com o *Primeiro manifesto surrealista*. A partir de 1924, o sonho, tal como pensado por Freud, e o inconsciente, tal como explicado pelo doutor vienense, contribuem para o surgimento de um novo discurso do método. A razão, a dedução, o princípio da não contradição, a lógica, a demonstração, a consciência, cedem lugar ao ocultismo, ao freudismo, ao espiritismo, à magia, ao esoterismo. Escrever sob ditado do inconsciente se torna a regra. O "cadáver esquisito" acaba com qualquer linha de sentido. Quando realizado por André Breton e alguns de seus amigos dotados de igual talento, o método até pode se revelar fecundo. Mas, quando serve para paliar a indigência do autor, produz frutos estragados. Não faltaram (e não faltam) êmulos, discípulos, epígonos, convencidos de que se deixar levar pela escrita é o quanto basta para compor uma obra poética. O inconsciente só produz incoativo: somente o esforço voluntário do sujeito dele pode extrair pepitas.

Isou conclui a desconstrução. Mallarmé convida a cultivar o obscuro; o dadaísmo, a celebrar o aleatório; Breton, a venerar o inconsciente; mas todos eles ao menos conservavam a palavra. Isou propõe sua abolição. Em 1945, tudo que resta é uma combinação de letras que produzem sons. A Primeira Guerra Mundial dá luz à morte do significado; e a Segunda, ao falecimento do significante. Assim, escreve Isou em 1947 no poema *Neiges* [Neves]: "Khneï Khneï thnacapata thnacapatha" – uma sequência que, segundo ensinam os teóricos do assunto – sem brincadeira –, evoca a neve caindo.

Os filhos de Mallarmé, as crias de Tzara, os rebentos de Breton, os descendentes de Isou, não falharam em produzir obras que se distanciavam do grande público – dos 2 milhões de pessoas que acompanharam o cortejo fúnebre de Victor Hugo. A poesia oficial, na França, virou um assunto para cenáculos, bibliófilos, seitas – ao passo que o gênero poético segue sendo o mais praticado pela população. Nunca foi tão grande o divórcio entre a elite (que não raro se afirmava revolucionária) e o povo, ao passo que em muitos países, como no Irã, a poesia permanece um gênero popular e exigente.

No Irã – ou no Japão. Pois o haicai, forma semimilenar, é no país do Sol Nascente uma instituição popular e exigente. Essas formas breves são muito apreciadas por um leitorado que não é nem intelectual, nem vanguardista, nem universitário, nem especialista, nem mandarim. São regularmente publicados em jornais de grandes tiragens, os escolares aprendem a compô-los, concursos são organizados, revistas muito lidas publicam alguns de grande qualidade, passeios (*ginkô*) são organizados no sentido de observar a natureza para perceber suas epifanias, reuniões (*kukai*) congregam os praticantes. A forma conquistou o planeta inteiro – prova disso é *O livro dos haicais,* de Kerouac.

Essas formas poéticas são independentes do Ocidente devido à sua geografia e sua história, sem dúvida, mas também, e sobretudo, à sua referência metafísica. O Ocidente foi formatado pelo judeo-cristianismo, o qual pressupõe a separação entre um criador e sua criatura, entre um sujeito que vem antes de qualquer coisa e os objetos que vêm depois desse sujeito, entre um primeiro motor imóvel e os movimentos, entre uma causa incausada e os efeitos de causa, entre um Deus e o seu mundo, no qual se encontra o homem.

A inteira filosofia ocidental que triunfa na historiografia dominante reproduz essa esquizofrenia dualista: a alma cristã, a substância pensante cartesiana, o númeno ou a coisa em si kantiana, o Conceito hegeliano, o inconsciente freudiano, o ontológico heideggeriano se opõem sucessivamente à carne, à substância extensa, ao fenômeno empírico, à matéria, ao plasma germinal, ao ôntico. O esquema original conota positivamente o divino e seus atributos, e negativamente o mundano e os seus.

Descartes inventa um sujeito autônomo, separado. A filosofia do pensador francês destrói tudo que poderia ser destruído a fim de descobrir aquilo sobre o que se poderia construir uma metafísica sem Deus. Descartes descobre o "Eu". A partir de então, as aventuras da subjetividade coincidem com as da consciência que olha o mundo, coloca-o a distância e impõe um olhar singular. O mundo e o homem se veem separados: da oposição entre Deus e seu universo decorre a oposição que separa o homem da natureza.

O pensamento que preexiste à escrita de um haicai não está sujeito a essa separação perniciosa: não há nenhum eu preexistente ao mundo, nenhum dualismo opondo um mundo celeste e um mundo terrestre, nenhum corte entre o si mesmo e a natureza. O mundo, a natureza, os pássaros, o rio, as flores, a Lua e o Sol, os peixes, as plantas, as florestas, as planícies, os cães, as luzes, as cores, as estações, as rãs, as crianças, os camundongos, as libélulas são apenas variações sobre um único e exclusivo tema: o cosmos. Os homens não estão separados dele, mas dentro dele. O cristianismo degradou o homem: o xintoísmo o respeitou.

Vimos que a derrocada de uma transcendência religiosa, na época de Mallarmé, coincide com o desejo de reinvestir alhures essa necessidade de transcendência, que fez da poesia o templo de uma nova religião – a da palavra, do verbo e do texto em si. Na lógica do haicai, a palavra não é um fim em si, mas um meio de alcançar algo mais e melhor do que ela: apreender uma das epifanias do mundo em sua ponta mais brilhante. A forma impõe a economia de palavras – na origem, três versos de cinco, sete e cinco sílabas. Obriga, portanto, a concentrar aquilo que ocorre num mínimo espaço físico.

A expansão lírica não tem lugar, portanto, nesse exercício de estilo que exige que se vá ao essencial. Quando Sumitaku Kenshin (1961-1987), durante uma longa agonia no hospital devido a uma leucemia, escreve:

Suspensas na noite
minha perfusão e
a lua branca.

está dizendo mais e melhor, ou pelo menos mais diretamente, do que Fritz Zorn (1944-1976), que, em *Marte*, descreve em detalhes o linfoma que acabaria por vencê-lo. Ao morrer, aos vinte e cinco anos, Kenshin deixa 281 haicais escritos nos seus últimos vinte meses de vida. Ele, que teve tempo de ser cozinheiro, sacerdote budista, marido, pai de família, produziu uma obra que concentra, num punhado de palavras, uma trajetória existencial que o Japão, mais tarde, transformaria em mito. Seu último haicai (o último haicai é de um autor denominado *jisei*):

Tão triste a noite
que alguém
se pôs a rir.

O haicai obriga a uma fenomenologia minimalista – o que no Ocidente é um oximoro, uma vez que a fenomenologia se resume, muitas vezes, à multiplicação florescente de descrições não raro acometidas de uma logorreia que tira seu fôlego, sua sintaxe e sua cadência da expressão alemã. A fenomenologia francesa (Sartre, Merleau-Ponty, Levinas, Henry, Janicaud, Marion etc.) desfia minuciosa e infindavelmente uma descrição pura que dilui o real, sufoca-o numa pletora de detalhes, de considerações adventícias que diluem a substância do mundo na massa aberta de um verbo tornado divindade.

Viver não é preciso onde existe a religião da escrita. Basta, multiplicando os textos, organizar um culto à divindade da linguagem. No século XX, o estruturalismo definiria o quadro formal dessa religião textual. A verdade do mundo estava menos no mundo do que no texto que explicava o mundo: a verdade da loucura estava mais, para Foucault, nos dossiês que a explicavam do que no corpo do louco; a verdade da pintura estava menos, para Derrida, na pintura em si do que no discurso de Cézanne sobre ela; a verdade da tribo ameríndia primitiva, cuja língua Lévi-Strauss não falava (ao que me confidenciou um dia Jean Malaurie...), devia ser menos buscada nos detalhes de sua vida cotidiana do que nas pretensas estruturas invisíveis herdadas de modo misterioso pelo processo filogenético, segundo o texto de Freud; a verdade de Sade e do sadismo não tinha nada a ver com a vida do marquês, uma vez que estava tudo no texto de sua obra e que a verdade do autor era aquela criada pelo leitor.

O autor de haicai não pode viver por procuração num mundo que ele precisa experimentar, sentir, provar, perceber, vivenciar para conseguir apreender suas pontas mais avançadas antes de fixá-las no papel com a maior economia expressiva. O som da rã pulando na água, nesse que talvez seja o haicai mais famoso de Bashô, só logrou ser apreendido em caracteres japoneses (*kanjis*) porque foi, *a priori*, entendido[71] – nos dois sentidos do termo. O famoso "ploc!" só diz alguma coisa para quem já ouviu um dia esse som característico. Foucault foi capaz de escrever uma *História da loucura* sem nunca ter estado com nenhum louco porque trabalhava nos arquivos que o protegiam do mundo; o haicaísta deve viver primeiro para, em seguida, escrever.

Na tradição poética ocidental dominante, o poeta é o demiurgo de seu mundo versificado; na lógica da escrita do haicai, a natureza impõe sua lei ao poeta. Existe no Japão um *Grande almanaque poético japonês*, em cinco volumes: ano-novo, primavera, verão, outono, inverno. Esse glossário reúne *as palavras de estação* que significam o momento do ano em que se está: o primeiro dia do ano, o segundo e o terceiro, o momento que se segue a esses três e quando se entra de fato no novo ano, a estação dos pinhos, a retirada dos enfeites de pinho ou bambu usados na decoração das festas de fim de ano, o tempo do bolo de arroz, o tempo dos anos, maiores ou menores conforme a lua, o tempo do clarão vermelho garança da lua, do primeiro alvorecer do ano, da luz nascente, o primeiro sol, o firmamento do primeiro dia, o primeiro dia

---

[71] No original: *entendu*. O verbo *entendre* em francês tem sentido de "ouvir" e "entender". (N. T.)

de bom tempo, os primeiros nevoeiros, os ventos novos, o olhar sobre o Monte Fuji, a chegada dos pardais, depois dos corvos, do galo, do rouxinol, do pombo, do grou, a pesca nova das lagostas, a samambaia azul, a dafnifilácea de largas folhas, a uva do mar, uma planta marinha marrom ou azul-escuro, a pequena adônis, a bolsa-de-pastor, a unha de gato, cujas flores dos ramos são revestidas de fina penugem felpuda, a urtiga branca.

Cada estação tem seus sinais de referência; assim, para a primavera, suas premissas, a volta do frio, o frio persistente, os restos de neve, o canto do rouxinol, as flores da ameixeira, a subida dos peixes rumo ao gelo da superfície, as chuvas nutritivas, os peixes que a lontra enfileira na margem sem comê-los, o despertar dos insetos, a metamorfose do falcão em pomba ou, em outras palavras, das forças do mundo em energia apaziguada, o equinócio da primavera, os dias que o precedem e aqueles que o sucedem, o nome da divindade dos campos que assinala o início do trabalho agrário, as lunações, as auroras e os entardeceres, o declínio do dia, as primeiras horas da noite, a temperatura suave e amena, a noite de lua velada, a limpidez e a claridade do céu noturno, a serenidade do dia se encompridando, o dia que se estica, o surgimento dos brotos nas árvores, a estação das flores, o declínio da primavera, a abertura das flores, os cantos de pássaros sem fim, o mês das cerejeiras, é claro, a atmosfera repleta de pura claridade, a súbita friagem das flores, a estação das rãs, o tornar-se toupeira da codorniz, a primavera indo embora, a saudade da primavera.

Chega o verão com suas muitas variações sobre o vento, a brisa do sul úmida e quente soprando sobre os rebentos, o vento dos juncos floridos, a brisa chuvosa do sul, a dos brotos de bambu, o vento das colheitas, as longas chuvas e o apodrecimento das flores das deutzias, os primeiros aguaceiros das monções, o tempo cinzento e encoberto, as três lunações, o céu de verão, as nuvens, o alto da nuvem, a lua e as estrelas, os ventos vindos das montanhas, o vento azul do sul, a chuvarada da tarde, a chuva de tempestade, o forte aguaceiro, as chuvas súbitas e passageiras, o orvalho de verão, as neblinas e nevoeiros, o arco-íris, o trovão, a lua e as estrelas de monção, o sombrio vento sul, o vento dos pardais dourados, a estação das chuvas, a chuva nas ameixeiras verdes, a estação sem chuva, o declínio do verão, as trevas do mês do arroz, as estrelas da seca, os claros ventos do sul, os ventos secos, quentes, frescos, calmos, a canícula sem vento, a bendita chuva, o mar de nuvens, a auréola de luz púrpura, o tempo cinzento das manhãs, os avermelhados da aurora, o efeito do sol nascente, as chamas do poente, o pleno calor do dia, o abrasamento celeste, o calor oleoso.

Outono: inúmeras variações sobre a montanha, suas tonalidades, suas cores, seus efeitos, os jardins de flores, as terras e campos floridos, as reservas de caça, os arrozais, as águas dos arrozais evacuadas antes da monção, a pureza da água após as chuvas, as cheias, as marés, as ondas da Festa dos Mortos, as praias solitárias e melancólicas, as fosforescências marítimas que os habitantes do lugar denominam "fogos do Dragão", a lua, as cores do outono, as nuvens-sardinhas que lembram ondas pequenas, o serão para esperar a lua, o espetáculo do astro branco, a lua cheia, a Via Láctea, o Rio Celeste, as primeiras borrascas seguidas dos ventos violentos do fim do outono, as chuvas, o relâmpago, a neblina, o orvalho gelado, a geada branca.

O inverno, enfim: o urso entra na toca, o robalo desce os rios em direção ao mar, o salmão sobe em bando os cursos d'água, aparecimento do lúcio do mar nos tempos de geada, devoração do louva-a-deus, pulgões nas macieiras, canto de insetos, saltos de gafanhotos, primeiro bacalhau, primeiro linguado, beleza do *gisu*, hibernação das serpentes, dos répteis, dos batráquios, dos sáurios, torpor dos esquilos, dos arganazes, dos morcegos, passagem do urso, do texugo, do gamo, do antílope lanoso, da raposa, do guaxinim, da marta, do esquilo voador, do lobo, do cabrito-montês, do coelho, os macacos gritam com o frio, cachorros e gatos, águias e falcões, gansos selvagens e garças-reais, picanço e rouxinol, andorinha e cambaxirra, coruja e corujão, cotovias, cisnes e gaivotas, tarambolas e patos selvagens, abibes e mergulhões, gaivotas, grous e *guillemots*, passagem de baleias junto às costas, de golfinhos, tubarões, peixes elétricos, atuns, peixes-roncadores, bremas, peixes-espadas, douradas, imperadores dourados, peixes-papagaios, *brise-marmite*, sargo dos tempos frios, sardinha de olhos velados, siri-aranha, medusa, ostras, borboleta de inverno, falenas, abelhas, moscas, moscardos, larvas, pernilongos, pulgas, rãs do campo, pardais, corvos, pássaros na neve, cisnes, labro dos frios intensos – o "rei dos peixes", para os japoneses –, carpas, chocos, lampreias, berbigões. E retorno circular ao novo ano e ao inverno.

Constatam-se duas coisas: a primeira é que, com um mínimo de palavras, o haicai constitui uma enciclopédia do mundo; a segunda é que essa enciclopédia do mundo em seus detalhes também o é em seu movimento, em sua dialética da totalidade. O infinitamente pequeno da larva no solo convive com o infinitamente grande do espetáculo das lunações, os movimentos rápidos e repetitivos de uma mosca esfregando as patas constituem uma epifania ao mesmo título que as grandes e longas migrações dos pássaros ou peixes pautadas pelos campos magnéticos.

O átomo diz o cosmos, o cosmos diz o átomo: a gota d'água em que se reflete a vastidão da paisagem; o canto breve de um pássaro solitário singrando o éter de uma paisagem infinita; o caminho estreito junto ao arrozal narrando o percurso de vida de um sábio budista; o perfume violeta de uma paulovnia abrindo a porta do mundo perdido da infância; a lentidão da lesma na encosta do Monte Fuji; a neve derretida prefigurando o corpo do poeta em seu túmulo.

Com dezessete sílabas apenas, o haicai produz sublime. Essa forma breve, econômica em despesa verbal, mas extremamente rentável do ponto de vista ontológico e metafísico, obtém, abrindo espaço entre a pequenez do homem e a imensidão dos ciclos da natureza, entre o infinitesimal de uma vida humana e a eternidade do cosmos que envolve esses ciclos, o surgimento dessa sensação de esmagamento e diluição de si que faz nascer o sentimento oceânico. Mallarmé libera a fumaça; Bashô e os seus, o ser de tudo que é.

Recapitulemos o que, por enquanto, define o haicai e expressa seu formidável poder filosófico e sua força de ataque alternativa ao pensamento ocidental: nenhum eu exposto, nenhum eu exibido, nenhuma expansão lírica, nenhum dualismo esquizofrênico, nenhum eu separado do mundo, nenhuma consciência distinta da natureza, nenhum criador oposto à sua criação, nenhuma religião verbal, nenhum obscurecimento do mundo, e sim, pelo contrário, um corpo que sente, olha, prova, desfruta, usufrui do mundo, experimenta o real, percebe o detalhe e a totalidade da natureza, do cosmos, a palavra a serviço da vida empírica, uma fenomenologia mínima para uma poética máxima, uma proposição estilística ínfima capaz de produzir o sentimento do sublime, um esclarecimento daquilo que é.

Acrescente-se a isso, para arrematar a descrição de uma experiência poética do mundo, que o haicai atua enquanto instrumento da vida poética: está fora de cogitação, com efeito, uma vida dividida, com um eu escrevendo uma coisa e um eu vivendo outra – o eu do Mallarmé professor de inglês algazarado e irritadiço de colégios do interior e o eu do Mallarmé vivendo nos cumes elitistas de um poema que aboliria todos os outros poemas.

Bashô (1644-1694) escreve e vive uma única e mesma coisa: escreve aquilo que vive, e não para fugir da vida que vive criando outra, em tudo semelhante aos trás-mundos das religiões. Filho de um samurai destituído, esse contemporâneo de Descartes se inicia na técnica da escrita e na prática existencial dessa técnica de escrita aos treze anos de idade, num monastério *zen*. Depois, funda uma escola e transmite o que aprendeu. Conhece o sucesso e renuncia à vida mundana tornando-se monge budista. Instala-se então em sua primeira eremitagem, onde planta uma bananeira que ganhou de presente de um aluno – donde seu nome, Bashô, que significa bananeira. Ali pratica uma vida de pobreza, de amizade literária, de espiritualidade concreta, de longuíssimas viagens (2.500 quilômetros) na companhia de um discípulo de escrita. Dita seu primeiro haicai, deixa de comer, queima incenso, dita seu testamento, afasta seus discípulos e dá seu último suspiro aos cinquenta anos, tendo composto mais de 2 mil haicais.

Na lógica do haicai, a vida não é, portanto, separada da escrita, já que a primeira alimenta a segunda e as duas vivem uma da outra. Escrever é viver, e viver é escrever, pois é preciso viver para escrever. A prática dessa forma breve exige uma longa e atenta presença no mundo. O corpo deve estar constantemente à espreita daquilo que acontece, de modo a apreender suas pontas avançadas. O poeta coleta diamantes – lembrando que essas gemas cristalizam forças, pressões, densidades acumuladas, congeladas, fixadas, concentradas e restituídas sob formas geológicas.

Embora o budista não acredite no eu e ensine a ficção do eu, a piada que seria uma subjetividade capaz de dizer "penso, logo existo", seu corpo é presença ativa no mundo. Não uma presença contemplativa, mas uma presença atenta, uma presença à cata, uma presença em caça, como se poderia dizer de um colecionador de coleópteros. O real não vem até nós se não formos nós até ele. Muitos seres passam ao largo do mundo, o qual nunca virá até eles: estão, no mundo, fora do mundo. Para escrever haicais, é preciso estar no mundo, presente no mundo, como quem vigia o leite no fogo – à espera de um transbordamento.

O passeio (*ginko*) se propõe a caçar e colher a epifania que irá se transformar em haicai; constitui o anverso da medalha peripatética, uma vez que Aristóteles ensinava seus discípulos enquanto andava, mas a deambulação não tinha papel nenhum no surgimento de suas ideias. Trata-se aí de um deslocamento anedótico. No passeio pela natureza, caminhar serve para se impregnar de um mundo, do mundo, a fim de captar todas as suas aparições: visuais, auditivas, olfativas, gustativas, táteis – ver a lenta ondulação da carpa na água do rio, ouvir os trinados do rouxinol na ameixeira, cheirar as insistentes fragrâncias do lírio, provar o chá preto pelando, tocar a pele granulosa e quente do morango no jardim e restituir essas sensações todas no tempo de uma frase capaz de ser dita sem parar para respirar.

A caminhada poética faz parte, portanto, da vida poética, assim como existem vidas filosóficas. A prática do derradeiro haicai (*jisei*), no qual o poeta sintetiza, antes de morrer, tudo o que juntou durante sua vida de escrita, inscreve-se dentro da mesma lógica existencial. Em outras palavras, esse que foi o homem da quintessência vai quintessenciar essas quintessências de modo a transformar essas grandes densidades esparsas numa densidade derradeira passível de transmitir uma lição definitiva de sabedoria.

Eis o *Jisei* de Issa (1763-1828):

Então será isso
a minha última morada?
cinco pés de neve


A verdadeira lição situa-se, obviamente, no ponto de interrogação! Nenhuma pontuação, nenhuma maiúscula senão na primeira palavra, nenhum ponto, para não terminar nem concluir: não é uma magnífica lição de budismo *zen* concluir toda uma vida de haicaísta com um sinal interrogativo que suspende todo o trabalho de quintessência e concentra o concentrado numa pirueta ontológica? O budismo ensina, mas ensina que, após uma vida inteira de sabedoria, busca, meditação e escrita, nada pode ensinar além da dúvida.

A verdade do mundo não reside, portanto, no texto que diz o mundo, e sim no mundo – um texto precisa dizê-lo para ser verdadeiramente um texto, e um texto maior. O haicai o diz. Faz as vezes de um funil metafísico em que entra a imensidão do mundo para ser quintessenciada ao entrar em formas breves, mas densas, antes de realizar-se a saída do mundo em modo de ponto de interrogação. Ponto de interrogação que, naturalmente, não é unívoco: não expressa o puro questionamento, mas também a certeza afirmada em modo interrogativo, cínico, no sentido grego do termo: minha última morada então será isso? Sob a neve. *Ou será*, diz esse ponto de interrogação, que então torna a abrir tudo de novo.

Ou será que vou entrar no grande ciclo da natureza, do mundo, do cosmos? Pois o que nos ensina o *Grande almanaque poético japonês*? Ele não diz o tempo ao modo filosófico ocidental, mas ao modo empírico: tempo circular das estações, tempo cíclico do cosmos, tempo da roda oriental *versus* tempo da flecha ocidental, tempo do eterno retorno, tempo da natureza concreta. Distante de todas essas considerações teoréticas, o haicai propõe, portanto, uma fenomenologia empírica do tempo concreto.

Assim: *tempo do ano-novo*: passagem de um mundo que morre para um tempo que renasce; transformação do caos em cosmos; retorno do tempo a seu ponto de origem; momento axial das novidades – primeiro nascer do sol, primeira noite, primeira visão de uma paisagem, primeiro fogo na lareira; preparo da sopa com sete ervas curativas; lições das lunações, ou, em outras palavras, das mortes e ressurreições do astro da noite; prolegômenos à vida que retorna; tempo da neve e de seu derretimento; festas associadas à preparação, utilização e retirada das decorações.

*Tempo da primavera*: vento do degelo vindo do sudeste; cantos dos pássaros em geral e do rouxinol em particular; subida dos peixes das águas profundas para a superfície, sob o gelo que derrete devagar; aguaceiros; derretimento do gelo, deslocamento dos blocos; solo encharcado; cresce a grama, aparecem os brotos nas árvores; aparecimento das neblinas; despertar dos insetos; aquecimento da terra; abertura das flores de pessegueiro; primeiros voos das primeiras borboletas; equinócio a partir do qual os dias se tornam mais longos; os pardais fazem seus ninhos; desabrocham as flores da cerejeira; ressurge o trovão; aumento da luminosidade; explode a vida vegetal; retornam as andorinhas; os gansos selvagens voam para o norte; primeiros arcos-íris; desaparece a geada branca; brotam as sementeiras; a flor da peônia se abre; a lontra desperta, pesca peixes que enfileira na margem e não come, como se os oferecesse a uma estranha divindade.

Sobre as oferendas da lontra
fortes chuvas
purificadoras

escreve Tagada Choi.

*Tempo do verão*: crescimento dos bambus; despertar dos bichos-da-seda; retorno dos pirilampos; coaxar das rãs; as plantas chegam à maturidade; são colhidas; os bichos-da-seda começam a comer as folhas de amoreira; as sementes brotam, os grãos germinam; aparecem os louva-a-deus e os pirilampos; amadurecem as ameixas; desabrocham o lírio, as flores do ácoro cheiroso, a tubífera; secam as plantas medicinais; o pequeno falcão começa a caçar; brotam as paulovnias; o solo está saturado de água; o calor assola.

*Tempo do outono*: refrescamento dos ventos; canto das cigarras; surgimento de névoas ligeiras; o calor diminui; desabrocham os estames do algodoeiro; o fogo declina; o orvalho se põe sobre a relva, que cintila ao alvorecer; surgimento dos primeiros cantos do pastorinho; partida das andorinhas; equinócio de outono; redução da duração dos dias e aumento da duração das noites; desaparecimento do trovão; os insetos, répteis e batráquios cavam abrigos e se escondem debaixo da terra; a água se rarefaz; a temperatura cai; o orvalho branco acompanha a aurora fria; os gansos retornam da Sibéria; abre-se a flor do crisântemo; grilos e gafanhotos param de cantar; aparecem as primeiras geadas; o orvalho cede lugar à geada; o ar gela; bordos e heras se avermelham; surgem os tufões; os camponeses colhem o arroz; as brumas matutinas abrasam as montanhas; a estrela maior é visível a olho nu; o movimento das estrelas pede meditação.

*Tempo do inverno*: chegada dos ventos vindos da Sibéria; florescer das camélias; desabrochar dos narcisos; tímida chegada dos primeiros flocos; cair da neve no cume das montanhas; desaparecimento dos arcos-íris; folhas arrancadas pelo vento norte; amadurecimento das tangerinas; denso manto nevado; céu baixo e pesado; hibernação dos ursos; ajuntamento dos salmões; solstício de inverno; a tradição convida a incluir limões no banho noturno e comer abóbora; renasce a relva queimada de geada; germinação do trigo; os cervos perdem seus chifres; brotam os caules das orquídeas; estremecem as fontes; abundância de ervas medicinais e cicuta; grito do faisão; o gelo endurece os charcos; as galinhas chocam; floresce uma planta chamada unha-de-asno; a natureza começa a acordar; a constelação Cassiopeia ocupa o centro do firmamento; saem os caçadores; os animais descem das montanhas e se acercam das casas; as árvores estão nuas, os pássaros se veem mais facilmente.

Eis o que dizem os cinco volumes do *Grande almanaque poético japonês*: *Manhã de neve* para o ano-novo, *O despertar da lontra* para a primavera, *A tecelã e o vaqueiro* para o verão, *A oeste branqueia a lua* para o outono e *O vento norte* para o inverno. Esse saber procede de uma acumulação de sabedoria efetuada desde o século VIII por funcionários imperiais. O *Grande almanaque poético japonês* funciona como o Talmude, a Bíblia e o Corão: trata-se, a meu ver, de um livro fundador de civilização. Diz um mundo, manifesta uma ontologia, indica uma metafísica, registra por escrito uma sabedoria várias vezes milenar que evita a armadilha dos livros ditos sagrados fundadores das religiões monoteístas. Os três livros do deus único propõem, com efeito, revelar a verdade do mundo num discurso que afasta do mundo e o põe de lado: para os turibulários do Deus uno, a verdade do mundo está menos no mundo do que no livro que o diz. Questiona-se menos o real do que se interroga o livro, a saber, aquele que pretende ensinar como ele deve ser lido – rabino, padre, imame.

O *Almanaque* não é filosofia transcendental, e sim sapiência imanente; não é produto cerebral datado de uma cogitação intelectual, e sim observação empírica milenar; não é teoria pensada em função da estética da forma intelectual, mas a incitação a uma prática existencial convidando a ser uma grande presença no mundo, na natureza e no cosmos; não é um livro que conduz à biblioteca para nela se encerrar a fim de evitar o mundo, mas um texto que incita a redescobrir o caminho do passeio, da observação, da meditação, da herborização; não é uma reflexão fora do chão destinada a um puro espírito, a uma alma etérea, a um cérebro sem corpo, e sim notas para um exercício espiritual muito concreto que envolve a totalidade do corpo sensual.

A história do pensamento ocidental pode ser vista em paralelo à história dos grandes autores de haicais: Matsuo Bashô (1644-1694) é contemporâneo de Descartes; Yosa Buson (1716-1783), de Kant; Kobayashi Issa (1763-1823), de Hegel; Masaoka Shiki (1867-1902), de Nietzsche; Natsume Soseki (1867-1916), de Bergson; Sumitaku Kenshin (1961-1987), de Jacques Derrida. Sem *Discurso do método*, sem *Crítica da razão pura*, sem *Ciência da lógica*, sem *Genealogia da moral*, sem *Ensaio sobre os dados imediatos da consciência*, sem *Gramatologia*, os haicaístas produziram uma fenomenologia do mínimo que foi formalmente sublime e foi um convite existencial radical. Que melhor contra-história da filosofia ocidental poderia ser oferecida?

O que pensar, porém, do haicai não japonês? Pois ele existiu, infelizmente! Paul-Louis Couchoud cumpre um papel crucial na introdução dessa forma poética na França. Esse homem ocupa um lugar à parte nas ideias francesas: foi o teórico da negação da existência histórica de Jesus, o desconstrutor do mito cristão e, portanto, um descristianizador teórico dos mais eficientes e pertinentes. Desnecessário dizer que foi celeremente enterrado pela historiografia dominante e é tão pouco lido quanto Prosper Alfaric, outro pensador livre – na impossibilidade de empregar o termo livre-pensador, tão conotado por outro clericato.

Paul-Louis Couchoud (1879-1959) foi normalista, professor titular de filosofia, poeta, orientalista, médico, amigo de Anatole France, de quem foi também o clínico geral. Aos vinte e quatro anos, obteve uma bolsa que lhe permitiu residir no Japão entre setembro de 1903 e maio de 1904. Lá, conheceu poetas, sábios, mestres *zen* e haicaísta, entre os quais Kyoshi Takahama (1874-1959), que dirigiu a grande revista de haicais *Hototogisu* (O cuco).

De volta à França, empreendeu uma viagem de chalupa pelos canais com seus amigos, o escultor Albert Poncin e o pintor André Faure. Pelo caminho, redigem haicais relatando seu périplo. Paul-Louis Couchoud resgata, assim, a prática primitiva, que era coletiva e pressupunha a escrita de poemas ligados (*renga*). Em 1905, publicam sua obra em trinta exemplares, sem nome de autor, sob o título *Au fil de l'eau* [Ao fio da água]. Esses 72 haicais repartidos em quinze páginas têm mais valor pelo fato de inaugurarem o gênero na França do que por sua excelência. Eis o primeiro:

Já desliza o comboio.
Adeus, Notre-Dame!...
Oh!... a *gare* de Lyon!

Adiante, temos:

Querido, querido,
Ah! Me fazes morrer!
Ducha no pomar.

E este outro, para concluir:

Depois que se tira a crosta preta
Resta um papel de cigarro
Queijo de Melun.

Fracionar uma prosa banal em três segmentos apresentados na página em três linhas sobrepostas não basta para compor um haicai. Esse gênero de poema não é uma simples forma sem fundo, e sim um fundo fenomenológico que exige a forma minimalista. Ora, é mais fácil obter a forma minimalista do que partir do fundo fenomenológico existencial, que exige do haicaísta a singular capacidade de apreender a epifania.

Ver e dizer aquilo que se vê e depois apresentar a coisa dita em três linhas deixa o autor na soleira do haicai, já que falta a visão panteísta do mundo que a sustenta.

O haicai, sem uma espiritualidade ancorada na natureza, no cosmos, no universo, perde seu sentido, seu sabor. A fórmula clássica do haicai exige formalmente três regras codificadas no século XVIII: composição em três versos de cinco, sete e cinco sílabas; presença de um termo de estação (*kigo*), necessário para nos situar no tempo cósmico; a de uma palavra-cesura (*kireji*), que introduz uma ruptura, uma respiração, uma pontuação no interior do verso. Com o tempo, o haicai evolui: no início do século XX, Santoka Taneda (1882-1940), um monge *zen*, abole a obrigação de fracionar as dezessete sílabas em cinco, sete, cinco; elimina igualmente o recurso ao termo de estação; por fim, aspira à forma totalmente livre, e ao desaparecimento, portanto, da palavra-cesura.

Mas essa libertação das imposições formais não é acompanhada de uma libertação da imposição espiritual. Monge e budista *zen*, Santoka transforma o haicai no registro de uma pura experiência – ora, olhar não basta para ter uma experiência, é preciso ver o que se olha. O olho olha, mas só a sensibilidade vê. Nesse sentido, um cego pode ver o que um olhador vidente não verá. Libertar o haicai de sua forma, por que não? Mas libertá-lo de seu sentido... não faz sentido!

A mecânica versificada está a serviço disso que os sábios japoneses denominam "mistério inefável" (*yûgen*) e que um filósofo ocidental poderia chamar de pura presença daquilo que é, o ser do ser, a substância da epifania, a colisão dos simulacros, a disposição das forças, o jogo das formas, a dialética do vivo, a força da imanência – o que, formulado com o vocabulário de Nietzsche, poderíamos chamar de: vibrações da vontade de poder.

O haicai francês também teve, nessa época, outro turibulário: Julien Vocance (1878-1954), pseudônimo de Joseph Seguin, um jovem licenciado em letras e direito, arquivista formado pela École des Chartes, diplomado pela École du Louvre e em Ciências Políticas. Publicou, em maio de 1916, *Cent visions de guerre* [Cem visões de guerra], em que fala das trincheiras, da morte, do combate, do sangue, do fogo, dos ferimentos, da decomposição. Eis um de seus haicais:

Boa como seus olhos, doce como sua voz,
Macia, segura, sua mão cura[72];
Ela pensa[73], acho.

Será que era necessária a forma haicai? Que a referência a essa tradição japonesa era imprescindível? Uma antiga forma versificada teria bastado. Quando a forma sozinha faz a lei sem ser acompanhada por nenhuma metafísica, resta a mera descrição de um mundo insosso, banal esboço de um real trivial. Assim, quando Kyoshi Takahama, o mestre de Paul-Louis Couchoud, escreve:

Uma serpente fugiu.
Só seus olhos que me fitaram
Restam na relva.

está ontologicamente (bem) distante de seu discípulo que publica (sem brincadeira) esse haicai francês:

Os cirurgiões
Examinam o intestino
Da bicicleta.

O que não irá impedir Paul-Louis Couchoud de participar do dossiê "Haï-Kaï" da *Nouvelle revue française* em 1920.

O haicai expressa a transcendência dentro da imanência, apreende-a, sublima-a, transfigura-a numa formulação econômica em palavras, mas rica em aberturas ontológicas. Essa sequência poética cabe inteirinha no período rítmico e respiratório de uma frase contida numa única proferição – logo em seguida, há que recobrar o fôlego. Olhar para a imanência sem saber que ela traz em si matéria para o sublime é ver apenas a matéria das coisas e passar ao largo daquilo que a anima, habita, faz vibrar: a energia. O haicai bem feito capta a energia nas epifanias do mundo. Depois dele, impõe-se o silêncio.

---

72 No original: *panse*, do verbo *panser* ("curar, fazer curativo", em português). (N. T.)

73 No original: *pense*, do verbo *penser* ("pensar", em português). (N. T.)

# 2
# A SANTA CEIA DA ARTE CONTEMPORÂNEA

A ficção cristã construída sobre um Jesus de papel a partir de profecias do Antigo Testamento judeu gerou uma paixão ocidental por alegoria, parábola, mito, símbolo, metáfora. Jesus, nunca tendo existido historicamente, mas tendo sido fabricado por judeus que achavam que viera o Messias anunciado e que ele era tão verdadeiramente o Messias que aquilo que estava predito nos textos se realizou na história, gerou uma maneira de ser, pensar, pintar, esculpir. O corpo cristão se construiu sobre essa ficção tornada realidade pela vontade dos construtores da mitologia cristã.

A possibilidade de figurar, ou, em outras palavras, dar figura, decidida durante o Segundo Concílio de Niceia, em 787, foi uma bênção: aquilo que nunca havia sido na realidade agora podia existir na ficção pintada, esculpida, desenhada etc. A representação daquilo que não foi tornava-se verdade: a falta de um único Jesus real era suplantada por milhões de Jesus pintados, desenhados, esculpidos, figurados em mosaicos. O real fictício deu lugar à ficção, que se tornava real. A arte foi um formidável instrumento de propaganda: durante mais de mil anos, contou uma lenda, mostrou o que nunca existiu, figurou ficções, representou mitos. O Concílio de Trento, no século XVI, vem reativar o que havia sido decidido em Niceia, em 787. A imagem requer os mesmos cuidados que a realidade – mas como a realidade não aconteceu, a imagem se torna a única realidade.

Surgiram então corpos de Cristo em afresco, pintura, estuque, madeira, pedra, bronze, pigmentos, mosaico, mármore, latão, guache, ouro, aquarela, prata, pastel, em todas as épocas de sua biografia (Natividade,

Fuga para o Egito, menino com os mercadores do Templo, adulto no deserto, no auge da glória durante suas predicações, fazendo milagres, na companhia dos apóstolos, de Maria Madalena e tantos outros, subindo o Gólgota, pregado na cruz, ressuscitado no terceiro dia, subindo aos céus, sentado à direita do pai etc.); corpos da Virgem em todos os seus estados (surpresa com a pomba da anunciação, em dormição, grávida, amamentando, aflita, subindo, também ela, aos céus); corpos de anjos realizando todo tipo de atividade (cantando, batendo asas, tocando um instrumento, protegendo criancinhas, vencendo um dragão).

Essa proliferação de anticorpos (um vivo que só come símbolos, um morto ressuscitado três dias depois de finar-se, uma virgem mãe de família, um ectoplasma assexuado com asas nas costas) contribui para a construção do corpo cristão ocidental – corpo neurótico, diga-se, uma vez que seres vivos ingerem calorias, não alegorias; quando morrem, infelizmente, não retornam à vida; as mulheres, se são virgens, não têm filhos e, se são mães, perderam a virgindade. E quanto aos anjos, é necessário argumentar?

Tamanha avalanche de modelos formata a carne do vulgo durante pelo menos mil anos. Qualquer igreja de interior em que todo mundo é batizado, se casa, batiza os filhos, recebe a primeira comunhão, a crisma, enterra os avós, depois os pais, os amigos, os parentes, exibe esses anticorpos e convida a se parecer com eles: corpo de Deus como um velhinho de barba branca, corpo de Jesus como um jovem branco e loiro, embora originário da Palestina, corpo materno de Maria, Virgem e Mãe, corpo de Cristo ensanguentado e maltratado como cadáver crucificado, corpo rechonchudo do querubim ou corpo andrógino do anjo sorridente, a (pouca) escolha é vasta!

Com o passar do tempo e com o relaxamento da fé, a história da arte se emancipa da temática religiosa. Exigência dos patrocinadores! O dinheiro faz a lei. Os burgueses contratam artistas, os ricos flamengos se fazem retratar; a paisagem aparece primeiro como plano de fundo, como moldura para casais enriquecidos pelo comércio, e logo se emancipa para se tornar um tema em si; surge a natureza morta, passagem da vasta paisagem para o detalhe da matéria; a pintura se emancipa do tema com o impressionismo, que pinta os efeitos da luz sobre um objeto tornado

## A Santa Ceia da arte contemporânea

secundário; esse objeto secundário desaparece por sua vez, a abstração sendo suficiente: já não se pinta nada de preciso, somente o gesto; o próprio gesto acaba por se tornar supérfluo, o *Quadrado branco sobre fundo branco* de Malevitch anuncia o fim da pintura, a morte da tela, a desaparição do tema, do objeto e do tratamento desse tema. Vem então Marcel Duchamp, que anuncia a morte da arte, uma morte da arte que se transforma, paradoxalmente, em anúncio do nascimento da arte contemporânea. A história da arte do século XX é a história desse paradoxo.

Seria de se imaginar que a descristianização tivesse influído na arte, pelo menos desde o advento da paisagem flamenga. Os temas religiosos seguiram existindo, sem dúvida, mas percebe-se o quanto El Greco, Parmigianino, os maneiristas, os barrocos, embora continuem tratando deles, triunfam na subjetividade da forma que lhes impõem, na singularidade do tratamento: o que agora prevalece é a assinatura. O artista passa a ter mais importância do que o tema de que trata – Carlos V de Habsburgo sabe o que está fazendo quando, em Bolonha, no ateliê do mestre, abaixa-se para juntar um pincel caído da mão de Ticiano. Chardin pôde pintar naturezas mortas sublimes, nada impediu que Dix, Ernst, Nolde, Redon, Munch, Schiele, Ensor, Chagall, Rouault, Dalí, Picasso, entre outros, pintassem crucifixões. A pintura segue abordando temáticas cristãs até os dias de hoje – penso aqui em meu amigo Robert Combas.

Interessa-me especificamente a permanência do judeo-cristianismo na arte depois de Duchamp – na de Duchamp inclusive. Pois o triunfo da instalação, o surgimento da performance (atualização do ritual), o tratamento da carne no acionismo vienense ou na *body art* (o sacrifício que conduz à redenção), os pressupostos ontológicos da arte minimalista (a presença da ausência) ou da arte conceitual (o triunfo da ausência), o trabalho de certo número de artistas sobre a marca do corpo (o sudário), sobre o caráter sagrado das vestimentas de um defunto (a túnica de Cristo), sobre o esfolado ou o cadáver (o corpo de Cristo), sobre a carne enquanto lugar de identidade (a encarnação de Jesus) – tais como Klein, Boltanski, Von Hagens, Serrano, Orlan – inscrevem seu trabalho, *volens nolens*[74], numa perspectiva judaico-cristã. Vejamos.

---

74 Expressão latina: "querendo ou não". (N. T.)

Marcel Duchamp partiu da França para a América levando consigo, dizem, *O único e a sua propriedade*, de Stirner, e *Assim falava Zaratustra*, de Nietzsche. Esse ex-pintor normando convertido em dinamiteiro da arte ocidental abole a pintura de cavalete, qualquer que seja seu tema, e escancara a porta da criatividade. Afirma que "o olhador faz o quadro" ou, em outras palavras, que o artista conta muito pouco, e o parceiro, tudo, ou quase. Tal princípio explica, portanto, o funcionamento do *ready- -made*: algo tirado pré-fabricado de uma loja – um mictório esmaltado, por exemplo, ou um porta-garrafas – pode virar uma obra de arte, desde que o olhador coloque o objeto em situação de vir a sê-lo. O artista deixa de ser o Deus onipotente da arte, uma vez que Deus está morto, e o Único transforma em propriedade aquilo que olha, como proposto por Stirner.

Fim do reinado do artista rei, da matéria nobre (o mármore do escultor, o azul ultramarino do pintor da Virgem, o dourado que figura a auréola dos santos, os raios do Espírito Santo, o bronze do fundidor de estátuas...), advento de todas as matérias, inclusive das mais triviais. O novo século habilita um delirante cortejo de materiais: poeira, papelão, papel, barbante, jornais, areia, dejetos, detritos, urina, matéria fecal, saliva, esperma, sangue, roupas, plástico, brinquedos, pelos, animais mortos, gordura etc. Confere, além disso, um importante papel ao imaterial: som, luz, ideia, conceito, eletricidade, vazio, linguagem.

O clichê do pintor sentado frente à sua tela disposta sobre um cavalete, com uma paleta na mão, cores misturadas por ele, pincel entre os dedos – tudo isso desaparece. Os artistas propõem instalações ou performances. O *Dictionnaire culturel en langue française* de Alain Rey assim define a *instalação* na arte contemporânea: "Obra de arte complexa, em geral provisória, reunindo objetos combinados. As instalações, adaptadas a um local preciso (*in situ*), são exibidas por um período limitado". Assim também a performance: "Produção imediata de um evento de natureza artística, por meio de gestos, sons musicais, movimentos corporais". Ambos os termos podem ser relacionados à missa, a qual pressupõe um ritual e uma liturgia, ou seja: objetos, roupas, signos, palavras, gestos, posturas corporais – a saber: cálice, cibório, patena, casula, estola, e também braços bem abertos, sinal da cruz, bênção, tudo isso para celebrar a eucaristia.

## A Santa Ceia da arte contemporânea

A performance pressupõe uma ação pública num espaço de tempo definido, mobilizando certo número de artes – dança, canto, música, teatro, vídeo, mímica, dicção, poesia, escultura, cinema, multimídia... Trata-se de realizar, diante de um público, às vezes no meio dele, uma narrativa corporal, não raro catártica, que permite aos artistas escapar à forma apolínia, dominante desde séculos na arte ocidental, em benefício de uma explosão dionisíaca, de uma improvisação corporal que privilegia o vir à tona das pulsões reprimidas pela civilização judaico-cristã.

Não raro é colocado em cena um anticorpo cristão que, em sua obsessão de se distanciar de uma tradição, revisita-a e lhe confere nova consistência, e até mesmo uma inédita nobreza. O marquês de Sade e Georges Bataille são os filósofos de predileção dos atores dessa subversão, tão presa àquilo que deve subverter, na falta de desaparecer caso fosse verdadeiramente subversiva, que afirma seu objeto mais do que o nega. Um cristão de visão não limitada veria a obra dos acionistas vienenses, de Michel Journiac, Gina Pane ou Orlan, como uma homenagem.

O acionista vienense Hermann Nitsch (1938), que visitei em seu castelo austríaco de Prinzendorf durante a preparação de uma de suas performances no seu *Teatro do mistério das orgias*, usa e abusa dos objetos da liturgia cristã: altar, cálice, cibório, pátena, casula, estola, ostensório – *Kasel* (1973) representa uma casula manchada de sangue; *Relikt der 80. Aktion* (1984) mostra objetos e vestimentas do culto numa configuração sanguinolenta sacrificial. Durante ações que podem, às vezes, durar vários dias – seis dias na performance de 1998 –, animais são sacrificados, abatidos, esquartejados, espostejados, tal como nas lógicas sacrificiais pagãs que compõem a fonte do judeo-cristianismo. Um impetrante vestindo uma alva maculada do sangue dos animais é amarrado numa cruz, braços abertos, em postura crística, por oficiantes cobertos, também eles, de hemoglobina. Esse cofundador do acionismo vienense hoje representa a Áustria, seu tão católico país, na Bienal de Veneza. Já dispõe de um museu consagrado à sua obra em Mistelbach an der Zaya, no estado da Baixa Áustria.

Rudolf Schwarzkogler (1940-1969) foi, juntamente com seu amigo Hermann Nitsch, um dos principais atores do acionismo vienense.

Sua primeira performance, em 6 de fevereiro de 1965, intitulava-se *Casamento*. Sobre uma mesa revestida de um pano branco, como um altar cristão, o artista dispôs um espelho preto sobre o qual espalhou peixes, uma faca, uma tesoura, vidros contendo líquidos coloridos, uma esponja, ovos, um frango, um cérebro, peras, vasos de flores, um fogão elétrico, tiras de gaze, folhas plásticas coloridas, fita adesiva, uma pera para lavagem intestinal. A ação consiste em manipular esses objetos todos: abrir e eviscerar os peixes, envolvê-los em gaze, colocar o cérebro num vidro com líquido azul, furar os ovos e injetá-los de azul, usar a pera para borrifar de azul uma cortina branca, cortar peras, quebrar os vasos de flores, separar as raízes da terra. Ouvem-se cantos gregorianos no espaço da performance.

A *terceira ação* põe em cena um homem nu, o qual envolve seu sexo em tiras de gaze, o introduz na boca de um peixe, prende um lúcio nas próprias costas, enrola-se na gaze manchada de sangue etc. Os tormentos infligidos ao falo do artista são réplicas cuspidas e escarradas daqueles que se autoinfligem Orígenes, o pai da Igreja, que secciona os próprios genitais para obedecer ao pé da letra à sugestão do evangelista que reproduzia estas palavras de Jesus: "Nem todos são capazes de compreender essa palavra, mas só aqueles a quem é concedido. De fato, há eunucos que nasceram assim, desde o ventre materno. E há eunucos que foram feitos eunucos pelos homens. E há eunucos que se fizeram eunucos por causa do Reino dos Céus. Quem tiver capacidade para compreender, compreenda!" (Mat, 19, 11-12). Schwarzkogler morre ao cair pela janela de seu apartamento aos vinte e oito anos de idade.

O artista Michel Journiac (1935-1995) realiza uma performance que evidencia essa filiação: tendo cursado teologia no Instituto Católico em 1956, o seminarista renuncia ao sacerdócio em 1962 e se volta para a arte, que estuda na Sorbonne. Em 1969, realiza uma famosa performance intitulada *Missa para um corpo*, ao longo da qual uma pessoa da plateia colhe três grandes seringas de seu sangue, que ele põe a cozinhar com gordura animal e uma cebola picada, introduz a mistura numa tripa, que amarra e cozinha em água antes de assá-la, parti-la, e em seguida cortá-la em pedaços que são servidos como hóstias ao público, o qual consome, portanto, o corpo do artista como uma eucaristia concreta.

Assim também Gina Pane (1939-1990), cujo trabalho de arte corporal se inscrevia inegavelmente na linha judaico-cristã: sua *Ação sentimental* (1973) realizada para um público de mulheres em Milão a leva a alternar sequências de rosas vermelhas e rosas brancas; a artista passa lentamente da posição em pé, a do bípede do *Homo sapiens*, para o estado fetal, o da regressão catártica da artista; ela retira os espinhos das rosas e os enfia lenta e metodicamente nos antebraços; perfura a palma da mão com uma navalha, o sangue escorre. Para os que querem primeiramente uma simbologia, o antebraço e a palma da mão representam alegoricamente o caule e a flor da roseira, e o sangue que corre corresponde ao encarnado das pétalas da flor.

Para os que não se contentam com uma linguagem das flores pós-moderna, podemos também lembrar que os espinhos e a ferida na palma da mão correspondem aos espinhos da coroa e às chagas de Cristo. Que esse sofrimento redentor do Messias é reendossado pela artista, que, também ela, subscreve à ideia de que o suplício conduz à salvação, que a dor é conhecimento, que a carne mutilada conduz diretamente ao corpo glorioso, que a afirmação do corpo reside em sua negação, que a verdadeira vida passa pela mortificação.

Gina Pane nunca escondeu que a mitologia judaico-cristã lhe fazia as vezes de bússola ontológica. Ao intitular uma de suas performances *Legenda áurea, 1984-1986* (1986), reivindica claramente a ascendência dessa obra que retrata uma quantidade de santos comprando o paraíso, conquistando a vida eterna através de maus-tratos infligidos a seus corpos: decapitação de Dionísio, evisceração de Adriano, churrasco de Lourenço, perfuração de Sebastião, degolação de Agnes enterrada viva (uma performance de Jean Lambert-wild – o enterramento vivo, não a degolação), retalhamento com vidro, queimadura com carvões, arrancamento da ponta dos seios com tenazes de Ágata, ingestão de alcatrão e resina fervente por Segundo e Calocero, de chumbo derretido por Primo e Feliciano, torturas múltiplas para Cristina etc.

Nos anos 1960, a arte corporal de Gina Pane se inscreve dentro de um cristianismo sobre o qual escrevi, em *Le souci des plaisirs* [O cuidado dos prazeres], que triunfava "enquanto espaço mental e intelectual, ontológico e metafísico, espiritual e filosófico, dentro do qual só se desfruta do corpo destruído, cortado, talhado, martirizado, eviscerado, queimado, decapitado, descarnado, empalado, afogado, rasgado, açoitado, enforcado, crucificado, estuprado, degolado, lapidado, torturado, retalhado, sufocado, esquartejado, assassinado, triturado, devorado, acorrentado, amarrado, surrado, enforcado, golpeado, espancado, lacerado, serrado, matado". Não tenho nada a acrescentar ou suprimir.

Em 1971, a mesma Gina Pane propõe em seu ateliê uma performance intitulada *Escalada não anestesiada*. Sobe descalça por uma escada com degraus afiados feito navalhas. Quinze anos depois, em 1976, apresenta outra performance, intitulada *A escada do martírio de São Lourenço nº 3 (Partitura para um corpo irradiado)*. A escada segue cumprindo um papel importante: lembremos que a escada de Jacó conduz da terra pecaminosa ao céu paradisíaco, da carne corrompida pelo pecado original ao corpo glorioso eterno e imortal; ao ser associada aos instrumentos da Paixão de Cristo, representa aquilo que permite aceder à cruz, ao rosto de Cristo e ao seu corpo durante a Paixão.

Em *Psiquê (ensaio)*, de 1974, a artista corta lentamente a pele da sobrancelha. Faz correr lágrimas de sangue dos seus olhos. Em outras performances, dança descalça sobre brasas para abafar o fogo; come carne estragada durante mais de uma hora; em *Death Control* (1974), jaz no chão, rosto coberto de vermes, e o público assiste à conquista de seu rosto pelos insetos da decomposição que entram pelos seus olhos, narinas, orelhas; em 1988, sua performance se intitula *A carne ressuscitada*. Ela morre de câncer dois anos depois.

Boa parte de sua obra só se compreende pela ideia de que a artista inscreve seu trabalho em mais de um milênio de iconografia judaico-cristã, da qual não consegue desfazer-se. Abundam os sinais, os símbolos, as alegorias, as referências, as reverências, as citações, explícitas ou não, as metáforas: a forma simbólica da cruz, a presença dos espinhos, o sangue derramado, a produção de chagas, o emprego de relicários e altares, o uso da escada, mas também, e principalmente, a própria essência de seu trabalho: o sagrado ligado ao sacrifício, a redenção na, pela e para a dor, o uso do corpo pela perspectiva do ideal ascético, o sangue como verdade – Gina Pane realiza em galerias parisienses o grande triunfo de São Paulo!

## A Santa Ceia da arte contemporânea

Orlan (1947), cujo verdadeiro nome é Mireille Suzanne Francette Porte, é a figura emblemática da arte corporal francesa. Em 1979, no Palazzo Grassi de Veneza, encena uma Santa Teresa viva imaginando as encarnações futuras de Santa Orlan; em 1981, realiza em Lyon uma performance intitulada *Encenação para uma santa*. Constrói uma capela na qual se encontram os artifícios do barroco: espelhos, esculturas, colunas com efeitos de perspectivas, pombas, esculturas de resina imitando mármore. Cinquenta recortes de querubins servem de tela para a sua intervenção, ao seu lado, uma santa desnuda o seio – óbvia citação da iconografia cristã, a saber, Maria amamentando o menino Jesus; em 1983, propõe um *Estudo documentário* constituído por uma série de fotos, cujos títulos são, entre outros: *Le drapé-le baroque ou sainte Orlan avec fleurs sur fond de nuages* [O drapeado-o barroco ou Santa Orlan com flores sobre fundo de nuvens], *Le drapé-le baroque ou Sainte Orlan couronnée et travestie à l'aide des draps de son trousseau, avec fleurs et nuages* [O drapeado-o barroco ou Santa Orlan coroada e fantasiada com lençóis de seu enxoval, com flores e nuvens]; nesse mesmo ano, uma performance ocasiona uma série de fotografias, entre as quais *Napa and sky e vídeo, Vierge blanche se drapant de skaï et de faux marbre* [Virgem branca se envolvendo em napa e falso mármore]; em 1990, profere uma conferência intitulada *Ceci est mon corps... Ceci est mon logiciel...* [Isto é o meu corpo... Isto é o meu software...], na qual apresenta seu *Manifeste de l'art charnel* [Manifesto da arte carnal].

Nos anos 1990, trata de esculpir o próprio corpo através de cirurgia, a fim de produzir uma carne cultural passível de nova identidade: planeja, com muitas cirurgias plásticas, converter seu rosto de carne em suporte concreto de alguns rostos icônicos da pintura ocidental. Dois implantes na testa conferem-lhe uma aparência fauniana. Esse corpo novo, produzido pela vontade cultural, teria um novo nome, escolhido pelos outros, para expressar uma nova identidade. O título desse vasto projeto: *A reencarnação de Santa Orlan*.

O último projeto artístico de Orlan consiste em colocar seu corpo mumificado num museu – até o momento, porém, nenhum parceiro manifestou interesse por essa performance. Enquanto espera esse último dia, apoteose de uma carreira de artista corporal, afirma denunciar, com suas performances, a violência feita ao corpo das mulheres, sem que se entenda necessariamente de que tipo de luta feminista se trata, e sem explicitar no que a frequentação regular das salas de cirurgia contribui para a legítima luta feminista. Afora isso, Orlan é cavaleiro das Artes e Letras, cavaleiro da Ordem Nacional do Mérito e titular da Medalha de Ouro de Saint-Etienne, sua cidade natal.

Do acionismo vienense à arte corporal francesa, a carne implicada permanece judaico-cristã. Além de citações explicitamente cristãs (espinho, escada, cruz, sangue, chaga, ferimento, estigmas, altar, cálice, pátena, cibório, ostensório, canto gregoriano), nela encontramos, igualmente, vestígios da ontologia judaico-cristã: o sacrifício redentor, o caráter sagrado do sangue derramado, a mortificação da carne, a imitação do corpo supliciado para realizar a salvação, a soteriologia sanguinolenta, o culto da pulsão de morte voltada contra si mesmo. Os artistas da arte corporal, não raro apresentados como grandes transgressores, permanecem, não raro, muito cristãos.

No extremo oposto da arte corporal, que põe em cena a mais imanente das carnes, a arte minimalista e a arte conceitual, que magnificam o nada, o pouco, o raro, o infinitesimal, o vestígio, a ideia, o conceito, obedecem, também elas, à episteme judaico-cristã. Uma vez que a arte minimalista joga com a presença da ausência, e a arte conceitual, com o triunfo da ausência – tal como a ficção cristã, inteiramente fundada sobre uma personagem conceitual historicamente inexistente. O corpo de Cristo sublima uma alegoria diametralmente oposta a um corpo real. A religião católica gira em torno desse centro vazio, desse cerne oco, desse epicentro no qual não se encontra nada além de Verbo. Como compreender, senão, a afirmação segundo a qual o Verbo se fez Carne? O manual de instruções do cristianismo reside nessa transfiguração do Verbo em Carne – em Carne que é Verbo. Lembremos que o cristianismo supõe ter advindo algo que o judaísmo anuncia por vir. O *corpus* cristão é constituído, portanto, para dar corpo e carne a essa proposição religiosa. Os atributos do Messias anunciado no Antigo Testamento se tornam os do Messias advindo segundo o Novo. Nada do que é Cristo foi dito sobre ele senão de forma veterotestamentária. O que justifica essa orgia de verbo, glosas, comentários, dialética, sofística, escolástica no forjamento que torna possível o cristianismo, uma vez que este precisa construir uma história a partir de uma ficção.

A arte conceitual procede da mesma forma. Ela só existe porque Nietzsche anuncia a morte de Deus, e, logo, a morte do belo – enquanto ídolo maiúsculo. A estética platônica, que ensinou a existência de ideias puras, independentes da realidade sensível, alimentou a filosofia da arte cristã. O Belo em si era o modelo por meio do qual se fazia um julgamento de gosto: os objetos eram declarados mais ou menos belos em função de sua maior ou menor proximidade com a Beleza em si. Essa Beleza remetia ao equilíbrio, à harmonia, à simetria, mas também à semelhança da representação com a coisa representada.

O cristianismo põe a arte a serviço de sua ideologia. O ideal platônico serve ao edificante conteúdo político da religião. Enquanto triunfa essa civilização, a arte funciona sobre esses princípios. Kant formula a mais bem elaborada teoria dessa arte em sua *Crítica da faculdade do juízo*. O Belo está associado a Deus – ou, pelo menos: o lugar do Belo coincide com o lugar de Deus, a saber: o céu das ideias, o mundo inteligível, o universal numênico, a tópica conceitual. Leonardo da Vinci faz da pintura uma "coisa mental", Marcel Duchamp leva essa ideia às últimas consequências.

Com a morte de Deus, só o que resta é um terreno baldio ontológico. Piada ou teoria, provocação ou doutrina, brincadeira ou sistema, com o *ready-made* Duchamp propõe uma revolução que dá certo. A arte não está mais no objeto que podia ser belo, mas no olhador que pode torná-lo belo – ou não. Já que o olhador faz o quadro, este conta pouco, ou nada, e o olhador, tudo. A banalidade de um porta-garrafas pode ser sublimada somente pelo olhador que irá conferir dignidade artística a esse objeto tirado de uma quinquilharia pelo simples fato de ser essa a sua intenção. A arte se torna aquilo que o olhador quer que ela seja. Tudo, portanto, pode ser arte, ou, em outras palavras, nada mais é arte explicitamente.

A iniciativa duchampiana funda a arte conceitual. Se Duchamp ainda precisa de um suporte – um porta-garrafas, uma pá, um mictório, um porta-chapéus –, seus êmulos radicalizam seu pensamento. Por que ainda precisar de um objeto, por que razão recorrer a um suporte? O pensamento deve bastar-se a si mesmo. A ideia prima sobre o objeto, exatamente da mesma forma como, no cristianismo, o Verbo prevalece sobre qualquer outra realidade. O projeto não exige sequer a realização concreta de uma obra, já que o projeto é a obra. Uma palavra escrita na parede de uma galeria, uma frase pintada num local de exposição, um documento enigmático exibido numa vitrine, é o quanto basta. A desmaterialização integral pega desprevenidos aqueles que, com um quadrado branco sobre fundo branco ou monocromias, julgavam ter atingido um ponto sem volta da estética: ocorre que, depois da extinção, há a abolição; depois do vestígio, a desaparição.

Os artistas conceituais são os teólogos do pós-morte da arte. Enquanto os adeptos da arte corporal buscam atingir a santidade concreta na provação infligida ao corpo pecaminoso, os conceituais se afirmam no terreno da ontologia. O modelo dos primeiros? A mística. O dos segundos? A metafísica. Uns querem aceder ao divino através da carne que põem em cena para negá-la, a fim de afirmar o corpo glorioso, ao passo que os outros visam ao mesmo éter, só que por meio da teologia ao avesso. Em ambos os casos, o judeo-cristianismo fornece o suporte formal e ideológico – o chouriço humano é para o corpo o que o porta-garrafas é para o espírito: uma categoria enviscada no catolicismo.

# 3
## ESTÉTICA DO SENTIDO DA TERRA

Em meio à barafunda de uma loja de antiguidades do sul da França, avistei, virada de costas e disposta no alto de um móvel, uma tela de pequeno formato que de início me pareceu escura, tão escura que aquele betume denso me parecia não passar de uma casca, como a de um monocromo brunido e pesadamente envernizado. Peguei-a nas mãos, e a primeira coisa que vi foi uma heteróclita combinação de animais: um leãozinho sorridente apoiando a pata macia no galho de uma árvore truncada; um pássaro com uma comprida cauda arrematada por uma pena como aparada em ponta; outro pássaro, uma espécie de corvo, virado de ponta-cabeça; um lobo com olhos inquietantes fitando maternalmente um cãozinho de estimação de coleira vermelha; essa atrelagem singular no lombo de um bode chifrudo; mais dois cães, dois canzarrões, também imbricados nesse zoológico fantástico. Eu não via por que esses animais estavam assim misturados, embaralhados em estranhas posições, acavalados uns sobre os outros, protegendo-se entre si. Nada, na natureza, poderia corresponder a tal agrupamento de oito animais numa árvore.

Virei a tela e descobri um caixilho antigo. Uma etiqueta com dois algarismos, outros números marcados a lápis na moldura, que parecia ser antiga, uma inscrição em letras góticas deixada por um carimbo roxo. O anverso da tela também parecia antigo. Aqueles sinais cabalísticos mostravam que a obra talvez tivesse circulado. O antiquário, a quem perguntei o preço, deu uma resposta vaga. O dono precisava de dinheiro, tinha retirado a obra das paredes de uma rica mansão de família e estava disposto a se desfazer dela por um preço módico, desde que paga o quanto antes em dinheiro vivo.

Olhei novamente para a tela e não enxerguei animal nenhum: já não via nenhum pássaro, nenhum leão, nenhum cão, nenhum bode, nenhum lobo – ou nada parecido. Mas, no lugar, um rosto de homem com uma longa mecha preta e uma barba aparada em ponta. Um retrato de perfil. E então voltei a enxergar os bichos, para em seguida perceber que o rosto era formado por aqueles animais. O nariz? A garupa do bode. A mecha e a barba? O corpo e as penas dos dois pássaros. A nuca? As costas de um dos pássaros. O maxilar? A barriga do outro. A testa? As costas curvadas do lobo. A orelha? O canzarrão encolhido. A linha descendente do pescoço? A pata com garras do pássaro com penacho – uma faisoa, talvez. O olho? A cauda do cãozinho doméstico presa entre o traseiro do lobo e o lombo do bode. O colarinho alto da roupa? As folhas de uma árvore. A curva da gola dessa peça de tecido? Um galho de árvore. Os lábios? Dois blocos de pedra sustentando o misterioso zoológico. Um animal humano ou um humano animal, um homem virado cão e bode, leão e corvo, canzarrão e cãozinho. Naturalmente, pensei em Arcimboldo.

Comprei a tela, embora não seja um comprador de objetos de arte – salvo de algumas peças de arte africana. Com o passar do tempo, porém, ela não encontrava um lugar dentro de casa. Mágica, fantástica, inquietante, enigmática, obscura, em tudo sombria, na matéria e no tema, parecia inquietar o olhador, questioná-lo, espreitá-lo desde seu século de origem. Qual século? Não sei. Certamente não contemporâneo, embora se enquadre nesse gênero, dos arcimboldescos que foram legião no século XVII. A composição parecia ser do século XIX, mas o estilo de Arcimboldo não tem época: podia ser anterior a ele, podia ser seu contemporâneo, mas também posterior, pois sai, fundo e forma, da história para *dizer* de maneira a-histórica verdades ontológicas, metafísicas, filosóficas, biológicas.

Informei-me então acerca de Arcimboldo e dos arcimboldescos – Joos de Momper, Hans Meyer, Matthäus Merian, o velho, Stefan Dorffmeister. Li e pesquisei, na esperança de descobrir o nome do autor daquela obra, pelo prazer de saber mais sobre ela. Retrato real de um homem real? Nesse caso, de quem? Pois quem iria gostar de ver seu rosto assim descomposto e recomposto com costas e barrigas de pássaros, lombos de caprinos ou canídeos, penas negras e pelos crus? Quem ficaria satisfeito ao se ver retratado assim por meio de um bestiário? Que beleza plástica iria querer que lhe desmontassem o retrato, no sentido segundo do termo, em troca de um retrato remontado dessa maneira? Quem gostaria de ser descomposto para ser recomposto assim?

Essa desconstrução estética permite uma reconstrução ontológica. Arcimboldo não deixou nenhum escrito. Dele nos resta apenas uma frase, que parece ser programática: *Homo omnis creatura* – O homem é a criatura do Todo. Nenhum Deus cristão, nenhuma demiurgia de tipo deísta, nenhum criador oposto à sua criatura, nenhuma remissão à Bíblia, mas uma proposição filosófica panteísta que se torna pintura. Arcimboldo (1526-1593) mostra, assim como Giordano Bruno (1548-1600), seu exato contemporâneo, que as referências ao cristianismo estão defasadas e que o mundo não se opõe a um criador do qual estaria separado, mas do qual é, ele próprio, criador e criatura – no século seguinte, escreveria Espinoza: *natureza naturada* e *natureza naturante*.

Por não terem pensado o pensamento possível de Arcimboldo, as leituras dessa obra se atêm à superfície das coisas. Os analistas falam em bizarrices, caprichos, extravagâncias, em fantástico, brincadeiras, facécias, magia, humor negro, mas também, mais seguramente, em alegorias maneiristas, obras políticas da corte, em precursor do surrealismo, em contrapontos entre o microcosmo e o macrocosmo, em pintura da feiura para expressar o belo, ou seja, uma das modalidades do sublime, em pré-cubista ao contrário, em artista esotérico. Com Barthes ou Mandiargues e mais alguns outros, como Breton, pode-se dizer isso tudo, é claro, mas também algo mais.

Pois Arcimboldo parece ser um panteísta pagão. Ilustra à sua maneira o Renascimento, o qual se define pelo retorno da Antiguidade ao primeiro plano, que a religião católica obriga a passar para o segundo plano. Ainda se pode ler e referir à Bíblia, sem dúvida, mas os filósofos propõem que ela seja abordada juntamente com o estoicismo, o epicurismo, o pirronismo ou, ainda, o cirenaísmo. O Deus dos filósofos substitui o Deus de Isaac, Abraão e Jacó. A verdade do mundo se encontra menos no livro que diz o mundo do que no mundo – o qual pode se referir a deus, sem dúvida, mas a um deus que tem outro nome para a natureza, ou então é a força que a torna possível.

Essa pintura expressa o monismo da matéria. Ou, para usar mais uma vez as palavras dos filósofos, mais especificamente as dos pensadores materialistas do Século das Luzes, para ela só existe uma única substância, diversamente modificada. Essa ontologia materialista pressupõe que peixes e pedras, flores e frutas, homens e animais, legumes e livros, árvores e pérolas pertençam a uma única e mesma matéria. Em seus retratos de rostos compostos, Arcimboldo não pinta nada além disso. Utiliza algo que todos conhecem, a raia e o papagaio, a rosa e o limão, o cervo e a cebola, o linguado e o pavão, o junquilho e a laranja, o elefante e a alcachofra, porém numa combinação inédita, e produtora de uma forma conhecida – um rosto, como o de Ferdinando I, Maximiliano II, Rodolfo II, talvez o de Calvino, seguramente o do bibliotecário e do jurista da corte dos Habsburgo.

O que são esses homens? Combinações de matéria, da mesma substância que aquela que constitui o resto do mundo, a totalidade do mundo. Partilhamos com o lírio e a lagosta, a pera e a castanha, o cogumelo e a uva, uma mesma textura ontológica, a dos átomos de Demócrito, Epicuro e Lucrécio, a das partículas descobertas pelos físicos modernos. A natureza é um imenso reservatório de forças com as quais se fazem as formas e vice-versa. O pintor mostra esses elementos de base e suas combinações. Revela os mistérios do demiurgo.

Essa pintura do monismo da matéria demonstra ser o exato antídoto para o dualismo do cristianismo, que então faz a lei na Europa. Enquanto seus contemporâneos – Tintoretto, Rafael, El Greco, Veronese, para citar os mais famosos – pintam cenas religiosas e dão consistência, existência, visibilidade, materialidade a toda a quinquilharia dos trás-mundos cristãos, Arcimboldo, sozinho em seu próprio partido, à maneira de Hieronymus Bosch um século mais cedo, narra o mundo e mostra a íntima relação entre suas diferentes partes.

Cícero, em *Do orador*, dizia do rosto que ele era o espelho da alma. Sabe-se que, mais tarde, Max Picard Levinas efetuou uma variação talmúdica sobre essa antiga ideia romana. Arcimboldo subscreve, evitando, porém, opor a interioridade de uma bela alma imaterial e imortal, parcela de divindade em nós, enxertada num corpo feio e material, corruptível e mortal, serrote musical filosofante na linhagem do pensamento dominante que vai de Pitágoras e Platão, passando por Agostinho, Tomás de Aquino, Descartes e Kant, até Heidegger e Levinas.

A alma que o artista pinta em rosto revela ser farinha do mesmo saco ontológico dos peixes e flores, animais e objetos. O que quer que Platão pense a respeito, ele e seu rosto são constituídos da textura imanente com a qual se formulam as diferentes modalidades do mundo – o mineral do ventre da terra, o vegetal das florestas primitivas, o animal das origens, o éter do cosmos. A física contemporânea diz o mesmo quando prova que tudo que é provém do desmoronar de uma única e mesma estrela sobre si mesma. Arcimboldo nos faz lembrar: somos variações sobre o tema de uma matéria única.

A pintura de Arcimboldo é tautológica: ele constrói com livros o rosto de um bibliotecário – nariz, busto, cabeça e faces são construídos com volumes dispostos horizontal, vertical e obliquamente, empilhados de um jeito específico; um deles, aberto, dá a impressão de cabelos com suas páginas em leque; cinco marcadores, saindo de um livro cuja lombada compõe o braço, representam os cinco dedos; outro marcador, vermelho, desenha uma orelha; a barba e o bigode são caudas de marta, usadas à época para espanar as encadernações. Assim também o jardineiro, com suas ferramentas, o cozinheiro com seus utensílios. Do mesmo modo, quando figura os elementos ou as estações, o pintor utiliza frutas e legumes sazonais para expressar o outono, os peixes para representar a água, as flores para significar a primavera.

Com apenas quatro elementos e quatro estações, ou seja, oito telas, numa obra que compreende menos de vinte pinturas, Arcimboldo propõe uma enciclopédia pagã do mundo. Seu talento alegórico e simbólico faz que produza, com essas mesmas obras, uma pintura de corte incluindo obras apologéticas da família dos Habsburgo e de sua política, além de retratos oficiais dos imperadores que pagam seu salário – Maximiliano II como *Primavera*, Rodolfo II como *Vertumno*, mas de um jeito que não poderia ser menos acadêmico.

Com os quatro elementos, a água, a terra, o fogo e o ar, Arcimboldo dispõe do alfabeto com que são escritas todas as palavras da natureza; com as quatro estações, primavera, verão, outono, inverno, domina o outro alfabeto com que se formula a vida das palavras da natureza.

De um lado, aquilo que é, segundo a ordem da matéria; de outro, a vida daquilo que é, segundo a ordem das durações. Aqui, a matéria do mundo; ali, o tempo que age sobre a matéria do mundo. Pode assim, com poucos recursos, expressar a totalidade.

Cada tela, dedicada a um elemento, permite uma enciclopédia. Assim, a terra propõe uma multiplicidade de animais para um único rosto: uma gazela indiana, um gamo e uma corça, um leopardo, um cão, um cervo, um bicho grande só para compor a testa, um bode para a nuca, os chifres desses animais para as mechas dos cabelos, um rinoceronte, um mulo, um macaco, um urso, um javali, um camelo, um leão, um cavalo, um elefante para a lateral da face, um boi deitado para outra parte do pescoço, um lobo, um rato, a raposa para a sobrancelha, a lebre para o nariz, a cabeça do gato para o lábio superior, o tigre para o queixo, o lagarto, o cabrito montês... A roupa é uma pele de leão e uma ovelha muito lanosa, ou, em outras palavras: o despojo do leão de Nemeia que devastava a Argólida e foi morto por Hércules no primeiro de seus Doze Trabalhos, e o Tosão que remete ao Tosão de Ouro, uma referência à mitologia grega, evidentemente, mas também à alquimia, muito presente na corte. A pele do leão lembra o reino da Boêmia, que fazia parte do Império, e o Tosão de Ouro, a dinastia imperial, uma vez que se trata de uma ordem dos Habsburgo.

Arcimboldo age assim com a totalidade dos elementos: um rosto de perfil representa uma mulher, enfeitada com um brinco e um colar de pérolas, produtos do mar, mas cujo rosto é viscoso, pegajoso, grudento, gosmento, porque composto por uma quantidade de peixes, frutos do mar, crustáceos, conchas, animais serpentiformes, encouraçados, encarapaçados, espinhosos, tentaculares, queratinosos, gelatinosos; encontra-se igualmente nesse retrato de mulher uma tartaruga escamosa, uma rã reluzente, um polvo molenga, um hipocampo cavalar, uma morsa de presas ameaçadoras, uma minhoca de mil patas, um ramo de coral púrpura, uma estrela-do-mar espaçosa, uma caranguejola de olhos pequeninos que fitam o olhador. Os olhos desses animais todos pululam na tela como múltiplos olhares – assustados, ameaçadores, primitivos, abissais, insistentes, agressivos, inquisitivos. Assim também com as bocas abertas: bocarras barbadas, cartilaginosas, grossos lábios orlados, mandíbulas que são como garras. Dois pequenos jatos de água saem da boca de um peixe junto à cabeleira da mulher, dando ideia de um topete em meio a um penteado elaborado, e, sobre a cabeça, uma coroa assinala que esse retrato de mulher com peixes é provavelmente o de uma grande dama da corte, quem sabe até da esposa do imperador. Imagina-se o que terá julgado o sujeito assim retratado ao deparar com sua transfiguração pagã, sua mais imanente metamorfose em criatura das profundezas submarinas.

Para apreciar a alegoria, é preciso saber que se trata de uma alegoria. Ninguém consentiria a tal representação de si mesmo que não fosse sustentada por alguma simbologia. Aquilo que a obra mostra esconde o que deve ser compreendido. E, até onde se pode saber, o que há para ser compreendido é provavelmente de natureza cosmogônica – com a alquimia provavelmente cumprindo um papel essencial. O que diz Arcimboldo? Diz que o político provém do cosmos, de que é a figura, a encarnação, a personificação, se recordarmos a etimologia de: *persona*, a máscara. O cosmos arcimboldesco não é uma ideia, é a realidade de um universo material e materialista.

A disposição das telas se quer também alegórica: as estações se encontram face a face, e os elementos remetem às estações. O verão é quente e seco, como o fogo; o inverno, frio e úmido, como a água; a primavera, quente e úmida, como o ar. A natureza é composta de elementos, submetidos ao ritmo das estações, que é a medida natural do tempo. O imperador garante essa ordem. Ele resume e sintetiza em sua pessoa a ordem e os movimentos do mundo. Esse homem mortal encarna o cosmos imortal. O cosmos impõe sua lei ao imperador que, por sua vez, impõe sua lei aos homens. De modo que o cosmos inflige seu reinado aos súditos por meio do príncipe, súdito e ator do grande Todo.

A coroa imperial, o brinco e o colar de pérolas na alegoria de *A água*; a letra "M", de Maximiliano II, na trama do manto trançado de junco de *Inverno*; as peles de leão e de ovelha, símbolos dos Habsburgo e do Reino da Boêmia, em *A terra*; a presença do pavão e da águia, outros símbolos da casa imperial, em *O ar*; o emprego do mesmo símbolo, a corrente do Tosão de Ouro, em *O fogo* – não faltam símbolos imperiais para associar essas figuras, não raro desagradáveis (a viscosidade dos peixes de *A água*, a descamação da pele-casca de *Inverno*, o vermiculado dos escassos fios de barba feitos de pequenas raízes, o cacarejo de galinheiro de *O ar*, a urticante boca em forma de ouriço de castanha ou sua versão micótica em *Outono* e *A terra*), a uma pintura de corte apologética.

A feiura para expressar o belo, a aparência grotesca, monstruosa, burlesca, caricatural, para exprimir a grandeza e a excelência imperial, é algo que, *a priori*, beira o paradoxo: o imperador celebrado por sua intercessão cósmica com ervilhas, cebolas, abobrinhas, castanhas, milho, uma romã, azeitonas e outros frutos e legumes destinados à cozinha, é algo que soa como falta de respeito, insolência, impertinência e audácia inaceitáveis.

Ora, sabe-se que os imperadores retratados apreciavam muitíssimo Arcimboldo, que foi seu pintor, mas também o grande organizador das festas que lhes permitiam exibir ao maior número sua magnificência e poder. Engenheiro, arquiteto, decorador, inventor, idealizador do gabinete de curiosidades imperial, Arcimboldo faz parte, com alquimistas e magos, astrólogos e astrônomos, bibliotecários e naturalistas, cozinheiros e camareiros, jardineiros e botânicos, desses que transfiguram o exercício principesco em teatro filosófico e político.

Num momento em que o platonismo estava na moda, a figura de Sócrates pode ter um papel crucial. No *Banquete*, Alcibíades descreve Sócrates como um Sileno – uma figura feia cujo rosto costumava ser gravado nos porta-joias. Esse contraste, muito barroco ou maneirista, bem conforme ao espírito da época, entre um exterior feio e um belo interior, uma aparência repulsiva e uma interioridade deslumbrante, evidencia o caráter secreto, misterioso, mágico da verdade de tudo o que é. Por baixo da aparência, a verdade; por detrás de frutas e legumes, de flores e animais, de peixes e caças, a magnificência de um imperador ou de sua esposa; sob a viscosidade da pesca submarina, a beleza oculta da mulher do soberano.

Panteísmo pagão, enciclopédia da natureza, monismo materialista, ontologia da imanência, poiética demiúrgica, socratismo pictórico, a estética de Arcimboldo lança igualmente mão de uma técnica que, junto com os retratos tautológicos compostos, constitui a assinatura do artista: as pinturas reversíveis. Lidas num sentido, expressam uma coisa; viradas – com o em cima se tornando embaixo, e o embaixo, em cima –, dizem outra coisa. Essa expressiva técnica de pernas para o ar dá corpo ao que viria a ser chamado de perspectivismo. Conforme o ângulo de ataque do real, não diz a mesma coisa – chega, às vezes, a expressar o contrário.

Assim, *O cozinheiro* e *O jardineiro*, tidos como retratos de funcionários da corte imperial. Tautologia, aqui também: o cozinheiro é representado por um prato, e o homem do pomar e da horta, por legumes. O primeiro, composto com peças assadas apresentadas num prato, devia ter um aspecto rústico e grossas feições, um rosto patibular, e o segundo, feito de cardos, raízes, cebolas, castanhas, nozes, devia ser uma personagem bochechuda e *bon-vivant*. Assim que a obra é virada ao contrário, o prato em que estão os leitões, aves e outras peças de carne vira a aba do chapéu do cozinheiro. Assim também o cozinheiro: a travessa em que se encontram os legumes vira um chapéu, a cebola graúda passa a compor a bochecha, o espesso rabanete branco, o nariz, e os salsifis, uma barba bem fornida.

Para além da pintura, Arcimboldo (1526-1593), contemporâneo de Copérnico (1473-1543), de Galileu (1564-1642) e de Kepler (1571-1630), realiza em suas telas a passagem do mundo fechado para o universo infinito. Já não há em cima celeste e embaixo inferno, já não há céu das ideias platônicas no além e terra repleta de leitões de Epicuro no mundo cá embaixo, e sim um mundo cujo centro está onde quer que se encontre matéria, e a circunferência, em lugar nenhum. O cozinheiro vale o mesmo, ontologicamente, que o porco que ele assa, assim como o jardineiro é a batata que cultiva: mesmos átomos, mesmas partículas, mesma matéria – questão de ponto de vista. Um dia galinha assada, no outro responsável pelas refeições imperiais; uma vez cebolão da horta, outra vez bochecha do jardineiro. Não poderia haver materialismo mais epicurista.

Para continuar no registro do perspectivismo, a dialética que atua no em cima *versus* embaixo age igualmente no par próximo *versus* distante: o que a alguns passos parece ser um rosto (de imperador) se torna um conjunto (de animais) quando grudamos o nariz na obra. Do mesmo modo como, comparado ao infinitamente grande ou ao infinitamente pequeno, o que está sendo examinado se torna ridículo ou gigantesco. Aquilo que é nunca existe, portanto, no absoluto, e sim relativamente.

O que no absoluto parece ser um corpo, na realidade revela ser, em verdade, um conjunto de átomos e partículas – o que também não impede a realidade do corpo. Contemporâneo da invenção da luneta de aproximação, por Giambattista della Porta, em 1586, e do microscópio, por Hans e Zacharias Janssen, em 1590, Arcimboldo pinta, simultaneamente, o que ele veria através do telescópio como se fosse aquilo que mostra o microscópio, e vice-versa.

O macrocosmo expressa o microcosmo: as partes constituem o todo, passível de se decompor em novas partes que, por sua vez, são todos, e assim *ad infinitum*. O macrocosmo nobre que expressa o rosto do imperador é composto por vis microcosmos aglutinados – vegetais, animais, flores... A narrativa em abismo toma o olhador por refém para lhe infligir a ilusão, apresentada como realidade – ou a realidade como ilusão. Tal pintura é dinâmica, sendo inclusive a captura, no instante pictórico, da dinâmica do impulso vital que se encontra pintado entre dois instantes – o instante do rosto e o instante do peixe, o instante do semblante e o instante dos legumes, o instante do retrato e o instante das caças...

À maneira de Rabelais (1493 ou 1494-1553) e de Montaigne (1533-1592), mais dois contemporâneos seus, Arcimboldo atua como um enciclopedista. A metáfora que melhor os descreve ainda é a do gabinete de curiosidades: falsa desordem, autêntica ordem, aparente confusão de um projeto preciso, o que à primeira vista lembra um sótão onde se acham amontoadas bugigangas, bibelôs, objetos, coisas – porque aparentemente foram relegadas ali e a relegação parece ser seu único ponto em comum –, *revela-se a um olhar mais atento* como um resumo do mundo, uma breve enciclopédia do mundo, um compêndio da natureza, uma síntese das presenças. Não é de surpreender que Arcimboldo tenha contribuído para a coleção do gabinete de artes e maravilhas de Rodolfo II, que reunia quantidades de objetos para dizer uma única e mesma coisa – a diversidade da natureza una, a riqueza do Todo-Uno, seus mistérios e sua magia, suas formas curiosas e suas extravagantes epifanias.

Nesse gabinete podiam-se ver: bocais contendo corpos de siameses bicéfalos, chifres de unicórnio – muitas vezes, na verdade, dentes de narval –, pássaros empalhados vindos de terras distantes, com magníficas plumagens, conchas imensas engastadas em peças de ourivesaria torneada, peixes-serra ou peixes-espada com seus curiosos apêndices, pedras raras não necessariamente preciosas, monstros encerrados em vidro, raízes de mandrágora – muito parecidas com corpos humanos em miniatura e das quais se dizia que eram produzidas pelo esperma dos enforcados –, astrolábios, autômatos musicais, esqueletos de anões ou de gigantes, múmias, objetos trazidos de lugares remotos, Índia ou América, ceras humanas etc.

A pouca distância do gabinete de curiosidades, o imperador desejara ter um parque zoológico contendo animais exóticos: os ferozes, como se dizia então, leopardos de caça, ursos, leões, tigres, lobos, linces, ou então as caças, cervos, gamos, javalis, quando não os bichos importados de terras distantes, rinocerontes, elefantes, aves, alguns acrescentavam às suas coleções focas e girafas, camelídeos ou macacos, avestruzes ou galgos. Arcimboldo, que era igualmente um fino letrado, erudito em matéria de ciências, ilustrou faunas e floras para os grandes cientistas de então – o bolonhês Ulisses Aldrovandi, entre outros. O retrato alegórico, a pintura reversível, o gabinete de curiosidades, o jardim zoológico, constituem, todos, variações sobre o tema pagão da beleza e da verdade do mundo cá embaixo. O mistério não está na vida após a morte, mas na vida antes da morte. O paraíso não está no céu, mas na terra – basta saber olhar e ver.

O cristianismo ensina que a verdade do mundo não está no mundo, mas no Livro que diz o mundo, a saber, a Bíblia. O Renascimento em geral, e Arcimboldo em particular, não dizem nada *contra o Livro*, com o qual não se preocupam, dizem *a favor do Mundo*. Adão importa menos do que os "selvagens", de que é descoberta a existência na América em 1492. Montaigne viu três tupinambás no porto de Rouen, em outubro de 1562, e também ele coleciona objetos, em especial brasileiros. Em *Dos canibais*, dá uma lista desses objetos, talvez trazidos por seu criado normando, originário de Rouen, um marinheiro e/ou colono que havia vivido por algum tempo no litoral brasileiro: redes, cordões de algodão, espadas clavas, pulseiras de madeira, baquetas de ritmo. O pecado original deixa de ser um caso de metafísica e fruto proibido para se tornar a desnaturação, a aculturação, a civilização judaico-cristã.

Depois que comprei essa pintura, olho menos para ela do que ela olha para mim. O rosto dessa personagem é inquietante – no sentido etimológico do termo: perturba quem o olha. Dependendo da distância da qual o observo, vejo ora a personagem, ora os animais que a compõem. Em algum momento incerto, percebem-se inclusive os dois, e a inteligência hesita entre ver um, depois outro, depois um, antes de se fixar quer num, quer noutro. Depois de comprada, a tela permaneceu um bom tempo no alto de uma biblioteca; então mandei-a limpar, restaurar um pouco; por ocasião de uma mudança, releguei-a a um papel de seda e uma embalagem; tornei, por fim, a pendurá-la na parede da nova residência. A cada vez, as dimensões dessa tela me pareciam alteradas. Lembrava dela maior, mais ampla, mais aberta. O formato pequeno, na verdade, cria ilusão de óptica.

Arcimboldo e os arcimboldescos ilustram um gênero passível de inaugurar uma contra-história da pintura. Essa linhagem seria independente da história oficial e institucional, que é apologética: a fábula cristã foi amplamente representada pelos pintores. A ficção de Jesus foi alimentada exclusivamente por palavras, tintas, pedras, livros, cantos. Cristo é uma invenção dos homens que precisou confiscar a arte para tornar possível uma encarnação. A história da arte oficial, a história oficial da arte, coincide com esse empreendimento alegórico. Na construção do cristianismo, os artistas cumprem um papel essencial: os ícones bizantinos, as igrejas romanas, as catedrais góticas, *Legenda áurea*, de Jacopo de Varazze, as pinturas de Giotto, os versos de Dante, as cantatas de Bach dão corpo e carne a uma fábula como já existiram milhares de outras. Constantino converteu o Império à seita cristã, fabricando, no mesmo gesto, a civilização europeia. Os artistas foram os principais atores dessa encenação histórica, espiritual, religiosa, ideológica.

Arcimboldo parece ter sido o primeiro a escapar da arte cristã. Em suas cerca de trinta telas conhecidas, não se encontra nada que lembre, de perto ou de longe, o cristianismo. Não se vê nelas nenhuma das cenas habituais da ficção da vida de Jesus: não há anunciação, visitação, virgem mãe, natividade, sagrada família, estábulo, estrela-guia, rei mago, fuga para o Egito, batismo, apóstolos, pesca milagrosa, milagre, auréola, línguas de fogo, mercadores do templo, santa ceia, subida do calvário, crucifixão, descida da cruz, ressurreição, ascensão, Pentecostes, Assunção.

Do mesmo modo, tampouco se encontra no pintor italiano nada do que constitui as delícias do martirológio cristão em séculos de pintura nos milhões de lugares em que foi transmitida a mensagem: a decapitação de Dionísio, a evisceração de Lourenço, a lapidação de Estevão, a crucifixão de Pedro de cabeça para baixo, a devoração de Blandina pelos leões, a combustão de Alberta, a decapitação de São Torpes, a bastonada de Félix, o esfolamento de Bartolomeu, o suplício na roda de Catarina de Alexandria e outras maravilhas destinadas a mostrar que o autêntico cristão obtém a salvação imitando o martírio de Jesus durante a Paixão.

Quando não celebrava a mitologia cristã, a pintura homenageava, glorificava e magnificava os príncipes e reis mui cristãos. Algumas pinturas atribuídas a Arcimboldo representam arquiduquesas, e há também o retrato do imperador Maximiliano II e toda a sua família, cachorrinho inclusive. Tudo isso num estilo sóbrio, eficiente, que não tem nada a ver com o que dele conhecemos. Retratos de corte, pinturas oficiais – se é que essas obras são mesmo dele, o que ainda resta provar, mas a dúvida persiste. Caso fosse seu autor, Arcimboldo teria então disfarçado seu estilo, apagado sua arte e produzido algo neutro para compor as imagens oficiais da família que lhe pagava o salário. O Milanês, ao pintar os poderosos da corte de Praga, lançou mão da ironia de um Diógenes tornado pintor para retratar os reis com avelãs e salsifis, rãs e papagaios, pepinos e focas.

Essa contra-história não cristã da pintura não incluiria as naturezas-mortas, já que essas, na maioria das vezes, confiscam objetos para obrigá-los a um discurso de edificação cristã: a faca em equilíbrio na beirada da mesa, prestes a cair, o verme dentro da fruta, a mosca se alimentando de carne putrefata e se escondendo na tela enquanto espera sua hora, a borboleta que só vive uns poucos dias pousada numa fruta já passada, o copo trincado, a casca do limão pendendo no vazio, a taça virada, a flor murcha, a noz aberta – é preciso entender que, tal como esses objetos representados, existimos no tempo, à beira do vazio, enquanto Deus se refestela na eternidade, à qual podemos aceder por meio de uma vida cristã.

Isso a natureza morta às vezes expressa ainda mais claramente: pode mostrar um crânio, uma ampulheta, uma vela, animais mortos, peixes ou caças, uma ostra aberta, um relógio, um espelho, um castiçal, com ou sem vela apagada. A pintura fala, diz que tudo é vaidade e corrida atrás do vento, exceção feita do cuidado com a salvação. Ela edifica o olhador informando-lhe que, qual o reflexo no bojo do gomil de cristal fino ou o peixe eviscerado, ele passa, há de passar, há de morrer, já está quase morto e está na hora de se preocupar com sua alma e sua vida após a morte. Em Arcimboldo, o peixe não tem sequer o ventre aberto, tem um olho bem vivo que nos fita como que perguntando se realmente entendemos que ele é nós, e nós somos ele.

Uma contra-história da pintura não incluiria, portanto, a natureza morta, mas acolheria, como a um maná ontológico, a pintura de paisagem. A paisagem existe na pintura desde muito tempo, mas, não raro, em segundo plano, como cenário, pano de fundo: serve de invólucro para a pintura religiosa ou para a pintura burguesa dos flamengos, os quais expõem sua riqueza se apresentando sob o seu melhor ângulo, com belos trajes, pesados drapeados, mulheres usando joias e peles, tudo isso posado, enquadrado, em abastados interiores cujas janelas dão para as famosas paisagens, às vezes pintadas de maneira autônoma em pequenas telas que servem para decorar os interiores em questão.

A paisagem é, portanto, o fundo acessório do retrato, como o cenário teatral de um tema que ocupa o primeiro plano – todos conhecem a *Gioconda* (1503/1506) de Da Vinci; passa então a ocupar cada vez mais espaço; com o romantismo, a personagem passa a ter cada vez menos espaço, a ponto de já não ser mais do que uma silhueta dentro de um espaço imenso que satura a tela – lembremos de *Manhã nas montanhas*, de C. D. Friedrich; por fim, a paisagem se torna, ela própria, tema, tal como no espantoso *Noite com as nuvens* (1824), do mesmo C. D. Friedrich.

Quase meio século mais tarde, com *Impressão sol nascente* (1872), de Claude Monet, os impressionistas enveredam a pintura por uma via que sai da paisagem da tela para só passar a pintar os efeitos da luz sobre ela (como mostra a série de fachadas da catedral de Rouen pintadas entre 1892 e 1894), e em seguida a própria luz em sua forma emblemática: a cor (*O lago dos nenúfares,* entre 1917 e 1920). Soa então a hora da abstração, e, logo, da própria abstração da abstração, diluída no conceito puro iniciado por Marcel Duchamp com seu primeiro *ready-made* em 1914 – o *Porta-garrafas.* Após o golpe de estado duchampiano, a arte contemporânea ainda deixa um espaço para a paisagem, que se torna, ela própria, material bruto e natural de uma obra de arte esculpida pelo artista.

# 4
## O SUBLIME DA NATUREZA

A *land art* encarna atualmente essa estética do sentido da terra que faz as vezes de fio condutor desse breve esboço de uma contra--história da arte. Contra a supercerebralização oriunda de Marcel Duchamp, longe da arte conceitual, da arte minimalista, da arte *povera* e outras variações no sentido rumo a cada vez menos matéria e cada vez mais abstração, cada vez mais ideias, a *land art* tira a arte dos museus, das galerias, dos espaços estreitos e confinados, dos guetos culturais elitistas, para realizar gestos ancestrais do homem que transforma a natureza em matéria-prima do seu trabalho.

No espírito xamânico dos homens do neolítico que esculpiam as pedras, combinavam-nas para produzir alinhamentos pautados pelo sol, a lua, as estrelas e o movimento dos planetas, no mesmo espírito desses sacerdotes, druidas ou sábios que estão na origem de Carnac ou Stonehenge, Filitosa ou Córsega, dos nurages da Sardenha e outros megálitos nas Baleares e em Malta – e em todo o planeta –, os artistas da *land art* – Dibbets, Fulton, Sonfist, Holt, De Maria, Smithson, Rinke, Nils-Udo, Oppenheim, Heizer, entre outros – restauram o gesto estético inscrito na natureza e na paisagem.

As obras da *land art* não entram nas galerias, onde não podem ser rentabilizadas. Só podem ser mostrados, expostos e vendidos documentos de trabalho: esboços, fotos, croquis, desenhos, cadernos, cartões, mapas, documentos diversos, tíquetes, pedaços de barbante, plantas secas, pedras, saquinhos de areia. Esses que trabalham com a terra e a paisagem, a montanha e as rochas, o mar e as ondas, o vale e o riacho, o relâmpago e o céu, a neve e as pedras, os rios e os lagos, os campos e as minas, as geleiras e as árvores, o iceberg e o vulcão, os lagos salgados e as florestas, os troncos e as folhas, as flores e os pólens, a areia e a lama, o capim e os pedregulhos, a poeira e a luz, o vento e as nuvens, o rastro e as sombras se expõem a uma quase impossível exposição da obra em si num local institucional e se contentam em comercializar seus vestígios.

O que teve lugar na natureza é desenhado, filmado, fotografado, contado, pintado, os artistas expõem levantamentos topográficos, anotações, diagramas, estudos estatísticos, croquis arquitetônicos, e tudo isso alimenta um pequeno ramo da arte conceitual. Ainda assim, o gesto envolve primeiramente um fragmento da natureza, um pedaço do mundo, um naco do real imanente, no qual o artista imprime sua marca à maneira de um demiurgo. O artista cavou, afagou, acumulou, cavoucou, recortou, extraiu, deslocou e transferiu os quatro elementos em todas as suas formas, em todos os seus estados, para todas as novas configurações possíveis e imagináveis.

Com *The Lightning Field* [O campo de raios] (1977), no Novo México, Walter De Maria desloca o relâmpago, que ele direciona para quatrocentos mastros de aço passíveis de atrair a formidável energia das tempestades; com *Plataforma Espiral* (1970), Robert Smithson cria a sombra de uma espiral, produz o rastro de uma imensa voluta emergida nas águas do grande lago salgado em Utah; com *Circular Surface Planar Displacement Drawing* [Desenho de deslocamento planar da superfície circular] (1970), Michael Heizer deixa marcas de pneus na superfície totalmente plana de um lago drenado, em círculos que se combinam qual pura composição geométrica; com *Pedras no Nepal* (1975), Richard Long cria uma ordem lapidar na desordem pedregosa ordenada pela natureza no topo de uma montanha nepalesa; com *Roden Crater* (1992), James Turrell configura, com uma nora de buldôzeres, um círculo perfeito no topo de um vulcão (sua propriedade no Arizona), a fim de permitir a entrada da luz através de um olho central que dá vista para edifícios subterrâneos; com *Secant* [Secante] (1977), Carl Andre desenha uma linha de quase cem metros de comprimento que ondula qual serpente de madeira e se amolda às curvas de um campo sinuoso; com *Instalação VI/05*, Bob Verschueren (2006) cria uma ponte de madeira na trilha escarpada de uma floresta italiana, abrindo assim uma porta na natureza; com *Tilleul, Sorbes* [Tília, Sorvas] (1999), Nils-Udo traça uma linha de frutas vermelhas (as sorvas, frutos da sorveira) em meio a um bosque de resinosos dispostos embaixo de tílias; com *Lassalle River* [Rio Lassalle] (1996), François Méchain mescla a casca de três troncos de árvores com crosta de argila secada ao sol; com *Iris Leaves with Roman Berries* [Folhas de íris com frutos de sorva] (1987), Andy Goldsworthy compõe uma marchetaria de folhas verdes e frutas vermelhas que afloram, em forma axadrezada, na superfície de um açude; com *Views Through a Sand Dune* [Paisagens através de uma duna de areia] (1972), Nancy Holt perfura uma duna, na qual introduz um bútio de concreto que dá para o mar; com *Cattedrale Vegetale* [Catedral vegetal] (2001), Giuliano Mauri pede às árvores que se curvem às formas góticas para compor a abóbada vegetal de uma espécie de templo pagão de formas cristãs etc.

Esculpir o relâmpago, domesticar o mar, desenhar círculos na superfície de um lago drenado de sua água, desordenar o caos geológico por ordem de uma vontade artística, remodelar os vulcões, traçar linhas na terra, dobrar fragmentos de floresta para convertê-los numa arcada em toro, desenhar uma fita de frutas vermelhas sobre o verde de um monte de árvores, metamorfosear a casca da árvore em terra e vice-versa, pintar a superfície da água com matérias vegetais, perfurar uma duna para nela introduzir um postigo pelo qual se faz aparecer o oceano, recriar a forma vegetal que norteava as antigas colunatas egípcias, mas também recortar o gelo de um rio congelado, escavar a areia do deserto, criar uma alameda de árvores entrando mar adentro, construir pirâmides de palha, plantar um campo de trigo ao sul de Manhattan, criar vórtices de galhos, descamar um lanço de hera para criar uma forma de outono na vegetação, capturar o vento para fazê-lo esculpir uma faixa de pano de vários quilômetros de comprimento: os artistas da *land art* rematerializam a arte abastecendo-se em suas mais primitivas fontes.

Smithson, que confessava uma especial predileção pela geologia, pela pré-história e pelas ciências naturais, trabalhou num projeto que a morte o impediria de ver realizado, *Amarillo Ramp* [Rampa de Amarillo] (1973). A obra seria, contudo, produzida a partir de seus planos:

trata-se de uma grande curva de terra construída à proximidade de um lago. O movimento do olhador andando em direção à obra modifica sua aparência. Imaginava-se o círculo perfeito e descobre-se que é aberto de um lado. O que parecia circular revela-se elíptico. Para finalmente ver a obra, há que encontrar, como para a de Arcimboldo, a distância certa: de muito perto, vê-se uma coisa, mas não a outra, de muito longe vê-se esta, mas não aquela.

Os artistas da *land art* obrigam à viagem. É preciso se deslocar para ver suas obras, ir até a natureza, mover-se para regiões inóspitas, subir montanhas, descer vales, penetrar em florestas, percorrer muitos quilômetros para se distanciar das megalópoles, adentrar desertos. Esses demiurgos da natureza convidam a reencontrar lugares simbólicos cujo sentido perdemos em milhares de anos de civilização: a energia das terras celtas, a magia da areia dos desertos, a majestade dos cumes alcançados, a exaltação da altitude, a fruição da vista desde os cimos, o silêncio das regiões desertas, o arrepio nas matas sombrias, o contato com os elementos, a proximidade do relâmpago, o magnetismo das águas, o mistério da neve, a força dos gelos, o prodígio dos crescimentos vegetais, a vertigem dos grandes espaços – em outras palavras: as vias de acesso ao sublime.

A morte do belo obtida por Duchamp não deixa o campo artístico virgem de todo conteúdo novo. O sublime, com efeito, entra pela porta da frente. O conceito já existia há muito tempo, pelo menos desde Longino, ou Pseudo-Longino, no século III de nossa era, mas não tinha o direito de ser citado enquanto os estetas do belo ditavam a lei. Do idealismo de Platão aos delírios ideológicos de Maldiney, passando pela indigesta *Crítica da faculdade de juízo* de Kant, a qual, pretendendo ao universal, limita-se a universalizar o gosto de seu autor para transformá-lo no juízo de gosto absoluto (do tipo: *o belo é aquilo que agrada universalmente e sem conceitos*, mas tudo que não é arte ocidental, ou mesmo exclusivamente europeia, não é arte), o sublime aparece como uma categoria secundária em relação ao Belo – maiúscula obrigatória.

O trabalho de Nancy Holt (1938-2014), artista norte-americana da *land art*, permite estabelecer a relação entre o belo clássico e o sublime contemporâneo, notadamente com uma obra de 22 toneladas intitulada *Túneis solares* (1973-1976). Depois de longas viagens prospectivas, todas constituindo meditações e experiências sobre si mesma, ela escolhe cuidadosamente um lugar. Trata, em seguida, de conhecê-lo intimamente: geologia, geomorfologia, fauna, flora, astronomia, astrofísica. Acampa, então, no local e se coloca no estado de espírito dos homens que, milhares de anos antes, viveram ali, naquela natureza desértica praticamente inalterada. Em seu campo de visão se encontram montanhas, e humanos habitaram as cavernas que nelas ainda se encontram. A artista sai em busca ontológica da espiritualidade daqueles primeiros homens.

Nancy Holt trabalha em seguida com os movimentos do sol, e em especial com os solstícios, produzindo uma obra que permite ao olhador se achar no centro do cosmos e tomar consciência de que é uma pequena parte do grande todo, ínfima parcela de um universo infinito, insignificante fragmento de uma totalidade incomensurável. Nos dez dias que precedem e nos dez dias que sucedem as datas do solstício de inverno e verão, mas não só, a obra permite ao olhador realizar uma experiência que lhe permite fazer coincidir a paisagem externa em sua configuração astronômica com a paisagem interna em sua conformação cosmológica.

A obra, instalada no deserto de Utah, a sessenta quilômetros da cidade mais próxima e a uns quinze da estrada mais próxima, não longe de Lucin, uma cidade fantasma, compõe-se de quatro bútios orientados segundo o aparecimento dos raios do sol no momento dos solstícios. As peças são de um material de cor quase similar à da areia do deserto nesse lugar. São dispostas em X, alinhadas aos pares, posicionadas no eixo da direção das luzes verticais do verão e horizontais do inverno. Cada túnel comporta buracos minuciosamente perfurados que ocasionam o desenho de motivos luminosos dentro das peças, nas quais um humano pode entrar – têm mais de cinco metros de comprimento, quase três metros de altura, o conjunto se estendendo sobre 26 metros. Por esses orifícios podem-se avistar as constelações do Dragão, de Perseu, Pomba e Capricórnio. O projeto estético dessa instalação no deserto? Que cada um sinta e descubra seu pertencimento ao cosmos.

Para apreender o sentido dessa obra, cabe remeter, mais uma vez, às pesquisas em etnoastronomia e/ou arqueoastronomia de Chantal Jègues-Wolkiewiez, que chacoalham a corporação dos pré-historiadores. Ela adianta a hipótese de que os homens mais primitivos dispunham de um excelente conhecimento do céu, do Sol e da Lua, das estrelas, e que eram capazes de medir o tempo, prever os ciclos e, portanto, de planejar as caças (segundo o movimento migratório dos animais) e os cultivos (os momentos de semeadura, plantação ou colheita) em função do que haviam compreendido sobre os movimentos do cosmos.

Já no aurignaciano, os humanos gravam um calendário lunar num osso de rena, o que demonstra sua capacidade de conhecer a posição da Lua e do Sol em relação à Terra. Sua análise dessa espécie de pedra de Roseta da arqueoastronomia, descoberta no abrigo Blanchard, em Sergeac, na Dordonha, permite-lhe provar que o gravador desse osso calculou o número de dias suplementares que separam a lunação sinódica da lunação sideral – ou seja, em relação a duas lunações siderais, são cinco dias a mais para duas lunações sinódicas. Chantal Jègues-Wolkiewiez refere-se então a uma capacidade para medir o Universo.

A etnoastronomia propõe uma tese audaciosa, mas muito atraente, para explicar as obras de arte parietais nas grutas pré-históricas: as figuras representadas seriam desenhadas em função de um mapa do céu. Os locais de culto seriam, com efeito, escolhidos em função dos movimentos cósmicos – uma tradição conhecida pelo menos até os construtores de igrejas cristãs. Há que achar, primeiramente, a entrada primitiva das grutas, deslocadas pelos desabamentos, deslizamentos de terra, alterações geológicas, terremotos, erosão pela água.

Feito isso, constata-se que o raio luminoso que chega ao fundo da gruta por ocasião dos solstícios e equinócios desenha nas paredes uma coreografia luminosa, que é utilizada pelos artistas, os quais reproduzem na pedra as constelações. A arte pré-histórica constitui, na verdade, uma técnica astronômica muito imanente, que pouco tem a ver com as leituras transcendentes que veem nas obras parietais vestígios sagrados de religiões pré-históricas. O abade Breuil nelas vislumbra a pré-história de sua religião revelada (transforma grutas decoradas em capelas e santuários); Georges Bataille projeta suas próprias obsessões (a relação entre erotismo e morte, riso e transgressão, lágrimas e ferimento, sangue e esperma, cópula e divindade); Leroi-Gourhan, as de sua época estruturalista (os signos, os algarismos, os significantes, os números, as estruturas, os pictogramas, os mitogramas); Jean Clottes, as de nossos tempos *new age* (o xamanismo e o transe, os espíritos e os magos, os feiticeiros e os taumaturgos).

Chantal Jègues-Wolkiewiez, quanto a ela, vê a marca de homens cuja inteligência do cosmos e da natureza demonstra ser suficientemente desenvolvida para que suas cartografias tenham uma temível precisão científica. Para ela, a luz que entra pela porta da gruta por ocasião dos solstícios e equinócios sacraliza o lugar. Fala de uma *ordem oculta* do cosmos e de sua descoberta pelos homens do paleolítico. Os levantamentos, as medidas, os exemplos, as interpretações, são convincentes: a ferida do bisão pelo sol de verão, o movimento do rinoceronte na direção oeste, a águia no cio tornada homem-pássaro, o lugar das dejeções dos animais, o eixo de suas caudas erguidas, a orientação das azagaias, idêntica à do sol nascente e poente no sítio durante os solstícios, a replicação dessas orientações dentro da gruta, o uso do poço enquanto eixo primitivo em torno do qual se organiza esse cosmos pintado, tudo isso demonstra a toda evidência que a chamada arte *pré-histórica* mantém uma estreita relação com o cosmos.

A história da arte ocidental parece ser a história da paulatina liberação dessa estreita relação entre a arte e as leis do Universo em prol de tudo o que se interpõe entre o homem e o cosmos – mais especificamente, o texto, a lei, a palavra escrita das religiões monoteístas. A luz foi sinal do divino a partir das claridades solares e lunares, e isso de forma puramente imanente. A luz se emancipa de suas fontes cósmicas para se tornar a forma de um deus apartado do mundo. Da luz do sol até a luz das auréolas cristãs, tornadas réplicas em miniatura do cosmos, foram milhares de anos.

A *land art* reata com essa tradição pré-histórica, primitiva, genealógica. É certo que a glosa filosófica muitas vezes viu nesse movimento de arte contemporânea uma subdivisão da arte conceitual, para poder pensar seus vestígios expostos nas galerias mais do que a presença concreta no mundo desses artefatos sublimes. Mas, se desconsiderarmos o empobrecimento dessa arte por parte dos doutos em arte contemporânea, descobrimos que ela ensina, primeiro e principalmente, a ver a natureza, a perceber o mundo, a apreender o universo, a experimentar o cosmos para permitir a cada qual que encontre seu lugar nessa mecânica magnificamente regulada.

Encontramos, nos artistas emblemáticos da *land art*, o recurso aos signos mais primitivos: a espiral, por exemplo, presente no reino vegetal (os pâmpanos da videira, as molas da glicínia), no reino animal (a hélice do caracol, das conchas) ou no reino cósmico (o movimento das nebulosas), significa a evolução de uma força, é a forma adotada por uma força, notadamente a dos ritmos da vida, sobre a qual o naturalista D'Arcy Thompson propõe uma assombrosa variação literária, poética, filosófica, lírica.

A *land art* utiliza um alfabeto de signos simples: o ponto, que pode ser um buraco quando está em três dimensões; o deslocamento desse ponto dá uma linha; essa linha pode se multiplicar e se enrolar para desenhar um círculo, caso se feche sobre si mesma, ou então arcos, semicírculos, esferas ou uma espiral, caso se liberte da pura e simples replicação enquanto conservar seu movimento; ou se cruzar com outras linhas para produzir cruzes, triângulos, estrelas, quadrados, retângulos, formas igualmente presentes na natureza: a linha do horizonte, o redondo do sol, o semicírculo dos crescentes da lua, os cristais dos minerais, a abóbada estrelada etc.

A espiral diz o mesmo e o outro, a repetição do semelhante, mas num tempo dessemelhante: o ponto gira, traça um círculo, repassa quase no mesmo lugar, mas esse intervalo transforma o mesmo em outro – esse movimento replica aquele de tudo que é: a vida é movimento, a morte é deslocamento desse movimento e criação de um outro vivo, proveniente do vivo morto. Significa o eterno retorno, não do mesmo, o que seria expresso pelo círculo, mas do dessemelhante manifesto no intervalo que cria o enrolamento.

Esse modo de dizer o tempo, que se alforria da flecha judaico-cristã, reata com as leituras primitivas, animistas, politeístas, panteístas do tempo: rejeita a flecha, preferindo a espiral dos movimentos e ritmos

## O sublime da natureza

do cosmos. A produção de uma obra como a de Nancy Holt, *Túneis solares* (1973-1976), se faz contemporânea das obras pré-históricas de que já não restam vestígios, porque se efetuavam em/com suportes efêmeros (areia, terra, madeira, vegetais, conchas), ou dessas pinturas parietais de que Chantal Jègues-Wolkiewiez nos propõe tão interessante leitura.

A *land art* não encerra a arte na cultura e nos seus lugares: abre-a na, pela e para a natureza. Acede-se, portanto, à obra de arte indo ao contato direto com os elementos cenografados. O desejo de ver a obra, a viagem (por vezes longa) até ela, a chegada à zona em que ela se encontra, a aproximação e seus vários níveis que pressupõem uma série de perspectivas com, a cada vez, uma metamorfose da obra, que aparece diversa num mesmo espaço porque apreendida desde lugares diversos – tudo isso faz parte da obra, a qual expressa um tempo e um espaço: tempo cíclico e espiralado, espaço metamórfico e proteiforme. Mover-se na obra significa mover a obra, mudá-la, criá-la, recriá-la. Essa prática estética constitui uma experiência existencial: o corpo, num tempo móvel e num espaço cambiante, torna-se o eixo ontológico da obra. O olhador faz as vezes de um ponto a partir do qual se olha para o universo, cujo centro coincide com cada um de nós. O universo finito sem limites se acha assim apreendido, experimentado através de uma obra de arte contemporânea... da pré-história.

Nancy Holt reivindica certo número de influências, entre as quais a de Caspar David Friedrich. Essa referência se impõe quando se conhecem a pintura e os poucos escritos desse pintor alemão que foi o artista por excelência do sublime romântico. A exegese fez dele o pintor da tragédia da paisagem, da desolação do indivíduo solitário. Os freudianos, que nunca perdem a oportunidade de uma bobagem, ao identificar o símbolo fálico numa estela tumular e o útero materno na gruta, veem nele o artista do desejo de regressão que fracassa tragicamente. Os nazistas, obcecados pela virilidade que lhes fazia falta, associaram sua pintura ao romantismo viril concentrado no local, perfeito antídoto ideológico para o romantismo feminino preocupado com o universal! Os devotos cristãos veem nele um dos seus e, graças a muitos malabarismos, depois de afirmarem que as montanhas eram alegorias da fé, os raios do sol poente, o símbolo do fim do mundo pré-cristão, e os pinheiros, metáforas da esperança, arrebanham Friedrich em sua mística confraria. Essa última leitura só se esquece de que C. D. Friedrich escreveu: "O divino está em toda parte, inclusive num grão de areia", o que, se quisermos dar-lhe um rótulo, faz dele um panteísta, mas de modo algum um teísta cristão.

Um pequeno quadro (54 × 42 cm) de seu amigo Georg Friedrich Kersting, intitulado *O ateliê de Friedrich* (1811), mostra-o sentado numa cadeira diante do seu cavalete, trabalhando numa tela, num cômodo austero, com uma janela fechada na parte superior e aberta na inferior para deixar entrar a luz do dia. Sobre uma mesa estão seus pigmentos, em três frascos tampados, e um pano dentro de uma caixa de madeira aberta; na parede, veem-se pendurados um esquadro, um tau, uma régua, duas paletas. Há outra janela grande, condenada. O artista pinta com a mão direita, enquanto na esquerda segura uma paleta, um punhado de pincéis e uma vara de apoio para a mão. Neste cômodo, que é como a câmara escura de onde irá surgir a luz pintada, o romântico de penhoar trabalha de pantufas.

Dois outros quadros pequenos (31,4 × 23,5 e 31,2 × 23,7 cm), realizados por Friedrich a lápis e sépia, representam as janelas esquerda e direita de seu ateliê em 1805-1806. Neles vemos, portanto, o que ele próprio via através dessas duas aberturas. A da direita foi ocultada na obra de 1811. E o que está pendurado na parede – à esquerda, uma chave; à direita, uma tesoura; na borda, um espelho em que se reflete parte do rosto do pintor e um quadro de obra indistinta num oval – desaparece em 1811. A obra mais tardia mostra um cômodo austero, despojado, puro, sóbrio. Desapareceu tudo que pudesse distrair o olhar do artista: à esquerda, a ponte da cidade, o rio, os barcos ancorados ou descendo pelo curso d'água, uma barca atravessando; à direita, o mastro de um barco, a margem em frente, um conjunto de casas, árvores, álamos talvez, uma embarcação com seu marujo.

*O ateliê de Friedrich* é um manifesto. Esse cômodo em que ele trabalha constitui o atanor desse alquimista que é o pintor, o qual transforma a lama do mundo em ouro estético. Friedrich não trabalha com um cavalete ao ar livre (mas sentado numa cadeira, de penhoar e pantufas), olhando pela janela (ele fecha uma e oculta a outra), com desenhos ou

## O sublime da natureza

croquis (não tem nada além de seu material de pintura), e sim solicitando seu cérebro, sua memória, suas emoções e sensações armazenadas ao longo de seus passeios ao ar livre.

Enquanto seus contemporâneos viajam para Roma a fim de se impregnarem do espírito da Antiguidade, Friedrich reivindica as caminhadas pelas paisagens de sua infância; enquanto seus colegas pintam citando outros quadros, ele atenta para a natureza, e não para as telas que a representam; enquanto as exposições exibem obras bem pintadas, clássicas, ele quer despertar a sensação, a emoção, o sentimento, o coração do olhador; enquanto os outros se contentam em reproduzir, *produz* um efeito no visitante que está diante de seu trabalho: gera o sentimento do sublime. Friedrich é o pintor do sublime contemporâneo.

O sublime surge na resolução de uma tensão entre o indivíduo e o cosmos. A pequenez do sujeito que contempla a natureza grandiosa gera um sentimento: o do sublime. Focado em si mesmo, o indivíduo ocidental, este que a etimologia afirma ser indivisível, entra dentro de si mesmo mediante um trabalho de introspeção. Montaigne primeiro, depois Descartes, Pascal em seguida, interrogam o eu enquanto realidade autônoma, separada da natureza embora na natureza. Nenhum deles atenta para o cosmos. Todos os três, a seu modo, acreditam em Deus (um Deus francês para o primeiro, ideia inata para o segundo, revelado e católico para o terceiro), mas o cosmos material não lhes interessa. Se Pascal se apavora com o silêncio dos espaços infinitos, é para melhor exorcizar o pavor através da fé, que o faz se ajoelhar e se abismar misticamente.

Depois de ter metodicamente duvidado de tudo, exceção feita (por cautela) à religião de seu rei e de sua ama de leite, Descartes empreende um trabalho interno em busca de uma verdade primeira sobre a qual assentar seu edifício filosófico. Essa forma de proceder – revolucionária em seu tempo, uma vez que dispensa Deus sem, no entanto, negá-lo –, realiza a autonomia do pensamento de maneira radical. A razão se torna o único instrumento de saber e conhecimento. A sensação e a emoção se tornam suspeitas, coisas do corpo, ali onde cabe ao espírito, avatar da alma, fazer a lei. A natureza e o cosmos desaparecem, ao mesmo tempo que tem lugar a epifania da razão do sujeito autônomo.

A etimologia de *sublime* remete àquilo que *eleva nos ares*, e sabe-se que a elevação, em regime judaico-cristão, equivale a um céu morada de Deus e dos anjos, dos espíritos e arcanjos. Para além dessa tópica cristã, o sublime remete àquilo que é elevado, grande, digno, nobre, magnífico, respeitável, alto, largo, vasto, imenso, terrível, num pensamento, numa ideia, num ser, num ato, num estilo, num caráter, numa paisagem. Há, no sublime, uma exacerbação da alma material que se alarga a ponto de coincidir com a vastidão do mundo. É uma questão de fisiologia, de maravilhamento da parte mais avançada do ser diante de um espetáculo que contrai a alma, e em seguida a descontrai ao infinito. No decorrer dessa dinâmica ontológica, um sentimento toma conta do corpo, manifestando-se por uma reação anatômica: frêmito, tremor, convulsão.

Sabe-se da síndrome de Stendhal, que acometeu o autor de *A cartuxa de Parma* quando, em 1813, saía da igreja de Santa Croce, em Florença: vivenciou fisiologicamente o sublime de seu encontro com obras de arte. Toda obra dispõe de uma aura, no sentido que lhe dá Walter Benjamin; já a conhecemos, já vimos reproduções, imagens, fotos, mas não necessariamente estivemos em sua presença. Cada um de nós guarda na memória um museu iconográfico virtual.

O confronto com a verdade da obra, com sua materialidade, pode afetar a pessoa colocada em presença de uma aparição. Se o local for um museu repleto de obras-primas, como é o caso da igreja Santa Croce, em Florença, as sucessivas comoções acabam por tetanizar o olhador, que é então acometido de suores, tremores, vertigens, sufocação, aceleração do ritmo cardíaco, transtornos respiratórios, chegando a vivenciar êxtases ou até, em alguns casos, alucinações ou orgasmos. Stendhal teve de sentar-se num banco para se recompor – desde então, o sintoma leva o seu nome.

O sublime se manifesta quando ocorre o conhecimento imediato de uma verdade revelada pela imensa força de um espetáculo – sublime diante da natureza, sublime diante da cultura. O indivíduo, magnificado por Descartes e pela tradição ocidental, sente sua razão sobrecarregada, suspensa, evitada. O corpo, em sua materialidade mais primitiva, assume o comando. O cérebro, decerto, realiza um trabalho, o da razão, mas o sistema neurovegetativo toma a precedência e devasta a carne com uma série de pulsões, pulsações, fluxos, energias transbordadas e transbordantes. O sublime arrebata a razão racional, raciocinante e razoável; libera a emoção pura, a sensação direta, a comoção genealógica, a franca perturbação.

Burke fez sua teoria; não surpreende que Kant tenha feito sua crítica: o primeiro fala em fisiologia, o segundo faz uma análise transcendental. O sensualista inglês gostava do sublime capaz de ser esmagador, o idealista alemão preferia o belo e despachava a categoria do sublime para fora do mundo da arte. O autor empírico de *Uma investigação filosófica sobre a origem de nossas ideias do Sublime e do Belo* (1757) põe em cena o corpo enquanto condição de possibilidade do sublime, razão pela qual mantém temáticas imanentes: a dor e o prazer, a alegria e a tristeza, o terror e a escuridão, a luz e a vastidão, o infinito e a magnificência, os cinco sentidos e o infinito, os efeitos do preto e a beleza do liso, a doçura e a poesia. O filósofo da *Crítica da faculdade do juízo* (1790), quanto a ele, move-se entre conceitos: juízo reflexivo, juízo determinante, analítica do juízo, dialética do juízo, juízo estético *a priori*, juízo de gosto empírico, juízo estético, juízo teleológico. Fechado em seu mundo de ideias puras, porém, Kant fala da arte se esquecendo da música, condenando os romances, silenciando sobre a arquitetura, não citando nenhum artista.

Caspar David Friedrich (1774-1840) é *o* pintor do sublime. Sua pintura nos ensina a ver a natureza – como os artistas da *land art*. A pintura do sublime da natureza sem personagem permite-lhe uma breve enciclopédia dos elementos: a perfeição do arco-íris e o éter das camadas de névoa, o avermelhado da aurora boreal e a palidez do inverno, a estranha claridade do luar e o difuso das brumas matutinas, a carnação das pradarias e as curvas das colinas, a magia da noite e o eterno retorno da estrela da tarde, a pureza dos cumes e a atração dos precipícios, a paz do sol poente e o encadeamento das estações, a presença forte das pedras e a ameaça dos recifes, a matéria das nuvens e os reflexos da lua na água, a majestade dos pinheiros esguios e a potência das árvores partidas, a emoção da primeira neve e a tragédia do naufrágio no gelo, a força cascateante das quedas d'água e a placidez dos lagos, a natureza é mostrada sem o homem, tal como foi e será durante milênios. Natureza pura em sua vitalidade em incessante movimento.

Os jogos de luz e sombras, a dialética das árvores mirando o céu e a dos carvalhos desenraizados, a alternância regulada do nascer e do pôr do sol, a justaposição das águas em quedas borbulhantes ou em superfícies calmas, a natureza aureolada de brumas e as paisagens inundadas de luz solar colocadas em perspectiva, uma vez as ramagens verde-claro, outra vez os galhos secos de árvores mortas, aqui o rochedo qual promontório em direção ao céu, ali o recife qual promessa de naufrágio, uma vez o carvalho com um ninho de cegonhas, outra vez uma árvore morta com corvos, tudo isso permite aos amantes de alegorias, simbolismo, metáforas e leituras cifradas, codificadas, lerem a pintura de Friedrich como uma obra apologética cristã.

O pintor diria, sem dizer, mas já dizendo, o bem e o mal, o céu e a terra, o dia e a noite, a ira ou a paz, a vida e a morte, a alegria ou a dor, o nascimento e o falecimento. Mas também é lícito supor que ele mostre simplesmente a natureza, nada mais que a natureza, toda a natureza, sem fazê-la dizer aquilo que ela não diz, mas mostrando o que ela mostra a quem sabe olhá-la, vê-la e apreciá-la sem prisma deformante: ela diz os ciclos milenares, os ritmos ancestrais, as alternâncias cósmicas, os tempos da repetição, a dialética do mesmo que perdura na espécie e do outro que morre na individualidade.

Seria o caso de convidar os devotos ansiosos por arrebanhar Friedrich para a sua própria causa a olharem o que suas telas manifestam em termos de religião: as igrejas são sempre majestosas, sem dúvida, poderosas, fortes, mas estão lá longe, perdidas na névoa, qual construções imaginárias, devaneios de pedra distantes. Os edifícios religiosos, quando aparecem na frente, e não em segundo plano, estão em ruínas: em meio às pedras caídas, a natureza retoma seus direitos; cúpulas destruídas cedem lugar à vegetação luxuriante; a abadia, de que resta apenas parte de uma parede, desaparece numa paisagem de árvores mortas que, mesmo mortas, são mais fortes do que a efêmera criação dos homens; o convento se mostra como ruína, no cemitério que acolhe os humanos, mas também as arquiteturas sagradas; nos cemitérios, até a morte parece estar morta; já a grama toma conta de tudo, as árvores folhosas ocupam todo o espaço; o muro construído pelos homens já não passa de um monte de pedras reconquistado pela vegetação. A divindade, se há alguma, está antes na força que age na natureza do que na força do Filho de Deus.

Quando Cristo aparece, não está no coro de uma igreja, no centro de um edifício religioso, na nave de uma capela gótica, e sim no epicentro da natureza. Sua cruz de madeira é feita da mesma matéria que a dos bosques de pinheiros de onde ele surge. Na floresta ou no alto de uma pedra, sob a neve ou numa paisagem com uma cadeia de montanhas a perder de vista, o crucificado parece surgir do chão, da terra, qual planta imortal, vegetação eterna. A cruz une a torrente e o céu, as rochas e o cimo dos pinheiros, a terra viva e o céu incandescente. Esse Cristo na natureza mais parece uma divindade pagã dos elementos do que um messias vindo salvar a humanidade.

Num desenho feito por volta de 1817, *Cruz sobre a montanha*, Cristo aparece numa grande cruz enraizada num bosque de pinheiros plantados, no alto de uma montanha. Há outras montanhas em segundo plano. Um arco-íris atravessa o corpo de Cristo, parece entrar e sair pelas mãos do crucificado: ou bem o filho de Deus libera essa energia que ele carrega, ou bem concentra uma energia que o carrega, o faz, o cria – que é o que eu acho. Ele não cria a natureza, ele é a natureza, enquanto luz que vem a ser a linguagem do cosmos, independentemente do que a religião faz com essa evidência de que a luz é, ao fim e ao cabo, aquilo que os homens sempre adoram, qualquer que seja a forma assumida por essa adoração – uma forma que tem o nome de religião. Por trás do acessório temporal de um culto específico ainda se encontra o universal culto pagão da luz que é fonte de vida – fonte no sentido astrofísico do termo, não mítico.

Pintura do sublime sem o homem, pintura do sublime da natureza incorporada à religião ou, até, da religião incorporada à natureza, mas também pintura do sublime da natureza com personagens. Sabe-se que uma das características de Friedrich é pintar em pequenas telas vastas paisagens em que tomam lugar pequeníssimas personagens representadas de costas. O olhador fora da tela olha para o olhador dentro da tela e vê o que vê: a saber, o sublime da natureza.

O pintor põe em cena um indivíduo sozinho em meio à natureza: um caçador num bosque de pinheiros, um caminhante perdido numa paisagem de inverno com cepos e árvores mortas; um viajante (provavelmente um fiscal florestal com seu uniforme de trabalho) contemplando um mar de nuvens no alto de um rochedo que domina uma imensa paisagem de pedras e brumas; um homem apoiado em sua bengala, recostado numa rocha, em meio a uma paisagem de céu escuro riscado pela curva de luz de um arco-íris; uma mulher, braços abertos frente ao nascer do sol, que vemos menos como uma devota da religião de Cristo do que como uma mulher que sabe que a luz é, para empregar as palavras de Schopenhauer, a coisa mais deleitosa que há.

Friedrich, com essas obras, pelo formato de suas telas, propõe pequenas vias de acesso à vastidão do sublime da natureza: imersa na imensidão de uma floresta de pinheiros, face a uma paisagem nebulosa acima do céu, esmagada pela curva policromática do arco-íris num céu negro de tempestade, diante dos céus avermelhados, alaranjados, amarelos, luminosos do alvorecer, a pessoa experiencia sua facticidade junto à grandeza do espetáculo, descobre tão mais brutalmente sua finitude pelo fato de aceder à infinitude do que está vendo, sabe-se mortal na presença de uma natureza imortal, vive a experiência do sublime. E nós, que olhamos esses sujeitos que nos olham, experimentamos o mesmo quando estamos diante da obra.

Friedrich às vezes cenografa seus quadros de outra maneira: pinta um par de homens contemplando o nascer da lua, à beira-mar durante o crepúsculo, na névoa da manhã; um homem e uma mulher, olhando para a cidade ao longe, em meio à névoa, à frente de um barco no mar, ou no alto de um morro, onde guardam seu rebanho de ovelhas, abismam-se com o espetáculo das montanhas com cumes a perder de vista; ou um casal mais outra personagem quase em desequilíbrio na beira de um precipício de falésias de giz despencando num mar imenso; e um casal de mulheres à frente e um homem mais atrás, assistindo ao nascer da lua sobre um mar cintilante de luz branca; ou ainda dois casais, dois homens e duas mulheres, perdidos na contemplação de um luar sobre o mar. A amizade, o amor e a cumplicidade que são mostrados nessas obras dizem que o espetáculo do sublime não é um assunto individual, mas pode ser partilhado.

## O sublime da natureza

Para nos despedirmos de Friedrich e do sublime, detenhamo-nos em *Monge à beira-mar* (aproximadamente 1809), uma obra bastante grande dentro da produção do artista – 110 × 171,5 cm. O céu ocupa três quartos da tela, enquanto o mar e a terra dividem o espaço restante. O céu permite todas as variações de azul, do quase branco até o ultramarino quase preto, passando pelo índigo, azul-celeste, cobalto, pastel. O monge é uma minúscula personagem, de costas, frente ao mar, em contemplação – não diante de Cristo, mas diante do elemento do qual se origina a vida. O monge não está lendo a Bíblia ou seu breviário, não está numa biblioteca, não está escrevendo, copiando, rezando ajoelhado – está olhando a vasta extensão de água e, provavelmente, tirando desse espetáculo matéria para experimentar o sublime.

A autêntica religião é aquela que nos traz de volta aos elementos, a verdadeira prece, aquela que nos restitui nosso vínculo com a natureza, a verdadeira experiência mística é aquela que, pagã, nos recoloca em nosso legítimo lugar: não o centro, mas o fragmento; não o eixo do mundo, mas a parte ínfima; não o ego, mas o cosmos. Essa tela é como um manifesto por essa religião pagã que vê na natureza não uma criação de Deus, mas a divindade em si, uma divindade imanente, material, concreta.

Em 1824, C. D. Friedrich pinta *Anoitecer*. Esse óleo sobre papelão de pequeno formato (12,5 × 21,2 cm) talvez seja a primeira tela abstrata da história da pintura. Muito antes de Turner ou Monet, o pintor romântico parte do espetáculo da natureza, neste caso um banal *Anoitecer*, e produz uma obra gigantesca: nela se vê o céu de um azul profundo listrado com riscos de luz amarela e, é claro, uma série de reflexos solares talhados no cerne de um infinito espaço de azuis, mas também se vislumbra uma porta de entrada, livre de anedotas e significados, que abre para esse lugar onde se entra na natureza uma porta ontológica de uns poucos centímetros quadrados, uma espécie de espelho a ser atravessado para se encontrar no mundo matéria para apreender o mundo em modo do sublime. Uma experiência sem volta.

# 5
## FAZER CHORAREM AS PEDRAS

Caillois fazia as pedras falarem: a vitrificação das forças pretéritas inspira bem pouca gente afora os geólogos. No entanto, milhões de anos atrás, líquidos em fusão, resfriados, resultaram na obsidiana e no diamante, no quartzo e no jaspe, na calcedônia e na ágata, no ônix e na variscita, no lápis-lazúli e na paesina, na ametista e na fluorita. Uma vez partidas ao meio e polidas, descobre-se, escreve o poeta, que as pedras contêm simulacros. Nessa abertura para o mundo, podem-se ver monstros e rostos, paisagens e personagens, silhuetas e árvores, pássaros e sexos femininos, olhos e folhagens, bispos e dragões, camarões e cursos d'água, cachorros e caveiras, além de sonhos e presságios.

O que caracteriza as pedras? Seu silêncio, no que pese sua longa memória, sua imobilidade congelada numa forma, a radical invariabilidade de sua estrutura, sua vida longe do vivo, sua força tranquila, a cristalização do tempo. Mas também o relativo desprezo que têm por elas os poetas e artistas, escritores e músicos, gente da arte a quem esse tempo petrificado só interessa muito excepcionalmente.

Orfeu ter feito as pedras chorarem é algo que esclarece o poder da música (a qual é tempo cultural versificado) sobre as pedras (que são tempos naturais cristalizados). A lenda é bem conhecida, mas vale retomar: a etimologia de Orfeu remete à noite, à escuridão, ao oculto. Orfeu é músico e poeta, o que corrobora minha hipótese de que as civilizações desprovidas de escrita memorizavam extensas informações que, versificadas, logo salmodiadas, logo cantadas, eram mais fáceis de memorizar. Com seus ritmos, cadências, simetrias, períodos, o poema antecipa a música, ou coincide com ela, para o mundo, ou o que há a dizer sobre ele. Ele encontrar seu lugar nas genealogias das mais antigas personagens da mitologia só vem confirmar seu caráter fundador.

O músico, filho de Calíope, musa da poesia lírica, e de um rei, é iniciado por Apolo em pessoa. Este o presenteia com uma lira de sete cordas, que ele aprimora acrescentando mais duas, para assim honrar as nove musas. Inventa, desse modo, a cítara. Durante a expedição dos Argonautas para capturar o Tosão de Ouro, Orfeu cadencia com seu canto o ritmo dos cinquenta remadores, todos eles heróis – Jasão, Castor e Pólux, Hércules etc. Esse mesmo canto apazigua as águas impetuosas do Mediterrâneo. E também anula o poder das sereias, as quais, com seu próprio canto, atraem os marinheiros que acabam lançando seus navios nos rochedos. Carnívoros, seriam a seguir devorados por pássaros carnívoros, com cabeça e busto de mulher.

Orfeu obtém resultados incríveis com seu canto e sua lira: encanta as árvores e as florestas lhe obedecem, faz chorar as pedras e lhes incute sentimentos humanos, detém o curso das torrentes impetuosas, que passam a correr como simples rios preguiçosos, torna doces e calmos os animais selvagens, os leões não caçam mais os cervos, o cão não persegue mais a lebre, os bichos ferozes não são mais ferozes, todos vivenciam a doçura, a serenidade, a calma, não derramam mais sangue. A ordem do mundo é afetada, já que aquilo que constitui a natureza dos elementos não faz mais a lei, a qual, por sua vez, passa a ser ditada pelo canto, a música, a melodia.

Sabe-se também – outro trecho da biografia de Orfeu – que uma víbora tirou a vida de sua esposa, Eurídice, com uma picada em seu pé. Seu marido vai procurá-la no Inferno, graças a novos encantamentos causados pela música: acalma Cérbero, o terrível cão tricéfalo guardião do lugar, e as não menos pavorosas Eumênides, espíritos fêmeas da justiça e da vingança, furiosas protetoras da ordem do cosmos, mas também Hades, o deus do Inferno em pessoa, e Perséfone, a rainha do lugar. Para reencontrar Eurídice, e, com ela, a vida, ele deve subir rumo à luz seguido por sua esposa, sem jamais se virar ou falar com ela enquanto não chegar à superfície. Em certo momento, o músico deixa de ouvir os passos de seu amor perdido, vira-se preocupado, e perde assim sua amada para todo o sempre. Viúvo e inconsolável, o tenebroso permanece fiel à esposa perdida – o que enfurece as Bacantes, que o dilaceram, desmembram e espalham seu cadáver despedaçado em diferentes locais para puni-lo dessa fidelidade *post mortem*. Conta-se que, em seu túmulo, a cabeça às vezes ainda cantava. Orfeu esteve na origem de uma seita que não deixou de irrigar o pensamento de Pitágoras, de Platão e... o cristianismo primitivo.

O canto maléfico das sereias *versus* o canto benéfico de Orfeu compõe um par que iria atravessar a história: de um lado, a música enquanto instrumento do diabo e do mal; de outro, como instrumento dos deuses e do bem. No que tange às *sereias*, Santo Agostinho comenta em suas *Confissões* o quanto a música, em razão das "volúpias do ouvido", é um veículo tóxico que afasta de Deus, no que é seguido por muitos Pais do deserto, Pais da Igreja, santos como Jerônimo e Ambrósio, Basílio e João Crisóstomo, Tertuliano e Clemente de Alexandria, puritanos ingleses e doutores da lei islâmica. No que tange a *Orfeu*, os adeptos da música de celebração nos cultos pagãos, báquicos, dionisíacos ou coribânticos – fustigados por Platão no *Íon*, que censura a música a pretexto de que ela traz o ouvinte para fora de si mesmo e o faz entrar num estado de transe que vem a ser o diabólico por excelência. Os cristãos iriam associar esse lado maldito da música ao satanismo.

O poder da música é, portanto, um poder sobre os corpos. Ela se apodera da totalidade da carne, alma incluída. A tensão dos músculos, a excitação dos nervos, a circulação do sangue, os batimentos cardíacos, a frequência respiratória, a estrutura material da alma se acham alterados. A teoria materialista é, então, mais uma vez confirmada: no sentido epicuriano, os simulacros constituídos pela música, ou seja, as nuvens de partículas apartadas da matriz, circulam no ar e alteram os simulacros que compõem a alma. Essa interação de átomos, que são energia, causa uma força sobre os fluxos do corpo. A música é a mecânica material que age sobre os fluidos, também materiais, da carne. Compreende-se que, de Platão a Boulez passando pelos cristãos, os adeptos do ideal ascético desconfiem dos poderes hedonistas da música sobre os corpos pagãos.

Conta Boécio, em seu *Tratado sobre a música*, que certo dia em que Pitágoras, como era seu hábito, contemplava as estrelas e perscrutava o cosmos, avistou um jovem de Taormina totalmente embriagado por ter escutado o modo frígio – modo de *ré*, na terminologia contemporânea. Esse siciliano queria incendiar a casa onde uma prostituta vendia seus encantos a um de seus rivais. Seus amigos não conseguiam conter sua loucura furiosa. Sábio, e descendo especialmente das estrelas entre as quais meditava, o filósofo, que tudo sabe sobre os efeitos da música das esferas, aconselha ao músico que toque outro modo musical passível de acalmá-lo. O que foi feito, com êxito, por meio de um espondeu, isto é, um trecho em modo dórico – modo de *mi*. A história dos modos musicais que afetam os homens, excitando-os ou acalmando-os, percorre a Antiguidade: Platão, Aristóteles, Plutarco, Dion Crisóstomo, São Basílio, Cícero, Jâmblico e Boécio.

O mito de Orfeu nos ensina que a música é uma ordem do mundo, no mundo, e que dá ordens ao mundo. A música não diz nada, não expressa nada, não significa nada, é apenas uma das modalidades daquilo que é. No sentido etimológico, ela forma, dá uma forma, conforma o real marcando em compassos suas velocidades e lentidões, suas fulgurâncias e imobilidades, seus vórtices e êxtases. Dá formas ao tempo e tempo às formas. Estira e encurta as durações, que rege a bel-prazer. É a cifra do mundo que interfere com o número daquilo que é.

Se deixarmos a mitologia pela história, o real confirma a ficção: o mágico poder da música produz seus efeitos sobre tudo que é – sobre os animais, inclusive. O vestígio mais antigo de que dispomos em matéria de *história* da música vem de 40 mil anos atrás: é encontrado num afresco da Gruta dos Três Irmãos, em Montesquieu-Avantès, na região de Ariège. Nele se vê um homem com cabeça de touro, Minotauro antes da hora, tocando um instrumento que parece ser um arco com cordas, instrumento cuja existência e uso são bem conhecidos dos etnomusicólogos, uma vez que ele ainda é tocado em algumas localidades da África Negra. Que esse homem seja um xamã conectado com as forças da natureza e que seu instrumento lhe sirva de meio para interpretá-las, interrogá-las, solicitá-las, chamá-las, obter seus favores mediante transferência de forças ou transmissão de poderes, mediante captação do fluxo de energia e redirecionamento para outros núcleos existenciais – é algo lícito de se concluir.

Pois o xamanismo, que é a religião das religiões, a mãe de todas as crenças, a fé matricial, o ritual dos cultos genealógicos, continua existindo, mesmo em tempos pós-modernos, em geografias preservadas do planeta – Sibéria, América do Sul, América do Norte, Austrália, Ártico. Ele evidencia inúmeras situações em que um homem vestindo trajes de cerimônia usa uma máscara zoomórfica e toca um instrumento, não raro um tambor. A figuração da Gruta dos Três Irmãos, porém, fornece uma informação de capital importância.

Esse instrumento se apresenta na forma de uma haste de madeira dobrada, em tensão, que possui um cipó esticado entre as pontas. A boca é usada como caixa de ressonância passível de ser modulada por movimentos de abertura ou fechamento. Uma haste de madeira faz as vezes de percussor sobre o cipó esticado, que ressoa produzindo uma nota. A mão que não está segurando essa hastezinha dispõe e ajusta um pedaço de madeira sobre o cipó que, mediante tensões mais ou menos fortes, permite variar o som. O canto do instrumentista acompanha as notas moduladas pela cavidade bucal e pela tensão manual. O arco, instrumento de guerra e caça, torna-se então instrumento de comunicação com os espíritos de todas as coisas – a terra e o céu, a pedra e o ar, o vento e a chuva, os mortos e os vivos, os animais de caça e domésticos, o bosque e o rio, as montanhas e as florestas, o relâmpago e as nuvens etc.

Dentro da gruta, é permitido imaginar que a cerimônia iniciática em que é utilizado esse instrumento faz a mediação entre os dois mundos: aquele de onde se vem, as trevas da ignorância, aquele para onde se vai, as luzes do saber, ambos em forma invertida: apreende-se a luz na escuridão da gruta, ao passo que a ignorância impera na luz da vida cotidiana. Ir e vir de um mundo para outro é o fundamento dos rituais de passagem dos jovens ignorantes para o mundo dos adultos que sabem, informados pelo depositário da função sacerdotal – o filósofo pré-histórico.

Conhecemos outros instrumentos musicais pré-históricos, todos eles confeccionados com fragmentos da natureza: pedra, osso, madeira, chifre, concha. Outros desapareceram por serem biodegradáveis: o barro e o couro dos tambores, as cascas vegetais dos instrumentos de sopro. Mas, num tempo em que o homem não é separado, distinto e oposto à natureza, da qual ele é também parte integrante, o instrumento musical é ontologicamente assimilável a uma parte do corpo humano e, também, do grande corpo que é o grande todo da natureza.

Tocar música significa então somar aos ruídos e sons da natureza, de modo a modular vibrações queridas e mescladas às vibrações não queridas produzidas pela natureza: o canto extremamente complexo dos pássaros, é claro, mas também o som surdo e macio do batimento de suas asas no céu, o rugido do trovão, o estrondo violento do raio ao cair, a chuva subsequente, suave e impressionista ou densa e percussiva, o sussurro de um marulho à beira de um curso d'água, o frêmito de uma fonte em sua origem, o sedoso das águas de um rio no verão ou seu som vasto nas cheias de inverno, o vento nas árvores agitando mansamente as folhas quando é brisa ou sacudindo com violência os galhos nas tempestades, o breve ruído de um peixe emergindo do açude calmo para abocanhar um inseto e recair pesadamente, o estalar misterioso das ramagens à noite, o crepitar do fogo ateado pelo impacto do raio, a imensa sinfonia ígnea durante os vastos incêndios florestais propagados pelo vento – todos esses sons naturais se tornam música quando os queremos, quando os reproduzimos.

O pensamento animista daquela época pressupõe que se atribua uma alma à natureza, ao mundo, ao céu, à terra, mas também a todas as coisas – ao canto dos pássaros, ao som de seu voo, ao raio e ao trovão, à chuva e ao vento etc. Os vocalises de um pisco-chilreiro não deviam ser apenas os vocalises de um pisco-chilreiro, eram bem provavelmente a voz, vinda do mundo dos espíritos, de um ancestral falecido, o canto de um estorninho devia transmitir igualmente as palavras de uma criança morta, que assim se exprimia e dizia aos vivos isso que o xamã lhes ensinava a ouvir.

A existência de rombos entre as atuais populações aborígenes permite concluir que eram utilizados pelos homens pré-históricos. Essas pedras planas polidas, de forma ovoide, furadas para permitir a inserção de um laço, são postas em movimento por um gesto circular acima da cabeça. O rodopio faz que o ar, passando pelo buraco, produza um zumbido que os etnomusicólogos associam à voz dos ancestrais mortos que retornam, assim, à comunidade dos homens.

Os humanos daquela época também confeccionaram instrumentos denominados raspadores – segundo o mesmo princípio do *wash-bord* dos jazzistas. Fazendo incisões regulares num osso animal ou chifre de cervídeo, criavam uma barra de engrenagem, que era esfregada com uma varinha de madeira ou um osso leve. Aqui também a parte do animal, assim reciclada, permitia que seu espírito perdurasse sob forma sonora. Os ritmos obtidos pelo músico xamã funcionavam como encantações, apelos aos espíritos convocados entre os humanos reunidos.

Os pré-historiadores também encontraram apitos. Seriam utilizados como instrumentos musicais, ou como engodos para a caça, ou, ainda, como instrumentos de reconhecimento entre tribos? Ou ambas as coisas? A falange de rena furada, assim como o rombo, tanto podia servir para evocar os espíritos ou permitir a caçadores em movimento se reconhecerem entre si (tal como os grilos dos soldados norte-americanos durante o desembarque, em junho de 1944) quanto para evocar a alma dos ancestrais ou animais mortos, mas ainda vivos através de seu mana, seu poder mágico.

Assim, nem pensar em imitar o canto dos pássaros para aqueles que, provavelmente, somavam ao canto dos pássaros; nem pensar em imitar o barulho do raio e do trovão percutindo o couro dos tambores obtido com couro curtido, talhado, esticado e batido de um animal perseguido, caçado, morto e esfolado. O som do tambor é a palavra do bicho sacrificado; o osso que serve para percutir o couro, uma costela, um fêmur, uma tíbia, não é um reles utensílio; é uma porção da alma, um fragmento do espírito do bisão morto, da rena abatida por uma flecha ou um auroque sangrado por sílex afiado. A música não imita, não arremeda, mas se insinua entre os sons da natureza somando-lhes o concerto de sons voluntários que, dessa forma, se tornam música. O homem que sopra numa corneta feita de guampa de auroque, bisão ou cabrito montês não está apenas tocando música, está também encantando a alma do animal morto, devolvendo-lhe vida, convocando-a a retornar ao mundo dos vivos que ela não deixou, mas o qual é preciso saber solicitar. Trinta e cinco mil anos atrás, o homem ou a mulher que toca uma flauta talhada no marfim de um mamute, num osso de cisne ou de abutre – como os instrumentos encontrados na Gruta de Hohle Fels, nas montanhas suábias, na Alemanha – tampouco se limita a tocar música, mas reativa os espíritos do mamute, do cisne e do abutre, convoca suas almas para fazê-las retornar ali onde o músico, que é também um xamã, um sacerdote, o deseja.

O tambor feito de barro, madeira e couro animal esticado com fibras vegetais, a corneta fabricada com cornos de bovídeos escavados e furados, a trombeta confeccionada na casca do vidoeiro, a flauta talhada no osso de uma ave de rapina, de um cisne selvagem ou no marfim de um mamute, a concha marinha, a concha graúda furada, mas também a voz humana, tomam a palavra para acrescentar suas vozes ao concerto do mundo. Musicalizam o mundo e falam sua linguagem.

Se Orfeu fazia chorar as pedras, sabe-se hoje, graças aos etnomineralogistas e aos paleomusicólogos, que as pedras cantavam na época pré-histórica. Os homens das cavernas utilizavam certas estalactites como os modernos usam tubos de órgão. A antiquíssima concreção resulta num formato mais ou menos longo e espesso, associado a uma nota mais ou menos alta. A multiplicidade dessas maravilhas geológicas fornece, naturalmente, um material sonoro passível de ser usado de forma percussiva.

As recentes descobertas sobre uso musical da pedra se devem, contudo, ao etnomineralogista Erik Gonthier, ex-entalhador de pedras preciosas para os joalheiros da place Vendôme[75], hoje vinculado ao Museu de História Natural. Compreendeu esse homem que as pedras conservadas na reserva técnica do museu, muitas vezes trazidas por militares em serviço na África do Norte e classificadas e etiquetadas como pilões ou machados, eram, na verdade, litofones, literalmente *pedras de voz*, e podiam ser tocadas como os percussionistas tocam as lâminas de madeira do xilofone – literalmente, *madeira de voz*.

Colocadas sobre um suporte que lhes permita ficar suspensas – atualmente musgo, outrora provavelmente matéria animal, couro ou pelo, ou vegetal, musgo ou grama – essas pedras, que podem datar de até 10 mil anos, soam de forma cristalina. Uma delas, preta, pesando 4,5 quilos, foi descoberta a 1.500 quilômetros de seu local de extração. Seu minucioso polimento provavelmente exigiu dois anos de trabalho. O paleomusicó-

---

[75] Praça conhecida por sua arquitetura clássica, tombada como patrimônio histórico, reúne a nata dos joalheiros parisienses. (N. T.)

logo deu-lhe o nome de Stradivarius. Algumas pedras planas são como litofones laminares, outras são cilíndricas. Vão de oitenta centímetros a um metro e podem pesar até 7,5 quilos. Percutidas por um malho de madeira, soam como um sino de bronze ou como taças.

Facecioso e criativo descendente de Orfeu, Erik Gonthier fez cantar as pedras. Para comemorar o octogésimo aniversário da Orquestra Nacional da França, trabalhou com o compositor Philippe Fénelon, o qual compôs uma obra tocada em 23 litofones, entre os quais o famoso Stradivarius, por quatro percussionistas de Radio-France. Esse canto das pedras permite abolir a distinção outrora efetuada por Roger Caillois em *L'écriture des pierres* [A escrita das pedras]: este pensador, de fato, distinguia entre pedras preciosas, pedras curiosas e pedras simples, banais. Uma vez que, nessa configuração litofônica, a pedra banal se torna preciosa, curiosa.

A palavra das pedras, o som das pedras, a voz das pedras, está aí, matéria, para pensar a música como isso que ela essencialmente é: um ruído voluntário, um som desejado, construído, arquitetado, a ser intercalado no grande e silencioso concerto do mundo, não para perturbar sua harmonia, mas para obter dessa harmonia matéria para variação. A música pré-histórica constitui uma porta de entrada num mundo que está, de qualquer modo, aberto. É uma via de acesso ao invisível dos efeitos da matéria. Não um invisível transcendente ou transcendental, mas o invisível das metamorfoses da matéria, do vivo em ação, daquilo que, na vida, quer a vida. A música propõe um ângulo singular de ataque do real. Longe de ser a música das esferas pitagóricas, é voz silente da efervescência do vivo captada, capturada, liberada, ofertada e logo esvanecida. Recém-apreendida, dada, produzida, interpretada, é velha o suficiente para morrer de juventude.

Na época pré-histórica, a música não se encontra apartada do mundo e dos homens a ponto de se precisar de cerimônias iguais aos concertos de hoje, que são performances de museu exigidas por atividades mortas e ressecadas; a música fazia parte do mundo, do mundo deles; era a arte de mesclar a própria voz às melodias do mundo para nele encontrar seu lugar; permitia intervir e somar às sonatas naturais, às sinfonias dos elementos, às cantatas animais, às cantilenas das águas, às óperas de fogo, aos acalantos dos ventos, e falar a língua da natureza prescindindo do verbo e das palavras. A música é um significante sem outro significado além dela mesma.

À medida que desaparece essa religião sem igreja que é o animismo, a música deixa de ser uma questão de natureza para se tornar uma questão de cultura. A história da música se confunde com a da domesticação dos sons sob o signo das sereias, não sob o signo de Orfeu. A música que assegurava a presença no mundo, que aumentava o estar no mundo, cede gradativamente lugar a uma música destinada a nos afastar do mundo, a nos tirar do real para nos fazer entrar no universo da divindade. O empenho da Igreja Católica em degolar musicalmente Dionísio e lhe infligir a ordem e o compasso de Apolo vem a ser o fio condutor da história da música ocidental.

A música enquanto transe, êxtase, orgia báquica, a música enquanto experiência corporal que clama pela dança, movimento dos corpos exigido pela força formidável dos simulacros, foi perseguida pelas autoridades cristãs, que produziram incessantes polêmicas. Nos primeiros séculos da Igreja primitiva, contra a música acusada de propiciar prazeres necessariamente condenáveis, tem-se a associação de Satã à criação da música, a condenação da música por ser indissociável dos cultos pagãos; no período medieval, a favor da monodia gregoriana que permite trazer para o primeiro plano o texto da oração, mas contra a polifonia, acusada de assumir precedência hedonística e dionisíaca sobre o sentido apolíneo das palavras da oração religiosa.

A ópera constitui a resistência de um gênero pagão ao ascético ideal musical cristão. De suas origens barrocas às obras contemporâneas, a ópera exubera crimes e traições, amor e erotismo, filtros e magias, deuses pagãos e danças lascivas, bacanais e decapitações, danação e bruxaria, maldições e aparições, venenos e sonâmbulos, loucura e incesto, infanticídios e metamorfoses, diabos e libertinos, boêmios e beberrões, histéricas e travestis, prisão e tortura, sangue e punhais, enfermos e moribundos, incêndios e tuberculose, namorados e cadáveres, suicídios e assassinatos, cadafalsos e bordéis, banquetes e lacaios. Uma vez levantada a cortina, essa gente toda é exposta no palco. Tudo aquilo que preenche a existência, a vida, o amor, a morte; aquilo que ocupa os homens, a ambição, a dominação, as honrarias; que os decepciona, a traição, a infidelidade, o perjúrio; que os move, o sexo, o dinheiro, o poder; que os macula, a mentira, a enganação, a hipocrisia; tudo isso é cantado, gritado, sussurrado, murmurado, dito, berrado, cochichado, como se o espetáculo e a teatralização disso que tão frequentemente somos nos permitisse, uma vez representado no palco e mostrado dentro dos limites do teatro, purificarmo-nos de ser aquilo que somos. A ópera, catarse pagã e arte total, permanece o lugar possível de um puro irradiar da música segundo o espírito de Orfeu.

À paixão cristã pelo ideal ascético, à recusa hedonística daquilo que dá sabor à vida, vem somar-se o ódio da música dos revolucionários adeptos de Rousseau e Marx. Rousseau, melômano, compositor, inventor de uma nova forma de escrever a música, autor de uma ópera de que compõe também o libreto, que vive de dar aulas de música, em seu *Discurso sobre as ciências e as artes* critica a ópera que, segundo ele, afrouxa a moral e os bons costumes, além de desvirilizar o citadino já tão corrompido. Contra a música de salão e contra a ópera, associada à aristocracia, propõe Rousseau uma prática simples, de instrumentos simples para que, em frugal reunião, possam dançar os camponeses, as gentes da terra.

Os revolucionários, infelizmente, iriam dar corpo a essa ideia. Em 1793, com a criação de um Instituto Nacional da Música, a música se torna atividade de Estado, subordinada à ideologia que lhe cabe servir. Gossec, ele próprio um músico, defende esse projeto e retoma a antiga crítica à música emoliente dos salões da monarquia, à qual se deve opor a música marcial e viril, patriótica e nacional, dos revolucionários. Contra os "sons afeminados" ouvidos nos salões, Gossec preconiza a música militar. Não surpreende que tenha produzido uma indigente obra musical. Nenhuma delas sobreviveu à Revolução Francesa, que não tornou nenhuma possível. Seria surpreendente?

Esse mesmo ideal ascético anti-hedonístico, essa recusa da música de Orfeu, preterida pela música das sereias, é encontrada, sem surpresa, na Rússia soviética e na Alemanha nazista: mesma condenação da música amolecente, o famoso modo frígio da Antiguidade, mesma celebração da música ideologicamente sujeitada ao projeto comunista ou racial de Estado. Nem a União Soviética, nem o Reich produziram uma única obra-prima musical – ou mesmo literária ou poética. Embora os bolcheviques detivessem pleno poder por mais de setenta anos, de 1917 a 1989, e os nazistas, por doze anos, de 1933 a 1945.

Essa linhagem revolucionária de ódio a Orfeu e celebração das sereias desemboca no dodecafonismo e no serialismo, os quais condenam a tonalidade, a consonância, a harmonia, o equilíbrio eufônico à morte, em prol de um douto cálculo de séries e sucessão de doze sons. A proposta não poderia ser mais anti-hedonística: a música permanece uma ideologia, e percebe-se bem o modo como, em *Filosofia da nova música*, de 1948, o filósofo Adorno, ele próprio compositor de música dodecafônica, recorre à ideologia para opor o bom revolucionário Schönberg, promovido a ideal do futuro, ao mau revolucionário Stravinsky, transformado em inimigo de classe a ser derrubado.

Ao reservar a música para os musicólogos, Schönberg desapossava os melômanos. O homem que remete ao Criador, à luz da criação, e se instala imodestamente nessa linhagem, que se vale da perfeição da Criação e da sua cifra, dizendo-se capaz de apreender sua natureza e transcrevê-la na série que apresenta seu número. Afirma ele: "Se é arte, não é para a massa, e se é para a massa, não é arte". Compreende-se que, dialogando com Deus em pé de igualdade e menosprezando o povo, o pai do dodecafonismo e da série culmine em profeta das sereias, mas também, simultaneamente, em assassino de Orfeu.

Longe de ser aniquilado por esse projeto dodecafônico, segue Orfeu causando seus efeitos. Só que longe das salas de concerto de música clássica onde o emblemático concerto de silêncio *4'33"* de John Cage (1952) revela o impasse em que se meteu essa música para musicólogos depois que Webern converteu o silêncio em palavra mestra da segunda escola de Viena. As peças breves com música rara só podiam acabar um dia no silêncio, transformado, pela graça verbosa dos intelectuais da composição, em puro momento de música. O fato de essa peça experimental ainda ser tocada em salas de concerto com toda a seriedade de que são capazes os pedantes e impostores diz muito do ódio pela música que move muitos... melômanos!

No extremo oposto dessa música elitista para musicólogos, a música pop, eletrificada, festiva, berrante, psicodélica, acompanhada de substâncias alucinógenas, tal como nos agrupamentos xamânicos, possibilitando grandes transes populares em cerimônias ao ar livre saturadas de decibéis, viria afirmar a permanência dos poderes de Orfeu. Basta lembrar-se de Woodstock. O jazz, o folk, o rock retomaram, por sua vez, a tocha órfica ao resgatar a música para o corpo.

A música repetitiva e minimalista norte-americana hoje oferece uma saída hedonística para a história da música. Construída sobre a repetição e a diferença, propõe uma série de infinitas variações sobre o tema do vivo, da proliferação, da metamorfose, do desenvolvimento, da multiplicação, da duplicação, da mutação, da alteração, da transmutação. Dionisíaca, propõe uma forma repetida identicamente até que uma ínfima variação venha deslocar, descentrar, perturbar o dispositivo. Sem que atentemos para isso, essa declinação quase inaudível nos conduz para outro mundo sonoro. Após um longo tempo de escuta, somos transportados para outra fórmula sonora sem termos realmente percebido as modalidades dessa viagem.

Do mesmo modo como nossa forma primeira chega à nossa fórmula final e que, saídos do nada de que nos originamos, retornamos a esse nada de que viemos, a peça minimalista e repetitiva dá a ouvir o destino de cada um de nós. Peça breve, peça longa, pouco importa: saímos do nada, voltamos ao nada, e não há de restar nada de nós. Entre esses dois nadas, uns poucos átomos agrupados realizam o simulacro da vida. Esses simulacros, por um tempo, levam o nosso nome. Dão uma volta, volta e meia, e se vão. O cosmos, quanto a ele, sussurra sem nós, como sussurrou sem nós, como há de sussurrar sem nós.

# Conclusão
## A SABEDORIA
## UMA ÉTICA SEM MORAL

A filosofia é uma atividade urbana. A Atenas de Sócrates; a Roma de Sêneca; a Estocolmo de Descartes; a Amsterdã de Espinoza; a Florença de Maquiavel; a Berlim ou a Jena de Hegel e do idealismo alemão; a Copenhague de Kierkegaard; a Londres de Marx e Engels; a Viena de Freud; a Paris dos escolásticos, dos Salões das Luzes, dos socialismos ditos utópicos e, enfim, do pensamento francês do século XX; a Madri de Ortega y Gasset; a Nova York de Arendt – são inúmeros os exemplos que comprovam que a filosofia é uma secreção das cidades.

A filosofia? Toda a filosofia? Não. Essencialmente, a filosofia dominante. Pois as margens filosóficas que me agradam e me nutrem demonstram que o pensamento também pode ser uma quintessência do campo: Montaigne pensando uma sabedoria laica no alto de sua torre no interior da região de Guyenne; o abade Meslier assentando as bases do ateísmo em seu presbitério de Étrépigny, nas Ardenas; Nietzsche vagando numa Europa de hotéis e pensões familiares não longe do Mediterrâneo ou das montanhas suíças, onde cria um pensamento pós-cristão; Thoreau construindo uma cabana no mato para levar uma vida filosófica pautada pela natureza; Bachelard pensando os elementos sem se esquecer de sua Borgonha natal; Camus, filho espiritual de Tipasa, infeliz como um cão sem dono em Paris e redescobrindo algum prazer de viver ao sol meridional da Provença, em Lourmarin, pouco antes de morrer – esses filósofos provam que também fora das cidades é possível pensar. À beira-mar, no campo, na natureza, longe das metrópoles, o pensamento nunca é igual. Não dá para imaginar Sartre ou Bernard-Henri Lévy vivendo fora de Paris, no Cantal ou nas Ardenas.

Veja-se o caso de Wittgenstein: a maioria dos institucionais da filosofia o apresenta como um pensador da lógica residente em Viena, esquecendo-se de que ele foi também, e principalmente, um homem preocupado em viver uma vida filosófica, notadamente do interior da Noruega, como atesta uma parte de sua obra frequentemente negligenciada.

Ora, o filósofo do *Tratado lógico-filosófico* é também o autor dos *Cadernos de Cambridge e de Skjolden*. Esse homem, que desenhou a planta da casa de sua irmã em Viena, uma casa toda em ângulos, uma construção que é para o espaço o que as obras de Mondrian são para a pintura – cores à parte –, essa personagem que concebeu essa residência como quem dá uma forma em três dimensões a uma obra de Webern foi também o indivíduo que viveu na Noruega, numa cabana revestida de vegetação, nos confins de um fiorde. Esse homem diverso só é representado, na maioria das vezes, por uma de suas facetas: a do lógico. Por essa ordem de ideias, não surpreende que tenha sido Pierre Hadot, o pensador da vida filosófica, dos exercícios espirituais e do pensamento enquanto propedêutica à existência, quem destacou, em 1959, a dimensão existencial de sua filosofia.

Ora, a lógica foi para ele, como foi para Epicuro muitos séculos mais cedo, uma via de acesso à vida filosófica. Mas quem diz isso? Quem faz essa transição entre os dois Wittgenstein, o lógico de Viena e o existencial de Skjolden, o rato da cidade austríaco e o rato do campo norueguês, o pensador austero das proposições da lógica formal e o homem que sofre de estar no mundo buscando soluções para se recolocar no centro de si mesmo? Inúmeros acadêmicos queimam os miolos sobre o significado dessa última frase do *Tratado Lógico-Filosófico*: "Sobre o que não se pode falar, deve-se calar", por não compreenderem que isso sobre o que não se pode falar *deve ser vivido*! Senão, como entender o fato de, em 1919, ele escrever a Ludwig von Ticker: "Minha obra é, acima de tudo, aquilo que não escrevi"?

Uma biografia é uma obra, quem quer que seja o ser envolvido, desde o mais simples e modesto até a mais fina ponta de uma civilização. Não há a menor necessidade de se igualar a Alexandre ou César, Michelangelo ou Rembrandt, Aristóteles ou Descartes, Homero ou Dante... O heroísmo não carece de guerras e batalhas, de obras-primas estéticas ou arquitetônicas, literárias ou filosóficas, o heroísmo está no ser que luta contra a morte sem se lamentar, gemer, se queixar. Um ser de pé: este é o herói; o autêntico heroísmo com frequência é calado, sóbrio, simples, discreto. A obra-vida de um filósofo tem função de narrativa, de útil relato, não de modelo a ser decalcado.

Meu amor pelos filósofos do campo me inclina a apreciar aqueles que filosofam sem ser filósofos formados, e com os quais aprendo muito, para não dizer o essencial, aprendo mais, de qualquer modo, do que com os profissionais da disciplina: os autores japoneses de haicai, desde Bashô, contemporâneo de Espinoza, até Sumitaku Kenshin (1961-1987); os poetas chineses, incluindo a poetisa Sue Tar (770-832), ou coreanos, como Ki Hyongdo (1960-1989); Guillaume Durand de Mende, um bispo do século XIII que revela a simbologia das igrejas num fascinante compêndio; Charles Darwin, obviamente, divide a filosofia em antes e depois com *A origem das espécies*, 1859 – algo nem sempre percebido pelos profissionais da filosofia –, mas também, e principalmente, com um livro mais importante a meu ver, *A origem do homem*, lançado no ano da Comuna de Paris, em 1871; D'Arcy Thompson, o biomatemático que, em *On Growth and Form* [Sobre crescimento e forma], pensa as metamorfoses da forma do vivo e nos permite apreender a vida fora das categorias transcendentais; Jean-Henri Fabre, o naturalista que abre a porta para a etologia contemporânea com *Souvenirs d'un entomologiste* [Recordações de um entomologista] – tenho saudades do tempo em que seus livros para crianças constavam dos currículos escolares; o padre desbatinado Prosper Alfaric, que me converteu à inexistência histórica de Jesus com *Comment s'est formé le mythe du Christ* [Como se formou o mito de Cristo] (1947); o Ernst Jünger de *Subtile Jagden* [Caçadas sutis]; Roger Caillois, por toda a sua obra, mas também por *L'écriture des pierres* [A escrita das pedras] e *Le champ des signes* [O campo dos signos].

Também aprendi sobre o tempo com Richard Geoffroy, o mestre de adega da Dom Pérignon, e Denis Mollat, o generoso arquivista dessas obras líquidas; sobre a forma do universo, o romance do cosmos, a queda das estrelas ou a comunicação dos pluriversos através dos buracos negros com meu amigo Jean-Pierre Luminet; sobre o relógio interno e a duração vivida, e sua relação com o tempo cronometrado, no encontro, sob o sol mediterrâneo, com Michel Siffre; sobre a vida das plantas e a origem vegetal do vivo humano, em Jean-Marie Pelt; sobre a ontologia cigana, com meu amigo fotógrafo Alain Szczuczynski, que muito registrou esse povo sem terra e de alma forte; sobre a vida secreta das enguias, com as pesquisas do ecólogo marinho Eric Feunteun; sobre a predação do nematódeo, com os filmes do diretor Yves Élie, em colaboração com Frédéric Thomas, pesquisador do CNRS; sobre os povos sem história em geral, e os inuítes em particular, em minhas conversas com Jean Malaurie, velho xamã de sobrancelhas hirsutas que fala como um oráculo; sobre os mistérios das grutas pré-históricas, nos livros modestos mas estimulantes de Chantal Jègues-Wolkiewiez; sobre as vias de acesso ao sublime, com os artistas da *land art* e os compositores da música repetitiva norte-americana, como Phil Glass e Steve Reich, por exemplo.

*Cosmos* deve muito, portanto, a todos esses que filosofam fora dos padrões usuais: poetas e etólogos, um biomatemático e alguns naturalistas, um bispo em exercício e um padre desbatinado, ecólogos e botânicos, apicultores e um fotógrafo, ciganos ladrões de galinha e dançarinos africanos, um astrofísico e um geólogo, um entomologista e um colecionador de pedras, cineastas e um etnólogo, um arqueoastrônomo e compositores de música contemporânea. Filósofos? Não muitos, no fim das contas. Minha bibliografia está mais para gabinete de curiosidades do que para pilha de arquivos empoeirados. Para pensar, mais vale o falso esqueleto da sereia fabricada com uma cauda de peixe costurada em cadáver de criança do que uma pesquisa universitária sobre o gabinete de curiosidades da La Mothe Le Vayer. Ou mais vale um ninho de pardal do que uma tese sobre o ninho do pardal.

Esse primeiro volume de uma *Breve enciclopédia do mundo* é uma espécie de *Síntese das presenças*. Embora as ausências sejam, obviamente, mais numerosas do que as presenças. É o próprio de toda enciclopédia, mesmo ironicamente breve, calar mais do que dizer. Minha *Ontologia materialista* não é nem panteísta, nem deísta, nem pagã, nem animista nos sentidos antigos e contemporâneos desses termos, tampouco contribui para um *corpus new age* ou para alimentar um ecumenismo que veja na natureza uma divindade diante da qual se prosternar.

Esse trabalho se inscreve na linha francamente ateia e claramente materialista que tem sido a minha desde sempre: não existe nenhuma transcendência, e tudo que há é a matéria. Não sou um devoto da Mesa de Mendeleiev, mas sou um contemplativo dessa lista de presenças. Não sou cientista, mas sei que não saberia pensar certo sem aquilo que a ciência nos ensina. Meu único objetivo é aumentar a presença hedonista no mundo, quando tudo, ou quase tudo, convida ao contrário. Recolocar-se no centro de si para encontrar a força de existir e então sublimá-la.

Chegada a hora de me despedir, gostaria de fechar essa síntese num punhado de regras passíveis de permitir uma ética sem moral. Preciso, para tanto, resumir algumas teses desse volumoso livro, de modo a permitir que cada qual possa refletir sobre os princípios, sobre a ética, sem atentar para a prescrição, para a moral. A terceira parte vai se intitular *Sabedoria*. Irá propor uma análise dos exercícios espirituais pré-cristãos, romanos, mais do que gregos (os primeiros são pragmáticos, ao contrário dos segundos, muitas vezes demasiado teóricos), de modo a tornar possíveis os convites concretos a uma filosofia prática pós-cristã. O objetivo desse compêndio? Que cada qual encontre seu lugar na natureza, e, então, no cosmos. Após isso, poderá construir uma relação reta e estruturada consigo mesmo, e, portanto, com os outros.

Eis, então, a síntese dessa síntese que é a primeira parte da *Breve enciclopédia do mundo*. Segundo a ordem de aparição em *Cosmos*, e sem atentar para o que possa se sobrepor, repetir, pressupor:

*Esculpir a natureza, não suprimi-la; conhecer as leis do vivo dentro de nós; aceitar nosso destino de mamífero; pôr a cultura a serviço da pulsão de vida; lutar contra toda pulsão de morte; saber que o vivo desabrocha para além do bem e do mal; viver o tempo dos astros mais do que o tempo dos cronômetros; querer uma vida natural como antídoto para a vida mutilada; trabalhar para viver, e não viver para trabalhar; alinhar-se tanto quanto possível com os movimentos do mundo; habitar densamente o instante presente, ser para não ter de ter; viver sendo, e não sobreviver tendo; criar um tempo de* otium *pessoal; saber-se pura matéria; conhecer o funcionamento de sua própria psique material; distinguir aquilo sobre o qual se tem poder daquilo sobre o qual não se tem; querer o querer que nos quer quando não podemos agir sobre ele; agir contra o querer que nos quer quando podemos agir sobre ele; saber que o indivíduo julga querer o que quer a espécie; seguir nosso próprio plano tanto quanto possível, para além do bem e do mal; saber que não estamos na natureza, somos a natureza; identificar os predadores para deles se precaver; recusar qualquer pensamento mágico; descobrir o mecanismo de nosso próprio relógio biológico; viver segundo os ciclos pagãos do tempo circular; não ignorar o princípio lucífugo de nossa psique material; conhecer as leis do céu pagão; baixar o céu para a terra; ir além da episteme cristã; usar a física para abolir a metafísica; retornar ao cosmos para ir além do niilismo; descartar os muitos livros que nos apartam do mundo; meditar os poucos livros que nos trazem de volta para o mundo; interrogar as sabedorias pré--cristãs com vistas a um saber pós-cristão; refutar todo saber inútil do ponto de vista existencial; usar a razão contra a superstição; reatualizar o Tetrapharmakon de Epicuro, a morte não é um mal, o sofrimento é suportável, os deuses não são temíveis, a felicidade é possível; subscrever a um materialismo integral; refutar a religião provedora de trás-mundos; persuadir-se de que morrer em vida é pior do que morrer um dia; preparar a própria morte através de uma vida adequada, filosofar para realmente aprender a morrer; experimentar o sublime pela contemplação do cosmos; saber que o homem e o animal diferem em grau, não em natureza; tratar os animais como alter egos dessemelhantes; recusar-se a ser um animal predador; opor-se a infligir sofrimento a um ser vivo; negar-se a criar um espetáculo com a morte de um animal; reconciliar-se com os animais; aprender com os animais; fazer da etologia a ciência primeira do homem; construir uma frugalidade alimentar; treinar-se em levar uma vida poética; propor-se, em seguida, a uma vida filosófica; ampliar a própria presença no mundo; emprestar dos artistas suas vias de acesso ao mundo; deixar de, no mundo, viver fora do mundo.*

O propósito desse punhado de máximas existenciais, que compõem um manual de instruções de si consigo e para si em que o outro não é sequer mencionado, é permitir que cada qual se possa colocar no centro de si mesmo – sabendo que ali já se encontra o cosmos.

*Sic itur ad astra*
"Assim se vai até as estrelas."
Virgílio, *Eneida*, IX, 641.

Argentan, 31, rue des Fleurs, route d'Argentan
Caen, 13, place de la Résistance
2013-2014

# BIBLIOGRAFIA DOS LIVROS QUE TRAZEM DE VOLTA PARA O MUNDO

## Prelúdio

Bachelard me acompanha ao longo de toda essa obra – mas não só. *A formação do espírito científico* é um livro essencial para toda filosofia do conhecimento, bem mais do que a *Crítica da razão pura* de Kant. Suas reflexões sobre "os obstáculos epistemológicos" permitem compreender... as ficções religiosas dos três monoteísmos, as mitologias freudianas, os desfalecimentos dos sadófilos e outros sadólatras, a incapacidade de muitos intelectuais em admitir o fato de que *o real de fato ocorreu*.

Seus escritos sobre a matéria do mundo são para mim um modelo de distância adequada entre o pensador e o real: *A chama de uma vela*, *A psicanálise do fogo*, leituras fervorosas de minha adolescência, mas também *A água e os sonhos*, *O ar e os sonhos*, *A terra e os devaneios da vontade*, *A terra e os devaneios do repouso*, além de *La poétique de l'espace* [A poética do espaço], *A poética do devaneio*, *O direito de sonhar*. A biografia um tanto austera de André Parinaud, *Gaston Bachelard*, retrata menos o grande e *bon-vivant* que ele era do que o afetuoso texto de Jean Lescure, *Un été avec Bachelard* [Um verão com Bachelard].

# PARTE I
## O TEMPO
### UMA FORMA *A PRIORI* DO VIVO

O tempo visto, pensado, concebido e analisado pelos filósofos é um mundo por si só. Permite a produção de teses ou de pesados volumes. Fui buscá-lo alhures, menos naqueles que o *pensaram* do que naquele que o *viveu*. Refiro-me a *Hors du temps* [Fora do tempo], de Michel Siffre, o qual, envolvendo o corpo inteiro de forma empírica, descobriu mais sobre esse tema do que aqueles que só lhe dedicaram sua inteligência conceitual. Esse espeleólogo conheceu o tempo em sua materialidade primitiva; contou em detalhes esse face a face gerador de descobertas científicas que os filósofos sentados em seus escritórios ainda ignoram.

A experiência da degustação do champanhe "1921" se inscreve no mesmo espírito: sair à procura do tempo perdido buscando menos ideias puras inúteis que úteis verdades empíricas. Eu já empreendera um exercício desse tipo, também sob o signo de Bachelard, em *Les Formes du temps: théorie du Sauternes* [As formas do tempo: teoria do Sauternes], um livro que nas livrarias francesas se encontra na seção de enologia, ao passo que na Alemanha foi traduzido em coleções que incluíam Foucault, Deleuze e Baudrillard. Do ponto de vista institucional, porém, mais vale, para pensar o tempo, comentar os livros de outros filósofos que falam sobre o tempo do que ir buscá-lo onde ele está – numa gruta ou numa taça, entre outros lugares.

Ou com quem o vive de outro modo. Como os ciganos, portadores de uma ontologia específica, pelo menos aqueles poucos que ainda resistem à desenfreada assimilação cristã. A bibliografia, não raro, é antropológica ou histórica, e até anedótica. Dei preferência àquela que remete à oralidade: os contos de *Mille ans de contes tsiganes* [Mil anos de contos ciganos], a poesia de *Sans maison sans tombe* [Sem casa, sem túmulo], de Rajko Kjuric, e a obra tão vasta e tão rica de Alexandre Romanès (que não esconde o fato de que não sabe escrever) e publica *Un peuple de promeneurs* [Um povo de passeadores], *Sur l'épaule de l'ange* [Sobre o ombro do anjo] e *Paroles perdues* [Palavras perdidas].

A gruta do espeleólogo, os tonéis do mestre da adega, a fogueira de lenha do acampamento cigano são excelentes lugares para pensar o tempo. Tal como o jardim. Houve, é claro, aquele do meu pai, jardim primeiro, jardim dos jardins, jardim de minha infância, mas já não há; para reencontrá-lo um pouco: *Le théâtre d'agriculture et mesnage des champs* (1600), de Olivier de Serres; *La théorie et la pratique du jardinage* [A teoria e a prática da jardinagem] (1709), de Antoine-Joseph Dezallier d'Argenville; e *Instruction pour les jardins fruitiers et potagers* [Instruções para pomares e hortas] (1690), de Jean-Baptiste de La Quintinie.

Um pequeno volume intitulado *Fragments posthumes sur l'éternel retour* [Fragmentos póstumos sobre o eterno retorno] de Friedrich Nietzsche contribuiu para a confusão entre textos publicados por Nietzsche com sua aprovação e fragmentos ou notas de trabalho. O que permite aos autores desse pequeno volume afirmar que Nietzsche não queria estruturar a doutrina do eterno retorno enquanto sistema. A falta de contextualização e a apresentação de documentos de trabalho como se fossem resultados acabados de pesquisa é que conduz a esse impasse. Já que o próprio Nietzsche deu uma forma sistemática a tudo que publicou sobre esse tema: em *A Gaia ciência* ou *Alegre saber* e em *Assim falava Zaratustra*.

Pierre Héber-Suffrin publicou uma magnífica súmula que traz todas as chaves do livro: uma leitura de *Assim falava Zaratustra* em quatro volumes, mais uma tradução do livro por Hans Hildenbrand. Vol. I: *De la vertu sommeil à la vertu éveil* [Da virtude de dormir à virtude de despertar]. Vol. II: *À la recherche d'un sauveteur* [Em busca de um salvador]. Vol. III: *Penser, vouloir et dire l'éternel retour* [Pensar, querer e dizer o eterno retorno]. Vol. IV: *Au secours des hommes supérieurs* [Em auxílio dos homens superiores].

Deleuze dedicou a Nietzsche dois livros: em 1962, *Nietzsche e a filosofia*; em 1965, *Nietzsche*. Ver também sua comunicação no colóquio de Royaumont, em julho de 1964: *Nietzsche: conclusions sur la volonté de puissance et l'éternel retour* [Nietzsche: conclusões sobre a vontade de potência e o eterno retorno].

Sobre um contra-tempo hedonista como antídoto para o tempo morto do niilismo: Bengt e Marie-Thérèse Danielson, *Gauguin à Tahiti et aux îles Marquises* [Gauguin no Tahiti e nas Ilhas Marquesas]. Henry Bouiller, *Victor Segalen*. Além de *Les immémoriaux* [Os imemoriais], publicado na excelente coleção de Jean Malaurie, "Terre Humaine", ver os textos sobre Gauguin, o bovarismo, Rimbaud, o exotismo, as sinestesias, nos dois volumes das *Œuvres complètes*.

Ler, nos excelentes *Cahiers de l'Herne Victor Segalen* organizados por Marie Dollé e Christian Doumet, artigos sobre a política, a religião, a poética de Segalen. Assim como a carta de Bachelard à filha de Segalen, a qual lhe enviara as obras de seu pai. Escreve Bachelard: "Tenho agora absoluta certeza de que são os poetas os autênticos mestres do filósofo! Eles vão direto ao ponto. Até podemos, em torno de suas descobertas, construir conceitos e sistemas. Mas são eles que detêm a luz".

# PARTE II

## A VIDA
## A FORÇA DA FORÇA

A obra completa de Jean-Marie Pelt fornece um número significativo de informações bem concretas sobre o mundo vegetal, esse grande esquecido da filosofia, a menos que se inclua nesse registro o trabalho de Goethe: *La métamorphose des plantes et autres écrits botaniques* [A metamorfose das plantas e outros escritos botânicos] permite pensar a história em termos de morfologia, o que constitui uma interessante pista filosófica num mundo dominado pelo mais simples dos mecanismos, a ponto de ser, por vezes, mecanicismo. Palavra de materialista.

O vitalismo mereceria outros defensores além dos habituais, a saber, os amantes do irracional e do irrazoável. Vale atentar para o vitalismo de Bergson – ver *Œuvres complètes* [Obras completas] e *Mélanges* [Miscelâneas]; assim também o de Deleuze, grande bergsoniano, como se sabe, e autor de *Le bergsonisme* [O bergsonismo], que resulta afinal, mesmo sem demonstrá-lo, numa peça essencial de seu dispositivo filosófico.

Cioso do que extrapola a filosofia para pensar a vida, li, a conselho de meu saudoso amigo Alain Richert, que construía magníficos jardins no planeta inteiro, D'Arcy Thompson, *Sobre o crescimento e a forma*, uma notável pesquisa, entre física das forças e poética das formas (ou mesmo física das formas e poética das forças...), sobre as leis que determinam as morfologias.

Nesse mesmo espírito, Adolf Portmann analisa conchas de moluscos ou ocelos de borboletas, listras de pelagens ou cabeça de pássaros, penas de papagaios ou penugem de mamíferos, chifres de cervo e tentáculos de medusa, entre tantos outros enigmas, em *La forme animale* [A forma animal]. Outra fórmula interessante de vitalismo materialista ou de materialismo vitalista.

Meus conhecimentos sobre as enguias provêm quase todos de um mesmo e único livro, uma enciclopédia sobre o assunto: *Le reve de l'an-*

*guille, une sentinelle en danger* [O sonho da enguia, uma sentinela em perigo], de Éric Feunteun. Esse bretão, professor de ecologia marinha no Museu Nacional de História Natural, percorreu todos os mares do mundo para esclarecer um pouco a vida desse animal que foge da luz.

Meus conhecimentos acerca do nematódeo, esse terrível verme parasita, provêm das pesquisas efetuadas por Frédéric Thomas, pesquisador no CNRS, as quais resultaram num filme, *Le manipulateur* [O manipulador], dirigido por Yves Elie. Uma versão... menos CNRS, digamos, foi divulgada sob o título *Toto le Némato* [Totó, o Nematódeo].

Ler ou reler, em paralelo, *O mundo como vontade e como representação*, de Arthur Schopenhauer, cuja filosofia dá conta da enguia e do nematódeo, mas também permite, no espírito de Darwin, só que antes dele, considerar que não há diferença de natureza, e sim diferença de grau, entre os homens e os animais – Schopenhauer acrescentaria: as pedras e as plantas.

No extremo oposto desses pensamentos que parecem irracionalistas, mas não são – os de Schopenhauer ou de Nietzsche –, temos Rudolf Steiner, que vez ou outra cita esses dois autores para legitimar sua antroposofia. Essa doutrina que torna possíveis os vinhos biodinâmicos e a agricultura que vai junto, sem falar em medicamentos e escolas Steiner presentes no mundo inteiro, é consternadora. Ler, para melhor avaliar a extensão dos estragos, *Fundamentos da agricultura biodinâmica* e *Rythmes dans le cosmos et dans l'être humain* [Ritmos no cosmos e no ser humano]. Ler ou reler *A formação do espírito científico*, de Bachelard, para desmontar essas baboseiras todas.

O vitalismo é a filosofia dos pensamentos primeiros. As histórias da filosofia, tremendamente eurocentristas, começam com a Grécia e os pré-socráticos; desconhecem, na maioria das vezes, que existiram na Índia, na China e em vários outros países pensadores que abasteceram as visões do mundo que circulavam, junto com os homens, pelas estradas terrestres e marítimas de seus comércios.

A coleção "L'aube des peuples" [A aurora dos povos] traz muitos livros genealógicos de humanidades perdidas, destruídas ou massacradas: os

Parte II 493

cantos do povo ainu, os mitos, lendas e tradições de uma ilha polinésia, as narrativas da mitologia nórdica, a *Edda*, contos galeses medievais, os cantos, poemas e orações de pequenos povos uralianos, a filosofia dos esquimós, *A gesta dos dinamarqueses*, de Saxo Grammaticus, *A epopeia de Gilgamesh*, a dos finlandeses, o *Kalevala*, e os *Textes sacrés d'Afrique noire* [Textos sagrados da África Negra]. Falta um livro que traga a história do pensamento primeiro: reuniria esses textos num único *corpus* a fim de mostrar que existe um pensamento antes dos pensamentos do livro e dos livros.

Esses textos, que não raro são registros no papel de antiquíssimas tradições orais, não padecem da subjetividade dos etnólogos, que muitas vezes sujeitam os povos que descrevem às suas próprias obsessões: é o caso de Marcel Griaule, *Dieu d'eau. Entretien avec Ogotemmêli* [Deus de água. Conversa com Ogotemmeli]. A biografia publicada por Isabelle Fiemeyer, *Marcel Griaule, Citoyen dogon* [Marcel Griaule. Cidadão dogon], uma hagiografia que menciona muito rapidamente as relações de Griaule em Vichy e outros tópicos sensíveis.

Para abordar o pretenso "cinema-verdade" de Jean Rouch, foram lançados em DVD: *Os mestres loucos* (1956), *Mammy Water* (1956), *Tourou e Bitti: os tambores de outrora* (1972), *Caça ao leão com arco* (1967), *Um leão chamado Americano* (1972), *Jaguar* (1955), *Eu, um negro* (1959), *Pouco a pouco* (1971), *A pirâmide humana* (1961) e *As viúvas de 15 anos* (1966).

Ver também *Une aventure africaine: au pays des mages noirs* [Uma aventura africana: no país dos magos negros] (1947), *Os mágicos de Wanzerbe* (1949), *Circuncisão* (1949), *Iniciação à dança dos possuídos* (1949), *Batalha do grande rio* (1951), *Yenendi, os homens que fazem chover* (1951). Em torno de Marcel Griaule: *Au pays des Dogons* [Na terra dos Dogon], de Marcel Griaule (1931). *Sous les masques noirs* [Por trás das máscaras negras], de Marcel Griaule (1939), *Funérailles dogon du professeur Marcel Griaule* [Funerais dogon do professor Marcel Griaule], de François di Dio (1956), *Cemitérios na falésia*, de Jean Rouch (1951), *Le dame d'Ambara* [A dama de Ambara] (1974), *Sigui synthèse* (19967-1973), *Invenção da palavra e da morte*, de Jean Rouch e Germaine Dieterlin (1981).

Para a desmontagem do mito Rouch, as recordações de Jean Sauvy, *Jean Rouch tel que je l'ai connu* [Jean Rouch tal como o conheci] e, principalmente, Gaetano Ciarcia, *De la mémoire ethnographique. L'exotisme du pays dogon* [Da memória etnográfica. O exotismo do país dogon].

Michel Leiris publicou *África fantasma*, que reencontramos doutamente anotado no segundo volume *L'âge d'homme* [Idade de homem], em que não consta *Afrique noire*, incluído em "L'univers des formes", uma coleção dirigida por Malraux. Leiris passou a vida a se escrever, se descrever e contar sobre si mesmo. Ler, portanto, seu *Journal: 1922-1989* [Diário: 1922-1989] para saber quem ele era, e a biografia de Aliette Armel, *Michel Leiris*, para descobrir o que ele mesmo não teria dito.

A oposição entre Roger Caillois e André Breton estrutura duas escolas: a do autor de *Approches de l'imaginaire* [Abordagens do imaginário], sua grande obra, não é a mesma do autor de *L'art magique* [A arte mágica]. Na questão que os opõe a propósito dos feijões saltadores, Caillois confessa seu fascínio pelo mistério, ao que sacrifica a razão, ao passo que Breton prefere renunciar à razão para manter o mistério. O primeiro corta o grão e descobre um inseto parasita; o segundo se recusa, a fim de perpetuar a magia – um encarna o espírito vivaz das Luzes, e o outro, o espírito dos pensamentos mágicos com que se constituem a religião e o esoterismo, a astrologia e a parapsicologia, a ufologia e a psicanálise.

Há mais de Caillois que merece ser lido. Entre outros títulos de uma imensa bibliografia: seu nietzschianismo: *La communion des forts* [A comunhão dos fortes], *Instintos e sociedade*; sua "estética generalizada": *Babel* precedido de *Vocabulaire esthétique* [Vocabulário estético], *Cohérences aventureuses* [Coerências aventurosas]; sua crítica da interpretação freudiana dos sonhos: *A incerteza dos sonhos*; sua arte poética: *Poétique de Saint-John Perse* [Poética de Saint-John Perse]; sua poética concreta: *Pierres* [Pedras], *L'écriture des pierres* [A escrita das pedras]; sua cosmologia: *Le champ des signes* [O campo dos signos].

# PARTE III

## O ANIMAL
### UM *ALTER EGO* DESSEMELHANTE

Os lançamentos filosóficos sobre a questão animal têm consideravelmente aumentado. Em 1991, depois de *Cynismes* [Cinismos], instruído por Diógenes, comecei a tomar algumas notas visando a um livro sobre o uso metafórico dos animais na história do pensamento. Nessa época, encontrava-se bem pouca coisa sobre os animais nas bibliotecas ou livrarias. Algum tempo depois, Elisabeth de Fontenay lançava *Le silence des bêtes: la philosophie à l'épreuve de l'animalité* [O silêncio dos animais: a filosofia posta à prova pela animalidade]. Abandonei meu projeto.

A filosofia apoderou-se do tema. Melhor assim. Peter Singer abriu o baile com *Libertação animal*. Dele pode-se ler também *Question d'éthique pratique* [Ética prática], *Quanto custa salvar uma vida?* e *Uma esquerda darwinista*. Mas é num artigo do número 22 da *Cahiers antispécistes* (fevereiro de 2003), intitulado *"Amour bestial"* [Amor bestial], que o filósofo justifica as relações sexuais entre homens e animais: <http://www.cahiers-antispecistes.org/spip.php?article199>.

O paralelo entre o campo de extermínio nazista e os matadouros é teorizado por Charles Patterson, *L'éternel Treblinka* [Eterno Treblinka]. Encontra-se essa mesma ideia no trabalho já citado de Elisabeth de Fontenay, mas, também dessa autora, em *Sans offenser le genre humain: réflexions sur la cause animale* [Sem ofender a raça humana: reflexões sobre a causa animal], e em *O animal que logo sou*, de Jacques Derrida. Alexandrine Civard-Racinais publicou um livrinho terrível intitulado *Dictionnaire horrifié de la souffrance animale* [Dicionário horrorizado do sofrimento animal]. Sem necessariamente subscrever à perigosa aproximação entre Auschwitz e os matadouros, uma vez que ela põe em pé de igualdade ontológica os porcos e os deportados, esse livrinho permite avaliar o que os homens são capazes de fazer aos animais.

A contenda de Celso e Orígenes ilustra emblematicamente o que opunha pagãos e cristãos, não só em relação à questão animal. O grande mérito de *Contre Celse* [Contra Celso], de Orígenes, é que, de tanto citar Celso para melhor refutá-lo, o autor acabou salvando do esquecimento, por assim dizer, mais de 80% do texto original que destratava... Vide Celso, *Contra os cristãos*, Louis Rougier, *Celse contre les chrétiens* [Celso contra os cristãos] e *La genèse des dogmes chrétiens* [A gênese dos dogmas cristãos].

Mesmo não sendo essa sua intenção, Darwin encerra definitivamente, a favor do primeiro, o problema entre Celso e Orígenes! Darwin, portanto. Darwin inteiro. Sonho em refazer a viagem do "Beagle" com o *Viagem de um naturalista ao redor do mundo* em mãos! É preciso ler *A origem das espécies*, sem dúvida; mas também, e principalmente, *A descendência do homem*, *A expressão das emoções no homem e nos animais*, e *O instinto*, uma terrível lição de etologia e, logo, de filosofia. Mas tirar também suas consequências filosóficas. O que ainda resta a fazer. Ver também, de John Bowlby, *Charles Darwin, une nouvelle biographie* [Charles Darwin, uma nova biografia].

O darwinismo tornou-se, via Spencer, a ideologia do capitalismo liberal. Era esquecer que Darwin também disse existir na natureza um tropismo natural em favor da cooperação, da reciprocidade e da ajuda mútua entre animais feridos, fracos, e seus congêneres saudáveis e em boa forma. Por isso Peter Singer pode referir-se a um "darwinismo de esquerda". O príncipe anarquista Piotr Kropotkin dedicou um livro a esse tropismo cooperativo natural: *Ajuda mútua: um fator de evolução*.

Descartes muito contribuiu para justificar e legitimar filosoficamente o que hoje já se convencionou denominar especismo. Ver *Œuvres* [Obras], mas também os dois consistentes volumes de sua *Correspondance* [Correspondência]. Sobre a questão animal, o filósofo de fato se manifesta mais em suas cartas do que em sua obra explicitamente filosófica. As biografias retratam com mais ou menos acerto a parte do Descartes anatomista realizando experiências nos fundos dos açougues, inclusive com cadáveres humanos. *Descartes,* de Geneviève Rodis-Lewis, que dedicou a vida inteira ao estudo do filósofo, é superior a *Monsieur*

*Descartes: la fable de la raison* [Monsieur Descartes: a fábula da razão], de Françoise Hildesheimer, que, embora mais recente, não acrescenta nada que já não se soubesse há muito tempo.

Cartesiano de direita, se me permitem a expressão, Malebranche, o homem que chuta o traseiro de seu cão a pretexto de que este é uma máquina insensível, é brindado com os dois volumes de *Œuvres* [Obras]; é cartesiano de esquerda, portanto, Jean Meslier, o pároco ateu que deixa um volumoso *Testamento* (três volumes) em defesa daqueles que sofrem, das crianças espancadas, das mulheres maltratadas, dos pobres explorados e, portanto, dos animais espancados, maltratados, explorados.

Muito antes de Bentham, cuja vulgata afirma ter sido ele o primeiro a defender a causa animal em seu *Introdução aos princípios da moral e da legislação* (1789), Meslier parece ser o primeiro, setenta anos antes, a defender essas teses em seu *Testamento* – o livro é publicado postumamente, em 1729. Exemplo dessa vulgata: Tristan Garcia, *Nous, animaux et humains: actualité de Jeremy Bentham* [Nós, animais e humanos: atualidade de Jeremy Bentham].

Bibliografia muito ética afora o livro já muito antigo de Maurice Dommanger, *Le curé Meslier: athée, communiste et révolutionnaire sous Louis XIV* [O pároco Meslier: ateu, comunista e revolucionário sob Luís XIV]. Ver igualmente uma versão abreviada composta de excertos do *Testamento*, sob o título *Mémoire* [Memória], e Thierry Guilabert, *Les aventures véridiques de Jean Meslier (1664-1729): curée, athée et révolutionnaire* [As aventuras verídicas de Jean Meslier (1664-1729): pároco, ateu e revolucionário], que ousa, na conclusão, a hipótese de um suicídio por parte desse amigo dos animais.

A obra materialista de La Mettrie produz, em pleno século XVIII, um discurso atomista em que parece impossível ver na diferença entre homens e animais uma diferença de natureza onde só existe uma diferença de grau. Sua obra examina essas diferenças: *L'homme-machine* [O homem-máquina], evidentemente, mas também o menos conhecido *L'homme-plante* [O homem-planta], ou *L'homme plus que machine* [O homem mais que máquina]. Não existe nenhuma biografia, evidentemente, mas há dois livros antigos: Nérée Quépat, *Essai sur La Mettrie: sa vie et ses œuvres* [Ensaio sobre La Mettrie: vida e obras], e Pierre Lemée,

*Julien Offray de La Mettrie. Saint-Malo (1709)-Berlin (1751): médecin, philosophe, polémiste* [Julien Offray de La Mettrie. Saint-Malo (1709)-Berlim (1751): médico, filósofo, polemista] (provavelmente uma edição de autor).

Entre as crueldades legalmente infligidas aos animais está a tauromaquia. Abundante bibliografia. Os defensores se esteiam em inúmeros escritores (Mérimée, Dumas, Gautier, Montherlant, Hemingway), poetas (Byron, Lorca, Rilke, Char), pintores (Goya, Manet, Picasso, Botero), pensadores (Bataille, Leiris, Caillois, Paulhan) e também filósofos.

Assim, Fernando Savater, *Toroética: pour une éthique de la corrida* [Toroética. Por uma ética da tourada], Francis Wolff, "Diretor do departamento de filosofia da École Normale Supérieure", segundo se lê na quarta capa, *Philosophie de la corrida* [Filosofia da tourada], mas também *L'appel de Séville: discours de philosophie taurine à l'usage de tous* [Chamado de Sevilha: discurso de filosofia taurina para uso de todos]. Dentro do mesmo espírito: Simon Casas, *Taches d'encre et de sangue* [Manchas de tinta e de sangue] ou *La corrida parfaite* [A tourada perfeita]. São bem conhecidos os textos de Michel Leiris: *Espelho da tauromaquia* e *La course de taureaux* [A corrida de touros].

Surpreendentemente, não existe nenhum texto de qualidade contrário à tourada. Nenhum panfleto, nenhum texto eficaz nos dois últimos séculos para examinar em profundidade essa triste paixão. Um excelente volume da "Que sais-je?" ["O que eu sei?"], infelizmente esgotado e surpreendentemente nunca reeditado, de Eric Baraty e Elisabeth Hardouin-Fugier, *La Corrida* [A tourada], mereceria voltar para as livrarias. Os mesmos autores publicaram outro livro muito bom, *Zoos: histoire des jardins zoologiques en Occident (XVI$^e$-XX$^e$ siècle)* [Zoos: história dos jardins zoológicos no Ocidente (séc. XVI-XX)].

## PARTE IV

## O COSMOS
## UMA ÉTICA DO UNIVERSO AMARROTADO

Com *L'ethnoastronomie: nouvelle appréhension de l'art préhistorique. Comment l'art paléolithique révèle l'ordre caché de l'Univers* [Etnoastronomia: uma nova percepção da arte pré-histórica. De que modo a arte paleolítica revela a ordem oculta do Universo], Chantal Jègues--Wolkiewiez propõe uma leitura realmente inédita desse mundo que já fez correr muita tinta, do abade Breuil a Jean Clottes, passando por Georges Bataille ou Leroi-Gourhan. Em 2003, a autora publicava um artigo intitulado *"Une appréhension de l'art préhistorique grâce à l'ethnoastronomie"* [Uma percepção da arte pré-histórica através da etnoastronomia] na revista editada pelo CNRS sob a responsabilidade editorial de Jean Malaurie – um temível penhor de "liberdade livre", para usar as palavras de Rimbaud. Essa leitura inédita da arte pré--histórica enquanto ato cosmológico mereceria ser mais amplamente conhecida e discutida.

A festa do sol entre os índios da América é possivelmente um eco distante do que teriam sido as cerimônias sagradas no período pré-histórico. Ler *Les rites secrets des indiens Sioux* [Os ritos secretos dos índios Sioux], de Hehaka Sapa (1863-1950), isto é, Alce Negro. Esse grande líder espiritual e político da tribo dos *sioux* participou da batalha Little Big Horn aos treze anos de idade e foi ferido durante o massacre de Wounded Knee, em 1890. Morreu aos oitenta e seis anos, não sem antes ter contribuído apresentando o pensamento de seu povo no mundo inteiro.

Para abordar a questão da permanência do culto solar das origens pré-históricas até os nossos dias, nos lugares do planeta onde ainda existe xamanismo, passando pelo cristianismo, ver Louis Rougier, *Astronomie et religion en Occident* [Astronomia e religião no Ocidente].

Meu velho mestre Lucien Jerphagnon me aconselhara, na sua época, ou seja, no início dos anos 1980, a leitura de André Neyton, *Les clefs païennes du christianisme* [As chaves pagãs do cristianismo]. Esse livro, notável por sua simplicidade e erudição, mostra de que maneira o cristianismo reciclou uma incrível quantidade de saberes e sabedoria, festas e ritos, costumes e práticas originados do paganismo. A totalidade dos eventos da vida de Jesus – isso mesmo: *a totalidade*... –, o pecado e o batismo, a predicação e os milagres, a Santíssima Trindade e o Espírito Santo, a Virgem e os anjos, Satã e o anticristo, a confissão e a eucaristia, o fim do mundo e o juízo final, as figuras do paraíso e do inferno, todas as festas cristãs, os ritos e os símbolos, o bestiário e a cruz – tudo isso procede das antigas religiões.

Esse livro muito contribuiu para me conduzir a uma historicização radical do cristianismo e à tese, dita mitista, da inexistência histórica de Jesus. Vide, a esse respeito, os estudos de Prosper Alfaric, tais como: *Jésus a-t-il existé?* [Jesus existiu?], e também *Comment s'est formé le mythe du Christ?* [Como se formou o mito de Cristo?] e *Le problème de Jesus* [O problema de Jesus].

A simbólica cristã que dá imagem a esse corpo obviamente invisível de Cristo na arte ocidental se encontra muito bem exposta nos belíssimos livros *Le Monde des symboles* [O mundo dos símbolos], de Gérard de Champeaux e Sébastien Sterckx. Ao que podemos acrescentar outras proveitosas leituras: *Invention de l'architecture romane* [Invenção da arquitetura romana] de Raymond Oursel, *Glossaire* [Glossário] de dom Melchior de Vogüé, dom Jean Neufville, e *Bestiaire roman* [Bestiário românico], de dom Claude Jean-Nesmy.

Sobre a construção das igrejas, ver a obra indispensável de um bispo do século XIII atendendo pelo nome de Guillaume Durand de Mende, *Manuel pour comprendre la signification symbolique des cathédrales et des églises* [Guia para compreender a significação simbólica das catedrais e das igrejas]. Foi de considerável influência na Idade Média. Quem quiser entender o que é uma igreja e como ela funciona, como é fundada, o que significa cada uma de suas peças, precisa ler esse livro.

Sobre os ritos de fundação, ver Mickael Gendry, *L'église, un héritage de Rome. Essai sur les principes et méthodes de l'architecture chrétienne* [A Igreja, uma herança de Roma. Ensaio sobre os princípios e métodos da arquitetura cristã], e, sobre a fundação das igrejas em relação ao cosmos, ao sol nascente e poente, Jean-Paul Lemonde, *L'ombre du poteau et le carré de la terre: comment décrypter les églises romanes et gothiques* [A sombra do poste e o quadrado da terra: como decifrar as igrejas romanas e góticas].

O povoamento do céu cristão é minuciosamente descrito por Pseudo-Dionísio, o areopagita, *A hierarquia celeste*, por volta do ano 500. Jacopo de Varazze publica *Legenda áurea* no século XIII: *best-seller* europeu, esse livro relata a vida dos mártires que povoam o céu cristão e fornecem o modelo dos corpos a serem imitados para obter o paraíso por via da imitação da Paixão de Cristo. Até a menor igreja de interior foi, durante séculos, lugar de atualização dessas ficções. Esse livro inspirou todos os artistas da arte ocidental cristã.

Para esvaziar esse céu cristão da miscelânea que o preenche, nada como Lucrécio e seu *Da natureza das coisas*, que ensina sobre os deuses, sem dúvida, mas deuses de constituição material e vivendo nos intermúndios, como modelos de ataraxia física a serem imitados. O epicurismo serviu como arma de guerra contra esse céu repleto de Anjos, Arcanjos, Tronos, Querubins e Serafins.

Ver neste céu o que realmente havia nele custou muito caro a Galileu, Giordano Bruno e Vanini. Pietro Redondi mostra, em *Galilée hérétique* [Galileu herético], que a Igreja o censurava menos pelo heliocentrismo do que por seu materialismo; Jean Rocchi demonstra, em *L'errance et l'hérésie ou le destin de Giordano Bruno* [A errância e a heresia, ou o destino de Giordano Bruno] e em *Giordano Bruno l'Irréductible: sa résistance face à l'Inquisition* [Giordano Bruno, o Irredutível: resistência diante da Inquisição] que, para esse pensador, a matéria possui a alma por princípio, que o universo é infinito e que existe uma pluralidade de mundos; Émile Namer, em *La vie et l'Œuvre de Jules César Vanini: prince des libertins mort à Toulouse sur le bûcher em 1619* [Vida e obra de Giulio Cesare Vanini: príncipe dos libertinos morto na fogueira em Toulouse em 1619], nega a imortalidade da alma e a eternidade da natureza. O suficiente para limpar o céu de seus miasmas cristãos.

Para todo espírito não deformado, o cosmos pós-cristão é hoje, portanto, o dos cientistas, que também pode nos dar lições de sabedoria. Inúmeras são as imagens de cosmos já concebidas pelos homens. Cambiantes e contraditórias, sem dúvida.

Inúmeras também são as pesquisas de Jean-Pierre Luminet, poeta e desenhista, romancista e músico, e, casualmente, um ótimo amigo. Pesquisas que me convenceram. Sua vasta bibliografia compreende desde textos científicos de primeiríssimo nível publicados em prestigiosas revistas internacionais até o terrível poema *Um trou énorme dans le ciel* [Um enorme buraco no céu], passando por inúmeros títulos, que incluem romances sobre Copérnico, Galileu, Newton. Menciono apenas alguns: *O universo amarrotado*, título de uma das partes do livro, *Le destin de l'univers* [O destino do Universo], *Illuminations: cosmos et esthétique* [Iluminações: cosmos e estética] e, recentemente, uma obra de vulgarização de enorme eficácia iniciática, *L'univers* [O universo] – anos de trabalho sintetizados em duzentas páginas que se leem como a um romance.

# PARTE V

## O SUBLIME
## A EXPERIÊNCIA DA VASTIDÃO

Muitos livros ruins inserem o haicai dentro de uma configuração *new age*. Oferecem um sincretismo de sabedorias orientais para atender à demanda por espiritualidade dos nossos tempos de niilismo pós-cristão. Um pouco de budismo, de *zen*, de xintoísmo, xamanismo, e o haicai se torna a literatura desse lastimável substitutivo de espiritualidade.

Um livro se sobressai na massa situando o haicai em sua autêntica espiritualidade: *L'art du haïku: pour une philosophie de l'instant* [A arte do haicai: para uma filosofia do instante], com textos de Bashô, Issa, Shiki.

Para ler haicais: dois pequenos volumes de uma *Anthologie du poème court japonais* [Antologia do poema breve japonês]; *Du rouge aux lèvres* [Vermelho nos lábios], antologia de *haijins* japoneses; e pode-se ler também, mais pelos haicais do que pelos comentários, *Fourmis sans ombre: le livre du haïku. Anthologie promenade* [Formigas sem sombra: o livro do haicai. Antologia passeio], de Maurice Coyaud.

Recorri largamente ao *Grand almanach poétique japonais* [Grande almanaque poético japonês]: *Matin de neige, le nouvel an* [Manhã de neve, ano-novo] livro I; *Le réveil de la loutre: le printemps* [O despertar da lontra: primavera], livro II. *La tisserande et le bouvier: l'été* [A tecelã e o vaqueiro: verão], livro III. *À l'ouest blanchit la lune: l'automne* [A oeste branqueia a lua: outono], livro IV. *Le vent du nord: l'hiver* [O vento norte: inverno], livro V. Alain Kervern publicou *Pourquoi les non-Japonais écrivent-ils des haïkus?* [Por que os não japoneses escrevem haicais?] – uma bela pergunta, não é dada a resposta.

Jack Kerouac tentou dar essa resposta, com mais ou menos êxito, em *O livro dos haicais*.

Parabéns à Editions Moundarren, cujos livros são todos, no fundo e na forma, autênticas joias. Entre os autores de haicai que publica estão Santoka, Issa, Soseki, Ryokan, Buson...

Os 281 haicais inacabados de Sumitaku Kenshin nunca foram editados na França. Foram publicados no *Bulletin de recherche de l'École Supérieure de Köbe*, n° 6, 1999. Li os haicais desse moço hospitalizado que sabia que ia morrer de câncer em folhas soltas, no hospital, junto à minha companheira que morria, também ela, de um câncer.

A biografia de François Buot, *Tristan Tzara*, permite conhecer a vida de um homem inteiramente dedicado à aceleração do niilismo de seu tempo. Teoricamente, bastava-lhe levar ao extremo as consequências autistas e conceituais de Mallarmé. Cada vez mais palavras para cada vez menos sentido. Na esteira dessa paixão por destruir vem o futurismo, e, em seguida, o surrealismo: *Manifesto surrealista* e o *Segundo manifesto* de André Breton. Em *Introduction à une nouvelle poésie et à une nouvelle musique* [Introdução a uma nova poesia e uma nova música], Isidore Isou realiza o movimento seguinte: mais nenhuma palavra para mais nenhum sentido. Dialética niilista acabada, nadização do sentido cumprida.

A arte contemporânea necessitaria de uma bibliografia inteira só para ela. Para saber o que são a arte minimalista, a arte conceitual, a arte *povera*, a arte corporal, a *land art*, seria preciso consultar inúmeras monografias de artistas. Escolhi uma obra sintética com uma farta bibliografia: *Histoire matérielle et immatérielle de l'art moderne* [História material e imaterial da arte moderna], um excelente estudo isento de jargão, de Florence de Mèredieu. A meu ver, a melhor história da arte moderna.

Sobre a *land art*, ver Andy Goldsworthy, *Refuges d'Art* [Refúgios de Arte]. E também: Gilles A. Tiberghien, *Land art*, Colette Garraud, *L'idée de nature dans l'art contemporain* [A ideia de natureza na arte contemporânea], Anne-Françoise Penders, *En chemin: le land art* [A caminho: a *land art*], volume 1: *Partir*, volume 2: *Revenir* [Voltar].

Quanto ao esboço de uma contra-história da pintura e da arte com "o sentido da terra", para empregar uma expressão de Nietzsche, começar por Arcimboldo. A bibliografia sobre ele gira, na maior parte do tempo, em torno do maravilhoso e do enigmático, do místico e do mágico, a começar por *L'art magique* [A arte mágica] de André Breton. Sempre achamos mágico aquilo que não entendemos... Variações sobre esse tema em: André Pieyre de Mandiargues e Yasha David, *Arcimboldo le Merveilleux* [Arcimboldo, o Maravilhoso], Legrand e Sluys, *Arcimboldo et les arcimboldesques* [Arcimboldo e os arcimboldescos] e Roland Barthes *Arcimboldo*.

Com respeito a Caspar David Friedrich, a simbólica é devastadora. Sempre no sentido de evitar pensar o que é muito simplesmente dito, como em Arcimboldo: só existe uma única matéria, diversamente modificada. Para o pintor alemão, o arco-íris, o Cristo na cruz e a neblina são constituídos por uma mesma substância na qual, como para o milanês, nada se perde, nada se cria, tudo se transforma. Charles Sala, *Caspar David Friedrich et la peinture romantique* [Caspar David Friedrich e a pintura romântica] e Werner Hofmann, *Caspar David Friedrich*. Um texto de Caspar David Friedrich: *En contemplant une collection de peinture* [Contemplando uma coleção de pinturas].

O sublime é o que nos resta após a morte do Belo. Essa noção foi pensada na Antiguidade por Pseudo-Longino, *Do sublime*. E depois, por Burke, em *Uma investigação filosófica sobre a origem de nossas ideias sobre o sublime e o belo*. Transcendental, a *"Analytique du sublime"* ["Analítica do sublime"] da *Crítica da faculdade do juízo*, de Kant, fica muito aquém da abordagem empírica de Burke. Baldine Saint-Girons publicou uma súmula sobre o assunto, *Fiat lux, une philosophie du sublime* [Fiat lux, uma filosofia do sublime]. Versão em formato menos acadêmico em *Le sublime de l'Antiquité à nos jours* [O sublime da Antiguidade aos dias de hoje].

Pascal Quignard, grande melômano, dedicou à música inúmeras reflexões. Seu *Haine de la musique* [Ódio à música] é um desses ensaios transversais que ele tão bem sabe fazer. Que me permitam honrar aqui, senão a obra completa de meu amigo Philippe Bonnefis – sério conhecedor do pensamento de Pascal Quignard, entre tantos outros assuntos, e que nos deixou cedo demais –, ao menos o autor de *Pascal Quignard: son nom seul* [Pascal Quignard: o nome apenas] e *Une colère d'orgues: Pascal Quignard et la musique* [Uma fúria de órgãos: Pascal Quignard e a música]. Philippe Bonnefis criou uma técnica para apreender o conjunto de uma obra ou de um pensamento pelo fio que escapa do novelo apertado, usando uma linguagem parecida com ele próprio: precisa e austera, mas também enigmática e sorridente como o Anjo da catedral de Chartres.

Não sei se ele gostava da música repetitiva norte-americana que eu elogio na conclusão de *Cosmos*, a de Steve Reich ou Phil Glass – não tivemos tempo de conversar sobre ela; mas estou certo de que a conhecia. O que ele foi permanece como um eco dessa música.

# ÍNDICE REMISSIVO

## #

4'33" 476

## A

Abecedário de Gilles Deuleuze 115
Académie des sciences [Academia de Ciências] 99
ação sentimental 427
acionismo vienense 398, 423, 425, 430
Adão 73, 221, 229, 351, 372, 443
Adorno, Theodor W. 476
África 199
    *e colonialismo* 203
    *e Jean Rouch* 207
    *e Marcel Griaule* 208
    *e Michel Leiris* 208
    *objetivação da* 209
    *pilhagem em Idade de homem* 291
África fantasma (A) 199, 200, 202, 203, 205, 207, 209, 494
Afrique noire. La création plastique [África negra. A criação plástica] 199, 493, 494
agricultura 57, 58, 59, 60, 61, 62, 69, 142, 177, 178, 179, 180, 181, 183, 185, 187, 188, 189, 191, 228, 346, 347, 364, 365, 374, 389, 492
    *biodinâmica* 177, 178, 179, 183, 185, 187, 188, 189, 191, 389, 492
    *e agrestis* 58
    *e Ceres* 58
    *e culto* 57
    *e cultura* 57
    *e deus(es)* 57
    *e dríades* 58
    *e faunos* 58
    *e Jean-Baptiste de La Quintinie* 59, 488
    *enquanto lição de coisas* 69
    *e Olivier de Serres* 58, 488
    *e Pã* 58
    *e Silvano* 58
    *e Virgílio* 12, 58, 59, 61
agronomia 63
água, A 439, 485
ajuda mútua 64, 216, 227, 229, 252, 496
Ajuda mútua: um fator de evolução 496
alegoria da caverna 108
Além dos limites da moral 274
Alexandre ou le Faux Prophète [Alexandre ou o Falso Profeta] 226
Alfaric, Prosper 416, 481, 500
alimento 62, 95, 96, 122, 155, 157, 222, 225, 228, 264, 276, 277, 280, 283, 284, 326, 351, 367, 370
alma 14, 20, 24, 29, 32, 36, 37, 38, 39, 45, 48, 50, 51, 54, 57, 59, 60, 61, 62, 66, 67, 72, 74, 99, 102, 103, 110, 111, 128, 143, 151, 208, 230, 237, 239, 240, 241, 242, 243, 244, 245, 246, 247, 257, 259, 295, 354, 359, 362, 371, 373, 379, 380, 389, 396, 405, 416, 436, 437, 446, 457, 458, 467, 470, 471, 482, 501, 502
    *imortal* 20, 24, 243, 245
Almanach d'un comté des sables [Almanaque de um condado das areias] 124
alquimia 34, 47, 196, 332, 438, 439
Amarillo Ramp 449
Amateur de bordeaux (L') 36
Ambrósio 144, 223, 334, 353, 467
ameríndios 324, 325, 328

*amor fati* nietzschiano 63
Anais de espeleologia 99
Andre, Carl 448
Andriesse, Hendrik 38
animal 16, 18, 26, 40, 46, 47, 61, 63, 66, 68, 68, 71, 83, 84, 93, 101, 103, 104, 136, 137, 142, 150, 152, 153, 154, 155, 156, 158, 161, 164, 165, 168, 169, 170, 171, 173, 175, 180, 183, 187, 191, 193, 196, 213, 215, 216, 217, 218, 222, 223, 224, 225, 228, 229, 230, 231, 232, 233, 235, 237, 238, 239, 240, 241, 243, 245, 246, 247, 249, 251, 253, 254, 258, 259, 263, 264, 266, 267, 268, 269, 270, 271, 273, 274, 275, 276, 277, 278, 279, 281, 283, 284, 285, 286, 287, 290, 291, 292, 293, 295, 296, 297, 300, 301, 302, 303, 304, 306, 307, 318, 326, 327, 333, 334, 362, 373, 385, 396, 397, 426, 434, 437, 454, 471, 472, 484, 491, 492, 495, 496, 497, 498
   conceitual 223
   *e abate industrial* 269
   *e abelha* 221, 229
   *e abutre* 165, 224, 471, 472
   *e alma* 239
   *e antiespecismo* 217, 263
   *e caça* 18, 19, 47, 76, 83, 84, 218, 227, 238, 246, 255, 258, 260, 265, 275, 279, 288, 292, 294, 323, 409, 412, 443, 469, 471
   *e cavalo* 19, 32, 50, 53, 75, 78, 79, 106, 107, 117, 184, 215, 216, 217, 228, 258, 260, 265, 277, 278, 293, 297, 298, 320, 347, 369, 370, 372, 373, 396, 397, 438
   *e Celso* 226, 227, 229, 230, 231, 232, 233, 234, 235, 496
   *e Charles Darwin* 481, 496
   *e Charles Patterson* 268, 269, 495
   *e circo* 88
   *e cordeiro* 224, 379
   *e criação industrial* 266, 271, 274
   *e Descartes* 238, 239, 240, 241, 242, 243, 246, 457, 496
   *e Dião Cássio* 233
   *e especismo* 217, 237
   *e eutanásia passiva* 218
   *e experimento* 232, 261, 265, 281
   *e formiga* 145, 149, 165, 221, 229, 230, 231, 242

   *e frugalidade alimentar* 219, 484
   *e galinha* 90, 221, 224, 274, 276, 278, 441, 482
   *e grilo* 123, 169, 170, 171, 172
   *e Heródoto* 234, 235, 380, 381
   *e Immanuel Kant* 68, 69, 104, 115, 178, 179, 237, 270, 412, 431, 437, 450, 459, 485, 505
   *e Jean Meslier* 44, 254, 255, 256, 257, 258, 259, 260, 261, 269, 271, 479, 497
   *e Jeremy Bentham* 254, 255, 257, 261, 269, 270, 497
   *e judeo-cristianismo* 223, 224, 225, 227, 249, 268, 317, 318, 329, 344, 345, 373, 401, 404, 423, 425, 432
   *e lobo* 93, 165, 224, 225, 275, 278, 287, 300, 409, 433, 434, 438
   *e macaco* 106, 121, 134, 137, 160, 169, 221, 242, 243, 250, 251, 253, 254, 275, 282, 284, 291, 438
   *e Max Frisch* 231
   *e Michel de Montaigne* 25, 68, 256, 258, 259, 269, 365, 366, 442, 443, 457, 479
   *e Nicolas Malebranche* 217, 237, 244, 245, 246, 247, 254, 256, 259, 271, 373, 497
   *e Orígenes* 223, 226, 227, 228, 229, 230, 231, 232, 233, 234, 241, 242, 302, 350, 426, 496
   *e ovelha* 173, 224, 225, 273, 286, 438, 439
   *e peixe* 15, 156, 166, 167, 169, 170, 200, 221, 223, 224, 225, 276, 288, 320, 426, 439, 442, 446, 470, 482
   *e pesca* 13, 18, 19, 76, 167, 225, 227, 255, 275, 292, 408, 414, 440, 444
   *e pesquisa científica* 203, 206, 207, 265, 266
   *e Peter Singer* 168, 217, 254, 263, 264, 265, 266, 267, 268, 270, 271, 272, 273, 274, 276, 277, 495, 496
   *e Piotr Kropotkin* 496
   *e Platão* 24, 68, 108, 237, 245, 270, 293, 337, 364, 380, 385, 437, 450, 467, 468
   *e Plínio* 157, 159, 230, 232, 233, 234, 235
   *e pomba* 15, 221, 223, 224, 317, 344, 345, 408, 422

Índice remissivo

*e porco* 31, 72, 74, 76, 80, 82, 83, 84, 87, 89, 144, 166, 173, 217, 221, 223, 224, 257, 258, 266, 269, 272, 278, 281, 282, 283, 284, 285, 288, 293, 366, 373, 441, 495
*e porco-da-índia* 285
*e Prudêncio* 238
*e raposa* 15, 166, 175, 224, 258, 279, 373, 409, 438
*e razão* 221, 226, 227, 229, 230, 231, 233, 234, 242, 244, 246, 249, 251, 255, 260, 264, 267, 269, 271, 273, 276, 278, 286, 290, 299, 302, 389
*e sadismo* 218, 259, 265, 267, 275, 295, 296, 297, 298, 299, 300, 396, 407
*e serpente* 33, 64, 65, 80, 83, 145, 154, 221, 223, 224, 229, 232, 245, 275, 284, 320, 336, 419, 448
*e servidão* 260
*e supressão do homem* 218
*e tauromaquia* 218, 289, 290, 291, 292, 293, 294, 298, 299, 300, 498
*e tourada* 275, 289, 290, 291, 292, 293, 294, 295, 296, 297, 299, 300, 301, 302, 303, 498
*e touro* 32, 145, 184, 221, 276, 289, 291, 294, 295, 296, 297, 298, 299, 300, 301, 302, 303, 304, 305, 306, 307, 333, 347, 468
*e veganismo* 218, 219, 261, 268, 276, 277, 278, 279, 286, 287
*e vegetarianismo* 217, 261, 268
*e vegetarismo* 219, 261, 263, 266, 268, 269, 276, 277, 278, 286
*e vivissecção* 190, 239, 268
*e zoofilia* 271, 272, 273, 274, 299
*e zoológico* 78, 223, 433, 434, 443
*igualdade ontológica entre o homem e o* 232, 328, 495
*inferioridade do* 239, 255, 260
*inteligência do* 227, 228, 229, 230, 231, 232, 235, 242, 243, 244, 246, 250, 251, 252, 287, 302
*linguagem* 227, 230, 231, 235, 241, 242, 243, 246, 259, 260, 263, 295, 298, 300, 321
*negativo* 224
*positivo* 224
*sensibilidade do* 252, 297
*senso moral do* 216, 251, 252, 258, 260, 270, 273, 296
*sujeição do* 217
*superioridade do* 228, 229, 232, 256, 258, 260, 266
*virtudes mágicas do* 284
Animaux dénaturés [Animais desnaturados] 41
animismo 82, 84, 324, 474
anoitecer 141
antiespecismo 217, 254, 263, 268, 269
Antigo Testamento 223, 225, 302, 344, 353, 354, 421, 430
antiguidade 273, 328, 345
antinatureza 60, 61, 64, 68, 164, 313, 346
versus agricultura 164, 346
antropomorfismo 131, 136
antroposofia 179, 180, 188, 192, 389, 492
*e biodinâmica* 183, 187
*e estrume espiritual* 124
*e Rudolf Steiner* 124
*e teosofia* 179
A oeste branqueia a lua 415, 503
Apocalipse 333, 345, 355
Apollinaire, Guillaume 195, 198, 199, 209
Apologia de Raimond Sebond 258
Apostille au crépuscule 103
arboricultura 346, 364
Arcimboldo, Giuseppe 196, 398, 434, 435, 436, 437, 438, 439, 440, 441, 442, 443, 444, 445, 446, 450, 504, 505
Aristóteles 151, 152, 153, 157, 159, 322, 326, 364, 412, 468, 480
Arriano 235
arte 16, 32, 57, 60, 63, 64, 67, 68, 69, 98, 117, 125, 126, 194, 195, 196, 197, 198, 199, 204, 207, 209, 210, 211, 290, 291, 311, 319, 320, 322, 325, 336, 366, 377, 379, 393, 398, 399, 402, 403, 421, 422, 423, 424, 425, 426, 427, 429, 430, 431, 432, 434, 444, 445, 446, 447, 448, 449, 450, 452, 453, 454, 455, 458, 459, 465, 473, 475, 476, 494, 499, 500, 501, 503, 504
*africana* 125, 126, 198, 199, 209, 434
*conceitual* 398, 423, 430, 431, 447, 448, 453, 504
*contemporânea* 398, 421, 423, 424, 446, 453, 454, 455, 504
*dogon* 207
*e arte povera* 447, 504

*e* land art 78, 399, 447, 449, 450, 453, 454, 455, 459, 482, 504
*e museificação versus vitalidade criativa* 209
*minimalista* 398, 423, 430, 447, 504
*ocidental* 125, 195, 197, 199, 204, 424, 424, 450, 453, 500, 501
*pré-histórica* 320, 452, 453, 499
arte parietal 311, 319
árvore
  da vida 73, 143, 351
  do conhecimento 73, 143, 222
Assim falava Zaratustra 115, 144, 145, 424, 488
astrofísica 314, 315, 357, 384, 386, 388, 389, 451
ataraxia 358, 379, 382, 388, 501
Atlântida 152
atomismo 230, 360
Au fil de l'eau [Ao fio da água] 417

# B

Bachelard, Gaston 29, 138, 181, 197, 366, 367, 368, 479, 485, 487, 489, 492
Bach, Johann Sebastian 444
Bacon, Francis 61, 62, 64
Balandier, Georges 207
Banquete epicuriano 60
Banquete, O 440
Baratay, Eric 300
Barthes, Roland 435, 505
Bashô, Matsuo 407, 410, 411, 416, 481, 503
Basílio de Cesareia 351
Bataille, Georges 200, 291, 293, 297, 319, 425, 453, 498, 499
Baudelaire, Charles 129, 293, 397
Belo, O 431
Bem, O 122, 167, 223, 229, 377, 460
Bentham, Jeremy 254, 255, 257, 261, 269, 270, 497
Bento XVI 350
Bergson, Henri 29, 134, 150, 360, 375, 416, 491
Berl, Emmanuel 375
Bestiários, Os 292

Bíblia 115, 221, 226, 237, 238, 256, 317, 364, 415, 435, 443, 463
biodinâmica 124, 177, 178, 179, 183, 185, 187, 188, 189, 191, 389, 492
Biodyvin 179
biologia 103, 137, 160
  do inconsciente 103
Biquefarre 368, 371, 373, 374, 375
*body art* 423
Boécio 467, 468
Boltanski, Christian 423
Bonnefoy, Yves 397
Bordeu, Théophile de 139
Bosch, Jérôme 196, 436
botânica 121, 133, 143, 363
Bougainville 123
Bourcart, Jacques 99, 103
Brahe, Tycho 385
Breton, André 196, 197, 199, 203, 209, 291, 375, 403, 405, 435, 494, 504
Breuil, Henri (dito abade Breuil) 319, 452, 499
Bruno, Giordano 240, 253, 256, 356, 357, 385, 435, 501
bruxaria 185, 187, 188, 474
Bucólicas, As 12, 68
Budismo 145, 413, 503
Buffon 256
Burke, Edmund 459, 505
Busca da verdade, Em 245
Buson, Yosa 416, 503

# C

cabala 197
Cabaret Voltaire 195
Cachimbo sagrado, O: os sete ritos secretos dos índios *sioux* 327
Cadernos de Cambridge e de Skjolden 480
Cadou, René-Guy 393
Cage, John 476
Cahiers antispécistes 495
Cahiers Antispécistes, "Amor bestial" 272
Cahiers antispécistes lyonnais 264

## Índice remissivo

Caillois, Roger 196, 197, 465, 473, 481, 494, 498
Caligramas 198
Capitalismo 107, 266, 269, 496
Capital, O 68
Carême, Maurice 393
Carne ressuscitada, A 428
Carta a Pítocles 382
cartesianismo 59, 196, 245, 249, 254, 260, 268, 269
Cartuxa de Parma, A 458
Casamento 426
Casas, Simon 289, 299, 300, 498
Cássio, Dião 233
Cattedrale Vegetale 449
Celso 226, 227, 229, 230, 231, 232, 233, 234, 235, 496
Cendrars, Blaise 152, 403
Cent visions de guerre [Cem visões de guerra] 418
cérebro 43, 63, 65, 66, 67, 95, 137, 138, 141, 154, 160, 170, 171, 172, 174, 175, 176, 222, 242, 250, 259, 290, 359, 388, 416, 426, 457, 458
Ceres 58, 59
Cesário de Arles 237
céu
    cristão 312, 313, 349, 353, 354, 355, 358, 501
    das ideias 431, 441
    e astrofísica 314, 315, 357, 384, 386, 388, 389, 451
    e Isaac Newton 38, 385, 502
    e Jean-Pierre Luminet 384, 385, 386, 387, 388, 389, 481, 502
    epicuriano 358
    subir ao 346, 422
Chagall, Marc 423
Chama de uma vela, A 29, 366, 367, 485
Chambois 19, 152
Champ des signes [Campo dos signos] 197, 481, 494
Champs magnétiques, Les [Os campos magnéticos] 197
Charco do diabo, O 396
Chauvet (gruta) 320, 327

Cícero 25, 97, 259, 337, 364, 365, 436, 468
Cid, O 396
ciência 418
    e intuições epicurianas 399
    espiritual 182, 189, 191
ciência da lógica 416
cientificismo 177, 180, 314
ciganos 31, 71, 72, 73, 74, 75, 76, 77, 78, 79, 80, 81, 82, 83, 84, 85, 86, 87, 88, 89, 482, 487, 488
    e aculturação 79, 443
    e Alexandre Romanès 71, 76, 78, 87, 88, 89, 90, 487
    e animismo 82
    e caça ao porco-espinho 74
    e ciclo 80
    e civilização oral 79, 80
    e errância 74, 81
    e mitologia 86, 87
    e morte 85
    e ontologia 87
    e paganismo 82
    e poder 89
    e propriedade 89
    e relação com o tempo 87
    e senso do cosmos 31
    pentecostalismo 87
cigarra 91, 93, 94, 414
cinema 16, 126, 208, 368, 393, 425, 493
    e etnoficção 208
    etnológico 208
cínicos gregos 123
Circular Surface Planar Displacement Drawing [Desenho de deslocamento planar da superfície circular] 448
cirenaísmo 435
Cirilo de Jerusalém 223
civilização 19, 20, 31, 32, 35, 40, 71, 72, 79, 80, 83, 87, 90, 90, 94, 97, 105, 106, 110, 125, 126, 164, 172, 188, 194, 198, 203, 204, 249, 253, 275, 282, 285, 287, 314, 327, 356, 366, 368, 415, 425, 431, 443, 444, 450, 480
    acadiana 106
    e animal desnaturado 164
    escrita 194
    oral 79, 80, 366

Clastres, Pierre 132
Cleanto 230
Clé des champs, La [A chave dos campos] 197
Clemente de Alexandria 142, 350, 467
Clément, Gilles 65
climatologia 364
clinâmen 386, 389
Clottes, Jean 319, 453, 499
Coco 396, 397
Cohen, Marcel 205, 207
Colere 57
Combas, Robert 423
Comment s'est formé le mythe du Christ [Como se formou o mito de Cristo] 481, 500
complexo
   *de Empédocles* 367
   *de Hoffmann* 367
   *de Novalis* 367
   *de Pantagruel* 367
   *de Prometeu* 367
comunismo libertário 256
Concílio de Trento 421
Condorcet, Nicolas de 256
Confissões, As 95, 467
conhecimento
   *árvore do* 73, 143, 222
   *científico* 381
   *do cosmos* 364
   *empírico* 180, 183
   *livresco* 365
consequencialismo 270, 274, 278
Constantino 106, 302, 331, 336, 339, 342, 349, 444
Contra as heresias 332
Contra Celso 227, 496
Contra-história da filosofia 23, 253, 416
Contra os magos 227
contra-tempo 32, 105, 107, 110, 112, 116, 118, 488
   *e eterno retorno* 116
   *e Friedrich Nietzsche* 112, 116
   *e Paul Gauguin* 118
   *e tempo vivo* 110
   *existencial* 118
   *hedonista* 32, 116, 488
Contrato natural 124

Copérnico, Nicolau 357, 385, 441, 502
Corão 115, 208, 317, 415
Corneille, Pierre 396
corpo
   *astral* 179
   *etéreo* 179, 180
   *físico* 179
cosmos 11, 12, 13, 14, 15, 16, 17, 18, 19, 20, 21, 26, 31, 38, 39, 71, 72, 79, 80, 98, 108, 112, 124, 137, 176, 179, 130, 181, 182, 183, 186, 188, 191, 193, 282, 302, 309, 311, 312, 313, 317, 318, 319, 325, 326, 328, 333, 334, 339, 345, 348, 350, 351, 356, 357, 358, 361, 362, 363, 364, 365, 371, 374, 375, 376, 384, 389, 390, 405, 410, 413, 416, 418, 437, 439, 451, 452, 453, 454, 455, 457, 461, 463, 466, 467, 477, 481, 483, 484, 492, 499, 500, 501, 502
   *cristão* 313
   *epicuriano* 358
   *esquecimento do* 313, 361
   *pagão* 312, 313, 345
Couchoud, Paul-Louis 416, 417, 419
Course de taureaux, La [A corrida de touros] 291, 296, 498
Cover, Jack 167
Cozinheiro, O 441
criação de animais 168, 286
criacionismo 250, 253
cristianismo 60, 67, 77, 78, 80, 82, 86, 115, 125, 143, 144, 210, 221, 223, 224, 225, 226, 227, 230, 237, 241, 245, 249, 268, 270, 290, 301, 302, 311, 312, 317, 313, 328, 329, 331, 334, 338, 343, 344, 345, 349, 351, 352, 358, 373, 383, 398, 401, 404, 405, 423, 425, 427, 430, 431, 432, 435, 436, 443, 444, 467, 499, 500
   *e Celso* 226, 227, 496
   *e culto da luz* 311, 318
   *e morte* 317, 338, 339, 342, 344, 354
   *e ódio da vida* 290
   *e pecado original* 31, 73, 76, 77, 123, 144, 245, 246, 372, 428, 443
   *e pensamento mágico* 144
   *e sadomasoquismo* 290
   *e signos* 345
   *e xamanismo* 328, 331, 399, 503
Cristo 13, 59, 77, 78, 81, 143, 144, 207, 224, 225, 241, 285, 290, 311, 313, 331,

332, 333, 334, 336, 337, 338, 339, 340,
341, 342, 343, 344, 349, 352, 353, 354,
355, 356, 421, 422, 423, 427, 428, 430,
444, 461, 462, 463, 481, 500, 501, 505
    *aranha-de-cruz* 144
Crítica da faculdade do juízo 431
Crítica da razão pura 416, 485
cromatismo 166
Crônica dos índios Guayaki 132
Cruz sobre a montanha 461
cubismo 126
culto 57, 58, 59, 113, 124, 237, 289, 301,
302, 303, 311, 318, 319, 326, 327, 334,
337, 338, 339, 340, 341, 342, 343, 345,
349, 350, 383, 402, 406, 425, 430, 452,
461, 499
    *pagão* 334, 341, 461
    *solar* 302, 339, 499
cultura 20, 30, 57, 58, 59, 60, 61, 62, 63,
64, 65, 67, 68, 69, 87, 89, 106, 111, 125,
132, 164, 172, 179, 196, 198, 226, 229,
279, 282, 290, 311, 313, 346, 347, 364,
365, 372, 399, 455, 458, 474, 483

# D

Dadá 34, 195
dadaísmo 126, 197, 404
Da geração e da corrupção 152
D'Alembert 256
Dalí, Salvador 423
Da natureza das coisas 67, 357, 358,
378, 380, 501
dança do sol 326, 327
Dante 351, 354, 444, 480
Darwin, Charles 138, 481, 496
Darwin, Francis 138
darwinismo social 252
    *e Herbert Spencer* 252
Death Control 428
Debord, Guy 376
Debussy, Claude 116, 117, 402
Decadência 106
Decadência do Ocidente, A 106
decrescimento alimentar 269
degustação
    *de* champagne 41

deísmo 245
Deleuze, Gilles 113, 115, 116, 139, 239,
487, 488, 491
De Maria, Walter 447, 448
Deméter 179
Demócrito 45, 383, 385, 436
Deontologia 270, 276, 383
Derain, André 195
Derrida, Jacques 168, 407, 416, 495
Descartes, René 59, 100, 115, 196, 237,
238, 239, 240, 241, 242, 243, 244, 245,
246, 247, 254, 256, 259, 260, 263, 373,
383, 405, 411, 416, 437, 457, 458, 479,
480, 496, 497
desconstrução existencial 206, 378
Despertar da lontra, O 415, 503
determinismo 64, 114, 173, 275
Deus 24, 36, 58, 59, 60, 62, 73, 77, 81,
84, 90, 127, 128, 139, 143, 144, 146, 204,
206, 221, 222, 224, 225, 227, 228, 229,
230, 231, 232, 233, 234, 237, 240, 241,
245, 246, 247, 249, 253, 256, 281, 298,
312, 313, 328, 333, 344, 346, 350, 351,
352, 353, 354, 356, 372, 381, 384, 402,
405, 415, 422, 424, 431, 435, 445, 457,
458, 461, 463, 467, 476, 493
    versus *deuses* 57, 58, 142, 193, 232,
257, 284, 337, 358, 360, 382, 338,
389, 414, 467, 474, 484, 501
Dezallier d'Argenville, Antoine Joseph
65, 488
diálogos 226
Diário 202, 203, 291, 294, 295, 494
Dibbets, Jan 447
Dictionnaire culturel en langue
française 263, 424
Diderot, Denis 123, 256
Dieu d'eau [Deus de água] 204, 206,
207, 209, 493
dionisismo 125, 210
    *africano* 125
direito 77, 124, 164, 177, 246, 270, 372,
418, 450, 485
    *e a lei do mais forte* 164
Discurso do método 59, 238, 240, 242,
244, 247, 254, 416
Discurso sobre as ciências e as artes 475

## Índice remissivo

Ditirambos de Dionísio 147
Dives (rio) 151, 153, 154, 163, 165
Divina comédia 351, 354
Dix, Otto 423
Dogon 196, 200, 204, 206, 493
Dom Pérignon (vinícola) 36, 37, 38, 40, 41, 55, 56, 481
Do orador 436
Dorffmeister, Stefan 434
Dortous de Mairan, Jean-Jacques 94, 104
Dos canibais 443
Double Rimbaud, Le [O duplo Rimbaud] 116
dualismo 128, 224, 230, 241, 405, 410, 436
Duchamp, Marcel 34, 48, 423, 424, 431, 446, 447, 450
Dujardin, Karel 38
Durand, Guillaume, bispo de Mende 334, 481, 500

## E

ecologia 219, 492
ecologia profunda 124
Ecriture des pierres, L' [A escrita das pedras] 473, 481, 494
Éden 73, 185
Einstein, Albert 105, 174, 385
El Greco 423, 436
Élie, Yves 97, 482
Emerson, Ralph Waldo 124
emoção 66, 97, 108, 137, 216, 302, 457, 459
Encenação para uma santa 429
Eneida 484
enguia 29, 121, 122, 133, 149, 150, 151, 152, 153, 154, 155, 156, 157, 158, 159, 160, 161, 168, 169, 174, 492
    *e avalamento* 157
    *e civela* 155
    *e desvalamento* 157
    *e Éric Feunteun* 492
    *e extinção* 168
    *e Katsumi Tsukamoto* 154
    *e leptocéfalo* 154
    *e Mar dos Sargaços* 156
    *e pibala* 155
    *e reprodução* 152
    *e viagem* 158, 159, 160, 161
    *lucífugo* 149, 158
Ensaio de filosofia moral 270
Ensaios 25, 61, 62, 365
Ensaio sobre os dados imediatos da consciência 416
Ensaio sobre o entendimento humano 61
Ensor, James 423
Enterrement de Hogon, L' 209
epicurismo 226, 230, 314, 377, 378, 379, 381, 382, 383, 384, 389, 390, 435, 501
    *materialista* 226
    *transcendental* 314, 377, 382, 383, 384, 389, 390
Epicuro 25, 357, 360, 379, 380, 381, 382, 383, 385, 388, 436, 441, 480, 484
episteme cristã 484
Epopeia de Atrahasis, A 317
Epopeia de Gilgamesh, A 317, 411
Erasmo 60
Ernst, Max 423, 481
Eros 165, 319
Erótica, uma 67
erotismo 23, 67, 290, 291, 453, 474
Escada do martírio de São Lourenço nº 3 (Partitura para um corpo irradiado), A 428
Escalada não anestesiada 428
escrita 32, 76, 80, 83, 114, 193, 194, 197, 317, 345, 375, 378, 398, 401, 403, 405, 406, 407, 411, 412, 413, 417, 432, 453, 465, 473, 481, 494
esoterismo 178, 179, 180, 206, 207, 332, 403, 435, 494
especismo 217, 237, 244, 254, 263, 266, 496
    *e nazismo* 268
    *e Richard Ryder* 265
espelho da tauromaquia 291, 293, 294, 298, 299, 498
Espinoza, Baruch 76, 86, 115, 122, 156, 160, 175, 256, 322, 357, 435, 479, 481
espiritismo 196, 197, 389, 403
Ésquilo 393
Estética, uma 67

Esthétique du Pôle Nord [Estética do Polo Norte] 17
Estrabo, Valafrido 353
estrela polar 15, 16, 20, 54, 151, 328
estruturalismo 319, 406
eterno retorno 25, 58, 61, 79, 85, 113, 114, 115, 116, 128, 145, 151, 319, 323, 328, 348, 350, 351, 361, 413, 454, 459, 488
   *do diferente* 114
   *do mesmo* 114
   *e Friedrich Nietzsche* 488
   *e super-homem* 115
Eterno Treblinka 217, 247
Ética 86, 326
Ética a Nicômaco 326
Ética, uma 111, 326, 358, 384, 389, 390, 483, 498
etnocídio 71, 87, 125
etnologia 117, 126, 132, 196, 204, 205, 206, 207, 251
etologia 63, 64, 216, 251, 252, 481, 484, 496
Eusébio de Cesareia 337
Eva 73, 75, 76, 84, 174, 221, 245, 351, 372
Evangelhos 24, 223, 224, 333, 336, 349, 352, 381
evolução 47, 50, 51, 105, 121, 134, 135, 139, 150, 160, 229, 250, 251, 252, 279, 385, 454, 496
evolução criativa 134, 150, 160
evolucionismo 253
existencial
   *ponto de referência* 15
experiência 24, 26, 30, 49, 55, 59, 93, 95, 96, 98, 100, 101, 102, 133, 149, 150, 181, 183, 199, 232, 261, 265, 281, 315, 364, 391, 397, 398, 401, 411, 413, 451, 455, 462, 463, 474, 487, 503
   *versus cultura* 20, 58, 68
   *versus livro* 260
Expressão das emoções no homem e nos animais, A 249, 252, 496

# F

Fabre, Jean-Henri 63, 481
Farrebique 368, 369, 371, 374, 375

fatalidade 112, 114, 146, 286
Fauré, Gabriel 34
fé 13, 111, 181, 189, 196, 226, 233, 234, 261, 295, 299, 314, 354, 355, 382, 422, 455, 457, 469
   *católica* 13, 299
Fédon 24
felicidade 60, 255, 271, 383, 484
Félix, Minúcio 142, 445
Fénelon, Philippe 473
fenomenologia 29, 406, 411, 413, 416
festa
   *da Candelária* 340, 342
   *da Epifania* 340, 341, 342
   *de Assunção* 372
   *de Natal* 80, 81, 340, 341, 342, 348
   *de Páscoa* 80, 81, 82, 196, 340, 342, 343, 344, 348, 355, 372
   *de São João* 340, 344, 348
Festas do Sigui, As 207
Feunteun, Éric 153, 482, 492
Filiação do homem, A 481
Filon de Alexandria 350
filosofia
   *africana* 196
   *ateia* 46, 260
   *atomista* 46, 260, 381, 382, 497
   *cartesiana* 240
   *da ciência* 384
   *dogon* 204
   *dualista* 260
   *epicurista* 382
   *espiritualista* 128, 260
   *idealista* 179
   *judaico-cristã* 195, 260
   *materialista* 46, 256, 260, 491
   *monista* 260
   *naturalista* 63, 253
   *pós-cristã* 314, 378, 483
Filosofia da nova música 476
física 38, 53, 67, 76, 86, 89, 112, 127, 133, 199, 228, 240, 241, 311, 312, 313, 314, 358, 359, 360, 380, 381, 384, 385, 386, 389, 437, 484, 491, 501
   *da psique concreta* 99
   *versus metafísica* 42, 49, 68, 71, 72, 84, 86, 126, 127, 145, 173, 195, 204, 226, 233, 241, 312, 314, 359, 381, 404, 405, 415, 419, 432, 443, 484

Flambeurs d'hommes, Les
[Os queimadores de homens] 206
Fogo, O  50, 74, 149, 165, 167, 313, 328, 332, 336, 339, 365, 366, 367, 414, 428, 437, 439
Fombeure, Maurice  393
Forel, Auguste  94
Formação do espírito científico, A  181, 485, 492
Förster, Elisabeth  113
Fort, Paul  393
Foucault, Michel  406, 407, 487
Fragmentos póstumos  9, 114, 129, 131, 488
freudismo  196, 298, 403
Freud, Sigmund  35, 99, 102, 103, 115, 156, 174, 182, 403, 407, 479
Friedrich, Caspar David  179, 196, 399, 446, 455, 456, 457, 459, 460, 461, 462, 463, 488, 505
Frisch, Max  231
Fulton, Hamish  447
Fundamentos da agricultura biodinâmica  178, 492
futurismo  126, 504
futuro  30, 32, 33, 34, 42, 47, 43, 75, 80, 85, 86, 87, 106, 109, 110, 111, 171, 202, 209, 216, 230, 232, 233, 235, 295, 322, 323, 351, 476
    e fidelidade ao passado  111

## G

*gadjé/gadjo*  31, 72, 73, 74, 88, 90
Galileu  240, 253, 357, 385, 441, 501, 502
gastronomia  67
Gauss, Carl Friedrich  385
Genealogia da moral  416
Gênesis  60, 142, 221, 229, 241, 247, 317, 355
genocídio  75
Geoffroy, Richard  36, 39, 40, 41, 53, 55, 56, 481
geologia  39, 43, 99, 154, 363, 364, 382, 384, 449, 451
geometria não euclidiana  387

geórgica da alma  67
Geórgicas  29, 57, 58, 61, 68, 69, 338, 374
Giesbert, Franz-Olivier  40
Glass, Philip  482, 506
gnose  197, 332
Goldsworthy, Andy  449, 504
Gonthier, Érik  472, 473
Gouez, Benoît  40, 41, 41, 52, 54
Gracián, Baltazar  37
Gramatologia  416
Grande Almanaque poético japonês  407, 413, 415, 503
Gregório de Nazianze  223
Gregório de Nysse  350
Griaule, Marcel  200, 201, 202, 203, 204, 205, 206, 207, 208, 209, 493
grilo  123, 169, 170, 171, 172
Gruta dos Três Irmãos  468, 469
guerra  18, 34, 35, 64, 97, 142, 165, 166, 167, 168, 195, 204, 205, 222, 252, 260, 270, 284, 327, 337, 347, 368, 377, 418, 469, 501
Guide des égarés (Guia dos perplexos)  353
Guilherme, o Conquistador  152
Guillard, Michel  36, 39, 40, 41

## H

Hadot, Pierre  480
Hagens, Gunther von  423
Hahnemann, Samuel  183
haicai  397, 398, 399, 401, 404, 405, 406, 407, 410, 411, 412, 413, 416, 417, 418, 419, 481, 503
Hallé, Francis  321
hedonismo  226, 287, 378, 379
Hegel, Georg Wilhelm  416, 479
Heidegger, Martin  68, 367, 378, 437
Heizer, Michael  447, 448
Helvetius, Claude-Adrien  115, 139, 256
Hemingway, Ernest  289, 292, 293, 298, 498
Heráclito  101, 127
Heráclito, o Obscuro  127
hermetismo  196, 332
Herói, O  37

Hesíodo 207, 209
hidrologia 364
hierarquia celeste 501
Himmler, Heinrich 167
histologia 160
história 13, 15, 17, 18, 33, 36, 39, 41, 52, 54, 76, 7 7, 79, 80, 82, 83, 84, 91, 98, 106, 110, 123, 126, 144, 153, 154, 172, 194, 196, 205, 206, 216, 225, 226, 245, 249, 258, 268, 291, 311, 319, 332, 336, 337, 338, 342, 343, 345, 346, 351, 352, 355, 356, 362, 364, 373, 375, 377, 380, 383, 404, 416, 421, 422, 423, 431, 434, 444, 453, 463, 467, 468, 474, 477, 482, 491, 493, 495, 504
   *aceleração da* 106
*História da loucura, A* 407
*História do olho* 291
*História dos animais* 151
Hitler, Adolf 34, 113, 138, 167, 168, 266, 269, 274
Hobbes, Thomas 68
Holbach, Paul Henri Thiry d' 115, 139, 256
Holbein, o jovem, Hans 196
holocausto 223, 287, 303
Holt, Nancy 447, 449, 450, 451, 455
homem 14, 26, 37, 38, 43, 44, 48, 58, 60, 61, 63, 65, 66, 68, 73, 86, 88, 93, 95, 96, 97, 98, 103, 104, 105, 106, 107, 114, 115, 117, 121, 123, 128, 129, 133, 134, 135, 137, 138, 140, 155, 159, 160, 161, 163, 164, 167, 168, 172, 173, 175, 176, 181, 188, 193, 201, 209, 210, 218, 221, 222, 223, 224, 225, 228, 229, 230, 231, 233, 234, 239, 240, 241, 243, 245, 246, 247, 249, 250, 251, 252, 253, 254, 258, 259, 263, 266, 268, 269, 270, 273, 274, 275, 279, 280, 281, 291, 292, 293, 295, 299, 307, 311, 315, 319, 324, 328, 331, 333, 344, 345, 347, 349, 353, 354, 355, 357, 361, 362, 364, 365, 366, 367, 369, 370, 373, 378, 379, 380, 383, 384, 386, 390, 395, 405, 410, 412, 416, 426, 434, 435, 439, 441, 447, 453, 460, 461, 462, 468, 469, 471, 472, 476, 480, 481, 484, 494, 496, 497, 504

*criacionismo* versus *evolucionismo* 160, 250, 253, 361, 384, 410
   *e animal* 88, 93, 104, 105, 106, 107
   *e predador* 123, 135, 155, 164, 167
Homem da corte, O 37
Homem universal, O 37
Homenagem a Gauguin 116, 117
homeopatia 155, 179, 183, 196
Homilias sobre o Êxodo 302
hominização 40, 160
Homme-plante, L' [O Homem-planta] 133, 497
*Homo sapiens* 133, 427
Hors du temps [Fora do tempo] 95, 97, 487
Horticultura 131, 138, 364
Hototogisu [O Cuco] 417
Hugo, Victor 395, 404
Hume, David 256
Hyongdo, Ki 481

## I

idealismo
   *alemão* 178, 179, 237, 249, 479
   *espiritualista* 240
   *platônico* 226
Idealismo 178, 179, 226, 230, 237, 240, 249, 357, 450, 479
ideia 24, 25, 32, 40, 41, 58, 78, 96, 114, 115, 121, 137, 151, 159, 173, 183, 186, 199, 232, 239, 243, 245, 255, 291, 293, 299, 314, 318, 360, 363, 378, 402, 424, 427, 428, 430, 431, 436, 439, 457, 458, 475, 495, 504
   *platônica* 441
   *pura* 431, 459, 487
igreja 14, 149, 223, 226, 227, 228, 229, 232, 233, 237, 240, 241, 247, 253, 256, 270, 290, 301, 303, 313, 331, 337, 340, 341, 350, 351, 355, 356, 357, 426, 467, 474, 501
   *pais da* 223, 226, 237, 241, 247, 270, 350, 351, 355, 467
igualdade 232, 328, 476, 495
   *ontológica* 232, 328, 495
imanência 144, 194, 352, 418, 419, 440

imaterialidade 176
Imemoriais, Os 42, 117, 176, 206, 373, 489
imortalidade 14, 86, 318, 356, 360, 502
Impressão sol nascente 446
inconsciente 99, 103, 160, 174, 366, 378, 403, 404, 405
   *biológico* 103
   *filogenético* 174
   *freudiano* 103, 160, 366, 405
   *metapsíquico* 160
Inferno 68, 372, 466
Infinito, O 15, 127, 459
Ingénieur Élie-Monier 97
Instalação 448
Installation VI/05 448
Institut de France 103
Institut national des langues et civilisations orientales 205
Instruction pour les jardins fruitiers et potagers 59, 60, 488
inteligência 29, 44, 58, 64, 108, 111, 127, 136, 137, 138, 139, 175, 197, 202, 216, 221, 227, 228, 229, 230, 231, 232, 235, 242, 243, 244, 246, 250, 251, 252, 253, 287, 302, 314, 321, 322, 328, 333, 347, 359, 360, 362, 373, 383, 444, 453, 487
   *animal* 243
   *mitológica* 58
   *sensual* 29
   *vegetal* 136
Introdução aos princípios da moral e da legislação 254, 497
Intuição do instante, A 29
Inverno, O 122, 186, 355, 415, 439
Íon 467
Irineu de Lyon 332
Iris Leaves with Roman Berries 449
Isaías 223, 355
Isou, Isidore 403, 404, 504
Issa, Kobayashi 416

## J

Jaccottet, Philippe 403
jardim 30, 31, 60, 62, 65, 66, 67, 68, 69, 131, 139, 140, 141, 142, 143, 145, 351, 367, 379, 412, 443, 488
   *asseado* 65
   *da alma* 143
   *epicurista* 62
   *horta* 31, 60, 441
   *planetário* 65
Jardineiro, O 61, 63, 437, 441
Jean Rouch tel que je l'ai connu [Jean Rouch tal como o conheci] 204, 494
Jègues-Wolkiewiez, Chantal 319, 323, 452, 453, 455, 482, 499
Jerphagnon, Lucien 314, 378, 500
Jesus Cristo 313, 338
João XXIII 14
Jonas, Hans 383
Journal de la Société des Africanistes 206
Journiac, Michel 425, 426
Joyce, James 34
judaísmo 82, 329, 344, 349, 430
judeo-cristianismo 223, 224, 225, 227, 249, 268, 317, 318, 329, 344, 345, 373, 401, 404, 423, 425, 432
Jünger, Ernst 481
Justino de Naplusa 142

## K

Kant, Immanuel 68, 69, 104, 115, 178, 179, 237, 270, 416, 431, 437, 450, 459, 485, 505
kantismo 178, 249, 270
Kaplan, Abel 268
Kasel 425
Kauffmann, Jean-Paul 36, 48
Kenshin, Sumitaku 406, 416, 481, 504
Kepler, Johannes 385, 441
Kerouac, Jack 404, 503
Kierkegaard, Søren 33, 479
Klein, Yves 423
Kropotkin, Pierre 64, 229, 252, 496
Kubin, Alfred 196

## L

Laboratório Internacional de Neurobiologia Vegetal 138

Lactâncio 237
La Fontaine, Jean de 156
lago dos nenúfares 446
La mettrie, Julien Offray de 254, 498
La quintinie, Jean-Baptiste 59
Lascaux, gruta de 36
Lassalle River 449
Le Drapé-Le Baroque ou sainte Orlan avec fleurs sur fond de nuages 429
Legenda áurea 352, 355, 364, 427, 445, 501
Léger, Fernand 195, 196
Le Guen, Véronique 98
lei 13, 34, 35, 48, 64, 78, 82, 83, 88, 94, 102, 105, 109, 111, 112, 123, 126, 132, 164, 169, 170, 178, 183, 189, 190, 249, 252, 272, 278, 286, 313, 350, 359, 361, 371, 374, 407, 419, 422, 436, 439, 450, 453, 457, 466, 467
   *contratual* 64
   *do mais forte* 64, 164
Leibniz, Gottfried Wilhelm 38, 385
Leiris, Michel 199, 200, 201, 202, 203, 205, 208, 209, 289, 291, 293, 294, 295, 296, 298, 299, 494, 498
Lenda dos séculos, A 396
Leopold, Aldo 124
Leroi-Gourhan, André 319, 453, 499
Lesbazeilles, Eugène 129
Leviatã 68
Levinas, Emmanuel 406, 436, 437
Lévi-Strauss, Claude 132, 133, 280, 407
liberdade 31, 32, 89, 112, 114, 11.5, 116, 123, 132, 172, 176, 226, 279, 351, 389, 499
Libertação animal 263, 264, 495
libertário 87, 88, 252, 256
Linné, Carl von 94
livre-arbítrio 114, 115, 144, 172, 173, 174, 362, 384, 389
livro 16, 21, 23, 26, 30, 37, 41, 57, 59, 95, 96, 103, 112, 113, 114, 117, 126, 129, 138, 178, 199, 202, 204, 206, 207, 210, 227, 229, 250, 251, 255, 263, 274, 293, 313, 318, 347, 352, 355, 356, 364, 365, 366, 367, 368, 371, 385, 393, 396, 4 02, 404, 415, 416, 435, 437, 443, 481, 483, 485, 487, 488, 491, 493, 495, 496, 497, 498, 500, 501, 502, 503

*A vontade de poder* 112, 113, 121, 134, 135, 141
   *e barbárie* 299
   *e dicionário* 57, 246, 247, 296, 382
   versus *real* 261, 313
Livro dos haicais, O 404, 503
Livro dos Reis 355
Livros dos Macabeus 355
Lobatchevski, Nikolai Ivanovitch 385
Locke, John 61
logos 127, 182, 231, 398
Long, Richard 448
Luciano de Samósata 226
Lucrécio 25, 67, 314, 357, 358, 360, 378, 379, 380, 385, 386, 387, 389, 436, 501
Luminet, Jean-Pierre 384, 385, 386, 387, 388, 389, 481, 502
luto 23, 25, 34, 85, 372
Luttichuys, Simon 38

# M

Maeterlink, Maurice 136
Magia 185
Maimônides, Moisés 353
Malaurie, Jean 323, 407, 482, 489, 499
Malebranche, Nicolas 217, 237, 244, 245, 246, 247, 254, 256, 259, 271, 373, 497
Malevitch, Kasimir 423
Mallarmé, Stéphane 402, 403, 404, 405, 410, 411, 504
Mal, O 122, 167, 253, 257, 290, 460
Malraux, André 48, 199, 202, 207, 375, 378, 494
Mancuso, Stefano 138
Mandiargues, André Pieyre de 435, 505
Manhã de neve 415, 503
Manhã nas montanhas 446
Manifesto da arte carnal 429
Manifesto do surrealismo 197
Manuel II Paleólogo 350
Manuel pour comprendre la signification symbolique des cathédrales et des églises 500
Maquiavel 68, 479
Marco Aurélio 282, 364

## Índice remissivo

Mars ou la guerre jugée [Marte ou a guerra julgada] 34
Marte (poema) 406
Marx, Karl 68, 475, 479
matadouro 168, 217, 254, 265, 266, 269, 274, 287, 297, 301, 495
    e campo de concentração 269
matéria 32, 33, 38, 40, 42, 45, 46, 50, 58, 59, 60, 65, 66, 67, 68, 69, 71, 80, 94, 107, 111, 134, 145, 146, 158, 174, 176, 180, 185, 188, 189, 195, 204, 217, 241, 243, 249, 251, 259, 261, 263, 267, 268, 276, 283, 313, 314, 355, 358, 359, 360, 363, 365, 368, 371, 382, 384, 385, 388, 389, 403, 405, 419, 422, 424, 434, 436, 437, 438, 441, 443, 447, 459, 461, 463, 468, 472, 473, 483, 485, 501, 505
materialismo 180, 230, 240, 253, 255, 357, 380, 383, 441, 484, 491, 501
    *epicuriano* 467
    *monista* 260, 383
    *panteísta* 357, 482
    *vitalista* 240, 491
Matisse, Henri 195, 196, 199
Maupassant, Guy de 396, 397
Maupertuis, Pierre Louis Moreau de 270
Mauri, Giuliano 449
Mauss, Marcel 294
Méchain, François 449
Meditações 242
memória 29, 30, 32, 36, 38, 43, 47, 49, 51, 52, 53, 55, 66, 71, 85, 100, 111, 133, 136, 140, 154, 159, 160, 180, 191, 216, 322, 386, 457, 458, 465, 494
Merian, o velho, Matthäus 434
Meslier, Jean 44, 254, 255, 256, 257, 258, 259, 260, 261, 269, 271, 479, 497
metafísica 42, 49, 68, 71, 72, 84, 86, 126, 127, 145, 173, 195, 204, 226, 238, 241, 312, 314, 359, 381, 404, 405, 415, 419, 432, 443, 484
    *aplicada* 42, 49
    *aristotélica* 226
    *cristã* 84, 127, 226, 405
    *de Descartes* 238
    *idealista* 359
    *imanente* 68

metapsicologia 99, 103, 314
Metempsicose 20, 84
metensomatose 20, 84
Meyer, Hans 434
Michaux, Henri 397, 403
Milton, John 293, 351
Minha luta 138, 274
Miroir de l'Afrique [Espelho da África] 202
Missa para um corpo 426
misticismo 197
Moças de Avignon, As 196
Mollat, Denis 40, 481
Momper, Joos de 434
Monet, Claude 118, 446, 463
Monge à beira-mar 463
monismo 128, 259, 384, 436, 440
    *da matéria* 259, 384, 436
    *materialista* 440
    *pós-cristão* 128
monoteísmo 59, 110, 311, 313, 328, 329
Monsu Desidério 196
Montaigne, Michel de 25, 68, 256, 258, 259, 269, 365, 366, 442, 443, 457, 479
Montherlant, Henry de 289, 292, 293, 498
Moreau, Gustave 117, 196
morte
    *do belo* 399, 431, 450
    *industrialização da* 217, 269
    *pulsão de* 67, 68, 69, 123, 167, 276, 374, 430, 483
Morte à tarde 292
Mulher e a Fera, A 303
Mulher nua dormindo na beira da água 34
Munch, Edvard 423
mundo 5, 11, 15, 19, 26, 30, 31, 33, 35, 38, 39, 40, 41, 44, 45, 46, 47, 57, 58, 61, 62, 63, 67, 68, 69, 71, 72, 74, 76, 78, 79, 80, 81, 84, 87, 93, 106, 107, 108, 109, 110, 111, 116, 122, 123, 125, 127, 128, 134, 137, 140, 143, 144, 151, 153, 159, 161, 163, 165, 169, 173, 174, 175, 178, 179, 180, 182, 183, 188, 189, 191, 193, 194, 195, 197, 207, 209, 210, 215, 216, 221, 224, 234, 235, 238, 239, 240, 241, 245, 249, 250, 251, 252, 254, 256, 260, 261,

Índice remissivo

273, 274, 275, 277, 278, 288, 290, 311, 312, 313, 314, 317, 318, 319, 320, 321, 324, 326, 328, 333, 335, 338, 339, 341, 342, 343, 344, 345, 346, 347, 348, 349, 351, 358, 359, 360, 361, 362, 363, 364, 365, 366, 368, 369, 371, 372, 373, 374, 375, 380, 383, 384, 385, 387, 388, 393, 397, 398, 399, 401, 402, 403, 405, 406, 407, 408, 410, 411, 412, 413, 415, 416, 418, 419, 422, 431, 435, 436, 437, 438, 439, 441, 442, 443, 448, 453, 454, 456, 458, 459, 463, 465, 466, 468, 469, 470, 471, 472, 473, 474, 477, 480, 482, 483, 484, 485, 487, 491, 492, 496, 499, 500
   *de signos* 345
   *especista* 277
   *fenomenal* 178
   *numenal* 178
música 16, 37, 72, 110, 117, 194, 209, 244, 303, 361, 393, 395, 398, 399, 400, 425, 459, 465, 466, 467, 468, 470, 471, 472, 473, 474, 475, 476, 477, 482, 504, 505, 506
Musset, Alfred de 393

# N

nacional-socialismo 78, 266, 378
nada 215, 221, 241
nascimento 153, 154
natureza 5, 14, 15, 19, 20, 26, 30, 31, 39, 42, 47, 53, 58, 59, 60, 61, 62, 63, 64, 65, 67, 68, 69, 71, 72, 73, 74, 79, 80, 81, 82, 83, 84, 91, 95, 103, 110, 122, 123, 124, 125, 131, 132, 133, 136, 139, 141, 144, 149, 158, 159, 160, 161, 163, 164, 167, 169, 170, 172, 180, 182, 193, 209, 216, 218, 222, 227, 229, 231, 232, 234, 242, 243, 247, 249, 250, 252, 253, 257, 258, 267, 269, 270, 271, 275, 278, 279, 281, 282, 283, 287, 297, 299, 300, 311, 313, 314, 318, 321, 324, 325, 326, 328, 338, 345, 346, 347, 350, 357, 358, 359, 360, 364, 367, 369, 370, 371, 375, 376, 378, 380, 381, 384, 385, 389, 390, 396, 397, 399, 404, 405, 407, 410, 412, 413, 415, 416, 418, 422, 424, 433, 435, 436, 437, 439, 440, 442, 445, 446, 447, 448, 449, 450, 451, 453, 454, 455, 457, 458, 459,

460, 461, 462, 463, 466, 468, 469, 470, 471, 474, 476, 479, 482, 483, 484, 492, 496, 497, 501, 502, 504
   *antropomorfização da* 124
   *ciclos da* 30, 73, 325, 410
   *filosofia da* 7, 326
   *ritmo da* 30
neoplatonismo 245
neurobiologia vegetal 121, 137, 138
Newton, Isaac 38, 385, 502
Niceia, segundo concílio de 421
Nicolas de Cues 293, 385
Nietzsche, Friedrich 7, 25, 32, 63, 87, 96, 112, 113, 114, 115, 116, 121, 123, 128, 129, 131, 132, 133, 144, 164, 216, 273, 364, 379, 416, 424, 431, 479, 488, 492, 504
niilismo 30, 31, 35, 71, 106, 107, 110, 111, 125, 128, 361, 375, 401, 403, 484, 488, 503, 504
   *e esquecimento do tempo virgiliano* 30
Nitsch, Hermann 425
Noite com as nuvens 446
Nolde, Emil 423
Nous, on n'en parle pas [Nós não falamos nisso] 82
Nouvelle revue française, La 419
   *dossiê Haï-Kaï* 419
Novaciano 237
Novo Testamento 223, 225
Novum Organum 62, 64
numerologia 197, 332

# O

ocasionalismo 245, 246
ocidente
   *e abolição da memória* 71
Ocidente 48, 71, 106, 125, 126, 194, 195, 199, 202, 206, 247, 272, 285, 312, 318, 334, 360, 373, 401, 404, 406, 498, 499
ocultismo 178, 179, 180, 181, 196, 332, 403
Ogotemmeli 206, 493
olfato 40, 46, 155
   *versus visão* 46
ontologia 3, 23, 26, 42, 49, 63, 71, 87, 121, 124, 125, 183, 195, 204, 216, 253, 254, 268, 269, 271, 274, 288, 313, 314,

371, 381, 384, 385, 389, 390, 397, 415,
430, 432, 436, 440, 482, 487
   *cigana* 71, 482
   *do camponês* 371
   *judaico-cristã* 253, 254, 269, 274, 430
   *materialista* 5, 23, 26, 124, 216, 314, 390, 397, 436
   *pagã* 68
Oppenheim, Dennis 447
ordem platônica 108
Orfeu 117, 465, 466, 467, 468, 472, 473, 474, 475, 476, 477
Origem das espécies, A 160, 216, 249, 250, 481, 496
Origem do homem, A 249, 250, 251, 496
Orígenes 223, 226, 227, 228, 229, 230, 231, 232, 233, 234, 241, 242, 302, 350, 426, 496
Orlan 423, 425, 429, 430
*otium* 89, 483
outono 29, 185, 186, 318, 319, 321, 325, 332, 336, 344, 350, 355, 407, 409, 414, 415, 437, 449, 503

# P

paganismo 14, 60, 82, 87, 142, 311, 317, 340, 353, 356, 500
palavra 20, 52, 57, 58, 98, 107, 110, 131, 175, 190, 193, 201, 204, 216, 223, 226, 227, 229, 230, 234, 240, 245, 247, 252, 263, 346, 364, 371, 378, 380, 404, 405, 410, 412, 418, 426, 432, 453, 471, 472, 473, 476, 493, 504
Pane, Gina 425, 427, 428
panteísmo 84, 324, 345, 398, 440
Para além do bem e do mal 32, 63, 121, 133, 146, 483
Para fazer um poema dadaísta 403
paraíso 73, 84, 143, 144, 242, 311, 351, 352, 356, 360, 366, 372, 427, 443, 500, 501
paraíso perdido 351
parasitismo 172
Parmigianino 423
passado 21, 30, 32, 33, 34, 42, 43, 44, 47, 48, 54, 66, 72, 80, 85, 106, 109, 110, 111, 112, 136, 216, 224, 323, 351, 374, 378

   *climático* 43, 44
   *da inteligência* 44
   *das paisagens* 43, 44
   *da terra* 42, 44
   *do vinho* 42
   *geológico* 42, 44
   *virgiliano* 43, 44
patrística 226, 238, 312, 331, 350, 355, 360
Patterson, Charles 268, 269, 495
pecado original 31, 73, 76, 77, 123, 144, 245, 246, 372, 428, 443
Pedras no Nepal 448
Pelt, Jean-Marie 91, 482, 491
pensamento 33, 46, 49, 62, 111, 113, 114, 125, 128, 129, 144, 152, 156, 160, 174, 177, 178, 180, 183, 187, 194, 195, 196, 198, 199, 204, 207, 208, 216, 227, 237, 239, 240, 241, 242, 243, 253, 254, 255, 257, 258, 259, 272, 283, 288, 311, 314, 319, 323, 350, 358, 366, 367, 376, 378, 379, 380, 381, 383, 385, 389, 405, 410, 41.6, 431, 435, 436, 457, 453, 467, 470, 479, 480, 484, 493, 495, 499, 505
   *africano* 195, 199, 207, 208
   *animista* 470
   *antroposófico* 180
   *freudiano* 183
   *mágico* 144, 152, 156, 160, 174, 178, 183, 187, 196, 283, 383, 389, 484
   *mítico* 128
   *negro* 195
   *pós-cristão* 358, 479
   *soteriológico* 180
Pensamentos para mim próprio 282
Pensamentos sobre a educação 61
performance 423, 424, 425, 426, 427, 428, 429
Pérignon, Dom 36, 37, 38, 39, 40, 41, 55, 56, 481
Permis de capture (autorização de captura) 200
Persas, Os 393
perversão 296, 299, 300, 396
Picard, Max 436
pirronismo 435
Pitágoras 76, 337, 341, 437, 467
pitagorismo 261
planta 92, 98, 121, 131, 132, 133, 135, 136, 137, 138, 139, 140, 141, 142, 144,

145, 181, 185, 234, 319, 320, 321, 328, 341, 362, 369, 370, 408, 411, 415, 461, 480, 497
    acácia 47, 137, 322
    e cussonia 135
    e etileno 136, 138, 321, 322
    e neurobiologia vegetal 121, 137, 138
    e palmeira Talipot 69
    e phyllostachys 91, 93, 104
    e Sipo Matador 104, 121, 122, 129, 130, 132, 133, 145, 146, 147
    linguagem 136, 138
Plataforma Espiral 448
Platão 24, 68, 108, 237, 245, 270, 293, 337, 364, 380, 385, 437, 450, 467, 468
Plínio, o Velho 157, 159, 230, 232, 233, 234, 235
Plotino 33, 245
Plutarco 230, 337, 342, 364, 365, 468
Poder do movimento nas plantas, O 138
poesia 193, 194, 209, 290, 393, 395, 396, 397, 398, 399, 401, 402, 404, 405, 425, 459, 466, 487, 504
Poétique du feu [Poética do fogo] 368
politeísmo 58, 59, 84
Polo Norte 16, 17, 18
Ponge, Francis 403
Porta-garrafas, O 446
positivismo 139
    mecanicista 139
Pound, Ezra 398
povo 18, 19, 31, 71, 72, 73, 78, 80, 82, 83, 84, 87, 88, 125, 193, 194, 204, 206, 208, 209, 223, 237, 238, 325, 346, 355, 404, 476, 482, 487, 493, 499
    ameríndio 324, 325, 328
    cigano 31, 71, 78, 84, 488
    dogon 204, 208
    inuíte 17, 18, 19, 198
    songhai 193
predação 122, 123, 132, 136, 155, 163, 169, 170, 252, 275, 279, 283, 482
predador 93, 103, 123, 135, 155, 164, 167, 170, 172, 265, 275, 484
    e homem 93, 123, 135, 155, 164, 167, 275
    e nematódeo 169, 175, 482, 492

e presa 123, 149, 155, 206, 254, 307, 369, 425, 434
e Toxoplasma gondii 172, 173
presente 4, 33, 34, 42, 44, 45, 46, 47, 50, 55, 60, 85, 86, 89, 92, 98, 104, 106, 111, 125, 280, 344, 355, 363, 378, 384, 393, 411, 412, 438, 454, 483
    da degustação 45, 46
    da desaparição 46
    da presentificação 45
    do estar 44, 45
    do estar no mundo 45
    do passado extinto 47
Prévert, Jacques 393, 403
primavera, A 79, 81, 141, 185, 355, 373, 408, 415, 437, 439
Primeiro manifesto surrealista 403
Príncipe, O 496
propriedade 76, 87, 134, 164, 181, 424
Proust, Marcel 29, 34, 107, 375
Prudêncio 238
Pseudo-Dionísio Areopagita 350, 501
Pseudo-Mateus 223
psicagogia 282
Psicanálise do fogo, A 366, 485
psicologia 103, 244, 252, 314, 384
    concreta 103
Psicologia das massas e análise do eu 35
Psicomaquia 238
psique 99, 102, 174, 483, 484
    imaterial 174
    material 102, 483, 484
    metapsicológica 102
Psiquê (ensaio) 428
Ptolomeu 209, 350, 355, 357
purgatório 84, 311

## Q

Quadrado branco sobre fundo branco 423

## R

racismo 266
Rafael 436
Razão do gosto, A 30
ready-made 34, 398, 424, 431

real 30, 37, 38, 40, 41, 45, 46, 57, 64, 67, 76, 93, 94, 105, 107, 108, 109, 110, 111, 128, 143, 144, 177, 180, 183, 190, 208, 225, 230, 239, 241, 261, 264, 266, 271, 272, 279, 287, 313, 315, 344, 345, 354, 359, 362, 363, 364, 368, 385, 387, 388, 395, 400, 406, 410, 412, 415, 419, 421, 430, 434, 441, 448, 463, 473, 474, 485

Récits sur les insectes, les animaux et les choses de l'agriculture [Relatos sobre os insetos, os animais e as coisas da agricultura] 63

Redon, Odilon 423

Reencarnação de santa Orlan, A 429

Regra do jogo, A 291

Reich, Steve 482, 506

religião 14, 23, 59, 71, 31, 87, 124,125, 128, 134, 173, 178, 180, 221, 223, 226, 250, 251, 256, 261, 266, 284, 301, 302, 312, 314, 317, 320, 324, 327, 328, 331, 334, 336, 337, 346, 348, 349, 350, 355, 361, 372, 381, 382, 390, 398, 402, 403, 405, 406, 410, 430, 431, 435, 452, 457, 460, 461, 462, 463, 469, 474, 484, 489, 494, 499
    cristã 14, 128, 173, 223, 250, 372, 398
    fóssil 327
    masdeísta 334
    positivista 71
    pré-histórica totêmica 320
    xamânica 324

Relikt der 80. Aktion 425

Rembrandt 38, 480

René Leys 117

Rey, Alain 263, 296, 424

Riemann, Bernhard 385

Rimbaud, Arthur 47, 89, 116, 397, 398, 489, 499

Rinke, Klaus 447

Ritmos no cosmos e no ser humano 179, 492

Roden Crater 448

Romanès, Alexandre 71, 76, 78, 87, 88, 89, 90, 487

Rouault, Georges 423

Rouch, Jean 204, 205, 206, 207, 208, 209, 493, 494

Rouquier, Georges 368, 369, 370, 371

Rousseau, Henri (o Aduaneiro Rousseau) 196

Rousseau, Jean-Jacques 59, 121, 162, 473

Ryder, Richard 261

## S

sabedoria 14, 15, 19, 20, 26, 31, 63, 69, 76, 87, 112, 123, 180, 227, 232, 312, 313, 314, 325, 326, 328, 337, 338, 347, 350, 354, 358, 364, 376, 379, 380, 382, 388, 412, 413, 415, 479, 481, 483, 500, 502

Sade, marquês de 425

sadismo 218, 265, 267, 275, 297, 298, 299, 396, 407

Saint André, Simon Renard de 38

Salmos, Antigo Testamento 302, 338

Salviano 237

Sand, George 396, 449

Santa Ceia 398, 421

Santo Agostinho 467

Santo Ambrósio de Milão 144, 334, 353

Santoka, Taneda 418, 503

São Paulo 6, 331, 337, 349, 373, 428

Sapa, Hechaka 326, 327, 499

Sartre, Jean-Paul 61, 68, 115, 406, 479

Sauvy, Jean 204, 205, 206, 494

Scarasson, caverna de 99

Schiele, Egon 423

Schönberg, Arnold 476

Schopenhauer, Arthur 17, 25, 179, 462, 492

Schwarzkogler, Rudolf 425, 426

Secant 448

Segalen, Victor 116, 117, 195, 206, 398, 489

Seguin, Joseph 418

Seleção natural 64, 229, 250, 251, 252, 253

Sêneca 61, 364, 365, 479

Serrano, Michel 423

Serres, Olivier de 58, 59, 124, 488

sexismo 266, 273

Sexta resposta às objeções 242

Siffre, Michel 95, 96, 97, 99, 100, 101, 102, 103, 104, 481, 487

Silence de la mer, Le [O silêncio do mar] 41
Sindicato Internacional de Vinhateiros da Agricultura Biodinâmica 179
Síndrome de Stendhal 458
Singer, Peter 168, 217, 254, 263, 264, 265, 266, 267, 268, 270, 271, 272, 273, 274, 276, 277, 495, 496
Sipo Matador 104, 121, 122, 129, 130, 132, 133, 145, 146, 147
Smithson, Robert 447, 448, 449
Sobre crescimento e forma 481
Sociedade Geológica da França 99
Sodoma e Gomorra 34
Sonfist, Alan 447
Sonho e telepatia 35
Soseki, Natsume 416
soteriologia 430
Souci des plaisirs, Le [O cuidado dos prazeres] 427
Soupault, Philippe 197, 203
Souvenirs d'un entomologiste [Recordações de um entomologista] 481
Soyka, Otto 274
Spencer, Herbert 252, 496
Spengler, Oswald 106
Steiner, Rudolf 124, 177, 178, 179, 180, 181, 182, 183, 184, 185, 186, 187, 188, 189, 190, 191, 492
Stendhal 458
Stirner, Max 424
Stonehenge 196, 324, 447
Sublime, O 391, 399, 447, 450, 457, 458, 459, 503, 505
Subtile Jagden [Caçadas sutis] 481
super-homem 114, 115, 121, 128, 129
Supervielle, Jules 403
surrealismo 126, 197, 298, 403, 435, 504
Szczuczynski, Alain 482

# T

tábuas táteis 350
Taches d'encre et de sang [Manchas de tinta e de sangue] 289
Tácito 97, 365
Takahama, Kyoshi 417, 419
Talmude 317, 415
Tânatos 165, 301, 319
tapeçaria de Bayeux 152
Tar, Sue 481
tauromaquia 218, 275, 289, 290, 291, 292, 293, 294, 295, 296, 297, 298, 299, 300, 301, 302, 303, 498
Teatro do mistério das orgias 425
Tecelã e o vaqueiro, A 415, 503
tempo 29, 47, 72, 80, 81, 107, 109, 140, 413, 414, 415
 *abolição do* 106, 107
 *artesanal* 43
 *cíclico* 113, 314, 355, 413, 455
 *cristão* 76, 355
 *cronometrado* 481
 *cultural* 465
 *do cosmos* 108
 *e caverna de Scarasson* 99
 *e Gaston Bachelard* 29
 *e Henri Bergson* 29
 *e Marcel Proust* 29
 *e mecânica circadiana* 95
 *e Michel Siffre* 97, 481, 487
 *e ritmo nictêmero* 97, 100, 101
 *e velocidade* 12, 33, 105, 106, 140
 *e Véronique Le Guen* 98
 *faustiano* 75
 *hedonista* 32, 110, 116, 488
 *morto* 30, 32, 106, 109, 110, 111, 112, 116, 118, 488
 *natural* 102, 150
 *niilista* 30, 107, 110
 *ontológico* 79
 *virgiliano* 26, 30, 75, 107
tempo ocidental fictício 208
Tentação do Ocidente, A 48, 202
teocracia 318, 337, 350
teologia 237, 249, 318, 382, 426, 432
teoria 65, 124, 157, 177
 *biodinâmica* 177, 183
 *da seleção natural* 250, 251
 *do estrume* 124, 177
 *do gênero* 157
 *nietzschiana* 114
teosofia 179
Ter e não ter [To Have and Have not] 293

Terra 60, 65, 94, 98, 244, 245, 339, 344, 350, 353, 357, 360, 385, 386, 452
Tertuliano 142, 237, 467
Testamento 223, 225, 254, 255, 258, 302, 344, 353, 354, 421, 430, 497
Tête obsidienne, La [A cabeça obsidiana] 207
tetramorfo 302, 312, 332, 333, 334, 335
*Tetrapharmakon* 484
théâtre d'agriculture et mesnage des champs, Le 488
The Lightning Field 448
Théorie et la pratique du jardinage où l'on traite à fond des beaux jardins 65, 488
Thomas, Frédéric 482, 492
Thompson, D'Arcy 175, 454, 481, 491
Thoreau, Henri David 64, 124, 479
Tibet, poema 117
Ticiano 423
Tília, Sorvas 449
Tintoretto 436
Tito Lívio 365
totemismo 324
tourada
    *e ato sexual* 291, 294
    *e bula de Pio V* 290
    *e Elisabeth Hardouin-Fugier* 300, 498
    *e Eric Baratay* 300
    *e Ernest Hemingway* 298, 498
    *e Francisco de Goya* 298, 498
    *e Georges Bataille* 291, 498
    *e Gustave Doré* 298
    *e Henry de Montherlant* 293, 498
    *e toureador* 295, 299, 301, 303
    *e toureiro* 276, 291, 293, 296, 297, 299, 301
    *e touro* 32, 145, 184, 221, 276, 289, 291, 294, 295, 296, 297, 298, 299, 300, 301, 302, 303, 304, 305, 306, 307, 333, 347, 468
    *e virilidade enfraquecida* 301
tourada (ou tauromaquia) 275, 289, 290, 291, 292, 293, 294, 295, 296, 297, 299, 300, 301, 302, 303, 498
toxoplasmose 172, 173, 174
Traité de la culture des orangers

[Tratado da cultura das laranjeiras] 60
transcendência 38, 125, 194, 209, 237, 314, 326, 352, 360, 384, 405, 419, 483
transcendental 29, 104, 109, 314, 357, 377, 382, 383, 384, 389, 390, 416, 459, 473
trás-mundo 87, 128, 241, 314
Tratado de arquitetura 335
Tratado de ateologia 343
Tratado de legislação civil e penal 254
Tratado do governo civil 61
Tratado do homem 239, 240, 245
Tratado lógico-filosófico 34
Tratados de erotismo 67
tratados dos jardins japoneses 67
Tratado sobre a música 467
trigo dos faraós 93
Tristes trópicos 132, 280
Tsukamoto, Katsumi 154
Túneis solares 451, 455
Turrell, James 448
Tzara, Tristan 195, 199, 403, 404, 504

## U

Ulisses 34, 443
Uma investigação filosófica sobre a origem de nossas ideias sobre o sublime e o belo 505
Um lance de dados jamais abolirá o acaso 402
Un assassin est mon maître [Um assassino é meu mestre] 292
Único e sua propriedade, O 424
Universidade Popular do Gosto 41, 89, 396
Universidade Popular do Quai Branly 207
universo 82, 165, 353, 452, 453, 499, 502
    *amarrotado* 26, 309, 315, 384, 499, 502
    *e Jean-Pierre Luminet* 384, 386
Un peuple de promeneurs [Um povo de passeadores] 71, 87, 90, 487

## V

Valéry, Paul 402

## Índice remissivo

Vallotton, Félix  34
Vanini, Giulio Cesare  256, 501
Varazze, Jacopo de  352, 353, 354, 355, 364, 444, 501
veganismo  219, 261, 268, 278, 287
vegetarianismo  217, 261, 268
vegetarismo  219, 261, 263, 266, 268, 269, 276, 277, 278, 286
Venerável Beda  351
Vento Norte, O  415
Verbo  207, 339, 348, 354, 377, 383, 402, 430, 432
Vercors  41
verdade  25, 63, 67, 71, 72, 74, 76, 88, 96, 99, 100, 102, 103, 104, 108, 115, 130, 133, 139, 141, 143, 144, 150, 160, 161, 178, 180, 182, 183, 200, 204, 207, 208, 223, 225, 226, 233, 238, 239, 240, 245, 249, 254, 256, 260, 261, 270, 274, 277, 278, 296, 312, 318, 319, 325, 341, 345, 350, 353, 354, 365, 369, 372, 373, 378, 383, 385, 386, 406, 407, 413, 415, 421, 428, 435, 440, 442, 443, 444, 452, 457, 458, 472, 493
Verdadeira palavra, A  226, 230
Vermeer, Johannes  38
Verne, Júlio  152, 153
Veronese, Paolo  436
Verschueren, Bob  448
Vertumno  437
Vian, Boris  397
Victor, Paul-Émile  17, 117, 395, 404, 489
vida  12, 13, 14, 15, 18, 20, 23, 24, 25, 26, 30, 31, 32, 34, 35, 36, 37, 38, 42, 46, 48, 49, 51, 55, 59, 61, 63, 65, 66, 68, 69, 71, 73, 74, 75, 76, 77, 79, 80, 81, 83, 86, 88, 92, 93, 94, 95, 96, 97, 98, 101, 102, 105, 108, 110, 111, 112, 116, 117, 118, 119, 121, 123, 124, 128, 130, 131, 133, 134, 135, 136, 137, 138, 141, 143, 149, 150, 151, 153, 154, 156, 158, 159, 160, 161, 163, 165, 167, 169, 170, 171, 172, 173, 175, 176, 177, 179, 180, 181, 182, 183, 202, 205, 210, 223, 224, 233, 239, 240, 241, 242, 246, 250, 254, 257, 260, 261, 264, 266, 267, 268, 273, 276, 277, 283, 286, 287, 288, 290, 292, 299, 300, 301, 302, 303, 306, 312, 313, 314, 315, 317, 318, 319, 320, 322, 323, 324, 325, 326, 327, 328, 331, 334, 335, 336, 337, 338, 339, 341, 342, 343, 345, 346, 350, 351, 354, 355, 356, 358, 361, 366, 367, 369, 370, 372, 373, 374, 375, 377, 378, 379, 380, 381, 383, 386, 393, 397, 398, 406, 407, 410, 411, 412, 413, 414, 422, 427, 437, 438, 443, 444, 445, 446, 454, 460, 461, 463, 465, 466, 469, 471, 473, 475, 477, 479, 480, 481, 482, 483, 484, 491, 492, 494, 495, 496, 497, 500, 501, 504
   *e vontade de poder*  112, 113, 115, 116, 121, 127, 128, 129, 132, 133, 134, 135, 136, 139, 140, 141, 143, 146, 147, 418
   *filosófica*  24, 116, 314, 380, 479, 480, 484
Views Through a Sand Dune  449
Vinci, Leonardo da  431, 446
vinho  16, 17, 36, 37, 39, 40, 41, 42, 43, 44, 45, 46, 47, 48, 49, 50, 51, 52, 53, 54, 55, 58, 59, 75, 109, 125, 143, 156, 177, 178, 188, 191, 342, 351, 362, 363, 367, 373, 379
   *aromas do*  47, 49, 53
   *biodinâmico*  125, 178
   *futuro do*  48
   *passado climático do*  44
   *passado da terra do*  42, 44
   *passado geológico do*  42, 44
   *presente do passado extinto do*  47
Vinte mil léguas submarinas  152
Virgílio  12, 58, 59, 61, 62, 64, 68, 69, 105, 107, 338, 346, 347, 372, 373, 374, 376, 484
viticultura  364
Vitrúvio  335
Vlaminck, Maurice de  195, 199, 209
Vocance, Julien  418
Voltaire (François Marie Arouet, cognominado)  195, 256
vontade de poder  112, 113, 115, 116, 121, 127, 128, 129, 132, 133, 134, 135, 136, 139, 140, 141, 143, 146, 147, 418

## W

Walden ou a Vida nos Bosques  124
Webern, Anton  34, 476, 480
Wegener, Alfred  159

Whitman, Walt 398
Why not sneeze [Por que não espirrar?] 30
Williams, Patrick 82, 85
Wittgenstein, Ludwig 34, 480

## X

xamanismo 312, 328, 331, 399, 453, 469, 499, 503
xintoísmo 405, 503

## Z

zoofilia 271, 272, 273, 274, 299
   *e Relatório Kinsey* 273
zoologia 149, 225, 232, 273
Zorn, Fritz 406

1ª **edição** maio/2018 | **Fonte** ITC Officina Serif Std
**Papel** Norbrite 59,2 g/m² | **Impressão e acabamento** Orgrafic